L'ENFANT-ROI

Paru dans Le Livre de Poche :

FORTUNE DE FRANCE

FORTUNE DE FRANCE - I.
EN NOS VERTES ANNÉES - II.
PARIS MA BONNE VILLE - III.
LE PRINCE QUE VOILÀ - IV.
LA VIOLENTE AMOUR - V.
LA PIQUE DU JOUR - VI.
LA VOLTE DES VERTUGADINS - VII.
L'ENFANT-ROI - VIII.
LES ROSES DE LA VIE - IX.
LE LYS ET LA POURPRE - X.

L'IDOLE.
LE PROPRE DE L'HOMME.
LE JOUR NE SE LÈVE PAS POUR NOUS.

ROBERT MERLE

Fortune de France VIII

L'Enfant-Roi

ÉDITIONS DE FALLOIS

AVANT-PROPOS

Je me souviens avoir entendu à la télévision un souverain arabe dire que dans son pays les épouses des rois n'étaient jamais admises à jouer un rôle politique, et qu'il en allait beaucoup mieux ainsi, l'exemple de la France étant là pour prouver que les régences féminines aboutissaient à des désastres.

Voire ! Blanche de Castille gouverna avec beaucoup d'énergie et de clairvoyance, et laissa à Saint Louis un royaume pacifié. Catherine de Médicis, à la mort d'Henri II, fit face avec beaucoup d'habileté à une situation dramatique. Et Anne d'Autriche, bien qu'assez légère de cervelle, eut la sagesse, quand le sceptre lui échut, de laisser gouverner Mazarin. Il est bien vrai, en revanche, qu'en ce qui concerne la régence qui précéda la sienne — celle de Marie de Médicis —, elle s'avéra funeste à plus d'un titre. Néanmoins, on trouvera sans doute qu'une femme sur quatre inapte à régner, c'est un rapport trop faible pour conforter une thèse misogyne. Si on pesait en de fines balances la capacité politique de chacun des rois qui ont régné sur la France, arriverait-on pour les hommes à une meilleure proportion ?

Pour en revenir à Marie de Médicis, personne ne saurait défendre sa gestion financière, le pouvoir exorbitant donné à des aventuriers, et son insigne faiblesse à l'égard des Grands. Mais que dire alors de ses rapports avec son fils, sinon que j'ai puisé aux sources les plus sûres le récit que j'en ai fait ? Ils sont parfois si cruels et si désolants que le lecteur se demandera peut-être si je n'ai pas, çà et là, forcé le trait. Il n'en est rien. J'eusse été moi aussi heureux — ressentant beaucoup d'amitié pour le *gentil sesso* — de découvrir à Marie une ou deux qualités qui m'eussent permis de la trouver plus aimable.

Puisque j'en suis à parler de mes sources, je voudrais rendre un nouvel hommage à Madeleine Foisil et au merveilleux travail qu'elle-même et son équipe ont accompli en décryptant et en publiant dans son intégralité le journal du docteur Héroard (1989). En trois mille pages, vingt-sept ans de la vie de Louis sont contés en notes quotidiennes, qui peuvent paraître lassantes par leur monotonie et leur sécheresse, mais qui tout d'un coup, au détour d'une page, relatent une circonstance ou un dialogue, qui éclairent d'un jour nouveau la psychologie du jeune roi et la conjoncture politique du moment.

Les lecteurs de *Fortune de France* m'écrivent assez souvent pour me demander quels livres je leur conseille de lire pour étoffer la connaissance de la période que j'ai décrite. Je reconnais bien là « l'insatiabilité » qui caractérise la fièvre historienne dont je suis moi-même possédé. Je n'en suis pas moins embarrassé pour répondre à ces lecteurs, car on doit bien se douter que ma bibliographie est considérable, et que la plupart des livres que j'ai lus — et en particulier les Mémoires du temps — ne peuvent se trouver qu'à la Bibliothèque nationale. Quant aux livres écrits par les historiens à une date plus récente, et qui m'ont été également précieux, ils sont souvent épuisés, comme par exemple, en toute probabilité, les trois excellentes études de Louis Battifol : *La Vie intime d'une reine de France, Autour de Richelieu,* et l'admirable *Coup d'Etat du 24 avril 1617,* auquel le recours aux dépêches des ambassadeurs étrangers apporte une grande crédibilité. Epuisé également, le *Richelieu* en trois volumes de Philippe Erlanger, dont l'amabilité de M. de Vivie, directeur de Perrin, m'a permis d'obtenir des photocopies. Fort heureusement, le beau livre de Roland Mousnier, *L'Homme Rouge,* publié il y a quelques mois, est encore dans toutes les librairies. L'est aussi, je l'espère du moins, car mon exemplaire m'a été prêté par un ami, l'irremplaçable *Louis XIII*, de Pierre Chevallier, publié par Fayard et France Loisirs en 1979. Plus difficilement trouvable me paraît être, en revanche, le livre d'Emile Magne, paru en 1942 : *La Vie quotidienne au temps de Louis XIII*, si fascinant pour un romancier, et si joliment écrit. Je cite enfin, car j'y ai eu souvent recours, le dictionnaire en deux volumes du Grand Siècle, publié en 1990 chez Fayard, sous la direction de François Bluche.

Au moment de quitter mon lecteur sur le seuil du roman où il va entrer — partageant, je l'espère, l'émotion avec laquelle je décris l'enfance et l'adolescence de Louis XIII —, je voudrais ajouter un dernier mot. A la minute où j'écris ces lignes, on entend partout des jérémiades pessimistes sur le destin de ce pays. Je les décrois et les rejette, et je vais dire pourquoi : les Français s'intéressent trop au passé de la France pour ne pas avoir foi en son avenir. Il en a été de même dans des moments aussi tragiques que l'occupation allemande en France dans la dernière guerre, et notamment en 1942. J'en veux pour preuve le fait que le beau livre d'Emile Magne dont je viens de parler a connu en cette même année un éclatant succès de librairie. Cela veut dire que, souffrant du froid, de la faim, de l'inquisition de la Gestapo, des tristes exploits de la Milice, et des persécutions racistes, les Français trouvaient encore plaisir et profit à s'intéresser à la vie quotidienne sous Louis XIII.

Robert MERLE
1993

CHAPITRE PREMIER

Le vingt-sept mai au matin, comme nous déjeunions, tristes et quasi muets en notre logis du Champ Fleuri, Franz nous vint prier de bailler congé à notre domestique afin de lui permettre d'assister au supplice.

— Tout le domestique ? dit mon père en haussant le sourcil.

— A l'exception, Monsieur le Marquis, de Margot et de Greta, lesquelles ont le cœur si piteux qu'elles abhorrent le sang, fût-ce celui du plus détestable criminel qui ait jamais rampé sur la surface de la terre...

Cette belle phrase dans la bouche de notre majordome m'eût étonné, si je n'avais pas su qu'elle avait été prononcée, dans son dernier prêche, par le curé Courtil.

— Et Louison ? dis-je.

— Monsieur le Chevalier, me dit Franz en me jetant un œil et en baissant les paupières aussitôt, Louison fait la sieste à cette heure-là...

— Et toi-même, Franz, iras-tu ? dit La Surie.

— Nenni, Monsieur le Chevalier, je demeurerai céans.

En sa pudeur, il ne dit pas pourquoi et nul de nous ne le lui demanda. Sauf exprès commandement de mon père, Franz ne s'éloignait guère de sa Greta qu'il aimait depuis quinze ans de grande amour. Cette constance plaisait fort à mon père, sans qu'il songeât à l'imiter. « Chez un majordome, disait-il, dès lors qu'il détient une autorité telle et si grande sur tant d'accortes chambrières, la fidélité conjugale est une émerveillable qualité. Songez aux zizanies qui accableraient ce logis, s'il en allait autrement! »

— Le pauvre Faujanet ira-t-il aussi? demanda encore La Surie.

« Pauvre » était prononcé « povre » à la périgourdine et exprimait l'affection plutôt que la pitié.

— Nenni, Monsieur le Chevalier, dit Franz, sa jambe cloche de mal en pis. Et il craint fort la cohue parisienne. En outre, comme bien vous savez, même céans, il est de glèbe plus que de ville et se sent perdu loin de son puits et de son potager.

— En ton absence, Franz, c'est à Poussevent que revient le commandement de la petite troupe, dit mon père. Mande-le-moi céans et les hommes aussi.

Ils vinrent tous les sept à la queue leu leu : le géantin cocher Lachaise et son valet d'écurie; le cuisinier Caboche et son gâte-sauce; Jeannot, notre petit vas-y-dire; et fermant la marche, nos deux soldats, Pissebœuf et Poussevent, tous deux barbus, ventrus et musculeux.

— Mes bons enfants, dit mon père, j'entends bien que ce n'est point par méchantise que vous voulez ouïr ce misérable gémir dans les tourments, mais uniquement pour vous conforter du profond chagrin que vous a donné la meurtrerie de notre bon Henri. Mais, il y aura, autour de la roue, un grand concours de peuple avec la milliasse d'excès et de désordres qu'une foule exaltée engendre. Il faudra donc vous garder d'entrer en querelle, vous défendre contre les coupe-bourse et les tire-laine et protéger nos chambrières de l'impertinence des ribauds.

— Nous y mettrons bon ordre, Monsieur le Marquis, dit Poussevent d'un air vertueux.

— Et pendant que vous y êtes, mettez aussi bon ordre à vos propres conduites, poursuivit mon père. Je ne veux pas qu'un quidam vienne demain me faire des plaintes sur mes gens. Et oyez bien ceci. Dès que le supplicié aura perdu vent et haleine, point de flânerie ni de libation. Revenez céans tout de gob : Greta vous aura préparé un goûter.

Bien que nos gens fussent à nous si dévoués et si affectionnés, ma bonne marraine, la duchesse de Guise, trouvait à redire à leur petit nombre. « Pas plus de deux douzaines ! fit-elle un jour remarquer. — Dix-sept, pour être exact. — Dix-sept ! Cette parcimonie n'est pas digne de votre rang ! — Je ne mesure pas mon rang à cette aune, répliqua mon père. Ce n'est pas le nombre de nos gens qui compte, mais le service qu'ils vous rendent. Permettez-moi un exemple. On ne peut pas faire deux pas dans votre hôtel sans se heurter à un grand pendard en livrée, qui n'est planté là, les bras ballants, que pour la montre. Vous retrancheriez vingt de ces fainéants, vous ne seriez pas plus mal servie. — Me retrancher vingt de mes laquais ! s'écria la duchesse. Comme vous y allez ! Pour qu'on dise partout que je suis ruinée ! — Mais vous l'êtes ! — Que non ! La reine me renfloue, dès que je suis au bout de mes pécunes. — C'est donc que vous ne comptez pour rien vos dettes ! Je gage que vous n'en connaissez même pas le montant ! — Vous avez raison, et puisque vous m'y faites penser, je le demanderai dès ce soir à Monsieur de Réchignevoisin. — Le beau chambellan que vous avez là ! Il vous vole pour enrichir ce nain dont il est amoureux. Entre nous, comment pouvez-vous souffrir sous votre toit cette bougrerie-là ? — Oh ! Monsieur ! Cela ne compte guère ! Ce nain est si petit ! »

Comme Louison tardait à venir partager ma sieste, j'eus le loisir d'observer, par la fenêtre de ma chambre, le rassemblement de nos gens dans la cour. Les hommes furent là les premiers et se permirent, mais à voix basse, de petites gausseries sur nos chambrières qui, se parant et se pimplochant comme pour aller au bal, avaient le front de les faire attendre. Il ne m'échappa pas qu'ils se donnaient peine, dans leurs beaux habits, pour avoir l'air sombre et résolu, comme il convient à de loyaux sujets qui vont voir exécuter sentence sur un odieux régicide. Mais en même temps, ils ne pouvaient tout à fait dissimuler le plaisir qu'ils se promettaient d'être les témoins de ce mémorable événement, non plus que celui qu'ils auraient à le raconter, en y rajoutant, à leurs fils et à leurs petits-fils.

Ce contentement qu'ils laissaient percer sous leur mine solennelle augmenta encore, quand apparurent enfin dans la cour nos chambrières, si pimpantes dans leurs frais cotillons, le corps de cotte décolleté et les manches courtes découvrant leurs beaux bras nus.

— Allons ! dit Poussevent, la voix grave, mais l'œil pétillant, nous avons du chemin à faire jusqu'à la Conciergerie. Partons donc sans tant languir !

Combien caractéristique, à y penser plus outre, me parut le choix de cet itinéraire ! Car nos gens eussent pu rejoindre le gros de la foule devant l'Hôtel de Ville où étaient dressés les vastes et solides tréteaux sur lesquels la roue du supplice avait été très fortement arrimée, afin qu'elle résistât à la traction que quatre puissants chevaux feraient subir aux quatre membres du misérable afin de les arracher de son tronc. Mais que nenni ! Ils n'avaient rien voulu perdre ni manquer de l'affreuse procession qui devait, dans un tombereau, amener Ravaillac de la Conciergerie (où on l'avait serré, avec d'autres prisonniers, lesquels, tout criminels qu'ils fussent et d'aucuns même promis déjà à la corde, l'avaient honni et hué) jusqu'à Notre-Dame de Paris, où torche au poing, il devait faire amende honorable, et de là, à la Place de l'Hôtel de Ville, où tout serait mis en œuvre pour prolonger son supplice.

— Ha, Monsieur le Marquis ! dit Poussevent de retour au logis trois heures plus tard avec sa petite troupe, c'est miracle si le misérable put sortir de la Conciergerie sans être écharpé ! Malgré le grand nombre de gardes et d'archers qui l'entouraient, à peu qu'il ne fût mis en pièces par la masse du peuple qui se rua sur lui dès qu'on le vit, d'aucunes enragées femelles (dont les archers, vu leur sexe, se méfiaient le moins) parvenant même jusqu'à lui pour le griffer et même le mordre, et ceci dans un grondement de foule plus féroce que n'eût pu faire une centaine de lions. A la parfin, le tombereau s'ébranla, mais alors, ce fut bien pis, car des fenêtres, où d'antiques pécores s'étaient placées, n'osant s'aventurer dans cette masse de peuple, elles firent pleuvoir sur Ravaillac, avec d'horribles cris, je ne sais combien de pots de thym, de marjolaine et de basilic. Et fallait-il, Monsieur le Marquis, que ces Parisiennes eussent les tripes échauffées par la fureur pour sacrifier leurs pots bien-aimés, lesquels sont « tout le potager qu'elles ont », comme le pauvre Faujanet aime à dire. Tant est que le parricide eût été dépêché sur l'heure, si les bourreaux, dans leur prudence, ne s'étaient armés de grands boucliers pour le protéger.

— Et *che* protéger *choi*-même, dit Mariette dont la langue parleresse de commère auvergnate ne pouvait longtemps tenir en repos dans le clos de ses dents. Vu que les pots n'auraient pas choisi entre les crânes encagoulés des bourreaux et la tête de *che monchtre* d'enfer.

— Bref ! dit Poussevent en haussant la voix dans un effort pour ressaisir le dé du récit, le tombereau, fort bringuebalant sous la poussée de la hurleuse populace, parvint devant l'église de Paris où le misérable fit amende honorable, une torche à la main, en chemise et pieds nus.

— Pour *che* qui est de moi, dit Mariette, *che* n'ai point trouvé le Ravaillac en *chemiche* tant grand et *muchculeux* qu'on a dit, et pour *chûr,* point *auchi* fort compagnon que mon mari.

A cet éloge, Caboche sourit, mais sans mot piper pour la raison que vingt ans de vie conjugale, sollicitant ses oreilles bien davantage que sa langue, lui avaient inculqué la vertu du silence. Toutefois, son gâte-sauce assurait que, debout devant ses fourneaux, il conversait sans fin avec ses casseroles, leur demandant où en était la cuisson, si elle était trop vive ou trop rapide, et encore si les mets qu'elles cuisaient trouvaient les condiments à leur suffisance ou s'il fallait y rajouter.

— Et où prends-tu, ma commère, dit Poussevent, qu'il faille tant de force pour planter un couteau pointu et acéré dans le cœur d'un homme, vu que ledit cœur est si proche de la peau ! Nous disions, en nos guerres, que pour détourner un coup, mieux valait pourpoint de buffle que pourpoint de toile et mieux valait cotte de mailles que pourpoint de buffle, et mieux enfin valait cuirasse que cotte de mailles. Monsieur le Marquis, cela est-il point vrai ?

— C'est vrai, mais abrège, je te prie, Poussevent. Greta vous attend, table dressée dans la cuisine.

— Pour vous obéir, Monsieur le Marquis, dit Poussevent avec un salut.

Sur quoi Pissebœuf salua aussi, estimant, bien qu'il fût resté coi, que le commandement d'abréger s'adressait aux deux.

— Le gros de l'affaire, reprit Poussevent, se passa devant l'Hôtel de Ville sur l'échafaud qui portait la roue. Les bourreaux ayant retiré sa chemise à Ravaillac, l'y couchèrent dessus, nu comme un ver et lièrent bras et jambes fort écartés sur les rayons. Pendant ces préparatifs, le silence se fit comme par miracle dans le peuple qui se trouvait là, comme aussi chez les dames et les seigneurs qui étaient assis sur les gradins qu'on avait disposés devant l'Hôtel de Ville pour leur donner une bonne vue plongeante sur le corps du misérable.

— *Chans* nos *Choldats,* reprit Mariette, lesquels nous *pouchèrent quachiment* au premier rang, la vérité, *ch'est* qu'on n'aurait rien vu de l'affaire. Il y eut bien quelques faquins qui apportèrent des *échaches* pour se *haucher* au-*dechus* des autres, mais les voisins ne les *chouffrirent* pas et les firent choir *auchitôt.* Les plus heureux, voyez-vous, *Monchieur* le Marquis, furent encore les enfants que les pères juchèrent sur leurs épaules, car nul ne songea à les déloger, tant la chose parut naturelle à la *populache.*

Mariette disait « la *populache* » avec une petite grimace, jugeant qu'elle n'en faisait pas partie, servant dans famille noble depuis vingt ans.

— Comme je disais, reprit Poussevent, il y eut un grand silence, et du peuple, et de la Cour, pendant qu'on liait Ravaillac à la roue. Mais les choses changèrent, quand les bourreaux commencèrent à le tenailler aux mamelles, aux bras, aux cuisses, au gras des jambes, puis à verser sur les plaies vives de l'huile bouillante et du plomb fondu. Le misérable, à chaque nouveau supplice, criait comme possédé ! Et à ses cris répondaient aussitôt les huchements de détestation des bonnes gens qui se trouvaient là.

— Pour parler à la franche marguerite, dit Mariette, à la parfin, j'en avais *achez,* moi. Tant plus *che monchtre* d'enfer hurlait et tant *pluch* je me *chentais* partir en mésaise. Ma fé, je ne m'en *chuis chortie* qu'en me disant que *ch'était* bien le moins que le misérable pâtît les pires douleurs une heure ou deux *chur chette* terre, vu qu'il nous avait fait à tous tant de mal en nous rendant orphelins d'un *chi* bon roi.

— Ce qui, moi, m'est resté dans la gorge, dit soudain Lisette — laquelle, à la différence de nos autres chambrières, tiges solides issues des pays de France (ou d'Alsace comme Greta) était fleur du pavé parisien, pâle, malingre, mais le parler vif et précipiteux —, c'est que le peuple n'a pas voulu qu'on chantât à Ravaillac le *Salve Regina,* qu'il demanda juste avant qu'on l'écartelât à quatre chevaux, sachant bien que sa mort était proche.

— Comment cela ? Le peuple ne l'a pas voulu ? dit mon père. N'était-ce pas plutôt aux confesseurs d'en décider ?

— Ainsi firent-ils, Monsieur le Marquis ! dit Poussevent. Mais à peine eurent-ils entonné le *Salve Regina* que le peuple cria plus que devant qu'il ne voulait pas que le *Salve Regina* fût chanté et qu'il désirait de tout son cœur que le misérable allât droit en enfer comme Judas. Et comme les confesseurs hésitaient à discontinuer le chant sacré, les huchements reprirent de plus belle et d'aucuns sortant les couteaux, menaçaient même d'étriper les confesseurs, tout grands docteurs de Sorbonne qu'ils fussent... Tant est que ceux-ci se turent, étant dans le doute que les archers pussent résister à l'assaut de ces furieux.

— En quoi ces furieux furent bien peu chrétiens ! dit Lisette d'une voix douce et ferme. Je trouvai que là, on dépassait les bornes, comme aussi dans la longueur des supplices avant l'écartèlement.

— Mais c'est aussi, dit Poussevent, qu'on tâchait de lui faire avouer par les tourments, s'il avait des complices qui l'auraient incité à son infâme meurtrerie.

— Et les avoua-t-il? dit mon père.

— Pas le moins du monde! dit Poussevent en secouant la tête. Vu que j'étais au premier rang, je l'ai ouï de ces oreilles que voilà : « Je vous l'ai dit déjà, dit ce Ravaillac, et je vous le dis encore : il n'y a que moi qui l'ai fait. » Mais se peut, dit Poussevent, qu'on l'ait poussé à la meurtrerie par degrés sans même qu'il s'en aperçût. Et quant à la sorte de gens qui firent ladite poussée et qui ne furent pas de mesquine volée, j'ai comme un chacun ma petite idée de derrière la tête.

— Alors, dit mon père sur le ton du commandement, garde-toi de la faire passer devant! Et vous tous ici, puisque l'occasion s'en présente, sachez bien ceci : il y a un temps où l'on peut dire tout haut sa pensée et un temps où il ne faut même pas penser ce qu'on pense.

Mon chagrin, lors de la meurtrerie du roi, fut si violent que je passai quelques semaines avant de m'apercevoir qu'elle avait eu dans ma vie une conséquence qui, si insignifiante qu'elle parût au regard de la désolation de tout un peuple, n'était point pour moi négligeable. Henri mort, je me trouvai désoccupé. Comme on le sait, à part Sully, le feu roi avait peu fiance en ses ministres — ceux que, vu leur grand âge, on appelait les *Barbons* — et pour rédiger en langues étrangères les lettres secrètes qu'il adressait aux souverains des autres pays avant de se lancer dans sa grande guerre contre les Habsbourg, il avait fait appel à moi dans les derniers mois de son règne.

Le sentiment d'être, à dix-huit ans, fût-ce le plus petit auxiliaire d'un si grand roi, et dans des affaires de si grande importance, m'avait comblé de joie. Comme aussi le fait d'être si souvent appelé au Louvre et de pouvoir, avec la permission de Sa Majesté, visiter le dauphin Louis pour lequel j'avais conçu, trois ans plus tôt, un extraordinaire attachement.

Ce bonheur, cette joie, le sentiment de mon utilité me furent ravis, quand Henri tomba sous le couteau de ce forcené. Dans le vide qui, pour ainsi parler, se creusa en moi et autour de moi, je ne savais véritablement plus que faire de ma vie.

Assurément, je n'avais véritablement rien à attendre de la régente. Ce titre de « petit cousin » qu'en sa grande bonté le roi m'avait donné lors de ma présentation à la Cour, avait reçu de la bouche de Sa peu Gracieuse Majesté, une addition cruelle [1]. Mais à supposer même l'insupposable, à savoir qu'elle eût consenti à me donner quelque mission, je suis bien certain qu'étant donné la tournure que prenaient les choses, ni mon père ni moi n'aurions voulu que j'acceptasse un emploi qui m'eût amené à défendre une politique, en toute probabilité rigoureusement contraire à celle qu'Henri avait poursuivie.

Il est vrai que « les choses » de prime ne parurent pas tourner si mal. Le vingt-sept septembre, la duchesse de Guise, tôt le matin, ce qui nous étonna fort, nous vint annoncer la prise de Juliers par une petite expédition française aidée par les Hollandais, sans que les Habsbourg d'Autriche ni ceux d'Espagne n'eussent levé le petit doigt pour empêcher ce succès de nos armes.

Mon père me parut bien loin d'être aussi enthousiaste de cette victoire que Madame de Guise.

— Certes, dit-il (ce « certes » trahissait le huguenot converti), il vaut mieux que Clèves et Juliers soient dans les mains des luthériens d'Allemagne, nos amis, que dans celles des Habsbourg. Mais cette expédition, si elle conforte notre point d'honneur, n'est, dans la réalité des choses, que poudre aux yeux. Les *Barbons* qui conseillent la régente sont de rusés renards. Ils font mine, dans cette affaire, de poursuivre la politique anti-Habsbourg du feu roi, alors qu'ils sont bien

1. Elle l'avait appelé : « un cousin de la main gauche ». La duchesse de Guise étant, de par sa mère, la cousine germaine d'Henri IV, Pierre-Emmanuel de Siorac, son fils illégitime, était, à tout le moins par le sang, « le petit cousin » du roi.

d'accord avec la reine-mère pour en prendre le contre-pied. La chose est claire : nous allons avoir une régence ligueuse, papiste et espagnole. Et dites-vous bien que les Habsbourg le savent : sans cela, nous auraient-ils laissés prendre Juliers sans même battre un cil ?

— Monsieur, dit Madame de Guise en haussant le sourcil, cessez, je vous prie, vos discours séditieux. Ils me blessent l'oreille. En outre, ils ne sont plus à la mode qui trotte. Depuis que Marie a reçu la régence, il n'est plus question de faire la guerre aux Habsbourg, mais de nous marier avec eux. Ils ont à Vienne des petites archiduchesses et à Madrid des infants et infantes en bouton à ne savoir qu'en faire. Et quant à nous, nous ne faillons pas au Louvre en fils et filles de France. Qu'allons-nous faire, sinon les conjuguer ?

— Que m'apprenez-vous là ? s'écria mon père. Notre pauvre Henri est à peine froid dans sa tombe que déjà on tâcherait à forger des liens matrimoniaux avec les pires ennemis du royaume, ceux qui, sous Henri III et Henri IV, ont tant travaillé à semer la guerre civile en France dans le seul dessein de la démembrer ?

— Monsieur, dit Madame de Guise avec confusion, je vous en prie, oubliez mon propos, ma langue a parlé trop vite. De reste, le projet des mariages espagnols est encore dans les limbes. Oubliez-le, je vous prie. Pour l'instant, Madrid ne consent à nous donner pour le petit roi qu'une infante cadette. Or, nous voulons l'aînée. Nous ne voulons absolument qu'elle ! Nous ne traiterons pas à moins !

— L'aînée ou la cadette, gronda mon père, la belle affaire ! Je n'ai rien contre les petites infantes, mais ces huiles-là, jeunes ou moins jeunes, sortent du même pressoir et elles vont très à l'encontre des estomacs français. L'aînée ou la cadette ! Jour de Dieu ! Si c'est là tout le différend entre Paris et Madrid, le pape, qui sait l'art de tourner les salades, vous le va arranger en un tournemain.

— Ha, Monsieur ! Ne parlez pas ainsi du Saint-Père ! s'écria Madame de Guise. Votre fureur antipapiste me soulève le cœur! On dit bien : le chien retourne toujours à son vomissement! Car d'où vous viennent, je vous le demande, ces propos contre le pape, sinon de votre ancienne religion?

— Madame, dit mon père avec un haut-le-corps et sa voix sonnant comme un fouet, si vous allez, après ce chien, me parler de caque et de hareng [1], je vous en avertis, je vous quitte la place!

Madame de Guise, à ouïr ce propos, rougit et ondula comme houle sous forte brise, puis se rapprochant de mon père à le toucher, elle s'empara avec vivacité d'une de ses mains et la serra avec force :

— Ha, mon ami! dit-elle, la voix trémulante, et levant vers lui des yeux effrayés, comme si elle se demandait comment elle allait faire pour se hisser jusqu'au sommet de ce roc escarpé qui la dominait de si haut, je serais bien sotte...

— Assurément vous l'êtes, dit mon père entre ses dents.

— Je serais bien sotte, poursuivit-elle en feignant de ne pas ouïr afin de ne pas s'encolérer, et bien imprudente aussi de vous fâcher, alors que j'attends de vous, présentement, des marques particulières de votre affection...

Cela fut dit avec un air de naïveté, à la fois vrai et joué et un petit brillement, lui aussi très particulier, de son œil pervenche. Ce mélange fit quelque effet sur mon père, car son corps perdit de sa raideur et se penchant vers Madame de Guise qui levait vers lui un regard apparemment si soumis, il dit d'un ton plus doux :

— Madame, n'est-il pas absurde que vous ayez du goût pour ce chien que voilà, alors même que vous détestez ce que vous appelez son relent hérétique et qui n'est, en fait, que fidélité au feu roi et aux grands intérêts du royaume? Mais cela, je le crains, vous ne l'entendrez jamais. Aussi bien, faisons un bargouin, voulez-vous? Vous ne parlerez plus de « chien » ni de

1. Les ligueux disaient des huguenots convertis que « la caque (le tonneau) sentait toujours le hareng ».

« caque » et moi, je ne vous dirai pas que les sanglots bruyants et publics par lesquels le pape a déploré à Rome la mort de notre Henri, m'ont fait l'effet de ces larmes que l'on prête aux crocodiles.

— Mais quelle horreur ! s'écria la duchesse en lâchant sa main et en levant en l'air ses bras potelés, ma fé ! Quelle méchantise de penser cela de Sa Sainteté ! Et qui pis est, de le dire !

Toutefois, elle ne protesta pas plus outre, car mon père, souriant dans sa moustache de lui avoir lancé ce dernier trait, venait de la prendre dans ses bras. Quant à moi, me glissant hors aussitôt, je gagnai le cabinet d'études où m'attendait mon maître de latin, Monsieur Philiponneau.

Je revis toutefois notre tendre visiteuse au dîner, sur le coup de onze heures, notre logis, à la différence de l'hôtel de Guise, étant bien réglé en ses horaires. Ma marraine paraissait fort satisfaite de sa matinée et fut, comme en ses meilleurs jours, gaie et gaillarde, pétulante en ses manières, drue et verte en son langage.

Etant une proche amie de la reine, elle la voyait tous les jours et nous racontait sur le Louvre bon nombre d'anecdotes que j'oyais d'une oreille avide, surtout quand il s'agissait du petit roi.

— Figurez-vous, dit-elle, que le lendemain d'un jour où il avait été fouetté sur l'ordre de la reine, le petit roi entra dans ses appartements. Aussitôt, comme l'exige l'étiquette, la reine se leva et lui fit une profonde révérence. Louis dit alors d'une voix basse, mais bien distincte : « Pas tant de révérences et un peu moins de fouet ! »

Là-dessus, Madame de Guise s'esbouffa.

— Je ne sais, dit mon père, si la chose vaut la peine qu'on en rie. Les pires conflits se trouvent là en germe. Dans le principe, il est le roi et elle est sa sujette. En fait, elle détient tous les pouvoirs sur lui, et comme régente, et comme mère. Et elle en use, je vous le dis entre nous, sans discernement. J'ai ouï l'autre jour qu'elle l'avait puni, parce qu'il l'avait heurtée en passant. Il s'excusa aussitôt, mais elle ne voulut pas croire que c'était par mégarde. Et il fut fouetté. Et fouetté, non sur l'heure, mais le lendemain à l'aube, comme cela s'est fait depuis le début en la maison dont il est réputé le roi. A mon avis, ce châtiment à retardement dépasse les bornes de l'odieux. Imaginez, m'amie, comment le pauvret passa le reste de la journée — et de la nuit — à attendre ce fouet qu'il n'avait nullement mérité.

Mariette apportant un plat et le posant sur la table, avec des airs gourmands, la conversation s'interrompit et ne reprit que lorsque la bavarde eut refermé l'huis sur elle.

— Que voulez-vous, mon ami? dit Madame de Guise avec un soupir, la reine n'est guère affectionnée à ses enfants, sauf peut-être à Gaston. Elle aime être grosse, assurément, mais dès que le fruit tombe de l'arbre, c'est elle qui s'en détache. Mon pauvre défunt cousin (c'est du feu roi que Madame de Guise parlait ainsi) le lui reprochait assez. Quand l'un d'eux était malade, peu lui chalait. « Qu'on le saigne! » disait-elle, la mine dégoûtée et sans même bouger son auguste cul pour l'aller voir.

— Madame, dit mon père, ce mot-là en parlant de la reine!

— Mais qu'est-ce? dit Madame de Guise, en levant la tête de ses viandes, mi-riant mi-fâchée, suis-je céans chez la marquise de Rambouillet? Cette funeste bégueule nous va-t-elle longtemps persécuter? Ne pourrais-je d'ores en avant prononcer ce bon vieux mot de notre langue sans que, sur son commandement, on sourcille autour de moi? Que veut dire cette tyrannie-là? Un mot est un mot et un cul est un cul! Le sien est-il si différent du nôtre qu'il ne soit pas nommable? De tous ses emplois n'en est-il pas un qui se rappelle de temps en temps à son plaisant souvenir? Que je plaindrais le pauvre Charles s'il n'en était pas ainsi! Il est vrai, dit-elle en riant, que Charles s'intéresse surtout à ses chevaux. Il aime les croupes plus que les culs...

— Vous récidivez, Madame! s'écria mon père.

Mais cette fois, il rit à gueule bec et moi aussi.

— Pour en revenir au roi, dit Madame de Guise,

heureuse et comme fiérote de nous avoir divertis, c'est assurément un garcelet qui doit avoir bon cœur. Mais il est timide, il bégaye, il n'arrive pas à aligner deux mots, et surtout, il perd son temps à des riens, ne se plaît qu'à de petites tâches manuelles, fait le maçon ou le jardinier et pour tout dire, je suis de ceux qui le tiennent pour un enfant enfantissime...

— Ha, Madame ! m'écriai-je avec vivacité, permettez-moi là de vous contredire. Louis écoute tout ! Il observe tout sans faire mine ni semblant et s'il se tait, c'est crainte qu'il lui en cuise de sa franchise. Mais il n'oublie rien et surtout pas qu'il est le roi. En outre, il est déjà très entendu aux choses militaires.

— Cela est vrai, dit Madame de Guise. Savez-vous que lorsque Juliers se rendit à nos armes, Louis se fit tout expliquer sur le siège. Et quand on en eut fini, il s'écria : « C'est moi qui ai pris la ville ! » Parole bien naïve, ne trouvez-vous pas ?

— Parole de roi ! dit mon père. Louis sait bien qu'il était dans son Louvre quand Juliers fut conquise. Il n'empêche ! C'est une victoire de son règne et, hautement, il la revendique.

— Mais le plus amusant de l'affaire, poursuivit Madame de Guise (que les « arguties » de mon père laissaient de glace), c'est que, recevant quelques jours plus tard un seigneur espagnol qui faisait partie de la suite du duc de Feria, Louis se fit un plaisir, s'étant fait apporter un plan de Juliers, de lui expliquer par le menu la façon dont les Français et les alliés s'étaient emparés de la place. N'était-ce pas du dernier comique ! Adresser ce discours à un Espagnol ! Peut-on être à ce point innocent !

— Madame, dit mon père gravement, ce n'était pas, de la part de Louis, innocence. Détrompez-vous ! Vous pouvez être bien assurée qu'il y mettait malice. Et cette malice-là est tout entière dans la manière de notre défunt roi. Comme aussi le fait de parler à tous les gens que Louis rencontre sur les chemins, quand il chasse.

— Que nenni ! Que nenni ! dit Madame de Guise. Je le décrois ! Juliers expliqué à un Espagnol et à un

Espagnol proche de l'ambassadeur! Nenni, ce n'était pas malice, mais innocence! De reste, que penser d'un garcelet qui passe tout son repas à jouer du tambour avec un couteau sur la table, sur la vaisselle, sur les gobelets et sur sa propre assiette? Non, non, vous dis-je, un enfant, un enfant enfantissime!

— Mais Madame, reprit mon père, trahissant quelque impatience à ouïr sur Louis ce refrain déprisant qu'on chantait, non sans arrière-pensée, dans l'entourage de la régente, pour ce qui est de battre du tambour sur le couvert, Pierre-Emmanuel l'a fait aussi et il n'avait pas neuf ans, mais douze.

Là-dessus, Madame de Guise oublia tout à trac l'objet même du débat, et m'envisagea en silence, répandant sur moi la lumière de ses yeux pervenche.

— Mais j'espère bien, dit-elle, que mon Pierre-Emmanuel, tout sérieux et savant qu'il soit, restera jeune et joueur sa vie durant. Toutefois, mon beau filleul, reprit-elle après un silence, vous avez, si je ne m'abuse, dix-huit ans. Il faudrait songer à vous marier.

Autre refrain! pensai-je et je me sentis saisi d'une profonde tristesse. Non point à cause de l'idée même du mariage, mais parce que je me souvins que Madame de Guise avait évoqué pour la première fois le sujet, au cours d'un trajet en carrosse dans Paris, trois heures à peine avant que notre Henri fût assassiné.

— Je vous vois soudain fort mélancolique, reprit Madame de Guise. Dirait-on pas qu'on vous demande de mettre la tête sur le billot? Et croyez-vous que j'irais déterrer un laideron dans les provinces pour que vous fassiez souche avec elle? Que nenni! Sachez que j'aimerais être fière de mes...

Elle allait dire « de mes petits-enfants », mais elle se reprit :

— De vos fils et de vos filles, afin que la beauté que l'on voit dans votre famille, mon Pierre, se puisse par vous perpétuer.

— Madame, dis-je avec un petit salut, je vous suis profondément reconnaissant des sentiments que vous faites paraître à mon endroit. Mais, pour vous parler à la franche marguerite, je me trouve trop jeune pour me marier.

— Trop jeune ? répondit Madame de Guise. Il y a bientôt six ans que vous coqueliquez avec cette abominable Toinon.

— Madame, dit mon père, vous êtes en retard d'une amourette. Il ne s'agit plus de Toinon, mais de Louison.

— Toinon ou Louison, reprit Madame de Guise, peu importe ! Ce sont là amoureuses de basse volée dont un gentilhomme peut se contenter, comme on grignote un quignon de pain sur le bord d'un talus, après une partie de chasse. Mais à votre âge, mon Pierre, et bien né comme j'ose dire que vous l'êtes, reprit-elle en jetant un œil à mon père, il faut aspirer à plus de grandeur.

— Madame, dit mon père qui, voyant mon embarras, volait à mon secours, avez-vous des candidates qui répondraient à ces aspirations ?

— J'en avais deux. Mais la première, Mademoiselle d'Aumale, parle d'entrer au couvent à l'indignation générale.

— Pourquoi cette indignation ? dit mon père.

— Parce qu'elle avait dans sa corbeille, outre une grosse fortune, un titre de duc.

— Comment cela ?

— Vous vous souvenez sans doute qu'Henri avait déchu le duc d'Aumale de son titre pour avoir refusé de se rallier à lui après la prise de Paris. En revanche, il avait promis à Mademoiselle d'Aumale de relever le titre pour son futur mari, pour peu que celui-là reçût son agrément.

— Exit donc Mademoiselle d'Aumale ! dit mon père. Quelle serait, Madame, votre seconde candidate ?

— Mais, Mademoiselle de Fonlebon, bien sûr.

Mon père me jeta un œil et dit d'une voix unie :

— Je connais son histoire.

— Mais vous ne la connaissez pas toute ! dit Madame de Guise avec feu. La voici ! Le prince de Condé, franchissant la frontière, cloître sa Charlotte à

Bruxelles. Et dans le Louvre désert, notre Henri verse des torrents de larmes. Cependant, allant voir la reine, il se trouve nez à nez avec une de ses demoiselles d'honneur, Mademoiselle de Fonlebon et il n'en croit pas ses yeux : c'est quasiment le sosie de la princesse. Une sorte de petite pouliche blonde aux yeux bleus devant laquelle tous les hommes se mettent à hennir.

— Madame, dis-je avec véhémence, Mademoiselle de Fonlebon mérite mieux que cette description.

— En effet, dit Madame de Guise, échangeant un regard avec mon père. La suite le prouve. Car notre vieil étalon hennissant fait à la garcelette une cour à la soldate, et si j'ose m'exprimer ainsi, porte carrément la main à ses rondeurs...

— Je ne connaissais pas ce trait, dit mon père. Il me semble qu'il va véritablement dans l'excès.

— Cela y va, en effet. Mais la petite Fonlebon, à la différence de Charlotte de Condé, n'est pas, comme dit votre Mariette, une *ambivichieuse*. La demoiselle d'honneur a vraiment de l'honneur. Tremblant pour sa vertu, elle s'affole, elle s'enfuit, court se jeter aux pieds de la reine, lui dit tout. Marie la presse sur ses vastes mamelles...

— Madame ! dit mon père.

— ... la remercie de sa franchise, l'assure de sa gratitude, de sa protection et d'une dot, quand elle se mariera et l'expédie en Périgord tout de gob dans la châtellenie de son grand-père. Que désolant dut être ce voyage ! Paris, la Cour, le Louvre, les bals, les fêtes et je ne sais combien de candidats à sa jolie menotte, notre pauvrette quitte tout ! Et je vous passe les routes défoncées, les pluies diluviennes, les péages, les auberges puceuses et quand elle parvient enfin au vieux nid crénelé de ses ancêtres, c'est pour y trouver son grand-père quasi au grabat. La petite Fonlebon a bon cœur. Elle l'accole, elle le baise, elle le soigne. Et au bout d'un mois l'aïeul meurt, rasséréné, et lui lègue tout. Et ce tout n'est pas rien ! Le vieux chiche-face avait furieusement amassé sa vie durant. Pendant ce temps, à Paris mon pauvre cousin est assassiné. La reine n'oublie pas sa demoiselle d'honneur. Elle lui fait écrire et la petite Fonlebon accourt, aussi sage que belle, aussi belle que bonne et, ce qui ajoute encore à ses attraits, fort riche. Que vous faut-il de plus, mon beau filleul ?

— L'aimer.

— Quoi ? s'écria Madame de Guise, battant l'air de ses bras et l'œil bleu noircissant en sa fureur, misérable coquelet ! Vous avez le front de me dire que vous ne l'aimez pas ! Vous qui lui avez fait à Paris une cour effrénée !

— Madame, dis-je, j'ai parlé deux fois à Mademoiselle de Fonlebon dans ma vie et chaque fois dix minutes. Lors d'une course à la bague, sous l'œil épiant de Madame de Guercheville, ayant découvert que nous étions cousins ; et une deuxième fois au Louvre alors qu'elle l'allait quitter, sanglotante, pour les déserts du Périgord. C'est alors qu'ému par sa beauté et son chagrin, je lui dis que, si j'avais l'occasion, l'été venu, de visiter mon aïeul, le baron de Mespech dans le Sarladais, je pousserais à cheval jusqu'à son logis pour la voir. A cela, Madame, s'est bornée ma cour effrénée.

— Si cela est vrai...

— Mais c'est vrai, Madame !

— Eh bien, si cela est vrai, il serait donc constant, dit Madame de Guise, se calmant par degrés, que vous la connaissez assez peu. Eh bien, épousez-la. Vous la connaîtrez davantage ! Ha, mon Dieu ! s'exclama-t-elle en jetant à sa montre-horloge un œil bleu et myope. Deux heures ! Je dis bien, deux heures ! Dieu du ciel ! Et la régente m'attend déjà depuis une demi-heure en son Louvre. Or sus ! Mon beau filleul ! Courez dire à mon cocher que nous partons sur l'heure ! Que dis-je sur l'heure, à la minute !

Quand ma bonne marraine se fut envolée dans un grand tournoiement de son vertugadin, mon père se rencogna dans sa chaire à bras et demeura coi, paraissant goûter, comme moi-même, le retour du silence. Ce n'est qu'au bout d'un assez long moment qu'il dit, mais à mi-voix, comme si après tant d'éclats, il préférait les chuchotements.

— Madame de Lichtenberg occupe-t-elle toujours autant vos pensées ?

— Oui, Monsieur, dis-je sur le même ton. Et j'ai bon espoir, maintenant, de la revoir. Il semblerait, d'après sa dernière lettre, qu'elle aperçoive la fin de ses problèmes de succession à Heidelberg et qu'elle envisagerait de revenir à Paris.

— Est-ce là la raison pour laquelle l'évocation de Mademoiselle de Fonlebon vous a laissé de glace ?

— Point tout à fait de glace, Monsieur mon père, dis-je. Et permettez-moi de vous dire ce que pour un empire je n'aurais voulu confier à ma bonne marraine : je trouve Mademoiselle de Fonlebon fort à mon gré à tous égards. Et ce que Madame de Guise vient de nous conter de sa bonté à l'égard de son grand-père n'a fait qu'ajouter à l'estime où je la tiens.

A ces mots, mon père me regarda avec attention, laissa tomber un silence et dit, après avoir quelque peu hésité :

— Alors, où en êtes-vous ?

— Eh bien, dis-je au bout d'un moment, outre que je n'aimerais pas porter à Mademoiselle de Fonlebon un cœur qui ne soit pas tout rempli d'elle, me marier ne me semble pas présentement le plus urgent de mes devoirs.

— Et celui-là, quel est-il ?

— Monsieur mon père, vous avez servi Henri dans les dents des plus grands périls. J'aimerais être pareillement utile à son fils.

— Je vous approuve, certes, mais la chose ne sera pas facile. Il faudrait d'abord parvenir jusqu'à lui ! Et c'est bien là le hic ! La régente monte bonne garde autour du petit roi. En fait, elle n'apprécie guère les dévouements et les fidélités qui ne s'adressent qu'à lui. Elle y voit pour elle et pour son règne, qu'elle voudrait peut-être éternel, une sorte de menace.

Comme il peut paraître étonnant que j'aie préféré aux perfections de Mademoiselle de Fonlebon une femme qui, comme la *Gräfin* von Lichtenberg, avait le double de mon âge, je voudrais revenir sur le portrait que j'ai esquissé d'elle dans le premier tome de ces Mémoires, afin peut-être de faire entendre aux lectrices les plus sceptiques la sorte de fascination qu'elle exerçait sur moi.

Madame de Lichtenberg était grande et majestueuse, ronde mais sans embonpoint, un visage que nos poupelets de cour n'auraient pas trouvé beau, parce que les traits n'en étaient pas réguliers. Mais à mes yeux, cette irrégularité était rachetée, si tant est qu'elle eût besoin de l'être, par une bouche sensible, des yeux noirs méditatifs et un grand front qui n'était point gâté par cette frange clairsemée de sottes petites boucles qu'affectent nos élégantes, mais, bien au rebours, mise en valeur par le fait que ses cheveux noirs, drus et abondants, étaient rejetés en arrière.

Je n'ai jamais vu à la Cour de France qu'une seule femme coiffée ainsi : la reine. Et il est constant que cette coiffure a de la dignité, parce qu'elle dégage le front. Mais à mon sentiment, tant vaut le front que valent les yeux et, par malheur, chez la reine, ils étaient pâles, à fleur de tête, et surmontés de sourcils sans couleur et quasi invisibles. Si bien que l'ampleur de son os frontal ne réussissait pas à donner de l'esprit à cette physionomie à la fois molle et dure. Il était large, certes, mais comme celui d'un bovin. On n'y lisait que de l'obstination.

Chez la *Gräfin,* le front était souligné par des sourcils noirs bien dessinés, et s'embellissait encore du feu de ses prunelles, lequel, couvant, luisant, ou jaillissant en soudaines flammes, attestait l'intensité de sa vie intérieure, comme aussi faisait sa bouche, toujours expressive, même au repos. Le regard pouvait être incisif, la parole nette, la bouche ferme, mais pour peu que la *Gräfin* se sentît en confiance, aimée et respectée, ses yeux et ses lèvres pouvaient s'abandonner quasi à son insu à des promesses infinies, quoique encore voilées et retenues.

Elle était une fort haute dame en son pays, étant proche parente de l'Electeur palatin, toutefois aimant

Paris où elle possédait un bel hôtel rue des Bourbons, elle y séjournait la plupart du temps, mais sans toutefois paraître à la Cour, pour ce qu'étant veuve, elle n'avait pas de goût pour les vanités du monde et ne se sentait pas non plus fort à l'aise dans le nôtre, étant protestante. Henri qui la protégeait et qui, sans doute, l'utilisait aussi dans sa diplomatie secrète (maintenant des liens très étroits avec les princes luthériens d'Allemagne) me l'avait donnée comme maîtresse d'allemand — emploi bien peu en rapport avec son rang et sa fortune. Dès que je la vis, et je la vis pour mes leçons deux ou trois fois la semaine, je m'épris d'elle à la fureur. Mais, que dire ici que ma belle lectrice n'entende avant même que je n'ouvre la bouche ? la maturité de la *Gräfin* — cette arrière-saison toujours si attrayante chez les femmes — n'était à mes yeux qu'un charme de plus.

Mais puisque j'explique ici, en même temps que mes songes, le quotidien de ma vie, je dirais qu'au rebours des propos déprisants de Madame de Guise je n'ai jamais considéré Toinon et après elle Louison, comme « des quignons de pain qu'on grignote sur le bord d'un talus ».

C'était là parole de duchesse envieuse de l'insolente jeunesse de femmes roturières. Mes chambrières, ou comme eût dit Toinon, mes soubrettes, n'étaient pas « nées » en effet, mais leur non-naissance ne les empêchait pas d'être présentes, tièdes et tendres, dans mes bras. Et pour Toinon qui fut la première à m'apprendre les complaisances et les enchériments, j'avais conçu un attachement qui ne me devint sensible que par le chagrin que j'éprouvai quand elle me quitta. Mais enfin, il ne m'échappait pas que l'une et l'autre ne m'avaient appartenu que parce qu'elles étaient pauvres et sans qu'elles eussent eu véritablement le choix. Cela ne veut pas dire qu'elles y allassent à contrecœur. Toinon, avec son bon sens populaire, avait excellemment résumé son service : « Je me trouve bien céans, Monsieur. Peu à faire et rien que de plaisant. »

Ma *Gräfin* — si du moins j'ose dire « ma » — avait

de l'esprit, de la lecture, un grand usage du monde, une morale scrupuleuse, la connaissance éclairée des problèmes de la vie, et, contenu, retenu, bridé mais présent, un grand frémissement de générosité.

La splendide aura qui l'entourait m'éblouissait de si haut que, béjaune que j'étais, je la croyais inaccessible, tant je me sentais au-dessous d'elle, incapable que j'étais d'entendre qu'elle se sentait, elle, au-dessous de moi, en raison de son âge et du mien. Toutefois, quand elle partit pour Heidelberg pour régler la succession de son père, nous étions en train de comprendre par une sorte de lent et délicieux progrès que les distances qui nous séparaient n'étaient pas aussi infranchissables que nous l'avions cru.

C'est dire si j'avais accueilli avec transport son projet de revenir vivre à Paris, mais après ce qu'avait dit Madame de Guise sur le retournement de notre politique vis-à-vis des Habsbourg, je commençais à redouter qu'une étrangère de confession luthérienne ne fût peut-être pas *persona grata* aux yeux de nos nouveaux maîtres. En fait, mes craintes de lui voir interdire notre territoire devinrent plus vives encore au cours d'un entretien que nous eûmes avec Pierre de l'Estoile en notre logis du Champ Fleuri, car les faits qu'il nous rapporta, toujours puisés aux meilleures sources, jetèrent sur la situation du royaume un jour qui ne laissa pas de m'inquiéter en tant que Français, certes, mais aussi en tant qu'amant.

Cette journée qui finit si mal pour moi avait pourtant commencé dans la gaîté. Car tandis qu'elle nous servait le déjeuner, Mariette nous régala d'une de ces histoires miraculeuses qu'elle recueillait avec zèle de la bouche des commères du quartier, quand ses deux grands paniers arrondissant ses vastes hanches de dextre et de senestre, elle allait à la moutarde, suivie et protégée dans nos rues périlleuses par Pissebœuf et Poussevent.

— *Monchieur* le Marquis, dit-elle à son retour, j'ai à vous conter, *ch'il* vous plaît de m'ouïr, un grand miracle que je tiens pour *chûr*, vu que ma commère le tient du curé de *cha paroiche*.

— Parle, parle, Mariette, dit mon père avec sa coutumière bonhomie.

— Dans le quartier de Hulepoix vit une fille nommée *Pérrichou* qui est vierge et pucelle.

— N'est-ce pas déjà étonnant qu'elle soit les deux ? dit La Surie.

— Et *chette* fille, dit Mariette, resta vingt-sept jours *chans picher*.

— Pisser, sans doute ? dit La Surie.

— *Ch'est* bien *che* que j'ai dit : *picher*.

— Vingt-sept jours, dit mon père, et elle n'en mourut pas ?

— Nenni.

— C'est déjà un premier miracle, dit mon père.

— Poursuivez, Mariette, dit La Surie.

— Elle avait le ventre dur comme pierre et *chouffrait* les nonante tourments de l'enfer.

— Nonante ? dit La Surie. Je ne savais pas qu'il y eût tant : voilà qui fait réfléchir !

— Poursuis, Mariette, dit mon père.

— Par bonheur, *Monchieur* le Marquis, un bon père jésuite *pacha* en sa rue, lequel, oyant des cris déchirants, et instruit du pourquoi de la chose, *chuchpendit* au cou de la garcelette une relique de saint *Ignache* de Loyola, bien *chellée* et cachetée, laquelle devait *chûrement* guérir la pauvrette de son mal, pour peu qu'elle promît, la veille des fêtes, de jeûner, de se *confecher* et de communier. La *garchelette* promit et bien elle *ch'en* trouva, car tout *choudain* elle *picha, picha, picha* que *ch'était* un vrai torrent qui *chortait* d'elle !...

— C'était bien le moins après vingt-sept jours de rétention, dit mon père. La grand merci à toi, Mariette, de nous avoir appris ce beau miracle.

— On l'appelle le miracle *picheux,* dit Mariette, et il est *chélèbre* dans tout le quartier de Hulepoix. On l'a même imprimé.

— Toutefois, Mariette, dit La Surie, tu devrais te rappeler que feu le père Ignace de Loyola n'est pas encore saint. Il n'est que béat.

— Je m'en *chouviendrai,* Monsieur le Chevalier, dit Mariette.

Pierre de l'Estoile, qui fut notre hôte ce jour-là, était de robe, quoique allié dans sa famille à quelque noblesse, honnête bourgeois parisien bien garni en pécunes (mais le cachant) et assurément plus fidèle à son roi et à la nation que bien des ducs que je pourrais citer. Il avait vendu sa charge de grand audiencier quelques années auparavant, mais conservait au Parlement et à la Cour un grand nombre d'amis, tant est que rien ne se passait au Palais et au Louvre qu'il ne sût. Mon père lui portait une grande amitié et ne laissait pas non plus de trouver son commerce des plus instructifs, bien que coloré du pessimisme le plus noir quant à son sort personnel et à l'avenir du royaume. Il faut dire que l'humeur de Pierre de l'Estoile qui, de tout temps, avait été mélancolique (jusqu'à ne pas vouloir être enterré dans l'église de sa paroisse parce qu'il la trouvait trop sombre) s'était muée en désespérance infinie depuis la mort du roi, alors même qu'en bon Gaulois, il n'avait pas manqué, tout en l'aimant, de dauber sur Sa Majesté, quand nous avions encore le bonheur de l'avoir parmi nous.

Dès la première bouchée de notre dîner (qu'il avala de bon appétit), l'Estoile nous annonça d'entrée d'un air chagrin que cette fois c'était bien fini, qu'il était ruiné (ce qui était faux) et qu'il se rapprochait à grands pas de la mort (ce qui, hélas, se vérifia quelques mois plus tard).

Quant à notre pauvre désolée France, elle ne se trouvait pas en meilleur point que lui, étant livrée au gaspillage le plus éhonté de clicailles et à deux doigts d'être taillée et démembrée par ses ennemis. Toutefois, en cette diatribe, il demeurait fort prudent, passant du français au latin dès que Mariette entrait dans la pièce pour nous apporter un plat.

Quant à son physique, que je le dise enfin, notre ami avait fort peu à se glorifier dans la chair, étant courbé, rabougri, et le visage sillonné de rides profondes, mais l'œil vif, aigu, parfois égrillard, quand il citait ces vers et chansons dévergognés dont les Parisiens sont si friands. L'Estoile, lui, précisait qu'il n'en faisait état que comme témoignage sur les mœurs du temps.

— C'est un bien curieux gouvernement que celui de (Mariette venait d'entrer dans la pièce) *istius mulieris* [1]. Il y a le Conseil de régence institué par notre défunt roi. Et celui-là comprend les princes du sang, les ducs et pairs, les maréchaux et le cardinal de Joyeuse. C'est un Conseil que je dirais de *faste et de mine.* On y discourt beaucoup, mais quand on prend une décision, elle n'est presque jamais exécutée. Plus agissant est le Conseil secret que j'appelle, quant à moi, le *Conseil de la petite écritoire.* Il est composé d'une poignée de gens : les *Barbons,* le procureur Dolé qui est l'avocat de la régente, le père Cotton, plus douceret et chattemite que jamais...

— Vous n'aimez pas les jésuites, Monsieur? dit La Surie d'un air innocent.

— J'aimerais fort les jésuites français, dit Pierre de l'Estoile après avoir attendu que Mariette fût sortie de la pièce, s'ils étaient des loyaux sujets du roi de France. Mais ils sont, hélas, tout donnés et dévoués au pape et au roi d'Espagne. En outre, je ne goûte guère que le père Cotton tienne notre petit roi une grosse heure à confesse... Avec Henri, elle durait cinq minutes. J'en conclus que ce Cotton-là abuse du jeune âge de Louis pour l'encottonner et lui tirer les vermes du nez.

— Dieu merci, dit mon père, il perd son temps. Bon sang ne saurait mentir. A mon sentiment, Louis est déjà aussi anti-espagnol qu'on peut l'être. En outre, dès lors qu'il n'est pas en confiance, il se ferme comme une huître. Mais, poursuivez, de grâce, mon ami.

— Où en étais-je?

— A la composition du *Conseil de la petite écritoire.*

— Je reprends : les *Barbons.* Dolé, le père Cotton, le nonce du pape, l'ambassadeur d'Espagne.

— Quoi! s'écria mon père avec la dernière véhémence, le nonce du pape! L'ambassadeur d'Espagne! Des étrangers siègent au Conseil qui gouverne la France! Pauvre malheureux pays déjà vassalisé! Et pauvre Henri qui avait tant à cœur les intérêts de ce

1. De cette femme (lat.).

royaume ! Que ne peut-il sortir de sa tombe pour mettre fin à cette trahison !

— Je n'ai pas terminé, dit l'Estoile. Le pire est encore à venir. Siègent encore au *Conseil de la petite écritoire* Leonora Galigaï et Concino Concini...

— Leonora et Concini ! s'écria mon père. Véritablement, j'étouffe ! Les mots me manquent ! Cette fille de néant ! Ce louche aventurier ! Et les décisions de cet infâme Conseil ont force de loi !

— Pas toujours. Car après chaque séance, la reine consulte encore Dolé, Leonora et Concini, et change parfois, selon leurs avis, les décisions qui viennent d'être prises. Ce qui rend les *Barbons* furieux, mais ils n'osent s'en plaindre qu'à mi-bouche.

— Que ne démissionnent-ils ? s'écria alors La Surie, au lieu de se faire les complices de cette triste palinodie ! Ils devraient entendre qu'ils ne sont plus des ministres, mais des valets... Et qu'en fin de compte, ce sont les trois favoris qui gouvernent.

— Il n'y en a pas trois, dit l'Estoile en levant la main. L'avocat Dolé ne compte pas. Il n'est là que pour donner une apparence légale à l'illégalité. Concini compte assurément, mais comme bouclier et mari de la Leonora. C'est elle, la vraie, la seule favorite, possédant un pouvoir sans limites sur l'esprit de...

Mariette apparaissant dans la salle, l'Estoile s'interrompit et dit :

— *Istius mulieris,* à laquelle on la donna en ses maillots et enfances comme compagne de jeux. C'était la fille de sa nourrice. Ce qui donne à penser à d'aucuns que si elle a tant de crédit sur, sur...

— La personne en question, souffla mon père.

— C'est qu'elles ont tiré les mêmes mamelles et bu le même lait.

— Fadaise et superstition ! dit mon père.

— Oui-da, mon ami, dit l'Estoile, vous avez raison. Ce n'est là qu'une turlupinade ! La vraie raison, c'est que cette fille de basse extraction, laide à faire peur, malitorne [1], irregardable, le corps tordu, les nerfs

1. Mal bâtie.

détraqués, une face bizarre avec des traits d'homme et des yeux fulgurants — ce monstre, en bref, a beaucoup d'esprit et la personne en question n'en a guère.

Il fit une pause pour laisser à Mariette le temps de fermer l'huis sur elle.

— A s'apercevoir de l'immense ascendant qu'elle prenait sur la fillette, sa cadette de cinq ans, on eût dû, à Florence, la séparer d'elle aussitôt. Mais Marie de Médicis étant fort opiniâtre, le grand duc de Toscane imagina de se servir de Leonora pour gouverner à son gré sa nièce. Hélas c'était la souder à elle davantage. Notre Henri, dans ses débuts, donna dans la même erreur. Lui aussi utilisa cette influence, en soi si pernicieuse, pour ramener la paix dans son ménage, quand sa liaison avec la Verneuil donnait de l'ombrage à la reine. Mais il ne faillit pas à s'apercevoir à la longue que la Leonora, si elle pouvait le servir, pouvait aussi le desservir.

— De quoi Leonora pâtit-elle en son corps ? demanda mon père, chez qui le médecin reprenait toujours le dessus.

— De tout ! De la tête. De l'estomac. Du ventre. Des jambes. Mais surtout des nerfs. Il arrive parfois à ses chambrières de la trouver assise sur une chaise, toute renversée en arrière, incapable de parler, de bouger et tremblant de tous ses membres. Elle dort peu, elle mange à peine et, hors la reine, elle ne voit personne.

— J'ai ouï raconter, dit La Surie, qu'elle logeait au Louvre.

— C'est vrai, dit l'Estoile, dans un petit appartement situé au-dessus de ceux de la reine et relié à eux par un viret. Et chaque soir, après le souper, la noiraude descend comme une grosse araignée dans la chambre de Marie et tisse ses toiles autour de la reine jusqu'à ce que la malheureuse en soit engluée et fasse ce qu'elle décide et désire.

— Et que désire-t-elle ?

— L'or. Il se peut que Concino Concini, lui, aspire au pouvoir et que ses ambitions soient infinies. Mais pour Leonora, la chose est claire. Sa passion, c'est la pécune ! Vous pourrez l'appeler chiche-face, pleure-pain, pincemaille, que sais-je encore ? vous ne pourrez jamais décrire l'immense et maladive avarice dont elle est possédée.

— Et elle arrive à ses fins ?

— Déjà du temps du feu roi, elle soutirait des sommes considérables à la reine. Mais celle-ci, après la mort d'Henri, ne se sentant plus bridée par une main ferme, en est venue à puiser à pleines mains dans le Trésor royal et à bailler des fortunes à sa favorite.

— En est-on rendu à ce point ? dit mon père avec effarement.

— Oui-da ! et cela passe l'imagination ! Voulez-vous un exemple ? La reine vient de donner à Leonora trois cent trente mille livres pour acheter le marquisat d'Ancre dont elle a pris le titre.

— Marquise d'Ancre ? Cette fille de rien ! s'exclama le chevalier de La Surie, qui tenait d'autant plus à sa noblesse qu'il l'avait conquise par sa vaillance au service du roi.

— Et Concini, marquis ! dit l'Estoile. Mais je doute qu'il puisse aller plus loin, car c'est à Leonora qu'appartient le marquisat. Et elle s'est mariée sous le régime de la séparation de biens. En revanche, Concini, lui, a reçu de la reine cent vingt mille livres pour acheter à Monsieur de Créqui la lieutenance générale de Péronne, Montdidier et Roye, et deux cent mille livres pour acheter à Monsieur de Bouillon sa charge de premier gentilhomme de la Chambre. Quatre mois à peine après la mort du roi, ce funeste couple a coûté au trésor six cent cinquante mille livres !

Mon père et moi avions vécu très retirés depuis la disparition de notre Henri, étant comme immergés dans notre profonde douleur et, bien que nous ayons eu quelques échos de ce qui se passait à la Cour, où de quatre mois nous n'avions mis les pieds, jamais la vérité ne nous avait été exposée avec autant de précisions et de chiffres. Quant à Concini, je l'avais vu deux fois dans ma vie : la première fois au bal de la duchesse de Guise où l'arrogant bellâtre s'était invité avec la dernière impudence, se disant de la suite de la reine, alors même que celle-ci n'était pas encore arrivée chez Madame de Guise. Mon père me l'avait alors montré, causant avec Vitry, et j'avais, je m'en souviens, fait une remarque sur la fausseté de ses yeux obliques. La seconde fois, je le vis lors d'une course à la bague. Je m'entretenais avec Mademoiselle de Fonlebon au milieu de l'essaim bourdonnant des demoiselles d'honneur et je fus distrait de son charmant commerce par l'audace éhontée de cet aventurier qui, voyant le connétable de France prendre congé de la reine, avait osé s'asseoir à sa place à la droite de Sa Majesté, et qui pis est, aux yeux de toute la Cour, lui parler longuement à l'oreille. Et ce fourbe, qui si souvent à Florence avait été emprisonné ou banni pour ses méfaits et ses dettes, était maintenant marquis d'Ancre en France ! Il portait le nom et le titre d'une vieille noblesse terrienne ! Il en arborait les armes, lui qu'on n'avait jamais vu une épée à la main ! Pis même, en qualité de marquis d'Ancre, il allait être invité au sacre du petit roi.

— Cette pluie de faveurs et de pécunes sur ce bas coquin, reprit l'Estoile, a eu deux conséquences également mauvaises. Elle a enragé de jalousie les princes et les ducs — ceux qu'on appelle les Grands — sans doute parce que leurs ambitions sont si petites et leurs appétits, si démesurés. Et ils menacent aujourd'hui la reine de se retirer de la Cour et de lever contre elle des soldats s'ils ne sont pas aussi bien garnis que les Florentins... Et la régente va céder ! Les *Barbons,* toujours couards, l'y poussent et le trou dans le trésor va se creuser davantage !

— Et la deuxième conséquence ? dit mon père voyant que l'Estoile se taisait.

— J'ose à peine la dire, mon ami. Le peuple, qui court vite aux supputations extrêmes, surtout quand elles sont éhontées, est convaincu que Concini est l'amant de la reine.

— Ce qu'il n'est sûrement pas, dit mon père.

— Je le décrois aussi, mais Concini lui-même, pour se donner du crédit à la Cour, fait tout ce qu'il peut pour accréditer cette légende. Un gentilhomme m'a affirmé l'avoir vu, au sortir de la chambre de la reine où il s'était entretenu seul avec elle, affecter ostensiblement de renouer l'aiguillette de sa braguette.

— Quelle vilité ! s'écria La Surie très à la fureur. Quelqu'un ne se trouvera donc pas pour passer son épée à travers le corps de ce faquin ?

— Ce quelqu'un n'en aurait pas le temps, dit mon père en posant sa main sur celle de La Surie. Concini, à ce qu'on m'a dit, est toujours très fortement accompagné.

⁂

Je ne dormis guère la nuit qui suivit cet entretien tant les chances de ma *Gräfin* de revenir vivre à Paris me parurent compromises. Comment, en effet, une régente qui avait admis en son *Conseil de la petite écritoire* un père jésuite, un nonce du pape et l'ambassadeur d'Espagne, pourrait-elle admettre que revînt sur son territoire une calviniste si proche de l'Electeur palatin ?

Cependant, au déjeuner du matin, mon père me trouvant les yeux battus et la mine basse, m'en demanda la raison et comme tout en parlant, il me posait le bras sur l'épaule et m'attirait à lui, je fondis à tant de bonté et lui confiai le pourquoi de mon déconfort.

— Hé ! Ne croyez pas cela ! dit-il. Ce n'est pas sûr ! Les choses sont plus compliquées ! La régente vient d'assurer aux protestants de France que l'Edit de Nantes ne sera pas révoqué.

— Et pourquoi diantre fait-elle cela ? dis-je, béant. Serait-elle devenue d'un coup tolérante ?

— Pas le moins du monde. Mais les huguenots en ce pays représentent une force. Avec toutes les villes dont ils sont les maîtres, ils forment un Etat dans l'Etat. Et la régente, si elle s'attaquait à leurs privilèges, craindrait de les voir s'allier aux Grands qui déjà lui mettent tant martel en tête. Cependant, reprit-il au bout d'un moment, rien dans la politique de la régente n'obéit à une logique certaine. Elle peut ménager les protestants français et, en même temps, affronter les luthériens allemands. Il faudrait pouvoir plaider auprès d'elle la cause de notre amie. Mais comment?

Pour moi, après cet entretien, ce n'était pas encore l'espoir, mais ce n'était plus la désespérance. Et passant d'un extrême à l'autre, comme il est coutumier à l'âge que j'avais alors, je me sentis aussi gai et folâtre que les moineaux que je voyais par nos fenêtres sautiller sur les pavés de notre cour. Mon père se taisant, je me levai et allai me poster derrière la vitre pour m'amuser de leur volettement. Comme ils paraissaient sans souci! et que chacun et chacune semblaient sûrs, le moment venu, de retrouver, qui son moineau, qui sa moinette!

A cet instant, notre porte piétonnière s'ouvrit et je vis notre Mariette revenir du marché, toujours flanquée de nos soldats et les deux paniers, pleins de nos viandes, calés sur ses hanches dodues.

La voyant déclore en ma direction une bouche énorme et bien dentue, j'en conclus qu'elle me voulait parler et j'ouvris la fenêtre.

— *Monchieu* le Chevalier! cria-t-elle. *Monchieu* le Marquis est-il avec vous dans la librairie?

— Oui-da, Mariette! Que lui veux-tu?

— Le voir, *Monchieu* le Chevalier. J'ai les joues toutes gonflées d'une nouvelle de grande *importanche* dont il faut que je l'instruise.

— Un nouveau miracle, sans doute, dit mon père. Dis-lui de monter. Les raisons de s'ébaudir sont si rares en ces temps misérables!

J'eus à peine le temps de fermer la fenêtre que déjà les énormes et proéminents tétins de Mariette pénétrèrent avant elle dans la librairie où mon père se chauffait devant la cheminée, le temps étant froid pour cette fin septembre.

— *Monchieu* le Marquis! *Monchieu* le Marquis! dit Mariette, en un dramatique chuchotement, savez-vous que la régente a nommé le Concini marquis d'Ancre?

— Je le savais, dit mon père.

— Avec une dot de plus d'un million de livres!

— Apparemment, dit mon père en me jetant un œil, le chiffre a pris du ventre depuis hier.

— Et *chavez*-vous, *Monchieu* le Marquis, reprit Mariette, son œil noir tout égrillard, qu'on *chanchonne* la reine à ce sujet ?

— Vraiment ? On la chansonne ? Et que dit la chanson ? dit mon père d'un air froid en levant le sourcil.

— La voici, dit Mariette, la lèvre gourmande et le téton houleux.

Si la reine venait à avoir
Un poupon dans le ventre,
Il serait à coup sûr bien noir,
Car il serait d'Ancre.

Mon père ne se permit pas un sourire, ce qui fit que moi aussi je restai de marbre, quoi que j'en eusse.

— Mariette, dit mon père gravement, cette chanson est sale, séditieuse et constitue à elle seule un crime de lèse-majesté. Si j'apprenais que tu la chantes dans ce logis, ou dans la rue du Champ Fleuri pour ébaudir tes commères, je te livrerais moi-même aux juges pour qu'ils te pendent.

— *Monchieu* le Marquis ! *Monchieu* le Marquis ! il n'y avait pas *offenche !* gémit Mariette. Je la chantais *cheulement, ch'il* vous plaît, pour vous *inchtruire.*

Et reculant en révérences, elle sortit de la pièce, point tant effrayée par la menace de mon père que bien marrie de ne pouvoir répéter au reste de nos gens des petits vers aussi croustillants.

— Voilà bien nos Français ! dit mon père quand elle fut hors. Ils font des chansons sur tout, y compris sur leurs calamités.

Comme après cela mon père restait pensif, je pris sur moi de lui demander :

— Ne se pourrait-il pas, après tout, que la liaison fût réelle ?

— Nenni, dit-il avec un mouvement décisoire de la main, cela ne se peut. Votre marraine qui connaît fort bien la régente se dit assurée de sa vertu. Encore, ajoute-t-elle, que vertu et insensibilité soient souvent synonymes. Une femme, comme vous voyez, mon fils, n'est jamais si bien jugée que par ses amies.

Il reprit au bout d'un moment :

— De reste, le scandale ne serait pas si grand, si la régente avait choisi comme favori un des Grands, par exemple, le duc d'Epernon.

— N'est-il pas un peu vieux ?

— Oh ! Il a rajeuni de dix ans depuis la mort du roi et porte sa tête aussi haut que son cheval ! Nenni, voyez-vous, mon fils, c'est le choix du favori qui est mauvais. Accumuler tant de faveurs sur ce bas coquin, étranger par surcroît, c'est cela qui irrite le peuple et l'amène à la dérision. Il lui semble que c'est par trop déchoir de la dignité royale.

CHAPITRE II

Au début d'octobre, comme nous achevions de dîner, Franz nous vint annoncer que Toinon, mon ancienne soubrette, demandait à nous voir.

— Est-elle toujours aussi jolie ? demanda mon père avec un sourire.

Cette question embarrassa Franz qui se faisait scrupule de louer une autre femme que sa Greta. Et ne sachant que répondre, ce gaillard, haut de six pieds et solide comme un coffre, rougit comme pucelle.

— Je peux répondre à cela, dit La Surie. Je suis entré hier dans sa boulangerie pour lui acheter un pain aux raisins et voici ce que j'opine : elle est belle comme un petit ange. Merilhou se trouvait, sans rien faire lui-même, dans la boutique et la regardait servir. Il me donna à penser que, quand il n'est ni à son pétrin ni à son fournil, il passe son temps à béer devant sa femme.

— Qu'il prenne garde qu'un quidam ne la lui prenne, dit mon père.

— Oh ! Pour cela non ! dit La Surie. Tous les péchés capitaux ne sont pas entre eux compatibles. Pour ce qui est de Toinon, l'orgueil et l'avarice la défendent contre la luxure.

— Pure méchantise, Chevalier ! m'écriai-je. Est-ce orgueil chez une fille de se croire belle, vaillante et pleine d'esprit, quand elle l'est ? Est-ce avarice que de se vouloir garnir en pécunes, quand on est née sans un seul sol vaillant ? Toinon sait ce qu'elle est et ce qu'elle veut, mais elle ne manque pas de cœur. Tout le rebours !

— Qui le sait mieux que vous, mon beau neveu ? dit La Surie, avec une petite grimace contrite. Pardonnez-moi. La rage de faire un mot m'a emporté.

— Franz, dit mon père qui, étant ce matin d'humeur badine, voulait donner à son majordome l'occasion de briller, toi qui as l'œil à ces choses, dis-nous comment elle est mise.

— Quasiment, Monsieur le Marquis, comme une personne de qualité.

— Quasiment ?

— Elle porte à la main un masque à tige dont elle a caché son visage dans la rue. Ses galoches ôtées, elle est fort bien chaussée. Son corps de cotte est de velours brodé, son cotillon, presque aussi ample qu'un vertugadin, et son cou s'orne d'un collier d'or qui n'est point piètre.

Mon père se pencha vers moi et dit *sotto voce* :

— *He won't say she's pretty, but he did look at her* [1]. En résumé, Franz ?

— En résumé, Monsieur le Marquis, si elle sortait d'un carrosse, vous la prendriez, non tout à fait pour une personne de condition, mais à tout le moins pour une bourgeoise.

— Jour de Dieu ! dit La Surie. Est-elle devenue si haute ?

— Nenni, Monsieur le Chevalier, dit Franz. Elle n'est ni haute, ni façonnière. A l'entrant, elle a baisé Greta et Mariette du bon du cœur, fait de gentils sourires au reste de nos gens, et m'a montré plus de défé-

1. Il ne veut pas dire qu'elle est jolie, mais il l'a bien regardée (angl.).

rence qu'elle ne m'en montra jamais, quand elle servait céans. Si vous me permettez, Monsieur le Marquis, je dirais que ses manières ont beaucoup gagné.

— Eh bien, Franz, introduis cette merveille et dis en même temps à Mariette de nous servir les douceurs.

— La merveille est aussi une douceur pour les yeux, dit La Surie.

A l'entrant de Toinon qui nous fit à tous trois une belle révérence, mon père dosant la politesse à l'aune de sa visiteuse se leva à demi de sa chaire, La Surie et moi-même l'imitant. En me rasseyant, je me rendis compte que la présence de mon ancienne soubrette ne me laissait pas insensible. J'en fus quelque peu fâché contre moi-même car, sans être aussi roide que Franz en sa loyauté amoureuse, j'aurais voulu que ma tête et mes sens ne fussent occupés que de ma seule *Gräfin*. Or, tous les jours que Dieu faisait, Louison partageait ma sieste ; la vue de Toinon me donnait des regrets et alors même que je ne désirais pas l'épouser, je pensais plus que je ne le devais aux perfections de Mademoiselle de Fonlebon.

Je m'ouvris plus tard à mon père de ces scrupules, mais il ne fit qu'en rire.

— Babillebahou, mon fils ! dit-il, pourquoi renonceriez-vous à vos songes, puisqu'ils vous charment sans offenser quiconque ? Voudriez-vous, inversant vos années, avoir quatre-vingt-un ans au lieu de dix-huit ans ? Et de reste, si j'en juge par votre grand-père, même à quatre-vingt-dix ans, on peut ne pas être sage encore...

Quant à Toinon, elle ne fut pas sans s'apercevoir de l'émeuvement où sa présence m'avait jeté. Elle me lança un regard vif, un seul, et ce fut tout. « Voilà fille, m'apensai-je, qui est plus maîtresse d'elle-même que je ne suis. »

— Eh bien, Toinon, comment t'en va-t-il par ce ciel gris d'octobre ? dit mon père.

— Fort bien, Monsieur le Marquis, je vous en remercie.

— Franz, dit mon père à notre majordome qui ouvrait la porte toute grande pour laisser passer Mariette portant des deux mains une soupière pleine d'une compote de poires fumante et odorante, donne une chaire, je te prie, à notre Toinon. Veux-tu des poires, Toinon ?

— Non merci, Monsieur le Marquis.

Mon père attendit pour reprendre l'entretien que Mariette nous eût à tour de rôle servis. Toutefois, quand elle eut terminé, elle se retira derrière la chaire paternelle et au lieu de poser la soupière sur la table, elle la garda calée contre son ventre, bien que sans doute il lui en cuisît, sacrifiant ainsi son bien-aise à sa dévorante curiosité.

— Eh bien, Toinon, dit mon père, qu'as-tu à nous dire ?

— J'ai à vous dire, Monsieur le Marquis, qu'ayant vu passer votre carrosse avant-hier dans la rue, je l'ai trouvé tout à plein dépeint et dédoré et les rideaux des fenêtres, fort défraîchis.

Ce début était si surprenant que mon père ne sut qu'en penser car depuis que Toinon nous avait quittés pour marier le maître boulanger Merilhou, quand elle nous revenait voir, c'était pour qu'on s'occupât de ses affaires et non point pour nous parler des nôtres.

— *Ch'est* bien vrai, *chela !* Que *ch'est* bien une honte pour un marquis ! dit Mariette.

— Que fais-tu là, Mariette ? dit mon père en tournant la tête par-dessus son épaule.

— J'attends pour vous *rechervir, Monchieu* le Marquis. Vu que tant est bonne la compote de Caboche que vous allez en revouloir.

— Eh bien, attends, ma commère, mais sans déclore le bec. Poursuis, Toinon.

— Pour vos rideaux, Monsieur le Marquis, votre Margot, qui est fort habile couseuse de soie et brodeuse d'or sur soie...

Toinon s'interrompit, comme surprise elle-même de faire l'éloge de Margot qu'elle avait si fort détestée, quand elle était chez nous, opinant que la nouvelle venue avait pris le pas sur elle, donnant soin et soulas à un marquis et non point, comme elle, à un chevalier.

— Bref, dit-elle, pour les rideaux, Margot pourrait en faire des neufs et des jolis, et qui plus est, en soie et non en coton, comme ces quasi-lambeaux qu'on voit qui pendent là.

— Mais, dit La Surie, des rideaux de soie jureraient avec l'état présent du bois.

— C'est bien pourquoi, dit Toinon, que je m'apense qu'il faudrait le repeindre et redorer le carrosse de haut en bas. Comme il est là, il fait pitié ! N'étaient vos armes, Monsieur le Marquis, sur la portière, on croirait qu'il est de louage...

— Je ne vois pas l'urgence, dit mon père, de ce requinquement.

— Oh si, Monsieur le Marquis, dit Toinon, avec la dernière vivacité, il y a urgence ! Je pense bien qu'il y a urgence ! Une grande urgence même, vu les événements !

— Quels événements ?

— Le sacre de notre petit roi ! A Reims ! Le quinze de ce mois ! Auquel vous serez sûrement invité !

— Même, dit Mariette, que Madame la Duchesse *cherait* dans *ches* fureurs, *chi* elle vous voyait apparaître à Reims en *chi* piètre équipage.

— Paix-là, Mariette ! dit mon père. Je gage, Toinon, poursuivit-il en se tournant vers elle, que tu as un peintre-doreur que tu désires me présenter ?

— Oui-da, Monsieur le Marquis ! dit Toinon sans la moindre vergogne : mon frère Luc. Et meilleur compagnon en son métier que mon frère Luc, on ne trouverait mie sur la place de Paris. De reste, il travaillait chez le maître Tournier. C'est dire !

— Il travaillait ? Il ne travaille plus ?

— Le maître Tournier l'a désoccupé.

— Ton frère Luc aurait-il mal agi ?

— Nenni. Il a trop bien agi.

— Voilà qui est plaisant ! Conte-moi donc cela !

— Il faut dire de prime, Monsieur le Marquis, que mon frère Luc est si beau qu'il n'est pas possible de plus.

— Et qui en douterait à voir sa scintillante sœur ? dit La Surie.

Compliment qui, je ne sais pourquoi, me déplut.

— Et la femme Tournier, qui atteint le mauvais tournant de l'âge, s'est éprise de Luc comme follette, le pressa, le serra et le poursuivit dans la maison des combles à la cave. Et lui, de refuser.

— Et pourtant, dit La Surie, un coup de pinceau n'a jamais fait de mal à personne.

— Fi donc, Miroul ! dit mon père.

— Bref, dit Toinon, il l'a repoussée.

— Et la femme l'a peint en noir aux yeux de son mari ? dit La Surie.

— Oui-da ! disant que c'était lui le lubrique et le harceleur.

— *Es clásico* [1] ! dit La Surie : la femme de Putiphar...

— Pardon, Monsieur le Chevalier, dit Toinon, il ne s'appelle pas Putiphar, mais Tournier.

Mon père se prit le menton dans la main et caressa sa barbe. Il la portait en collier comme la mode en était, avec une petite mouche sous la lèvre inférieure et une moustache effilée aux deux bouts. Bien qu'il dépensât peu pour sa vêture, il avait été un des premiers à adopter le grand col brodé qui dégageait le cou au lieu de la fraise qu'il détestait pour deux raisons : elle serrait le gargamel et nous venait d'Espagne. De reste, il prenait le plus grand soin de sa personne, et il était original en ceci que, quasiment le seul à la Cour, il préférait les bains aux parfums.

— Mais bien tu sais, Toinon, dit-il au bout d'un moment, que si un compagnon travaille à son compte sans être admis comme maître par ses pairs, il peut lui en cuire.

— Mais point s'il travaille chez vous comme aide-jardinier, Monsieur le Marquis, reprit Toinon. Et j'ai ouï dire que le pauvre Faujanet a de présent beaucoup de mal à tirer seul les seaux de votre puits.

— Ha, mais je discerne là tout un petit complot ! dit mon père en se tournant pour dévisager Mariette, la soupière pleine de compote chaude toujours calée contre son ventre. Eh bien ! Mariette ! Tu restes coite ?

1. C'est classique (esp.).

— *Monchieu* le Marquis, dit Mariette avec dignité, comment ouvrirais-je le bec pour vous répondre, puisque *Monchieu* le Marquis m'a défendu de le déclore ?

— Et pour toi, Toinon, dit mon père, mi-figue mi-raisin, bravo, bravissimo pour défendre si bien les intérêts de ton frère !...

— Oh, mais il ne s'agit point que de mon frère ! dit Toinon avec véhémence, mais aussi de vous embellifier pour faire honneur à Reims à notre petit roi ! Que je l'ai vu comme je vous vois à Vincennes, le treize août, pour y asseoir la première pierre de son corps de logis et que c'était merveille de voir le mignon prendre le mortier dans un bassin d'argent pour le jeter avec sa petite truelle, quasi aussi habile en cela qu'un compagnon maçon ! Après quoi, il a sauté en selle sans l'aide de son écuyer, il nous a baillé à tous et à toutes une grande bonnetade et il est parti. Ha ! Monsieur le Marquis ! Vous auriez dû ouïr cela ! Le peuple l'acclamait à déboucher un sourd, mi-riant mi-pleurant, tant est que moi aussi j'y suis allée de ma larme.

— Et pourquoi donc, Toinon ? dit mon père, qui me parut touché de ce récit.

— Parce que nous pensions à son père et qu'il nous tardait fort que le fils soit assez grand pour chasser de France les sangsues italiennes.

Je ne saurais dire si, parmi ces sangsues, Toinon incluait la reine. Aussitôt après la mort du roi, la régente avait gagné quelque popularité en supprimant les taxes qu'Henri avait imposées au peuple pour pourvoir à sa guerre contre les Habsbourg. Mais, comme quelques mois plus tard, elle les rétablit pour nourrir ses folles libéralités en faveur des Concini et des Grands, j'augurai que, dans l'esprit des Parisiens, la régente n'était plus guère épargnée. Ce qui m'inclinait à le croire, c'est que ce fut justement le moment où l'on commença à chuchoter dans les rues et sur les places de Paris qu'il fallait « jeter la déesse à la mer avec son *ancre* autour du cou ».

Mon père craignait fort la dépense et il lui fallut longuement peser avec La Surie le pour et le contre avant de décider s'il allait embaucher Luc en double qualité d'aide-jardinier et de peintre. Mais comme il ressortit de ce conciliabule qu'outre notre carrosse, les portes, les fenêtres et les volets de notre hôtel parisien, de notre seigneurie du Chêne Rogneux et du manoir de La Surie, exigeaient depuis longtemps que la couleur vînt protéger le bois, le plateau de la balance pencha en faveur de Luc et nous partîmes pour Reims, deux jours avant la Cour, dans un équipage qui brillait de tant de feux que même la boue des routes n'eût osé les ternir.

L'étiquette voulait que la Cour appelât ma bonne marraine « la duchesse douairière de Guise » pour la distinguer de sa bru, la duchesse régnante de Guise, la femme de Charles, son fils aîné. Et encore qu'elle détestât cette appellation qui, disait-elle, « la vieillissait avant l'âge », elle ne faillit pas de la revendiquer haut et clair, quand il s'agit de prendre place dans le carrosse de la reine pour faire le voyage de Paris à Reims, honneur auquel les autres princesses du sang n'eussent pas manqué d'aspirer, si ma bonne marraine n'eût pris les devants avec tant de décision et d'autorité.

Ce fut là une des petites querelles auxquelles donna lieu le sacre de Louis, la plus grave s'élevant entre le prince de Condé et le cardinal de Joyeuse, lequel refusa d'être nommé par le petit roi Chevalier du Saint-Esprit *après* le prince de Condé, les cardinaux passant avant les princes du sang selon le protocole.

C'était bien la règle, en effet. Mais la reine la viola sans le moindre tact, ayant moins peur du cardinal de Joyeuse que de Condé qui menaçait de quitter la Cour pour lever des troupes contre elle. Et elle la viola derechef, au grand scandale de toute la Cour, quand le tout nouveau marquis d'Ancre prétendit, pendant la cérémonie, passer avant Bellegarde qui était duc et pair.

Elle dépêcha Bassompierre à Bellegarde pour lui dire de céder le pas. Ce que fit de fort mauvaise grâce

Monsieur le Grand [1], tout bon courtisan qu'il fût. Et il se vengea incontinent en parodiant le mot célèbre de Sully : « Impudence et arrogance, dit-il à Bassompierre *sotto voce,* sont les deux mamelles de Concini. Quant à celles de Leonora, poursuivit-il, je suis le seul à les avoir vues en son antre et tout à fait sans l'avoir désiré. Elles sont d'une platitude à faire peur, sauf quand elles se gonflent sous l'effet de la vanité comme grenouilles jumelles. Savez-vous qu'elle s'est commandé, pour le sacre, un grand carrosse doré qui, par sa magnificence, égale, s'il ne surpasse, celui de Sa Majesté ? »

A ce que j'ouïs dire, la Cour s'ébranla pour Reims le deux octobre par une chaleur qui n'était point de saison. L'embarras des équipages et des charrois se trouva tel et si grand qu'il lui fallut cinq bonnes heures pour traverser Paris. Je dis « j'ouïs », et non « je vis », car nous étions partis, mon père, La Surie et moi (nos deux soldats nous suivant à cheval) deux jours auparavant, jugeant bien que si nous partions en même temps que cette longuissime caravane, nous n'allions plus trouver chambre aux étapes sinon sales, puceuses, pouilleuses et fort chères, ni d'ailleurs, le moindre rôt en nos assiettes, ni foin ni avoine pour nos chevaux, ni maréchal-ferrant pour les ferrer. Sans compter l'incommodité de marcher au pas dans un cortège royal qui s'étirait sur trois bonnes lieues au moins, le chanfrein des chevaux touchant quasiment le cul du carrosse précédent. Sans compter aussi, la route étant fort sèche par ce beau temps, un épais nuage de poussière dont nos yeux, nos gorges et nos poumons ne pourraient s'accommoder.

A Reims, nous ne logeâmes ni en auberge, ni ès couvent, ni chez l'habitant — la moindre chambre, cellule, chambrifime, cabinet, galetas, étant retenue depuis longtemps, et celles qui restaient libres s'élevant à des prix à faire frémir un huguenot. Mais mon père nous trouva gîte et couvert chez un ancien

1. Nom qu'on donnait à Bellegarde, parce qu'il était grand écuyer.

compain et condisciple de l'Ecole de médecine de Montpellier (la meilleure du monde avec celle de Salerne), le révérend docteur médecin Carajac, lequel était chirurgien en même temps que médecin — chose rare, car d'ordinaire, le médecin déprise la chirurgie, art à ses yeux trop mécanique.

Carajac avait fait de son fils un apothicaire, tant est qu'à eux deux, il n'était guère à Reims de fils de bonne mère qui n'eût passé par leurs drogues, leurs clystères ou le bistouri paternel. Leur prospérité, d'ailleurs, sautait aux yeux dès l'abord, leur maison étant bellement sise place de la Cathédrale, construite non en bois périssable, mais en pierres solides et luisantes avec des appareillages de briques et un fort beau pignon, décoré au surplus en son centre d'une ouverture en encorbellement qui, tenant à la fois de la bretèche et de la loggia, donnait au logis une note d'élégance et quasi de noblesse.

Dans son être physique, Carajac était bien la preuve que tous les Arabes n'avaient pas fui la France après la victoire de Charles Martel à Poitiers, à moins qu'il ne tînt ses cheveux, sa peau et sa prunelle d'un pirate turc qui les eût laissés en souvenir à pucelle d'Aigues-Mortes (la ville natale de notre ami) après une de ces incursions sauvages dont ce malheureux port avait si souvent pâti.

Mon père, en ses vertes années, aimait prou Carajac, ayant couru avec lui grand péril, en pénétrant avec lui dans le cimetière de Saint-Denis de Montpellier pour y déterrer une ribaude, étant l'un comme l'autre avides de la disséquer pour mieux connaître la géographie du corps humain : crime puni du bûcher, s'ils avaient été surpris. L'affaire est racontée par mon père au tome deux de ses Mémoires et, l'ayant lue, je me souviens non sans quelque frémissement que Carajac préleva le cœur de la garcelette avant qu'elle fût par lui et mon père recousue et remise en terre, et l'emporta chez lui dans un mouchoir afin de l'y étudier à loisir, si grand était son appétit d'explorer les canaux et les cavités de cet organe, sur lesquels, opinait-il, Galien n'avait dit que des sottises.

Si impressionnant qu'il fût par sa barbaresque apparence, Carajac l'était davantage encore par sa taciturnité. On eût dit que, s'étant levé le matin avec le vœu de ne pas prononcer cent mots jusqu'au soir, il veillait tout le jour à ne pas dépenser indûment sa petite provision. Il ne se piquait non plus de courtoisie. Comme mon père le remerciait avec chaleur de son hospitalité, il répondit sans battre un cil : « Si je ne vous avais pas eus, le prévôt aurait réquisitionné mes chambres céans pour les donner à des poupelets de cour. » Pourtant, d'après mon père, il aimait fort notre compagnie. « Du diantre, m'apensai-je, qu'eût-il dit, s'il ne l'avait pas aimée ? »

Carajac était laconique. Sa femme était muette. Ou du moins, je la crus telle jusqu'à ce qu'elle dît à table à mon père d'une voix douce et harmonieuse : « De grâce, Monsieur, reprenez de ce chapon. »

Carajac avait le teint brun, l'œil noir, la membrature sèche et musculeuse. Sa femme était grande, blonde, l'œil bleu, la bouche rose, le téton laiteux. Je trouvais dans son silence, dans son visage paisible et ses larges formes, je ne sais quoi de plaisamment accueillant et de délicieusement passif, par où je jugeai que le révérend docteur médecin Carajac était un homme heureux. Je le cuidais aussi bon époux pour la raison que, l'ayant mariée quand elle avait quatorze ans, il ne lui avait fait, en vingt-cinq ans, que dix enfants, ménageant de sages intervalles entre les grossesses. Aussi ses enfants étaient-ils sains et beaux et, à ce qu'il nous dit, il n'en avait pas perdu un seul, accouchant lui-même son épouse, ayant en grande détestation les sages-femmes qu'il jugeait, comme mon père, sales, ignares et superstitieuses.

Seul l'apothicaire — la seconde colonne de ce temple d'Esculape — mangeait à notre table, comme il convenait à son savoir et à son droit d'aînesse. Les neuf autres enfants prenaient leur repue à une table ronde placée assez proche de la nôtre pour que leur père pût de temps en temps leur jeter le coup d'œil du maître et leur mère, un tendre sourire. Etait-ce la conjugaison de ce regard et de ce sourire ? ils étaient d'un bout à l'autre du repas étrangement silencieux. Au début, quand je croyais Madame Carajac muette, j'avais imaginé que, leur génitrice étant sans voix, les enfants n'avaient pu apprendre d'elle leur langue maternelle.

A la table des grands, comme La Surie l'appelait en se gaussant, les dîners et soupers, bien que la chère fût bonne et le vin généreux, ne brillaient pas par leur animation : mon père et La Surie se fatiguaient à parler sans que leur hôte leur donnât la moindre réplique. Et bien que Carajac ne parût pas économiser ses oreilles autant que sa langue, le parleur pouvait toujours se demander si l'écouteur trouvait intérêt à ses propos, ne recevant jamais, en réponse, que de petits grognements.

A ce profond silence succéda un énorme fracas. La Cour survint le quatorze octobre dans un tumultueux roulement de roues sur le pavé de Reims, les chevaux hennissant, les cochers échangeant des jurons et les majordomes hurlant des ordres auxquels personne n'obéissait.

Le bon docteur Héroard, ne trouvant pas à se loger au palais épiscopal avec la famille royale et les Guise, demanda gîte et couvert à Carajac. Il n'avait point fait ses études en même temps que lui, mais il avait, comme lui, appartenu à l'illustre Ecole de médecine de Montpellier : ce titre-là suffisait.

La présence d'Héroard fut une joie pour nous trois, non qu'il abordât à table le sujet qui nous tenait tous trois à cœur — il était bien trop avisé pour cela —, mais le soir même, alors que, bougeoir au poing, nous gagnions nos chambres désignées, il chuchota à mon père de le venir trouver dans une demi-heure, avec La Surie et moi dans la sienne.

Ayant été choisi neuf ans plus tôt comme médecin du dauphin par Henri IV, et contre le gré de la reine, pour la seule raison qu'il était huguenot converti (« la caque sent toujours le hareng »), Héroard avait craint le pire à la mort du roi, non plus tant à cause de son ancienne religion (car depuis le début de ses fonctions auprès du dauphin, il allait à messe, à confesse et à communion avec une régularité d'horloge), mais pour ce que la régente le soupçonnait d'être fort attaché au petit roi, et le petit roi, à lui.

Rien n'affine plus l'esprit d'observation que la persécution. Sentant venir le péril, le médecin et son petit patient feignirent, par un accord tacite, de mettre une apparente froideur dans leurs relations. Les espions de la reine en furent dupes. Monsieur de Souvré, le gouverneur de Louis, était aussi pesant d'esprit que de corps. En revanche, le père Cotton, le jésuite qui tenait Louis une grande heure à confesse, était fin comme l'ambre. Mais l'un comme l'autre opinèrent qu'Héroard, bon médecin et bon catholique, était inoffensif et effacé. Bref, il était tout juste bon à prendre le pouls du roi, à mirer ses urines ou à examiner ses matières. On n'avait donc pas motif de craindre son influence. Et de fait, la foudre ne tomba pas sur lui, mais sur le précepteur Yveteaux qui commit l'erreur de « babiller » sur l'avancement des Concini. La reine le sut dans l'heure et, une heure plus tard, Yveteaux dut faire ses paquets.

Héroard n'était point effacé, loin de là, mais s'enveloppait dans une extrême circonspection. S'il nous confia, cette nuit-là, quelques petites choses sur Louis, c'est qu'il nous savait au petit roi tout dévoués. Et encore fut-il bien loin de nous parler à cœur ouvert. Sa prudence était telle qu'il n'énonçait jamais que les faits — les faits seuls — sans prononcer le moindre jugement sur eux.

— En août dernier, nous dit-il, comme nous revenions de Gentilly, Louis et moi, notre carrosse revint par le faubourg Saint-Jacques où est logé, comme vous le savez, une partie du régiment des gardes. Et Louis aperçut, sur les remparts, une troupe de soldats rassemblés autour d'un grand mât au sommet duquel était attaché un garde, les mains liées derrière le dos. « Qu'est cela ? » dit Louis en faisant arrêter le carrosse. « Sire, dit le capitaine de Vitry qui se trouvait avec nous, c'est une punition que l'on appelle l'estrapade. La corde qui tient le puni coulisse en haut du mât par une poulie et elle est tenue à terre par plusieurs soldats qui, au commandement du sergent, la lâchent tout soudain. Le puni ligoté tombe du haut du mât dans le vide et ne s'arrête, la corde se tendant, qu'à deux pieds du sol. La secousse, dans tous les membres, est extrêmement brutale, et plus terrible encore l'appréhension de s'écraser au sol. On répète cette chute autant de fois que la punition le comporte. — Monsieur, dit Louis, arrive-t-il que le puni en meure? — Il est arrivé que la maladresse, ou la méchantise des soldats qui tiennent la corde, n'ait pas arrêté la chute à temps. — Monsieur de Vitry, dit Louis après un silence, plaise à vous d'appeler le sergent. » Et le sergent étant accouru à perdre haleine et saluant le roi à la portière, celui-ci lui dit : « Sergent, combien de chutes ce garde puni doit-il subir? — Sire, il en a subi deux. Il lui en reste trois. — Cela suffit, dit Louis. Je lui fais grâce du reste. » Et sachant qu'un ordre ne vaut que si l'on en surveille l'exécution, il demanda que le carrosse demeurât sur place tant qu'on n'eût pas descendu et délié le puni.

J'imaginais sans peine, tandis qu'Héroard nous faisait ce récit, la grosse trogne rouge et rude de Vitry voisinant dans ce carrosse avec le long visage sensible de Louis, éclairé par ses grands yeux noirs si parlants, du moins quand il consentait à les laisser parler, car la sévérité de son éducation et le peu de fiance qu'il avait en l'amour de sa mère lui avaient appris depuis longtemps à se clore sur soi.

— Mais d'où vient, dit La Surie, cette punition? Le mot lui-même, l'estrapade, me paraît étranger.

— Il l'est, dit Héroard. Le supplice est né en Italie. Il fut d'abord militaire, mais l'Inquisition s'en est servie, en l'aggravant, contre les hérétiques. On plongeait le malheureux dans le feu du bûcher et on l'en retirait aussitôt. Et ainsi de suite, jusqu'à ce que la corde qui le retenait au mât brûlât et se cassât. C'est ce que d'aucuns appellent un « raffinement ».

— Et ces papistes osaient s'appeler chrétiens! dit mon père avec une colère contenue.

Héroard resta coi, mais échangea avec mon père un regard où se lisait tout le ressentiment secret des huguenots convertis envers les bourreaux implacables de leur ancienne religion.

— Mon bon ami, reprit mon père, voulez-vous de grâce me permettre de vous poser une question indiscrète ?

— Je veillerai, dit Héroard, à ce que ma réponse soit discrète pour deux.

— Vous vous souvenez sans doute, reprit mon père, qu'un gentilhomme espagnol, de la suite du duc de Feria, venant présenter ses respects à Louis, celui-ci, se faisant apporter une carte, lui fit tout un petit cours sur la prise de Juliers par les Français et leurs alliés. A votre sentiment, était-ce là, de la part de Louis, une étourderie ou une malice politique ?

Héroard se garda bien de faire à cette question une réponse qui l'eût compromis, si elle avait été répétée. Il se contenta de mettre en regard de l'incident rappelé par mon père un incident qu'il était le seul à connaître, et qui éclairait le premier, sans qu'il fût besoin de glose ou de commentaire.

— Fin septembre, dit Héroard, en tout cas peu après le neuvième anniversaire de Louis, il aperçut sur sa table d'étude un livre d'Horace imprimé à Anvers. Incontinent, il l'ouvrit et s'amusa à lire le privilège par lequel le libraire avait reçu permission d'imprimer ledit livre. Il était ainsi rédigé : « *Avec la permission du Pape, du roi d'Espagne, et du roi de France.* » Incontinent, Louis prit sa plume, la trempa dans l'encre et barra « *du roi d'Espagne* ». Il ne le barra pas à moitié. Il le couvrit d'encre afin qu'il devînt tout à plein illisible. Après quoi, sans en faire autre semblant, il quitta la plume et, sans un mot, se mit à ses leçons.

— Je gage, dit La Surie, qu'autour de Louis les murs et les portes ont des yeux et des oreilles. Supposons que ce livre tombe dans les mains de la régente...

— Le péril est petit, dit Héroard : la régente ne lit pas.

— Mais enfin, supposons qu'un quidam mette la main dessus et le montre à la reine.

— Mais là où il est à s'teure, le quidam ne le trouvera jamais, dit Héroard avec un petit sourire.

Et là-dessus, il se ferma comme une huître.

— Il me semble, dit mon père, quand nous fûmes retirés dans la chambre que nous partagions sous le toit de Carajac, que l'anecdote de notre ami ne témoigne pas seulement du sentiment anti-espagnol de Louis et de sa fidélité à son père, mais aussi combien il est différent de l'image d'enfant enfantissime que la Cour voudrait donner de lui : il attend d'être seul avec Héroard pour lui livrer, sans un mot, le fond de sa pensée.

A ce moment, mon père fut interrompu par une série de gémissements féminins qui paraissaient provenir de la chambre de notre hôte. Ils crûrent en un paroxysme fort et déchirant, puis amorcèrent un decrescendo au cours duquel les plaintes, en s'espaçant, se changèrent en soupirs qui exprimaient bien davantage le bien-être que la mésaise. Après quoi, la maison et la nuit s'accoisèrent.

— Monsieur mon fils, écoutez ce silence, dit mon père en levant la main avec un sourire. Quelle valeur il prend après ce que nous venons d'ouïr ! Comme il est tendre et détendu ! Nous avions méjugé cette dame ! Elle n'est pas muette. Elle ménage sa voix pour une expression qui compte plus que les paroles. Et quand on aime l'humanité, Monsieur mon fils, quel réconfort de se dire qu'en faisant ses dix beaux enfants, elle n'a pas été qu'à la peine.

Le lendemain, sur le coup de neuf heures, un grand escogriffe de laquais, vêtu d'une livrée magnifique frappée d'une croix de Lorraine, vint toquer à la porte du révérend docteur Carajac avec un billet aux armes des Guise, lequel il remit « à ma personne » après que je lui eus assuré que j'étais bien le chevalier de Siorac. Bien qu'il n'eût fait que traverser la place de la Cathédrale pour me porter le poulet, je lui donnai, pour sa peine, un quart d'écu, dépense qui fut blâmée par mon père. D'un autre côté, je ne voulais pas que le bruit se répandît dans le domestique de la maison de Guise que j'étais chiche-face, au grand dol de ma bonne marraine, déjà trop encline à penser que les Siorac ne tenaient pas assez leur rang. Ce qu'assurément elle eût estimé, si elle avait été présente à la scène au cours de laquelle Toinon, assistée de Mariette, avait persuadé mon père de redorer son carrosse.

Daté de la veille, le billet était de Madame de Guise et l'orthographe aussi :

« Mon fiieul,

« Ce voiage m'a tué. J'é cru périre dis foas. Vené me voir demin a neu veure chai ce grand eservelé de fis. »

— Jour du ciel, dis-je à mon père à qui je tendis le billet, dès que je fus remonté dans ma chambre. Neuf heures ! Je ne suis même pas vêtu ! Me voilà en retard avant même que de partir !

— Ne vous inquiétez pas ! dit-il en riant. A dix heures, Madame de Guise ne sera même pas réveillée, étant « tuée » par le voyage. Quant au « grand écervelé de fils », c'est une bonne description de l'archevêque-diacre de Reims.

— Qu'est-ce qu'un diacre ? dis-je en enfilant mon haut-de-chausses.

— C'est le premier échelon avant la prêtrise. Notre écervelé peut prêcher (quel beau prêche nous ferait ce gentil ignare !), conférer le baptême et, en cas de nécessité, donner la communion, mais il n'a pas le droit de dire la messe. On a dû trouver qu'il n'en savait pas assez pour cela.

— Et pourtant, dis-je, il y a deux ans, au bal de la duchesse de Guise, il était déjà archevêque, portait la robe violette, et touchait les revenus de son archevêché.

— Mais pendant ces deux ans-là, il n'a pas dû étudier beaucoup sa liturgie. Et depuis la mort du roi, il a d'autres chattes à fouetter.

— D'autres chattes ?

— Quand vous serez dans le palais épiscopal, ouvrez vos yeux et vos oreilles. Peut-être allez-vous entr'apercevoir des yeux verts et ouïr de petits miaulements.

Le jeune archevêque (car il était jeune et fort beau, ayant la blondeur et l'œil pervenche de sa mère) faillait peut-être en liturgie, mais ne manquait pas de cœur car, à ma vue, il fondit sur moi, me donna une forte brassée et je ne sais combien de baisers sur les deux joues.

— Ha, mon petit cousin ! s'écria-t-il de sa voix sotte et gentille. Que je suis donc heureux de vous avoir céans ! Que faisiez-vous pendant ces siècles où je ne vous ai vu ? Viviez-vous en reclus ? Allez-vous entrer dans les ordres ? Je n'ai pas jeté l'œil sur vous quasiment depuis le mariage du duc de Vendôme avec Mademoiselle de Mercœur.

Les civilités ne se terminèrent pas là car, à peine étais-je sorti de ses bras, que je me trouvai dans ceux de son frère, le prince de Joinville. Quant au duc de Guise — le petit duc sans nez, comme on disait à la Cour —, il attendit que je lui fisse une profonde révérence pour me donner la main. Aimant à marquer les distances de son rang, même avec Joinville et l'archevêque, ses frères cadets, comment n'eût-il pas voulu les marquer davantage avec son demi-frère bâtard ? Toutefois, sans aller jusqu'à m'appeler comme ses frères son « petit cousin », il ne me détestait point, me trouvant même « fort plaisant compagnon » depuis un souper au cours duquel j'avais prêté une oreille attentive à son infini bavardage tandis que sa propre mère bayait aux corneilles.

Le jeune duc ne manquait pas d'esprit et il avait, en bref, toutes les qualités qui permettent de briller à la Cour, mais aucune de celles qui sont nécessaires à un grand dessein. Ma belle lectrice se souvient peut-être qu'il partageait ses repas en son hôtel avec une lionne. Cette turlupinade lui valut une petite réputation en Paris où l'on est « gobe-mouches » à frémir, jusqu'au jour où la lionne, d'un coup de griffe, déchira le visage d'un laquais. Le duc ne tira pas son épée. Vaillamment il appela ses soldats, mais comme la lionne, en son désarroi, sautait partout, il fallut je ne sais combien d'arquebusades — c'est-à-dire autant de trous dans les tapisseries des Flandres, et de sang sur les tapis de Turquie — pour parvenir à l'abattre.

J'entendis bien, à l'impatient silence qui suivit l'aimable accueil du duc, qu'il tenait le dé à mon entrant et avait hâte de reprendre son discours. Aussi m'écartai-je un peu du trio familial et penchant la tête en avant avec déférence, et regardant le duc, j'entrai aussitôt dans ce rôle d'auditeur tout ouïe qui était bien la seule vertu qu'il prisât en moi.

— Savez-vous, dit-il, l'œil pétillant, que ce bas coquin de Conchine (le duc francisait le nom italien comme on le faisait alors à la Cour) s'est avisé de me caresser fort, la veille de notre départ pour Reims, alors que nous nous trouvions au coude à coude dans la chambre de la reine ? « *Monseignoure,* me dit-il d'un air de confidence, aimez-moi et je vous *ferai favoure.* — Marquis, dis-je, je serais dans le ravissement que vous me fassiez *favoure.* Mais, pour que je le croie, il vous faudra me l'écrire noir sur blanc. — Voilà, dit-il avec un sourire, qui sera *fachilé.* Mon marquisat d'Ancre s'est rencontré fort à propos car, en Italie, je suis *descendou* des comtes de la *Penna.* — Comment cela ? dis-je. — La *penna,* dit-il, cela se dit la plume en français. » Et de rire. « Marquis, dis-je aussitôt du tac au tac, savez-vous qu'avec un comté de la plume et un marquisat d'Ancre, il ne vous manque plus qu'un duché de papier pour assortir tout l'équipage !... »

Le *gioco* était pertinent et pas plus que Joinville et l'archevêque, je n'eus à me forcer pour rire, bien que le duc gâchât un peu son succès en ajoutant d'un air quasi étonné :

— N'est-ce pas merveille ? Ce bon mot m'est venu de soi ! Je l'ai fait dans le chaud du moment et quasiment sans y penser...

— Mais, dis-je, le Conchine descend-il vraiment des comtes de la Penna ?

— La régente, dit Joinville, a envoyé le fils du docteur Marescot à Florence pour fouiller la généalogie du Conchine et j'ai ouï dire qu'il était le fils d'un secrétaire du grand duc de Toscane.

— Pas du tout, dit l'archevêque, il est le fils d'un menuisier.

— Tu confonds tout, archevêque ! dit le duc. Ce

n'est pas miracle si tu n'es encore que diacre ! C'est sa femme, la Leonora Galigaï, qui est fille de menuisier.

— Serait-ce donc à ce menuisier, dit Joinville, qu'elle aurait fait appel pour construire son émerveillable carrosse ?

— Mais non, le menuisier est mort, dit le duc. Leonora n'a pas à cacher ses parents : elle n'en a plus. J'oserais dire qu'elle n'en a jamais eu. Elle est née de la conjonction d'un marteau et d'une tenaille. Et pour être tout à fait sincère, il les lui faudrait peindre comme armoiries à la porte de son carrosse sur ciel azur de clous !...

Joinville s'esbouffa à cela, mais l'archevêque s'exclama :

— Ha ! Monsieur mon frère ! Comme vous êtes peu charitable !

— Qui est peu charitable ? dit le comte de Bassompierre en pénétrant dans la salle. Et lequel de vous, Messieurs, veut gager avec moi que je devine à qui s'adresse ce grief ? La mise : cinquante écus.

— Il est trop tôt le matin pour gager, dit le duc, d'un air rechigné, Bassompierre, bon an mal an lui gagnant au jeu cinquante mille écus.

— Que c'est pitié ! dit Bassompierre. J'aurais gagné : c'était vous.

Ces paroles furent suivies des mêmes furieux embrassements qui m'avaient accueilli à mon entrant. Grand joueur, grand parieur, grand coureur de vertugadins, mais aussi diplomate avisé, soldat habile, fort érudit, mais le cachant, le comte, tout allemand qu'il fût, était tenu pour le parangon des courtisans français, ayant trouvé le moyen d'être bien vu et bien venu du feu roi et de la reine, même au plus fort de leurs plus grandes noises ; au reste fort honnête, y compris les cartes en main, vaillant, courtois, fidèle à ses amis et entre autres, à Madame de Lichtenberg et y ayant là quelque mérite, car « *seule en ce monde,* disait-il, *elle avait repoussé ses assauts* ».

— De reste, dit le duc, je l'ai promis à ma mère et à ma femme : je ne veux plus ni jouer ni gager.

— Eh quoi ! s'écria Bassompierre, vous renonceriez

à vos vices? Si jeune encore? Alors même que la régente vient de vous bailler deux cent mille livres pour acheter votre neutralité dans sa querelle avec les Grands? Savez-vous que vous êtes un de ceux qui ont le plus gagné à la mort du feu roi?...

Bien que cette réflexion me déplût excessivement, je n'en laissai rien paraître. Voilà bien, me disais-je, le cynisme de ces gens de cour: le nez collé sur leurs petits intérêts et le cœur indifférent aux grands intérêts du royaume.

— Quelle erreur! dit le duc. Joinville a gagné plus et l'archevêque tout autant, à la mort du feu roi. Joinville se morfondait dans l'exil auquel Henri l'avait condamné pour avoir chassé sur ses terres et taquiné de trop près les tétons de la comtesse de Moret. Et le voici, parmi nous, libre comme l'air. Quant à l'archevêque...

— L'archevêque sait ce qu'il a gagné, dit Louis en rougissant.

— Nous savons tous ce qu'il a gagné, reprit le duc, sur ce ton de mesquine taquinerie qui montrait le fond de son caractère: Charlotte des Essarts. De peur de partager le sort de Joinville, il n'aurait jamais osé y toucher du vivant du feu roi. Et pour tout dire, je gage qu'il la cache maintenant quelque part dans son palais épiscopal. Peut-être dans un confessionnal...

— Vous gagez, Charles? dit Bassompierre, voyant la gêne où ce propos plongeait l'archevêque et désirant détourner de lui l'attention de ce malcommode aîné. Vous aviez dit que vous ne drageriez plus!

Mais le duc, quand il était lancé, aimait mener ses cadets au fouet.

— Si ce fol poursuit dans cette voie, dit-il, il ne sera jamais prêtre. Et s'il n'est pas prêtre, comment le pape pourrait-il le nommer cardinal? Il devra se contenter d'être diacre toute sa vie et de manger avec sa Charlotte les bénéfices de l'archevêché. Assurément, un archevêque, aux yeux de la dame, ne vaut pas un roi. Mais un archevêque bien garni vaut mieux qu'un roi défunt.

Cette perfidie fut un trait de lumière pour moi. Les

bénéfices ! Les bénéfices de l'archevêché de Reims qui se montaient à cent mille livres par an ! Le petit duc, quand il s'était rallié à Henri IV, les lui avait demandés pour lui-même, mais à la prière de ma bonne marraine, le roi les avait donnés à son cadet. C'était là la source de tant d'aigreur.

— Monsieur mon frère, dit Joinville de sa voix gentille, n'êtes-vous pas un peu dur pour Louis ?

— Vous avez raison, dit le petit duc en repartant à l'assaut, j'aurais dû vous réserver mes duretés. Car des deux vous êtes de beaucoup le plus fol. Souvenez-vous, de grâce, que je vous ai conféré le titre de prince de Joinville par pure bonté de cœur.

— Et aussi sur la prière de notre mère, dit Joinville qui, à sa façon simplette, ne manquait ni de jugeote ni de courage.

— Ce titre de prince de Joinville, reprit le duc, vous permet de tailler quelque figure dans le monde. Mais rappelez-vous, je vous prie, qu'il est de pure courtoisie, puisque le château et les terres sont à moi.

— Votre bonté ne vous a donc rien coûté, dit Joinville.

— Et comment, dit le duc, en feignant de ne pas ouïr, m'avez-vous récompensé ? En vous jetant dans le giron de la Moret. Secundo, en lui signant une promesse de mariage.

— Il le fallait bien, dit Joinville naïvement. Elle ne m'aurait pas cédé sans cela.

— Voilà bien votre courte vue ! Et maintenant, que se passe-t-il ? Elle vous fait un procès pour avoir rompu votre promesse. Et le résultat est clair : ou vous la mariez, ou elle vous ruine. Assurément aujourd'hui, vous ne vous étiolez plus en exil. Assurément, vous êtes libre, mais avec quel grand grelot attaché à la queue !

Le duc prononça ce « à la queue » de façon plaisante, mais sans rencontrer de sourires chez Bassompierre ou chez moi. Il parut en concevoir un dépit enfantin. Son visage s'empourpra et je craignis, en tant que demi-frère, de devenir à mon tour la cible de sa malévolence. Par bonheur, Bassompierre sauva tout.

— Vous avez mille fois raison, Charles ! dit-il d'un ton enjoué. Joinville est un fol, et moi aussi. Car moi aussi, j'ai signé une promesse de mariage, et, de toutes les femmes, à la sœur de la marquise de Verneuil ! A moi aussi elle a fait un procès et ce procès — reprenez cœur, Joinville ! —, ce procès, je l'ai gagné ! Et comment ? Je me suis tout simplement jeté aux pieds de la reine. Elle a écrit aux juges une lettre missive affirmant que j'étais innocent et ils l'ont crue ! Qui oserait donc dire ou penser ici que la régente n'en ferait pas tout autant pour vous, Joinville, si votre aîné, dont on connaît le poids dans les affaires du royaume, n'intercédait pour vous ?

Ce « poids dans les affaires du royaume » regonfla les plumes de notre paon. Il reprit ses couleurs coutumières et étant, de reste, trop indolent pour avoir de la suite, même dans ses méchantises, il mit un terme à ses sarcasmes.

La paix, sinon tout à fait la concorde, régna derechef dans la maison de Guise. Et elle fut aussitôt égayée, un laquais ouvrant grand la porte de la salle pour une nouvelle venue : la princesse de Conti.

A vrai dire, elle n'entra pas précisément dans la pièce. Elle y fit son entrée. Et une entrée d'autant plus remarquée par les présents, que trouvant la porte trop étroite pour que son vertugadin pût la franchir, elle le souleva de ses deux mains jusqu'à sa poitrine. Ce faisant, soit par accident soit de façon délibérée, elle empoigna, en même temps que le vertugadin, le cotillon de dessous. Ce qui eut pour effet de découvrir les dessous de ses dessous, cette vue figeant sur place les trois frères, Bassompierre et moi-même.

Le vertugadin, la porte passée, retomba comme un rideau de théâtre et la princesse, inclinant la tête sur son cou flexible, baissa les yeux d'un air confus que démentait un petit sourire où mille démons s'étaient logés. Elle était deux fois Bourbon — par sa mère, la duchesse de Guise, et par son mari, le prince de Conti. Et elle estimait, non sans raison, qu'il n'y avait rien à la Cour de plus noble, de plus haut et de plus beau qu'elle-même. Prétention qu'elle avait tout l'esprit qu'il fallait pour soutenir contre tous et en particulier contre son aîné, le duc de Guise, qui n'aurait jamais osé la dauber comme il daubait ses frères, les reparties de la dame étant promptes et foudroyantes.

Il y avait pourtant une faille dans l'étincelante cuirasse de la princesse de Conti : elle aimait Bassompierre à la fureur. Et l'atroce de la situation — qui était connue de toute la Cour — c'est qu'étant trop altière pour lui céder, elle attendait, pour l'épouser, que mourût le prince de Conti, lequel était vieil, bègue, sourd et mal allant et n'ignorait pas avec quelle impatience sa mort était attendue.

Je devinai plus tard que, logeant au palais épiscopal avec Madame de Guise, elle n'était venue là que pour voir Bassompierre (lequel, toutefois, elle n'envisagea pas une seule fois, alors qu'il la caressait de ses insatiables regards) : visite qu'elle couvrit, sitôt entrée, sous le prétexte de me porter un message de sa mère, qui eût pu tout aussi bien me le faire tenir par Monsieur de Réchignevoisin.

— Ha, mon petit cousin ! s'exclama-t-elle en feignant de ne s'intéresser qu'à ma personne, voyez en moi le héraut par lequel Madame ma mère vous mande ses volontés. Elle m'a mandé de vous bailler de sa part tous les poutounes que je pourrais : ce qui ne laisse pas de m'embarrasser, car je ne sais pas ce que c'est qu'un poutoune.

— En langue d'oc, Madame, dis-je, c'est un baiser.

— Ah ! Mais le mot est très joli ! dit-elle en filant les sons. Lequel de vous, Messieurs, dit-elle en enveloppant les présents d'un regard circulaire qui excluait Bassompierre, lequel d'entre vous, Messieurs, aimerait me donner un poutoune ?

— Mais moi ! dit l'archevêque avec élan.

— Ce diantre de diacre, dit le duc, ne rêve que caresses, fussent-elles incestueuses !

— Voyons, Louis, dit la princesse à l'archevêque, ne prenez pas ma question au pied de la lettre : elle était toute de rhétorique. D'ailleurs, j'ai ma tâche de héraut à remplir. Or sus, mon petit cousin ! Venez là que je vous poutoune !...

J'obéis, tout en me disant en mon for que j'étais affronté là à la plus grande coquette de la création. La princesse leva les bras avec grâce, posa ses deux mains fines sur mes épaules et, m'attirant à elle, effleura mes joues l'une après l'autre avec des mines taquinantes qui ne s'adressaient pas à moi.

— Hélas ! Mon petit cousin ! Vous avez ri ! Et maintenant, vous allez pleurer ! Car votre bonne marraine ne pourra vous voir ce matin, ni de reste de tout le jour, pour la raison que, s'étant au réveil envisagée au miroir, elle s'est trouvée « échevelée, barbouillée, livide, l'œil jaunâtre, le menton écroulé, la face réduite en un amas de rides et de ruines. Bref, laide à faire peur, un monstre devenue et tout à fait irregardable... En conséquence (je la cite encore) de ce délabrement », elle ne veut ni être vue, ni voir personne, ni vous, ni ses fils, ni même la régente, se cloître en sa chambre, et ayant pris un grain d'opium, dormira tout le jour...

Je m'étais fait une telle fête de revoir Madame de Guise et de la revoir au bec à bec en son intimité que, de déception, à peu que j'en eusse les larmes aux yeux, lesquelles je pris d'autant plus à cœur de refouler que les Guise s'esbouffaient de la verve de la princesse de Conti, qui avait mimé à la perfection la voix, le ton, et les manières extravagantes de sa mère quand son miroir la fâchait. Ha, je la connaissais bien, moi aussi, ma bonne marraine, en ses humeurs sauvages, elle qui, du matin au soir, déployait, pour nier son âge, une formidable force et tout soudain, à l'occasion d'une fatigue, le découvrant, s'écroulait, puis le jour suivant rebondissait, folâtre et drue, comme balle au jeu de paume.

Après être demeuré là le temps qu'il fallait pour ne pas avoir l'air de m'ensauver, je pris congé de mon hôte. A ma grande surprise, et peut-être aussi à celle des Guise, Bassompierre s'offrit de me raccompagner jusqu'à l'escalier : égard bien surprenant, étant donné mon âge et son rang.

La porte de la salle close derrière nous, il me dit à voix basse en me prenant par le bras :

— Un mot, mon beau neveu, un mot seulement ! Car j'ai hâte, vous l'entendez bien, de retourner d'où nous venons. Je suis en communication constante avec Madame de Lichtenberg et aussi avec la reine. Votre affaire paraît prendre tournure. Cherchez-moi après le sacre et je vous en dirai plus.

Je me sentis pâlir, prêt à tomber. Je me jetai dans ses bras et sans un mot je l'étreignis, mon cœur battant à coups terribles. Bassompierre s'émut lui-même de cet émeuvement.

— N'est-ce pas pure folie, dit-il avec un regard mélancolique et un retour évident sur soi, d'aimer à ce point une femme, quand elle vous est, pour l'instant du moins, inaccessible. Que de joies espérées ! Que de tourments présents ! Et à quel prix le bonheur se paye ! Allons, mon bon ami, c'est dit : je vous verrai après le sacre.

Le chevalier de La Surie dormit peu la nuit qui précéda le sacre. Il était ivre de joie d'avoir été invité avec nous à cette mémorable cérémonie : invitation qui lui permettait de mesurer le chemin qu'il avait parcouru depuis le temps où, petit paysan orphelin, réduit à la famine et aux maigres voleries par la meurtrerie de ses parents, il n'avait été sauvé de la hart que sur les pressantes instances de mon père. Elevé avec lui et s'étant instruit seul à son ombre, car la vivacité de ses méninges allait de pair avec l'émerveillable agilité de ses membres, il avait gardé de cette instruction un penchant à jouer sur les mots français (tant sans doute il avait été heureux de les apprendre, ne parlant à l'origine que le périgourdin) et aussi, une invincible propension à poser des questions. Ses *giochi di parole* [1], tantôt ébaudissaient mon père et tantôt le hérissaient. Mais à ses questions, il répondait toujours avec une patience de saint.

Nous ne fûmes donc pas autrement surpris quand le

1. Ses jeux de mots (ital.).

matin du sacre, alors que nous achevions de nous vêtir, nous le vîmes apparaître dans notre chambre, ses yeux vairons fort éveillés et ses lèvres gonflées de je ne sais combien de demandes qu'il avait dû mûrir pendant les fiévreuses insomnies de sa nuit.

— Monsieur, dit-il à mon père, plaise à vous de me répondre. A quoi rime un sacre, puisque Louis est déjà roi ?

— Un sacre est un sacrement, dit mon père sans battre un cil.

— Je l'eusse juré ! Mais de sacrements je n'en connais que deux, tous deux institués par le Christ : le baptême et la Cène.

— C'est ce que disent les méchants huguenots, dit mon père avec un sourire. Des sacrements, *nous autres catholiques,* nous en avons beaucoup rajouté et à s'teure, on n'en compte pas moins de sept !

— Sept ?

— Le baptême, la confirmation, l'eucharistie, la pénitence, l'extrême-onction, l'ordre et le mariage. Et, Monsieur le Chevalier, puis-je vous faire observer que vous devriez connaître cette liste par cœur, l'ayant apprise quand vous vous êtes converti en même temps que moi au catholicisme ?

— C'est vrai, dit La Surie, avec une petite grimace qui n'était pas que de contrition. Je l'avais oubliée. Je m'accuserai de cet oubli en confesse, l'an prochain à Pâques. Permettez-moi, Monsieur, de vous aider à passer votre pourpoint. N'auriez-vous pas un peu grossi ?

— Point du tout ! Et c'est pure méchantise de ta part, Miroul, de le suggérer !

— Monsieur, poursuivit La Surie, auquel de ces sept sacrements s'apparente celui du sacre ?

— A aucun d'entre eux. Il est particulier aux rois. C'est la confirmation par l'Eglise de leur droit divin. C'est aussi une occasion solennelle au cours de laquelle les pairs, ecclésiastiques et laïcs, prêtent au roi serment d'allégeance et de fidélité.

— Si j'étais Bassompierre, je gagerais que d'aucuns des pairs laïcs ont déjà trahi ce serment dans leur cœur.

— Je n'en prendrais pas la gageure, dit mon père. Aussi bien est-ce le côté religieux qui importe, parce qu'il assoit dans le peuple l'autorité du souverain.

— Et combien de temps va durer le sacre ?

— Si j'en crois celui d'Henri IV, cinq bonnes heures.

— Cinq bonnes heures ! dit La Surie qui dans les églises trouvait toujours le temps long. Diantre ! N'est-ce pas un peu long et lourd pour un garcelet de neuf ans ? La régente ne pouvait-elle attendre qu'il fût un peu plus grand ?

— La régente a ébranlé le trône par ses faveurs aux Concini et par ses infinis gaspillages et elle sent, ce jour d'hui, le besoin de se remparer derrière la popularité de son fils, tout en continuant, de reste, à dire et à faire dire qu'il est incapable de régner.

— Aime-t-elle donc à ce point le trône ? dit La Surie.

A cela, comme mon père se taisait, je pris sur moi de répondre :

— A mon sentiment, elle n'aime pas les devoirs qu'il implique, mais les pouvoirs qu'il donne : puiser à pleines mains dans le trésor en violant les règles instituées par Henri, intervenir auprès des juges pour innocenter un coupable, et en général, violer les usages, les coutumes et les lois du royaume.

— A quel coupable faites-vous allusion ? dit mon père en levant le sourcil.

— A Bassompierre et à sa promesse de mariage à Mademoiselle d'Entraigues.

Mon père hocha la tête :

— J'en ai ouï parler. Si fort que j'aime Bassompierre, je déteste cette inique façon de se conduire envers les dames, et plus encore, l'iniquité du jugement imposé par la régente aux juges.

C'est plus tard par Héroard que nous sûmes la façon dont se fit le réveil de Louis ce matin-là. Toutefois, l'inconvénient avec Héroard, c'est que, craignant toujours d'en dire trop, il n'en dit jamais assez. Louis se leva, dit-il, le dix-sept octobre à cinq heures et, dès son lever, il était gai et avait bon visage. Pour nous qui l'aimons, voilà qui fut fort plaisant à ouïr et montre que l'enfant-roi pensait moins à la fatigue de la cérémonie qu'à la grande dignité que ce sacre allait lui conférer.

Mais nous aurions aimé savoir, Héroard n'en disant mot, si à son lever, il avait, oui ou non, pris son déjeuner. Point important, car s'il ne put manger (pour la raison sans doute qu'il n'aurait pu communier), cela voulait dire qu'il supporta, à jeun, pendant cinq bonnes heures, cette interminable cérémonie sans jamais fléchir ni pâlir. Et cela, nous le vîmes de nos yeux! Ce qui réduit à néant les bruits odieux que la reine faisait courir, dès cette époque, sur sa « faible constitution ».

A peine Louis fut-il levé et eut rendu à la nature ses devoirs naturels (sous la surveillance vétilleuse d'Héroard) que son gouverneur Monsieur de Souvré s'avança et dit : « Sire, vous souvient-il que c'est aujourd'hui votre sacre? — Je m'en souviens », dit Louis gaiement. Et on commença à l'habiller. Ce n'étaient pas là ses habits coutumiers, mais une vêture imposée par une cérémonie séculaire : une fine chemise, une camisole de satin cramoisi et, la recouvrant, une longue robe de toile d'argent à larges manches.

Pendant ce temps on préparait dans le cabinet attenant le lit de parade. Quand il fut prêt, Louis s'y coucha de tout son long, ses grands yeux noirs brillants de curiosité, mais sans mot dire.

Apparut alors le duc d'Aiguillon, grand chambellan de France. Et grand, il l'était assurément, non seulement de titre, mais aussi de taille et de rotondité. Après avoir salué le roi aussi profondément que l'exigeait son devoir, il inspecta avec la dernière minutie sa vêture et la façon dont le lit était disposé. Après quoi, se redressant de toute sa hauteur, les deux mains croisées sur sa bedondaine, l'air à la fois important et humble, il attendit.

L'attente dura si longtemps que Louis, se souvenant qu'il était le roi, et qu'il avait le droit de questions poser, demanda :

— Que se passe-t-il maintenant, Monsieur le Grand Chambellan?

— Sire, nous attendons que les pairs du royaume

viennent vous chercher pour vous mener à la cathédrale.

— Et que fais-je en attendant ? dit Louis.

— Vous dormez, Sire.

— Monsieur le Grand Chambellan, reprit Louis, comment peux-je dormir, n'ayant nullement sommeil ?

— Sire, vous en faites le semblant et la mine.

Cette réplique égaya Louis. Il n'eût jamais pensé que son sacre commençât par un jeu. Et s'y prêtant avec alacrité, il ferma les yeux aussitôt.

— Sire, dit le chambellan avec une certaine gêne, car la gaîté de l'enfant ne lui avait pas échappé, il n'est pas nécessaire que vous dormiez maintenant, mais seulement quand les évêques entreront dans ce cabinet, car ils sont censés vous réveiller, vous soulever et vous mettre debout.

— Eh quoi ! Monsieur le Grand Chambellan, dit Louis, ne peux-je me lever de moi-même ?

— Non, Sire, ce n'est pas l'usage en cette grande occasion. Toutefois, quand les évêques vous soulèveront, il ne faudra pas vous faire trop lourd, car les évêques n'ont pas beaucoup de forces, étant vieils et mal allants.

— Je m'en souviendrai, dit Louis.

Au bout d'un moment, le duc d'Aiguillon, d'un geste plein de pompe, tira de l'emmanchure de son pourpoint chamarré une montre-horloge, la considéra longuement avec gravité et dit, comme se parlant à soi :

— Il est temps.

Et d'un pas quelque peu pesant, il se dirigea vers l'huis du cabinet et le ferma à clé.

— Monsieur le Grand Chambellan, dit Louis, pourquoi verrouillez-vous la porte ?

— Pour que les évêques me requièrent l'entrant.

— Et vous le leur baillerez ?

— Oui, mais point incontinent, dit le duc, la crête haute. Seulement la troisième fois qu'ils le demanderont.

— Et pourquoi la troisième fois ? dit Louis.

— C'est là, Sire, l'usage immémorial.

Le grand chambellan fit sonner cet « immémorial » comme s'il roulait un énorme rocher devant l'entrée d'une grotte pour la clore à jamais. Toutefois, l'œil vif de Louis l'inquiétant encore quelque peu, il balançait à en dire plus. Mais au bout d'un moment, le sentiment de son devoir l'emportant, il fit derechef à Louis une profonde révérence et dit :

— Plaise à vous, Sire, de vous ramentevoir que, les évêques entrés, il faudra dormir et ne plus poser question, ni à moi-même, ni à eux, ni à quiconque.

— Je m'en souviendrai, dit Louis.

A ce moment, on ouït, provenant de la pièce voisine, des pas et des conciliabules. Après quoi, on frappa faiblement à l'huis et Louis, aussitôt, ferma les yeux.

— Que voulez-vous ? dit le grand chambellan, d'une voix forte, fanfaronne et belliqueuse, comme s'il se préparait à mourir dans un dernier assaut, après avoir fait au roi un rempart de son corps.

Une voix fort chevrotante, celle de l'évêque de Laon, lui répondit à travers l'huis :

— Louis XIII, fils de Henri le Grand.

A ouïr son père si glorieusement nommé, Louis ouvrit les yeux. Ce que voyant le grand chambellan, il pencha son gros corps hâtivement sur le grand lit de parade et dit à voix basse et pressante :

— Pour l'amour du ciel, Sire, fermez les yeux !

Puis, se redressant et se tournant vers la porte, le grand chambellan cria d'une voix dont la force et l'ampleur étaient tout à plein disproportionnées à celle de l'évêque de Laon :

— Le roi dort !

Après quoi, il attendit. Et il n'attendit pas longtemps, car un nouveau coup, aussi faible que le précédent, fut frappé à l'huis.

— Que voulez-vous ? cria le grand chambellan sur le même ton.

— Louis XIII, fils de Henri le Grand, dit l'évêque de la même voix tremblée, cassée et à peine audible qui le rendait si peu redoutable.

— Le roi dort ! cria le grand chambellan sans rien rabattre de sa truculence.

Après le troisième coup frappé à l'huis — puisqu'il fallait qu'il y en eût trois, chiffre magique — la réponse de l'évêque au stentorien « Que voulez-vous ? » du chambellan, changea : elle ne mentionna plus Henri IV, mais le ciel — la filiation terrestre d'Henri IV étant abandonnée au profit de la mission divine de son fils.

— Louis XIII, dit l'évêque, que Dieu nous a donné pour roi.

Ce que l'évocation d'Henri le Grand n'avait pu accomplir, celle du Seigneur le fit, car la porte s'ouvrit, non à la vérité tout à fait d'elle-même, mais par la main du grand chambellan qui la déverrouilla. L'évêque de Laon entra à petits pas, suivi de l'évêque de Beauvais. Et le grand chambellan, de fier Sicambre qu'il était jusque-là, redevint tout soudain la brebis la plus obéissante de l'Eglise et, courbant la tête devant les deux prélats, leur quitta la place.

Louis devait dormir, assurément, d'une façon fort vigilante, car dès que l'évêque de Laon lui eut dit, de sa voix faible : « Mon fils, réveille-toi ! » (tutoyant le roi pour la première et la dernière fois de sa vie), il ouvrit les yeux et se laissa ensuite lever, à ce que j'ai ouï, sans se faire trop lourd, ni de reste trop léger, voulant sans doute donner quelque vérisimilitude au rôle qu'on lui avait prescrit. Quelques minutes plus tard, vêtu de la même robe en toile d'argent à longues manches dans laquelle il avait reposé sur son lit de parade, il traversa la place de la Cathédrale, suivi des pairs laïcs et ecclésiastiques du royaume et pénétra dans l'église. Il devait me dire, bien plus tard, que son cœur battait à se rompre au moment où il mit le pied sur les marches usées par tant de siècles.

⁂

Grâce à la double protection de la duchesse de Guise et de l'archevêque de Reims, le maître de ces lieux, je fus admis, avec mon père et La Surie, à de bonnes places dans la galerie du chœur, lesquelles nous donnaient des vues plongeantes sur la cérémonie

— si du moins je peux appeler « bonnes » des places debout où nous étions fort pressés par une foule d'invités, les jambes à la longue nous rentrant dans le corps et du fait du coude à coude avec nos voisins, crevant aussi de chaud, bien que l'église vu la touffeur du temps nous eût paru fraîche à l'entrant.

La seule personne que je vis là, qui fût installée sur une chaire à bras contre la balustrade ajourée, était une dame fort bien mise que je ne voyais que de dos mais qui, à observer sa nuque et son profil perdu, me fit l'effet d'être jeune et désirable. Sa présence m'intrigua fort, car les grandes dames de la Cour — princesses et duchesses — étaient elles aussi assises, mais dans le chœur et si l'inconnue, d'évidence, ne se pouvait flatter d'assez haut parentage pour être parmi elles, d'où venait qu'on lui eût baillé cette chaire discrète dans la galerie et au surplus, à ses côtés, debout, un clerc vigoureux qui paraissait n'être là que pour écarter d'elle les fâcheux ? J'observai aussi que son siège était placé derrière une colonne, ce qui ne l'empêchait pas, en se penchant, d'avoir des vues sur le chœur mais pouvait lui permettre, si elle le désirait, de dérober au chœur la vue de sa personne.

Toute la Cour s'étant déplacée de Paris à Reims, la cathédrale était pleine à n'y pas loger une épingle et encore que ce lieu saint eût dû inspirer plus de respect aux assistants, il bourdonnait de mille entretiens qui n'avaient sans doute rien de pieux. Toutefois, un grand silence se fit quand, précédé de l'évêque de Laon et de l'évêque de Beauvais, et suivi des pairs du royaume, tant religieux que laïcs, le petit roi apparut, vêtu de cette longue robe de toile d'argent qui lui tombait jusqu'aux pieds et donnait, ou voulait donner, l'impression qu'il venait à peine de naître et n'avait pas encore reçu des mains de son créateur, par l'intermédiaire obligé de l'Eglise, les vêtures et les armes de son pouvoir.

Tandis que, le front haut et la taille droite, Louis marchait dans l'allée de la grande nef, suivi des dignitaires de son royaume, il paraissait, à la vérité, bien petit, et son avenir bien fragile, entouré qu'il était de ces voraces Grands, et mal voulu d'une mère frivole et dure qui le tenait pour son rival. Il marchait, comme lui avaient appris Monsieur de Souvré et le grand chambellan, lentement et les yeux fixés sur le chœur, apportant à ce rôle en ce sacre son application coutumière car il mettait beaucoup de conscience à tout ce qu'il faisait.

Pour nous, il y avait dans ce sacre une ironie amère. Le ciel et la terre allaient se conjuguer pour donner à Louis toutes les apparences du pouvoir et il n'était même pas le maître dans les quelques pieds carrés de sa chambre. De son lever à son coucher, il ne lui manquait pas une bonnetade, une révérence ou une génuflexion, et tout lui était donné avec le dernier respect, même le fouet.

Ce n'est pas que l'amour, hors celui de sa mère, lui faillît tout à plein. En jetant mes regards autour de moi dans la cathédrale, je vis plus d'une dame qui, à le voir s'avancer dans la tendreté de son âge, y allait d'une larmelette. Et je vis aussi plus d'un gentilhomme dont le visage s'empourprait à contempler, en cette occasion, le fils d'un souverain qu'ils avaient aimé. Ceux-là aspiraient du bon du cœur à servir Louis, et pas plus que mon père, La Surie et moi-même, ne consentiraient jamais, comme bon nombre de courtisans faisaient déjà, à s'accrocher aux chausses de ce bas faquin de Concini, à lui lécher les mains et à se coucher à ses pieds. Nous n'avions qu'un maître et il était là, dans la nef, tout béjaune et faible qu'il fût.

De tous les rites qui, en ces fastes, accablèrent Louis, le plus important, assurément, celui qui le consacrait et lui conférait la grâce, était l'onction. Elle requérait le mélange de deux huiles : l'une venant du saint chrême, l'autre de la sainte ampoule. Le saint chrême, qui est usuel dans le baptême, est lui-même un mélange d'huile d'olive et de baume. La sainte ampoule est aussi une huile, mais d'origine combien plus vénérable, puisqu'elle fut apportée du ciel par un ange à saint Remy pour le baptême de Clovis. Comme, depuis cette date, elle avait servi au sacre de tous les rois de France, on entend bien qu'il fallait la ménager et ne pas la servir avec un cuiller. En fait, le cardinal de Joyeuse enfonça une aiguille d'or dans la sainte ampoule et, par ce moyen, en tira une quantité infime qu'il mélangea du doigt avec le saint chrême.

On dévêtit alors Louis. On lui retira de prime sa longue robe, puis on défit les attaches qui retenaient aux épaules sa camisole et sa chemise, et il apparut nu jusqu'à la ceinture. Dans cet appareil, il dut se coucher de tout son long sur le ventre — posture humble mais surtout fort malcommode, les dalles de la cathédrale n'étant pas des plus douces. Qui pis est, ce prosternement dura prou, car le cardinal de Joyeuse debout et le roi demeurant à ses pieds, le prélat prononça une quantité infinie d'oraisons que j'aurais donné beaucoup pour abréger, mais dont l'excessive longueur voulait sans doute laisser entendre la supériorité du pouvoir spirituel sur le temporel. Mon père, à côté de moi, grinçait des dents, soupçonnant là une attitude ultramontaine [1]. Mais, pour une fois, je ne saurais dire s'il avait tout à plein raison, ces prières étant séculaires, la tradition, avec les siècles y ayant beaucoup ajouté.

Le cardinal releva enfin Louis et l'oignit sur le sommet de la tête, sur la poitrine, au milieu du dos, sur l'épaule dextre, sur l'épaule senestre, et enfin aux jointures des bras. L'onction s'arrêta là et comme La Surie se penchait vers moi, les yeux brillants de malice, je craignis qu'il ne fît là l'une de ses damnables gausseries et, devinant à peu près laquelle, je lui fermai la bouche de ma main. Et comme sur son autre flanc mon père lui donnait du coude dans les côtes, il resta coi.

Louis oint, le grand chambellan s'avança et le vêtit d'une sorte de chemise et d'une dalmatique.

1. Les ultramontains soutenaient que le pouvoir des papes était supérieur à ceux des rois et qu'ils pouvaient les faire et les défaire. Les gallicans s'opposaient vivement à cette prétention.

— Une dalmatique, qu'est cela, s'il vous plaît ?

— Belle lectrice, on désigne par ce mot une sorte de tunique faite de satin bleu brodé de fleurs de lys d'or, laquelle, si j'ose vous le dire, eût pu vous séoir à la perfection, si vous êtes telle que je vous imagine.

— Monsieur, bien je me souviens que, quand vous faites un compliment à une dame, vous n'y allez pas au petit cuiller, mais à la truelle. La grand merci toutefois. Pour ne rien vous celer, aux coups je préfère les caresses, fussent-elles verbales. Mais, Monsieur, je voudrais vous poser question.

— Madame, je vous ois.

— Pardonnez ma frivole curiosité, mais à ce que j'ai ouï dire, les anges importants ont des noms. Comment s'appelait celui qui apporta la sainte ampoule à saint Remy ?

— En premier lieu, Madame, c'était un ange féminin. Je sais bien que les théologiens prétendent que les anges, n'ayant pas de corps, sont dépourvus de sexe. Mais, n'en déplaise aux docteurs en angélologie, je m'en tiens, pour ma part, aux anges de l'Ancien Testament et notamment à ceux qui visitèrent Sodome et qui, assurément, n'étaient point immatériels, vu la sorte de péril qu'ils encoururent. Quant à la messagère de saint Remy, je ne saurais dire son nom, mais je connais du moins sa physionomie. Je l'ai vue, sculptée dans la pierre pour l'Eternité. Et vous la connaîtrez aussi, Madame, pour peu que vous vouliez bien considérer — puisque nous sommes à Reims — un détail passionnant du portail de la cathédrale, lequel montre, debout, les saints du diocèse. Là, tout à fait à main droite, à côté de saint Nicaise, qui paraît triste, maigre et malengroin, vous verrez un ange indéniablement féminin, gracieuse en sa posture, la taille fléchissante, l'air doux, aimable et malicieux et qui, penchant la tête sur le côté, sourit. Oui, Madame, seule de tous les anges de la chrétienté, elle sourit ! Croyez-moi, ce sourire est réconfortant, surtout quand on vient de contempler dans l'ébrasement droit du portail les saints et prophètes du Jugement dernier. Ah ! Madame ! Si ce sont ceux-là qui nous jugent, à bien examiner la morne sévérité de leurs visages, je ne donne pas cher de mon paradis.

— Mais Monsieur, ôtez-moi d'un doute ! Pour quelle raison pensez-vous que ce bel ange sourit ?

— Voici encore ce que j'en crois savoir : quand, partie de son ciel glacé, elle atterrit sur notre planète chaleureuse pour apporter la sainte ampoule à saint Remy, elle fut ravie de la douceur de vivre qu'elle trouva sur la terre des hommes, s'éprit d'un sculpteur, l'épousa et, ses ailes disparaissant, devint femme : ce sourire fut le premier qui se dessina sur ses lèvres quand elle se vit, à son tour, aimée. Et après sa mort, car elle mourut jeune, son malheureux époux retrouva dans la pierre qu'il sculptait à sa ressemblance, l'expression qui l'avait bouleversé à leur première rencontre.

— *Si non e vero e ben trovato* [1]. Monsieur, un mot encore, et, je pense, le dernier. Mon bonheur veut que j'aie un fils de l'âge de Louis. Il est fort beau et à moi fort affectionné. Mais il est aussi turbulent à l'excès et je doute qu'il ait pu souffrir une aussi longue et lourde cérémonie sans commettre quelques petites turlupinades. Allez-vous me dire que votre Louis fut aussi sage qu'un saint de pierre ?

— Nenni, Madame. Il garda de bout en bout la face grave et sérieuse, mais deux ou trois fois le petit espiègle perça sous le roi. Je vous le conterai, si vous le permettez, au fil de mon récit, car, pour l'instant, si vous voulez bien vous le rappeler, on rhabille le roi.

Autant on avait dépouillé Louis quasiment jusqu'à la nudité avant de l'oindre, autant, quand l'onction fut finie, on le garnit, non seulement en vêtements mais en objets divers, tous chargés de symboles.

On commença par lui donner une épée. Il la tira de son fourreau et, selon les instructions qu'on lui avait données, il la baisa et, nue qu'elle était, l'alla, selon le rite, placer sur l'autel.

1. Si ce n'est pas vrai, c'est bien trouvé (ital.).

— Qu'est-ce que tout cela veut dire? me glissa La Surie à l'oreille.

— Qu'il défendra l'Eglise, dis-je à voix basse.

— A moins, dit La Surie sur le même ton, qu'il n'ait, comme son père, à se défendre contre elle...

Cette fois, il dit cela en langue d'oc, afin que je n'allasse point lui clore le bec une deuxième fois.

Après l'épée, le cardinal de Joyeuse bénit pour le roi un anneau d'or qu'il lui passa à l'annulaire de sa dextre et par lequel Louis était censé épouser son royaume, l'annulaire de l'autre main étant réservé à son hymen futur. Ainsi bagué, Louis reçut encore du cardinal, pour qu'il la saisît en sa main gauche, la main de justice qui proclamait son pouvoir judiciaire et en même temps, en sa main droite, le sceptre royal, insigne de sa puissance souveraine.

Or, si la main de justice, faite d'ivoire et emmanchée sur bois était légère, le sceptre, lui, se trouvait fort lourd pour un garcelet de neuf ans. Et son bras, sous l'effort qu'il fit pour le tenir droit, se mit à trembler. Voyant quoi, le premier parmi les pairs laïcs, le prince de Condé, voulut y porter la main pour l'assurer, mais Louis, tournant la tête vers lui, lui dit d'une voix ferme et sèche :

— Je préfère le porter seul!

Ni le geste du prince de Condé qui, vu ses ambitions, n'était peut-être pas sans arrière-pensée (le sceptre royal étant chargé d'un si puissant symbole) ni la prompte rebuffade de Louis (qui, quant à nous, nous combla de joie) n'échappèrent à la Cour, Condé étant celui des Grands qui, par son humeur rebelle, donnait le plus de tablature à la régence.

Le sceptre précéda la couronne et celle-ci, posée depuis le début de la cérémonie bien en vue sur le maître-autel, était réputée être la couronne de Charlemagne. Toutefois, les Autrichiens prétendaient aussi la posséder et la garder à Vienne pour couronner leurs empereurs. Je ne saurais dire, à la vérité, quelle était l'authentique et quelle, la copie, tant est pourtant que la nôtre portait, en plus de ses deux cent soixante-seize perles, huit fleurs de lys qui la francisaient. Quoi qu'il en fût, elle paraissait bien lourde et bien large pour une tête d'enfant et je gage qu'on avait dû user d'un artifice pour réduire à l'intérieur sa circonférence, afin qu'elle tînt sur la tête du petit roi sans risquer de lui retomber sur le nez.

Louis assis et portant vaillamment main de justice et sceptre (il avait réussi à maîtriser le tremblement de son bras droit en le collant contre son corps), le cardinal de Joyeuse, avec un grand air de pompe, alla prendre sur l'autel la couronne et l'éleva des deux mains au-dessus de la tête du petit roi, mais sans l'y poser.

Le chancelier appela alors d'une voix forte les pairs ecclésiastiques et les pairs laïcs qui, se rangeant autour de Louis, portèrent la main sur la couronne *comme pour la soutenir* : symbole transparent, et combien démenti au cours de notre Histoire !...

Le cardinal reprit alors la couronne de la main gauche, la bénit, et la posa sur le chef de l'enfant-roi, les pairs y portant la main, non cette fois pour la soutenir, mais pour la toucher.

Vinrent alors les génuflexions et les acclamations, suivies de deux baisers sur les joues royales donnés par le cardinal et les douze pairs. C'est à ce moment que deux petits incidents survinrent qui n'échappèrent à personne, le premier qui pouvait donner à penser prou à un spectateur attentif, l'autre, qui le pouvait faire sourire ou attendrir, selon le degré d'amour qu'il portait à Louis.

Quand vint le tour du duc d'Epernon de baiser Louis sur la joue — ce duc dont on avait dit à mi-mot qu'il avait fort bien pu tirer les fils qui poussèrent Ravaillac à tuer —, Louis, à chaque baiser que le duc lui donna, porta la main à la couronne comme pour l'assurer sur sa tête. Ce fut là l'occasion pour toute la Cour de quelques murmures à mi-bouche et de quelques regards détournés sans qu'on voulût aller plus loin, car l'accusatrice du duc d'Epernon, Mademoiselle d'Ecoman, avait été jetée dans un cul-de-basse-fosse et y demeura, d'ordre de la régente, jusqu'à la fin de ses jours, sans qu'on osât jamais lui faire un procès qui eût pu être si périlleux pour tant de gens haut placés — et point seulement pour le seul d'Epernon.

Le dernier pair laïc à baiser Louis sur les deux joues fut le plus jeune — l'aimable duc d'Elbeuf. C'était un Guise de la tige des ducs d'Aumale. Il avait été marquis d'Elbeuf à sa naissance et, à cinq ans, fut nommé duc et pair.

Le jour du sacre, il avait tout juste atteint quatorze ans et paraissait, entre tous, fort joli et gracieux en sa magnifique vêture. Louis le connaissait bien, ayant souvent joué avec lui à Saint-Germain, à Vincennes et au Louvre. Et après que d'Elbeuf l'eut baisé sur les joues, il lui donna, en jouant, un petit soufflet sur l'une des siennes. Après quoi, il affecta de s'essuyer la joue.

— Eh bien, belle lectrice, vous voilà satisfaite ?

— Classez-moi, Monsieur, en cette occasion, parmi les attendries. Est-ce tout ?

— Que nenni ! Quand, après le couronnement, la messe commença, et elle fut fort longue, coupée de chants, Louis dut se lever pour aller à l'offrande. Toutefois, quelque peu distrait des pensées qui eussent dû être les siennes, son jeune âge reprenant le dessus, il tâchait, en marchant, d'attraper du pied la queue du manteau du maréchal de la Châtre qui marchait devant lui. Le maréchal faisant, en ce sacre, fonction de connétable, je vous laisse à penser le nez qu'il aurait fait, si son splendide manteau d'apparat lui était tombé des épaules. A mon sentiment, Louis faisait mine seulement de lui marcher dessus, sans qu'il essayât vraiment. Cette idée de défaire le maréchal de sa plus belle parure devait l'amuser, tant il était las de cette pompe dont, pendant cinq heures, on l'avait accablé.

— Ah ! Monsieur ! Comme vous le défendez ! Bien assurée je suis que vous me cachez encore une de ses petites farces ! Pensez-y bien, de grâce !

— C'est que, Madame, je ne suis pas certain que la dernière farce en soit vraiment une et qu'il ne s'y cache pas un sens. Quand, le lendemain, on fit Louis chevalier du Saint-Esprit et qu'il reçut à son tour les chevaliers de son Ordre — dont mon père avait l'honneur de faire partie —, tous, l'un après l'autre, le baisèrent sur la joue. Mais quand vint le tour du duc de Bellegarde, Louis de ses deux mains le saisit par la barbe et dit en riant : « *Vela* un honnête homme ! »

— Y a-t-il donc une intention, Monsieur, dans cette petite gausserie ?

— Je le pense. Plaise à vous, Madame, de vous rappeler que la veille, sur l'ordre de la reine, le duc avait dû laisser ce faquin de marquis d'Ancre prendre le pas sur lui. Louis le voulait, je pense, venger de cette humiliation en lui signalant son estime sous le couvert d'une plaisanterie.

— Revenons, Monsieur, à l'interminable sacre. Finit-il enfin ?

— A deux heures et quart ! Et à en juger par le sentiment de fatigue que j'éprouvais dans les pieds, les jambes et les reins, j'imaginais celle de Louis. Enfin, à deux heures et demie, on ramena le petit roi dans ses appartements du palais épiscopal.

— Eh bien ! Monsieur ! Eh bien, dites-moi, de grâce, quelles furent les premières paroles qu'il prononça alors qu'il était sacré et couronné ? Mais, Monsieur, vous riez ? Vous vous esbouffez à rire ? Vous avez le front de vous gausser de moi ?

— Ah ! Madame ! Je n'y saurais même rêver ! J'espère, toutefois, que votre humeur, quand il s'agit des mots de la langue française, penche davantage du côté de Madame de Guise que du côté de Madame de Rambouillet.

— Vous piquez ma curiosité. Or sus, Monsieur ! Parlez sans tant languir !

— Je vous obéis, Madame. Dès que Louis apparut dans ses appartements du palais épiscopal, Monsieur de Souvré, malgré sa pesanteur, se jeta au-devant de lui et dit : « Ha ! Sire ! Vous devez être excessivement las ! Que désirez-vous ? Manger ? — Nenni, Monsieur de Souvré. — Dormir, peut-être, Sire ? — Nenni, Monsieur de Souvré. — Eh bien, Sire, n'est-il rien que vous désiriez ? — Rien que pisser », dit Louis.

Le lendemain du jour où mon père eut le privilège, en tant que chevalier du Saint-Esprit, de baiser sur les deux joues Louis, Grand Maître de l'Ordre, je reçus derechef un billet de Madame de Guise me mandant de la venir visiter au palais épiscopal sur le coup de dix heures : ce qui voulait dire, à ce que j'augurais, qu'elle avait rebondi du tréfonds de sa « laideur » jusqu'aux cimes de son automnale beauté.

Je la trouvai sur sa couche, mais pimplochée, coiffée et vêtue d'une très seyante robe du matin en satin bleu pâle. Et je discernai, sous les couvertures à ses côtés, mais me tournant le dos, une compagne de lit.

— Je me suis remise au lit, dit la duchesse, j'avais froid. Le temps s'est mis tout soudain au gel. Or sus, mon filleul ! Ne restez pas planté là ! Agenouillez-vous à mon chevet ! Perrette, apporte un carreau pour les genoux du chevalier ! Et garde-toi de lui donner le bel œil, comme tu fais toujours, ou je te renvoie à tes vaches !

— Madame, dit Perrette d'un ton quelque peu indigné, je n'ai jamais gardé les vaches !

— Eh bien, tu t'y mettras, coquefredouille ! Il faut bien un commencement à tout !

— Qui est là ? dit d'une voix languissante la dormeuse qui nous tournait le dos.

— Le chevalier de Siorac.

— Plaise à vous, ma mère, de bailler pour moi un poutoune à mon petit cousin. Il vaut mieux, à lui seul, que mes quatre frères ensemble.

Même si la dormeuse n'avait pas dit « ma mère » et n'avait pas parlé de ses frères, j'aurais reconnu la princesse de Conti à sa voix railleuse et coquette.

— Madame, dis-je, je suis prêt à faire le tour du lit pour recevoir cet honneur.

— Mon petit cousin, dit-elle, je vous ai donné deux baisers, avant-hier. Cela suffit. Vous en prendriez l'habitude... comme ce diantre d'archevêque qui, si je le laissais faire, me lécherait le morveau deux ou trois fois par jour. Ce n'est pas parce que tous les hommes m'adorent que je dois prodiguer mes faveurs.

— Cette adoration n'aura, hélas, qu'un temps ! dit Madame de Guise, en secouant ses boucles blondes d'un air triste et marmiteux.

— Point si j'en juge par vous, ma mère, dit la princesse tournant corps et visage de notre côté.

Et quittant son ton de moqueuse gausserie, elle effleura du dos de la main le visage de sa mère et reprit avec chaleur :

— Plus d'un gentilhomme à la Cour aimerait se mirer dans ces beaux yeux bleus, si vous n'étiez si éprise de qui vous savez.

— Ah ! dit Madame de Guise avec un grand soupir, ma fille ! Ma fille ! Quand tout est dit, comme j'aimerais être vous !

Comme je la voyais prête à sombrer derechef dans une de ses noires humeurs, je m'en émus assez pour tâcher d'en endiguer le flot.

— Bien que la princesse soit parfaitement belle, dis-je, je perdrais beaucoup à ce que votre vœu soit exaucé, Madame : je n'aurais plus de marraine. Et quel vide cela ferait dans ma vie !

Et lui saisissant la main, je la couvris de baisers.

— Vous avez raison, ma fille, dit Madame de Guise d'une voix émue, celui-là vaut tous les autres mis à tas ! Mon Dieu ! Quand j'y pense ! Cet archevêque ! Placer cette Charlotte dans la galerie du chœur ! Le jour du sacre ! Cachée derrière une colonne comme derrière son petit doigt ! Si encore elle n'était pas si commune !

— Mais d'après ce que j'ai ouï, dit la princesse qui voulait se donner les gants de l'impartialité, Madame des Essarts est bien née.

— Babillebahou, ma fille, c'est bel et bon d'être née. Mais, pour une femme, il y faut, au surplus, des grâces ! Cette pimpésouée n'a aucune allure ! C'est la gaucherie même ! Elle marche avec les pieds en dedans. Qui pis est, elle a des tétins, mais elle n'a pas de cul.

— Ma mère, dit la princesse en riant, comment le savez-vous ?

— Elle a beau le rembourrer avec un haussec, cela se voit ! Tenez ! Prenez Perrette que voilà : décrottez-la un peu de ses vaches...

— Mais, Madame, je n'ai jamais gardé les vaches ! dit Perrette désespérément.

— Paix-là, sotte caillette ! Mettez à Perrette les beaux affiquets de Madame des Essarts, elle y sera cent fois plus à l'aise et mille fois plus plaisante à voir.

— La grand merci, Madame, dit Perrette, tout soudain rassérénée. Toutefois, si j'ose dire ce que je m'apense, je n'aimerais pas coqueliquer avec Monsieur l'archevêque, de peur que ma conscience me remochine.

— Quel jargon est-ce là ? dit Madame de Guise en ouvrant tout grands ses yeux pervenche.

Et comme Perrette, de peur d'être plus avant houspillée, se tenait coite, je répondis à sa place :

— Remochiner, Madame, veut dire « bouder » en périgourdin.

— A Dieu plaise, s'exclama Madame de Guise en levant les yeux au ciel (mimique dont elle usait souvent, pour ce qu'elle avait pour effet de mettre en valeur la beauté de ses prunelles), à Dieu plaise que la conscience remochine à mes fils ! En particulier à Charles ! Mon beau filleul, dites-moi, avez-vous vu le duc de Guise parmi les pairs au couronnement de Louis ?

— Non, Madame, et je m'en suis fort étonné, l'ayant rencontré la veille céans.

— Eh bien, je vais vous dire le pourquoi de son absence ! Le jour de votre visite, Charles a tâché toute la journée de persuader le duc de Nevers de lui céder le pas pendant les cérémonies du sacre et le duc, bien légitimement, s'y est refusé, étant gouverneur de Reims et s'y sentant chez lui. Sur quoi, voilà ce fol de Charles qui décide, malgré mes prières, de bouder de bout en bout le sacre, ne craignant pas de faire cette offense au roi, à la régente, au cardinal de Joyeuse et à ses pairs !

— Madame ma Mère, dit la princesse de Conti qui craignait peut-être, après l'archevêque et le duc, de recevoir à son tour son paquet, permettez-moi de prendre congé et de vous emprunter Perrette. Il se fait tard et je voudrais faire quelque toilette.

— Allez, mon enfant ! dit Madame de Guise, encore que ce soit bien inutile de vous parer, le privilège de votre âge étant de n'être jamais si belle qu'à votre lever. Mais auparavant, faites-moi un petit plaisir : allez bailler le bonjour à votre pauvre prince.

Sans faire aucune promesse, la princesse se leva en sa robe de nuit (laquelle était fort lâche, fort décolletée et quasi transparente) et ne nous ôta pas incontinent la lumière de sa beauté, car sous le couvert de s'étirer et de ramener ses longs cheveux noirs sur le sommet de sa tête, elle nous laissa admirer à loisir son corps magnifique, long, mince et toutefois bien rondi, accompagnant ces étirements de petites mines assassines et toutefois très affectionnées, car malgré sa coquetterie, son caractère altier et les traits acérés dont elle accablait ses proches, elle ne laissait pas de les aimer.

— M'avez-vous ouïe, Louise-Marguerite ? dit la duchesse ; je vous le commande ! Allez de ce pas voir le prince : vous lui devez bien cette courtoisie, il a une fois de plus dormi seul.

— Madame, dit-elle, je n'en peux mais ! Le prince ronfle comme fol ! Et qui pis est, son bruit de forge vient par à-coups, comme un hoquet, si bien que je serais tentée de dire que même en ronflant, il bégaye.

— Oh ! Que ceci est méchant ! s'écria Madame de Guise. Allez ! Si vous n'étiez pas ma fille, je vous haïrais !

Mais en même temps qu'elle prononçait cette condamnation conditionnelle, elle lui sourit, mi-amusée mi-fâchée, et la suivit d'un regard attendri tandis que, d'un pas nonchalant, la princesse quittait la place, le menton haut et les épaules droites.

— Comme on est cruel quand on n'aime point ! dit Madame de Guise avec un soupir. Ce pauvre prince ! Il est vrai qu'il est si vieux, si laid, si mal allant ! Il ne peut pas aligner trois mots de suite ! Et qui pis est, il est sourd ! Comment lui parler, puisqu'il est sourd ? Et comment vous répondrait-il, puisqu'il est bègue? Sans compter ses autres faiblesses... Vous vous en doutez, tout ce qu'il peut faire avec la princesse, c'est la manger des yeux et même ce plaisir-là, elle ne le lui baille pas souvent. Mais le diable emporte mes jérémiades! Or sus! Venons-en à notre affaire! J'ai assez de mes fils pour ne pas me faire un souci à mes ongles ronger à propos de mon gendre.

Ayant dit, elle m'envisagea en silence avec une gravité qui, je ne sais comment, ne réussit qu'à lui donner un air merveilleusement enfantin.

— Mon beau filleul, dit-elle, je suis ravie qu'on nous ait laissés nous entretenir au bec à bec sans que j'eusse à le demander, car cette seule demande était déjà une indiscrétion. Or, ce que j'ai à vous dire, et qui est de la plus grande conséquence pour vous et ceux qui vous aiment (ici, elle me sourit), doit rester archisecret sous peine de tout perdre. Vous ne devez vous en ouvrir qu'à votre père seul, car c'est de lui que dépend, en définitive, le succès d'une entreprise si propre à votre avancement.

Je frémis à ouïr ce mot-là, car le dernier « avancement » que ma bonne marraine avait envisagé pour ma personne remontait à ma douzième année. Elle voulait alors faire de moi un des pages du roi : proposition qui, si elle avait été acceptée par mon père — mais il en hurla de rage! — m'aurait contraint d'abandonner mes études pour me mettre — je cite les propos paternels — à « l'école de la fainéantise et du vice ». Toutefois, comme je devais, de prime, parler à mon père du présent projet, il me sembla, à y réfléchir plus outre, que s'il était malencontreux, je ne courais que peu de risques, car mon père tuerait incontinent dans l'œuf ce serpent malvenu.

— Vous avez l'air songeur, mon filleul...

— C'est que la curiosité me dévore, Madame.

— Vous allez être satisfait. Connaissez-vous le marquis de Saint-Régis?

— Point du tout.

— C'est un des quatre premiers gentilshommes de la Chambre dans la maison du roi.

— Eh bien ! Voilà qui fait de lui, je gage, un gentilhomme bien garni en pécunes.

— En effet, mais le marquis de Saint-Régis a passé cinquante ans et, en ayant assez de la Cour et des puanteurs de Paris, il veut vendre sa charge pour se retirer à Joinville en sa maison des champs, laquelle il voudrait restaurer grâce aux clicailles qu'il retirera de cette vente. Il m'a confié ce projet sous le sceau du secret.

— Et pourquoi le secret ?

— Le marquis de Saint-Régis est apparenté aux Guise et voudrait, s'il se peut, vendre sa charge à mon dernier-né, le chevalier de Guise, lequel n'a pas un seul sol vaillant.

— Eh bien, Madame, que ne l'achetez-vous pour lui ?

— Vous vous gaussez, je crois, mon beau filleul ! Le marquis de Saint-Régis vend sa charge cent mille livres. Où trouverais-je pareille somme ? J'ai quatre cent mille livres de dettes et je ne tiens mon rang que grâce aux libéralités de la reine. Encore me sont-elles comptées. Toutefois, je n'ai eu garde de rebuter Saint-Régis incontinent. D'autant plus qu'en sa fidélité, il voulait à tout prix que sa charge restât dans la maison de Guise. Et j'ai pensé à vous.

— A moi, Madame ! dis-je, béant.

— A vous, dit-elle, en souriant. N'avez-vous aucun lien avec moi ?

— Mais que si ! Et il m'est cher ! Mais cent mille livres ! Où les prendrais-je ?

— Votre père vous les baillera.

— Mon père ! Mais, vous le savez comme moi, nous vivons au logis heureux, mais chichement.

— C'est comme cela que l'on devient riche et pécunieux, mon filleul. En gagnant prou et en dépensant peu.

— Mon père, riche et pécunieux ? Je n'en crois pas mes oreilles !

— Mais il l'est ! Bien qu'il n'apparaisse pas, étant noble, en ses bargouins et use de prête-noms, votre père, mon beau filleul, a mille et une façons de changer un sol en écu.

— Et il dépenserait cent mille livres pour m'établir en cette charge ?

— Il vous aime assez pour ce faire, s'il jugeait que cette position ne vous est pas disconvenable.

— Mais elle ne l'est pas ! criai-je.

Et derechef je lui baisai les mains. Mais saisissant ma tête entre les siennes, elle la serra avec force contre son cou en murmurant : « Ah, mon fils ! Mon fils ! » Elle ne m'avait jamais appelé ainsi, même en tête à tête. Mais pour une fois elle ne se pouvait plus contenir. Et se sentant au sommet de son bonheur terrestre, elle en pleurait.

J'étais moi-même fort transporté par les marques qu'elle me donnait de sa grande amour et plus encore peut-être de sa préférence pour moi qu'elle avait toujours placé bien au-dessus de ses fils légitimes. Toutefois, je n'étais pas heureux pour les mêmes raisons qu'elle et me gardais bien de lui en souffler mot. Madame de Guise me voyait établi à la Cour, paré d'un titre honorable, jouissant ma vie durant d'une pension élevée et — rarissime honneur — d'un appartement au Louvre. Je n'étais ni aveugle, ni insensible aux avantages de cette position, mais pour moi, il valait surtout dans la mesure où il me permettrait d'approcher Louis et de le servir, comme je l'avais toujours désiré, et plus encore depuis la mort de son père.

— Mon Dieu ! s'écria tout soudain Madame de Guise en me libérant de son étreinte et en passant la main sur ses joues d'un air hagard, mais j'ai pleuré ! Pimplochée que je suis, j'ai pleuré ! Mais c'est le comble du désastre ! Mon filleul, ne me regardez pas, je vous en prie ! Et laissez-moi, de grâce, laissez-moi !...

Bien que cet abrupt congé me heurtât quelque peu, je connaissais trop Madame de Guise pour tâcher de lui faire entendre raison, quand elle était dans ces humeurs-là. Et je la quittai sur un dernier regard qu'elle ne me rendit pas, étant occupée à s'envisager dans un petit miroir avec un air d'angoisse qui me serra le cœur.

Je n'avais pas fait dix pas hors de la chambre de

Madame de Guise que je tombai sur un jeune clerc fort grand et fort vigoureux qui me salua bien bas et que je reconnus pour être celui qui l'avant-veille pendant le sacre avait veillé dans la galerie du chœur sur les sûretés de Madame des Essarts. Je lui rendis son salut et, à ma grande surprise, il s'arrêta devant moi et m'adressa la parole :

— N'êtes-vous pas, Monsieur, le chevalier de Siorac ?

— C'est moi.

— Monsieur de Bassompierre vous a aperçu entrer céans du haut d'une fenêtre et, se doutant que vous alliez chez Madame la duchesse de Guise, m'a demandé de vous guetter et de vous amener à lui en toute discrétion. Y êtes-vous consentant, Monsieur le Chevalier ?

Je l'envisageai tandis qu'il me tenait ce discours. Il était blond paille avec une petite calotte (noire comme sa soutane) sur le sommet de la tête et ses yeux pâles me parurent fort petits. Sans doute parce qu'il les clignait constamment comme un oiseau de nuit ébloui par la lumière. En contraste avec ses yeux et son nez qui était lui aussi fort petit, il avait une mâchoire si longue qu'elle le faisait ressembler à un cheval. Il n'était pas chiche en courbettes, certes. Quasi à chaque phrase il se pliait en deux. On eût dit qu'il se cassait. Mais, Dieu merci, il se relevait toujours, fort grand et fort droit et fort parpalégeant des paupières, comme on dit au pays de mes pères.

— Assurément, dis-je, j'y suis consentant.

Après une nouvelle révérence, le clerc me dit de cette voix suave et murmurante qu'affectionnent les prêtres pour témoigner à la fois de leur humilité et de leur aversion pour les arts belliqueux :

— Monsieur le Chevalier, je suis votre serviteur. Plaise à vous de me suivre. Je vous conduis en un lieu où Monsieur de Bassompierre vous pourra encontrer sans crainte d'être vu.

Après un nouveau salut, il m'entraîna dans un dédale de passages avec une telle rapidité que j'avais peine à le suivre, et d'autant qu'il avait de grandissimes jambes dont le compas s'ouvrait d'une façon démesurée, sa soutane qui s'évasait vers le bas étant à chaque pas rejetée avec la dernière énergie, tantôt devant lui, tantôt derrière, découvrant des pieds d'une taille insolite. J'étais presque courant derrière lui, quand enfin il s'arrêta devant une petite porte basse en plein cintre et, enfouissant son bras dans la poche profonde de sa soutane, il en tira une grosse clef dont il déverrouilla l'huis.

Celui-ci s'ouvrit sur un noir d'encre et, tournant vers moi sa tête chevaline, le clerc, avec un nouveau salut, me demanda d'attendre. Il battit alors un briquet et s'avançant, la petite flamme brillant au bout de son interminable bras, il alluma deux chandeliers qui firent surgir de l'obscurité un petit autel surmonté par un Christ, et au-dessus, un plafond voûté fort bas et fort humide dont l'odeur de moisi était assez déplaisante.

— Mais, qu'est cela ? dis-je, surpris par la petitesse de la pièce.

— Comme vous voyez, Monsieur le Chevalier, c'est une chapelle. Un des prédécesseurs de Monseigneur était accoutumé à s'y retirer, justement parce que la chapelle est si sombre, et plus exiguë qu'un caveau.

— Etait-il si pieux qu'il désirât se mortifier ainsi ?

— Je suis trop jeune pour l'avoir connu, mais d'aucuns disent qu'il était fort du monde et ne venait que peu en son diocèse. Ceux-là doutent même qu'il ait jamais prié dans cette chapelle. Mais d'autres assurent qu'il aimait y méditer sur sa propre mort.

— Et quand est-il mort ?

— Le Seigneur l'a rappelé à lui à trente-trois ans, en 1588, au château de Blois, dit le clerc en baissant les yeux avec pudeur.

— Ah ! dis-je, c'est donc le fameux cardinal de Guise ! L'oncle de votre archevêque !

Le clerc ne répondit à cela que par un nouveau salut.

— Monsieur le Chevalier, permettez-moi de me retirer. Je vais quérir de ce pas pour vous Monsieur de Bassompierre.

— Monsieur, dis-je en lui tendant un écu, avec mille grands mercis pour votre obligeance, acceptez, de grâce, cette modeste offrande et dites une messe pour moi.

— Monsieur le Chevalier, dit le clerc, saisissant l'écu et l'enfouissant avec une admirable promptitude dans une des poches de sa soutane, je ne suis que sous-diacre et ne puis encore dire la messe, mais je prierai pour vous.

Là-dessus, en un seul pas géantin, il traversa la chapelle, referma lourdement l'huis derrière lui et je n'en crus pas mes oreilles quand j'ouïs la clef grincer deux fois dans la serrure.

Ce surcroît de précaution et de mystère me parut quasi comique, car nous n'en étions pas, Bassompierre et moi, à échanger des secrets d'Etat. Et plutôt que de croire le sous-diacre naïf, je préférais penser qu'il désirait donner de l'importance au service qu'il nous rendait. Je m'assis sur la chaire à bras qui avec le prie-Dieu composait l'unique mobilier de la minuscule chapelle et j'attendis, sans ressentir, je dois le confesser, la moindre envie de prier ni de méditer sur ma propre mort, comme on prétendait qu'avait fait ici même le cardinal de Guise.

A la vérité, je décroyais cette version des faits, la tenant pour une de ces légendes que les ligueux avaient inventées pour faire du cardinal de Guise un martyr. Car en fait d'avoir été paisiblement « rappelé à Dieu », le cardinal avait été assassiné d'un coup de pique dans la poitrine deux jours après que son frère, le duc de Guise, eut été exécuté par les *Quarante-Cinq* sur l'ordre d'Henri III : double meurtre auquel ce prince, humain, pieux et pardonnant, s'était résigné, sachant son trône et sa vie fort menacés par les deux frères.

Comme on sait, le pauvre Henri III ne jouit pas longtemps de sa victoire. Il fut lui-même assassiné par la Ligue l'année suivante. Bien que je ne fusse pas né alors, mon père, qui avait été le témoin de ces faits, me les avait si bien, et à ma prière, si souvent contés en mes enfances, qu'il s'en fallait de peu que je crusse les avoir avec lui vécus.

Ces souvenirs, si j'ose les appeler ainsi, n'avaient rien d'aimable. Et le lieu où je me les ramentevais m'en faisait ressentir l'horreur. La demi-douzaine de chandelles qui brûlaient dans cet espace confiné, loin de diminuer l'odeur du moisi, y ajoutait un sentiment d'étouffement qui me portait au cœur et je me sentis immensément soulagé quand de nouveau la clef grinça dans la serrure et Bassompierre entra.

— Mon ami, dit-il d'un ton rapide et expéditif au clerc en lui tendant une poignée d'écus, soyez assez bon pour nous laisser votre clef. Je vous la rapporterai dès que cet entretien sera fini et sans omettre de reverrouiller cette porte derrière moi. Au revoir, mon ami, et souvenez-vous de moi en vos prières.

— Je n'y faillirai pas, Monsieur le Comte, dit le clerc qui, du fait de la surprise que lui avait donnée l'énormité de ce don, cessa un instant de cligner des yeux.

Il répéta d'un ton pénétré :

— Je n'y faillirai pas.

Et saluant jusqu'à terre Bassompierre, il pivota sur ses larges pieds sans me faire l'aumône d'un regard. Il sortit, me laissant douter qu'il réciterait ne serait-ce qu'un *Pater* pour me remercier de mon pauvre petit écu.

Dès que Bassompierre eut sur nous verrouillé la porte, il me donna une forte brassée et me dit *sotto voce :*

— Parlons bas. Cette étrange créature est peut-être en train de coller ses grandes oreilles à l'huis. Fort heureusement, le vantail est d'une émerveillable épaisseur.

— Jour de ma vie ! reprit-il tout haut, mais c'est un caveau céans ! Et l'air me pue ! *Non importa. Presto avro finito* [1]. Mon beau neveu, poursuivit-il, en passant de l'italien à l'allemand, notre amie ne vit pas à Heidelberg des jours très heureux. L'Electeur palatin vient de mourir. Son fils Frédéric lui a succédé, mais il n'a que quatorze ans, et la ou les personnes qui gou-

1. Peu importe, j'aurai bientôt fini (ital.).

vernent à sa place ne tiennent pas notre amie en particulière odeur de sainteté : ce qui lui donne une raison de plus — outre celle que vous savez, ajouta-t-il avec un sourire — de revenir vivre en Paris en son hôtel de la rue des Bourbons. « N'épargnez, m'a-t-elle écrit, ni le temps ni l'argent. » Pour des raisons que je ne dirai pas, mon beau neveu, je ne veux point paraître en cette affaire. Aussi ai-je décidé d'employer le crédit que j'ai auprès du marquis d'Ancre, lequel j'ai fort bien connu à Florence en un temps où il menait une vie dissolue — savez-vous qu'à l'époque on l'appelait Isabelle ? — semant à tous vents l'argent qu'il ne possédait pas et vivant fastueusement de ses dettes. Il me sait quelque gré d'avoir alors si obligeamment oublié les quelques pécunes que je lui ai prêtées. Et sur ma demande, il approcha la reine, laquelle voulut bien l'écouter et lui dit : « Voyez la marquise et accordez cela avec elle. »

— Eh quoi ! dis-je, la marquise d'Ancre va décider à la place de la régente !

— Assurément, moyennant les épingles.

Pour désigner les épingles, Bassompierre employa le mot allemand *Nadel*, que je connaissais, mais que sur le moment je ne reconnus pas, tant il me parut hors contexte. Je lui en demandai la traduction, qu'il me donna.

— Les épingles, dis-je, qu'est cela ? Qu'est-ce que les épingles viennent faire là-dedans ?

— Les épingles sont aux femmes ce que les pots-de-vin sont aux hommes.

— Quoi, dis-je, devrais-je verser des pécunes à la marquise pour que la régente autorise le retour en France de notre amie ? Mais c'est monstrueux !

— Mon beau neveu, dit Bassompierre, je suis allemand : je n'ai donc pas à juger la façon dont les choses se passent de présent en France. N'oubliez pas, de grâce, qu'en ce pays, je ne suis, et ne veux être, et ne peux être que « le paroissier de qui est le curé ».

Il rit en prononçant ce mot, se rappelant sans doute qu'au bal de la duchesse de Guise [1], je lui avais fait

1. *La Volte des vertugadins.*

observer qu'il fallait dire « paroissien » et non « paroissier ».

— Et où iront ces pécunes ? demandai-je, béant.

— Mais dans les coffres de la marquise, lesquels sont sans fond, comme sa probité. Peux-je ajouter que, ne voulant pas, comme j'ai dit, paraître dans cette affaire, je vous laisserai le soin d'aller trouver la marquise en son antre.

— Moi, j'irai la trouver ?

— Vous ! dit-il en riant. Tout jeune et beau que vous soyez, la marquise ne se jettera pas sur vous. La clicaille est sa seule amour...

Toujours riant, il marcha vers la porte, la déverrouilla en un battement de cil et jeta un œil au-dehors.

— J'ai calomnié en mon cœur notre clignante girafe, dit-il après avoir reclos. Elle a pris l'amble pour d'autres lieux. Adonc, reprit-il avec vivacité, ce sera à vous de conduire le bargouin avec cette dame. Vous lui proposerez, de prime, cinq mille livres.

— Cinq mille livres !

— Que je vous donnerai au nom de Madame de Lichtenberg qui me remboursera. Et pensez bien que cette somme n'étonnera pas le moins du monde la marquise ! Vu qu'en toute probabilité, elle fera alors une petite moue et vous dira de sa voix nasale : « *E derisorio, Signor.* [1] » Vous lui proposerez alors dix mille livres.

— Dix mille livres ! Et que ferai-je, si elle n'accepte point ?

— Vous prenez congé d'elle avec grâce en lui disant que vous allez réfléchir, et moi j'écrirai à notre amie pour lui demander si je peux, en son nom, hausser la mise.

— Et à supposer que la marquise accepte les dix mille livres, qui nous assure qu'elle tiendra parole ?

— La marquise d'Ancre perdrait tout crédit, si elle ne respectait pas ses promesses. Et pourquoi ruinerait-elle de ses propres mains un commerce aussi fructueux ? Même dans la malhonnêteté, mon beau filleul, il faut une part d'honnêteté.

1. C'est dérisoire, Monsieur (ital.).

Bassompierre parut fort heureux d'avoir trouvé le mot de la fin.

— Partez le premier, mon beau neveu, dit-il, il n'est pas utile qu'on nous voie ensemble en ces lieux.

Là-dessus, il me donna une forte brassée et je partis avec des sentiments mêlés où l'ardent espoir de revoir Madame de Lichtenberg était assombri par l'aspect déplaisant, et à mon sentiment quasi honteux, du marchandage dont son retour allait être l'objet. Pour Bassompierre, joueur heureux, ce n'était là qu'un jeu de plus, dont il s'amusait à tirer les ficelles. Mais l'entreprise tenait tant à mon cœur que je me sentais fort désolé d'avoir à y mêler un bargouin avec ce sinistre couple qui mettait la France au pillage.

*
**

Mon père, passant par Soissons et Villers-Cotterêts, fit faire un fort grand détour à notre carrosse pour regagner Paris, ne voulant pas se trouver pris dans l'inouï encombrement des équipages sur le chemin du retour, tant la Cour était pressée de regagner notre belle et puante Paris, sans laquelle elle se sentait à la longue aussi mal à l'aise que poisson hors de l'eau. Mais comme elle suivait la reine et que celle-ci aimait prendre et perdre son temps aux étapes, la Cour ne parvint néanmoins en la capitale que deux grands jours après nous.

A la différence des nobles Parisiens, mon père traitait son domestique comme son propre père en usait avec le sien en sa châtellenie du Périgord. On ne le payait pas plus cher que d'autres, mais il faisait partie de la famille et le rang de chacun était respecté. Le lendemain de notre retour, dès que nous fûmes rebiscoulés des fatigues du voyage, mon père réunit après le déjeuner nos gens et leur fit un récit du sacre, à peu de choses près comme je viens de le faire en ces pages, insistant prou sur les gentillesses et les fermetés de notre petit roi et peu sur les fastes de la cérémonie et les grimaces des Grands.

Il m'avait demandé, tant que nous serions en chemin, de surseoir à débattre sur la charge du marquis de Saint-Régis et sur le retour de Madame de Lichtenberg en France. Mais dès que nous eûmes pris ensemble notre déjeuner, il se retira avec La Surie et moi-même dans notre librairie et me demanda de lui faire, sans rien omettre, le récit de mes entretiens de Reims avec Madame de Guise et Bassompierre.

Quand j'eus fini, et personne n'écoutait mieux que mon père quand le sujet lui paraissait de grande conséquence (ni plus mal, quand il lui semblait frivole), il caressa son collier de barbe et sa fine moustache — celle-ci tirant sur le poivre et celle-là sur le sel — et dit :

— L'occasion d'acheter pour vous cette charge de gentilhomme de la Chambre paraît si belle que ce serait pitié de la laisser passer, bien que la somme demandée soit considérable.

— N'est-elle pas excessive ? dit La Surie. Il n'y a pas un an le duc de Bouillon demandait cinquante mille livres de cette même charge au roi, qui la voulait acheter pour la bailler à Bassompierre.

— Et le même duc de Bouillon vient de quadrupler le prix de cette même charge pour la vendre à Concini ! Mais il va sans dire qu'il n'ignorait pas que l'argent coûte peu à ces gens-là qui ont la main si commodément proche du Trésor de la Bastille... Toutefois, si l'on tient en considération que les folles libéralités de la régente ont, en fait, renchéri les prix de toutes les fonctions royales, celui qui est demandé par le marquis de Saint-Régis est assez modéré. Le hic serait bien plutôt pour moi de réunir ces pécunes dans des délais convenables.

— Monsieur mon père, dis-je, bégayant presque en mon émeuvement, allez-vous véritablement dépenser pour moi cette somme énorme ? Vos enfants de Montfort-l'Amaury ne seraient-ils pas en droit de penser que je leur rogne leur légitime part du patrimoine ?

— Nenni, mon fils. Ils sont grands et déjà pourvus : mon aîné l'a été le premier, mes filles sont mariées et quant à mes cadets, ils se sont associés dans le négoce maritime, le seul dont l'exercice, comme vous le savez sans doute, soit permis à la noblesse.

— Toutefois, il y a aussi une exception avec la soufflerie du verre, ajouta La Surie, non qu'il pensât que mon père l'ignorât, mais parce qu'il aimait se rappeler à lui-même qu'il était noble et connaissait les usages de son état.

— Pour l'instant, dit mon père, je ne peux disposer que de soixante-quinze mille livres, mais mon crédit est bon et je ne doute pas que je puisse emprunter vingt-cinq mille livres à un denier raisonnable.

— Qu'appelez-vous raisonnable ? dit La Surie. Le juif que j'emploie pour donner du ventre à mes pécunes prête au denier cinq [1]. Voudriez-vous vous mettre sur les reins une dette de cette magnitude ?

— Je trouverai à moins, dit mon père.

— C'est tout trouvé, dit La Surie. Je viens de vendre un bois pour un peu plus que cette somme. Elle est à vous, sans aucun intérêt. Vous me la rendrez à votre convenance.

— Mais quelle perte pour toi, Miroul ! dit mon père, fort touché de cette offre. Car tu comptais, sans doute, confier ces vingt-cinq mille livres à ton juif pour qu'il les plaçât au denier cinq.

— Mais de toute manière, à moi il ne m'aurait donné que le denier dix [2], dit La Surie, vu que tous les risques sont pour lui.

— Miroul, dit mon père, il me semblerait équitable que je te donne moi-même un intérêt.

— Fi donc ! dit La Surie noblement, allons-nous jouer les usuriers entre gentilshommes ? Et ne peux-je apporter ma quote-part à l'avancement de Pierre-Emmanuel ? Allons, c'est résolu !

— La grand merci à toi, Miroul ! dis-je, et lui jetant un bras sur l'épaule, je le serrai à moi.

Je remerciai aussi mon père, me promettant de lui dire plus avant toute ma reconnaissance quand nous serions seuls. Et tout soudain, alors que nous étions là debout devant le feu, il y eut entre nous trois une sorte de vergogne, mais toutefois plaisante et silencieuse,

1. Vingt pour cent.
2. Dix pour cent.

comme si ce que nous aurions eu à prononcer passait le pouvoir des mots. La Surie rompit le premier les chiens pour aller tisonner les bûches qui n'en avaient nul besoin et mon père s'assit sur sa chaire coutumière, étendant ses jambes vers le feu.

— Mais, dis-je, ne sommes-nous pas en train de vendre la peau de l'ours ?

— Nenni ! dit mon père, votre bonne marraine a cent fois raison. Voyez-vous la régente dire « non » ? Elle craint trop les Guise pour leur faire cette braverie ! Et pour peu que Saint-Régis demeure ferme en ses propositions, la charge est à vous, mon fils, et sans passer par la marquise ni nous piquer à ses épingles...

Là-dessus, on rit et La Surie prit congé de nous, soit qu'il eût véritablement quelque chose à faire, soit qu'il voulût nous laisser seuls, mon père et moi, pressentant que ces épingles-là allaient nous amener à parler de la comtesse de Lichtenberg. Je fus étonné de ce départ, car d'ordinaire il n'en usait pas ainsi, sachant bien qu'il n'y avait point de secret pour lui en ce logis.

— Mon fils, dit mon père après m'avoir prié de m'asseoir, ne m'avez-vous pas dit que dans l'affaire du retour en France de Madame de Lichtenberg, Bassompierre ne désirait pas trop paraître, faisant intervenir de prime Concini auprès de la reine et vous poussant à traiter vous-même avec la marquise ?

— Si fait, Monsieur mon père.

— Et savez-vous pourquoi il désire ainsi demeurer dans l'ombre ?

— Il craint sans doute qu'on puisse lui reprocher un jour, Madame de Lichtenberg étant protestante, d'avoir introduit en France une hérétique...

— Et ne pensez-vous pas qu'à la suite de votre démarche auprès de la marquise on ne puisse vous adresser un jour le même reproche ?

— Cela se pourrait, en effet.

— Toutefois, vous êtes prêt à en prendre le risque, qui n'est pas mince, tant Madame de Lichtenberg vous tient à cœur.

— C'est bien cela.

— Cependant, reprit-il, si votre démarche auprès de

la marquise déplaît à la régente, ne pourrait-elle pas vous refuser ensuite d'acheter la charge du marquis de Saint-Régis ?

— Cela se peut, en effet, dis-je d'une voix étouffée, car à cet instant mon cœur se glaça : je craignis le pire.

— Dans ce cas, ne seriez-vous pas bien avisé d'acheter *d'abord* la charge et de négocier *ensuite* avec la marquise le retour de notre amie ?

— Si c'est là ce que vous me conseillez, Monsieur mon père, je suivrai votre conseil, dis-je, infiniment soulagé, car j'avais redouté d'ouïr de ses lèvres un tout autre conseil.

Mon père fit un signe de tête comme pour me remercier de mon acquiescement et se mit, sans mot dire, les yeux fixés sur le feu, à tapoter les bras de sa chaire. Je crus d'abord qu'il désirait être seul, mais comme son silence durait, j'entendis bien qu'il avait encore une autre remarque à m'adresser, et qu'il hésitait, lui d'ordinaire si décidé, quant à la façon de la tourner.

— Monsieur mon fils, dit-il enfin, avec une gravité qui ne lui était pas habituelle, car il était accoutumé d'introduire quelque pointe de badinage en ses propos les plus sérieux, je trouve infiniment touchants vos sentiments pour la *Gräfin* de Lichtenberg. Il est vrai qu'elle a le double de votre âge mais quant à moi, je ne vois rien de criminel en cette différence : l'amour frappe où il veut et n'a que faire des petits préjugés des hommes. Toutefois, cette différence ne sera pas sans conséquence dans votre vie, puisque vous aimant aussi, notre amie a le cœur trop haut placé pour abuser de votre bec jaune au point de vous épouser, et trop de prudence aussi pour vous donner une progéniture. Et comme le feu de vos mutuels empressements est si vif et si fort qu'il est fait pour durer, je crains que cette durée même ne vous emprisonne dans un lien dont vous pourriez regretter à la longue la stérilité. J'aimerais, à cet égard, vous poser question et que vous m'y répondiez à la franche marguerite : pouvez-vous être assuré que dans dix ans vous ne regretterez pas les grâces de Mademoiselle de Fonlebon et les beaux enfants qu'elle aurait pu vous donner ?

Ce discours m'étonna, et par sa longueur, et par son ton, et par son contenu. Il me troubla aussi et ma gorge me serrant, je résolus de faire à mon père la réponse la plus sincère que je pus.

— Je ne puis affirmer, dis-je au bout d'un moment, que si les choses prennent le chemin que vous dites, je ne penserais pas un jour avec mélancolie à Mademoiselle de Fonlebon. Mais d'un autre côté, si mon amour pour Madame de Lichtenberg ne devait jamais franchir le seuil de mes rêves, je suis bien certain que je le regretterais toute ma vie.

— Vous avez donc fait votre choix, dit mon père avec un soupir, et je ne saurais dire si, même à mon âge, je n'aurais pas fait le même. Non seulement mon expérience ne vous est d'aucun secours, mais à dire le vrai, elle ne m'aide pas moi-même.

Ce fut la seule allusion que se permit jamais mon père à son attachement pour Margot et aux efforts qu'il faisait pour cacher sa présence dans notre logis à Madame de Guise : dissimulation qui de toute évidence ne le rendait pas très heureux.

Après ces paroles qui devaient me demeurer longtemps en mémoire, mon père se leva et il va sans dire que je me levai aussitôt.

— Monsieur mon père, dis-je d'une voix étouffée, peux-je vous dire la gratitude...

— Ne dites rien, murmura-t-il et, me prenant dans ses bras, joue contre joue, il me donna une forte brassée.

La reine donnant à Madame de Guise son consentement — ce qu'elle fit à sa façon revêche et renfrognée, Sa Gracieuse Majesté ne pouvant rien faire gracieusement —, le marché avec le marquis de Saint-Régis fut conclu, signé, scellé et payé en un battement de cil, le secret étant des deux parts si bien gardé que la Cour n'apprit qu'une charge de grande conséquence avait changé de mains qu'après que j'en eus été pourvu, et déjà installé dans mon appartement du Louvre.

A vrai dire, bien que compris dans la demeure des rois, il n'avait rien de royal, ne comportant que deux pièces, l'une pour dormir, l'autre pour recevoir. Mais celle-ci ne se trouvant pour l'instant parée que de ses seuls murs, je n'osais pas encore y admettre des visiteurs, attendant avec quelque impatience de toucher le premier terme de ma pension pour la garnir en tapisseries, en tapis et en sièges.

Je n'étais pas encore en fonctions au Louvre que mon père me recevant à dîner en son logis du Champ Fleuri me dit qu'après y avoir longuement réfléchi, il avait décidé de m'enseigner la botte de Jarnac.

— Belle lectrice, je vous vois froncer votre joli nez et lever vos sourcils.

— C'est parce que je me demande pourquoi Monsieur votre père entreprit de vous apprendre cette botte.

— La Cour, Madame, n'est pas seulement un lieu où l'on balle et danse — le haut-de-chausses courant après le vertugadin et le vertugadin ne fuyant point si vite qu'il ne puisse être rattrapé. On s'y coupe aussi fort galamment la gorge pour des querelles de néant. Pas moins de quatre mille gentilshommes trouvèrent la mort en duel sous le règne du feu roi.

— Etiez-vous donc menacé ?

— Assurément. J'étais nouveau venu au Louvre et la soudaineté de mon élévation n'avait pas laissé de me faire envieux et ennemis. La botte de Jarnac, dont mon père était l'unique héritier en ce royaume, devint, dès qu'elle me fut transmise et qu'on le sut, ma cuirasse et mon bouclier.

— Est-elle à ce point imparable ?

— Pour la parer, Madame, il faudrait savoir comment on l'exécute. Et c'est là toute l'affaire. En outre, elle effraye fort nos beaux galants de cour.

— Pourquoi ?

— Parce qu'elle ne tue pas : elle estropie.

— Et cela les épouvante ?

— Furieusement ! Nos beaux muguets, Madame, n'ont pas le poil bas : ils se soucient de mourir comme d'une nèfle. Mais perdre une jambe ! Courir après les belles à cloche-pied !

— On vous laissa donc en paix ?

— Pas tout à fait. La cabale me lança quelques traits, point assez acérés pour que je me dusse de les relever par l'épée, mais assez méchants pour me piquer. Bref, on me dauba, mais étant bien fendu de gueule, je contredaubai les gausseurs et on n'en parla plus.

— Et quel accueil vous fit le petit roi ?

— J'y viens, Madame, dès lors que je me suis rafraîchi le cœur par ce petit bec à bec avec vous.

La scène se passa par une matinée grise et froide de novembre le lundi vingt-deux, si bien je me ramentois. Il y avait cinq mois, cinq longs mois que je n'avais pu approcher Louis et la dernière fois que j'avais eu ce bonheur, il m'avait fait la grâce de me prendre avec lui dans son carrosse en compagnie de Monsieur de Souvré et d'Héroard pour admirer les arcs de triomphe en bois, garnis de fleurs et de feuillages que l'on dressait un peu partout en Paris pour l'entrée triomphale de la reine après son sacre. Promenade qui commença dans la plus insouciante joie et qui fut si funestement interrompue par la nouvelle qu'Henri IV venait d'être assassiné rue de la Ferronnerie.

Mon cœur battait quand le grand chambellan de France, lent et pompeux comme à son ordinaire, m'introduisit dans les appartements royaux. Par malheur, il ne put me présenter aussitôt au roi, comme le protocole le voulait, afin de m'introniser, pour ainsi parler, dans ma charge : Louis était à sa leçon de latin et si attentif qu'il ne tourna pas la tête à mon entrant.

Il y avait là beaucoup plus de monde que je ne m'y serais attendu. Monsieur de Souvré, le gouverneur de Louis qui avait sur lui la « puissance du fouet », Monsieur de Préaux, le sous-gouverneur, Doundoun, son ancienne nourrice, Messieurs de Blainville, Praslin, Vitry, ses capitaines aux gardes, le grand écuyer Monsieur de Bellegarde, le docteur Héroard et Monsieur d'Auzeray, un des premiers valets de chambre. Tous debout et tous fort silencieux, soit qu'ils n'eussent rien à dire, soit qu'ils craignissent d'être rappelés à l'ordre par Monsieur de Souvré.

— Sire, dit le précepteur à Louis, vous ressouvenez-vous de ces deux vers que je vous ai appris il y a deux semaines ?

Caesaros fateor titulos habet Austria multos.
At Caesar verus Carolus unus erat.

— Oui, Monsieur, dit Louis.

— Sire, voulez-vous bien les traduire ?

— « Je confesse que l'Autriche compte beaucoup d'empereurs qu'on appela César, mais le seul vrai César fut Charles Quint. »

— C'est fort bien, Sire. Voulez-vous de présent répéter ces deux vers en latin ?

— Monsieur, je ne les veux point dire tout à fait comme cela.

— Eh bien, Sire, dites-les à votre guise.

— *Caesaros fateor titulos habet Austria multos, at Caesar verus Henricus unus erat*[1].

Louis n'avait changé qu'un mot, mais ce mot changeait tout : le seul vrai César n'était plus Charles Quint *(Carolus)*, mais Henri *(Henricus)*.

Un silence bien plus lourd que l'absence de paroles qui l'avait précédé tomba dans la pièce. Qui pouvait blâmer le petit roi de préférer son père au plus haut des Habsbourg ? Mais d'un autre côté, qui pouvait oublier que sa mère descendait des Habsbourg, étant précisément la petite-nièce de Charles Quint ? Et qu'elle voulait marier Louis, son fils aîné, à une Habsbourg d'Espagne ? Et comment ne pas soupçonner — dans l'atmosphère de soupçons qui entourait Louis — que son choix n'était pas dû qu'à son attachement à la mémoire de son père ?

Le plus discrètement que je pus, je laissai glisser mon regard sur les visages à l'entour. Ils étaient de

1. Je confesse que l'Autriche compte beaucoup d'empereurs qu'on appelle César, mais le seul vrai César est Henri (lat.).

marbre. Vous eussiez dit qu'aucun des présents ne savait assez de latin pour discerner la différence entre *Carolus* et *Henricus,* ni assez d'Histoire pour savoir quels grands princes ces deux noms désignaient. Je m'attardai davantage sur la physionomie d'Héroard et, à ma grande surprise, je la trouvai point tant impassible qu'inquiète. Ce ne fut que bien plus tard que j'en compris la raison. Héroard savait (ce que j'appris moi-même dans la suite) que parmi les serviteurs du roi qui se trouvaient là, et qui tous paraissaient si empressés autour du petit roi, il y avait deux félons qui épiaient ses paroles et ses moindres actions pour les répéter à la reine par le menu.

La leçon de latin finie, Monsieur de Souvré, sans laisser à Monsieur d'Aiguillon le temps de commencer ma présentation, s'approcha de Louis et lui dit qu'il fallait qu'on le préparât, car il le voulait mener à la grand-messe à Notre-Dame.

— Hé là ! Hé là ! Monsieur de Souvré ! dit Louis en changeant aussitôt de visage, je vous prie que non !

— Et pourquoi cela, Sire ?

— Parce que c'est lundi et qu'une grand-messe un lundi, c'est trop !

— Mais, Sire, dit Monsieur de Souvré, il y aura de la musique que vous aimez tant !

— Mais la musique, dit Louis fort rechignant, il y en a de deux sortes et celle-là, je ne l'aime point.

— C'est décidé, Sire, vous irez ! dit Monsieur de Souvré en s'inclinant avec le plus profond respect.

— Monsieur de Souvré, reprit Louis, sa mine s'allongeant encore, irai-je aussi à vêpres ?

— Assurément, Sire, aux Augustins.

— Aux Augustins, Monsieur de Souvré ! Mais les vêpres y durent deux heures !

J'envisageai Louis, tandis que tous les traits de son visage se tiraient vers le bas dans le profond désespoir où le jetait cet emploi du temps du lundi. Trois heures de messe le matin à Notre-Dame ! Et après la repue de midi, deux heures de vêpres aux Augustins !

— Sire, dit Monsieur de Souvré avec pompe, le roi très chrétien ne saurait s'ennuyer dans la maison de Dieu...

A cela Louis ne répliqua rien. Les yeux baissés, les dents serrées, et le cou dans les épaules, il semblait partagé entre le chagrin et la colère.

C'est ce moment que choisit le grand chambellan (mais à vrai dire, il n'avait guère le choix) pour me nommer à Sa Majesté.

— Sire, lui dit-il avec un profond salut, j'aimerais vous présenter le successeur du marquis de Saint-Régis : Monsieur le chevalier de Siorac.

Louis leva la tête et me considéra d'un air morne, tandis que je me génuflexai devant lui et baisai la main qu'il me tendait.

— Soyez le bienvenu céans, Monsieur de Siorac, dit-il, mais sans le moindre élan et quasiment comme s'il me voyait pour la première fois.

Je fus atterré par cet accueil et me relevant, et le saluant de nouveau, je reculai de trois pas comme le voulait le protocole, attendant qu'il voulût bien m'adresser la parole derechef, pour que je puisse lui présenter le compliment d'usage. Mais il se détourna et le visage fermé, les lèvres closes, appela ses gens pour qu'ils le vêtissent. Je ne savais, à vrai dire, que faire de moi-même et dans mon désarroi, toujours reculant, je gagnai insensiblement l'endroit où Héroard se tenait debout. Mais je trouvai là fort peu de réconfort, car Héroard ne me fit pas le moindre signe d'amitié. D'un autre côté, je n'osai point demander mon congé au roi, puisqu'il allait partir ouïr la messe à Notre-Dame. Ce qu'il fit après quelques minutes qui me parurent fort longues, précédé du grand chambellan et suivi de Monsieur de Souvré, de Monsieur de Préaux, de Bellegarde et des capitaines.

Dès qu'ils furent hors, Monsieur d'Auzeray, le premier valet de chambre, vint s'incliner devant moi et me dit :

— Monsieur le Chevalier, quand vous voudrez partir, plaise à vous de me le dire, je vous raccompagnerai jusqu'au bas de l'escalier.

— Monsieur, dis-je, assez étonné de cette courtoisie, je vous remercie mais, de grâce, ne vous donnez pas cette peine.

— C'est que, Monsieur le Chevalier, dit d'Auzeray, gêné de me voir si ignorant, le protocole exige que les premiers gentilshommes de la Chambre soient raccompagnés non pas uniquement jusqu'à la porte, mais jusqu'au bas de l'escalier.

— Monsieur d'Auzeray, dit alors Héroard, plaise à vous de me permettre de raccompagner le chevalier à votre place, puisqu'aussi bien je pars aussi.

— Révérend docteur médecin, dit d'Auzeray en s'inclinant, je vous fais mille mercis. Monsieur le Chevalier, je suis votre serviteur.

L'huis refermé sur nous, Héroard tout en marchant, mais sans me prendre le bras, comme il le faisait à l'accoutumée, me glissa à l'oreille :

— Ne vous désolez pas ! Le pauvret était hors de lui et se donnait grand-peine pour le cacher. Tâchez d'entendre ce qu'il en est. Les jours sont si courts en novembre et il aime tant le mouvement, le grand air, les bois ! Il avait fait le projet de chasser. Au lieu de cela, il va passer le plus clair de la journée dans l'obscurité d'une église.

— Cinq heures ! dis-je à voix basse, cinq heures d'interminables offices ! Mais qui donc décide de l'abêtir ainsi ?

— Ne posez pas, de grâce, ce genre de question ! répliqua Héroard. Si vous voulez durer céans, mettez donc un bœuf sur votre langue et pendant que vous y êtes, faites taire aussi vos regards : ils parlent trop ! Et de grâce, avec moi aussi prenez quelque distance ! Qu'on ne soupçonne même pas entre nous l'ombre d'une amitié : sans cela votre chute entraînerait la mienne, et la mienne, la vôtre.

— Monsieur, dis-je, béant de me voir gourmandé par un homme que j'aimais fort, ne pouvez-vous à tout le moins me dire de qui je dois le plus me méfier dans son entourage ?

— Même cela, c'est trop demander ! dit Héroard assez rudement. Ouvrez les yeux !

Et sur un salut cérémonieux et sans me donner la moindre brassée, Héroard s'en alla.

Je gagnai dans le Louvre mon petit appartement qui

me parut dans sa nudité aussi délaissé que moi-même. Je m'assis sur mon lit, ma tête dans les mains et je dois confesser que l'accueil glacial de Louis se conjuguant avec l'algarade d'Héroard, je me sentis si mortifié que je me laissai aller à verser des larmes.

Mais revivant en mon esprit la pénible scène à laquelle je venais d'assister dans les appartements royaux, je m'avisai que Louis, en dépit de sa désolation, avait réussi à ne pas pleurer. Ressentant alors quelque vergogne à montrer moins de fortitude qu'un garcelet qui n'avait pas dix ans, j'essuyai mes yeux et décidai de poser désormais sur mon visage le masque imperscrutable d'un vieux diplomate.

Le mot « imperscrutable » me plut. Je lui trouvais du poids. Je le prononçai plusieurs fois à voix haute pour fortifier ma volonté. Et me regardant avec le plus grand sérieux en mon miroir de Venise (mon seul meuble pour le présent avec mon lit), je tâchai de donner par avance à ma physionomie une expression qui ne fût pas disconvenable au mot que je me répétais.

Les petites mines qu'en mon désir de perfection j'essayais tour à tour devant mon reflet finirent par me divertir de mon chagrin. Je retrouvai mon allant, mes esprits et aussi mon appétit. Je décidai de gagner le logis familial pour y prendre ma repue de midi. Et traversant d'un pas ferme le dédale du Louvre, j'eus le sentiment que j'étonnais les couloirs et les escaliers par ma neuve impassibilité. Jour de ma vie ! Comme j'étais jeune alors !

CHAPITRE IV

— Mon beau filleul, dit Madame de Guise quand enfin elle prit le temps de me visiter dans mon appartement du Louvre, vous ne pouvez vivre plus longtemps dans le dénuement. On vous appellerait grippe-sou, pleure-pain, chiche-face, que sais-je encore ! Et à la Cour la ladrerie vous tue un gentilhomme plus sûrement qu'un coup d'épée. Il vous faut à tout le moins dans le cabinet où vous recevez rideaux aux fenêtres, tapisseries des Flandres aux murs, tapis de Turquie au sol, deux ou trois jolis coffres et une demi-douzaine de chaires à bras. Je vais dire à Réchignevoisin de racler mes greniers et de vous installer tout cela sous huit jours. Nenni ! Nenni ! Ne me remerciez pas ! Ce sont là mes rebuts ! Mais ils sont encore fort convenables, vu que je change tous les deux ans la décoration de mon hôtel de Grenelle. Et veillez sans tant languir à vous constituer un domestique digne de votre rang. M'oyez-vous ?

— Je suis tout ouïe, Madame, et comme à l'ordinaire tout regard, ne serait-ce que pour admirer le bleu pervenche de vos yeux. Mon père me suggère d'employer Louison pour mon ménage et ma cuisine.

— Et vos siestes... Or sus ! mon beau filleul, ne rougissez pas ! Et ne soyez pas non plus chattemite ! Passe pour votre Louison. Il vous faudra aussi un écuyer.

— Un écuyer, Madame ? dis-je en levant les sourcils.

— Ne vous en faut-il pas un pour seller votre cheval et vous accompagner quand vous dînerez chez le marquis de Siorac ou chez moi ?

— Cet écuyer aura fort peu à faire !

— Et un laquais.

— Un laquais au surplus, Madame ?

— Allez-vous de votre personne ouvrir votre porte, quand vous aurez des visites ?

— Ah ! C'est donc ce que ce laquais fera. Jour du ciel ! Il ne mourra pas de fatigue.

— Il ne s'agit pas de sa fatigue, dit la duchesse, sa prunelle bleue noircissant en son ire, mais de votre rang.

— Madame, dis-je en m'inclinant, ne me gourmez pas, de grâce. Je ferai votre commandement.

— Et au surplus un page, Monsieur. Lequel il vous faudra choisir vif, déluré, et si possible joli et de bonne maison, car c'est au page que l'on juge le maître. Mon beau filleul, je vous quitte la place, la reine m'attend.

Une fois de plus j'assurai ma bonne marraine de ma

parfaite soumission et me caressant la joue (ne voulant pas gâter céruse, peautre et rouge en me baisant) elle me quitta, fort contente de moi, d'elle-même, de mon père, de son rang, de sa merveilleuse santé, de son allant, de son esprit et en général, de la vie qui était la sienne et qui ne lui ferait vraiment peine qu'en la quittant.

Un écuyer ? m'apensai-je. Un laquais ? Et comment leur donner des gages, alors que je ne toucherais la pension de ma charge qu'au plus tôt fin décembre ? Et n'ayant au demeurant nulle envie, après l'énorme somme dont mon père s'était saigné pour moi, de recourir derechef à son escarcelle pour payer des pendards à ne rien faire.

A mon sentiment, le seul serviteur utile, outre Louison, serait le page. Car il pourrait seller mon cheval, ouvrir ma porte et au surplus porter billets et messages.

Je n'eus pas à chercher le garcelet. Sur le seul bruit que je m'installais au Louvre, il se présenta de soi, se disant désoccupé par Madame de Guercheville. Il m'avait connu quelque peu, du temps où j'étais truchement ès langues étrangères du feu roi. Il s'appelait La Barge et comme on s'en souvient peut-être, il m'avait confié ses malheureuses tentatives pour séduire une chambrière, laquelle l'avait rebéqué et souffleté, le trouvant « trop petit ». C'est vrai qu'il n'avait que quatorze ans et que même pour son âge il n'était pas fort grand. Mais je le trouvais vif, éveillé, avec de beaux yeux noisette qui voyaient beaucoup de choses et de grandes oreilles qui remplissaient bien leur office. Ce page fureteur me plut, car je pensais que j'en tirerais beaucoup de bruits de coulisse et de couloir en ce palais où j'étais si neuf.

Mais avant que de l'engager, je voulus savoir ce qu'en disait Madame de Guercheville. La dame, on s'en souvient, avait la main haute sur les filles d'honneur de la reine et les menait à la baguette, ayant comme Argus cent yeux pour veiller sur leur vertu. Fort belle en la fleur de son âge, Madame de Guercheville avait repoussé alors les assauts de notre Henri, ce qui lui avait donné une réputation de pruderie telle et si grande qu'elle avait découragé, sa vie durant, nos beaux muguets de cour. Il se peut, bien à tort. Car en notre entretien elle se montra fort assassine en ses regards et ses sourires, et peu désireuse d'abréger nos propos. Elle me fit le plus grand éloge de La Barge qu'elle n'avait désemployé que pour donner son emploi au fils d'une haute dame qui l'avait requis d'elle.

Pendant qu'elle me tenait ainsi le dé — disant dix mots quand deux eussent suffi — je craignais, et en même temps j'espérais, apercevoir dans ses alentours Mademoiselle de Fonlebon. Mais j'eus beau laisser le coin de ma prunelle s'égarer sur nombre d'accortes garcelettes qui voguaient autour de nous — dont certaines avaient dansé fort dévêtues dans ce *Ballet des Nymphes* qui avait brisé le cœur de notre Henri — je ne vis pas ma cousine parmi elles.

La première chose que je demandai à La Barge, dès qu'il entra à mon service, fut de me dire à quelle personne je me devais adresser pour obtenir d'être reçu par la marquise d'Ancre.

— Vous avez le choix, Monsieur le Chevalier, dit-il. Deux personnes feront l'affaire. Ou son secrétaire florentin, Andrea de Lizza ou son médecin juif, Philothée Montalto.

— Un médecin juif au Louvre ? dis-je, béant. Dans le temps où les *Barbons* rêvent de dresser des lettres patentes qui commanderaient aux juifs de vider le royaume ?

— C'est bien pour cela, dit La Barge, que la reine a dû demander au pape la permission de faire venir Montalto du Portugal pour soigner la marquise.

— Mais d'où avait-elle su son nom et son pays ?

— Par son parfumeur royal, le Señor Maren, juif lui aussi. Montalto est son neveu.

— De Lizza et de Montalto, lequel selon toi a le plus d'influence sur la marquise ?

— Je n'en prendrais pas la gageure. Andrea de Lizza est fort mêlé à la vie de la dame. Il est à la fois son secrétaire, son maître d'hôtel et son musicien, car elle trouve quelques répits à ses douleurs en l'écoutant chanter des airs florentins, tandis qu'il pince les cordes de son guitaron.

— Et Montalto ?

— Montalto a amené par ses soins du mieux dans son état et à ce que j'ai ouï dire, la marquise le vénère en tant que médecin, philosophe et magicien.

— Je choisis Montalto.

— Vous choisissez le juif, Monsieur le Chevalier ? dit La Barge en pâlissant. Mais comment le pourrais-je aborder ? C'est péché que de parler aux juifs.

— Qui dit cela ?

— Mon confesseur.

— Et pourquoi est-ce un péché ?

— Parce que les juifs ont condamné à mort notre Seigneur Jésus.

— Et les Romains l'ont exécuté. Si je t'emmène un jour à Rome, refuseras-tu de parler à ses habitants ?

— Ce ne sont pas les mêmes Romains.

— Ce ne sont pas non plus les mêmes juifs.

Cet argument le laissant bouche bée, je repris :

— Tu n'aurais de reste pas à parler à Montalto, mais à lui remettre un billet de ma part et à ouïr sa réponse.

— Je ferai votre commandement, Monsieur le Chevalier, dit La Barge, plus impressionné par mon ton sans réplique que convaincu par mes raisons.

Le jour même où La Barge aventura le salut de son âme en allant trouver Montalto, *il mio piccolo salone* [1], comme on disait alors au Louvre pour désigner le cabinet où l'on reçoit, fut paré des « rebuts » de ma bonne marraine, lesquels me parurent si beaux et si neufs que c'eût été vraiment pitié que de les laisser manger par les souris dans les greniers de l'hôtel de Grenelle. Mon père, fort occupé alors par une affaire de toiture en sa seigneurie du Chêne Rogneux, délégua La Surie pour admirer ma décoration : ce qu'il fit en conscience, mais non sans tirer au départir sa flèche du Parthe, s'inquiétant, dit-il, de me voir

1. Mon petit salon (ital.).

« d'ores en avant vautré dans le luxe, sinon dans la luxure ».

Montalto me vint visiter le lendemain soir sur le coup de neuf heures et parut fort touché que je le fisse asseoir (sur une de mes chaires de velours cramoisi galonné d'or) et que je l'invitasse à boire en ma compagnie un verre de vin de Cahors. Il fut servi par La Barge, blême de l'effort que j'exigeais de lui et non par Louison qui, épouvantée par l'horreur de cette visite, s'était réfugiée dans la chambre.

Montalto n'avait que la peau sur les os et me parut assez mal allant. Voilà bien les médecins, pensai-je : ils prétendent guérir les autres et ne savent point se guérir eux-mêmes. Le visage de Montalto était, en fait, si maigre qu'il avait des creux à la place des joues et qu'on voyait bouger, quand il parlait, les muscles de sa mâchoire. Quant à son crâne, il était de tous côtés si irrémédiablement privé de cheveux qu'il était difficile de savoir où commençait son front, lequel toutefois me parut bien modelé et à sa base fort bien souligné par d'épais sourcils noirs et de magnifiques yeux verts. Montalto en usait beaucoup, ainsi que de sa voix qui était basse et bien timbrée et de ses mains longues, expressives et si déliées qu'elles vous donnaient le sentiment qu'elles allaient faire d'un moment à l'autre apparaître une colombe au bout de leurs doigts.

Je m'enquis de prime de la santé de la marquise et, à ma grande surprise, Montalto répondit à cette question de pure courtoisie par un assez long propos qui, à ce que je supposai, lui donnait le temps de me bien examiner et de se former une opinion de moi.

— La marquise, dit-il, souffre des nerfs et aussi d'une fièvre quarte qui provoque en elle cette humeur mélancolique et hypocondriaque où on la voit. Elle vit dans les souffrances, mais aussi dans les angoisses, dont la pire est de manquer d'argent. Elle est si tourmentée que si on lui donnait demain le Trésor de France et celui des Espagnes elle n'en serait pas encore satisfaite. Il n'y a pas de fond à ce tonneau-là. Il n'y en a pas non plus aux appréhensions que lui donne son état. Si seulement on la pouvait convaincre de ne point se soucier tant de ses malaises, elle serait sans doute moins malade. Mais là non plus il n'y a pas remède. Monsieur le marquis d'Ancre la voudrait enfermer comme folle au château de Caen, mais j'y suis opposé. La marquise n'est point lunatique; elle est seulement déraisonnable, surtout en ses fureurs. Mais il suffit alors de la ramener par la douceur. Je lui ai prescrit le repos, l'isolement, la diète, mais une diète modérée et surtout j'ai demandé que, pour satisfaire son avarice, on lui fît continuellement de petits cadeaux, seraient-ils tout à fait ordinaires, car le seul fait qu'on lui donne quelque chose l'apaise.

Je fus étonné de ce discours. Il me parut fort pertinent et point du tout celui d'un charlatan, comme La Barge me l'avait fait craindre en parlant de « magicien ». Chose plus extraordinaire, Montalto avait réussi à me faire prendre intérêt à la santé de la marquise d'Ancre qui jusque-là était bien loin de mes pensées. Et c'est tout à plein sincèrement que je demandai :

— Et la marquise est-elle sur la voie de la guérison ?

— Je n'en jurerais pas, Monsieur le Chevalier, mais elle va mieux.

Ayant dit, Montalto joignit devant lui les extrémités de ses doigts, pencha la tête de côté et m'envisagea d'un air bénin, amical et interrogatif. Je lui dis alors ce que j'attendais de lui.

— Rien de plus facile, dit-il tout uniment, sans se soucier le moins du monde de faire valoir son intervention. Je vous obtiendrai une audience sous huit jours et si vous me permettez, Monsieur le Chevalier, de vous bailler quelques avis, il faudra user de prudence en cet entretien. Par exemple, parler à la marquise d'une voix douce et basse.

— Et pourquoi cela ?

— Le marquis étant avec elle si violent et si injurieux, elle se ferme au moindre éclat de voix. Il vaudrait mieux aussi que vous ne l'envisagiez qu'en tapinois, en prenant bien garde de ne la jamais regarder dans les yeux.

— Et pourquoi diantre devrais-je agir ainsi ? dis-je, stupéfait.

— La marquise, dit Montalto, est comme tant d'Italiennes, à la fois bonne catholique et pleine de superstitions. Et elle s'est mis dans la tête que les gens qui la regardent fixement la pouvaient ensorceler, cette possession démoniaque étant pour elle la cause de tous ses maux... C'est la raison pour laquelle elle vit en recluse, sans jamais sortir de son gîte, ni voir âme qui vive.

— Sauf, dis-je, les gens qui lui apportent des épingles...

— Mais c'est alors, reprit Montalto avec un sinueux sourire, que l'avarice triomphe de la peur. Et ne soyez pas surpris, si elle vous reçoit avec un voile noir qui, posé sur la tête, lui cache le visage. C'est là son rempart contre les yeux qui la pourraient diaboliser. Toutefois, il y a un avantage à cela. Au cours de votre entretien, si elle enlève son voile, vous saurez qu'elle est prête à s'accorder à vous. Mais c'est alors que de votre côté il faudra redoubler de retenue dans vos regards.

— Monsieur, dis-je, je vous dois mille mercis pour ces précieuses indications.

— Auxquelles j'ajouterai encore celle-ci : s'agissant d'un bargouin où vous n'avez rien à gagner que le retour en France d'une amie, je ne saurais dire quelles épingles la marquise exigera de vous. Mais vous la disposeriez fort bien à votre égard si, d'entrée de jeu, vous pouviez lui faire cadeau d'un petit objet assez agréable, même s'il est sans grande valeur, tout en lui laissant entendre qu'elle le pourrait garder, si même le bargouin faillait à se conclure.

— Je n'y manquerai pas, dis-je en me levant. Un grand merci encore pour votre entremise et les bons conseils dont vous l'avez accompagnée. Voulez-vous me permettre, révérend docteur médecin, ajoutai-je en mettant la main à mon escarcelle, de vous témoigner ma gratitude...

— Nenni, nenni, Monsieur le Chevalier! dit vivement Montalto : je suis déjà récompensé.

— Comment cela? dis-je surpris. Et par qui?

— Mais par vous-même, Monsieur le Chevalier.

Beaucoup de gentilshommes et d'aucuns même, qui sont fort haut placés dans cette Cour, m'ont déjà approché pour me demander mes bons offices auprès de la marquise, mais vous êtes le premier à avoir daigné, ou osé, me recevoir chez lui. Je vous en sais le plus grand gré.

Là-dessus, il quit de moi son congé, me fit un grand salut et s'en alla, me laissant tout rêveur, tant je trouvais de gentillesse dans son désir de me servir et d'élégance dans le refus de mes pécunes.

Jamais féal n'attendit l'audience d'une grande reine avec plus d'impatience et d'appréhension que moi, l'audience de cette « fille de néant », comme l'appelait notre Henri, lequel n'eût jamais rêvé de la hisser du statut de chambrière à la dignité d'un marquisat, ni pensé un seul instant qu'à sa mort la régente, dont il avait à l'avance tant rogné les pouvoirs, gouvernerait à l'absolu le royaume, étant elle-même gouvernée par sa coiffeuse et le vil aventurier qui l'avait épousée.

Mon appartement au Louvre et le luxe pour moi si neuf de mon *piccolo salone* ne me montaient pas à la tête. Bien au rebours, je me sentais assez mal à l'aise en mon attente, en mes incertitudes et même en mes divertissements. J'avais refusé de prime d'emmener avec moi Louison, ce qui eût fort désolé la pauvrette qui aspirait de tout son cœur à être, sous le même toit que la reine et son fils, la chambrière d'un premier gentilhomme de la Chambre, fonctions dont elle eût porté l'auréole jusqu'au plus vieil de son âge. Mais toutefois je m'y décidai, mon père m'ayant remontré que je ne pouvais éternellement « manger mon rôt à la fumée », dans l'attente d'un événement qui peut-être ne se produirait pas. Mais étant encore si jeune et si entier, je ne laissai pas, après mes siestes, de me sentir infidèle à Madame de Lichtenberg, alors que je n'avais encore possédé d'elle que les creuses rêveries dont ma tête était farcie et ne me sentant pas non plus bien assuré — dans l'hypothèse où je pourrais la faire venir à Paris — de recevoir d'elle les dernières preuves d'un amour qui depuis plusieurs mois ne se nourrissait que d'encre et de papier.

Le marquis d'Ancre logeait dans une petite maison jouxtant le Louvre, mais la marquise, elle, avait le privilège d'occuper, comme je crois avoir dit déjà, trois pièces en enfilade au-dessus des appartements de la reine, auxquels elle accédait par un petit viret. Ces trois pièces par lesquelles il fallait passer pour arriver aux places, aux charges, aux honneurs, aux fermages et même aux abbayes, étaient le saint des saints. Et au rebours de la parole évangélique, il eût été plus facile à un chameau de passer par le trou de l'aiguille qu'à un pauvre d'y pénétrer.

Au jour et l'heure que me fixa Montalto, je me présentai à la porte de notre vice-reine, flanqué de La Barge et de Pissebœuf pour des raisons qui apparaîtront plus loin, mais j'entrai seul, introduit par Marie Brille, une Française (la seule du lot), laquelle — La Barge dixit — cuisait le rôt de la marquise. C'était une grosse malitorne, peu agréable à l'œil, et même quand j'eus dit mon nom, elle ne bougea point du seuil, m'en interdisant l'entrée par sa masse. Cela me fit entendre qu'il lui fallait donner une obole comme à Charon, quand il faisait passer le Styx aux pauvres morts. Je mis donc un écu dans sa large poigne et la pécore s'effaça. Le petit cabinet où j'entrai était une sorte de cuisine, d'apothicairerie, de réserve d'épices et je gage aussi d'étuve, car on y voyait dans un coin une cuve à baigner en bois. La mafflue enfouit mon écu entre ses énormes tétins (où même la plus chiche-face des créatures de Dieu n'eût pas été encline à l'aller chercher) et de sa main, large comme un battoir, me désigna sans un mot une porte au fond de ce cabinet. Je frappai et l'huis s'ouvrit sur une servante qui en laideur, sinon en graisse, dépassait la première, ayant le regard louche, le nez vers la gauche tordu et la bouche édentée. Cette beauté était italienne. D'après La Barge, elle se nommait Marcella et elle aussi, sans prononcer une parole, m'interdit l'huis qu'elle m'avait ouvert jusqu'au reçu de mon obole. Je m'avisai après coup que si ni l'une ni l'autre de ces Gorgones n'avaient prononcé un traître mot en extorquant ce droit de passage, c'est qu'elles craignaient sans doute que leur maîtresse ne leur réclamât sa quote-part sur leurs épinglifimes.

Toutefois Marcella, pour sa part, n'était pas étrangère au langage articulé car, m'ayant désigné un siège, elle me dit d'une voix basse et enrouée en me montrant une porte qui s'ouvrait dans la pièce où je me trouvais :

— La marquise dort. Elle vous recevra après ce gentilhomme.

C'était donc là la troisième porte que j'aurais à franchir avant de pouvoir pénétrer dans le sanctuaire où la divinité du lieu recevait les requêtes et les offrandes des pèlerins. Je m'assis et jetai un œil au quidam qui devait passer avant moi.

— Monsieur, dis-je, en le saluant, mais sans songer à me nommer, je suis votre serviteur.

— Serviteur, Monsieur, dit-il, je suis Antoine Allory, seigneur de la Borderie.

A cet échange succéda un assez long silence que nous occupâmes l'un et l'autre à nous observer d'un œil en apparence distrait, tandis que Marcella, sans faire plus de cas de nous que si nous avions été des meubles, promenait sur les petits carreaux de la fenêtre un chiffon nonchalant. Mais cet exercice fut interrompu par Marie Brille qui, passant sa tête dans l'entrebâillement de la porte, lui fit un signe du doigt pour l'appeler dans sa cuisine.

Libéré de sa présence, Antoine Allory m'envisagea alors œil à œil avec une insistance que je jugeai passablement effrontée. Tant est que je ne tardai pas à lui rendre la pareille en le regardant tout à plein. A vrai dire, je n'aimais guère ce que je vis : un grand gros homme assez commun avec une face rougeaude dans laquelle brillaient des yeux durs et méfiants. Ah certes ! Il n'avait pas lésiné sur les perles de son pourpoint, le panache de son chapeau, les bagues qui alourdissaient ses doigts et les pierreries qui étincelaient sur le pommeau de son épée — de laquelle je doutais fort qu'il sût se bien servir, étant si lourd.

Toutefois, le quidam continuant à me regarder fixement d'un air de moins en moins amical, je me souvins des recommandations de mon père et pour éviter une querelle que je sentais poindre — Dieu sait pour quelle raison! — je détournai les yeux et considérai le plafond. Mais ce retrait, qu'Allory prit sans doute pour une reculade, eut l'effet contraire à ce que j'en espérais. Posant les mains sur ses genoux, il tourna de mon côté un visage écarlate et les éclairs jaillissant de ses yeux, il me dit d'une voix basse et furieuse :

— Monsieur, si vous êtes céans, comme je le crois, pour contrecarrer mes projets, sachez que, même la tête sur le billot, je n'en démordrai pas. Les cinq fermes m'ont été adjugées au Louvre au Conseil du roi par des enchères publiques. Tout s'est passé dans les règles. J'ai obtenu un bail de huit ans pour ces cinq fermes au prix de huit cent quatre-vingt-six mille livres et je donnerai un coup de pistolet dans la tête du faquin qui tâcherait, en tapinois, de me ravir mon bail!

— Monsieur, dis-je, béant, j'ignore de quoi vous parlez.

— Bagatelle! Faribole! reprit-il, très à la fureur, quoique parlant toujours à voix basse. Voulez-vous m'en donner à garder? Et me faire croire que vous n'avez jamais ouï parler de Pierre de La Sablière?

— En effet.

— Ni de l'infâme Giovannini? (Il prononça ce mot en baissant la voix jusqu'au murmure.)

— Moins encore.

— Et que vous ignorez que le premier en cette affaire n'est que le prête-nom du second pour la raison que Sully a interdit de bailler les fermes aux Italiens?

— Monsieur, dis-je avec la dernière sécheresse, je suis le chevalier de Siorac, premier gentilhomme de la Chambre du roi. J'ignore tout de ce conte dont vous me crochetez les oreilles. Je ne connais ni La Sablière, ni Giovannini. Je ne sais si le premier est le prête-nom du second et je n'entends rien aux brouilleries dont les cinq fermes sont l'objet.

— Monsieur, si je peux me permettre d'interrompre votre récit, moi non plus je n'y entends rien.

— Vous, belle lectrice ?

— Où sont, Monsieur, ces cinq fermes ? Pourquoi sont-elles si coûteuses et pourquoi faut-il qu'elles soient adjugées devant le roi après enchères à ce croquant pour un prix prodigieux ?

— Allory, Madame, n'est pas un croquant, mais un financier. Ces fermes ne sont pas des fermes campagnardes, mais des impôts que le roi *afferme* à ce financier (ou à d'autres) pour un prix en effet très élevé, à charge pour lui de se rembourser en levant lesdits impôts sur le pauvre peuple.

— Quel est l'avantage pour le roi ?

— Il reçoit plus vite les clicailles et n'a pas le tracas de la perception.

— Et pour le fermier ?

— Madame, êtes-vous naïve ? Ne pouvez-vous pas deviner ce qu'un homme d'argent va faire quand il a l'écrasant privilège de collecter les impôts à la place du roi ?...

— Monsieur, vous me piquez. Je ne suis pas naïve. Et de reste, je n'ignorais rien du système des fermes. Toutefois, l'ayant un peu oublié, je vous sais gré d'avoir épousseté mon savoir. De toute façon, qu'il soit croquant ou financier, je trouve cet Allory assez peu ragoûtant. Comme tous ces gens qui, leur vie durant, ne pensent, ne rêvent et ne ronflent que pécunes, il n'a plus rien d'humain. Mais poursuivez, de grâce.

Quand j'énonçai mes noms, titres et fonctions (non sans quelque hauteur), la face d'Allory passa du rouge au blême et, se levant, il plaça son chapeau sur son cœur et, en un geste large, balaya devant lui le sol au risque de gâter un panache qui valait au moins mille écus.

— Monsieur le Chevalier, dit-il, je vous fais un million d'excuses.

Là-dessus, il se rassit et tâchant de se composer, il reprit :

— Monsieur, êtes-vous ce Siorac qui est le filleul de Madame de Guise ?

— C'est moi, en effet.

— Monsieur, dit-il, je vous fais derechef mes

excuses. (Mais cette fois, signe qu'il s'était ressaisi, il n'alla pas jusqu'au million.)

Il reprit au bout d'un moment :

— Je suis d'autant plus désolé, Monsieur, de vous avoir pris pour un affidé de ce diable de Florentin que je suis fort des amis du fils aîné de votre marraine. C'est grâce, en effet, au duc Charles que j'ai pu être présenté à la reine laquelle, pour cette épouvantable affaire, m'a dit « d'accorder cela » avec la marquise d'Ancre.

Je l'observai alors en silence pendant un moment et la logique me poussant, je ne pus m'empêcher de lui dire quasiment à l'oreille :

— Si votre adversaire est florentin, ne croyez-vous pas que c'est ici qu'on lui a donné le pouvoir de vous tondre la laine sur le dos ?

Allory me regarda comme si j'avais devant lui redécouvert les Amériques.

— Cela va de soi ! dit-il en levant les sourcils.

— Est-ce donc bien ici à la bonne porte que vous frappez ?

— Comment faire autrement ? Il n'y en a pas d'autre !

Comme je méditais cette réponse, ne la trouvant, hélas, que trop vraie, il reprit d'un air grave et sentencieux :

— J'ai un principe qui gouverne ma vie et ce principe, Monsieur, le voici : ce que la pécune a fait, la pécune le peut défaire.

A cet instant retentit, venant du saint des saints, un son grêle, aigu, mais prolongé et impérieux qui me fit penser à la sonnette qu'agite un enfant de chœur, à la messe, pour qu'on courbe la tête. Son effet ne se fit pas attendre. Marcella traversa notre pièce d'un pas rapide, frappa à la porte sacrée, l'ouvrit, passa la tête à l'intérieur et revenant à nous, de son doigt, sans un mot, ni la moindre forme, ou apparence, de politesse, fit signe à Allory d'entrer.

Ce qui se dit alors derrière cette porte, je ne le sus que plus tard par Allory lui-même qui dans la suite ne faillit pas, me sachant à demi Guise, de cultiver mon amitié, sans toutefois m'offrir de l'argent, comme il avait fait à Charles, lequel ne fut pas autrement gêné de l'accepter.

L'entretien d'Allory avec la marquise d'Ancre fut d'une brièveté qui me terrifia. Il offrit à la vice-reine trente mille livres pour ses épingles. « *E derisorio, Signor,* dit-elle d'une voix coupante. Votre bénéfice montera, d'après mes calculs, à deux cent mille écus. — Loin, bien loin de là ! gémit Allory. — *Signor,* dit la marquise, nous n'avons plus rien à nous dire. »

Allory, en sortant du sanctuaire, quasiment titubait, blême d'humiliation, les yeux hors de la tête. Il ne me vit même pas. Et si Marcella d'une main ferme n'avait guidé ses pas, il n'eût pas trouvé la porte.

Pour moi, dès cet instant j'attendis mon tour dans la plus grande angoisse, me demandant si je n'allais pas subir un sort semblable. Par bonheur, il s'écoula un temps si long avant que l'affreuse sonnette retentît de nouveau que j'eus quelque répit pour rassembler mes esprits. Je tâchai surtout de me ramentevoir les recommandations de Montalto en ce qui concernait les ménagements que je devais montrer à une femme malade qui se sentirait offensée par une approche trop brusque, ou menacée d'ensorcellement par un regard trop fixe. C'était là le point qui me parut le plus incommode, car je craignais que mes yeux trop constamment baissés ne me donnassent un air chattemite et ne fissent qu'à la fin elle se méfiât de moi. Et après avoir médité cette difficulté, je conclus qu'il valait mieux pour moi jouer les timides que les hypocrites.

A la parfin, la sonnette retentit, dont le grelot me parut se confondre avec le battement précipité de mon cœur, tandis que je me levais et marchais vers l'huis fatal, appelé par Marcella et véritablement plus mort que vif, car il me semblait à cet instant que ma vie entière et celle de ma *Gräfin* allaient dépendre de ce qui s'allait passer dans les méninges de cette demi-folle.

Elle était assise, tournant le dos à la fenêtre dont les rideaux n'étaient qu'à demi tirés, tant est que même si sa tête et son visage n'avaient pas été couverts d'un voile noir, il m'eût été difficile dans la pénombre de voir ses traits.

— Asseyez-vous ! dit la voix de Marcella derrière moi, sans ajouter le moindre « plaise à vous » ou « de grâce » ou « je vous prie », les aménités de la courtoisie ne lui paraissant pas de mise avec les solliciteurs de sa puissante maîtresse. Je fis un grand salut à l'ombre assise devant moi et lui jetant le plus effleurant des coups d'œil, je m'assis dans la chaire à bras qu'on avait placée devant elle à respectueuse distance. A ce que je crus voir, elle me parut occupée sous son voile à respirer une sorte de médicament dont l'odeur de camphre parvenait jusqu'à moi. Mais je ne saurais le jurer, car d'un œil cillant, craintif, embarrassé, j'affectais de laisser errer mes regards sur le sol, le plafond et les murs sans jamais les poser sur sa personne.

Il y avait assurément de quoi voir, et de quoi demeurer ébloui, car les plafonds à caissons étaient peints de figures mythologiques, les murs tendus de tapisseries des Flandres, le parquet recouvert de tapis de Turquie dont les brillantes couleurs, malgré la pénombre, flattaient l'œil. Je ne vis pas moins de trois paires de chaires à bras, chacune ornée de velours cramoisi que traversaient des bandes de toile d'or. Un grand lustre vénitien fort garni en pendeloques de cristal pendait du plafond. Flanqué des deux côtés par de sveltes cabinets en bois d'ébène, dont le dessus était encombré d'innombrables bibelots d'or, d'argent et d'ivoire, se dressait un lit monumental — tout à fait disproportionné au malingre corps qu'il avait la tâche de recevoir — et dont les colonnes torses, dorées à la feuille, soutenaient un baldaquin qui, comme le dossier de la couche, son dessus et ses courtines, avait reçu des broderies à petits points d'or et de soie qui rappelaient les rideaux. Mais ce qui me frappa surtout, c'était le grand nombre de coffres qui étaient assis au bas des murs et dans les embrasures des deux fenêtres. Ils étaient fort grands, visiblement fort lourds, faits de bois rare, aspés de fer, rehaussés de ferrures d'argent et ne comportaient pas moins de trois serrures, ce qui supposait que, pour les ouvrir et contempler les trésors qu'ils renfermaient, il eût fallu posséder trois clefs différentes, ou y aller à la hache, ce qui était exclu, tant que la régente régnerait en ce pays. Lecteur, pardonne-moi cette hache, si elle te paraît trop violente, encore que ce n'est pas dans ce bois et ces ferrures qu'il faudrait porter les coups, mais dans la concussion que la régente avait installée au sommet de l'Etat.

Voilà donc, m'apensai-je, cette fameuse chambre que depuis neuf ans la Concini par ses rapines s'applique à embellir, n'y consacrant de reste qu'une toute petite part des pécunes qui coulent à flot ininterrompu dans ses poches. Il ne lui suffit pas d'être riche. Elle se veut aussi entourée de richesses dont certaines, dit-on — écus, perles, pierres précieuses, diamants —, s'entassent dans ses coffres. Et à la vérité, c'est là une chambre d'un luxe émerveillable à laquelle il ne manque rien pour être digne d'une princesse du sang — sauf les portraits d'ancêtres.

J'en étais là de ces réflexions quand la forme voilée de noir qui était assise devant moi parla, sa parole me plongeant dans la stupeur, non par ce qu'elle disait, mais par son volume et sa tonalité, car les on-dit de cour sur la marquise m'avaient tant tintinnabulé les oreilles sur la brièveté de ses membres, la petitesse de son corps et la faiblesse de sa constitution, que je ne me serais jamais attendu à ouïr une voix si forte et si grave sortir de cette frêle enveloppe.

— Eh bien, Monsieur ! dit-elle, qu'avez-vous affaire à moi ?

— Madame, dis-je, en faisant de mon mieux le bec jaune et le timide, avant d'exposer ma requête, je voudrais, si vous me le permettez, vous montrer un petit objet assez rare, et sans du tout préjuger du succès de ma démarche, vous en faire don, s'il vous agrée.

— Voyons cela, dit l'ombre avec une froideur qui me parut dissimuler un petit frémissement d'intérêt.

Je pris dans l'emmanchure de mon pourpoint une petite boîte en bois des Indes et l'ouvrant au moyen d'une clef miniature, j'en tirai un petit éléphant en ivoire, que, me levant de ma chaire, je tendis, les yeux baissés, à la marquise d'Ancre.

Ses mains apparurent par-dessous le voile noir qui lui recouvrait la tête et la poitrine. Elles étaient blanches, maigres, nerveuses, fort petites et me firent penser, je ne sais pourquoi, à celles d'un écureuil. Elles se saisirent de mon « objet rare » avec une telle avidité qu'on eût dit qu'elle me l'arrachait.

Ce bibelot avait une histoire. Quand, il y avait quelque vingt ans, mon père fut sur le point de quitter Rome, y ayant accompli une mission délicate (il ne s'agissait de rien moins que de la levée de l'excommunication d'Henri IV après sa conversion), il acquit d'un voyageur ce petit éléphant qu'il voulut donner comme cadeau d'adieu à la *Pasticciera*. Celle-ci, courtisane fort belle et fort considérée, car elle n'avait jamais plus de six amants à la fois et ceux-ci fidèles et de haut parentage, jeta à la tête de mon père ce petit éléphant, étant furieuse qu'il osât la quitter sans qu'elle y consentît. Une cicatrice à la tempe commémorant ce souvenir malheureux, mon père ne fit aucune difficulté à se défaire du bibelot. « J'eusse mieux fait, me dit-il, de lui offrir une gazelle et sans la boîte. C'est l'angle de celle-ci qui m'a blessé. »

Les petites mains blanches étaient fort visibles sous le voile noir qui protégeait la marquise des ensorcellements, et c'est sur elles que je fixais mes yeux, ne voulant pas risquer de rencontrer ceux de la marquise. Mais rien qu'à observer la façon dont elle tournait et retournait l'éléphant d'ivoire dans ses doigts caressants, j'entendis qu'elle aimait le cadeau : impression qui se confirma quand elle me dit, avec un empressement quasi puéril :

— Je voudrais aussi la boîte.

— Elle est à vous, bien entendu, Madame, dis-je en la lui tendant.

Elle s'en empara avec la même avide vivacité et la manipula avec un *gusto* évident avant d'y coucher l'éléphant et de l'y enfermer à clef. Le tout disparut alors de ma vue, probablement escamoté dans une des poches de son vertugadin et sans que la marquise articulât le moindre « *E molto gentile da parte vostra* [1] » ou même du plus petit « *grazie* », elle revint à mes moutons, ou plutôt à la portion de laine qu'elle comptait m'ôter de leur dos.

— Eh bien, Monsieur, répéta-t-elle de sa voix masculine.

Et soudain redevenue aussi roide et froide que s'il ne s'était rien passé dans les minutes qui venaient de s'écouler, elle reprit :

— Qu'avez-vous affaire à moi ?

Je lui exposai alors au plus court le sujet de ma requête et je fis bien d'être bref, car soupçonnant que mon affaire n'était pas pour elle de grande conséquence, la marquise m'ouït comme si elle était impatiente de m'expédier.

— Et quel intérêt avez-vous, me dit-elle dès que j'eus terminé, à ce que cette dame revienne vivre en France ?

— Aucun, Madame, sauf amical. En outre, elle est ma maîtresse d'allemand.

— Votre maîtresse d'allemand ou votre maîtresse allemande ? dit la marquise d'un ton coupant.

La question, qui faisait davantage honneur à sa perspicacité qu'à sa délicatesse, me déconcerta et je me sentis rougir.

— Madame de Lichtenberg, Madame, n'est que ma maîtresse d'allemand, dis-je, les yeux baissés, tout en m'avisant que ma rougeur, pour une fois, servait mieux mes intérêts que n'eût fait l'aplomb dont d'ordinaire je me paonne.

— Et combien proposez-vous, Monsieur, pour favoriser son retour ?

— Cinq mille écus.

— C'est peu, dit-elle.

Mais au lieu, comme je m'y attendais, de hausser la mise et peut-être au-delà des limites que Madame de Lichtenberg s'était fixées, la marquise se tut et je me tus aussi, attendant sa décision, le cœur me battant.

— Monsieur, dit-elle, vous vous trouvez, à ce qu'on

1. C'est très gentil de votre part (ital.).

m'a dit, très avant dans les bonnes grâces de Madame de Guise et le monde entier tient assurément Son Altesse pour une personne très agréable et très enjouée, mais il n'y a pas offense à le dire, puisqu'elle le dit elle-même : elle est à s'teure furieusement à court de comptant.

Je levai les sourcils en air d'ignorance mais, en fait, j'admirais que, pour une personne qui vivait en recluse et ne bougeait pas de son gîte, la marquise d'Ancre sût tant de choses.

— Toutefois, poursuivit-elle, Son Altesse possède encore un fort beau capital qu'elle a placé au denier 20 [1] dans les monts-de-piété de Rome et de Florence, et qui lui rapporte une rente annuelle de cent quinze mille écus.

— Je l'ignorais, dis-je, Son Altesse ne me parle jamais d'argent.

— Pour la raison qu'elle n'y pense jamais, dit la marquise avec l'ombre d'un sarcasme. Et j'ai pensé que peut-être vous pourriez dire à Son Altesse que je suis prête à lui racheter pour un bon prix le capital qu'elle a placé en ces monts-de-piété que j'ai dit.

Je pris le temps de réfléchir quelque peu avant de répondre, tant je doutais que ce fût de l'intérêt de ma marraine d'aliéner un capital qui lui rapportait tant. Mais sachant qu'elle faisait bien pis en vendant chaque année des terres et des bois appartenant à son domaine propre, je me dis qu'en l'informant des intentions de la marquise par l'intermédiaire de mon père, il saurait lui remontrer combien la vente qu'on lui proposait lui serait dommageable.

— Madame, dis-je, je vous promets de faire tenir à Madame de Guise votre proposition.

— Y manquerez-vous ? dit-elle, ayant senti mes hésitations.

— Non, Madame, tant promis, tant tenu.

— C'est bien, dit-elle. Pour en revenir à notre

1. 5 %. Les monts-de-piété ne prêtaient pas seulement de l'argent sur gages. Ils faisaient office de banque et servaient des rentes aux capitaux que les particuliers mettaient à leur disposition.

affaire, votre offre est faible, Monsieur. Mais vu qu'il n'y a pas là pour vous de pécunes à gagner, je l'accepte, si dérisoire qu'elle me paraisse. Quand m'apporterez-vous les épingles dont nous sommes maintenant convenus ?

— Sur l'heure, Madame. Elles sont dans les mains de mes gens qui attendent à votre porte votre bon plaisir.

— Marcella, dit la marquise d'un ton rapide et expéditif, comme si elle estimait avoir passé déjà trop de temps pour ne gagner que cinq mille écus. Va quérir les gens de Monsieur le chevalier de Siorac !

Ils entrèrent, quasiment poussés par Marcella et Marie Brille, Pissebœuf tenant trois sacs au bout de ses bras et La Barge deux, lesquels ils dissimulaient sous leurs manteaux. Mais à peine eurent-ils posé leur fardeau (chaque sac contenant mille écus) sur une table qui comportait en son centre une balance à deux plateaux que la marquise fit de la main un geste hautain à mes gens pour qu'ils vidassent les lieux. Cela piqua fort Pissebœuf qui sans bouger d'un pouce se tourna vers moi et me dit avec un salut :

— Monsieur le Chevalier, que fais-je de présent ? Est-ce votre commandement que je quitte la place ?

— Oui-da, mon bon Pissebœuf.

— Et La Barge aussi ?

— Oui-da, La Barge aussi.

Il me salua, puis salua la marquise, et comme Marie Brille osait lui mettre la main entre les omoplates pour hâter sa sortie, il se retourna vers la grosse malitorne et, sourcillant, lui dit entre ses dents :

— Ma commère, je suis soldat. Si je vous contrepousse, vous irez tomber le cul sur les écus.

Ayant ainsi assuré sa retraite dans l'honneur et la dignité, il sortit d'un pas lent, suivi de La Barge qui me parut, dans son sillage, absurdement plus petit.

La marquise eut alors un geste inattendu : prenant des deux mains les bords de son voile noir, elle le retira, aidée aussitôt, et sans mot piper, par Marcella. Je fus si étonné de la voir à visage découvert que je faillis la regarder œil à œil, mais m'étant juste à temps retenu, je décidai de retarder mon inquisition jusqu'au moment où elle serait trop occupée au comptage de mes écus pour s'apercevoir que je l'envisageais.

Je ne savais rien des pièces que je lui apportais, Bassompierre me les ayant données dans des sacs scellés d'un cachet de cire que je n'avais pas jugé bon de rompre. Il ne me restait donc plus qu'à espérer que le compte y fût.

La marquise ne compta que le premier sac pièce par pièce. Après quoi, les écus de ce sac étant placés par ses soins sur un plateau de la balance, elle versa le contenu du second sac sur l'autre plateau et s'assura que les charges étaient égales des deux parts. Elle procéda ainsi pour les trois autres sacs. Après quoi, la balance ayant été enlevée, elle fit un grand tas du contenu des cinq sacs et, ratissant de ses doigts une dizaine de pièces à la fois, mais sans les compter, elle entreprit d'en faire un amas et ne s'arrêta que lorsque le premier tas eut disparu au profit du second.

Je finis par entendre que cette opération, qui de prime m'intrigua, avait pour but de s'assurer que ni pièce d'argent, ni jeton de cuivre, ni écu rogné n'avait été glissé par fraude dans ses épingles. A mon sentiment, elle eût pu se dispenser de cette procédure, car les écus étaient neufs et brillants, et la fausse pièce se serait vue parmi eux comme un canard au milieu des cygnes.

C'est au cours de cette opération longue et minutieuse que ses petites mains blanches, maigres et crochues montrèrent le plus de prestesse. C'est aussi à ce moment-là que je pus envisager la marquise tout à plein sans éveiller son attention ni même qu'elle cillât, tant son visage était absorbé dans sa tâche avec un air d'intense volupté.

A la Cour comme à la ville, sa réputation de laideur n'était plus à faire. Pour la duchesse de Guise, elle était « *fort peu ragoûtante* ». La princesse de Conti la tenait pour « *irregardable* » et dans le populaire on disait que « si laide créature n'aurait jamais gagné un ascendant tel et si grand sur sa maîtresse sans charmes ni sortilèges ».

Assurément, je ne la trouvai pas fort belle. Le front était trop bombé, les arcades sourcilières trop saillantes, le nez trop fort, la peau de la face épaisse et à gros grain. Toutefois chez un homme ces traits grossiers eussent passé inaperçus, si bien que le malheur de la marquise avait été, se peut, de naître femme. Car à bien considérer le brillant de ses yeux et la fermeté de sa bouche, son visage ne manquait ni de force ni de finesse. Et c'était là sans doute les « charmes et sortilèges » qui agissaient sur une maîtresse qui, par l'esprit, lui était si inférieure.

Je sentais bien que je ne pouvais ni demander à la marquise mon congé, ni même ouvrir la bouche avant la fin d'une manipulation où elle mettait toute son âme. Et j'aurais fini par trouver le temps long si à force de regarder cet amas d'écus je ne m'étais avisé qu'ils n'étaient si étincelants que parce qu'ils venaient d'être frappés à l'effigie de l'enfant-roi. Cela me donna d'abord un très vif plaisir comme si je trouvais là, après son sacre, une seconde consécration de son règne. Mais à la réflexion, vergogne et tristesse m'envahirent. Je tenais à très grande honte que de cette basse et odieuse façon on rançonnât une très haute dame d'un pays ami avant de lui permettre de revenir vivre à Paris dans un hôtel qui lui appartenait. Mais pis encore peut-être l'entretien avec Allory m'avait persuadé que rien ne se faisait en ce pays qui touchât à la pécune sans que la marquise d'Ancre (ou son mari) ne perçût au passage sa dîme. Ainsi le Trésor du royaume, qui eût dû servir les grands intérêts de la France, était sous le nez du jeune roi quotidiennement détourné par de vils aventuriers, la propre mère de Louis étant stupidement connivente à ces détournements.

Ces sentiments me plongèrent dans une mésaise et une mélancolie si grandes qu'en retournant en mon appartement, malgré le plaisir que je prenais encore au luxe de mon *piccolo salone* (et dont l'habitude n'avait pas pour l'instant terni l'éclat), je n'arrivais pas encore à me réjouir du succès d'une démarche qui me tenait tant à cœur. Et ce n'est que le lendemain soir quand Montalto fut assez bon pour me porter le laissez-passer qui devait ouvrir nos frontières à Madame de Lichtenberg qu'un grand vent d'allégresse tout soudain m'assaillit et me fit trembler comme une feuille.

*
**

Le mois de janvier 1611, bien qu'il ne fût point tant rigoureux que celui de 1608 qui gela la rivière de Seine et fit mourir bon nombre de Parisiens et de froid et de faim, s'avéra néanmoins assez âpre pour que le bois de chauffage renchérît prou. Et sur les ports de la capitale et en particulier au plus proche du Louvre, celui du Quai au Foin, il y eut telle presse pour acheter les bûches amenées d'amont sur les gabarres qu'on vit dans la bousculade plusieurs pauvres gens choir dans l'eau glacée et s'y noyer. Ce qui fit gronder et grogner le populaire contre le lieutenant civil dont la police ne faisait rien, ni pour empêcher ces échauffourées ni pour repêcher lesdites gens.

Ce lieutenant civil, qui s'appelait Le Geay, était le même dont les commissaires, vérifiant les pains façonnés par Mérilhou (le mari de Toinon) et les trouvant inférieurs au poids qu'ils eussent dû avoir, donnèrent à notre boulanger le choix, ou d'acquitter l'amende ou de cracher au bassin. Et quand dans ledit bassin Mérilhou eut craché, il eut aussi l'amende.

Le Geay avait acheté sa charge de lieutenant civil quatre-vingt mille écus et son unique pensée n'était point d'assurer la sécurité des Parisiens, mais de rentrer dans ses fonds. Le bruit courait que par an il se remboursait de vingt mille écus.

Le douze janvier, comme je traversais le Pont Neuf à cheval par un âpre vent, suivi de La Barge monté sur un genet d'Espagne qui, malgré sa petite taille, paraissait encore beaucoup trop grand pour lui, nous vîmes au carrefour de la rue Dauphine un assez grand concours de peuple entourer un gibet.

La Barge me devançant pour demander pour moi le passage, la foule s'écarta d'assez mauvais gré et je me trouvai quasiment devant les gardes, l'exempt qui les commandait, le bourreau, son aide et le condamné qui, debout, pieds et mains liés, attendait qu'on lui mît la corde au cou. C'était un garcelet qui n'avait pas quinze ans, fort maigre, l'œil plus effaré que craintif et qui claquait des dents, non point tant de peur que de froid, car il gelait à pierre fendre et il n'était vêtu que d'une chemise de toile rapiécée et d'un haut-de-chausses en loques. Je bridai mon cheval en le voyant.

Un huissier emmitouflé achevait de lui lire la sentence faite d'un baragouin de latin et de français, mais qui concluait clairement que le prisonnier devait être pendu par le cou jusqu'à ce que la mort s'ensuivît. Là-dessus, ayant roulé son parchemin, l'huissier s'en alla, fort pressé de retrouver son logis calfeutré et le feu de sa cheminée — sa retraite, ou pour mieux dire, sa fuite étant accompagnée par les murmures de la foule.

— Qu'a donc fait le petit drôle ? dis-je. A son âge, le galapian ne peut être bien méchant.

— Il a volé une bûche, dit l'exempt d'un ton roide.

— La mort pour une bûche !

— La loi est la loi, dit l'exempt.

— Mais elle n'est point la même pour tous, dit une commère qui me rappela Mariette, étant comme elle forte en tétins et bien fendue de gueule. Et comment, reprit-elle, ce pauvret aurait-il pu acheter une bûche, n'ayant pas liard en poche ? Il est si mal vêtu qu'il est tout bleu de froid !

— Ah bah ! dit l'exempt. C'est gibier d'enfer que ce gringalet. Et là où il va, il aura chaud.

A cela les gardes rirent et la foule gronda.

— Exempt ! dit un moine qui se trouvait là, il ne vous appartient pas de préjuger du jugement de Dieu !

— Bien dit, mon révérend père ! cria la commère.

— Il est de fait, dit le bourreau qui disposait sa corde sur le gibet avec une lenteur exaspérante, que j'aurais maigre profit avec les loques de ce gueux.

Mais à ce bas propos personne ne consentit à répondre, tant le bourreau inspirait de mépris et de crainte.

— Mon gentilhomme, reprit la commère en s'adressant à moi, vous ne m'avez pas l'air impiteux. Si vous baillez un demi-écu à l'exempt et un demi-écu au bourreau, le premier permettra au second d'étrangler le pauvret avant que de le pendre.

— Et où serait pour lui l'avantage ?

La naïveté de cette question provoqua rires et ricanements dans la foule.

— Silence ! cria la commère.

Et telle est l'autorité d'une voix forte sur une foule que le silence se fit.

— Mon gentilhomme, poursuivit-elle en se tournant vers moi, on voit bien que vous êtes neuf en ces matières. Etranglé, le garcelet mourra dans l'instant. Pendu, il lui faudra vingt minutes pour passer de vie à trépas.

Je me souvins alors avoir ouï dire à mon père quelle mort atroce était la pendaison. Je jetai un demi-écu au bourreau et un demi-écu à l'exempt, lequel dit, après l'avoir attrapé au vol :

— Je n'aime point cela. Le pâtiment du pendu fait partie de la peine.

Néanmoins, il empocha le demi-écu et fit un signe au bourreau. Celui-ci en un tournemain brisa la nuque du garcelet et écrasa sa pomme d'Adam. Le supplicié s'affala et serait tombé, n'était que l'aide du bourreau le maintint debout, le temps que le bourreau lui passât la corde au cou. Mais quand on le hissa au gibet, il ne dansa pas désespérément dans les airs pour y trouver un appui pour ses pieds, ayant déjà échappé au monde cruel des hommes.

— Que c'est grande pitié ! dit la commère, les larmes lui coulant sur les joues. Il était si jeune !

— C'est justice ! dit l'exempt d'un air roide et vertueux.

— Justice ! s'écria la commère très à la fureur. C'est là une justice à la façon des araignées : les moucherons sont pris, mais les gros bourdons passent à travers la toile...

— Surtout quand ils sont italiens ! cria une voix dans la foule.

— C'est là propos puant et rebellant ! menaça l'exempt. Qui a dit cela ?

Mais à cette question la foule se mit à gronder si fort qu'il n'insista point, et s'entourant de ses gardes, il quitta la place.

Par ces temps de froidure et de grande détresse, les vols se multipliaient et c'était pour tâcher de les enrayer qu'on dressait des gibets un peu partout en Paris. Mesure, disait mon père, qui restait sans effet : entre la mort par pendaison et la mort par gel et famine, quel misérable hésiterait à choisir la première en volant pain et bûche, puisqu'à la différence de la seconde, elle n'était certaine que s'il se faisait prendre ? Il n'empêche qu'à le comparer à la marquise d'Ancre comme avait fait en son ire le populaire, j'avais trouvé le moucheron bien petit et, bien infime, sa volerie. J'avais encore dans l'oreille le sinistre craquement de sa nuque quand le bourreau de ses doigts épais lui avait rompu le col.

En ces sombres jours, le monde me paraissait mauvais, le présent, sans joie, l'avenir, incertain. Car bien que Bassompierre, craignant que le laissez-passer de Madame de Lichtenberg se perdît par poste et chevaucheur, eût fort généreusement proposé de le lui porter lui-même à Heidelberg — ce que je n'eusse pu faire moi-même, en raison de mes fonctions au Louvre —, il ne m'échappait pas que le voyage ou plutôt le déménagement de ma *Gräfin* et son établissement en Paris ne se pourraient faire avant plusieurs semaines, sinon plusieurs mois. « De toute façon, m'avait dit Bassompierre en partant, un point demeure obscur : je ne sais si le régent du Palatinat autorisera Madame de Lichtenberg à quitter son pays. » J'avais manqué défaillir à ouïr une parole pour moi si terrible.

Je logeais au Louvre assurément, mais cette grandeur si enviée n'éblouissait pas mes yeux. Je pensais souvent à mon logis du Champ Fleuri — nid et cocon de mes enfances — et plus que je n'aurais voulu, me manquait le commerce quotidien de mon père, de La Surie et aussi de nos gens, tous à moi si affectionnés, et moi à eux. Dans cet immense Louvre, si grandiose mais si peu accueillant, je me sentais comme en exil du petit royaume dont j'avais été le prince. Et d'autant que le vrai prince de ces lieux ne s'était pas départi à mon endroit de la froideur qu'il m'avait montrée quand le grand chambellan m'avait présenté à lui. J'en étais à me torturer les méninges pour deviner la cause de cette attitude sans qu'Héroard, toujours aussi distant, m'eût permis à ce jour de l'approcher pour lui en toucher mot.

Chose étrange, je ne me souviens pas du jour précis où dans le courant de janvier, le soleil tout soudain se remit à luire pour moi et chose plus étrange encore, bien que ce jour fût à marquer d'une pierre blanche, je ne l'ai pas noté dans mon *Livre de raison.* Mais je me ramentois la scène comme si c'était hier, tant elle est fraîche encore en ma remembrance.

Par cette glaciale matinée, il y avait peu de monde dans les appartements royaux : Monsieur de Souvré, Héroard, Bellegarde, d'Auzeray, le capitaine de Vitry et Descluseaux. Le petit roi était à son déjeuner, lequel se composait de raisins de Corinthe au sucre et à l'eau de rose, de tartines de pain et de beurre et de tisane, car on ne lui baillait jamais de vin à son lever. Il avait bon visage et mangeait avec appétit et en silence. Quand il eut fini, il commanda à Monsieur d'Auzeray de lui donner une serviette, s'essuya la bouche et les mains et se tournant tout soudain vers moi, il dit :

— Monsieur de Siorac, vous plairait-il de voir mes armes ?

— Bien volontiers, Sire, dis-je, le cœur me battant.

Il se leva alors de sa chaire et se tournant vers Descluseaux — un garde français qu'il aimait beaucoup et dont il avait fait son armurier — il lui dit d'un ton enjoué :

— Sus, Descluseaux ! Cours à l'étage et ouvre mon cabinet aux armes !

Descluseaux monta l'étage quatre par quatre, et Louis aussi promptement à sa suite, et moi-même le suivant. Dès que la porte fut déverrouillée, le roi, me prenant par la main, me tira à soi, s'engouffrant dans le cabinet, et refermant l'huis sur nous.

Il y avait là, accrochées au mur, ou rangées dans des râteliers, toutes les variétés d'armes blanches, de jet et de tir qu'on pouvait imaginer : d'aucunes désuètes, comme des arcs et des arbalètes, qui n'étaient là que pour la montre, mais d'autres fort modernes, fort bien entretenues et prêtes à l'emploi. En particulier les bâtons à feu : pistoles, pistolets, arquebuses à mèche ou à rouet. J'y vis même deux petits canons et leurs boulets.

Louis ne se rassasiait pas de caresser des yeux et des mains ces belles armes, comme aussi, à ce que j'avais appris, de les démonter, d'en vérifier les mécanismes, de les graisser, selon le cas de les dégraisser, et de les remonter avec une promptitude surprenante, étant aussi expert en armurerie qu'au tir.

Il rayonnait à leur contact, non qu'il fût sanguinaire le moindre, mais parce qu'à ce moment-là, il se sentait plus proche de son père, le roi-soldat, sur les traces de qui il ambitionnait de marcher sa vie durant, mettant méticuleusement les pieds dans les pas de cette grande ombre dont il se voulait l'héritier et d'elle seule, ayant, pour ainsi parler, rejeté de soi une fois pour toutes le sang Habsbourg qu'il tenait de sa mère.

Je le trouvai, sinon grandi, à tout le moins mûri par son terrible deuil, le visage moins poupin, la mine plus assurée, taciturne, et quand il parlait, la parole brève, mais bégayant beaucoup moins qu'autrefois, le visage au repos fermé, indéchiffrable, mais ses grands yeux noirs toujours sur le qui-vive et l'oreille attentive, tendue à ce qui se disait autour de lui mais sans glose ni critique, bien conscient de n'avoir que l'apparence et la pompe du pouvoir et attendant son heure avec une prudence bien au-dessus de son âge.

Je sentais bien qu'il y avait un dessein dans ce bec à bec en son armurerie, comme aussi une intention dans la froideur qu'il m'avait montrée jusque-là, me jugeant et me jaugeant de ses invisibles antennes. Et j'étais sûr que s'il avait pris une décision à mon endroit, il me la laisserait entendre par des moyens indirects, sans me la dire avec des mots, tant il se méfiait des paroles. « *Savez-vous pas, Monsieur de Souvré,* avait-il dit un jour à son gouverneur, *que je ne suis pas grand parleur ?* »

— Voici ma Blainville, dit-il en décrochant du mur une arquebuse à rouet. Je l'appelle ainsi, parce que c'est Monsieur de Blainville qui me l'a donnée. Et cette autre que je préfère à toutes, parce qu'elle est précise et porte loin, je la nomme « ma grosse Vitry ».

— Pourquoi « grosse », Sire? me hasardai-je à demander.

— Parce que Vitry m'en a baillé deux et que celle-ci est la plus grosse des deux.

J'observais, tandis qu'il parlait, qu'il avait aussi une collection d'armes plus petites, pistoles, pistolets et poitrinaires et je lui demandai, le sachant si savant en armurerie, si le poitrinaire avait encore son utilité.

— C'est une petite arquebuse qui se tire de la poitrine, et non de l'épaule. Elle est peu précise. On ne l'emploie plus guère dans les combats...

Tout soudain, il sourit d'un air gaussant et me prenant par le bras, il me mena devant les armes de jet, arcs et arbalètes.

— Quand j'étais plus petit, on ne me voulait pas donner de bâtons à feu et je tirais beaucoup avec ces petites armes-là. Et parmi les arbalètes, celle que je préférais était celle-ci...

Il la décrocha et me la mit dans les mains. Je reconnus alors celle que je lui avais offerte trois ans plus tôt dans les jardins de Saint-Germain-en-Laye après en avoir joué avec lui, l'ayant pris pour le fils du capitaine de Mansan qui commandait alors les gardes du château.

— C'est une belle arme, dit-il en me la reprenant des mains, et on peut se fier à elle. Je l'appelle « Siorac ».

— Elle vous sera toujours fiable, Sire. N'en doutez pas! dis-je en rougissant de bonheur.

— Je le crois, dit-il du ton le plus uni, en remettant l'arme en place.

Puis se tournant vers moi et approchant sa tête de la mienne, il dit à voix basse :

— Je me souviens avoir ouï dire à mon père que Monsieur de Sully lui était un très bon serviteur. Qu'en pensez-vous?

— Sire, dis-je, surpris, le roi votre père ne se trompait pas : Monsieur de Sully, à ce que m'a dit le mien, a merveilleusement ménagé les finances en ce royaume.

Louis m'ouït en tournant les yeux de-ci de-là sans avoir l'air d'écouter ma réponse. Mais je ne pus douter qu'il ne l'eût ouïe, car il me demanda à mi-voix d'un air indifférent :

— Et qu'a-t-il fait d'autre ?

— Il a construit ou reconstruit les routes et ponts de France. Et en tant que Grand Maître de l'Artillerie il a constitué un formidable arsenal.

Là aussi il parut ne pas entendre et, envisageant la montre-horloge qu'il portait à son cou, il me dit d'un ton rapide et expéditif :

— La visite est finie. Il me faut maintenant étudier.

Et me devançant d'un pas vif, il sortit de l'armurerie, fit signe à Descluseaux de reclore la porte derrière moi, redescendit en ses appartements et gagna la petite table où l'attendaient ses livres. C'était une leçon de mathématiques et il me parut attentif.

Je demeurai debout avec ceux qui étaient là et plutôt qu'à côté d'Héroard, je me plaçai en tapisserie à côté de Vitry. Fils du Vitry qui avait si bien servi notre Henri de son vivant et comme lui capitaine aux gardes, Vitry le jeune avait comme son père des manières rudes, et une âme téméraire, n'ayant pas hésité à briser une prison d'Etat pour en faire sortir un de ses soldats qu'il tenait pour innocent. Je lui glissai à l'oreille : « J'ai vu votre "grosse Vitry". C'est une belle arme. — Oui-da ! oui-da, dit-il d'un air content. C'est une belle arme et le bon de la chose, c'est que le roi sait s'en servir. » Mais Monsieur de Souvré ayant ouï du bruit et tourné vers lui un œil désapprobateur, il se tut.

Pour moi, je me demandai pourquoi Louis m'avait posé ces questions sur Sully, alors qu'il ne pouvait point ne pas savoir que ce grand serviteur de l'Etat était surintendant des Finances, grand voyer de France [1] et grand maître de l'artillerie. Mais peut-être

1. Le *voyer* avait la charge d'entretenir et de réparer les voies et les chemins de France.

au-delà des faits tâchait-il de connaître à travers moi l'estimation qu'en faisait mon père qui, comme Sully, avait été un des plus anciens compagnons du feu roi.

Toutefois, les petits problèmes que je me posais au sujet de ces étranges questions furent résolus quelques minutes plus tard, car la leçon finie, Louis se leva, remercia son précepteur, rangea ses livres et, se tournant vers Monsieur de Souvré, demanda :

— L'on a ôté Monsieur de Sully des Finances ?

Les bras m'en tombèrent : je ne connaissais pas encore ce calamiteux renvoi. Tout enfermé qu'il fût dans ses appartements et quasi au secret, Louis était mieux renseigné que moi.

— Oui, Sire, dit Souvré, d'évidence aussi surpris que je l'étais que son pupille eût appris si vite la nouvelle.

Il n'osait toutefois pas lui demander de qui il la tenait car le roi, Souvré en avait fait trop souvent l'expérience, ne trahissait jamais ses sources.

— Pourquoi ? dit Louis, en prenant un air étonné.

Monsieur de Souvré parut embarrassé. C'était un grand, gros homme, plus tatillon que méchant, plus dévot que pieux, plus borné que véritablement sot, très à cheval sur l'étiquette et ne voyant jamais plus loin que son nez camus. Il n'entendait que peu de choses à ce qui se passait dans l'esprit de son pupille. Il répétait en aveugle ce qu'il disait à la reine, qui n'y entendait pas davantage et qui sévissait souvent à tort.

Louis, qui en voulait à Souvré de la toute-puissance qu'il exerçait sur sa personne, sur son entourage et sur son emploi du temps, faisait devant lui des petites railleries qui étaient parfois assez fortes pour percer la peau d'éléphant de son gouverneur. Souvré se fâchait et menaçait de rapporter les propos impertinents à la reine. Menace qui eût valu le fouet à Louis et l'amenait à résipiscence. Il demandait alors pardon à Souvré, parfois même à genoux et Souvré, assez bon homme, lui promettait alors le silence.

Ce qui embarrassait Monsieur de Souvré en l'occurrence, c'est que le pourquoi apparemment naïf de Louis était déjà une critique du gouvernement de la régente.

— Sire, dit-il, je ne sais pas la raison du renvoi de Monsieur de Sully. Mais la reine ne l'a pas fait sans sujet. Elle l'a fait comme elle fait toute chose : avec grande considération.

Il me vint à l'esprit que l'argument de l'infaillibilité maternelle était le moins propre à convaincre Louis. Il n'ignorait pas qu'elle n'était qu'un toton [1] aux mains de Concini et de son épouse. Lui-même, de reste, quand il prenait quelque chose très à cœur, par exemple obtenir la grâce d'une malheureuse condamnée à tort pour infanticide, passait par la marquise d'Ancre pour attendrir la régente...

Comme Louis, son bel œil noir fixé sur Monsieur de Souvré ne répondait ni mot ni miette, la vérité ou plutôt une demi-vérité finit par se faire jour dans les méninges brumeuses de son gouverneur : il soupçonna qu'il n'avait peut-être pas persuadé son pupille autant qu'il eût fallu et il reprit :

— Etes-vous marri du départ de Monsieur de Sully ?

— Oui, dit le roi.

Et tournant le dos, il alla jouer dans la galerie. Il y construisait une maison miniature à l'aide de petits carreaux : amusement que Monsieur de Souvré lui reprochait, le trouvant enfantin.

Monsieur de Souvré avait de grandes et légitimes ambitions. Quand Louis atteindrait sa majorité, il serait désoccupé de son gouvernorat et il aspirait à être nommé maréchal de France : ce que la régente lui avait promis à mi-mot.

Le soir même du jour où Louis avait paru troublé par le renvoi de Monsieur de Sully, Monsieur de Souvré rapporta fidèlement à la reine l'entretien qu'il avait eu à ce propos avec son pupille. Enchaînant, il lui parla avec un sourire de la petite maison que le roi construisait sur la galerie. Et en conclusion, il demanda si la régente estimait nécessaire qu'il revint avec Louis sur le sujet de Sully.

1. Toupie.

— *Non mi sembra necessario,* dit la reine avec dédain. *E una bambinata* [1].

CHAPITRE V

Mon père, apprenant que notre vieil ami, Pierre de l'Estoile, avait été fort mal allant, lui fit porter un billet par notre petit vas-y-dire, lui mandant qu'il aimerait l'avoir à dîner quand la santé lui reviendrait, lui promettant de lui dépêcher son carrosse, afin de lui éviter toute fatigue, et pour l'amener chez nous et pour le ramener en son logis.

Nous fûmes fort alarmés quand nous le vîmes mettre pied à terre en notre cour, tant il nous parut changé, le pas chancelant, le visage creux, le teint blême et l'œil, qu'il avait autrefois si vif, voilé par la tristesse.

Il mangea du bout des dents et nous conta par le menu les multiples intempéries dont il avait souffert.

— Ah ! Mes bons amis ! dit-il, j'ai pâti les nonante tourments de l'enfer tout le mois écoulé. Car outre la fièvre ardente dont j'ai été de prime abattu, je fus travaillé d'un grand flux de ventre et comme si cela ne suffisait pas, j'ai eu le feu dans mes hémorroïdes et une insufférable rétention d'urine. Et quand enfin, au bout de quelques semaines, je commençai à aller mieux, à me lever, à aller et venir en mon logis, et croyais être au bout de mes peines, il me vint un charbon au milieu du dos.

— Un charbon ? Vous n'y pensez pas ! s'écria mon père. Si vous aviez eu un charbon, c'eût été la peste, mon ami, et vous ne seriez point céans pour nous le conter. Ce ne fut là tout au plus qu'une élevure ou un aposthume !

1. Ce ne me semble pas nécessaire. Tout cela n'est qu'un enfantillage (ital.).

— De quelque nom que vous décoriez la chose, dit Pierre de l'Estoile, elle était grosse et enflammée et je fus trois semaines entre les mains du barbier pour guérir.

— De quel barbier s'agit-il? dit mon père d'un air suspicionneux.

— Riolant.

— Ah! Vous me rassurez! Lui au moins ne taille pas à tort et à travers!

— En effet, dit l'Estoile, il ne me tailla point, encore que de prime je le lui demandasse, tant je souffrais. Mais enfin, de cet aposthume aussi je guéris, et un bon moine, me venant visiter, me consola de mes malheurs, en m'assurant que ces maux, tous envoyés par Dieu, n'étaient que de secrètes miséricordes par lesquelles le Seigneur me reconnaissait d'avance pour un des siens.

— Si cette pensée vous conforta, mon ami, dit mon père en levant les sourcils d'un air de doute, c'est qu'en effet elle était bonne pour vous...

Pour moi, il me tardait que la conversation prît un autre tour, car tous ces détails, surtout à table, me paraissaient assez peu ragoûtants, bien que l'Estoile ne les eût décrits que parce qu'il savait que mon père était médecin et le pourrait au besoin conseiller. Il est vrai que lorsqu'on a dix-huit ans, la chair étant neuve encore, et si forte la houle du sang, il est difficile d'éprouver une compassion autre que chrétienne pour un corps que l'âge sous nos yeux défait.

— Monsieur, dis-je, tant par curiosité que pour changer de sujet, qu'en est-il de ce financier à qui le Conseil du roi après enchères avait adjugé les cinq fermes et à qui on les a ôtées pour les donner à un Italien?

— Allory? Le malheureux, criant à l'injustice, a fait opposition auprès de la Cour des Comptes. Cela prendra du temps, mais comme la loi a été visiblement violée à son préjudice, la Cour des Comptes rendra un arrêt en sa faveur.

— Voilà qui est bien! dis-je.

— Voilà qui est mal, dit l'Estoile avec un petit haussement d'épaules... l'arrêt ne servira de rien, car la reine, comme elle l'a déjà fait, adressera une *lettre de jussion* à la Cour des Comptes pour qu'elle enregistre sans plus languir le bail de l'Italien et la Cour des Comptes obéira. Mon jeune ami, il n'y a plus de loi en ce royaume! Et c'est à peine si l'on peut encore dire qu'il y a un Etat...

— Ah! Monsieur de l'Estoile! dit mon père, vous allez dans l'excès!

— Point du tout! dit l'Estoile avec un retour de son ancienne vigueur. Voulez-vous que je vous en donne un exemple mille fois plus scandaleux que celui d'Allory? Mais peut-être, reprit-il en latin, faut-il attendre que le serviteur ait quitté la place?

— Celui-là est muet comme tombe, dit mon père tandis que Franz passait les plats. Il est à son maître si fidèle que si son oreille d'aventure surprenait une indiscrétion, elle s'effacerait aussitôt de sa mémoire.

— Eh bien, mon ami! dit l'Estoile, vous n'ignorez pas que le Premier Président du Parlement désire se retirer.

— Eh quoi! dit mon père. Achille du Harlay! Faire retraite aux champs! Un homme de sa trempe et vigueur!

— Il ne l'est point tant qu'autrefois, dit l'Estoile en secouant tristement la tête. Sa vue faiblit, son oreille s'épaissit et tant le tord et tourmente la goutte qu'il devient podagre. Bref, la reine accepte qu'il vende sa charge pourvu qu'elle agrée celui qui l'achètera.

— Combien en veut le président du Harlay?

— Trois cent mille écus.

— Diantre! dit mon père en ouvrant de grands yeux. Il est vrai qu'il s'agit de la charge de Premier Président du Parlement. Mais tout de même! Trois cent mille écus! Quelle somme! Et il y a des candidats?

— Mon ami, dit l'Estoile avec un sourire qui le temps d'un éclair rajeunit son visage fripé, vous paraissez oublier qu'à la différence de la grande noblesse, d'aucuns membres du tiers état possèdent d'immenses biens...

— Juste récompense de leur labeur et du sage ménagement de leurs pécunes ! dit mon père qui, en ces matières, se sentait plus proche de la robe que de l'épée.

— Et pour les candidats, reprit l'Estoile, il n'y en a pas moins de trois.

— Trois ? Juste ciel ! Et qui sont ceux-là ?

— Le président De Thou...

— De Thou ? L'auteur de l'*Histoire Universelle ?* dit La Surie qui voulait montrer qu'il avait lu ce superbe livre, et non sans peine, pour la raison qu'il était rédigé en latin.

— *Ipse* [1], dit l'Estoile. C'est un homme illustre, comme vous voyez.

— Mais en l'occurrence, dis-je, ce n'est point tant recommandation d'avoir écrit ce livre, puisque le pape l'a mis à l'index.

— Et pourquoi ? dit La Surie, toujours avide d'apprendre.

— En raison, dit mon père, de ses tendances gallicanes et du peu d'antipathie de l'auteur pour les protestants. Mais mon ami, reprit-il, en se tournant vers l'Estoile, de grâce, poursuivez !

— Le second candidat est le président Jambeville. Et le troisième, Monsieur de Verdun.

— La reine, dit mon père, doit avoir quelque peine à choisir entre ces trois candidats. D'autant que chacun des trois doit disposer auprès d'elle de puissants appuis.

— De Thou, dit l'Estoile, se recommande par son savoir, ses vertus, son désintéressement et son grand renom d'équité.

— Alors, il est perdu ! dit mon père.

A quoi nous rîmes.

— Jambeville, reprit l'Estoile, est fort soutenu par le marquis d'Ancre dont il est un des plus assidus lécheurs...

— Il a donc ses chances !

— Mais Monsieur de Verdun, lui, a la faveur du père Cotton et des jésuites...

1. Lui-même (lat.).

— Ah ! Un encottonné ! dit mon père. Voilà qui change tout ! Verdun a donc aussi ses chances...

— Mais, Monsieur de l'Estoile, dit La Surie, qui donc est ce Verdun-là ?

— Un Toulousain. A ce qu'on dit, un vrai moulin à vent qui ne se meut que lorsque le vent de la vanité donne dans la voile de ses ambitions...

— Ah ! Monsieur de l'Estoile ! dit La Surie dont je ne sus s'il gaussait ou non, que cela est galant ! C'est poésie toute pure que cette phrase-là !

— Bref, dit mon père, que fit la reine, ayant à choisir entre De Thou, Jambeville et Verdun ?

— Je vous le donne en mille.

— Je gagerais, si j'étais parieur, dit La Surie.

— Ne gagez pas, mon ami ! dit l'Estoile. Vous perdriez ! Ce que fit la reine passe l'imagination !

— Que fit-elle donc ? dit mon père.

— Imaginez l'inimaginable ! Et l'inimaginable le plus calamiteux !

— Mais encore ?

— Elle écrivit au pape pour lui demander conseil quant à celui qu'elle devait choisir : De Thou, Jambeville ou Verdun !

Mon père, La Surie et moi, nous nous entreregardâmes, béants et quasi privés de voix.

— Jour de Dieu ! s'écria mon père, quand il eut repris ses esprits, dois-je en croire mes oreilles ? La reine de France consulte le pape sur le Premier Président qu'il convient de donner au Parlement de Paris ! Et comment le prend ledit Parlement ?

— Très à la fureur ! Et d'autant plus vive qu'il faut la taire ! Il écume de rage ! On n'entend au palais que grognements à mi-bouche : A-t-on jamais ouï en France qu'un pape se soit mêlé de nous donner des Premiers Présidents ? Autant lui remettre à s'teure le sceptre et la main de justice qu'on a baillés le jour du sacre à Louis ! *Et caetera, et caetera...*

— Et quelle fut la réponse du pape ?

— Brutale et subtile. La voici. Il s'agit dans l'ordre de Messieurs De Thou, Jambeville et Verdun. « *Il primo,* dit le pape, *haeretico; il secundo, cattivo; il terzo, non cognosco.* [1] »

— Et où est la subtilité ?

— Le pape écarte De Thou comme hérétique, Jambeville comme méchant. Il ne reste donc plus que Verdun, mais le Saint-Père se garde de le proposer, prétendant « qu'il ne le connaît pas ».

— Et c'est faux ?

— Pour que ce fût vrai, il faudrait admettre que les jésuites ne lui aient pas fait connaître leur favori.

— Et quel est l'avantage pour le pape de professer cette ignorance ?

— Il n'a nul besoin de se compromettre en recommandant Verdun, puisqu'il a éliminé les deux autres.

— C'est donc Verdun que la reine a choisi ? dit mon père avec un soupir.

— Qui d'autre ?...

— Et Verdun avait en sa possession les trois cent mille écus qu'il fallait ?

— Nenni, mais il y eut foule pour les lui prêter : les jésuites y veillèrent.

Le dîner de Pierre de l'Estoile en notre logis du Champ Fleuri fut sa dernière sortie. Il mourut quelques semaines plus tard et bien que nous n'eussions pas dû en être étonnés après l'état dans lequel nous l'avions vu, sa fin subite nous surprit et nous fit peine. Encore qu'il eût comme tout bourgeois instruit et bien garni acheté, puis à sa retraite revendu, son état de Grand Audiencier, l'Estoile proclamait en toute occasion son hostilité à la vénalité des charges. Et en ce dernier repas, il avait une fois de plus dénoncé ce « vilain trafic » qu'on faisait en France des charges et principalement de celles de la judicature. « Car, avait-il argué en s'animant, vendre la justice qui est la chose la plus sacrée du monde, c'est vendre la répu-

1. Le premier, hérétique ; le second, méchant ; le troisième, je ne le connais pas (lat.).

blique, c'est vendre le sang des sujets, c'est vendre les lois... »

A l'occasion de la mort de l'Estoile, on reparla au Champ Fleuri de la scandaleuse démarche de la reine auprès du pape et mon père opina qu'outre le fait qu'elle ne se sentait aucunement française, elle n'avait pas au demeurant une once de bon sens sous son bonnet.

— La chose est claire, dit-il : les faveurs exorbitantes entassées sur la tête du Conchine et de la Conchinasse lui ont aliéné le peuple. Les Grands lui gardent mauvaise dent de ce qu'elle n'a jamais pour eux le moindre égard. Et c'est maintenant au tour du Parlement de lui en vouloir. Elle est si ignare qu'elle ne doit même pas savoir que le Parlement est aussi gallican qu'on peut l'être et n'a jamais souffert l'ingérence du pape dans les affaires de France.

— Cela veut-il dire, demanda La Surie, qu'étant gallican, le Parlement a de la sympathie pour les huguenots ?

— Pas du tout. Non plus d'ailleurs que pour les jésuites.

— Et Monsieur de l'Estoile ?

— Ah ! C'est différent ! L'Estoile s'est maintenu, quant à lui, sur le bord du calvinisme, mais sans consentir à y tomber jamais. A part cette tentation-là, il fut exemplaire comme bourgeois, comme homme de robe et comme Parisien.

— Comment cela, comme Parisien ? dis-je, étonné.

— En vrai Parisien, il se montra, sa vie durant, fort critique à l'égard de tous et de tout et cependant fort badaud et crédule. Il n'était dans le royaume de veau à dix pattes, de sorcier, de femme possédée par le diable ou de miracle pisseux auquel il ne crût aussi fermement que Mariette. Pauvre grand ami ! Tant de savoir et tant de naïveté ! Espérons que là où il est, les *secrètes miséricordes* qui se cachaient derrière ses souffrances ne l'auront pas déçu...

Le lendemain de cet entretien, qui était un dimanche, j'ouïs la messe à Notre-Dame et y écoutai le prêche de Monsieur de Luçon [1], jeune et fort élégant prélat qui me séduisit autant par ses manières qui sentaient le gentilhomme de bon lieu que par son éloquence claire et incisive.

Après la messe, retrouvant devant le porche ma jument et le genet d'Espagne gardés par La Barge (lequel paradait à sa ceinture un gros pistolet qui tendait à décourager les voleurs de chevaux), je gagnai l'extrémité de la cité et là, passant par le Pont Neuf, je traversai le carrefour où j'avais vu pendre le petit voleur de bûches.

La matinée était douce et ensoleillée et le dimanche désoccupant les Parisiens, il y avait presse par les rues et n'ayant moi-même d'autre but que de flâner et de m'ébaudir, je jetais un œil de-ci de-là du haut de ma jument sur les décolletés des garcelettes qui s'en revenaient de messe, ou s'y rendaient, fort pimpantes en leurs beaux affiquets. En outre, si bien le lecteur s'en ramentoit, j'aimais et le Pont Neuf et la rue Dauphine, pour ce que l'un avait été construit par notre Henri et l'autre percée par lui à l'endroit où les Augustins avaient leurs jardins, afin de faire suite au pont et de mener droit à la Porte de Buci. Tout reluisait en cette rue, les maisons nouvelles étant bâties en bel appareillage de briques et de pierres, les verrières et volets, fraîchement peints et le pavé, jointoyé à miracle.

Bien que je n'allasse nulle part, je ne sais quel ange, ou plutôt quelle fée, guida ma jument, alors même que je laissais flotter les rênes sur son encolure, car elle me mena droit rue des Bourbons devant l'hôtel de Madame de Lichtenberg. De hauts murs le séparaient de la rue, mais comme je levai les yeux, je m'aperçus avec stupéfaction que les contrevents des fenêtres étaient ouverts et les verrières, décloses. Mon cœur me cogna contre les côtes, mi de joie mi d'appréhension. Je n'osais croire qu'elle fût là, puisque je n'avais pas reçu le moindre billet de Bassompierre, lequel pourtant était parti depuis belle heurette pour Heidelberg. Et si ma *Gräfin* ne se trouvait point en la demeure, qui

1. Richelieu, évêque de Luçon.

donc avait le front d'occuper la place et de l'ouvrir à tous vents ?

Je démontai incontinent, jetai mes rênes à La Barge et saisissant le heurtoir de la porte piétonne (il représentait un agneau sur lequel ma main s'attendrit), je toquai l'huis et le toquai à coups répétés, tant est qu'à la fin, j'ouïs un pas lourd s'approcher de la porte. Le judas s'ouvrit, découvrant une grille derrière laquelle me dévisagea un œil suspicionneux.

— *Wer ist da ?* dit une voix rauque.

— *Ich bin Peter von Siorac, und ich möchte Herrn Von Beck sprechen.*

— *Also ein Moment bitte, mein Herr* [1].

Ce dialogue en allemand me rassura sur la légitimité des occupants et la logique quelque peu spécieuse de l'espoir me disant que si le majordome se trouvait là, sa maîtresse ne pouvait que s'y encontrer, j'attendis avec une folle impatience qu'il me le confirmât.

Avec sa coutumière courtoisie, Von Beck m'ouvrit grand la porte piétonne, mais la referma sur mon cœur :

— *Nein, die Gräfin ist noch nicht angekommen* [2].

Elle viendra, mais il ne savait quand. Lui-même n'était là avec quelques laquais que pour aérer et nettoyer l'hôtel en préparation de sa venue.

Chose étrange, je n'avais jamais tant éprouvé de plaisir à envisager la ronde bedondaine et les bajoues ovales de Von Beck. Je lui aurais sauté au cou. Etant lui-même si correctement courtois, il dut trouver excessive, voire disconvenable, la chaleur de mon adresse. Et sans quitter sa politesse appliquée, il se renfrogna quelque peu. Ce qui fit que je l'interrogeai avec une angoisse grandissante : était-il sûr au moins que la *Gräfin* viendrait ? Mais plus je lui demandais sur ce point des certitudes, et moins il m'en donnait. *Er sei hier,* disait-il, *um die Ankunft seiner Herrin*

1. Qui est là ? — Je suis Pierre de Siorac et j'aimerais parler à Monsieur Von Beck — Un moment, s'il vous plaît, Monsieur (all.).
2. Non, la Comtesse n'est pas encore arrivée (all.).

vorzubereiten, aber natürlich könne er nicht schwören, ob sie eigentlich kommen würde [1].

Ce « *natürlich* » me perça le cœur et je commençai à regretter avec la dernière amertume d'avoir assailli Von Beck de tant de questions, puisque sa dernière réponse me plongeait dans les doutes.

J'eus enfin le bon sens de mettre fin à cette inquisition, de remercier Von Beck et de sauter en selle. Mais tout le temps que dura ma chevauchée jusqu'au Louvre, je fus à me ronger les méninges, sourd à ce que me disait La Barge qui trottait au botte à botte avec moi, et tout à plein aveugle cette fois au spectacle de la rue.

En même temps, j'entendais fort bien l'absurdité de mon inquiétude. Si Madame de Lichtenberg n'avait été qu'une amie dont le retour m'eût fait plaisir, mais sans me bouleverser, le fait que son majordome fût là pour préparer son logis ne m'aurait pas laissé la moindre parcelle d'incertitude sur le fait que j'allais sous peu la revoir. D'où il ressortait que tout ce grand martèlement de tête et ce frémissement d'entrailles n'étaient dus qu'à mon éperdu désir de la revoir. J'entendais la chose bien clairement, mais hélas! contre toute attente, le fait d'en entendre si bien la cause ne diminua en rien l'anxiété qui me tourmentait.

Alors que j'étais plongé dans ce tumulte de conscience, quelle ne fut pas ma surprise, quand je pénétrai au Louvre dans les appartements royaux, de n'y ouïr que cris et gémissements. Je ne sus point de prime d'où provenaient ces lamentations, mais quand j'eus franchi la haie des gentilshommes qui se trouvaient là, je vis le petit roi, debout, étreindre farouchement dans ses bras un garcelet qui me parut à peu près de sa taille, mais dont je n'aperçus pas d'abord le visage, parce qu'il l'appuyait sur l'épaule de Louis pour étouffer ses propres sanglots.

Le roi, quant à lui, se trouvait si hors de ses sens

1. S'il était là, c'était pour préparer la venue de sa maîtresse, mais naturellement, il ne pouvait pas jurer qu'elle viendrait (all.).

qu'il n'avait plus le pouvoir d'étouffer les siens. Ses larmes coulaient continuellement sur ses joues, grosses comme des pois et ses lèvres ouvertes d'où s'échappaient des cris, des soupirs et des plaintes, prenaient cette forme rectangulaire qu'on voit aux masques tragiques du théâtre grec et qui m'a toujours paru exprimer toute la douleur du monde.

Autour de ce couple, je vis Souvré, Héroard, Despréaux, Bellegarde, d'Auzeray, Vitry, Praslin et bien d'autres encore. Ils étaient changés en statues, leurs yeux, qui seuls vivaient dans leurs faces immobiles, étant fichés sur Louis et son ami, exprimant la stupeur où les plongeait le paroxysme de ce chagrin.

A un moment, le garcelet, sans doute parce qu'il faillait à reprendre son souffle, releva le visage qu'il tenait jusque-là posé sur l'épaule du roi. Je vis alors qu'il le dépassait en taille d'une demi-tête, et je le reconnus pour son demi-frère : le chevalier de Vendôme.

Le chevalier qui avait alors treize ans — trois ans de plus que Louis — était la fleur et le fruit des amours d'Henri IV et de la belle Gabrielle. Légitimé par son père, déclaré fils de France, il ne faisait pas mentir le dicton qui veut que les enfants de l'amour aient davantage que les autres à se glorifier dans la chair. En outre, il attirait tous les cœurs par l'extrême gentillesse de sa disposition. Tant est que le petit roi s'était pris pour ce demi-frère si aimable d'une extraordinaire amitié à laquelle le chevalier avait aussitôt ardemment répondu.

Or, quarante-huit heures avant cette scène déchirante dont j'étais le témoin, j'avais ouï par La Barge, grand rapporteur des bruits dont le Louvre bruissait, que le chevalier de Vendôme, déclaré majeur comme c'était la coutume pour ses treize ans, allait être sans tant languir expédié à Malte. Et la veille même de ce dimanche, Louis, profitant d'un instant où nous étions seuls dans le cabinet aux armes, m'avait demandé où était Malte, preuve qu'il avait eu vent de ce projet, mais sans en être encore bien assuré.

J'avais alors expliqué à Sa Majesté qu'il s'agissait d'une île au sud de la Sicile où s'était établi l'ordre fameux, mi-guerrier mi-religieux, qui s'était donné la mission de verrouiller contre les infidèles le détroit entre la Sicile et la Tunisie. L'île se trouvait bien garnie en forts, en canons et en vaisseaux, et les chevaliers de Malte, qui menaient pour la plupart du temps en mer une vie périlleuse, refoulaient sans cesse à grand-peine et à grandes pertes souvent, les incursions des Tartares et des Turcs, les empêchant d'aborder aux côtes des pays chrétiens.

— En bref, Sire, les chevaliers de Malte tâchent d'interdire aux infidèles l'accès de la partie occidentale de la mer Méditerranée.

— Et combien de temps, dit Louis, bégayant plus que de coutume, faut-il, partant de Paris, pour gagner Malte ?

— Je dirais deux bons mois et demi, Sire, sinon plus.

— Mais c'est le bout du monde ! dit Louis, le visage soucieux.

La hache entre-temps était donc tombée, taillant dans le vif, séparant à jamais les amis inséparables. Il était habituel assurément d'établir un enfant de France à sa majorité, mais l'établir si loin des aménités et des commodités de la Cour et du Louvre, dans un ordre religieux austère dont il ne pourrait pas plus sortir qu'une fille hors d'un couvent, soumis en outre à la rude discipline et aux dangers d'une vie combattante, c'était vraiment choisir pour lui l'exil le plus âpre et le plus perpétuel, sinon peut-être la mort, auquel l'Ordre de Malte payait un si constant tribut.

— Ah ! Sire ! Sire ! criait Vendôme, tandis que le roi en pleurs le serrait dans ses bras à l'étouffer, ayez pitié de moi ! La reine me veut ôter d'auprès de Votre Majesté ! Mais comment vivrai-je à Malte si loin de vous ?

— Qu'avez-vous donc fait à la reine ma mère ? dit Louis à travers ses pleurs.

— Mais rien, Sire, rien ! dit Vendôme d'une voix vibrante.

Il n'y avait pas parmi les présents une seule personne qui eût pu récuser cette affirmation d'innocence, tant le monde entier connaissait le bon naturel du chevalier de Vendôme et la facilité de son caractère. Aussi bien le roi n'avait posé la question que par acquit de conscience. Il savait bien qu'aucune faute n'aurait pu justifier la dureté d'un tel exil. Mais d'un autre côté, connaissant l'invincible opiniâtreté de sa mère et le peu d'affection qu'elle portait à ses enfants et moins encore à lui-même, le considérant non point tant comme son fils que comme un rival qui un jour lui arracherait ce pouvoir qu'elle aimait tant et qu'elle exerçait si mal, il savait bien qu'il se pourrait jeter à ses pieds, pleurer, la supplier des heures durant sans que sa résolution branlât d'un pouce.

— Zagaye, reprit le roi (c'était le surnom d'amitié qu'il donnait à Vendôme et dont personne ne connaissait l'origine), quand vous serez à Malte, irez-vous toujours sur mer?

— Oui, Sire.

— Gardez-vous bien!

— Oui, Sire.

— Soyez le plus fort quand vous irez au combat!

— Oui, Sire.

— Ecrivez-moi souvent!

— Oui, Sire.

Les deux enfants se tenaient les mains et pleuraient de concert. Ils ne se quittaient pas des yeux, le visage tout chaffourré de larmes et échangeaient, qui ces questions, qui ces réponses d'une voix faible et languissante. Tout soudain le roi ôta la montre-horloge qui pendait à son cou et la passa autour du cou de Vendôme.

— Zagaye, lui dit-il, elle est à vous, gardez-la bien et chaque fois que vous regarderez l'heure, pensez à moi qui tant vous aime.

A la parfin, on vint chercher le chevalier pour le mettre en carrosse. Les sanglots des deux parts redoublèrent. Ils s'étreignirent. On dut les arracher l'un à l'autre et le petit roi resta seul, désemparé, errant dans la pièce, pleurant toujours, la bouche contractée en rectangle comme j'ai dit déjà; puis allant et venant dans la chambre, d'un pas hésitant, sans regarder personne, il parut tirer du côté où Héroard et moi nous nous trouvions et sans lever la tête ni nous regarder ni nous parler — tant sans doute était grande sa crainte, en s'adressant à nous, de nous compromettre et peut-être de nous perdre nous aussi — il dit d'une voix basse, à peine audible et qui me serra le cœur tant elle me parut désolée :

— On me le veut ôter, parce que je l'aime.

Bien des années après que Louis l'eut prononcée, cette phrase terrible résonne encore en ma remembrance comme la remarque la plus amère qu'un fils eût pu faire sur celle qui lui avait donné le jour. Et encore Louis la voilait-il par cet « on » transparent — prudence ou pudeur, qui le dira ? De toute façon sur le fond il ne se trompait guère, étant un enfant mal aimé qui, en raison de l'extrême attention qu'il portait à son malheur, percevait avec une précoce finesse les sentiments qu'on nourrissait pour lui.

Ce n'est point que la régente eût voulu, par malignité pure et à force forcée, lui ravir une des joies de sa vie, mais elle craignait que cette grandissime affection pour Vendôme ne développât sur lui une influence qui, à la longue, eût pu devenir dangereuse pour son pouvoir. Elle y portait donc aussitôt le couteau, tranquillement insensible à la souffrance qu'elle provoquait et voulant son fils sans ami, sans allié et sans armes devant elle. Quant à l'autre enfant que sa prudence exilait « au bout du monde » dans un milieu d'une excessive rudesse, elle n'en avait cure, transférant sur lui d'un cœur léger les péchés du père et de la *putana* qu'il avait aimée.

— Monsieur, je ne laisse pas de me poser sur vous quelques petites questions.

— Sur moi, *bellissima lettrice* ?

— Vous voilà, n'est-il pas vrai, le premier gentilhomme de la Chambre de la Maison du roi ?

— Nenni, Madame, je ne suis pas *le* premier gentilhomme de la Chambre. Il y a quatre premiers gentilshommes de la Chambre. Je ne suis qu'un des quatre, le plus connu et le plus influent à la Cour étant le marquis d'Ancre.

— J'entends bien, mais que faites-vous ès qualité ? Habillez-vous le roi ?

— Non, Madame, l'habiller, c'est la tâche de ses valets de chambre. Monsieur d'Auzeray, Monsieur de Berlinghen...

— Sont-ils nobles ?

— Certes ! C'est un grand honneur que de vêtir le roi !

— Je croyais qu'il n'y avait que les huguenots qui disaient « certes ».

— C'est sans conséquence pour moi, Madame, étant né catholique.

— Donc, vous n'habillez pas le roi ?

— Non, Madame.

— Que faites-vous donc auprès de lui ?

— Je suis là.

— Comment cela, vous êtes là ? Ne faites-vous pas autre chose ? Etes-vous donc une sorte de meuble, Monsieur, pour ne faire que d'être là ?

— Madame, de grâce, rentrez vos petites griffes ! Etre là, cela veut dire servir le roi. Et le servir, cela veut dire attendre ses commandements.

— Par exemple ?

— Si Louis me demande ce qu'est Malte en donnant à sa question un caractère confidentiel, je lui dis tout ce que j'en sais. Après quoi, je garde le silence sur la question qu'il m'a posée.

— Et d'aucuns dans son entourage pourraient chanter un autre air ?

— D'aucuns, Madame, chantent un autre air dont le refrain paraît être de ne donner à Louis qu'une connaissance très incomplète des affaires qui le concernent et de rapporter aussitôt à la régente les questions qu'il en a faites.

— Et quelles sont ces personnes-là ?

— Je ne connais pas encore les félons. Je ne connais que les fidèles.

— Et ceux-là qui sont-ils ?

— Héroard, Praslin, Vitry, Berlinghen.

— Berlinghen? Le valet de chambre? Est-il si important?

— Tous ceux qui approchent le roi sont importants, Madame, y compris la nourrice Doundoun.

— Est-elle sûre?

— Je me le demande. J'ai remarqué qu'Héroard se méfiait d'elle.

— Ah! Parce que vous observez aussi Héroard!

— Madame, dans les appartements du roi, chacun, sans relâche, épie l'autre.

— Et pourquoi donc?

— Il s'en faut que tous ceux qui sont là aient les mêmes sentiments à l'égard du roi, de la régente et des marquis d'Ancre.

— Les marquis d'Ancre?

— Concini et sa femme, c'est ainsi que le peuple les appelle. Mon père les appelle parfois le Conchine et la Conchinasse.

— Comment s'accommode le petit roi d'être la cible de tous les yeux et de toutes les oreilles?

— Mais l'observé est aussi observateur et dans l'observation il montre une sagacité bien au-dessus de son âge.

— Qu'en est-il de ses études?

— Ah! C'est là le point faible!

— Comment cela? Ne venez-vous pas de me dire que Louis ne manque pas d'esprit?

— La faute, Madame, n'en est pas tant à l'enseigné qu'à l'enseignant. D'Yveteaux — le premier précepteur nommé par le feu roi — était un mauvais choix. Il enseignait mal un latin qu'il savait peu. En outre, il manquait de conscience. Il s'absentait souvent et ne se faisait pas remplacer. Quant aux précepteurs nommés après son départ par la reine, ils sont vieils et mal allants.

— Ne m'avez-vous pas dit que le marquis d'Ancre était aussi un des premiers gentilshommes de la Chambre?

— Oui, Madame.

— Il est donc là souvent.

— Tout le rebours. Il n'apparaît qu'assez peu dans les appartements du roi. Et quand il vient, le roi étant pudique à l'extrême, il le heurte fort par son impudicité.

— Comment cela ?

— Eh bien, l'autre soir, alors que Louis s'apprêtait à se mettre au lit, voilà-t-il pas que le marquis d'Ancre s'avise de mettre la main sur le tétin de la nourrice et de dire : « Sire, il faut que les femmes qui sont à votre coucher couchent avec Monsieur d'Aiguillon qui est votre chambellan et couchent avec moi qui suis le premier gentilhomme de la Chambre. »

— Quel peu ragoûtant personnage ! Que fit le petit roi ?

— Il regarda le marquis d'Ancre avec colère, lui tourna le dos et dit entre ses dents : « Ah ! Les vilaines ! » Remarquez que même en son ire, il resta maître de lui, car au lieu de dire : « Ah ! Le vilain ! » il dit « Ah ! Les vilaines ! » comme s'il attribuait aux chambrières la salacité de Concini.

— En effet, il semble qu'il y ait là quelque finesse. Il ménage le marquis.

— Lequel, Madame, ne le ménage guère, le traitant avec la dernière désinvolture et le prenant à part soi pour un idiot.

— N'est-ce pas pure folie de la part de cet outrecuidant ?

— La suite le dira.

— Si j'entends bien votre récit, Monsieur, vous êtes en passe de devenir le favori du roi.

— Non, Madame, je suis un des amis du roi, je ne suis pas son favori. Son favori, c'est Luynes.

— Qui est Luynes ?

— Son oiseleur.

— Et qu'en est-il de ce personnage ?

— Pardonnez-moi, Madame, je n'en suis pas encore là. Pour l'instant, il me faut mettre un terme à notre bec à bec et prendre congé de vous, si charmante que vous soyez.

— Encore un petit coup de truelle !

— Encore un petit coup de griffe ! Madame, parlez-moi à cœur ouvert : Aimez-vous mon petit roi ?

— Je suis de lui tout à plein raffolée. J'eusse tant voulu le prendre dans mes bras pour le consoler de son gros chagrin !

— Hélas ! Ce gros chagrin, belle lectrice, ne sera pas le seul en cette année 1611.

Quant à moi, je vécus plusieurs mois dans l'insufférable anxiété de l'attente, laquelle ne fut guère assuagée quand Bassompierre revint d'Heidelberg, portant des nouvelles qui n'étaient ni franchement bonnes ni tout à plein mauvaises.

— Ah ! Mon beau neveu ! dit-il en me jetant le bras par-dessus mon épaule et en me parlant à sa manière taquinante. Vivre dans ces petites principautés calvinistes allemandes, c'est souffrir mille morts ! La grisaille et le froid se conjuguent avec le docte sérieux germanique, l'austérité des mœurs, l'absence de toute conversation polie, l'indifférence aux arts et l'obsession du péché pour vous faire envisager la vie comme une morne routine de devoirs prescrits. Cartes, dés, danses, ballets, opéras, comédies et jusqu'au simple badinage, tout est proscrit ! Et si vous osez conter fleurette à une dame, elle vous regarde avec autant d'effarement que si Belzébuth lui-même sortait tout exprès de l'Enfer pour l'emporter dans les flammes.

— Et Madame de Lichtenberg ?

— J'y viens, mon beau neveu, ne soyez donc pas si impatient ! Savez-vous quel est l'amusement majeur des gentilshommes palatins ? Ils s'assoient autour d'un de leurs poêles en faïence, leurs jambes bottées allongées devant eux, fument de longues pipes blanches bourrées de tabac, boivent pot sur pot et se racontent leurs parties de chasse. Quant aux dames, elles attendent dans un salon voisin que ce délicieux divertissement de leurs maris soit terminé, lesquels maris, n'en voyant pas l'utilité, ne leur adressent vraiment la parole que pour leur dire une fois l'an : « Ma chère, étendez-vous là ! Je vais vous faire un enfant ! »

— Et Madame de Lichtenberg ?

— J'y viens !... Elle est entrée à la parfin en possession de son héritage et les ministres de Frédéric V ont autorisé son départ pour la France, mais Frédéric V, qui a quatorze ans, et veut prouver son autorité, vient d'interdire ledit départ. Mais à mon sentiment, dès qu'il aura dompté ses ministres, et affirmé son empire, il lèvera cette interdiction, d'abord parce qu'elle est sans cause, ensuite parce que Ulrike est sa cousine et enfin, parce qu'elle est fort défendue par sa puissante famille.

Lentement et lourdement le printemps et l'été s'écoulèrent sans amener le retour de Madame de Lichtenberg. Et notre correspondance elle-même devint des plus contraintes du fait que d'après Bassompierre, la *Gräfin* soupçonnait que ses lettres et les miennes étaient ouvertes. En fait, je sus plus tard qu'elle ne se trompait pas et que Frédéric V avait instauré une censure de la poste en son Etat, montrant déjà en ses jeunes années le caractère despotique et démesuré qui devait, en son âge mûr, amener sa perte.

Je passais assez souvent à cheval rue des Bourbons devant l'hôtel de Madame de Lichtenberg et observais que les fenêtres du premier étage étaient tantôt closes et tantôt décloses : ce qui ne voulait rien dire, car Von Beck et le domestique logeaient sans doute au-dessous et aéraient, ou n'aéraient pas, selon le temps qu'il faisait. Mais comme la vue de ce logis à chaque fois me serrait le cœur et que pour rien au monde je n'aurais voulu déroger une deuxième fois à ma dignité en frappant à la porte piétonne et déranger Von Beck, je décidai une bonne fois pour toutes de cesser ces mélancoliques pèlerinages, étant bien assuré que ma *Gräfin* ne faillirait pas à m'appeler auprès d'elle dès qu'elle adviendrait en Paris. Mais même de cela je doutais parfois et même de son amour, ses lettres, en raison de la censure, étant courtes, et les miennes ne valant pas mieux, car sur la recommandation de Bassompierre, je lui écrivais avec la plus grande retenue, quoique avec des élans et des larmes qu'elle n'eût pu deviner à parcourir des yeux des façons de dire si froides et si correctes.

Il me semblait parfois que l'absence, la distance et le peu d'épanchement de nos lettres allaient peu à peu geler en moi la sève de mon amour et m'ôter même à la longue mon intérêt pour le *gentil sesso* [1].

Je faillis un jour à trouver le plaisir au cours de mes siestes avec Louison et j'en fus assez humilié pour en toucher un mot à mon père. Il me serra à soi et me dit avec un sourire :

— Ne vous en troublez pas ! C'est la tête qui gouverne ce genre de choses. Vous êtes amoureux ailleurs, voilà tout !

De toute façon, mon père me confortait prou en ces mésaises et mélancolies pour la raison que s'il m'arrivait de perdre foi en la venue de Madame de Lichtenberg, sa confiance ne branlait pas d'un pouce. « On voit bien, disait-il, que vous ne savez pas encore ce que c'est qu'une femme amoureuse. Pour rejoindre son amant, elle passerait fer et feu ! »

La Dieu merci, la *Gräfin* n'eut pas à passer fer et feu, mais deux frontières, l'une côté Palatinat et l'autre côté France par la magie de stupides parchemins qui pour la première lui avaient coûté tant de démarches et pour la seconde, tant de pécunes. Mais cela ne se fit qu'au début novembre, alors que de nouveau l'hiver et le froid s'étaient installés à Paris avec leur amie la mort, à laquelle les plus pauvres payaient toujours le plus lourd tribut.

Le neuf novembre, comme je prenais ma repue de onze heures en mon logis du Champ Fleuri avec le seul La Surie (mon père visitant sa seigneurie du Chêne Rogneux à Montfort-l'Amaury), advint un vas-y-dire qui me remit un petit billet des plus laconiques et des plus bouleversants.

« Mon ami,

« Je serais des plus heureuses si vous me pouviez visiter ce jour rue des Bourbons sur le coup des trois heures de l'après-midi.

« Votre servante,

Ulrike. »

1. Le beau sexe (ital.).

J'eusse pâmé si, à me voir perdre mes couleurs, La Surie ne m'avait fait boire une lampée de vin qui me remit la cervelle à peu près droite. Je fus pourtant un moment avant que de retrouver tout à fait mes sens. La Surie me parlait, je ne l'oyais pas. Et le petit vas-y-dire me ramentevant que je devais lui bailler une réponse, je fus un moment avant de lui pouvoir parler. A la parfin, cette folie s'apaisa, mais point tout à fait car je dis, ou plutôt je criai au vas-y-dire : « C'est oui ! C'est un million de oui ! » Et lui donnant une forte brassée, tout barbouillé et peu ragoûtant qu'il fût, je lui baillai un écu pour sa course de retour. Ce qui fit gronder La Surie, dès que le galapian eut tourné les talons. Je n'en eus cure et je l'embrassai aussi, le serrant comme fol contre moi. Puis le quittant, je courus à ma chambre et me jetai sur mon lit.

Les minutes me parurent siècles, qui me séparèrent de ces trois heures de l'après-midi. J'envisageai ma montre-horloge comme si mon regard farouche avait eu le pouvoir de faire avancer les aiguilles et, par magique conséquence, le temps. Cette montre-horloge était un récent et fastueux présent de Madame de Guise dans lequel mon père trouvait qu'il y avait « un peu trop de luxe » parce que le boîtier à l'extérieur était enrichi de pierreries. Mais je l'aimais pour l'amour de la donatrice et aussi pour la raison que le même boîtier, quand on l'ouvrait, découvrait à l'intérieur la peinture d'une scène bucolique où le berger Céladon étreignait la belle Astrée dont il avait été si longtemps et si cruellement séparé par les ruses des méchants. Toutefois, influencé quoi que j'en eusse par l'huguenoterie de mon père, je ne portais pas cette montre-horloge en sautoir comme la mode en était alors, mais dans l'emmanchure de mon pourpoint. A la parfin, quand je crus le moment venu, je me levai d'un bond, je fis toilette, revêtis ma plus belle vêture et criant par ma fenêtre qui donnait sur la cour qu'on eût à seller mon cheval et qu'on secouât La Barge, le pendard étant sans doute engagé à conter fleurette à nos chambrières, je me plantai devant mon miroir et me coiffai avec soin. Je me souvins alors que la première fois que j'avais visité Madame de Lichtenberg, j'avais interrompu ma sieste pour demander à Toinon de me friser le cheveu. Ce qu'elle fit par jaleuseté, très à contrecœur, me lardant d'amers et piquants propos.

Par malheur, j'avais calculé bien trop large le temps qu'il me fallait et je parvins rue des Bourbons devant l'hôtel de la *Gräfin* un quart d'heure avant trois heures. J'en fus désolé comme d'un mauvais présage et me souvenant combien les maîtresses de maison détestaient qu'on arrivât avant l'heure qu'elles avaient prescrite, je tournai bride, m'engageai dans la rue Saint-André-des-Arts et de là passai le Pont Saint-Michel en flânant, démontant même pour admirer un collier d'or à la devanture d'un orfèvre puis, me remettant en selle, passai devant la Sainte-Chapelle et m'attardant quelque peu dans le jardin du roi, je fis signe à La Barge de se mettre au botte à botte avec moi et entrepris, à ma manière, de le catéchiser.

— La Barge, dis-je, chez cette haute dame que nous visitons, il faudra que tu mettes un bœuf sur ta langue et que tu n'aies des oreilles que pour ne pas ouïr et des yeux que pour ne pas voir.

— Et pourquoi donc, Monsieur le Chevalier ?

— Pour la raison que tous, dans le domestique, ne sont pas de la même religion que nous.

— Comment, Monsieur le Chevalier ! dit La Barge. Sont-ce des juifs aussi ?

— Nenni, ils sont huguenots.

— Cela ne vaut pas mieux, dit La Barge.

Je remis à plus tard le soin de défanatiser mon page sur les hérétiques, qu'ils fussent juifs ou calvinistes, et je parai au plus pressé.

— En résumé, La Barge, dis-je avec fermeté, point de parlote céans avec le domestique, ni au confessionnal plus tard avec ton confesseur ! Suis-je un bon maître pour toi, La Barge ?

— Ah ! Il n'en est pas de meilleur, Monsieur ! dit La Barge avec chaleur.

— Adonc garde-le !

— Le pourrais-je perdre, Monsieur ? dit La Barge avec effroi.

— Point du tout, si tu retiens cette règle en ta cervelle : tu te dois de m'être fidèle, comme je le suis à mes amis, dont Madame de Lichtenberg est la plus proche.

— Monsieur le Chevalier, dit-il gravement, je m'en souviendrai.

Qu'elle fût prête ou non, une haute dame à Paris m'eût fait me morfondre une bonne demi-heure avant de me laisser parvenir jusqu'à elle. Mais Madame de Lichtenberg, bien qu'elle ne manquât pas, par ailleurs, de cette délicate adresse qui rend le commerce des femmes si agréable, n'avait pas de ces mesquines coquetteries par lesquelles nos dames de cour entendent marquer à la fois leur rang, et le pouvoir dont elles se flattent sur nos tant faibles cœurs. Elle me reçut dès que j'eus mis le pied dans son hôtel et mieux même, les premiers compliments échangés, elle me dit tout uniment :

— N'est-ce pas vous que j'ai aperçu par la fenêtre passer à cheval dans ma rue il y a un quart d'heure, suivi d'un page ? Vous eussiez pu toquer alors à mon huis. J'étais prête et je vous attendais.

Cet aveu si dénué d'artifice m'enchanta. Et d'autant plus qu'il fut articulé avec une retenue qui ne m'engageait pas à en abuser.

Cependant, j'envisageais la *Gräfin* sans dire un mot. Les compliments avaient absorbé mon courage, mes jambes tremblaient sous moi. Et comme de son côté elle me rendait regard pour regard sans piper, le silence, bien qu'au début fort délicieux, finit par devenir trop lourd pour être toléré. Elle prit sur elle de le rompre avec ce naturel qui était la chose au monde que j'avais toujours admirée chez elle.

— Monsieur, dit-elle, vous vous souvenez sans doute qu'à trois heures je suis accoutumée à prendre une collation, laquelle nous avons si souvent partagée quand vous étiez mon élève. Vous plaît-il que nous renouions avec cette aimable habitude ?

Je parvins à lui dire que j'en serais ravi. Elle sonna, un valet apparut, portant une table basse sur laquelle se trouvaient un petit carafon de vin, des petites galettes rondes et un petit pot de porcelaine de Saxe contenant de la confiture. Madame de Lichtenberg s'assit sur une chaire à bras et sur un signe d'elle le valet approcha une escabelle pour m'accommoder et se retira avec des révérences auxquelles la maîtresse du lieu répondit par un signe de tête poli, ce que n'eût jamais fait la duchesse de Guise à qui on avait appris en ses enfances que les valets, laquais et chambrières ne possédaient pas assez de réalité pour qu'on pût les connaître ou les reconnaître.

Ce goûter ne nous rendit pas plus bavards, mais nous apprivoisa à notre silence, du fait que Madame de Lichtenberg, étendant de la confiture sur une galette qui m'était destinée, apportait à cette tâche un soin si méticuleux qu'il la dispensait de paroles et du même coup moi-même, puisque je savais qu'elle allait d'un moment à l'autre me tendre sur une assiette mon pain quotidien.

J'avais le sentiment que cette collation me faisait retourner si miraculeusement en arrière qu'elle supprimait notre longue séparation et que nous ne faisions que reprendre les gestes, les attitudes et les occupations de la veille ou de l'avant-veille. Cependant, tandis que je couvais des yeux la bonne Samaritaine, bien conscient qu'elle n'avait aucunement besoin des siens pour sentir ma présence à ses côtés, à force de la considérer, au bout d'un moment, il ne m'échappa point que le temps écoulé l'avait changée.

J'observai alors des détails que dans le trouble extrême de nos retrouvailles, je n'avais pas de prime notés. Elle était mise avec beaucoup plus d'élégance que par le passé, portant non de la serge, mais un corps de cotte de satin et un vertugadin de même tissu brodé de petites fleurs. Ses doigts comptaient plus d'une bague, alors que jusque-là son austérité ne lui en avait permis qu'une seule. Elle n'avait point changé sa coiffure qu'elle portait haute, bouffante et dégagée du front, mais sur ses luxuriants cheveux noirs elle avait jeté une résille dont le fin filet d'or comportait çà et là des perles. D'autres perles composaient le collier qui ornait maintenant son cou : ce qui m'étonna davantage, car je n'avais jamais vu là qu'une fine chaîne d'or qui soutenait à son extrémité un cœur et une clef brisée, symbole désolé de son veuvage. En outre, elle était parfumée — je ne dirais pas autant que les dames de la Cour de France qui, à vous approcher d'elles, vous asphyxient par les senteurs dont elles se vaporisent — mais assez cependant pour que je m'en aperçusse. Et enfin, pendant au lobe de ses oreilles des boucles d'or brillaient qui par moments me parurent osciller de droite et de gauche sans que je pusse deviner de prime la source de ce mouvement. J'observai ma *Gräfin* plus avidement encore. Son visage était immobile, ses mouvements, mesurés et ses mains demeuraient fermes et adroites, tandis qu'elle tartinait ma galette. Ses boucles d'oreilles, seules, trahissaient son émotion. Elles oscillaient imperceptiblement, alors même que pas un souffle d'air ne passait dans le cabinet calfeutré où si près l'un de l'autre nous étions assis.

De mon côté, il y avait loin du béjaune qui, deux ans plus tôt, s'asseyait auprès de la *Gräfin* pour prendre sa leçon d'allemand, à celui que j'étais devenu grâce à la faveur de Madame de Guise et à la libéralité inouïe de mon père : un officier de la Maison du roi. Je ne m'en paonnais point, assurément, sachant bien que l'honneur avait pour ainsi dire précédé le mérite, et que le mérite aurait, par conséquent, à rattraper l'honneur, par les services que je rendrais à mon maître. Mais cette charge qui m'apportait à la fois une fonction très estimée, une pension très considérable et un appartement au Louvre, me conférait une indépendance et une dignité qui me permettaient d'échapper pour toujours à ma condition d'écolier perpétuel et de cadet bâtard d'une grande maison. Encore une fois, je ne me haussais pas le bec de cette grandeur nouvelle, mais j'en avais le sentiment et il ne laissait pas que de percer, je gage, dans mon *habitus corporis* [1]. Que Madame de Lichtenberg en nos retrouvailles en ait senti quelques nuances et les ait voulu préciser, c'est

1. Ma façon d'être (lat.).

ce qui apparut de prime dans la tournure qu'elle choisit de donner à notre entretien.

— Mon ami, dit-elle en m'embarrassant les mains d'une petite assiette qui portait la galette ronde tartinée avec tant de soin, quel âge avez-vous donc de présent ?

— Dix-neuf ans.

— Vous avez grandi, il me semble, de deux pouces au moins, car je ne me souviens pas que votre taille, il y a deux ans, ait dépassé la mienne.

— Vous n'errez point, Madame, j'ai grandi.

— Et vous avez l'air aussi beaucoup plus mûr et sûr de vous. Bassompierre m'a appris votre prodigieux avancement à la Cour.

— Je le dois tout entier à mon père.

Je ne mentionnai pas Madame de Guise, me ramentevant qu'une ou deux fois la *Gräfin* avait trahi une certaine jalousie à l'endroit de ma marraine.

— Mais vous en serez digne, dit-elle, j'en suis certaine. Vous avez de grands talents.

— J'ai eu de bons maîtres, Madame, dis-je avec un sourire.

Elle sourit aussi.

— Et vous avez, m'a-t-on dit, un appartement au Louvre : c'est un grand honneur !

— Me ferez-vous le grand plaisir de m'y venir visiter ?

— Hélas ! dit-elle, cela ne se peut ! J'ai vécu depuis mon veuvage très retirée et je ne me propose pas sur ce point de rien changer à ma vie.

Ce « sur ce point » lui échappa. Il me donna un frémissement qu'elle aperçut et qui, après coup, lui fit monter au visage une petite rougeur qui se répandit lentement sur ses joues et, chose remarquable, que je n'ai jamais vue que chez elle, sur son cou et une partie de son décolleté. Je baissai aussitôt les yeux sur ma galette, feignant de n'avoir pas remarqué son trouble et au bout d'un moment elle reprit d'une voix quelque peu étouffée :

— Comment avez-vous meublé votre appartement ?

— Madame de Guise m'a donné ce qu'elle appelle ses « rebuts ».

— Comment va-t-elle ? dit-elle, plus polie que véritablement amicale.

— Fort bien, bien qu'elle se croie mourante de temps à autre.

— Et votre demi-sœur, la princesse de Conti, que vous admirez tant ?

— Ah ! Je suis à ce jour plus ménager de mes admirations ! dis-je, sentant qu'elle se déchirait, là aussi sans raison, à cette petite pointe-là.

— N'aviez-vous pas une cousine née Caumont parmi les demoiselles de la reine ?

— Si fait, Mademoiselle de Fonlebon. A ce que j'ai ouï, elle se marie ces jours-ci avec un gentilhomme entre deux âges, aussi riche qu'elle-même.

— Le défunt roi ne vous avait-il pas promis de relever pour vous le titre de duc d'Aumale, si vous épousiez la fille du duc déchu ?

— Il l'avait promis aussi à Bassompierre, dis-je avec un sourire, et Bassompierre a *aussi* décliné cette offre. Pour moi, je ne me propose pas de m'ensevelir dans le mariage avant d'être barbon.

— Et pourquoi cela ?

— J'ai conçu le projet de me vouer à un plus urgent devoir.

— Et ce devoir, quel est-il ?

— Servir le roi.

Bien que je n'eusse trahi aucune impatience à cette inquisition, Madame de Lichtenberg dut sentir qu'en la poursuivant, elle irait quelque peu dans l'excès et, opérant une diversion, posa d'un ton plus neutre une ou deux questions dont les réponses, sans nul doute, l'intéressaient beaucoup moins.

— Votre charge de premier gentilhomme vous oblige-t-elle à être présent tous les jours auprès du roi ?

— Je vois le roi tous les jours, mais non tout le jour. Je ne l'accompagne ni aux offices religieux, ni à la chasse, ce qui étant donné le nombre d'heures que, par plaisir ou par contrainte, il consacre à ces occupations, me laisse de grands loisirs.

— Couchez-vous tous les soirs dans votre appartement du Louvre ?

— Je n'y suis pas tenu, mais je le fais.

— J'imagine que vous avez des domestiques.

— J'en ai deux.

Cette réponse laconique faillant à la satisfaire, Madame de Lichtenberg reprit :

— Et en quelle capacité vous servent-ils ?

— Mon page me sert à la fois de vas-y-dire, d'écuyer et de laquais et j'ai aussi une chambrière qui tient mon ménage et fait ma cuisine.

Se voulant cette fois donner le temps de la réflexion, la *Gräfin* prit sur la petite table qui se dressait à nos genoux le carafon de vin et remplit ma coupe. Mais me voyant les mains embarrassées par l'assiette et la galette non entamée, elle ne fut pas sans entendre que ses questions ne m'avaient pas laissé le loisir de manger et, prise de quelque apparence de remords, elle posa la coupe sur la table et demeura silencieuse. Mais comme de mon côté je m'abstenais de porter la galette à ma bouche, sachant bien que nous venions de toucher à un abcès de quelque conséquence et qu'il allait falloir débrider, notre commun silence devint tout soudain beaucoup plus lourd qu'elle ne l'aurait désiré. Sa respiration se fit quelque peu haletante et ses boucles d'oreilles frémirent de plus belle. Elle dut s'apercevoir de ce petit tremblement, car elle porta la main du côté où je pouvais voir un des deux bijoux et la posa sur lui comme pour calmer son émoi. Ce geste me toucha infiniment et une impulsion soudaine et passionnée me prit qui me poussa à l'aider à tenir ce scalpel qui allait trancher dans ma propre vie pour me rapprocher de la sienne.

— Madame, dis-je d'une voix basse et sérieuse, si vous désirez me poser quelque question sur cette chambrière, de grâce, faites-le. Je me sens trop engagé à conquérir votre amitié pour ne pas vous répondre là-dessus à la franche marguerite.

— Mon ami, je vous remercie, dit-elle en se recomposant.

Et elle reprit, après un nouveau silence, son débit se précipitant quelque peu :

— Quel âge a cette chambrière ?

— Une vingtaine d'années.
— Quand l'avez-vous engagée ?
— Après votre départ pour Heidelberg.
— Où couchent vos gens ?
— Mon page sur un matelas dans un cabinet attenant à ma chambre et ma chambrière sur un matelas dans la pièce à recevoir. Pendant la journée, les deux matelas sont rangés dans le cabinet.
— Comment s'appelle votre page ?
— La Barge.
— Et votre chambrière ?
— Louison.
— Votre première chambrière, si bien je m'en ramentois, s'appelait Toinon. Et si j'ai bonne mémoire, elle avait été élevée dans le sérail des « nièces » de Bassompierre ? Louison est-elle un pain de ce fournil-là ?
— Nenni.
— Etes-vous toujours accoutumé à faire la sieste après la repue du midi ?
— Oui, Madame.
Il y eut un long silence comme si la *Gräfin* avait peine à prononcer la question qui, depuis le début de cet entretien, lui brûlait les lèvres :
— Monsieur, dit-elle enfin d'un ton glacé, Louison ne fait-elle que votre lit ou le défait-elle aussi avec vous ?
— Elle le défait aussi avec moi.
— Mon ami, reprit Madame de Lichtenberg après un nouveau silence, vous avez laissé paraître à mon endroit des sentiments si obligeants avant mon départ pour Heidelberg et vous me les avez laissé entendre tant de fois dans vos lettres — l'admirable régularité de votre courrier m'assurant de la sincérité de vos protestations — que j'aimerais, si vous m'y autorisiez, vous bailler un avis, un seul, mais des plus pressants.
— Madame, je suis avide de l'ouïr.
— Je pense, Monsieur, qu'il serait convenable, eu égard à ce que sont nos relations et à ce qu'elles pourraient devenir, que vous renvoyiez cette chambrière au logis de votre père et que vous engagiez un valet pour la remplacer.

— Ce sera fait demain.

— Dès demain ?

— Dès demain, Madame.

Madame de Lichtenberg accota dos et tête contre le dossier de sa chaire à bras, poussa un soupir et eut l'air si épuisé que je craignis qu'elle ne pâmât. Comme avait fait La Surie pour moi le matin même, je pris alors la coupe de vin qu'elle avait préparée pour moi et je la lui tendis. Elle la but d'un trait et un peu de couleur revint à ses joues.

— Mon ami, dit-elle au bout d'un moment, je n'aurai jamais assez de mots pour vous remercier de votre patience, de votre courtoisie, de votre franchise. Cet entretien cœur à cœur a levé d'un coup tous les doutes que j'avais pu nourrir durant ma longue absence. Il me paraît à moi-même presque cruel maintenant d'interrompre ce bec à bec, alors même qu'il m'a tant apporté. Mais Monsieur, pardonnez-moi, je suis fort lasse et je me sens mal remise de mon long voyage.

Elle se leva en disant cela et comme elle chancelait, j'osai la prendre dans mes bras. Elle s'y abandonna et renversant sa tête charmante en arrière, elle me tendit ses lèvres. Et encore que son vertugadin m'empêchât de la serrer contre moi autant que je l'eusse voulu, jamais baiser ne fut plus ardemment donné, ni mieux rendu.

Je sentais bien toutefois qu'étant donné le grand émeuvement dont elle était travaillée et qui apparaissait dans ses grands yeux noirs brillants de larmes, je serais bien mal avisé de presser les choses et qu'il y faudrait ménager des degrés et des étapes pour ne point brusquer sa tendresse. Et en effet, au bout d'un moment, elle se reprit, s'écartant de moi quelque peu, mais me tenant encore les deux mains comme si elle était bien résolue à me voir jeter l'ancre à son côté et contre son flanc, afin que nous fussions à jamais comme deux vaisseaux mouillés bord à bord.

— Aimez-moi toujours, dit-elle d'un ton qui était tout ensemble impérieux et suppliant.

Elle me lâcha alors les mains et ce fut seulement

pour passer son bras sous le mien et prendre possession de mon poignet sur lequel, comme un timonier sur sa barre, elle exerça des petits mouvements continuels pour me diriger. Je connaissais bien le chemin qu'elle me faisait suivre pour l'avoir pris cent fois avec elle avant notre séparation. Elle conduisait nos pas vers le grand salon où, comme autrefois, elle allait me laisser aux bons offices de son *maggiordomo*.

— Devons-nous déjà nous quitter? dis-je dans un soupir.

— Jusqu'à demain trois heures, dit-elle à voix basse. D'ailleurs, je ne vous quitte pas. J'ai besoin d'être seule pendant une nuit et un jour, pour me livrer à mes fièvres et à mes songes. De grâce, laissez-les-moi.

CHAPITRE VI

Devant souper avec mon père le soir qui suivit mon entretien avec la *Gräfin,* je décidai de coucher aussi au logis pour non point retourner au Louvre à la nuitée, les rues de Paris étant peu sûres. Les mauvais garçons y commettaient mille truanderies et jusqu'à voler, sous le défunt roi, à la barbe du guet, un carrosse, lequel attendait devant l'hôtel du financier Zamet que notre Henri eût terminé une partie de cartes, où assurément il gagna, mais point assez pour compenser la perte de son équipage.

Bien que retrouvant comme toujours avec joie le logis de mes jeunes ans, je ne pus de la nuit trouver le sommeil, tant mon entrevue avec Madame de Lichtenberg m'avait agité.

J'étais déjà dans les délices. Et l'œil clos ou déclos, c'était tout un : je voyais ma *Gräfin* partout, j'oyais la musique de sa voix, je humais son parfum, je me faisais des revues et dénombrements de ses belles qualités. Et comme elle remplissait tout l'horizon de ma vie, laquelle était devenue sur terre déjà en mes songes un petit paradis dont la propriété m'était à jamais assurée — si un bon génie m'était alors venu dire que ma *Gräfin* comptait aussi l'immortalité au nombre de ses vertus, à peu que je l'eusse cru.

Mais la méchantise de la fatalité, qui avait infligé déjà tant de délais et de retardements à mes vœux les plus chers, me poursuivit derechef sous la forme du même petit vas-y-dire dont j'avais baisé la veille les joues barbouillées, lequel m'apporta un billet où Madame de Lichtenberg me disait qu'elle s'était réveillée avec une fièvre et une toux qui la forçaient de remettre notre rendez-vous de l'après-midi.

Elle me priait, faisant peu confiance aux médecins parisiens, de demander à mon père de la venir examiner. Ce que je fis sur l'heure, et le pleur quasi au bord des cils, tant déjà je la croyais mourante, après l'avoir supposée immortelle. « Je serais fort étonné que ce fût grave, dit mon père, la dame étant bâtie comme votre marraine, à chaux et à sable. » Néanmoins, faisant seller son cheval et suivi de Pissebœuf et d'un page, il partit quasiment à la minute.

Je tournais et virais en la librairie, très décontenancé par ce nouveau coup et l'inquiétude me rongeant le cœur. Mais à la parfin, un peu de sagesse me revint et, incapable de m'attacher à un livre, je me fis apporter par Poussevent une de nos arquebuses et la posant de prime sur une table, j'entrepris de la curer, gardant l'œil sur ma montre-horloge pour calculer le temps que j'y mettais.

Tout soudain, un grand tohu-bohu éclata dans la cour, où j'allai jeter un œil par les verrières. C'était le carrosse de Madame de Guise. « Eh quoi ! pensai-je, hors de mes sens, si tôt ! Et sans prévenir ! Et mon père qui n'est pas au logis ! Et comment oserais-je jamais lui dire qu'il est allé soigner une dame, elle dont la jaleuseté est toujours en éveil ! Et Margot qu'il faut incontinent mettre au secret ! Et moi-même qui suis échevelé, la barbe hirsute, sans pourpoint et les mains graisseuses ! »

Je courus prévenir Margot d'avoir à se clore en sa chambre comme souris en son trou. Mais Franz m'avait déjà devancé et il n'eut que le temps de redescendre en trombe du deuxième étage pour accueillir la duchesse sur notre seuil.

Elle échangea à peine quelques mots avec lui, le bouscula pour entrer, monta à l'étage noble quasi courant, suivie de Noémie de Sobole, fit irruption dans la librairie et, sans répondre à mon salut, elle me dit, ou plutôt elle me cria de but en blanc :

— Où est votre père ?

— Il est allé porter ses soins, Madame, à un gentilhomme de ses amis.

— A un gentilhomme, vraiment ?

— Oui, Madame.

— A un gentilhomme ou à une gentille dame ?

— A un gentilhomme, Madame.

— Et quelle sorte de soins était-ce là ?

— Médicaux, Madame.

— Le marquis de Siorac, chevalier du Saint-Esprit, va à domicile soigner les mal allants comme un faquin de médicastre ! As-tu ouï cela, Noémie ?

— Oui, Madame.

— N'est-ce pas honteux ?

— C'est honteux, Madame, dit Noémie.

— Madame, dis-je, mon père vous a soignée en votre hôtel pour une entorse et l'a fort soulagée par d'habiles massages.

— C'est qu'il m'aimait alors ! dit Madame de Guise.

— Et il a guéri Noémie à domicile d'un refroidissement de poitrine.

La duchesse haussa les épaules.

— Naturellement, il est toujours là, quand il s'agit de tâter le tétin d'une garce, fût-il défaillant !

— Madame, dit Noémie avec quelque indignation, mon tétin n'est pas défaillant.

— Taisez-vous, sotte caillette ! Et comment se nomme, Monsieur, ce gentilhomme que votre père est allé soigner à domicile, monté sur une mule comme les médecins ses pairs ?

— Madame, il n'était pas monté sur une mule, mais sur sa belle jument baie et suivi d'un soldat et d'un page.

— Peu importe la jument ! Répondez-moi ! Comment se nomme ce gentilhomme ?

J'hésitai. Je ne voulais ni inventer un nom, ni prêter à une personne connue un mal imaginaire.

— Mon père n'a pas pris le temps de me le préciser, dis-je à la fin. Il était fort pressé.

Mais ma marraine sentit ma réticence et aussitôt pointant ses piques vers moi, elle me tomba sus.

— Et vous, Monsieur, pouvez-vous me dire comment on vous nomme ? Etes-vous bien le chevalier de Siorac, premier gentilhomme de la Chambre ? Ou un ouvrier mécanique occupé à tâche vile, le cheveu hirsute et les mains graisseuses ?

— Sa Majesté, dis-je, curant elle-même ses arquebuses, je ne crois pas avoir tort en l'imitant.

— Eh si ! Monsieur ! Vous avez tort ! rétorqua la duchesse d'un air hautain. Et d'abord de me parler sur ce ton ! Et ensuite d'imiter Louis dans ce qu'il a de pire, s'abaissant à faire le maçon, le jardinier, l'armurier et autres viles occupations mécaniques qui ne sont, pour le roi de France, que des turlupinades !

Je connaissais la chanson. On la chantait sur tous les tons chez la régente, aux fins de la rehausser en rabaissant le roi. Mais trouvant le moment mal choisi pour y contredire, je résolus de rompre les chiens.

— Madame, dis-je, j'ai honte en effet de vous recevoir en l'appareil où me voilà. Me permettez-vous de quérir de vous mon congé et de ne réapparaître à vos yeux qu'après avoir fait toilette ?

— Allez, Monsieur, allez ! dit-elle très à la fureur. J'ai horreur de vous voir comme vous voilà fait !

Je m'inclinai, sortis à la hâte et courus mander à Franz d'aller se poster devant notre porte piétonne pour dire à mon père, dès son retour, d'avoir à inventer *ad usum Ducissae* [1] le nom du gentilhomme qu'il était allé visiter.

La Dieu merci, rien ne faillit de ce plan-là. Madame de Guise, sa jaleuseté fort éveillée par l'ennemi imaginaire du dehors, ne soupçonna pas l'existence de la rivale du dedans. Et je n'avais pas laissé non plus ses âcres soupçons s'égarer du côté de mon innocente

1. A l'usage de la duchesse (lat.).

Gräfin à qui, étant si proche de la régente, elle eût pu faire tant de mal.

Quant au gentilhomme égrotant, mon père eut à peine à mentir, car la veille il était allé voir et le devait revoir ce jour, à *L'Auberge de l'Ecu Troué*, le baron de Salignac (ami et commensal en Périgord de mon grand-père le baron de Mespech), lequel souffrait d'un dérèglement des boyaux.

— Et comment va, osai-je lui demander devant Madame de Guise, l'honnête gentilhomme ?

— Ce n'est rien, dit mon père d'un air de n'y point toucher : Pour peu qu'on ne le saigne pas et qu'on ne lui baille pas médecine, il se rétablira de soi. Dans trois jours il sera sur pied.

Le gouverneur de Louis, Monsieur de Souvré, était un grand, gros homme point tout à fait aussi vaniteux et pompeux que le grand chambellan mais tout du même fort épais tant par le corps que par l'esprit, sans méchanceté, mais sans finesse, vantard, imbu de lui-même, tatillon, borné, protocolaire, et passablement enfantin sans rien entendre à l'enfant dont il avait la charge, quoiqu'il l'aimât. Il est vrai que Louis n'était point un garcelet facile, étant vif, coléreux, opiniâtre et dans les occasions, impertinent. Mais il avait le cœur si tendre et l'âme si prompte à s'affectionner que si Monsieur de Souvré l'avait attaqué par ce biais-là avec assez d'adresse pour lui expliquer ses commandements au lieu de les lui imposer, il n'aurait eu qu'assez peu souvent maille à partir avec lui.

Je me souviens que du vivant du feu roi, alors que j'allais sur l'ordre de son père visiter Louis, je le trouvai un jour occupé à faire rouler des billes le long de la cannelure de son bougeoir en faisant semblant de croire que ces billes étaient des soldats. Sur quoi, Monsieur de Souvré s'impatienta de ce divertissement et lui dit :

— Monsieur (Louis n'était encore que le dauphin), vous vous amusez à des jeux d'enfant.

— Mais, Monsieur de Souvré, dit Louis, ce sont des soldats et non un jeu d'enfant !

— Monsieur, reprit Monsieur de Souvré, vous serez toujours en enfance !

Eh quoi ! m'apensai-je, Monsieur de Souvré a-t-il donc oublié ses maillots et enfances ? A quoi jouait donc, à huit ans et demi (c'était l'âge qu'avait alors Louis), cet arbitre absolu du convenable et du disconvenable ? Le fils d'un roi, à huit ans et demi, devrait-il déjà être adulte ? Et doit-on lui faire honte, parce qu'il s'imagine que ses billes sont des soldats ? N'est-ce pas tout justement le traiter en enfant, alors même qu'on lui reproche de l'être ?

Quoi de plus pertinent dès lors, de lui rétorquer, comme fit Louis :

— En enfance ? C'est vous qui m'y tenez !

J'eus envie, je le confesse, de hucher à gorge déployée : « Bien répondu, Louis ! » mais comme bien le sait le lecteur, la Cour n'est pas un lieu où l'on peut dire le quart du dixième de ce que l'on pense.

Cette scène, comme j'ai dit, se passait sous le règne du feu roi mais un an plus tard, sous la régence, l'enfantillage de Louis devint l'Evangile, le dogme et le credo de la reine, du Conchine et de la Conchinasse, des ministres, de la Cour et de Monsieur de Souvré, quoique chez lui ce fût plutôt routine que méchantise. Or, rien n'irritait plus Louis que cette antienne dont il percevait bien la source et les implications. Il en faisait de vifs reproches à son gouverneur :

— Vous ne m'aimez pas, aujourd'hui, Monsieur ! lui disait-il. Vous m'avez dit que j'étais un enfant !

Mais Monsieur de Souvré avait le cuir trop épais pour que ce reproche pût le percer. Et il reprit encore cet éternel refrain, tant est que Louis, en août 1612, si bien je m'en ramentois, décida de fouiller dans ses coffres, d'y prendre ses petits jouets, et de les envoyer à *Monsieur* [1] par un de ses valets de chambre. Toute-

1. Il s'agit de son frère Nicolas. L'usage était d'appeler *Monsieur* et *Madame* respectivement l'aîné des cadets ou l'aînée des cadettes. Quand Nicolas mourut, Gaston devint à son tour *Monsieur*.

fois, il en garda quelques-uns par-devers lui. Si bien que Monsieur de Souvré eut l'occasion, quelques jours plus tard, de le reprendre encore, quoique d'une façon plus douce.

— Sire, ne voulez-vous pas quitter ces jeux d'enfant ? Vous êtes déjà si grand !

A quoi, pris de quelque repentance, non d'avoir joué, mais d'avoir failli à son implicite promesse, Louis répondit :

— *Moussu* de Souvré, je le veux bien. Mais il faut que je fasse quelque chose ! Dites-le-moi ! Je le ferai !

Combien typique de Louis me parut cette requête, lui qui pleurait quand il se réveillait tard le matin, tant il craignait qu'on le crût paresseux. Et paresseux, il ne l'était pas assurément, mais de son naturel fort actif et se voulant toujours occupé, point par des offices religieux interminables, des sermons longuissimes, des confessions qui duraient une heure, des « exhortations » à l'infini, ou du latin à qui, disait-il, « il faisait la barbe et bien ras »...

Des trois précepteurs qu'il eut en succession, d'Yveteaux, Nicolas Lefèvre et Fleurance, le seul qui réussit à le captiver fut le dernier qui lui enseignait les mathématiques et par elles, les éléments de l'artillerie, lesquels le préparaient justement à ce qu'il aspirait à être de tout son cœur : un roi-soldat comme son père.

J'ai toujours pensé, à part moi, que si on eût vraiment voulu le former à son futur métier et le tenir instruit d'une manière qui eût convenu à son âge des affaires de l'Etat, avec ce qu'il y eût fallu de connaissances historiques et géographiques sur la France et sur les royaumes voisins, on eût fait de lui sans peine un bon élève, car à tout ce qui l'intéressait vraiment, il se donnait à fond. Mais on était bien loin du compte. Sous le prétexte qu'il n'était qu'un enfant, et un « enfant enfantissime », on le puérilisait davantage en lui cachant tout, y compris ce qui touchait de plus près à son avenir.

J'en eus la preuve l'après-dînée du jour où j'appris, la mort dans l'âme, que ma *Gräfin* était dolente et fiévreuse en sa couche. Mais, avant que j'en fasse le récit, plaise au lecteur de me permettre de lui dire ce qui se passa entre Louison et moi quand, au début de cette après-dînée, au retour du logis de mon père, je lui baillai son congé, comme je m'y étais engagé la veille.

Blonde caillette qu'elle était, faite au moule, l'œil bleu, la joue rose, le nez retroussé, elle m'émut sans que j'y pusse rien et je lui parlai avec tant de tendresse qu'elle fut un moment avant d'entendre mon propos. Mais la compréhension lui en venant enfin, pâle, béante, interdite, elle m'envisagea un long moment sans mot piper et l'œil quasi hors de l'orbite, comme si je l'eusse condamnée à la corde. Puis reprenant à la parfin vent et haleine, elle me dit d'une voix entrecoupée de sanglots :

— Ha Monsieur ! Que vous ai-je fait pour que vous me rebutiez ainsi ? Vous ai-je été infidèle ? Vous ai-je volé ? Vous ai-je mal servi ?

— Ah ! Ma Louison ! dis-je, bien le rebours ! Tu fus parfaite en toutes tes capacités et je ne pense et je n'ai à dire de toi que du bien...

— Faut-il donc que vous me jetiez à la rue sans qu'il y ait eu faute de mon fait ?

— Mais Louison, dis-je, tu ne m'as pas bien ouï. Je ne te jette pas à la rue : je te renvoie à notre logis du Champ Fleuri.

— Mais c'est bien pis ! s'écria-t-elle avec passion. Et que va-t-on dire de moi dans le domestique ? Moi que vous avez haussée si haut en me faisant coucher dans la Maison du roi et en le cabinet de votre chambre où la nuit, quand je ne dormais pas, je vous écoutais respirer.

Eh oui, belle lectrice ! Vous m'y prenez, le rouge au front ! J'avais menti à ma *Gräfin* sur un point au moins : c'était La Barge qui dormait en ma salle à recevoir, et en mon cabinet Louison, laquelle, tous les matins, ayant fait sa toilette, me venait réveiller doucement en ma couche avec les mille enchériments que lui dictait son gentil naturel. Et n'est-ce pas une observation un peu triste que, même avec ceux que nous aimons le plus, nous sommes portés à dissimuler d'aucunes circonstances, pour ce qu'elles les pourraient blesser ?

— Louison, repris-je, comment notre domestique pourrait-il médire de toi, puisque tu retournes en l'emploi de mon père qui le premier t'engagea?

— Ah Monsieur! dit-elle, les larmes coulant de ses yeux bleus, grosses comme des pois, que pensera-t-on de moi quand j'aurai perdu la gloire de coucher au Louvre et d'appartenir à un premier gentilhomme de la Chambre?

Elle dit cela très joliment, s'étant frottée chez la duchesse d'Angoulême à un monde où le bien-dire et les bonnes façons (sinon les bonnes pensées) étaient avant tout prisés.

— Et encore, dit-elle, toujours pleurant, ce n'est pas tout! Il y a beau temps, Monsieur, que je n'ai pas laissé d'apercevoir que vous n'aviez point tant appétit à moi que de prime et que vous étiez amoureux ailleurs.

— Tu ne te trompais point.

— Et de qui, Monsieur? Me voulez-vous pas permettre de vous le demander?

— D'une haute dame.

— Ah! Voilà qui me conforte un peu! dit-elle avec un soupir. Je n'eusse pas supporté que vous le fussiez devenu d'une garcelette de mon acabit. Monsieur, allez-vous épouser votre haute dame?

— Nenni, cela ne se peut.

— Eh quoi! dit-elle, un peu rebroussée, allez-vous vivre continuellement avec elle dans le péché?

— N'est-ce pas ainsi que je vivais avec toi? dis-je avec un sourire.

— Ah! Mais avec moi ce n'était pas tout du même, Monsieur! Je ne suis qu'une chambrière!

Cette théologie-là me parut quelque peu étrange, qui voulait que le degré du péché dépendît du rang. Mais prenant avantage du fait qu'elle parlait mariage, je décidai de porter ses pensées de ce côté-là plutôt que sur son passé avec moi.

— Mais toi-même, Louison, dis-je doucement, étant jeune et bien faite, tu te marieras un jour et je te doterai alors décemment, comme j'ai toujours dit que je ferai, pour te remercier de tes infinies gentillesses.

— La grand merci à vous, Monsieur, dit-elle avec élan.

Puis s'étant songé un temps en elle-même, elle reprit :

— Mais Monsieur, si vous ne deviez pas la trouver trop impertinente, j'aimerais m'autoriser de vos bontés pour vous adresser une requête.

— Et quelle est-elle ?

— J'aimerais avoir un objet de vous, fût-il bien petit, qui me rappelât le temps où je fus pour vous ce que vous savez.

Je lui tournais alors le dos et je fis quelques pas dans la pièce, me voulant donner le temps de la réflexion.

— Monsieur, dit-elle, êtes-vous fâché ?

— Non point. Je réfléchis.

Or, je savais fort bien le présent que je lui pourrais donner qui lui plairait le plus. Lorsqu'à l'eau et au savon elle nettoyait mes bagues — tâche qui lui plaisait et à laquelle elle mettait bien plus de temps qu'il n'eût fallu — elle aimait passer à son annulaire un anneau d'or orné d'un rubis que je portais parfois au petit doigt de la main gauche. La Surie m'avait fait don de ce bijou. Mais pensant que je pourrais demander à un orfèvre d'en faire une copie, assez différente pour qu'elle ne désobligeât pas le chevalier, je lui dis d'être patiente et que je l'allais faire. Elle me jeta alors ses bras frais autour du cou et se serra contre moi avec une chaleur qui m'inspira des sentiments où j'eusse pu discerner quelques regrets peut-être, si j'avais consenti à m'y attarder. Mais, me désenlaçant presque aussitôt de son étreinte, je lui dis que j'avais à la quitter sur l'heure, me devant rendre chez le roi sans tant languir.

Dès que cet anneau fut fait par un orfèvre du Pont Saint-Michel, je le remis à Louison en notre logis du Champ Fleuri, et elle le reçut aussi solennellement et avec autant de joie que si le roi lui avait conféré la croix de l'Ordre du Saint-Esprit. Elle ne fut pas, depuis, un seul jour sans le porter, le considérant comme une sorte de mémento des moments glorieux qu'elle avait passés au Louvre, où, comme elle aimait à le rebattre à son entourage, elle avait dormi « sous le même toit que Sa Majesté ».

Pour la remplacer en ses fonctions ménagères et culinaires, mon père me donna le meilleur des gâte-sauce de notre cuisinier Caboche, lequel se nommait Jean Robin, garçon fort propre et habile assez en son art et qui s'entendait bien avec La Barge pour la raison qu'étant d'humeur modeste et taciturne, il lui laissait tenir le dé sans mot piper.

⁂

Le petit roi était à son latin quand je parvins dans ses appartements, son précepteur Nicolas Lefèvre lui faisant réviser ses verbes irréguliers.

— Sire, dit le précepteur que ce morne devoir paraissait ennuyer tout le premier, quel est le prétérit du verbe *pello,* pousser ?

— *Pepuli,* dit Louis.

— A la bonne heure, Sire, dit le précepteur, quasi étonné. Celui-là au moins, vous le savez.

— Mais c'est un si joli mot que *pepuli !* dit Louis. Il est si doux ! Je l'aime tant !...

Je vis Monsieur de Souvré sourire à ce qu'il tenait pour un enfantillage (ou comme disait la reine, *una bambinata*) mais que je tenais, moi, pour un amour du langage dont un bon pédagogue se serait servi pour apprendre à Louis le latin par l'étude des vers les plus musicaux de Virgile ou d'Ovide, au lieu de le tympaniser par de sempiternelles déclinaisons.

La leçon de latin finie, Louis qui m'avait aperçu, je gage, dès mon advenue dans ses appartements, mais avait fait mine de ne point me voir (prenant soin de ne point me montrer trop de faveur pour les raisons que l'on sait), s'avisa de remarquer que j'étais présent.

— Ah ! Monsieur de Siorac ! Vous *vela !*

Bien qu'il parlât encore qui-ci qui-là avec un léger bégaiement (qui toutefois s'intensifiait sous le coup d'une vive émotion), il n'y avait plus trace de prononciation enfantine dans son langage sauf, précisément, dans le mot *vela,* sans que je puisse être bien assuré que ce fût là prononciation puérile, ayant observé que sa nourrice Doundoun disait aussi *vela.*

— Je suis tout dévoué à vos ordres, Sire, dis-je en m'avançant pour me génuflexer devant lui et baiser la petite main qu'il me tendait.

— Eh bien ! Monsieur de Siorac ! dit-il, avez-vous curé votre arquebuse comme vous aviez dit que vous feriez ?

— Oui, Sire.

— Et combien de temps y avez-vous mis ?

— Cinq minutes, Sire.

— Ah ! Je fais mieux ! dit Louis en se mettant debout avec pétulance : Or sus, Descluseaux ! Courez déverrouiller mon cabinet des armes ! Monsieur de Siorac, allons-y ! Je veux vous montrer ce que je sais faire !

En me précédant, Louis monta quatre à quatre les degrés qui menaient au deuxième étage sur les traces de Descluseaux. Toutefois, dès que la porte fut ouverte, Louis la referma sur nous, laissant Descluseaux dehors. Il retira alors, non sans mal, sa « grosse Vitry » du râtelier aux armes et la posant sur une table, ou plus exactement sur un établi qui se trouvait là, il entreprit de la curer.

Il est de fait que, montre-horloge en main, il y employa moitié moins de temps que je n'en avais mis. Je me gardai bien toutefois de lui faire observer que sa « grosse Vitry » — objet de tous ses soins et de ceux de Descluseaux — avait peut-être moins besoin d'être nettoyée que les arquebuses du Champ Fleuri. Louis triompha donc, mais avec gentillesse, allant même jusqu'à me consoler de ma défaite, arguant que j'avais moins de pratique que lui à cet ouvrage.

Tandis qu'il faisait cette remarque généreuse, il essuyait ses mains tachées de graisse avec un chiffon et quand il se fut tu, il me sembla qu'il mettait plus de temps à ce nettoiement qu'il n'eût fallu, gardant les yeux baissés et l'air à la fois vergogné et hésitant, comme s'il balançait à poursuivre l'entretien. Tant est qu'à la fin, je me décidai à lui dire, sur le ton de la plaisanterie, que si Sa Majesté me permettait de gager avec Elle une deuxième fois, je gagerais qu'elle avait quelque question à me poser...

— Et cette fois vous auriez gagné, *Sioac!* dit-il en ne prononçant par l'« r » de mon nom, comme il faisait en ses enfances, et comme il faisait encore quand nous étions seuls, pour me témoigner son affection.

Il me considéra alors de ses grands yeux noirs qui étaient bien ce qu'il y avait de plus beau dans son visage, lequel tenait de son père un nez bourbonien et de sa mère une longue mâchoire qui s'était arrêtée juste en deçà de la galoche.

— *Sioac,* reprit-il, est-il vrai qu'on me veut marier?

— Oui, Sire, cela est vrai.

— Eh quoi! dit-il d'une voix tremblante, à dix ans? Et avec qui?

— Avec une infante espagnole, Sire.

Une expression de frayeur et de dégoût apparut alors dans ses yeux noirs. Dans le silence qui suivit, je me demandai si cette vive émotion lui était venue de la peur des filles dont il avait déjà donné maintes preuves, ou de l'idée d'épouser une infante, alors qu'en tant d'occasions il avait laissé paraître une remarquable fidélité aux sentiments anti-espagnols de son père. Je m'apensai plus tard qu'il n'était pas nécessaire d'envisager cette alternative : il était plus que probable que les deux raisons se conjuguaient.

— De qui le tenez-vous? dit-il en se recomposant.

— De Madame de Guise.

Il fit « oui » de la tête comme pour opiner que la source, en effet, était sûre et je poursuivis :

— L'affaire a fait l'objet d'une longue négociation, Sire, la reine votre mère désirant pour vous l'aînée des infantes et l'Espagne ne voulant vous bailler que la cadette.

— Quelle insolence! dit Louis entre ses dents.

Il reprit :

— Et depuis quand négocie-t-on?

— La négociation a commencé dès la mort du roi votre père.

— Mon père avait, en effet, d'autres projets pour moi...

Il dit cela avec une amertume et une tristesse qui me serrèrent le cœur. En même temps, je ne laissais pas d'être étonné qu'il eût appris ce qu'il en était des intentions du défunt roi. Car peu de gens savaient à la Cour que quelques semaines avant d'être assassiné, Henri IV avait employé Bassompierre dans une négociation secrète dont le but était de mander au duc régnant de Lorraine la main de sa fille pour Louis.

Louis reprit après un moment :

— Et pour l'heure, *Sioac,* où en est-on ?

— L'Espagne a enfin consenti à donner l'aînée et Madame de Guise m'en a parlé comme d'une affaire conclue.

Louis, les yeux baissés, demeura un instant sans bouger ni piper. Puis, se redressant, il ouvrit les yeux, haussa le bec et dit d'un ton de décision :

— Il n'y a donc pas remède.

Puis, me posant la main sur l'avant-bras, il me dit à mi-voix :

— *Sioac,* ne vous offensez pas si de trois à quatre jours, je ne m'aperçois point de votre présence chez moi. Vous en savez bien la raison.

J'allais lui répliquer, quand on frappa à la porte du cabinet aux armes et une voix pompeuse s'éleva derrière l'épais panneau de chêne :

— Sire, c'est votre grand chambellan !

— Entrez, Monsieur d'Aiguillon, dit Louis qui, reprenant le chiffon, fit mine de s'en essuyer les mains derechef.

La bedondaine imposante du grand chambellan pénétra la première dans le cabinet, suivie des vastes doubles mentons sur lesquels reposaient les bajoues de sa noble tête.

— Sire, dit-il en s'inclinant avec plus de souplesse que je ne m'y serais attendu, Sa Majesté la reine demande que vous veniez sur l'heure la visiter.

— Eh bien ! Me *vela !* dit Louis en posant le chiffon sur le râtelier qui portait les arquebuses. Monsieur de Siorac, viendrez-vous ? reprit-il en se tournant vers moi.

— Monsieur de Siorac n'a pas le choix, dit le grand

chambellan avec une majesté écrasante. Etant le seul premier gentilhomme de la Chambre présent à s'teure dans vos appartements, le protocole lui commande, Sire, de vous accompagner.

— Croyez bien, Sire, que rien ne pourrait m'agréer davantage, dis-je en faisant le courtisan.

Le roi ne se rendait pas, en effet, chez la reine sa mère en batifolant. Il y fallait du protocole. En tête marchait le grand chambellan qui, pour ainsi dire, ouvrait respectueusement la marche à Sa Majesté en se dandinant sur ses énormes hanches. Ensuite, venait le roi lui-même qui paraissait, dans le sillage de Monsieur d'Aiguillon, si petit et si fragile. Derrière lui son gouverneur, Monsieur de Souvré, et le sous-gouverneur, Monsieur Despréaux. Derrière eux, un des quatre premiers gentilshommes de la Chambre, moi-même en l'occurrence. Derrière moi, le médecin Héroard et le précepteur Lefèvre. Derrière eux, Monsieur de Berlinghen et un page. Et enfin, fermant la marche, et tout à fait par exception — le grand chambellan ne s'étant pas aperçu qu'il nous avait emboîté le pas — le nain du roi, qui se donnait grand-peine pour retenir le petit chien Vaillant lequel, étranger à tout sentiment de bienséance, tirait furieusement sur sa laisse pour rejoindre son maître.

La reine était dans son cabinet devant sa collation (qui, comme celle de ma *Gräfin,* se composait de confiture, de galettes et de vin), entourée de ses intimes amies : ma bonne marraine, la duchesse de Guise; sa fille, la princesse de Conti; sa belle-fille, autre duchesse de Guise, mais celle-ci régnante (si tant est que sa niaiserie lui permît de régner sur qui que ce fût); la comtesse d'Auvergne (l'épouse du prisonnier de la Bastille) et la marquise de Guercheville, la beauté mûrissante qui m'avait donné La Barge. Assistant à la collation de la régente sans pouvoir y prendre part, elles jouissaient du moins du privilège d'être assises sur des tabourets.

Mais quant aux jeunes et jolies demoiselles d'honneur sans lesquelles ces hautes dames eussent tenu pour déshonorant de se déplacer, elles se trouvaient, faute de place, plantées en un rigoureux alignement devant les tapisseries des murs. A les examiner au passage, comme je ne manquai pas de faire, elles portaient toutes un air languissant et mélancolique qui leur donnait un attrait romanesque, mais qui, à ce que je supposais, était dû à ce que leurs pauvres jambes devaient leur rentrer dans le corps, du fait de leur station debout et de leur interminable immobilité.

Quoi qu'il en fût, et qu'elles fussent debout ou assises, dames ou demoiselles emplissaient la pièce d'une telle abondance d'amples vertugadins que l'essaim masculin qui amenait le roi à la reine sa mère eut le plus grand mal à se frayer un chemin à travers les corolles de ces vêtures multicolores. Et d'autant plus que la régente et ces hautes dames, à la vue du roi, se levèrent à l'unisson pour s'évaser devant lui en de profondes révérences qui remplirent le peu d'espace que nous pouvions encore occuper. Le pire, toutefois, fut évité quand Madame de Guercheville, dont le grand usage de la Cour ne se trouvait jamais en défaut, fit signe aux demoiselles d'honneur de demeurer collées à leurs tapisseries sans saluer Sa Majesté autrement qu'en inclinant la tête.

La reine se rassit avec cet air revêche et rebéqué qu'elle prenait pour de la grandeur et se remit incontinent à sa collation, comme si elle oubliait que son fils et souverain se tenait debout devant elle. Elle était superbement attifurée en satin et perles avec une grande collerette en point de Venise piquée de diamants qui se relevait derrière sa nuque et lui eût donné un air véritablement royal, si un éclair d'humanité avait pu faire briller ses yeux et arracher un sourire aimable à la lèvre boudeuse et protubérante qu'elle avait héritée des Habsbourg.

Tandis qu'elle poursuivait sa collation avec sa morgue coutumière, je tâchai de me rapprocher du roi en progressant le long des murs grâce à la complicité des demoiselles d'honneur qui voulurent bien, mon œil les en priant, comprimer leurs vertugadins pour me laisser un passage. Tant est que je parvins enfin à me placer assez avant pour voir à la fois, se faisant face, et animés de sentiments bien différents, la mère et le fils.

S'étant enfin rassasiée, la reine donna à lécher ses doigts à sa petite chienne Bichette, laquelle lapa de sa petite langue rose tout ce qu'elle y trouva de confiture. Après quoi, d'un bond, elle sauta sans façon sur les genoux de sa maîtresse et s'assit dans son giron. Elle était blanche, frisottée, avec de petits yeux noirs, assurément plus brillants et plus vifs que ceux de sa maîtresse, lesquels elle tournait nerveusement sur les nouveaux venus avec un air d'extrême vigilance.

La reine posa sa main alourdie de bagues sur la tête de Bichette et la caressa entre les deux oreilles en lui disant d'une voix douce de se rassurer et qu'il n'y avait là que des amis. Cette douceur m'étonna, tant la reine avait la réputation d'être froide et distante avec les bipèdes qui l'entouraient.

Pendant tout ce temps, elle n'avait pas une seule fois regardé le roi, lequel, les yeux fixés sur Bichette, ne la regardait pas non plus.

A cet instant, Vaillant, que personne n'avait jusque-là aperçu, tant parce qu'il était entré le dernier avec le nain qu'en raison de sa petitesse — car il n'était guère plus grand que Bichette — s'arracha à la laisse qui le tenait et, se faufilant au premier plan, se planta devant la reine, poussa un aboiement bref et rauque à l'adresse de Bichette et s'assit sur son arrière-train, l'œil fixé sur elle d'un air attentif, comme s'il attendait une réponse.

— Voilà un joli petit chien, dit la reine d'un air attendri. Qu'en pensez-vous, Catherine? poursuivit-elle en se tournant vers la duchesse de Guise.

— En effet, Votre Majesté, dit ma bonne marraine, il est fort joli.

— Nous le pourrions peut-être marier avec Bichette, dit la reine avec le dernier sérieux.

— Ce serait une heureuse idée, dit Madame de Guise qui, lisant dans mon œil que Louis ne serait peut-être pas fort satisfait de céder à sa mère son chien favori, reprit tout aussitôt : Du moins pour la taille, car pour la race, il y faudrait voir de plus près.

— Nous verrons donc, dit la reine.

Et reportant ses yeux de Vaillant sur son fils, elle fixa sur lui ses yeux pâles et inexpressifs et lui dit d'un ton rechigné :

— Comment vous en va, Monsieur mon fils ?

— Bien, Madame, je vous remercie.

— Héroard, dit la reine d'une voix morne et ennuyée, comment va le roi ?

— Bien, Votre Majesté, dit Héroard avec un grand salut.

— Et comment vont vos études, Monsieur mon fils ?

— Assez bien, Madame, dit Louis.

— Lefèvre ?

— Assez bien, Madame, dit Lefèvre avec un grand salut.

— Il faut étudier, Monsieur, dit la reine qui n'avait jamais réussi, quant à elle, à lire un livre jusqu'au bout.

— Oui, Madame, dit Louis.

La reine demeura un moment silencieuse, comme si elle ne se rappelait plus à quel propos elle avait prié son fils de la venir visiter. Elle fronçait sur ses yeux à fleur de tête ses sourcils d'un blond blanchâtre et quasi invisibles et paraissait faire un vif effort pour fouiller sa mémoire. Mais cet effort devait lui coûter, car en même temps, l'expression d'ennui revêche que portait son visage parut s'accentuer.

— Monsieur mon fils, dit-elle en se redressant, comme si elle avait enfin retrouvé dans sa confuse cervelle la raison de cet entretien, Monsieur mon fils, la chose est simple : je vous veux marier.

Après notre entretien, Louis avait dû se remparer à l'avance contre ce coup-là, car son visage demeura impassible.

— Oui, Madame, dit-il sur le ton du respect.

— Eh bien, reprit la reine, qui préférez-vous épouser : l'Angleterre ou l'Espagne ?

Il y eut chez les hautes dames qui se trouvaient là et qui toutes avaient pourtant une grande expérience des brouilleries de la Cour, une sorte de surprise involontaire devant la peu ragoûtante hypocrisie de cette question qui proposait à Louis un choix, alors qu'il était déjà fait. Et plus d'une y dut voir, comme moi-même, un piège pour amener Louis à prononcer, voire à trahir, une préférence qui ne pouvait être que politique, puisqu'il n'avait jamais jeté l'œil sur une princesse anglaise ni sur une infante espagnole. En y pensant plus tard un peu plus outre, je conclus que la reine n'avait point assez de finesse pour avoir imaginé seule ce traquenard et qu'il lui avait été soufflé par les marquis d'Ancre.

Quoi qu'il en fût, cette question insidieuse posée, tous les yeux se fichèrent sur le roi en l'attente de ce qu'il allait dire. Cette attente fut déçue. Il ne dit ni mot ni miette. Il se contenta de sourire.

Toutefois, un instant plus tard, il se tourna vers Monsieur d'Angés (dont je ne sus jamais pourquoi il se trouvait là, n'appartenant ni au roi ni à la reine-mère) et lui dit : « Espagne ! Espagne ! » comme si à la réflexion, il s'était décidé à contenter sa mère sans toutefois s'adresser à elle.

Son silence, son sourire et tout soudain cette exclamation outrée qui prenait à témoin quelqu'un qui lui était visiblement étranger, produisirent un certain malaise dans l'assistance et plus encore sur la reine qui eut l'air de sentir quelque dérision secrète dans cette conduite, car elle se renfrogna davantage, fronça le sourcil et avança sa lippe dans une moue pleine de morgue.

— En un mot, mon fils, dit-elle d'un ton hautain, je vous veux marier. Le voulez-vous bien ?

— Je le veux bien, Madame, dit Louis, aussi mécaniquement que s'il récitait une leçon.

Cette feinte soumission exaspéra la reine. Elle prit une inspiration profonde et prononça sur le ton le plus écrasant :

— Toutefois, vous ne sauriez faire encore des enfants !

— Je ne l'ignore pas, Madame, dit Louis. Excusez-moi.

— Et comment le savez-vous ? dit la reine, comme

si c'eût été un crime de le savoir, alors qu'elle venait de le lui dire.

— Monsieur de Souvré me l'a appris.

A cela il n'y avait rien à reprendre et la reine se tut, laissant tomber un silence qui était aussi gênant pour elle qu'avait été pénible pour l'assistance l'humiliation qu'elle avait tâché d'infliger en public au roi sans y réussir tout à fait.

On pensait en avoir fini avec cette noise qu'elle cherchait à son fils quand, reprenant la parole, elle lui dit du ton le plus froid :

— Je veux que vous alliez demain à Saint-Germain-en-Laye visiter *Monsieur.* Il est fort mal allant.

Le coup, cette fois, surprit Louis hors de ses gardes. Il ne put s'empêcher de montrer son trouble, ayant toujours ressenti affection et compassion pour ce frère maladif.

— Nicolas est fort mal allant? s'écria-t-il en pâlissant.

— C'est pourquoi vous l'irez voir demain, dit la reine en se levant pour lui signifier son congé.

Imitée par les hautes dames qui étaient là, la reine-mère fit au roi de France une profonde révérence à laquelle il répondit par un profond salut et, précédé par le grand chambellan, il sortit.

Il était fort pâle et sa lèvre inférieure tremblait. Toutefois, il réussit à ne pas pleurer, du moins tant qu'il fut avec nous.

Le lendemain qui était un treize novembre, Louis ne put partir pour Saint-Germain-en-Laye pour visiter le pauvre Nicolas : Paris était sous la neige. Il y en avait déjà un bon pied dans les rues, ce qui laissait mal augurer du chemin qui menait à Saint-Germain, lequel passait par les marais et les bois du Vésinet et imposait en outre qu'on mît le carrosse royal sur un bac pour traverser la rivière de Seine : opération déjà délicate par beau temps, mais qui le devenait davantage, quand la neige sur l'embarcadère s'était changée en bouillie sous les sabots des chevaux.

Louis, qui en ses chasses se faisait une gloire de braver les intempéries, comme son père le roi-soldat avait fait en ses guerres, pria ardemment qu'on commandât son carrosse. Mais Monsieur de Souvré, qui n'avait pas les mêmes raisons que lui de se montrer héroïque, remit au lendemain un voyage qui, par temps sec, prenait déjà trois heures, et prendrait près du double sur des routes enneigées sans compter les périls qu'il ferait courir à son pupille et à lui-même.

Je balançai à demeurer au Louvre, mais comme Louis m'avait prévenu qu'il ne m'adresserait pas la parole de trois à quatre jours pour les raisons que l'on sait, je décidai de passer les froidures dans le cocon de ma famille et ordonnai à La Barge de seller nos chevaux, laissant Robin seul, et point tant marri de l'être, en mon appartement du Louvre.

Mon cuisinier Robin était un hardi ribaud des montagnes d'Auvergne, point grand, mais musculeux, l'œil noir, le poil brun et le mollet sec. A mon départir, comme je faisais toujours, je le garnis d'une épée et d'un pistolet chargé et pourquoi je le remparai ainsi, je le vais dire : chose honteuse et à peine crédible, au Louvre même s'introduisaient voleurs, tire-laine et crocheteurs de serrures, comme on le vit bien deux ans plus tard (en février 1613) quand de mauvais garçons qu'on n'attrapa jamais parvinrent à pénétrer dans les appartements de la régente et lui dérobèrent une grande partie de ses splendides vêtures.

Comme je savais que Robin était autant porté sur le cotillon que sur la gueule, je lui recommandai à chaque fois en le quittant, de ne le courir que chez moi, en mon petit cabinet. On dira que je n'attachais Robin à mes lares domestiques qu'aux dépens des vertus ancillaires, mais celles des chambrières du Louvre étant non moins vacillantes que celles de leurs maîtresses, je n'y avais pas trop scrupule. Et d'autant que Robin traitait sa belle avec la plus grande gentillesse, partageant avec elle son rôt et sa repue. Or, la difficulté majeure au Louvre, sauf pour la régente, le roi et les Grands, étant de se nourrir, j'imagine que pour la pauvrette, la perspective d'une franche lippée, arrosée d'un flacon de vin de Cahors, devait ajouter beaucoup aux charmes de mon Robin.

Il y a de prime un avantage et ensuite un désavantage à ce que tombe la neige à Paris. Elle recouvre la croûte nauséabonde du sol d'un capiton si épais et si virginal qu'elle en dérobe à la fois la vue et la fétidité. Mais hélas, quand elle fond, elle forme avec cette même croûte une infecte bouillie noire dont la puanteur est insufférable et dont la consistance est si fatale aux chevaux que ce n'est pas miracle si les charrois circulent peu alors dans la capitale, raréfiant du même coup l'arrivée des fagots et des vivres.

Toutefois, en notre hôtel où règne la prévoyance huguenote de mon père, il ne manque jamais de pain en notre huche ni de bois en notre bûcher. Et dans la cheminée de la librairie un grand feu brûlait haut et clair vers lequel j'étendis mes bottes l'une après l'autre.

Le visage joyeux, mon père et La Surie entrèrent comme j'achevais de me dégourdir et me donnèrent, qui l'un, qui l'autre, une forte brassée, tant ils étaient heureux de me voir et moi eux, alors même qu'il ne se passait pas de semaine sans que je vinsse les visiter. Mariette nous vint annoncer le déjeuner que mon père lui fit servir sur place pour profiter du beau feu crépitant et Mariette ne faillit pas de demander des nouvelles de « notre petit roi », lesquelles je lui peignis en rose, réservant pour mon père et La Surie le vrai de la chanson.

J'achevais ce triste conte quand apparut, annoncé par Franz, un petit vas-y-dire que je connaissais bien et mon cœur battit tant à le reconnaître que je demeurai comme interdit.

— Eh bien, mon fils ! dit mon père. Lisez donc ce billet ! Il requiert une réponse, si je ne m'abuse.

En même temps, il donna au petit vas-y-dire un sol, une tranche de pain et un morceau de fromage et l'ayant garni de ces trésors, le fit s'asseoir au *cantou* dans la cheminée.

Pour moi, je tirai du côté des verrières et je dépliai le poulet.

« Mon ami,

« Par l'effet des bonnes curations de Monsieur votre père, à qui grâces en soient rendues, me voici quasiment rétablie. La fièvre m'a quittée, mais je suis faible encore, et pour non point rattraper mal, je garde la chambre et le lit, n'ayant qu'un grand feu pour me tenir compagnie. Si vous consentiez à venir visiter ce jour sur les deux heures de l'après-dînée une pauvre dolente, elle vous en aurait la plus grande gratitude.
« Votre dévouée servante,

Ulrike. »

— Monsieur mon père, dis-je en me retournant, Madame de Lichtenberg vous remercie de vos bonnes curations.
— Eh bien, dit mon père avec un petit sourire, elle s'est rebiscoulée plus vite encore que je n'aurais cru. Irez-vous la voir cette après-dînée ?
— Elle m'y invite.
— Vous plaît-il de prendre le carrosse ? reprit-il aussitôt, il y fait moins froid qu'à cheval et pour moi, je ne compte pas bouger de céans.
— La grand merci à vous, Monsieur mon père, mais peut-être le chevalier...
— Nenni, nenni, dit La Surie, je ne bougerai pas non plus.
Le petit vas-y-dire avait fini son pain sans en perdre une miette et son fromage, croûte comprise. Mais mon père lui donna encore un peu de vin chaud pour faire descendre le tout, tandis que je rédigeais pour ma *Gräfin* le billet qu'il lui devait rapporter.

« Madame,

« Je suis hors de mes sens à l'idée de vous voir plus vite que je ne l'aurais espéré. Plaise à vous de prévenir Herr Von Beck que je me présenterai en carrosse devant votre porte cochère sur le coup de deux heures. J'avoue que je regarde avec une furieuse jalousie ce petit vas-y-dire qui, vous portant ce mot, aura l'inouï bonheur de vous voir quatre longues heures avant moi.

« Votre dévoué serviteur,

Pierre-Emmanuel de Siorac. »

De gros flocons aveuglants tombaient d'un invisible ciel et les rues étaient comme par magie quasi désertes, quand notre cocher Lachaise, le nez bouché dans son manteau, me conduisit très à la prudence rue des Bourbons, laquelle j'atteignis juste comme l'horloge de Saint-Germain-des-Prés sonnait deux heures sur un ton sourd et feutré qui peut-être était dû à la neige et peut-être à mon humeur, laquelle était comme recueillie et retirée du monde.

A peine le carrosse se fut-il immobilisé devant l'hôtel de ma *Gräfin* que la porte cochère s'ouvrit, apparemment de soi, comme dans les contes de fées. La neige tombait si forte et si drue que je sentis plus que je ne vis Herr Von Beck me prendre par le bras dès que j'eus descendu les degrés du marchepied, m'oyant lui dire d'une voix qui me parut étrangère à moi-même de prendre soin du cocher et de mes chevaux. « *Gewiss! Gewiss! Herr Ritter* [1] », dit-il à mon oreille. Et sans que j'eusse le moindrement du monde l'impression de marcher ni de monter, je me retrouvai à l'étage noble, dépouillé par miracle de mon manteau et de mon chapeau, seul en pourpoint devant une porte blanche moulurée d'or dont la poignée de cuivre luisait dans la pénombre d'une façon amicale. Je toquai le panneau d'un coup de mon index recourbé. « Entrez! » dit une voix assurément plus basse que la houle de sang qui battait mes tempes.

Les rideaux de satin cramoisi obscurcissant les fenêtres, la chambre n'était éclairée que par un feu mourant et un chandelier portant un bouquet de bougies parfumées. Il se dressait sur un petit cabinet d'ébène qui jouxtait un grand lit à baldaquin, étroitement fermé sur ses trois faces par des courtines.

— Est-ce vous, Chevalier? dit la voix derrière les courtines.

1. Assurément, assurément, Monsieur le Chevalier (all.).

— C'est moi, Madame.

— Vous plaît-il de verrouiller la porte et de garnir à nouveau le feu?

Ce que je fis, mais en sens inverse de son commandement, plaçant deux bûches sur le feu et poussant ensuite le verrou lequel, bien que monumental, glissa fort facilement et avec peu de bruit dans son logement, tant sans doute il avait été bien graissé. La poignée qui le faisait mouvoir représentait une tête de chien que ma main ne put que caresser au passage, sans doute pour le remercier de veiller sur la dormeuse de ces lieux.

Toutefois, Madame de Lichtenberg était fort éveillée. Car si peu de bruit qu'eût fait le verrou, elle l'ouït et me dit de me venir mettre dans la ruelle à côté du bouquet de bougies. Ce que je fis, mais n'y voyant pas d'escabelle, je m'agenouillai sur des carreaux de velours qui se trouvaient là et restai un assez long moment le nez sur les courtines closes sans percevoir d'autre bruit que celui d'une respiration qui me parut quelque peu haletante.

— Madame, dis-je à la fin, allez-vous demeurer invisible et ne puis-je seulement vous baiser la main?

A cela elle ne répondit ni mot ni miette, peut-être simplement parce qu'elle n'était pas sûre de sa voix, étant comme interdite par ce que cette situation où nous nous trouvions comportait d'audacieux, même si c'était elle qui avait rêvé cette audace dans les longues songeries de sa courte maladie.

Comme je m'armais de patience devant sa taciturnité, croyant en deviner la cause et entendant bien que je n'avais pas intérêt à rien précipiter, sa main surgit de dessous la courtine et se tendit vers moi. Je m'en saisis et la baisai à plusieurs reprises, quoique avec douceur, tâchant de maîtriser l'avidité de mes élans. Mais même cette douceur dut lui paraître trop forte, car je sentis sa main se raidir sous mes doigts et elle la retira.

Ce retrait ne m'inquiéta pas outre mesure, car je sentais bien qu'il obéissait à la décence, ou à la pudeur (de quelque nom qu'on veuille désigner cette conduite) et non à la coquetterie, la rigueur et la gravité de Madame de Lichtenberg étant tout à plein étrangères aux petits manèges de nos Belles de cour. Cependant, comme le silence se poursuivait, je résolus de presser un peu la *Gräfin,* ne fût-ce que pour l'aider à sortir de ce que je croyais être les méandres de ses perplexités.

— Madame, il m'est, semble-t-il, interdit de vous voir et même de vous tenir la main. Pouvez-vous du moins me parler ?

— Vous avez raison, mon ami, dit-elle d'une voix basse. Je vais vous parler. Je dois vous parler. Mais je ne suis pas tout à fait prête encore. Laissez-moi un peu de temps.

— A Dieu ne plaise que je vous presse, Madame ! fis-je avec cette mauvaise foi particulière aux amants qui disent en toute innocence le contraire de ce qu'ils font.

Toutefois, le temps me dura fort, pour ce que je m'étonnais qu'elle eût tant de difficultés à accomplir des décisions qu'elle avait dû pourtant mille et mille fois méditer avant de m'appeler à son chevet. C'est du moins ce que je me disais, étant si jeune encore et croyant les femmes perdues dans des complexités, alors qu'il n'y a de compliqué en elles que les situations dans lesquelles elles se débattent et qui sont toujours beaucoup plus simples pour les hommes.

— Mon ami, dit-elle enfin, me permettez-vous de vous poser une question ?

— Mais assurément, Madame, assurément ! Ne suis-je pas tout à vous ?

Elle se tut de nouveau tandis que je bouillais d'impatience. Mais il n'y avait pas remède. Je sentais bien que je ne pouvais la presser deux fois.

— Mon ami, reprit-elle, ma question est celle-ci : avez-vous mis de l'ordre dans votre vie ?

C'est alors que j'entendis les raisons de ses atermoiements. Elle craignait que cette inquisition m'offensât, pour ce qu'elle paraissait mettre en doute le serment que je lui avais fait. Mais elle avait finalement passé outre, étant très résolue à fonder notre avenir, non sur des promesses, mais sur des certitudes.

— Madame, dis-je avec une ironie tendre, faites-vous par ces paroles allusion à Louison ?

— A qui d'autre ? dit-elle un peu sèchement, ayant ressenti l'ironie davantage que la tendresse.

Je me décidai alors à quitter mon ton de légèreté française et à lui parler avec le dernier sérieux, comme étant plus approprié à une comtesse palatine.

— Madame, dès le lendemain du jour où je vous en ai fait la promesse, j'ai renvoyé Louison chez mon père et embauché un cuisinier.

— Vous avez bien fait, Monsieur, dit-elle d'une voix étouffée.

J'ouïs alors un bruit qui ressemblait à un soupir. Qu'elle se sentît immensément soulagée, je l'imaginai sans peine, d'autant qu'étant en sa conscience si entière et si scrupuleuse, elle avait dû se tourmenter fort à Heidelberg à l'idée, et de prendre un amant, et que cet amant eût la moitié de son âge. A tout le moins voulait-elle qu'il fût fidèle, assurément par naturelle et jalouse possession, mais surtout à ce que je crois, parce qu'il y allait à ses yeux de la dignité de notre lien.

— Mon ami, dit-elle, de grâce, ouvrez les courtines de votre côté.

— Ah, Madame ! dis-je en me levant, vous me comblez ! Je ressentais jusque-là l'impression funeste de parler à une parente derrière la grille d'un couvent.

— Sauf qu'un lit n'est pas un parloir, dit-elle avec un petit rire qui soulagea de part et d'autre la tension et avait aussi l'avantage de nous ramener à des réalités plus humaines.

Je saisis la courtine à ma gauche, laquelle était de satin cramoisi comme les rideaux des fenêtres, et la tirant, j'en fis coulisser les anneaux le long de leur tringle. A la lueur des candélabres, Madame de Lichtenberg m'apparut alors, ses abondants cheveux noirs déployés sur l'oreiller autour de sa tête et vêtue d'une robe de nuit de satin bleu pâle, garnie de dentelles en point de Venise aux poignets et au col, et fermée sur le devant par des boutons de nacre. Bien qu'elle fût en négligé, elle avait dû faire quelque toilette, car j'observai que sa chevelure paraissait souple et floue, comme si on l'avait fraîchement lavée et ses paupières, ombrées d'un trait de crayon. En revanche, ses joues ne portaient aucune trace de céruse, ni ses lèvres de rouge, les unes et les autres laissant, pour ainsi dire, libre carrière à mes initiatives.

Bien que ce détail, par la préméditation qu'il paraissait trahir, me redonnât quelque courage, la beauté de ma *Gräfin* dans l'appareil où je la voyais ne laissait pas que de m'intimider. Car je me doutais bien que pour une haute dame, il fallait à l'amour des approches, des degrés et des cérémonies que ni Toinon ni Louison n'avaient jamais songé à exiger de moi. Au risque que le lecteur me taxe de ridicule, je veux parler ici à la franche marguerite. J'en étais à me poser un petit problème qui ne m'avait jamais tabusté du temps de mes chambrières : si les choses prenaient la tournure que j'espérais, à quel moment me devrais-je déshabiller, et comment ?

Madame de Lichtenberg dut lire dans mes yeux, en même temps que mes admiratifs regards, mes doutes et mes appréhensions, car elle me dit avec bonté :

— Mon ami, ne demeurez pas debout, de grâce asseyez-vous !

— Madame, dis-je, il le faudrait pouvoir. Il n'y a pas de siège dans la ruelle.

— Comment ? dit-elle. N'étiez-vous donc pas assis, quand ma courtine était close ?

— J'étais à deux genoux, Madame, dis-je, comme il convient à votre adorateur.

— Mais, mon ami, vous ne pouvez toujours m'adorer ! dit-elle avec un petit rire des plus ravissants. Il y faut à la fin plus d'égalité ! Asseyez-vous sans façon sur mon lit !

Ce que je fis et lui prenant de mon propre chef la main dans un mouvement de gratitude que je ne pus maîtriser, je la couvris de baisers, tant est que j'allais épuiser la brièveté de ce plaisir quand elle me retira ses doigts et les passant derrière ma nuque, m'attira à elle avec assez de force pour me faire perdre l'équilibre. Je tombai alors sur elle et quelle merveilleuse chute ce fut ! J'y allai alors à bride avalée, ayant maintenant tant de terrain où porter mes lèvres, des siennes au dos de ses mignonnes oreilles et de ses oreilles à son cou.

— Mon ami, me dit-elle enfin à mi-voix et une mi-voix quelque peu tremblante, vous ne pouvez demeurer ainsi. Vous étoufferez dans votre pourpoint. Allez donc vous défaire devant le feu. Et pendant que vous y serez, ajoutez donc une bûche au foyer.

J'admirai en me levant le sentiment des nuances et des convenances qu'avait Madame de Lichtenberg. Elle avait dit « défaire » et non « déshabiller ». Elle m'avait conseillé, « pour ne point étouffer », d'ôter mon « pourpoint », incluant par là sans nul doute ma vêture entière, y compris mon haut-de-chausses. Et enfin elle m'avait envoyé, pour mener à bien cette opération, devant le feu, c'est-à-dire à un endroit de la chambre où ses regards ne pouvaient gêner ma gaucherie, les courtines de ce côté du baldaquin demeurant closes.

Le temps me parut long de cette dénudation, quelque hâte que j'y misse et quand je revins me jeter dans les bras de ma *Gräfin,* je me souviens que ma patience fut mise une dernière fois à rude épreuve quand, de mes doigts tremblants, il me fallut déboutonner tous les boutons de nacre qui défendaient sa robe de nuit. Après quoi, grâce aux dieux, mes lèvres furent perdues pour toute conversation sérieuse. Ma pensée aussi. Je me trouvais dans un monde de moi jusqu'ici ignoré, bien que j'en connusse tous les rites physiques ; un monde où l'émotion transmue le plaisir en bonheur. Et celui-là me parut à ce point dépasser la condition humaine qu'à peine l'avais-je atteint que déjà je tremblais de le perdre.

⁂

Je quittai l'hôtel de la rue des Bourbons à la nuitée sans me faire trop de scrupule de ce que Lachaise et l'attelage m'eussent attendu cinq longues heures, Von Beck les ayant traités le mieux du monde. Le *maggior-*

domo palatin m'expliqua, en me raccompagnant, qu'il aimait les animaux bien plus que les hommes et lorsqu'il avait vu Lachaise à son arrivée s'inquiéter tant du bien-être de ses hongres que de vouloir les bichonner lui-même au lieu d'en laisser le soin aux valets d'écurie, il avait conçu de l'estime pour lui et avait résolu de le traiter à l'égal de ses chevaux : à eux paille fraîche et picotin, à lui chapon rôti et flacon de vin du Rhin.

De retour à mon logis du Champ Fleuri, je dormis comme souche et me réveillai le lendemain sur le coup de onze heures, les membres rompus et toutefois dispos, la tête toute pleine de ma violente amour et le cœur irrassasié de la beauté de ma *Gräfin.* Je fus surpris en me levant de ne point trouver ma chambre aussi glaciale que la veille et jetant un œil par les verrières, je vis qu'il y avait eu pendant la nuit un redoux tel et si brusque qu'il avait fondu la neige. J'en augurai que Louis partirait pour Saint-Germain-en-Laye un peu après le dîner et expédiant moi-même ma repue en quelques bouchées, je partis incontinent pour le Louvre avec La Barge.

J'eus bon nez, car à peine en les appartements du roi, Monsieur de Souvré me dit que Louis me voulait dans son carrosse avec lui-même, Héroard et Vitry. J'envoyai La Barge prévenir de mon départ mon père et Madame de Lichtenberg, n'ayant qu'une crainte : qu'il ne retournât au Louvre qu'après notre départ. Mais il y revint à temps pour monter dans le coche des chambrières de la reine, lesquelles il connaissait quasiment toutes, leur contant fleurette dans les occasions, mais sans trop de succès, étant encore si jeune et si petit. Toutefois, les badineries de mon page les ébaudissaient et elles le garnirent en chemin de plus de dragées et de massepain qu'il n'en pouvait supporter.

Notre carrosse mit trois heures et demie à franchir la distance qui sépare le Louvre de Saint-Germain-en-Laye, ce qui est prou, étant donné que c'est une des meilleures routes du royaume et de celles que Sully fit réparer en premier, pour ce qu'elle était la plus empruntée par Henri quand il allait voir ses enfants, légitimes et illégitimes, à Saint-Germain. Mais, en raison du redoux et la neige ayant inégalement fondu, elle était si boueuse et si coupée d'ornières et par endroits de congères, que c'est tout juste si les chevaux parvinrent quand et quand à prendre le petit trot. La plupart du temps, ils marchaient au pas.

Bien qu'on nous eût garnis de couvertures, de bouillottes et de chaufferettes, il faisait froid et humide dans le carrosse et aussi fort sombre en raison d'énormes nuages noirs qui bouchaient le ciel jusqu'à l'horizon. Louis, très inquiet de l'intempérie de *Monsieur*, s'acagnardait dans son coin, triste et taciturne. Et comme son gouverneur, qui s'ennuyait quand il ne parlait pas, commençait à égrener d'insipides souvenirs sur tous les méchants hivers qu'il avait connus, Louis ferma les yeux et fit mine de dormir, ce qui eut pour résultat de réduire Monsieur de Souvré au silence. Je dis que Louis en fit le semblant, car il était impossible même de s'ensommeiller, tant nous étions horriblement secoués et en danger à chaque instant que le carrosse versât.

Endoloris, fourbus et malengroins, nous parvînmes à Saint-Germain-en-Laye sur les cinq heures de l'après-midi, mais on eût dit qu'il faisait déjà nuit, tant le ciel était noir et bas au-dessus de nos têtes. Je fus assez heureux dès que j'eus quitté, à la suite du roi et de Monsieur de Souvré, notre cahotant carrosse, pour retrouver La Barge, émergeant à peine des cotillons des chambrières et je lui glissai incontinent quelques pécunes pour graisser le poignet des gens de cuisine et de l'intendance, car si les premiers gentilshommes de la Chambre étaient au château logés, rien, en revanche, n'était prévu pour les chauffer et les nourrir, tant est qu'il fallait de la rapidité, de l'entregent et des « épingles » pour se faire donner du bois et des vivres par les valets.

Comme j'achevais, j'ouïs dire que le roi, sans même attendre de se débotter, allait incontinent visiter *Monsieur;* je mis toute dignité de côté et courus après lui et le rattrapai, comme il pénétrait dans les appartements de son cadet.

Le pauvre Nicolas avait alors quatre ans. Il était né avec une tête énorme et un corps étique et rachitique, ce qui avait donné à penser aux médecins qu'il ne ferait pas de vieux os. Il avait pourtant survécu cahin-caha, plus souvent couché que debout, regardant le monde des bien-portants s'agiter autour de lui avec de grands yeux doux et mélancoliques, et apprenant toutefois à parler avec une rapidité surprenante. En fait, il s'exprimait beaucoup mieux que le dauphin à son âge, ne bégayant pas, prononçant toutes les consonnes et sa parole coulant de source.

Il dormait quand nous advînmes dans son cabinet et se réveillant au bruit que nous fîmes, il eut un brusque sursaut et entra aussitôt en convulsions avec des mouvements saccadés des bras et des jambes, des yeux révulsés et la bouche se tordant. Ce fut un spectacle à serrer le cœur, et en particulier celui de Louis, car je le vis pâlir et sa lèvre inférieure trembler. Toutefois, la crise ne dura pas et Nicolas, s'apaisant par degrés, reconnut son aîné et le considéra avec un regard des plus touchants comme s'il le remerciait d'être là. Il est vrai que, le sachant depuis sa naissance condamné, la Cour faisait fort peu de cas de lui et la reine, moins que personne.

— Bonsoir, mon frère, dit Louis.

— Bonsoir, mon petit Papa, dit Nicolas.

C'est ainsi qu'il appelait le roi depuis l'assassinat d'Henri IV.

Et il ajouta :

— Vous me faites trop d'honneur de prendre la peine de me venir voir.

Cette phrase, chez un enfant de quatre ans, me surprit par sa correction, mais je n'eus pas le loisir de m'en étonner, car ses yeux se révulsèrent, son visage grimaça et le docteur Héroard s'avançant, dit à mi-voix à Louis :

— Sire, plaise à vous de vous retirer, *Monsieur* va avoir une autre crise.

Louis pivota sur ses talons et sortit si rapidement des appartements que nous eûmes peine à le suivre, en particulier Monsieur de Souvré, que sa pesanteur fit bon dernier. Quant à moi, je rattrapai Louis comme j'avais fait déjà et à peine m'étais-je mis à son niveau qu'aussitôt je rétrogradai, car tout en marchant et quasi courant, Louis pleurait à grosses larmes et comme toujours en ces occasions, tenant que les pleurs étaient disconvenables à son royal rang, il ne voulait pas être vu. Raison pour laquelle, dès qu'il fut retourné en ses appartements, il s'enferma dans son cabinet d'études.

Sur quoi, sachant que je ne le reverrais probablement point avant son souper qu'il prenait sur le coup de six heures, je gagnai mes appartements dans l'espoir que je pourrais souper moi-même, étant quasi mourant de faim, n'ayant rien mangé ni bu depuis les quelques bouchées avalées à onze heures. J'y trouvai, en effet, bon feu, table dressée et félicitant La Barge de s'être montré si alerte et dégourdi à mon service, je l'invitai à partager ma repue, ce qui le fit rougir de bonheur, bien qu'il mangeât du bout des dents, l'estomac lui pesant encore des sucreries dont les chambrières l'avaient gavé.

Fils d'un capitaine qu'Henri Quatrième avait anobli pour sa vaillance pendant le siège d'Amiens, La Barge avait été recommandé par Sa Majesté à la marquise de Guercheville qui me l'avait donné dans les conditions que l'on sait. C'était un frisquet petit brun qui ne se ressentait en aucune manière de la modeste extraction qui était la sienne, n'ayant rien en lui de commun et bien le rebours, un visage aimable et fin, des manières polies, l'œil aiguisé, une obligeance de tous les instants et une extrême vivacité par laquelle il tâchait de compenser sa petite taille.

De tout le temps qu'il passa avec moi, je ne lui trouvai aucun des défauts que j'entendais au Louvre reprocher aux pages : il n'était ni fripon, ni vicieux, ni paonnant. Et il n'hésitait pas, dans les circonstances, à se salir les mains comme un valet pour garnir mon feu et ma table. De mon côté, je le traitais davantage comme un petit frère que comme un page et je tâchais aussi, quand j'en avais l'occasion, de corriger les étroitesses et les préjugés qu'il devait à sa première éducation.

Durant cette repue, La Barge resta quasi muet, pâtissant de son estomac et moi-même, quoique mangeant avec bon appétit, je me tus aussi, pour ce que je me sentais veuf déjà de ma *Gräfin* et aussi parce que je voyais bien que si le petit Nicolas se mourait, sa mort, venant si peu de temps après l'exil du chevalier de Vendôme, allait frapper très durement Louis.

Je retournai dans les appartements du roi à sept heures et demie, alors que déjà on le mettait au lit, ce qui était bien tôt pour le coucher, mais Monsieur de Souvré avait jugé qu'il lui fallait un prompt repos après ce lassant voyage. Louis me sembla avoir apaisé, ou refoulé, son gros chagrin et à observer ses bâillements, il se serait endormi incontinent, si Monsieur de Souvré, avec cette rage de faire l'officieux et l'important qui le possédait souvent, n'avait eu la malencontreuse idée de reparler de Nicolas en des termes qui n'arrangeaient rien. Cette balourdise réveilla Louis. Il changea de couleur, se redressa sur son séant et dit d'une voix étouffée comme si sa gorge se nouait :

— N'y a-t-il pas moyen de le sauver ?

— Sire, dit Monsieur de Souvré, les médecins y font ce qu'ils peuvent, mais il faut que vous priiez Dieu pour lui.

Ce qui était une façon véritablement stupide de laisser entendre à Louis, au moment où il allait commencer sa nuit, que son frère était perdu.

— Je veux bien prier Dieu, dit Louis avec la dernière anxiété, mais ne peut-on faire autre chose ?

— Sire, dit Monsieur de Souvré, il le faut vouer à Notre-Dame de Lorette.

— Je le veux bien, dit Louis fiévreusement, mais que faut-il faire pour cela ? Où est mon aumônier ? Monsieur de Souvré, faites venir mon aumônier !

Monsieur de Souvré, qui me donna l'impression d'être lui-même assez fatigué, commença sans doute à penser qu'il avait peut-être eu tort de peindre la maladie de Nicolas en couleurs aussi sombres.

Néanmoins, Louis paraissait si agité, si près de nouveau des larmes, que Monsieur de Souvré fit appeler l'aumônier qui, au bout de quelques instants, se présenta. C'était un grand, gros homme à la physionomie tant simplette que niaise. Il n'eut pas l'air de penser que vouer *Monsieur* à Notre-Dame de Lorette suffirait à le sauver et il suggéra de faire de Notre-Dame de Lorette une image d'argent de la hauteur de Nicolas. Belle lectrice, je vous laisse à deviner ce que mon père et La Surie (en tant que « caques sentant toujours le hareng ») auraient pensé de cette « idolâtrie ». Toutefois, elle redonna espoir à Louis, qui s'écria :

— Qu'on envoie à Paris tout à cette heure ! Qu'on se dépêche ! Qu'on fasse cette statue incontinent !

Monsieur de Souvré, qui regrettait d'avoir été la cause de ce tumulte, lui assura que ce serait fait et Louis, à voix haute, se mit à prier Dieu pour Nicolas avec beaucoup d'ardeur et d'élan, les larmes coulant sur ses joues.

Quand il eut fini, le docteur Héroard, qui pendant toute cette scène était demeuré très à l'arrière-plan, s'avança alors jusqu'à la couche de Louis et lui dit d'une voix très assurée :

— Sire, dit-il, dormez en paix ! *Monsieur* va mieux ce soir. Je le tiens pour sûr.

Ces paroles firent merveille. Louis poussa un gros soupir, se rasséréna et sans un mot de plus, s'étendit de tout son long, laissant les femmes le border.

— Messieurs, dit en s'adressant à l'assistance le grand chambellan (lequel parlait toujours comme si sa voix devait retentir sous les voûtes d'une cathédrale), retirez-vous ! Le roi dort !

Il ne dormait pas encore, mais il était proche du sommeil et dès que nous fûmes hors de ses appartements, je m'approchai du docteur Héroard et lui dis à l'oreille :

— *Monsieur* va-t-il mieux vraiment ?

— Nenni, dit-il sur le même ton, je n'ai fait ce rapport au roi que pour le relever de son déplaisir et lui permettre de passer une bonne nuit.

— Et qu'en est-il en fait ?

— Il se meurt.

J'appris plus tard que le pauvre Nicolas, entre deux convulsions, sombrait dans un endormissement si profond qu'il devenait de plus en plus difficile de l'en retirer. Après cette soirée, il vécut encore une journée et, dans la nuit du seize au dix-sept novembre, entre minuit et une heure du matin, il entra à la parfin dans ce sommeil dont personne n'est jamais revenu.

Et comment Louis l'apprit et par qui, je trouve la chose chargée de trop de sens pour en omettre le récit dans ces Mémoires.

Le dix-sept, tôt le matin, dès que j'eus déjeuné, je gagnai les appartements du roi et trouvai Louis à ses études avec le vieil abbé Lefèvre qui lui faisait réciter ses verbes latins : spectacle fort peu plaisant à voir et à ouïr, car l'enseignant paraissait s'y ennuyer au moins autant que l'enseigné, tant est que la leçon traînait dans la lenteur et la morosité, Monsieur Lefèvre répétant sans entrain les questions que Louis accueillait sans espoir d'y répondre, l'œil fixé tristement sur les verrières que de gros flocons tout soudain obscurcirent.

Juste avant le début de sa leçon, Louis avait demandé à Monsieur de Souvré de l'amener comme la veille à la Garenne du Pec [1] pour y courir les lapins. Mais il doutait fort, la neige choyant dru, qu'on le lui permît ce matin. C'est du moins ce que j'augurais à scruter son visage où se lisaient à la fois l'ennui et la déception.

Monsieur Lefèvre consentit enfin à replier dans sa mémoire, bien rangés les uns derrière les autres, les prétérits et les participes passés qu'il avait eu lui-même tant de mal à apprendre en ses jeunes années. Il se leva, conseilla d'une voix douce au roi de profiter du mauvais temps pour revoir ses verbes irréguliers et, après avoir fait à son royal élève un profond salut, s'en alla en trottinant d'un pas menu, fort soulagé d'en avoir fini, ses leçons lui demandant un effort que son âge et sa mauvaise santé lui rendaient fort pénible.

A ce moment, on entendit un grand bruit à la porte des appartements royaux et entra alors, suivi d'une bonne douzaine de gentilshommes aussi insolents que

1. Le Pecq.

lui-même, le marquis d'Ancre, le torse redressé et la crête haute.

Assurément, il avait tout à fait le droit d'être là, étant comme moi-même premier gentilhomme de la Chambre. Mais d'ordinaire, il usait assez peu de ce privilège, se jugeant trop haut et trop proche de la régente, dont il se targuait d'être le favori, pour avoir besoin de faire la cour à Louis, qu'il affectait, bien au rebours, de tenir pour quantité négligeable. Sa présence ne laissa donc pas de surprendre les officiers du roi qui se trouvaient là, d'autant plus qu'en avançant, le marquis d'Ancre faisait fort le *bravaccio,* le poing sur la hanche et l'air hautain.

Il est vrai qu'il était assez bel homme, étant grand, mince, fort richement vêtu, le port noble et le geste élégant. Sa physionomie ne manquait, d'ailleurs, pas de grâce. Il avait le front haut, le nez busqué et, sous les sourcils arqués, des yeux verts fendus en amande, grands et brillants. Ses yeux étaient ce qu'il y avait de plus séduisant en sa personne et aussi à les considérer, de moins rassurant, car on discernait dans leurs prunelles je ne sais quoi de faux et de trouble.

Parvenu à trois pas du roi, il consentit à se découvrir et à lui faire un profond salut et Louis lui ayant tendu sa main, mais d'une façon assez froide, il voulut bien faire le simulacre d'y poser ses lèvres. Après quoi, il se redressa de toute sa hauteur et dit d'une voix forte, avec un fort accent italien :

— Sire, la reine votre mère m'a chargé de vous annoncer que *Monsieur* est mort.

Louis, à cet instant, était debout devant sa petite table et rangeait ses livres et son écritoire. Il perdit en un instant toute couleur, trembla sur ses jambes, s'assit et bien que les larmes apparussent dans ses yeux, il fit un grand effort pour se recomposer : il ne voulait pas pleurer devant le marquis d'Ancre, lequel le regardait de très haut, guettant sur son visage les signes de son affliction. Je dois confesser qu'à cet instant, je ressentis au fond de mon cœur quelque haine pour ce personnage.

Le roi se taisant toujours, le marquis d'Ancre lui fit

un second salut, plus arrogant encore que le premier et se retira, suivi de ses chiens de cour qui le suivaient partout et lui léchaient les mains à la moindre caresse.

Dès qu'il fut hors, la consternation se lut sur tous les visages, non point tant à cause de la mort de Nicolas — elle n'était que trop certaine — mais en raison de la façon véritablement honteuse dont la nouvelle en avait été apportée au roi. Personne, assurément, ne s'attendait à ce que la reine vînt elle-même annoncer à son aîné la mort de son cadet et s'en contrister avec lui. Elle n'aimait pas assez ses enfants pour se donner cette peine. Mais elle eût pu choisir un messager convenant mieux à cette mission : le grand chambellan, le duc de Bellegarde ou la duchesse de Guise, et non pas ce parvenu arrogant que Louis méprisait tout en craignant son pouvoir.

Dès que le marquis d'Ancre eut tourné les talons, je vis Monsieur de Souvré et le grand chambellan échanger un regard, un seul, et aussitôt baisser les yeux, comme gênés par les pensées que chacun avait pu lire dans les yeux de l'autre.

Quant à Louis, il affecta d'aller quérir ses soldats de plomb [1], et de jouer avec eux, mais il restait si longtemps à les changer de place qu'on voyait bien qu'il n'arrivait pas à détourner sa pensée de la nouvelle affreuse qu'il venait d'apprendre. Au bout d'un moment, il laissa là sa petite armée et s'approchant de Monsieur de Souvré, il lui dit d'une voix basse, effrayée et très proche des larmes :

— Monsieur de Souvré, plaise à vous de demander à la reine que je n'aille pas donner de l'eau bénite à mon frère. Je ne pourrais le supporter.

Monsieur de Souvré inclina la tête en signe d'assentiment. Si épais qu'il fût, il ne manquait pas de cœur. Et bien savait-il, comme tous ceux qui en avaient été les témoins, que Louis n'avait jamais pu oublier cette journée du quatorze mai où il avait vu son père, les yeux clos, le teint livide et le pourpoint ensanglanté,

1. Ils n'étaient pas de plomb, comme Pierre-Emmanuel le précise plus loin (Note de l'auteur).

reposant sur un lit de parade dans une effrayante immobilité.

CHAPITRE VII

Maintenant que Louison ne couchait plus dans mon petit cabinet et, par voie de conséquence, ne me venait plus tirer du sommeil du matin de la façon que j'ai dite, c'était Paris qui me réveillait, et d'abord par ses coqs.

Comme il y a peu de maisons de la noblesse et de la bourgeoisie étoffée en cette grande ville qui n'aient une cour et une écurie pour y loger leurs chevaux, un puits pour non point boire l'eau fétide de la rivière de Seine, il n'en est pas non plus sans potager pour cultiver les herbes, ni sans coqs pour régner sur des poules et se paonner de leur domination sur elles à la pique du jour par des cris discordants.

Ce tintamarre des centaines de coqs parisiens s'apaisant à la fin sans cesser tout à fait, retentissait alors, gai et clair, le carillon de la Samaritaine sur le Pont Neuf. Empiétant sur ses dernières notes, l'horloge du Palais annonçait par de grands coups sourds et menaçants que la justice des hommes demeurait vigilante à punir les petits en épargnant les puissants. Bourdonnaient ensuite interminablement les cloches de Saint-Germain-l'Auxerrois, et bientôt des cent une églises de la capitale qui, sans aucun respect pour le sommeil des Parisiens, commandaient impérieusement aux fidèles de s'arracher à leurs chaudes et douillettes couches pour courir se repentir des péchés qu'ils y avaient commis.

Dès que les messes de l'aube commençaient, les cloches toutefois se taisaient et une accalmie s'ensuivait, délicieuse, mais beaucoup trop brève pour que j'eusse eu le temps de me rendormir, ococoulé dans mes couvertures, car déjà les bateliers de la rivière de Seine — tous mauvais garçons — venaient mettre à quai leurs gabarres alourdies au proche port au foin. Ce qu'ils faisaient en échangeant des lazzis dans l'accent grasseyant qui était le leur, ou en braillant des chansons qui eussent fait rougir les dévotes matinales qui se pressaient par les rues, si elles avaient pu les comprendre.

A cette païenne noise, s'ajoutait bientôt le roulement infernal sur les pavés des lourds charrois qui, de tous les coins de Paris, convergeaient vers le port pour y charger les foins, les bûches, les viandes et les herbes amenées par les chalands. Lesquels charrois étaient accompagnés par des corporations qui, sous le rapport de la force de gueule, de l'humeur escalabreuse et de la truanderie, ne le cédaient en rien aux bateliers de Seine : les cochers, les crocheteurs et les mazeliers [1].

Tous ces robustes ribauds, quasiment sous ma fenêtre, menaient grand tapage, lequel était à l'ordinaire de gausseries et de refrains sales, mais à l'occasion dégénérait en vociférations et féroces querelles, où le fouet, le bâton, les crochets, et parfois le cotel, faisaient mort d'homme sans qu'intervinssent le moins du monde les archers de la prévôté, occupés à déclore les énormes battants de la Porte de Bourbon pour admettre le flot des centaines de gens qui composent le domestique du Louvre. Mais il va sans dire que nos beaux hoquetons bleus n'eussent pas consenti à jeter un œil, ni même à toucher du bout de leurs hallebardes cette canaille de rivière et de boucherie, à moins qu'elle ne se fût avisée de vouloir pénétrer de force dans le Louvre.

Cette Porte de Bourbon, qui devait jouer un rôle si décisif dans le destin de Concini, s'ouvrait entre deux grosses tours rondes que mon père aimait, parce qu'elles lui rappelaient les châteaux forts du Périgord, mais que, fils d'un autre âge, je trouvais désuètes. La porte elle-même, faite de chêne épais, aspée de fer, et dont j'ai toujours ouï de ma couche grincer et gémir les énormes gonds — bien qu'on attentât quand et quand de les graisser, mais il eût fallu, pour bien faire,

1. Les bouchers.

dégonder les battants et s'attaquer à la rouille — s'ouvrait sur un pont de bois fixe appelé « pont dormant », lequel donnait non point sur un, mais sur deux ponts-levis. Ils traversaient parallèlement le large, profond et croupissant fossé qui nous séparait de Paris ; le plus étroit — à vrai dire simple passerelle relevante — menait à une porte piétonne qu'on appelait le *guichet* parce qu'on y pouvait, dans les occasions, filtrer les entrées, et le second, large mais tout juste assez pour laisser passer un carrosse, conduisait à un passage voûté qui débouchait dans la cour du Louvre.

Le matin, et aussi quoiqu'en sens inverse le soir, il n'était point question de faire passer par le *guichet* le flot du domestique : il y eût fallu des heures. Il pénétrait donc dans le Louvre par la Porte de Bourbon grande ouverte et au-delà du *pont dormant,* par le grand pont-levis. Autant dire qu'on ne contrôlait personne : négligence qui explique que d'audacieux tirelaine aient pu se mêler le matin à cette foule de livrées moutonnantes, s'introduire dans le palais, faire main basse, comme j'ai dit, sur la garde-robe de la reine, cacher leur picorée dans quelque recoin et repartir le soir dans le flot descendant, faisant mine de porter, comme les lavandières, de gros paquets de linge sale pour les approprier aux lavoirs de la ville.

Dans mon paresseux endormissou de l'aube, j'oyais, outre le grincement de la Porte de Bourbon, le piétinement de centaines de pieds, quand le domestique envahissait la cour pavée du Louvre et, quelque temps après, le pas cadencé de la garde montante ébranler le pont de bois pour aller relever la garde descendante. Et comme le pas des deux compagnies était le même, je ne cherchais pas à deviner à l'ouïe en mon assoupissement lesquels, des habits bleus à parements rouges, ou des habits rouges à parements bleus, étaient montants et lesquels, descendants.

En revanche, aussitôt que la marée du domestique, répandue aux quatre coins de la cour, caquetante et clabaudante sans aucune retenue, avait pénétré en le Louvre, chacun se hâtant vers sa chacunière, en courant dans les galeries, en claquant les portes, en s'interpellant, l'énorme palais devenait une si grouillante fourmilière et c'en était bien fait de mon demi-sommeil... C'est alors que m'éveillant tout à fait, je pensais à Madame de Lichtenberg avec un infini bonheur, et tout aussitôt avec un tourment né de ce bonheur même. La raison en était que j'eusse voulu passer auprès d'elle toutes les minutes de ma terrestre vie, alors que le service du roi au Louvre me retenait loin d'elle de si longues heures et, quand la Cour séjournait à Saint-Germain-en-Laye, d'interminables jours.

J'étais, certes, toujours aussi ardent à servir mon petit roi et dans la mesure de mes faibles moyens, toujours aussi désireux de le secourir dans le désert de son existence. Mais je n'en avais que peu l'occasion car, pour les raisons que j'ai dites, Louis passait parfois une semaine entière sans m'adresser la parole. Tant est qu'étranger à sa personne, alors même que je me tenais à ses côtés, et si loin en même temps de ma *Gräfin*, j'avais le pénible sentiment que je vivais pour rien.

A tout le moins à Paris, j'étais proche de Madame de Lichtenberg, et à travers tant de murs et de murailles, je sentais sa présence. Mais à Saint-Germain-en-Laye, les choses n'allaient pas si bien, car j'y étais prisonnier de la Cour pour une durée que je ne pouvais ni raccourcir, ni même prévoir, puisque d'autres que moi en décidaient. Cette incertitude me rongeant, je tombais dans un appétit inimaginable de revoir Madame de Lichtenberg, lequel me laissait la gorge sèche, les mains tremblantes et le cœur angoissé.

Tout, sauf elle, n'était qu'ennui. Je la désirais avec une telle impatience que je ne savais point comment j'allais faire de tout le jour pour attraper la nuit, ni de toute la nuit pour attraper le jour suivant. Et quand la Cour revenait enfin à Paris et que je pouvais, à brides avalées, galoper jusqu'à la rue des Bourbons, je la trouvais, en apparence du moins, si calme, si composée, si soucieuse des convenances, que n'en pouvant plus de me passer la bride, j'étais quasi muet, je balbutiais, j'étais dans le doute qu'elle m'aimât vraiment. Et soit qu'elle fût touchée d'un amour aussi juvénile et si peu retenue, soit qu'elle cédât à la contagion du désir, elle me laissait la dévêtir. Je n'étais plus alors que folies, je la couvrais de mes enchériments, sans jamais que m'effleurât le sentiment qu'ils me pussent un jour rassasier. Bien le rebours, car dans le moment même où je la possédais — si du moins ce verbe-là a un sens — elle me manquait déjà.

Pour ne point qu'on jasât dans la rue des Bourbons de mes trop fréquentes visites, Madame de Lichtenberg m'avait demandé de n'y plus venir à cheval, ni dans le carrosse armorié de mon père mais comme au temps de mes leçons, dans un coche de louage. Et bien je me ramentois comment, le vingt-six janvier, entrant dans sa cour en si humble équipage, je m'y trouvai nez à nez avec Bassompierre qui sortait à peine de chez elle et se préparait à monter dans le sien, lequel était un des plus beaux de Paris, à peine inférieur à celui que la marquise d'Ancre s'était commandé pour le sacre de Louis. J'en fus tout vergogné, et en outre jaloux assez de voir le plus beau seigneur de la Cour reçu par ma belle, encore que je susse bien qu'ils étaient amis de longue date et sans l'ombre d'un soupçon possible, ma *Gräfin* ayant trop de hauteur pour se compter au nombre des alouettes de cour que ce miroir-là attirait.

— Eh quoi ! Chevalier ! dit Bassompierre, sentant ma gêne et me voulant tabuster quelque peu, quoique sans méchantise, où est votre splendide jument alezan ? Et où s'en est allé le galant carrosse que Monsieur votre père a fait dorer sur tranche pour le sacre ? Visitez-vous les dames si pauvrement ? Par le ciel, voilà qui est étrange ! Un premier gentilhomme de la Chambre dans un coche de louage, tiré par d'étiques rosses, lesquelles tomberaient de famine sur le pavé, si elles n'étaient retenues par les brancards !

— Monseigneur, dit le cocher, plaise à vous de ne point morguer mes pauvres bêtes, qui ne sont pas trop grasses assurément, mais qui mangent plus à leur faim que moi.

— S'il en est ainsi, cocher ! dit Bassompierre en lui

jetant un écu, voilà de quoi doubler ce soir leurs rations et la tienne.

A quoi je ne pus mieux faire en ma vergogne que d'ajouter un écu au sien, ce qui n'arrangea guère mon humeur, mais fort celle du cocher.

— A ce prix, Messeigneurs, dit-il en nous saluant jusqu'au pavé, vous pourriez brocarder mes haridelles du matin au soir sans que je dise « ouf ».

— Or sus, cocher ! dit Bassompierre, cours donc bailler foin et picotin à tes bêtes et pour vous, mon beau neveu, reprit-il en mettant la botte sur le marchepied de son carrosse, je vous quitte la place. Je me ferais scrupule de vous tenir la jambe plus avant, alors que je vous vois piaffer d'impatience d'aller prendre votre leçon d'allemand...

Quoi disant, il me donna en riant une forte brassée et se jeta à la volée sur le capiton de soie de son carrosse, un valet, portant une livrée couverte de galons d'or, fermant la porte sur lui avec une onction d'évêque.

Je trouvai ma *Gräfin,* non point hélas dans sa chambre mais dans son petit cabinet en train d'étaler de la confiture sur une galette devant un carafon de vin. Au diable ! m'apensai-je en lui baisant la main, au diable cette sempiternelle collation ! Combien de minutes de son temps va-t-elle encore me rogner ?

— Mon ami, dit la *Gräfin,* comment se fait que votre belle face porte un air si malengroin ? N'êtes-vous point dans votre assiette ?

— Ah ! Madame ! dis-je, vous me voyez dans mes fureurs ! Bassompierre vient de me dauber sur mon coche de louage et que vois-je en pénétrant ? Deux assiettes, dont une vide avec des miettes ! Preuve que vous lui avez tartiné une de vos galettes !

— Auriez-vous préféré que nous nous fussions occupés autrement ? dit-elle avec un petit rire si gai et si musical qu'il m'eût ravi, si mon humeur avait été meilleure. Allons, mon Pierre, reprit-elle, asseyez-vous là et réfléchissez de grâce : Vous n'avez pas lieu d'être jaloux de Bassompierre, puisqu'il l'est de vous !

— De moi ? L'est-il vraiment ? dis-je, stupéfait, en

prenant place non point sur la chaire qu'avait sans doute occupée Bassompierre, mais aux pieds de ma belle sur un petit tabouret.

— Assurément ! Ce n'est pas qu'il m'aime, étant l'amant du monde entier, mais sa vanité s'offense de vous voir là où il eût voulu être... Toutefois, il vous aime bien aussi et nous a fort généreusement servis, vous et moi, dans mes efforts pour revenir m'établir à Paris.

— Mais, dis-je, savez-vous ce qu'il a eu le front de me dire ? Que je piaffais d'impatience d'aller prendre ma leçon d'allemand ! Il s'est gaussé de moi !

— Et de moi aussi par la même occasion, dit-elle avec un sourire, car je n'étais pas moins impatiente de le voir vous laisser la place. Et bien que je ne le lui aie pas montré, il l'a senti, connaissant bien les femmes. Allons, mon Pierre, ne faites donc plus la mine ! Mangez cette galette et buvez ce gobelet de vin ! Cela vous fera du bien.

Je refusai la galette de peur qu'elle me la tendît sur l'assiette de Bassompierre — ce qui m'eût fait horreur — mais j'acceptai le vin d'Alsace avec l'espoir qu'il dénouerait le nœud de ma gorge. Ce qu'il fit.

— Madame, repris-je quelque peu apaisé, me permettez-vous de vous demander quel fut l'objet de votre entretien ?

— Avec Bassompierre ? Mais n'est-ce pas là, Monsieur, une question un peu bien indiscrète ? reprit-elle, un éclair de malice traversant ses beaux yeux noirs, si flammeux et si brillants.

— Si elle vous offense, Madame, je la retire, dis-je roidement.

— Elle ne m'offense pas, dit-elle avec plus d'indulgence que je ne le méritais. C'est plutôt qu'elle devance la confidence que je comptais vous en faire.

Je me sentis si confus d'avoir été repris avec tant de douceur que je ne sus plus que dire et me sentis rougir. Ce qui me donna de l'humeur, mais cette fois contre moi-même. Madame de Lichtenberg le sentit et du dos de la main, elle me caressa la joue. Ce fut une caresse légère et prompte, et qui m'émut beaucoup.

— A l'accoutumée, reprit-elle, quand Bassompierre vient me voir, sachant que je vis très retirée, il me conte avec esprit la gazette de la Cour. Mais cette fois, il ne laissa pas de m'étonner. On eût dit qu'il ne me disait des choses si graves que pour qu'elles fussent répétées.

— A qui ?

— Mais à vous-même. Et à qui d'autre, puisqu'il s'agit de votre petit roi ?

— Et que vous confia-t-il ? dis-je vivement.

— Il me conta par le menu ce qui s'est passé hier au Grand Conseil du roi.

— Mais comment l'a-t-il su, lui qui n'en fait pas partie ? Le Grand Conseil ne compte que les ministres, les maréchaux et les ducs et pairs.

— Un de ceux-là, le duc de Bellegarde, l'a mis dans la confidence. Quoi qu'il en soit, à ce Grand Conseil, la régente annonça solennellement les mariages espagnols.

— *Les* mariages, Madame ? Vous avez bien dit : les mariages ?

— C'est qu'en effet il n'y en a pas qu'un. Il y en a deux.

— Deux ?

— Louis avec l'infante Anne et *Madame* avec l'infant Philippe.

— Ainsi l'infante Anne sera reine de France et *Madame*, reine d'Espagne. Jour du ciel ! On ne saurait nous espagnoliser davantage ! Quel odieux retournement de la politique du feu roi ! Nos ennemis d'hier deviennent nos amis ! On leur baille d'un coup deux enfants de France ! Et comment les Grands ont-ils pris la chose ?

— Guise et Montmorency, avec enthousiasme, puisqu'ils sont ligueux. Les huguenots, Bouillon et Lesdiguières, avec beaucoup de réticence, craignant qu'on ne mît fin à nos alliances protestantes. Condé ne dit rien. Et comme la régente lui demandait la raison de son silence, il répondit : « Sur une chose faite, il n'y a pas lieu de donner des conseils. »

— Pour une fois, le bon sens même ! Et Louis ?

— Le petit roi n'était pas là.

— Jour de ma vie! Il ne présidait même pas le Grand Conseil où la régente annonça son mariage et celui de sa cadette! Les bras m'en tombent!

— Mon ami, dit Madame de Lichtenberg en se levant, vous avez là assurément de quoi nourrir vos réflexions. Asseyez-vous, de grâce, commodément dans ma chaire à bras et voyez! J'ai posé votre galette sur mon assiette (elle sourit en prononçant ce « *mon* »). Vous n'avez donc plus de raison de ne la manger point. Pour moi, je me retire dans ma chambre, où dès lors qu'en vous rassasiant vous aurez recomposé cette aimable humeur qui vous rend d'ordinaire si charmant, il ne vous sera pas interdit de me venir retrouver.

Le lendemain, je me présentai dans les appartements du roi en laissant un bouton de mon pourpoint hors de son œillet. Ce n'était pas là négligence, mais langage. Cela voulait dire que j'étais informé d'un fait dont je voulais lui faire part. Toutefois, comme pendant un moment il ne jeta pas l'œil sur moi ni ne m'adressa la parole, je ne laissais pas que de me demander s'il avait aperçu mon signal, mais incontinent je me rassurai, n'ignorant pas combien Louis observait toujours tout et tous, en faisant mine de ne rien voir. Et en effet, au bout d'une heure, se tournant vers Monsieur de Souvré, il lui dit qu'il désirait aller visiter *Madame* : ce à quoi son gouverneur acquiesçant aussitôt, Louis dit en se tournant vers moi :

— Monsieur de Siorac, vous plairait-il de m'accompagner?

— Sire, j'en serai ravi.

Dès que je vis le roi passer par la Grande Galerie, je pensai que le moment était venu de parler, mais Louis ne se tournant pas vers moi, en levant les sourcils comme il faisait toujours pour m'y inviter, je jetai un œil par-dessus mon épaule et je vis que nous étions suivis à deux toises par Monsieur de Blainville, sans doute sur le commandement de Monsieur de Souvré. Je conclus que le roi, ou bien craignait que Monsieur de Blainville par légèreté, répétât mes propos, ou qu'il le soupçonnait d'être, comme sa nourrice Doundoun, un espion de la reine. Et je me promis à l'avenir d'observer davantage ce gentilhomme afin d'en avoir le cœur net.

Madame comptait une année de moins que son frère aîné, lequel avait alors dix ans et quatre mois. Assez grandette pour son âge et tirant un peu sur le grassouillet, elle était fort avenante, le cheveu blond, l'œil bleu, les joues rondes, deux fossettes au coin d'une bouche en cerise et un air de grande douceur, lequel ne mentait pas, étant le reflet d'un naturel facile et pliable. Louis l'avait toujours aimée, tout en ne laissant pas de la taquiner et de jouer les grands frères avec elle. Et son affection pour elle s'était fort accrue depuis qu'on lui avait enlevé le chevalier de Vendôme pour l'envoyer à Malte, tant est qu'il allait la voir sinon tous les jours, à tout le moins fort souvent. En le voyant entrer, *Madame* remit sa poupée dans un petit berceau, se leva et lui fit avec grâce une profonde révérence.

— Sire, dit-elle, vous me faites beaucoup d'honneur de me venir visiter.

C'était là une phrase protocolaire cueillie sur les lèvres du grand chambellan et apprise par cœur. Mais tandis que *Madame* la récitait sur le ton chantonnant d'une écolière, ses joues rosirent et ses yeux s'animèrent, exprimant mieux que par ces paroles convenues le vif plaisir qu'elle prenait à voir son aîné s'occuper d'elle.

Quant à Louis, il s'approcha de sa cadette avec beaucoup d'élan, et la serrant à soi, il la baisa avec tant de chaleur que je me demandai, une fois de plus, s'il était bien vrai qu'il n'aimât pas les filles.

— Madame, dit le roi, comment vous en va par ces froidures ?

— Très bien, Sire, je vous remercie. Et vous-même, Sire ?

— On ne demande pas sa santé au roi, dit Louis en affectant un air sévère. On prie le ciel qu'il se porte bien.

— Sire, je prie le ciel pour que Votre Majesté se porte bien, dit *Madame* dont l'œil naïf se demandait si c'était là un jeu ou un piquant reproche.

— Et comment va votre enfant, Madame ? poursuivit le roi d'un ton plus doux.

Et se penchant sur le berceau, il chatouilla la poupée sous le menton.

— Voyez, dit-il, elle rit !

— Elle va assez bien, Sire, dit *Madame,* mais comme elle a des vers, je pense que nous l'allons purger.

— Ne la purgez pas trop souvent, dit Louis, que le seul mot de « purge » hérissait. Madame, reprit-il, la dernière fois que vous me vîntes visiter, vous vous souvenez que je vous ai montré mes arquebuses et vous ai dit leur nom. Pourquoi ai-je fait cela à votre sentiment ?

— Pour m'instruire, dit *Madame* avec une révérence.

— Eh bien, à s'teure je vais vous lire des vers pour vous instruire.

— Des vers, Sire ? dit Madame en ouvrant de grands yeux.

— Des vers de moi. Je veux dire des vers que j'ai faits. De vrais vers avec des rimes.

Et tirant un papier de l'emmanchure de son pourpoint, il lut d'une voix bien articulée et sans trébucher sur les mots. Ce n'était pas merveille : il ne bégayait jamais, quand il chantait ou récitait.

J'ai vu un grenouillon
qui aiguisait un jonc
pour en faire un bâton.

— Eh bien, Madame, comment trouvez-vous mes vers ?

— Sire, dit-elle en rosissant, avez-vous vraiment vu un grenouillon aiguiser un jonc ?

— Cela va sans dire, dit Louis sans battre un cil. Ne savez-vous pas, de reste, que les joncs croissent autour des mares où les grenouilles croassent ?

— Mais, Sire, dit *Madame*, ce grenouillon, qu'avait-il à faire d'un bâton ?

— Il boitait, dit Louis.

A cela, *Madame* ne répondit rien, ne sachant que penser.

— Monsieur de Siorac, poursuivit Louis en se tournant vers moi et en me jetant un œil complice, qu'opinez-vous de mes vers ?

— Ils sont fort bons, Sire.

— Madame, avez-vous ouï ? Monsieur de Siorac trouve mes vers fort bons. Et Monsieur de Siorac est un puits de science. Je vous le veux présenter, Madame. Faites-lui bon accueil pour l'amour de moi.

Je m'avançai, mis un genou à terre et *Madame* me tendant sa menotte, je la baisai dévotement. Après quoi, le roi présenta à *Madame* Monsieur de Blainville et le même cérémonial recommença.

— Eh bien, Madame, dit Louis, comment trouvez-vous ces gentilshommes ?

— Ils sont beaux, dit *Madame* avec élan.

— Madame, dit Louis avec sévérité, une dame ne doit pas dire d'un gentilhomme qu'il est beau. Tout ce que la civilité lui permet de dire, c'est qu'il a l'air cavalier.

— Ils ont l'air cavalier, dit *Madame*.

— C'est bien et maintenant nous allons gagner votre petite cuisine et là je vais vous apprendre à faire une œufmeslette.

— Et pourquoi cela, Sire ? dit *Madame*.

— Il est très utile dans la vie de savoir faire une œufmeslette, dit le roi avec autorité. La première que j'ai faite, ce fut en mes jeunes ans pour Madame de Guise et elle s'en est trouvée fort contente. Madame, dit-il, baillez-moi une grande serviette pour me défendre des éclaboussures !

Madame ayant obéi, il noua la serviette autour de son pourpoint comme un tablier et dit :

— D'ores en avant, Madame, vous êtes ma gâte-sauce. Et je vous appellerai par votre prénom. Et quant à moi, étant votre chef-cuisinier, vous me direz « Maître Louis » et non pas « Sire ». Vous rappellerez-vous cela ?

— Oui, Maître Louis, dit *Madame* qui, se sentant sur un terrain plus sûr que la poésie, commençait à s'amuser.

— Elisabeth, poursuivit le roi, commandez à votre valet d'allumer un bon feu de bois et baillez-moi trois œufs, du beurre, du sel, du lait, une paelle à frire et un bol en cuivre.

— En cuivre ? dit *Madame*.

— Oui-da, le cuivre est nécessaire.

— Une paelle avec une queue, Maître Louis ?

— Naturellement, dit le roi. Comment ferais-je sauter l'œufmeslette dans la paelle, si elle n'avait pas de queue ?

Madame apporta ce que Louis lui avait commandé et, sur son ordre, noua à son tour une serviette autour de son corps de cotte. Elle était tout affairée et regardait son aîné avec autant d'admiration que s'il allait passer muscade.

Louis cassa fort proprement les œufs dans le bol en cuivre, y ajouta du sel, un peu de lait et dit :

— Et maintenant, Elisabeth, vous allez battre les œufs.

— Mais je ne l'ai jamais fait ! dit *Madame* avec effroi.

— C'est bien pourquoi je vous le veux enseigner, dit le roi.

Il lui mit une fourchette dans la menotte et sur celle-ci refermant ses propres doigts, lui imprima un mouvement rapide et tournoyant tandis que de son autre main, il tenait ferme le bol de cuivre.

— Et pourquoi faut-il battre si longtemps ? dit *Madame*, que le peu qu'elle faisait commençait à fatiguer.

— Pour que la meslette des œufs prenne de la consistance.

Et comme *Madame* grimaçait de l'effort qu'elle faisait, il libéra ses doigts et poursuivit seul l'opération qu'il mena à bien en deux temps, rebattant une deuxième fois les œufs après qu'ils eurent reposé. Je ne doutais pas, quant à moi, qu'il ne fît les choses dans les règles, car Louis excellait dans tous les métiers manuels, s'étant donné grand-peine pour les acquérir.

— Ainsi, c'est cela battre les œufs ! dit *Madame* qui trouvait la préparation un peu longue.

— On dit aussi *tourner un œuf,* dit Louis en posant une noix de beurre dans la paelle et en plaçant celle-ci sur le feu de bois. D'où, reprit-il, l'expression : « Un tel n'a pas de cervelle assez pour tourner un œuf. »

— Mais n'est-ce pas bien insolent de dire cela ? dit *Madame* en ouvrant de grands yeux.

— Cela dépend à qui vous le dites, dit Louis en versant dans la paelle le contenu du bol.

— Le pourrai-je dire dans les occasions à une de mes chambrières ? dit *Madame.*

— Vous le pouvez, mais seulement si elle le mérite. N'oubliez pas, poursuivit-il avec gravité, que vous devez être équitable envers ceux qui vous servent, étant la sœur de Louis le Juste.

— Est-ce ainsi qu'on vous appelle, Sire ? dit *Madame*, très intimidée.

— C'est ainsi que je veux qu'on m'appelle, dit Louis et non pas Louis le Bègue, comme disent les méchants.

— Et qui sont ces méchants ? dit *Madame.*

— Ils ne sont pas français, dit Louis qui, toutefois, se garda bien de les nommer. Elisabeth, reprit-il, ne me donnez pas du « Sire » tant que je serai votre chef-cuisinier.

— Je m'en souviendrai, Maître Louis, dit *Madame.* Elle se tut et Louis aussi. Epaule contre épaule, les deux enfants regardaient cuire l'œufmeslette avec un respect religieux.

— Allez-vous vraiment la faire sauter, Maître Louis ? dit *Madame.*

— Oui-da, Elisabeth !

— Mais ne peut-on faire autrement ? dit *Madame* avec appréhension.

— On le pourrait, et d'ailleurs cela ne change pas le

goût de l'œufmeslette. Mais il y a plus de galantise [1] à la faire sauter dans les airs. Reculez-vous, Elisabeth, je ne voudrais pas, si je faille, que l'œufmeslette vous choie dans le cheveu.

C'était gausserie, car il fit se retourner l'œufmeslette en l'air avec dextérité et la rattrapa à plat bien au milieu de la paelle.

— Bravo ! dit *Madame* en frappant dans ses menottes et l'air si heureux que Blainville et moi fîmes chorus.

Louis jeta un œil sur sa montre-horloge et quand il jugea que l'œufmeslette était assez dorée sur son invisible face, il la fit glisser sur un plat et dit en jetant un regard assez fier à la ronde :

— Qui en veut ?

Mais ni moi-même, ni Blainville, ni *Madame* n'avions faim, et Louis pas davantage. Il prit alors une décision qui montrait d'évidence qu'il n'avait pas pensé qu'à son œufmeslette en la faisant cuire.

— Monsieur de Blainville, dit-il, vous plaît-il d'aller quérir en mes appartements trois de mes petits gentilshommes [2] ? Ils feront justice de ce plat en un clin d'œil.

Et à peine Blainville eut-il tourné les talons que le roi, reprenant son ton joueur, dit à *Madame :*

— Elisabeth, vous allez mettre la table pour mes trois petits gentilshommes en votre cabinet. Ne commandez pas qu'on le fasse ! Faites-le vous-même ! Rappelez-vous que vous êtes toujours mon gâte-sauce...

Madame fit une demi-révérence (ne sachant s'il fallait en faire une entière pour un chef-cuisinier) et, animée d'un beau zèle, sortit de la cuisine. J'admirai l'adresse et la promptitude avec lesquelles Louis s'était débarrassé de ces témoins qui m'eussent empêché de parler.

1. Cette « galantise » est encore observée par tradition *chez la Mère Poulard* au mont Saint-Michel, sans qu'elle n'ajoute rien, en effet, à la qualité de l'omelette (*Note de l'auteur*).

2. On appelait ainsi les enfants d'honneur qu'on lui avait donnés comme compagnons de jeu. Ils étaient trente-deux.

— *Sioac ?* dit-il en haussant le sourcil, et sans attendre la réponse, il se mit à ranger la cuisine en faisant une forte noise.

— Sire, dis-je *sotto voce,* on a annoncé hier votre mariage au Grand Conseil.

— Je le sais.

— Et aussi celui de *Madame.*

— On marie *Madame !* dit-il vivement. Et avec qui ? reprit-il en se tournant vers moi.

— Avec l'infant Philippe, le futur roi d'Espagne.

— Le mariage de *Madame* et le mien se feront-ils ensemble ?

— Oui, Sire.

— Quand ?

— La date, Sire, n'en est pas fixée. Mais il est probable qu'on voudra attendre que vous soyez majeur.

— Et quand le serai-je ?

— Sire, vous l'a-t-on laissé ignorer ? En France, une ordonnance de Charles V a décidé que les rois entreraient en majorité à treize ans accomplis. C'est-à-dire, en ce qui concerne Votre Majesté, fin septembre 1614.

Louis s'assit sur une escabelle et, penchant la tête en avant, baissa les yeux et resta coi un long moment. Comme son visage portait un air de mélancolie, je me dis qu'il doutait qu'à sa majorité, à l'âge de treize ans, il aurait davantage de pouvoir dans l'Etat qu'il n'en avait eu jusque-là. Mais je m'aperçus, quand il reprit la parole, que je m'étais trompé et que telle n'était pas la question qui le tabustait.

— *Sioac,* dit-il, quand *Madame* sera l'épouse de l'infant Philippe en Espagne, la pourrai-je aller voir ?

— Non, Sire, ce ne sera pas possible. Le roi de France ne peut sortir des frontières de son royaume autrement qu'à la tête d'une armée. Et cela est vrai aussi en sens inverse, pour l'infant Philippe et son épouse.

— Ainsi, dit Louis au bout d'un moment, quand *Madame* aura franchi les Pyrénées, elle sera perdue pour moi ?

— Je le crains, Sire, sauf que vous pourrez lui écrire et elle, vous répondre.

— Ah ! Les lettres ! Les lettres ! dit Louis d'un air désolé en secouant les épaules.

⁂

Belle lectrice, je n'aimerais pas que vous pensiez que les tristesses et les châtiments qui saisissaient Louis quand il sentait par trop la tutelle de sa mère l'aient morfondu au point de lui faire perdre l'espièglerie de son âge. Et comme ce qui précède est un peu triste, je vais vous en faire un conte dont j'espère qu'il vous ébaudira.

Louis fut étonné en entrant un jour dans les appartements de la reine sa mère de la trouver au lit, fort défaite et faisant des mines à l'infini à l'idée d'avaler une purge que lui présentait son médecin personnel dans un gobelet d'argent : spectacle qui dut lui rappeler toutes les fessées qu'il avait reçues sur l'ordre maternel pour avoir refusé de boire les amères potions préparées par Héroard. Mais bien que les affres de sa mère fussent déjà pour lui une sorte de revanche, Louis ne s'en contenta pas. Il monta à l'assaut avec la promptitude d'un soldat. Et renversant audacieusement les rôles, il s'avança dans la ruelle du lit en disant d'un air gaillard :

— Allons ! Madame ! Allons ! Courage ! Courage, Madame !

Tout en parlant, il s'approchait par degrés de la table de chevet où il venait d'apercevoir des dragées et derrière son dos, en tapinois, il faisait main basse sur elles. « Allons ! Courage, Madame ! Courage ! répétait-il, il n'est que d'ouvrir la bouche bien grande et de jeter tout dedans ! » Et il n'arrêta ses viriles objurgations que lorsque la reine eut bu et que ses propres poches furent pleines.

Jamais Louis n'avait tant joué avec ses petits soldats qu'en cette fin août et bien qu'il prît soin de ne jamais nommer les ennemis, il ne m'était pas difficile de deviner qu'il était fort occupé à gagner la guerre que le couteau de Ravaillac avait empêché son père d'engager contre l'Espagne. Jamais aussi il n'avait plus mal dormi. Je le sus par le docteur Héroard, patiente victime des insomnies royales, pour la raison qu'étant dans son sommeil autant sur le qui-vive que la plus aimante des mères, il se réveillait d'instinct chaque fois que pendant la nuit Louis ouvrait les yeux.

Le vingt-six août, il faisait au Louvre une si atroce chaleur que si j'avais pu me présenter en chemise dans l'appartement du roi, je l'eusse fait. Mais hélas, il n'en était pas question ! Et même sans qu'on remuât l'orteil, tout un chacun dans son pourpoint suait interminablement et le visage tout aussi ruisselant que les aisselles sans le pouvoir essuyer, l'étiquette l'interdisant en présence de Sa Majesté. Celle-ci, tout aussi mal à l'aise que nous et de surcroît fort malengroin, apprenait par cœur la petite phrase par laquelle Elle devait répondre au duc de Pastrana, envoyé extraordinaire du roi d'Espagne aux fins de négocier et de signer avec la Cour de France les contrats de mariage du roi et de *Madame*.

— Allons, Sire ! disait Monsieur de Souvré, de grâce ! Un effort encore ! Votre Majesté ne peut qu'Elle ne réponde à la harangue du duc de Pastrana pour remercier le roi d'Espagne et lui tourner à son tour un petit compliment.

— Mais je le veux bien, Monsieur de Souvré, disait Louis, avec ce qui me parut être une docilité assez bien imitée.

— Or sus, reprenons, Sire ! Voici le texte : « Je remercie le roi d'Espagne de sa bonne volonté. Assurez-le que je l'honorerai toujours comme mon père, que je l'aimerai comme mon frère et que j'userai de ses bons conseils. »

— Qui a écrit ce texte, Monsieur de Souvré ? dit Louis.

— La reine votre mère, Sire, dit Monsieur de Souvré, sans doute conseillée par vos ministres. Voulez-vous pas répéter, Sire ?

— Je le veux bien, dit Louis. « Je remercie le roi d'Espagne de sa bonne volonté. Assurez-le que je l'honorerai toujours comme un père. » Monsieur de Souvré, pourquoi devrais-je l'honorer comme un père ?

— Parce qu'il a l'âge de l'être : il a trente-quatre ans. Reprenez, Sire, s'il vous plaît !

— Et pourquoi devrais-je l'aimer comme un frère ?

— Parce que vous êtes son égal, Sire, étant roi vous-même ! Vous de France, et lui d'Espagne.

— Il serait donc à la fois mon père et mon frère ?

— Ce sont là des façons de parler, Sire, entre souverains de deux grands royaumes. De grâce, Sire, reprenez !

— « Je remercie le roi d'Espagne de sa bonne volonté. Assurez-le que je l'honorerai toujours comme un père, que je l'aimerai comme mon frère et que j'userai de ses bons conseils. » Monsieur de Souvré, reprit Louis, je ne saurais être tenu l'égal du roi d'Espagne, si j'attends de lui des conseils. Il me semble que je m'abaisse beaucoup en disant cela.

— Nullement, Sire, si ses conseils sont bons.

— Mais, Monsieur de Souvré, comment peux-je savoir d'avance qu'ils le seront ?

— Sire, dit Monsieur de Souvré, en marquant quelque impatience, ce ne sont là que des façons courtoises de parler. Reprenez, Sire, je vous prie !

Louis récita la phrase entière, les « bons conseils » inclus, d'une traite, et sans jeter un seul coup d'œil au texte.

— Ah ! Voilà qui va bien, Sire ! dit Monsieur de Souvré avec satisfaction. Toutefois, il ne serait pas disconvenable que vous prononciez le compliment plus lentement. La lenteur donne de la dignité. Monsieur le Chambellan, qu'en pensez-vous ? dit Monsieur de Souvré en se tournant vers le duc d'Aiguillon.

— Assurément, Sire, dit le duc, sa voix grave et forte retentissant aussitôt dans la pièce comme les grandes orgues dans une cathédrale, assurément, Sire, dans ces sortes d'affaires, la lenteur donne de la dignité.

— Comme ceci, Monsieur le Grand Chambellan ? dit Louis.

Et répétant la phrase, il fit une si plaisante imitation de la belle voix de basse du dignitaire que d'aucuns dont je fus dissimulèrent un sourire derrière leurs mains.

— C'est parfait, Sire, dit Monsieur de Souvré, qui n'y avait pas vu malice. Toutefois, ne forcez pas votre voix !

L'exercice de mémoire fini et la phrase diplomatique engrangée dans la cervelle royale, on dévêtit Louis et on lui mit ses habits de cérémonie, lesquels étaient si lourds qu'il sua de plus belle. Et on apporta une chaire dorée sur laquelle on l'assit.

Il n'eut pas à attendre. Précédé et suivi d'une troupe fort chamarrée, le duc de Pastrana apparut, fort grand, fort maigre et fort roide. Ayant salué trois fois le roi de France, lequel le regardait venir vers lui, assis et la face impassible, le duc prononça en un français un peu rocailleux un petit discours qui, pour la lenteur et l'emphase, n'avait rien à envier à l'éloquence de notre chambellan, sauf toutefois qu'il était animé d'une *ardor* toute castillane. Quand il eut fini, il se génuflexa de nouveau et Monsieur de Souvré fit un petit signe à Louis. Celui-ci, non sans un grand air de dignité, et sans bégayer le moindre, prononça les paroles si laborieusement apprises.

— Je remercie le roi d'Espagne de sa bonne volonté. Assurez-le que je l'honorerai toujours comme un père et que je l'aimerai comme un frère.

Là-dessus, il adressa un petit signe de tête au duc de Pastrana qui, le remerciant de ses mercis, lui fit derechef trois profonds saluts et s'en alla, suivi de son étincelante escorte.

— Ah ! Monsieur de Souvré ! dit Louis dès que l'escorte fut close sur le Grand d'Espagne, plaise à vous d'ordonner à mes valets de me dévêtir ! J'étouffe en cet appareil !

— Sire, dit Monsieur de Souvré d'un air dépit et chagrin, dans votre petit compliment, vous avez omis « les bons conseils » !...

— Les ai-je omis ? dit Louis d'un air comme étonné.

— Oui, Sire.

— Ah ! J'en suis bien marri ! dit Louis. Monsieur de Souvré, pardonnez-moi, c'est un oubli !

Et que c'en fût un, je le décrus incontinent, car se détournant de Monsieur de Souvré pour se prêter aux mouvements du valet qui lui ôtait son magnifique pourpoint, Louis eut un petit brillement de l'œil qui me donna fort à penser.

Louis n'ignorait pas avec quelle sinistre régularité les épines et les épreuves dont son père avait pâti sa vie durant lui étaient toutes venues d'Espagne, et je suis bien assuré qu'il eût cru trahir sa mémoire s'il n'avait pas ressenti méfiance et antipathie pour tout ce qui lui venait ou lui viendrait jamais de l'au-delà des Monts. J'en eus la confirmation ce soir même quand sur le coup de cinq heures de l'après-dînée j'arrivai dans ses appartements. Des flots de musique s'en échappaient et m'avançant quasiment sur la pointe des pieds, je trouvai toute la Maison du roi figée dans l'écoute, ou dans une feinte écoute, et Louis assis, la joue gauche reposant sur la paume de sa main, et son coude prenant appui sur le bras de sa chaire. Il y avait là un chanteur et deux musiciens de guitare, lesquels jouaient et chantaient des airs castillans. Tous trois, il va sans dire, étaient de la suite du duc de Pastrana et envoyés gracieusement par lui. Je trouvais de la beauté et du rythme à ces chants, mais il ne me sembla pas que Louis partageât mon opinion. Car bien qu'il aimât fort la musique, son visage portait cet air d'ennui boudeur que je connaissais bien. Et comme je ne discernais que des qualités dans ces airs entraînants, j'en conclus que s'ils rendaient Louis si malengroin, c'était moins par le désagrément qu'il y trouvait qu'en raison de leur origine et de la nation du grand seigneur qui lui donnait cette aubade. Toutefois, les chants cessant, Louis remercia les musiciens et leur fit donner quelques pécunes par Monsieur de Souvré.

A peine les musiciens se furent-ils retirés qu'un gentilhomme espagnol très chamarré apparut, suivi d'un valet portant un paquet fort volumineux, don de Son Excellence le duc de Pastrana à Sa Majesté, lequel paquet Monsieur de Souvré reçut et fit poser sur une table, non sans que, de part et d'autre il n'y eût échange de compliments, eux-mêmes fort volumineux, pour ce que des deux côtés, on employa dix mots quand un seul eût suffi. Et il n'y eut pas faute non plus de profonds saluts quand le messager se retira.

Comme on supposait, à la mollesse de son contenu, que le paquet contenait des étoffes, Monsieur de Souvré fit appeler le grand maître de la garde-robe du roi, le jeune comte de La Rochefoucauld, lequel apparut quasi courant, ses longues boucles dorées flattant son beau et juvénile visage. Son grand-père, qui était protestant, avait péri au premier jour de la Saint-Barthélemy mais le jeune comte, qui s'intéressait peu à la religion et beaucoup à la vie, revint au catholicisme sous Henri IV et succéda à Roquelaure dans une charge qui valait à son possesseur, non seulement une forte pension, mais de la part des fournisseurs, des « épingles » enviables, même sous un roi aussi peu porté que Louis à la parure et à l'apparat.

La Rochefoucauld commanda à un valet d'ouvrir le paquet, lequel révéla, à être déclos, vingt-quatre peaux parfumées — spécialité espagnole, à ce qu'on me dit plus tard — et cinquante-quatre paires de gants que je supposais être de tailles différentes, car il eût fallu plus d'une vie d'homme pour les user. La Rochefoucauld dut avoir la même idée, car il dit :

— Sire, ces peaux et gants sont à garder, car vous pourrez puiser dans ce fonds pour faire des cadeaux aux seigneurs étrangers qui vous viendront visiter.

— Oh non ! dit Louis en jetant à peine un œil aux présents.

Et il ajouta :

— J'en ferai des colliers pour mes chiens et des harnais pour mes chevaux.

La Rochefoucauld était un trop parfait courtisan pour marquer de la surprise à ouïr cette remarque déprisante, mais il me dit plus tard que bien que les peaux fussent belles, le duc de Pastrana, à son sentiment, eût été mieux inspiré d'offrir une arquebuse au petit roi. Je n'y contredis pas, mais sans y croire le moindre. Dans l'humeur où je le voyais, Louis n'eût trouvé de plaisir à rien qui lui vînt de ce côté-là, et pas même à une arme.

Cinq jours plus tard, m'étant attardé chez Madame de Lichtenberg, je ne pus voir Louis que sur les neuf heures du soir alors qu'on lui lavait les jambes avec de l'eau dans laquelle on avait mis des roses. Il y prenait plaisir, aimant les bains plus que son père dont le fumet, comme son sait, offensait les narines délicates. Après quoi Louis se mit, comme dit Héroard (lequel était pudique), « à ses affaires », à savoir sur le seul trône qui soit commun au roi, au prêtre et au manant. Et comme même là, il fallait qu'il fût occupé, il fit placer une bougie allumée sur le rebord de la fenêtre ouverte et se faisant apporter une petite arbalète à jalet [1], il visa avec soin et du premier coup éteignit la flamme sans abattre la bougie. Je n'ignore pas qu'il y eut des gens à la Cour qui, dans leur rage de dénigrer le roi pour plaire à la régente et aux marquis d'Ancre, allèrent jusqu'à nier cet exploit, mais je peux en porter témoignage, puisque je l'ai vu de mes yeux.

Ses « affaires » faites, on mit Louis au lit et commandant qu'on lui donnât ses petits soldats, qui n'étaient pas, comme les miens en mes enfances, de plomb, mais d'argent, il joua avec eux sur son drap un moment. Cependant, comme toujours, il demeurait très attentif à ce qui se disait de lui autour de lui et en particulier aux ordres que Monsieur de Souvré donnait à Monsieur d'Auzeray pour l'arrangement, le lendemain, de ses appartements où devait avoir lieu, sous l'œil du duc de Pastrana, la signature des contrats de mariage de *Madame* et de lui-même.

Tout soudain, relevant la tête, il dit :

— C'est Monsieur de Souvré qui signera.

C'était là une de ses remarques sans logique apparente que Monsieur de Souvré qualifiait d'enfantines, parce qu'il n'entendait pas le sentiment qui les dictait. Il dit vivement :

1. Les arbalètes tiraient des traits dont le fer avait quatre faces, d'où leur nom de *carreaux*. Les arbalètes d'exercice ou de jeu tiraient des pierres rondes qu'on appelait des « jalets ».

— Non, Sire, c'est vous qui signerez ! C'est vous qui serez marié demain !

A quoi Louis, détournant la tête, dit brusquement et avec froideur :

— Parlons pas de ça ! Parlons pas de ça !

Un petit incident fort éclairant survint le lendemain au moment des signatures qui furent fort cérémonieusement données en la chambre du roi en présence de la reine-mère, du roi lui-même, de *Madame,* de son frère Gaston (que depuis la mort de Nicolas, on appelait *Monsieur*), du nonce Bentivoglio, du duc de Monteleone, du duc de Pastrana, des princes du sang et des grands officiers de la couronne.

Au moment où *Madame,* la plume d'oie à la main, se préparait à signer son contrat de mariage, suant sang et eau et tirant la langue (mais à vrai dire, elle n'avait pas encore dix ans), Louis qui s'était placé derrière elle, la poussa doucement du coude pour la faire faillir. Ce geste n'échappa pas à la régente qui sourcilla à ce qu'elle considérait sans doute comme une *bambinata,* mais si son obtuse cervelle avait pu lire dans le cœur de son fils, elle aurait entendu que s'il avait été alors le maître, il ne se serait pas contenté de pousser le coude de sa petite sœur : il aurait brisé sa plume.

CHAPITRE VIII

Du diantre si je sais pourquoi, en les cinq années qui suivirent mon installation au Louvre, les étés devinrent en Paris si étouffants et les hivers, si froidureux. Mais c'est un fait que le ciel, en ces temps-là, fut comme dégondé de ses naturelles humeurs et alla sans cesse au démesuré, comme en novembre 1613, où gel sur Paris et glace épaisse d'un pouce sur la rivière de Seine firent leur subite, et par malheur, durable apparition.

Ce ne fut pas sans dol ni dommage pour Louis qui tant aimait courir par monts et vaux, et galoper dans les garennes après poils et plumes. Il lui fallut se contenter de jouer à la paume sur un court protégé d'un toit, ce qui toutefois suffit ce matin-là à le ragaillardir et prendre en gausserie les intempéries.

— Que *vela,* dit-il en regagnant ses appartements, un beau temps pour étudier ! Je n'en aurais pas envie que le temps me la ferait venir ! Or sus, Monsieur de Souvré, étudions ! Devenons savants !

Cependant, à ce propos badin et peu habituel, Monsieur de Souvré ne sourit pas. Pâle, malengroin, deux rides amères se creusant autour d'une bouche pincée, il tirait une face longue d'une aune.

— Sire, dit-il d'un air fort renfrogné, au lieu que d'étudier, vous allez devoir apprendre ce matin un petit compliment...

— Eh quoi ! Derechef, Monsieur de Souvré ! dit le roi. Et un compliment destiné à qui ? A un Espagnol ?

— Non, Sire, à un Italien ! dit Monsieur de Souvré qui, si maître de lui qu'il fût, ne put s'empêcher de grimacer en prononçant ce mot. Comme vous savez, Sire, le maréchal de Fervaques vient de mourir.

— Je le sais et j'en suis bien marri.

— Et la reine votre mère, Sire, a élevé le marquis d'Ancre à la dignité de maréchal de France.

— Le marquis d'Ancre, maréchal de France ! s'écria Louis, béant. Mais il est étranger !

— En effet, Sire.

— Et il n'a jamais porté les armes !

— En effet, Sire.

— Mais n'est-ce pas à vous, Monsieur de Souvré, que la reine ma mère avait promis le bâton ?

— En effet, Sire.

— En récompense de votre vaillance aux armées du roi mon père ?

— En effet, Sire, dit Monsieur de Souvré, la face si pâle qu'il paraissait tirer à la mort.

Et il reprit, faisant sur lui-même un héroïque effort pour réaffirmer sa loyauté à l'égard de la régente :

— Toutefois, Sire, la reine votre mère ne fait rien sans grande considération...

— J'en suis bien assuré, dit Louis, qui n'en était rien moins que sûr.

Les assistants — et ils étaient nombreux ce matin-là dans les appartements du roi — paraissaient transis dans le silence et pour ne pas avoir à envisager Monsieur de Souvré, ni se regarder entre eux, fichaient leurs yeux à terre, comme s'ils eussent craint qu'on y pût lire le scandale et la stupéfaction. A peu qu'ils eussent désiré n'avoir point d'oreilles pour ouïr ce qu'ils venaient d'ouïr, ni de cervelle pour l'entendre, ni de langue pour le répéter. Immobiles et muets, ils s'escargotaient. Et sur leurs coquilles, passaient et repassaient, battant leurs blanches ailes, les anges de l'hypocrisie de cour.

Mais le roi, lui, qui venait d'avoir douze ans, avait le droit — non parce qu'il était le roi, mais parce qu'il était un enfant, et si rudement tenu en lisière — de poser questions et il n'y faillit point, l'air sérieux, attentif et quasi naïf.

— Monsieur de Souvré, reprit-il, pourquoi dois-je dire un petit compliment au nouveau maréchal?

— Sire, parce que ce matin à dix heures, chez la reine votre mère, le marquis va prêter devant vous son serment de maréchal de France et vous assurer de ses loyaux services.

— Et que dirai-je?

— Sire, voici la phrase qu'on m'a demandé de vous faire apprendre.

A ma connaissance, c'était la première fois que Monsieur de Souvré employait une façon de dire qui mettait quelque distance entre lui-même et le texte qu'il avait le devoir de mettre dans la bouche du roi.

Il reprit :

— « Mon cousin, j'augure bien de vos services et je vous remercie de votre bonne volonté à mon endroit. »

— « Mon cousin »? dit Louis. Pourquoi dois-je appeler le marquis d'Ancre « mon cousin »?

— C'est l'usage, Sire. Un maréchal de France est considéré comme hors de pair avec la noblesse de France. En conséquence, le roi lui dit « mon cousin », et tout un chacun lui doit donner de l'« Excellence ».

— Même les ducs et pairs?

— Même ceux-là, Sire.

Louis eut l'ombre d'un sourire, comme s'il doutait que « ceux-là », s'agissant d'un personnage si déconsidéré, s'allassent soumettre volontiers à cette obligation.

— Eh bien, Monsieur de Souvré! reprit-il avec sa décision coutumière, apprenons cette phrase, puisqu'il le faut! Vous plaît-il de me la répéter?

Monsieur de Souvré, non sans effort, répéta le texte et Louis, non sans mal, et à peu près avec la mine qu'il prenait pour avaler les peu ragoûtantes purges du docteur Héroard, l'apprit par cœur.

Ce fut une circonstance fort heureuse en l'occurrence que le lit monumental dans la chambre de la reine ait été gardé des approches par un balustre d'argent massif, lequel seuls avaient le privilège de franchir les princes et les ducs. Sans lui, la presse des courtisans dans la chambre fût devenue telle et si tempestueuse que même la couche royale eût fini par être envahie. Aussi bien dut-on faire appel aux capitaines des gardes pour refouler les courtisans et ouvrir un chemin au maréchal d'Ancre, lequel s'avança, portant haut le bec, superbement vêtu de soie et paré de pierreries, lesquelles brillaient aussi de mille feux sur la garde de la splendide épée qu'il portait au côté — cette épée qu'il n'avait jamais tirée pour la défense du royaume de France, ni même pour celle de sa lointaine patrie, car de publique notoriété, Concini avait beaucoup connu à Florence les tréteaux de la comédie (où il jouait les rôles féminins), les alcôves des deux sexes, les tripots, les bordels — et en conséquence de ses dettes et de ses friponneries — les geôles de la Toscane, mais jamais, au grand jamais, les camps et les armées. Son seul exploit — et après avoir vu la malitorne, j'augurai que c'en était un — avait été d'épouser la coiffeuse dont la reine-mère avait fait sa dame d'atour, laquelle à la longue, à force de services, avait asservi sa maîtresse. C'est à elle qu'il devait tout : son énorme fortune, son marquisat d'Ancre et sa présente élévation au maréchalat.

Bel homme, resplendissant de pierreries qui lui avaient peu coûté, le nez busqué, la mâchoire carnassière, l'œil et le sourcil relevés vers les tempes, il portait, tandis qu'il traversait la foule, cet air d'impudence et d'arrogance dont Bellegarde, en parodie de Sully, avait dit que c'étaient « ses deux mamelles ».

« Voilà, m'apensai-je, un homme qui a déjà mangé une bonne part du royaume et qui, si on le laisse faire, mangera tout. »

Que sa noblesse florentine fût fausse ou authentique (point qu'on n'avait pas donné le temps au Parlement de Paris d'éclaircir), il faut bien confesser que le beau maréchal exécuta devant Leurs Majestés toutes les simagrées du protocole — les génuflexions, les baisemains, les avancées et les reculs — avec une parfaite bonne grâce qui faisait honneur, sinon à sa première éducation, à tout le moins à ses talents de comédien.

Il se tira moins bien, et de son serment de maréchal, et du petit discours dont il le fit suivre, pour la raison qu'il les prononça dans un français baragouiné d'italien qui, par malheur, rappelait un peu trop aux héritiers des vieilles familles qui se trouvaient là que le royaume de France était désormais aux mains de trois Florentins, la reine et les époux Concini — ceux qu'on avait d'abord appelés (en s'en gaussant) *les marquis d'Ancre* et qu'on allait appeler (sans plus en rire du tout) *les maréchaux d'Ancre.*

Du petit discours dont le maréchal fit suivre son serment, je n'ai retenu que les dernières paroles pour ce que je crus voir, dans leur dévergognée franchise, je ne sais quel défi ou braverie à l'égard des Grands de ce royaume.

— Sire, conclut le maréchal d'Ancre, j'ai grand sujet d'être votre serviteur, puisqu'étant étranger et étant venu en ce pays sans un sol vaillant, j'ai reçu tant de bienfaits de Votre Majesté et de la reine votre mère que cela m'obligera à demeurer votre serviteur tant que je vivrai, et je me sentirais bien misérable si je n'en ressentais l'obligation.

A quoi Louis répondit sans bégayer et sans y mettre non plus la moindre chaleur la phrase si laborieusement apprise des lèvres mêmes de celui qui aurait dû se trouver devant lui à la place du nouveau maréchal.

— Mon cousin, j'augure bien de vos services et je vous remercie de votre bonne volonté à mon endroit.

J'envisageai les ducs et les pairs, tandis que, debout derrière la chaire du roi et de la reine-mère, ils écoutaient cet échange.

Il y avait là Condé, Mayenne, Nevers, Longueville, Guise, d'Epernon, Bouillon, Vendôme — en un mot, ceux qu'on appelait les Grands, lesquels, en ce royaume, gouvernaient villes et provinces dont ils tiraient des pécunes et à l'occasion des soldats, mais à qui la reine, ni du vivant du feu roi, ni depuis qu'elle était régente, n'avait dans son obtuse morgue témoigné le moindre égard, ni baillé la moindre faveur. La régence venue, les Grands se rattrapèrent, ayant découvert un moyen infaillible de faire cracher leur souveraine au bassin. Au moindre sujet de mécontentement, ils boudaient, quittaient la Cour, se fortifiaient dans leurs villes et levaient des troupes. Ce qu'ils avaient fait avec un grand succès quasiment dès l'arrivée de la reine au pouvoir et qu'ils feraient de nouveau pour qu'on regarnît leurs bourses, puisque la régente, loin de leur galoper sus à la tête des armées royales, avait imaginé dans son peu de cervelle de leur courir après en leur tendant des sacs d'or pour les ramener à la Cour. Ce qui, en effet, les ramenait, mais ne pouvait que les encourager à quitter à nouveau la Cour, sous le couvert du bien public, qu'ils contribuaient à détruire, mais que les chattemites affectaient de défendre, à seule et unique fin de faire remplir derechef leurs insatiables escarcelles.

Comme durant cette cérémonie du serment j'avais cru discerner sur les visages des Grands un air de hauteur et de mépris à l'égard du nouveau maréchal, j'en touchai un mot à la repue du midi au marquis de Siorac.

— Ne croyez-vous pas, Monsieur mon père, lui demandai-je, que Concini a amassé contre lui chez les Grands tant de féroces jalousies qu'un jour il lui en cuira ?

— Je le décrois. Il faudrait pour cela que les Grands soient unis et qu'ils aient, au surplus, le sens de l'Etat.

Or, ils n'ont le sens que de leurs intérêts et pas un n'est ami, ni véritablement ennemi de l'autre. Peu importe donc que Concini soit un loup mal né et venu d'au-delà des Monts : c'est un loup. Et les bêtes de cette sorte ne vont pas laisser leurs crocs s'égarer sur un des leurs, alors qu'on leur laisse le royaume entier à dévorer.

On parla beaucoup à la Cour de l'élévation du marquis d'Ancre au maréchalat, mais ce fut par paroles chuchotées, l'œil épiant, et de préférence dans l'escalier Henri II du Louvre, qui a cet avantage d'être immense, tant est qu'on y peut voir venir de loin, montant ou descendant, les fâcheux et les espions. Mais dans le peuple de Paris, si volontiers rebelle et maillotinier, on n'y alla pas tant à la patte de velours et les maréchaux d'Ancre, selon les quotidiens échos de Mariette, furent traînés du matin au soir dans la boue et, disait-on, c'était justice, puisqu'ils en étaient issus. Par malheur, la reine elle-même ne se trouva pas épargnée en ces ignominies, pour la raison que les Parisiens ne pouvaient croire qu'elle eût accumulé tant d'honneurs sur la tête d'un étranger qui en était si peu digne, s'il ne lui avait pas donné en son veuvage quelque intime motif de satisfaction.

Bref, on brocardait les maréchaux d'Ancre, on les chansonnait, on en faisait des poupées grotesques qu'on pendait par le col aux grilles du palais, on leur attribuait, et la misère du peuple, et le gaspillage du trésor (et chose étrange, sans jamais considérer que les Grands y avaient, eux aussi, leur part).

L'absurde de la chose, c'était que la régente n'aimait point du tout le Conchine et ne le poussait si haut que pour complaire à sa dame d'atour, laquelle ne l'aimait pas davantage, ayant eu beaucoup à pâtir des brutalités de son époux. La seule ambition de la Conchine était l'or, mais pour son malheur, le maréchal d'Ancre, lui, voulait régner. Et de sa quasi incrédible impudence, belle lectrice, je vous veux faire un conte, lui-même quasi décroyable, et d'autant qu'il s'y mêle d'illicites mystères et de damnables magies, et qui sait? le diable lui-même, auquel toutefois je ne permettrai pas d'apparaître en ces pages pour ne point effrayer votre délicatesse.

La date de cette intrigue reste floue en ma mémoire et je ne saurais même chercher à la préciser pour avoir omis de la marquer alors dans mon *Livre de raison.* Toutefois, les circonstances en demeurent aussi claires et vives, et surprenantes en mon esprit que si je les avais vécues dans la semaine qui vient de s'écouler.

Chose véritablement étrange, c'est Madame de Lichtenberg qui, toute retirée du monde qu'elle fût, me mit la première sur la voie de ce qui se tramait dans l'ombre à la Cour.

Comme on sait, la seule chose qui me donnât un peu d'humeur chez ma *Gräfin,* sans que je me permisse jamais de trahir à cet égard la moindre impatience, était sa funeste habitude de prendre une collation sur le coup de trois heures, c'est-à-dire au moment où j'arrivais chez elle, tout fervent et bouillant, ayant tous les appétits du monde, sauf celui de me confiturer.

Mais, outre que cette collation était une coutume fort ancrée chez les personnes de qualité pour la raison que, dînant à l'ordinaire à onze heures du matin et non pas comme au Champ Fleuri sur le coup de midi, elles se sentaient une petite faim quatre heures plus tard, ma belle était gourmande, et ayant le bonheur d'être de ces dames qui peuvent dévorer tout leur saoul sans avoir un beau matin à changer toute leur garde-robe, elle se laissait aller fort volontiers à ce petit péché. A la longue, pourtant, je finis par soupçonner que le cérémonial du goûter avait aussi pour but de me tantaliser, mais point tout à fait cependant, car Tantale, aux Enfers, voit de beaux fruits se pencher jusqu'à sa bouche assoiffée et s'en retirer toujours au moment où ils touchent ses lèvres, alors que ma *Gräfin* eût été la première bien marrie, si je n'avais point mordu pour finir aux grappes de sa vigne. Mais plus adroite ménagère que je n'étais du plaisir qu'elle attendait de nos rencontres, elle les retardait volontiers. Assise languissamment sur sa chaire à bras en ses beaux affiquets, elle tartinait d'un air innocent ses éternelles galettes, glissant vers moi quand et quand un coup d'œil aussitôt lancé que retenu, tandis que je couvrais son visage et son corps de mes insatiables regards, la gorge si asséchée que je pouvais à peine parler et mon cœur toquant si fort que je craignais qu'elle ne l'ouït.

Il est vrai que lorsqu'à la parfin, mes mains et mes lèvres pouvaient prendre dans le clos de sa chambre le relais de mes yeux, nos tumultes empêchaient pendant un si long moment toute conversation utile qu'il valait mieux, en effet, réserver à la collation l'urgent et le pressant de nos entretiens, et qu'en cela ma *Gräfin* se montrait bien avisée, comme de reste elle l'était en tout.

— Mon ami, me dit-elle la galette en main, connaissez-vous le duc de Bellegarde ?

— Je le connais, dis-je, mais non intimement, vu son âge et le mien. Je l'ai souvent encontré du temps où j'étais le truchement ès langues étrangères du défunt roi.

— Et l'aimez-vous ?

— Je l'estime fort pour avoir été si fidèle à notre Henri de son vivant et si fidèle à sa mémoire après sa mort.

— Bassompierre m'est venu visiter tout spécialement ce matin pour me dire que le duc de Bellegarde désirait fort vous voir, mais au bec à bec et dans le plus grand secret.

— Et pourquoi le plus grand secret ? dis-je, béant.

— Bellegarde est, dit-il, espionné jour et nuit, étant pris dans les toiles d'une vilaine intrigue où il risque de tout perdre. Et se trouvant déjà tout enveloppé de ces filets, il ne voudrait pas y entraîner ceux ou celles qui le voudraient aider. L'aiderez-vous ?

— Mille fois oui ! Bellegarde est fort honnête homme, tout écervelé qu'il soit.

— Est-il si étourdi ?

— Oh ! M'amie ! Plus belle tête de linotte vous ne

verrez mie ! Savez-vous qu'il a osé se jeter dans les bras de la belle Gabrielle du temps où elle était la maîtresse du défunt roi ? Et si le roi n'avait été si bon et s'il n'avait pas tant aimé Bellegarde, il eût pu perdre avec sa tête le peu de cervelle qu'il y loge. Toutefois, le cœur est bon et il est estimé de tous.

— Mais, mon ami, n'est-ce pas un peu aventureux de secourir un fol ?

— Je serai prudent pour deux.

Je m'accoisai un instant après cela, l'œil fixé sur la galette que ma belle, de ses belles mains, était en train de me préparer. Bellegarde ayant un appartement au Louvre et moi aussi, il nous eût été fort aisé assurément de nous y encontrer. Mais d'un autre côté, si Bellegarde disait vrai sur l'espionnage dont il faisait l'objet, c'était bien au Louvre que la surveillance de ses allées et venues était la plus difficile à déjouer.

— Eh bien, mon ami ? Vous vous taisez ? dit Madame de Lichtenberg. Que puis-je faire pour ma part ? Voulez-vous encontrer Bellegarde céans ?

— Nenni, m'amie, nenni ! Il serait disconvenable, étant étrangère, sans soutien à la Cour et par conséquent si vulnérable, que vous apparaissiez de près ou de loin en une affaire où je flaire tant de dangers. Dites seulement à Bassompierre que je lui enverrai mon petit La Barge pour prendre langue avec Bellegarde en son appartement du Louvre après-demain sur le coup de six heures de l'après-midi pour lui donner un rendez-vous discret.

Or, belle lectrice, le lieu de cette rencontre, je l'avais déjà choisi en mon esprit, mais même à ma *Gräfin* je n'en voulus rien dire. Non pas que je n'eusse entière fiance en elle, mais je vous le demande, eussiez-vous aimé, ayant un amant auquel vous eussiez tenu, d'apprendre de sa bouche qu'il avait donné rendez-vous à un grand seigneur en la maison du financier Zamet ?

Assurément, cette maison était le luxe même et le financier Zamet, l'homme le plus riche de France, mais sa demeure était non seulement une sorte d'auberge où l'on se gobergeait mieux que nulle part en France, un tripot princier où la première mise ne daignait pas tomber au-dessous de cent écus, elle comportait aussi des chambres fastueuses où les Grands de ce monde — et par exemple, de son vivant, notre bon roi Henri — pouvaient, après une partie de dés et une bonne repue, badiner avec des créatures dont le prix était aussi grand que leur vertu, petite.

Zamet était un petit homme replet qui, à part des yeux noirs, saillants et brillants comme ceux d'une belette, n'avait rien de remarquable. Il me connaissait fort bien pour m'avoir vu souvent chez lui en compagnie du feu roi, car Henri me tenait, si on s'en souvient, pour son innocente mascotte, pour la raison que je n'étais pas moi-même joueur. Et au premier mot que je dis à Zamet, il me fit de prime jurer qu'il ne s'agissait pas d'un complot contre la régente. Après quoi il me dit à sa manière vive et abrupte :

— Monsieur le Chevalier, venez à trois : la chambre bleue, le petit cabinet attenant, et Zohra feront l'affaire pour le plus discret entretien.

— Et qui est Zohra ?

— Une belle Mauresque que je vais vous présenter. Le français est pour elle une langue tout à fait déconnue.

— Mais, Monsieur, quel est donc l'intérêt du petit cabinet attenant ?

— On y a une plaisante vue, par un discret judas, sur le lit de la chambre bleue. Mais si on veut seulement parler au bec à bec et sans crainte d'être ouï, c'est l'endroit le meilleur du monde, car il est si bien capitonné qu'à moins de déclore le petit judas, on n'y oit même pas les soupirs qui s'échappent de la chambre bleue.

— Et pourquoi faut-il que nous soyons trois, puisque l'entretien est un tête-à-tête ?

— Il faut bien, Monsieur le Chevalier, que Zohra soit occupée. Sans quoi les domestiques n'entendraient pas pourquoi on vous baille la chambre bleue, et cela ferait jaser.

— Eh bien, le troisième homme, Monsieur, sera

mon petit La Barge. Les deux autres — moi-même et le *tertium quid* [1] — seront ses invités.

Mon page fut dans les transports, quand il apprit que son rôle en ce rendez-vous serait de tenir compagnie à la belle Zohra, tandis que Bellegarde et moi, nous devions confabuler dans le cabinet attenant.

— Ah Monsieur! dit-il, sa voix s'étranglant dans sa gorge. Je touche enfin au havre de mes rêves! Une femme! Une femme à moi! Et nue! Et qui fera toutes mes volontés! Mais les fera-t-elle?

— Assurément.

— Elle est belle, m'avez-vous dit? Belle à damner un saint?

— Et même tous les saints mis à tas!

— Et comment se nomme-t-elle?

— Zohra.

— Zohra? Ah Monsieur! Quel beau nom! Comme il est doux et poétique! Je n'ai jamais ouï ce nom-là jusqu'à ce jour.

— Pour une bonne raison, dis-je, il est mauresque.

— Quoi? dit La Barge, la crête soudain fort rabattue et tous ses traits comme tirés par le bas, la caillette serait-elle donc mauresque?

— Indubitablement.

— Mais c'est que cela change tout! cria La Barge, sa juvénile face tordue de désespoir et les larmes apparaissant en ses candides yeux.

— Et pourquoi donc? dis-je, feignant la surprise.

— Mais parce que c'est une infidèle, Monsieur le Chevalier, et que c'est grand péché que de coqueliquer avec une infidèle!

— Comment cela? dis-je. Son petit calabistris va-t-il changer incontinent ton vit en hérétique? Ne pécherais-tu pas aussi bien en t'emmistoyant hors mariage avec une chrétienne?

— Mais ce n'est pas du tout la même chose! s'écria La Barge. Avec une chrétienne, c'est péché confessable! Mais avec une infidèle! Fi donc! Rien qu'à envisager la diabolique garce, je raquerai mes tripes!

1. Le tiers (lat.).

— Or sus, petit sot! dis-je, tu ne raqueras rien du tout! Vu que Zohra, toute mauresque qu'elle soit, est chrétienne, comme en témoigne une belle croix d'or qu'elle porte dans le mitan de ses tétins.

— Quoi, Monsieur? dit-il en pleine confusion, les avez-vous vus?

— J'ai vu la croix et les tétins.

— Quoi? dit-il avec un soupçon de jalousie, étaient-ils nus?

— Sous une gaze assez aimable pour les laisser transparaître. Et même sans la croix qui les ornait, je ne les eusse pas trouvés hérétiques, La Barge, vu qu'ils sont ronds, pommelants et d'une belle couleur brune.

— Ah, Monsieur! reprit La Barge l'œil en fleur, que je suis donc heureux que Zohra soit chrétienne! Et certes, c'est un grand avantage que ses tétins soient d'une belle couleur brune, vu que nos chambrières paradent des décolletés qui sont du blanc le plus fade. Monsieur, reprit-il avec le dernier sérieux, croyez-vous que si cette soirée fait de moi un homme, je vais enfin grandir?

— Comment l'entends-tu?

— Grandir en taille, Monsieur.

— Mais cela se pourrait bien! dis-je.

Et tant il m'avait ébaudi dans cet entretien je le serrai à moi et lui donnai une forte brassée, ce qui l'émut prou, étant orphelin de père et m'ayant, malgré mon âge, élu pour le remplacer.

Bellegarde était des amis de mon père et l'était aussi de Bassompierre dont il avait été avec Joinville, Schomberg, d'Auvergne (de présent serré en la Bastille) et Sommerive (assassiné en la fleur de son âge en Italie), un des commensaux. C'étaient là les gentilshommes dont ma Toinon m'avait dit le premier jour qu'elle était entrée dans ma vie qu'ils étaient « si beaux et si bien faits qu'il n'était pas possible de plus ».

Mais il s'en fallait que la tête du duc de Bellegarde, comme on vient de le voir, fût aussi bien faite que belle. Non qu'il fût plus ignare que les gentilshommes de son rang, ayant été nourri aux armes, à la danse, à l'équitation, et aux jeux de hasard et point du tout aux livres. Toutefois, il les respectait sans les lire, protégeait les arts et pensionnait Monsieur de Malherbe.

Les dames dont il était au Louvre, comme Bassompierre, le grand favori, ne lui en demandaient pas davantage et quant à lui, il ne séduisait les vertus légères de la Cour que par sa propre légèreté, ayant gaîté, gentillesse, bonne humeur, audace irréfléchie et très peu de poids en cervelle. Mais quel vertugadin eût pu résister à son œil noir si caressant, à ses traits ciselés, à ses dents étincelantes et à la courbure de ses lèvres sous sa fine moustache ?

La chambre bleue où nous introduisit le *maggiordomo* de Zamet avait, à mon sentiment, plus de faste que de beauté. J'en trouvai le bleu froid et criard, et trop volumineuses, les colonnes torses et dorées qui encadraient le lit et qui ne portaient pas de courtines, le lecteur entend bien pourquoi.

Ce qu'il y avait là de plus charmant et de mieux proportionné, quand nous y entrâmes — Bellegarde, La Barge et moi — fut l'aimable Zohra, laquelle portait bel et bien sur la poitrine cette croix en or qui avait pour dessein d'assurer les gentilshommes bien nés et bien garnis qui pouvaient l'approcher que s'ils allaient dans ses bras faillir à la morale, ils n'iraient pas du moins pécher contre la religion.

La mignote nous fit à notre entrant de gracieux salamalecs qui mettaient en valeur les courbes de son corps juvénile, et dont la modestie contrastait avec les friponnes œillades qu'en même temps elle nous décochait, lesquelles nous promettaient sur terre ce paradis qui donne dans l'au-delà aux élus de son ancienne foi, non seulement de clairs et chantants ruisseaux et de beaux fruits toujours à la portée de la main mais, chose surprenante, des *houris* à la virginité sans cesse renaissante.

Je ne sais si Zohra qui, pour l'instant, embellissait de ses charmes la chambre bleue possédait ce don miraculeux, mais à vue de nez je la crus fort capable de transporter un honnête chrétien sur un tapis volant jusqu'au petit Eden terrestre des plaisirs de nos sens, lequel est le seul dont nous soyons, dans nos moments d'humilité, tout à fait assurés. Mais Bellegarde à s'teure n'avait guère le cœur à envisager ces beautés et sans s'attarder, il passa d'un pas rapide dans le cabinet attenant, moi-même le suivant, non sans avoir baillé quelques tapes encourageantes sur l'épaule de La Barge, lequel paraissait comme accablé par l'excès de son bonheur.

Le pauvre Bellegarde quand il retira son masque avait sa belle face toute chaffourrée de chagrin et l'huis reclos sur nous, il me remercia d'une voix étranglée d'avoir répondu à son appel, puis avec un soupir il s'assit lourdement sur une des deux chaires qui étaient là, se saisit sur une petite table d'un carafon de vin, emplit jusqu'au bord un gobelet de vermeil et d'un coup le vida.

— Chevalier, me dit-il de but en blanc, si on ne trouve pas le moyen d'arrêter le procès que les Concini font à Moysset au sujet de ce damné miroir, je perds tout et peut-être la vie.

Et sur ces mots, qui n'étaient pas fort clairs, il s'accoisa.

— Monseigneur, dis-je, pardonnez-moi, mais je n'entends goutte à vos propos. Plaise à vous d'éclairer ma lanterne et de me dire ce qu'il en est de ce Moysset, du procès qu'on lui fait et de ce miroir qui en fut l'occasion.

Mais au lieu de me répondre là-dessus, Bellegarde se débonda tout soudain, préférant se purger d'un trop-plein d'amertume, et me conta à la fureur — ce que toute la Cour savait déjà — les méchantises de Concini à son endroit : à peine devenu marquis et premier gentilhomme de la Chambre, le scélérat avait tâché, avec l'aide de la régente, de lui prendre son appartement au Louvre. Fort de son droit, Bellegarde n'avait branlé mie, ni bougé pied, tant est que la reine avait été amenée à construire à ses frais pour ce maraud une maison magnifique proche de la Porte de Bourbon. Qui pis est, l'insolent turlupin avait eu le front, lors du sacre de Louis, de lui chercher une querelle de préséance et lui, Bellegarde, duc et pair, Grand Ecuyer de France, et gouverneur de la Bourgogne, avait dû céder le pas, sur l'ordre exprès de la reine, à ce petit marquis de merde.

— Monseigneur, pardonnez-moi, dis-je, mais ne me parliez-vous pas d'un procès ?

A cette question, Bellegarde répondit par une autre question sur un ton tout aussi passionné.

— Chevalier, savez-vous ce que le nonce Bentivoglio m'a murmuré hier à l'oreille ?

— Non, Monseigneur.

— *La moglie ha in mano la volontà della regina ed il marito lo scetto del regno* [1]. A la vérité, le scandale est grand dans l'Europe entière, et même au Vatican, de la faveur exorbitante de ces exécrables coquins.

— Je le crois aussi, mais Monseigneur, repris-je, vous parliez d'un procès fait à Moysset au sujet d'un miroir.

— Mais point n'importe quel miroir ! s'écria Bellegarde. C'est toute la question. Il s'agissait d'un miroir enchanté !

— Un miroir enchanté ? répétai-je, béant. Et Moysset, qu'a-t-il à faire à ce miroir ?

— Dieu m'est témoin, dit Bellegarde, que Moysset n'a agi en cette occasion que pour m'obliger !

— Mais qui est ce Moysset, Monseigneur ?

— Un financier, dit Bellegarde d'une voix hachée. Un homme excellent : il me prête pécunes sans intérêt. C'est mon ami, tout roturier qu'il soit ! Je le dis et le répéterai encore, s'il le faut, la tête sur le billot et le bourreau levant sa lame au-dessus de mon cou : Moysset est mon ami !

— Mais, dis-je, quel est le rapport de Moysset avec ledit miroir ?

— Celui-ci : voyant la grande appréhension dont je pâtissais quant à l'ascension de cet infâme pied-plat de Concini, Moysset me dit qu'il me mettrait des gens en mains lesquels, par le moyen d'un miroir magique, me montreraient jusqu'où monterait encore la faveur des Concini et ce qu'il adviendrait d'eux à la parfin.

1. La femme (la Concini) a en main la volonté de la reine et le mari, le sceptre du règne (ital.).

Je n'en crus pas mes oreilles. Je savais assurément que Bellegarde avait davantage à se glorifier dans la chair que dans la cervelle (et d'ailleurs je l'ai assez dit) mais qu'il eût poussé si loin la crédulité me laissait sans voix. Un miroir enchanté ! Jour de Dieu ! Cela valait le miracle pisseux de Mariette !

— Un miroir enchanté ! dis-je à la parfin. L'avez-vous vu, Monseigneur ?

— Jamais.

— Et sans doute ces gens-là demandaient une grosse somme pour faire paraître l'avenir des Concini ?

— Cinquante mille écus.

— Que vous payâtes, Monseigneur ?

— Que Moysset m'avança. Mais surtout, les coquins exigèrent de Moysset qu'il leur fit la demande de ce miroir par une lettre signée de lui et contresignée par moi.

— Et que Moysset signa, Monseigneur, et que vous contresignâtes ?

— Oui-da !

— Ah ! Monseigneur ! m'écriai-je, levant les bras au ciel. Quelle étrange folie c'était là ! Pouviez-vous ignorer que toute magie, ou tout artifice supposé magique, relève du diable et tombe sous le coup des lois et qui pis est, de l'Inquisition !

— Mais je ne voyais là qu'une galantise ! dit Bellegarde, des gouttes de sueur apparaissant sur son front et ruisselant sur ses joues. Mais vous avez raison ! J'aurais bien dû m'aviser que ces affreux coquins, une fois en possession de ma lettre, non seulement ne me montreraient jamais le moindre miroir, mais iraient incontinent vendre ma lettre aux Concini lesquels, en effet, dès qu'ils l'eurent en leur possession, me traînèrent en justice.

— Vous, Monseigneur ?

— Moysset de prime. Mais qui peut douter que Moysset condamné, ma perte s'ensuivra ou du moins la perte de mes biens, de mon gouvernement de Bourgogne et de ma charge de Grand Ecuyer, lesquels Concini se ferait aussitôt attribuer par la reine à titre de compensation pour le prétendu dommage qu'il a subi.

— Je gagerais, Monseigneur, dis-je, que Concini a lui-même suscité les magiciens du miroir pour vous faire tomber dans ce piège. Que sont devenus ces gens-là ?

— D'après ce que j'en sais, ayant empoché des deux parts, ils ont disparu.

— Ne voilà-t-il pas qui confirme ma gageure ! J'entends bien que pour le procès, Monseigneur, vous n'avez pas été lent à solliciter.

— Il y allait de ma vie. Et d'abord je pris langue avec le chancelier de Sillery, lequel trouvant l'accusation de magie fort peu sérieuse, d'autant plus que personne n'avait pu produire le miroir, apporta beaucoup de lenteur à sceller les commissions nécessaires au procès. Mais à la fin la reine, fort pressée par les Concini, le pressa à son tour.

— Et le chancelier chancela ?

— En effet. Il saisit la cour du Parlement.

— Et là, vous avez de nouveau sollicité, Monseigneur ?

— Des deux côtés. Et les juges pour qu'ils allassent à la torture, et le Concini à qui je fis demander par les ducs de Guise et d'Epernon de se désister du procès moyennant de substantielles compensations.

— Et il refusa ?

— Mais mon ami, comment le savez-vous ? dit Bellegarde en ouvrant de grands yeux.

— Cela va de soi. Pourquoi arrêter un procès dont l'issue lui donnerait les énormes revenus de votre gouvernement de Bourgogne et votre charge de Grand Ecuyer ? Quelles épingles pourraient jamais valoir autant que ces revenus-là, sans compter la gloire de ce gouvernement et l'honneur de cette charge ?

— Hélas ! dit Bellegarde avec un grand soupir, le fait est là : le scélérat poursuit le procès à toute outrance et je ne sais plus à quel saint me vouer !

J'en savais assez pour me taire et comme je m'accoisai, les yeux au sol, le duc reprit avec un accent de désespoir qui me serra le cœur :

— Mon bon ami, balancez-vous à m'aider?
— Non point, Monseigneur, si je savais comment.
— Mais par votre marraine!
— Par ma marraine?
— La duchesse de Guise, mon ami, a l'oreille de la régente et j'ai pensé qu'elle pourrait, par votre intermédiaire, entrer dans mes intérêts.
— A tout le moins le vais-je essayer, dis-je, et je n'épargnerai rien dans ce sens, soyez-en bien assuré!
— Ah! Chevalier! Vous me rendez vie! s'écria Bellegarde en se levant avec la vivacité d'un jeune homme, et je ne saurais vous dire ma reconnaissance...

Mais le duc n'était pas grand parleur et préférant l'action au verbe, il me donna une forte brassée et je ne sais combien de baisers sur les deux joues et de tapes dans le dos.

Il me parut dans l'instant même infiniment soulagé, ayant ce naturel enjoué qui, après les pires chagrins, rebondit comme balle de paume. Il se versa derechef et lampa d'un trait un gobelet de vin et, au moment de déclore l'huis du petit cabinet, il eut un geste qui montrait bien l'aimable légèreté de son caractère : il ouvrit doucement le petit judas qui donnait des vues sur la chambre bleue et dit *sotto voce :*

— Or sus! Voyons comment les choses se sont passées de ce côté-là...

Et après avoir jeté un œil par le judas, il sourit et dit en lissant sa moustache :

— Voyez, Siorac! Le procès dans la chambre bleue s'est terminé à l'amiable : les deux partis dorment dans les bras l'un de l'autre.

Je voudrais corriger ici l'impression qu'il se peut que j'aie donnée au lecteur du caractère du duc de Bellegarde : quelque nom qu'on lui donne : fol, étourdi, ou linotte, il les méritait tous. Mais ayant toute sa vie vécu à la Cour et dans la compagnie des femmes, il ne faillait pas en cette sorte de finesse qu'on acquiert à leur commerce. Et le choix de la duchesse de Guise comme intercesseur auprès de la reine se trouvait fort judicieux, je m'en aperçus aussitôt, et je voudrais en dire ici le pourquoi.

La régente n'aimait pas les hommes en général, ni en particulier son défunt mari, ni les enfants qu'il lui avait faits, et n'avait jamais eu, comme j'ai dit déjà, le moindre égard pour les Grands de la Cour, étant avec eux froide et roide. Mais elle avait — outre la Conchine — des amies françaises, et si l'on excepte la maréchale de la Châtre, qu'elle aimait prou, mais qu'elle voyait peu, car la dame vivait très retirée, elle comptait autour d'elle trois fidèles que l'on peut dire véritablement ses intimes sans exagérer le moindre : la duchesse de Guise, sa fille la princesse de Conti, et la duchesse de Montpensier.

Ni la duchesse de Guise ni ma demi-sœur la princesse de Conti ne pouvaient se flatter de posséder autant d'influence sur Marie de Médicis que la Conchine. Mais la part qu'elles en détenaient n'était pas négligeable du fait qu'elles étaient l'une et l'autre pleines d'esprit, d'allant et d'astuce et ne quittaient guère la reine, en particulier la princesse de Conti qui, ayant le même âge que Sa Majesté, et l'ayant pour ainsi dire prise en mains dès le début de son règne, était devenue sa dame de compagnie, sa secrétaire, sa lectrice et sa confidente.

La duchesse de Montpensier, pour en venir à la troisième de ces princesses, était la petite-fille de cette vicomtesse de Joyeuse qui à Montpellier — où mon père étudiait alors à l'Ecole de médecine — devint sa protectrice, et un peu plus que sa protectrice, puisqu'en l'absence du vicomte qui s'occupait fort peu d'elle, elle s'était laissé initier par Pierre de Siorac à ce qu'elle appelait pudiquement « l'école du gémir ».

Sa petite-fille, la duchesse de Montpensier, ne lui ressemblait guère, ange de vertu qu'elle était et s'y trouvant, de reste, aidée par sa fragile santé et aussi le fait qu'elle vivait le plus souvent recluse en son château de Gaillon. C'était une femme douce, aimable, effacée qui avait peu d'influence sur la reine, mais détenait cependant sur elle un grand pouvoir, quoique indirect, pour la raison que la reine l'avait courtisée d'entrée de jeu d'une façon quasi extravagante pour recevoir d'elle la main de sa fille — la plus riche héritière de France — pour son cadet Nicolas.

La reine obtint, en effet, le contrat de mariage en 1608 — l'héritière avait alors trois ans — et à la mort, hélas, trop prévisible du pauvre Nicolas en 1611, dans la même lettre où la régente annonçait le décès du pauvret aux tuteurs de la fillette, elle leur redemandait aussitôt la main d'ycelle pour son troisième fils, Gaston. Je ne connais pas, en ce règne, de plus bel exemple d'indélicatesse et de rapacité.

La reine-mère, étant si lourde et si balourde, avec si peu de feu dans l'esprit et dans l'imaginative, avait tendance, dès qu'elle était seule, à s'ennuyer à mourir et elle goûtait fort les saillies, les gausseries, les verdeurs et les piquantes anecdotes de ma bonne marraine. Elle redoutait aussi ses criantes colères auxquelles, chose étrange, elle qui avait d'ordinaire tant de morgue, elle ne savait comment faire face, tant est que la duchesse de Guise abusait de cette faiblesse, la reine demeurant devant elle muette et interdite. Quelques mois plus tôt, quand son dernier fils, le chevalier de Guise, eut tué un gentilhomme sans même lui laisser le temps de tirer son épée, la régente ayant déclaré qu'elle allait sévir, la duchesse de Guise se précipita chez elle comme une furie et lui chanta pouilles avec de si grosses paroles que la marquise de Guercheville, l'interrompant, lui fit remarquer que la reine était sa maîtresse. « Ma maîtresse ! se récria Madame de Guise. Sachez, Madame, que je n'ai point d'autre maîtresse en ce monde que la Vierge Marie ! » Cela montre bien à quel échelon dans l'échelle des créatures de Dieu la duchesse de Guise, née princesse de Bourbon, se situait...

Je me suis souvent dit que la légèreté des gens de cour tient à ce qu'ayant l'esprit si occupé, et je dirais même si gonflé par l'événement présent, ils ne prennent pas le temps d'en démêler la signification, ni d'en prévoir les conséquences. En cette affaire du miroir enchanté, le plus difficile de ma tâche fut de convaincre Madame de Guise que le procès Moysset n'était pas tant risible que redoutable. Car, s'il était gagné contre Moysset, Bellegarde serait dépouillé de ses biens, de sa charge et de son gouvernement et le Conchine, ne s'arrêtant pas en si beau chemin, pourrait bien s'en prendre ensuite aux biens et à l'honneur d'autres Grands.

La duchesse de Guise poussa des cris d'orfraie, quand enfin elle entendit que son fils aîné le duc pouvait subir à son tour ces atteintes. Elle convainquit du danger la princesse de Conti et, par courrier spécial envoyé à Gaillon, Madame de Montpensier. Les trois princesses conjuguèrent leurs efforts, chacune employant un moyen différent. Ma bonne marraine, les cris et la fureur, la princesse de Conti (dont la beauté et le charme agissaient même sur les femmes) de douces, insinuantes et insistantes pressions. Madame de Montpensier, une lettre naïve à la régente où elle déplorait que le duc de Bellegarde, qui était de ses amis, courût des dangers tels et si grands. Mademoiselle de Montpensier, sa fille, qui avait alors huit ans, donnait le poids que l'on sait à cet anodin propos.

Parfaisant son œuvre, Madame de Guise convainquit le duc de Guise et le duc d'Epernon. Ils étaient chers à la régente pour la raison que seuls de tous les Grands, ils ne la menaçaient pas à tout instant de quitter la Cour et de se retirer dans leurs provinces, afin d'y lever des troupes et de contester son pouvoir. Ce n'est pas que ces deux-là fussent plus désintéressés que les rebelles : ils visaient plus haut, aspirant tous deux à la connétablie et ne la pouvaient recevoir que du roi, c'est-à-dire de sa mère. En cette occasion, ils sentirent toute l'inutilité d'intercéder une deuxième fois auprès de Conchine pour qu'il retirât sa plainte. L'avarice et l'ambition du maréchal d'Ancre le rendaient aveugle aux conséquences de ses actes et je me fis cette réflexion qu'il aurait eu bien besoin, quant à lui, d'un miroir magique, pour l'effrayer sur son propre avenir et modérer son impudence. Quoi qu'il en fût, Guise et d'Epernon trouvèrent plus expédient d'aller tout de gob trouver la reine et de la supplier d'assoupir le procès Moysset.

Un roc n'eût pas résisté à tant de sapes et la reine commanda à la parfin que le procès de Moysset fût retiré du greffe et brûlé. Moysset, qui avait quasiment senti autour de lui les flammes du bûcher, retrouva souffle et jouit à neuf de ses biens, lesquels étaient immenses et eussent, eux aussi, engraissé Conchine, si la personne du financier avait été réduite en cendres.

Bellegarde me jura une éternelle amitié et bien qu'il tînt parole, c'est moi qui, dans la suite, eus l'occasion d'atténuer les coups qu'allait lui valoir de nouveau son étourderie. Plusieurs années plus tard, quand j'allai le voir dans son exil (avec la permission de Louis XIII qui l'y avait expédié), il me dit, toujours aussi fol et fat, que dans l'affaire du miroir enchanté, ce qui l'avait le plus charmé, c'est qu'il avait été sauvé par trois dames, lesquelles étaient, en outre, les plus hautes princesses du royaume.

*
**

A mon sentiment, dès l'âge de neuf ans, l'âge auquel le couteau de Ravaillac le sépara à jamais de son père, Louis avait appris de lui que la France comptait deux ennemis : à l'extérieur la Maison d'Autriche et à l'intérieur les Grands.

De l'animosité que lui inspirait la première — sans compter ces deux mariages espagnols qui avaient bien du mal à passer le nœud de sa gorge — j'ai cité déjà maints exemples. De la méfiance que lui inspiraient les Grands, j'ai commencé à m'aviser le jour où son confesseur lui affirmant que la plus haute vertu d'un prince était la clémence, Louis répliqua aussitôt que « le roi son père n'avait pourtant pas pardonné au maréchal de Biron » — duquel, en effet, Henri avait puni la trahison en livrant sa tête au billot de l'exécuteur.

Très tôt, et si mes souvenirs sont exacts, deux ans avant l'élévation du Conchine au maréchalat, j'observai à quel point le petit roi était chatouilleux quant au respect que les Grands lui devaient.

Se rendant un jour dans les appartements de la

reine accompagné de Souvré et de moi-même, il la trouva dans son cabinet aux prises avec trois des plus grands seigneurs du royaume : le comte de Soissons, deuxième prince du sang, mon demi-frère le duc de Guise et le duc de Bouillon. La pauvre régente tentait d'accommoder de son mieux (c'est-à-dire plutôt mal que bien) une querelle de préséance qui avait surgi entre le comte (toujours aussi escalabreux quand il s'agissait d'étiquette) et le jeune duc de Guise. Le duc de Bouillon, dont le nom aurait dû s'épeler Brouillon tant il aimait l'intrigue, se tenait assis en retrait et pour une fois demeurait coi, ne voulant pas être mêlé à ce différend. Quant au petit roi, voyant à son entrant la reine fort occupée, il resta à distance, Souvré et moi-même derrière lui.

C'est alors qu'entra d'un pas brusque dans la pièce le prince de Condé qui, sans se génuflexer devant la reine ni se découvrir devant le roi, alla s'asseoir, le chapeau sur la tête, à côté du duc de Bouillon lequel il entreprit aussitôt à voix basse.

Louis ressentit très vivement l'impertinence de cette conduite. Le protocole voulait en effet qu'un seigneur, si grand fût-il, n'eût le droit de se couvrir et moins encore de s'asseoir en présence du roi, sans que le roi l'en priât.

Louis se tourna vivement vers Monsieur de Souvré et lui dit et point du tout à voix basse :

— Monsieur de Souvré, voyez ! Voyez Monsieur le Prince ! Il est assis devant moi ! Il est insolent !

Monsieur de Souvré qui observait l'embarras de la reine, fort entortillée dans les fils d'une querelle dont elle n'arrivait même pas à entendre le sens, ne voulut pas ajouter à ses soucis et fit de son mieux pour arrondir les angles et calmer son pupille.

— Sire, dit-il, sans nommer le prince, c'est qu'il parle à Monsieur de Bouillon. Il ne vous aura pas vu.

— Eh bien, dit Louis, je vais me mettre auprès de lui pour voir s'il se lèvera.

Tant dit, tant fait. Louis s'approcha du prince de Condé. Rien ne se passa. Plus près encore, et enfin presque à le toucher. Le prince de Condé ne daigna ni le voir, ni bouger son séant de sa chaire.

Louis s'en retourna alors à Monsieur de Souvré et lui dit, blanc de colère et les dents serrées :

— Monsieur de Souvré, avez-vous pas vu ? Il ne s'est pas levé ! Il est bien insolent !

Louis, dans le sentiment qu'il avait de sa dignité royale, ne s'en tenait pas qu'aux apparences du respect. Le lecteur se souvient sans doute que les épingles que j'avais données à la Conchine étaient des écus neufs frappés à l'effigie de l'enfant-roi. Le même jour, je le vis longuement envisager un de ces écus que Monsieur de Souvré, peut-être sur le commandement de la reine, lui avait remis. Certes, au cours des années qui suivirent, j'ai souvent entendu Louis se plaindre qu'on fût si chiche à lui bailler de ces belles et brillantes pièces alors qu'à Conchine et aux Grands la régente les donnait à profusion. Il n'en demeure pas moins qu'en ce premier jour où il tourna et retourna en ses doigts l'écu de son règne, il sut à quoi s'en tenir sur l'une des plus importantes de ses prérogatives royales et loin de l'oublier jamais, il sut bien le ramentevoir aux Grands, même en ses enfances. Louis avait la mémoire fort tenace, quand il ne s'agissait pas des conjugaisons latines.

Il n'avait pas dix ans et était tout justement à son latin quand le prince de Condé, accompagné du duc de Longueville, vint sans façon interrompre sa leçon. Incontinent, Monsieur de Longueville se mit à entretenir le roi d'une devise qu'il comptait inscrire sur une monnaie qu'il voulait battre.

Avec patience, avec attention aussi, le petit roi écouta son discours et quand il fut terminé, il dit tout uniment :

— Je ne veux pas que cette monnaie-là se dépense en France.

Monsieur le Prince intervint alors et, comme on l'a déjà deviné, son intervention ne fut pas un miracle de tact.

— Mais, Sire, dit-il, pour avoir la permission de battre sa monnaie, Monsieur de Longueville vous baillera mille écus.

Autrement dit, Condé avait l'incrédible effronterie

d'offrir des épingles au roi ! Louis aussitôt répliqua, et fort roidement :

— Ce n'est pas à Monsieur de Longueville à me donner de l'argent. C'est à moi de lui en bailler, s'il me plaît.

Il ne pouvait plus clairement à la fois formuler sa rebuffade et le principe qui gouverne tout Etat monarchique : c'est au roi de battre monnaie et ce privilège n'appartient qu'à lui.

En janvier 1614 mon grand-père le baron Jean de Mespech touchait à sa centième année et bien qu'il fût remarquablement exempt des infirmités du grand âge, ayant l'esprit clair et les membres alertes, mon père voulut à force forcée se rendre en le Sarladais pour célébrer son centenaire.

Bien que mon cœur me dolût à l'idée de quitter ma *Gräfin* pour deux longs mois, je proposai à mon père de l'accompagner, ce dont il témoigna beaucoup de contentement, car mes demi-frères du Chêne Rogneux, pris par leur négoce maritime (le seul, avec la verrerie, qui fût permis à des gentilshommes), voyageaient alors sur les mers et océans du monde. Et d'un autre côté, mon oncle Samson de Siorac était si fort attaché à son apothicairerie et si fort cousu au vertugadin de son épouse qu'on ne le pouvait bouger de son officine, même pour venir en Paris, à plus forte raison renâclait-il à chevaucher en plein hiver par les tortueux et périlleux chemins du Périgord.

Le marquis de Siorac, ayant toute fiance en Franz pour régner seul sur notre hôtel de la rue du Champ Fleuri, emmena avec lui le chevalier de La Surie et nos deux soldats, Pissebœuf et Poussevent. Et moi-même j'emmenai La Barge. Mais trouvant notre troupe encore trop estéquite pour voyager sur les grands chemins de France, mon père embaucha en supplément quatre gardes suisses qui se trouvaient désoccupés, leur contrat avec le roi étant terminé. Ce qui nous fit fort de dix hommes pour résister aux assauts des caïmans qui se postaient aux ponts, aux péages et aux défilés des monts pour rançonner les voyageurs et parfois les occire. Nous partîmes tous puissamment armés, chacun, outre l'épée de guerre, ayant deux pistolets à la ceinture et une arquebuse à rouet dans les fontes de sa selle, et d'autres armes encore dans le charroi qui portait nos bagues [1] et nos viandes.

Plaise au lecteur de ne point s'étonner que j'aie compté La Barge au nombre des hommes — étonnement qui le chagrinerait fort, s'il le pouvait observer. Car mon page, après l'aventure de la chambre bleue, n'était pas tant fluet qu'il l'avait été et taillait même maintenant quelque figure auprès des chambrières du Louvre. Que cela fût dû à son naturel développement ou à Zohra, je ne saurais trancher. Mais de reste, il tirait des armes passablement bien et mieux encore, du pistolet et de l'arquebuse, étant tout à fait capable de tenir sa partie dans un chamaillis d'épées et de bâtons à feu.

Le chemin de Paris à Sarlat fut quasi insufférable tant du fait des intempéries que des caïmans, lesquels, par deux fois, nous assaillirent. La première bande, qui était fort petite, s'en prit bien imprudemment à deux de nos Suisses qui formaient notre avant-garde et fut anéantie, quand le gros de notre troupe lui tomba sus. L'autre, plus nombreuse et mieux commandée, nous observa plus à loisir et sans coup de feu, préféra prendre langue avec nous, nous sommant de leur payer péage, vu leur nombre et le nôtre.

— Messieurs, dit mon père, je n'entends pas votre langage. Si vous voulez nous arracher de l'or, vous aurez des brillants : ceux que crachent les pistolets que voici. Choisissez et choisissez vite ; nous ne sommes pas patients.

Les brigands nous laissèrent passer, mais le chef ayant le mauvais regard, mon père soupçonna qu'il aspirait, la neige ralentissant fort notre marche, à nous suivre pour nous tailler des croupières. Démontant à un mille de là et cachant nos chevaux, mon père

1. Bagages.

leur tendit une embuscade. Il n'eut pas longtemps à attendre avant que les caïmans y vinssent donner tête baissée. A la première décharge, ils eurent cinq morts, dont le chef qui avait inspiré tant de méfiance à mon père.

Ce combat-là trotta bien plus vite que nous, car lorsque nous parvînmes à Brive, nous apprîmes qu'il y était déjà connu, le lieutenant civil nous félicitant de cet exploit, le chef que nos armes avaient défait battant l'estrade depuis trois ans dans les alentours. Et il faut croire que sur le chemin du retour, notre réputation se trouvait déjà bien établie, car ni aux cols, ni aux guets des rivières, ni aux ponts, ni aux péages nous ne rencontrâmes mauvaise compagnie.

Au contraire du connétable de Montmorency qui devait mourir quatre mois plus tard, le baron de Mespech n'était point de ces vieillards qui se séparent bien avant l'heure de leurs intérêts corporels pour se préparer aux joies de l'Eternité. Il n'était pas non plus homme à tenir des propos lassés et allusifs sur son proche départ, comme le font tant de vieux qui parlent sans cesse de leur mort avec l'arrière-pensée de la conjurer, ou même comme la Maligou, sa cadette de vingt ans, qui dix fois par jour nous répéta en cuisant son rôt : « Mes bons Messieurs, quand vous reviendrez céans l'an prochain, hélas ! hélas ! je ne serai plus de ce monde... »

Le baron de Mespech pâtissait, il se peut, des atteintes de l'âge, mais sur elles il restait coi. Il ne parlait que de ses bâtisses, de ses plantations, de sa florissante carrière de pierres, de son moulin sur les Beunes qui n'avait pas de concurrent de Marcuays à Sarlat, de ses tonneaux de châtaignier réputés dans la province entière, de ses noyers, de ses truffes, de ses porcs truffiers, de ses voisins, Monsieur de Puymartin (le catholique prodigue) ou de Monsieur de Caumont (le huguenot pleure-pain), de son nombreux domestique dont il connaissait les âges, les noms, ceux de leurs enfants et de leurs petits-enfants, de ses amours enfin (sous-entendant qu'il n'avait point, selon son expression, « dételé ») et de ses innombrables bâtards, tous élevés au château, et tous bien dotés et pourvus.

Mention toute particulière fut faite en ses propos de Mademoiselle de Fonlebon qui, en 1610, soigna le vieux Monsieur de Caumont et dont la beauté avait fait sur le baron de Mespech une ineffaçable impression. « Et pourquoi diantre, Monsieur mon petit-fils, dit-il, ne l'avez-vous pas épousée ? Et d'autant qu'elle est si pécunieuse qu'elle eût pu paver d'écus d'or le sol de sa chambre à coucher ? Avez-vous jamais vu un de mes porcs truffiers renâcler à renifler une truffe de deux livres ? — Il la renifle, mais point ne la mange ! » dis-je en riant. Et le baron de Mespech rit aussi, ses yeux bleus éclatant de jeunesse dans un visage tanné et sillonné de rides. Je n'eusse pas été étonné pour ma part si j'avais appris que le Seigneur Notre Dieu avait décidé de le faire vivre encore, comme Moïse, vingt ans de plus « sans que sa vue baissât, ni que fût diminuée sa native vigueur [1] ».

La duchesse de Guise s'invita à souper au Champ Fleuri le jour même de notre retour à Paris et de prime requit mon père de ne pas permettre à Mariette de nous servir, « la pécore ayant une langue longue d'une aune. Et j'ai quant à moi, ajouta-t-elle, à vous impartir des nouvelles qui demandent silence et secret. » Et pourquoi diantre il y fallait tant de mystère, alors que ces mêmes nouvelles, comme on s'en aperçut le lendemain, couraient la ville et la Cour ? — il est vrai sans les extraordinaires précisions qu'y apporta ma bonne marraine.

— Franz, dit-elle, oubliant qu'un jour elle avait demandé son renvoi pour crime de discrétion, Franz fera l'affaire pour nous servir, étant muet comme tombe. Jour de ma vie ! poursuivit-elle (se donnant au passage pour le troisième personnage du royaume), je ne sais où nous allons, la régente, le roi et moi. Au train où les choses s'acheminent, la régence tombe en quenouille, Louis perd son sceptre et que je le dise

1. Deutéronome, Chapitre XXXIV.

enfin, vermoulussure et pourriture se mettent si avant dans le royaume que ses racines mêmes se corrompent.

— Holà ! Holà ! dit mon père, mais c'est l'Apocalypse ! Vous allez dans l'excès, Madame ! En est-on vraiment rendu là ? Et quels sont donc les vers de cette vermoulussure ?

— Les Grands, dit la duchesse de Guise. Rien que les Grands ! A l'exception, Dieu merci, de mon fils Guise et d'Epernon qui demeurent en la Cour, ils nous ont tous quittés ! Un à un ! Le mensonge à la bouche et la menace à l'œil ! A commencer par ce bâtard de Condé !

— Ah ! Madame ! dit mon père, parler ainsi du premier prince du sang !

— Mais c'est la vérité nue et crue ! dit la duchesse, très à la fureur, vu que sa mère, La Trémouille, quand elle le conçut, coqueliquait avec son page, par la main duquel elle empoisonna son mari à son retour de voyage, craignant qu'il ne se posât questions sur sa commençante grossesse.

— Un tribunal l'a innocentée, Madame, dit La Surie.

— Mais c'était un tribunal huguenot ! Cela ne compte pas ! De reste, poursuivit-elle en voyant mon père sourciller, il n'est que de regarder le nez de Condé...

— Eh bien, Madame, son nez ? dit mon père.

— Il est en bec d'aigle, alors que le nez Bourbon est long et courbe. En outre, a-t-on jamais vu un Bourbon si maigre, si malingre et si souffreteux ? Qui pis est, tout marié qu'il soit, bougre comme un bourdon ! Alors que tous les Bourbons, comme vous savez, sont tous excessivement portés sur le sexe opposé.

— Mais quand il s'agit de vous, Madame, dit mon père en se levant à demi de sa chaire avec une petite inclinaison de tête, c'est une vertu.

— Fi donc de cette faribole, Monsieur ! dit Madame de Guise. Et de grâce, ne gaussons pas, quand la maison brûle ! Pour en revenir à Condé, ce petit bougre est le premier à donner le branle. Il va quérir son congé du roi et de la régente et leur dit qu'il se retire à Châteauroux, mais qu'il reviendra incontinent à la Cour pour peu qu'il y soit mandé par Leurs Majestés...

— Le bon apôtre !...

— Le duc du Maine, un jour après, prend congé, lui aussi, et s'en va à Soissons. Et deux jours après, Monsieur de Nevers gagne son gouvernement de Champagne. Quant au duc de Bouillon, lequel ne se pressait apparemment pas de partir, il fit le Saint-Jean Bouche d'Or. Il trahit de prime les Grands en révélant qu'ils allaient tous se rassembler à Mézières, mais voyant qu'il ne retirait rien de cette trahison, courut les y rejoindre avec de grandes promesses à Leurs Majestés de les ramener à leurs devoirs.

— Où est Mézières ? demanda La Surie.

— C'est la porte des Ardennes, dit mon père. Et qui plus est, une porte fortifiée sur une boucle de la Meuse, à deux pas des Pays-Bas et des Espagnols par où les Grands espèrent sans doute faire retraite, si les choses se gâtent pour eux ou même, mais c'est à mon sens une illusion, recevoir des secours. Mais, Madame, comment se fait-il que les Grands se soient établis à Mézières ?

— Le duc de Nevers prit la ville de force et en chassa le lieutenant du roi.

— Et comment ?

— Il quit deux canons à La Cassine et deux autres à Sedan.

— Quatre canons, Jour de Dieu ! s'écria mon père, alors que nous en avons à l'Arsenal plus d'une centaine de tous calibres et tout neufs, entassés là par Sully et le feu roi ! Qu'attend-on pour courir sus à ces traîtres ?

— Ah, mon ami ! poursuivit Madame de Guise. Comme on voit que vous connaissez peu la régente !

— Que fait-elle donc ?

— Elle consulte... Toutefois, voyant que le duc de Vendôme [1] s'apprêtait à rejoindre les Grands à

1. Frère aîné du chevalier de Vendôme qui fut envoyé à Malte, le duc de Vendôme était le fruit des amours de Gabrielle d'Estrées et d'Henri IV qui le maria à la riche Mademoiselle de Mercœur et le fit gouverneur de Bretagne.

Mézières, elle le fait arrêter et le tient prisonnier au Louvre, dont évidemment, huit jours plus tard, il s'évade.

— Que ne l'a-t-on mis à la Bastille ! m'écriai-je.

— C'est tout justement, mon beau filleul, ce que votre petit roi a dit ! Mais comme il n'a pas treize ans, personne ne l'écoute. Quant au Vendôme, il court toujours, gagne son gouvernement de Bretagne et s'y fortifie.

— Mais que veulent à la fin ces gens-là ? s'écria La Surie.

— Vous ne le devinez pas ? dit Madame de Guise en portant ses deux mains blanches et potelées au niveau de ses rondes épaules : ils veulent ce qu'ils ont si facilement obtenu de la régente au début de son règne : des pécunes ! Et encore des pécunes ! Ils sont furieusement jaloux de cette rivière d'écus qui, du trésor, coule quotidiennement sur les maréchaux d'Ancre et ils la voudraient détourner sur eux-mêmes.

— Et que fait la reine ?

— Je vous l'ai dit, elle consulte ! Sans parvenir à se décider, car dans son Conseil, il y a le parti de ceux qui veulent faire la paix à tout prix — et « à tout prix » est bien dit ! — et le parti de ceux qui veulent courir sus aux Grands.

— Et qui est pour la paix ?

— Le maréchal d'Ancre.

— Et pourquoi donc cela ?

— Parce que la régente, au cas où l'on ferait la guerre, a promis de donner à mon fils Guise le commandement des armées.

— Et pourquoi le maréchal d'Ancre ne le demande-t-il pas pour lui-même ?

— Outre qu'il n'est pas pressé de démontrer sa nullité militaire, il ne voit rien à gagner pour lui à faire la guerre aux Grands, et rien à perdre non plus à s'entendre avec eux. Il opine sans doute que deux rivières peuvent couler en même temps du trésor. Et peu lui chaut qu'il s'assèche !

— Et qui est pour la guerre ?

— Les bons Français : le cardinal de Joyeuse, le ministre de Villeroy, le président Jeannin et moi.

Ce « moi » fut dit comme si Madame de Guise était vice-reine de France.

— Vous, Madame ? m'écriai-je.

— Moi ! dit Madame de Guise en posant ses deux mains à plat de chaque côté de son assiette. N'est-ce pas mon devoir, reprit-elle en haussant haut le bec, de tout faire pour que le duc de Guise reçoive de la régente le commandement des armées ? Et ne pensez-vous pas qu'il serait temps — Monsieur de Montmorency étant si vieil et si mal allant — que je rêve pour mon fils de la connétablie ?...

Sans que ses lèvres bougeassent le moindrement du monde, un sourire fit briller les prunelles de mon père et les pattes d'oie au coin de ses yeux se plissèrent. Après quoi, il y eut un silence et un échange de regards discrets se fit entre lui, La Surie et moi. Bien qu'elle décriât haut et fort ces Grands dont elle faisait partie, ma bonne marraine ne raisonnait pas autrement qu'eux. Une chose à tout le moins était claire : la « bonne Française », en cette affaire, défendait moins le royaume de France que la maison de Guise.

CHAPITRE IX

Si Condé rêvait d'être à la régente ce que le duc de Guise — je n'entends pas le petit duc sans nez, mais l'assassiné de Blois — avait été à Henri III, c'est-à-dire le prince d'une rébellion soutenue par une majorité de Français, il exagérait démesurément ses mérites et sa situation.

Guise incarnait en son temps la lutte sans merci des catholiques contre les huguenots et comme si le Ciel lui avait su gré à l'avance de son fanatisme, il avait fait de lui le plus bel homme de France. Le peuple, et en particulier le peuple de Paris, reconnaissait en cette virile beauté une marque divine. Quand le duc passait par les rues de la capitale, vêtu de satin blanc sur son cheval immaculé, on se pressait de toutes parts pour baiser ses bottes, et les commères frottaient leurs chapelets sur ses puissantes cuisses afin de les sanctifier. Guise était aux yeux de tous le Saint-Georges qui allait terrasser et percer de mille coups vengeurs le dragon protestant.

Pas un instant Condé ne put se flatter d'une aussi fervente amour. De prime, parce qu'il appartenait lui-même à la religion réformée, et bien que depuis l'Edit de Nantes, le sentiment anti-protestant ait été quelque peu assoupi, la huguenoterie de Condé le rendait suspect. Ses mœurs qui, s'il n'avait été prince, l'eussent conduit au bûcher, répugnaient au grand nombre. Enfant posthume, un doute subsistait sur la légitimité de son sang. Qui pis est, il était petit, souffreteux, l'œil faux, le nez en bec d'aigle et comme eût dit la princesse de Conti, sa laideur le rendait « *irregardable* ».

Ce n'est pas pourtant que Condé ne tentât de se poser devant la nation en redresseur de torts et en réformateur des abus. Il adressa de Mézières à la reine un manifeste en forme de lettre, qui était à la fois une condamnation de sa régence et un acte de candidature à sa succession.

Ses griefs couvraient un vaste champ : l'Eglise n'était pas assez honorée, on semait des divisions dans la Sorbonne, la noblesse était pauvre, le peuple surchargé de taxes, les offices trop chers à l'achat, les parlements tenus en lisière. Condé se plaignait par-dessus tout qu'on fît des « profusions et prodigalités » des finances du roi...

Ce qui était plaisant dans ce reproche-là, c'est qu'il visait les maréchaux d'Ancre, mais que Condé eût pu tout aussi bien se l'adresser à lui-même, étant donné ce que lui et les Grands avaient déjà coûté au trésor à l'avènement de la régente et allaient lui coûter derechef, si le pouvoir, comme il y comptait bien, se décidait à racheter sa loyauté par des sacs d'écus.

Toutefois, comme cela ne lui paraissait pas fort glorieux de n'accorder la paix que moyennant pécunes, Condé, jetant sur son avarice le voile du « bien public », réclamait aussi la convocation des états généraux à seule fin de rhabiller les abus et voulait qu'on différât jusqu'après leur clôture les mariages espagnols — dont il avait pourtant contresigné les contrats.

Condé expédia copie de ce manifeste à tous les parlements de France en les requérant de lui apporter leur aide. Aucun ne poussa la condescendance jusqu'à lui répondre. Quelques-uns même renvoyèrent ces paquets au roi sans les ouvrir.

En la bassesse de cœur qui lui était si naturelle, Condé fit pis. Par des libelles, il sema le bruit que la régente coqueliquait avec Concini — vieux refrain que le populaire ne demandait qu'à reprendre — et aussi qu'elle nourrissait le projet de faire empoisonner le roi pour se perpétuer dans la régence — infamie que même Mariette n'aurait osé imaginer.

On en était là de ces tortueuses intrigues, quand un élément nouveau vint à ma connaissance, d'une façon si fortuite qu'elle me laissa béant. On se souvient sans doute que lorsque je soupais le soir en mon appartement du Louvre, j'étais accoutumé à admettre à ma table La Barge pour gloutir les bonnes repues que préparait mon cuisinier Robin. Il n'y avait pas pour cela à violer l'étiquette, puisque mon page était de naissance noble, quoique modeste, et pour moi, cela n'allait guère à mon humeur d'être seul devant mon assiette, laquelle me donnait alors l'impression qu'elle s'ennuyait de ce que je n'ouvrais la bouche que pour avaler les viandes à la diable et sans les savourer.

En outre, La Barge avait ceci de bon que je me pouvais taire devant lui un long temps sans qu'il s'en offusquât. Tant est que j'avais, en sa présence, les avantages d'une compagnie sans en ressentir les incommodités. Toutefois, je n'étais point assez haut avec lui pour lui interdire de prendre la parole, pour peu qu'il me la requît et d'autant qu'étant plus vif des oreilles et des yeux que pas un page du Louvre, c'était miracle tout ce qu'il savait, et sur l'un et sur l'autre, et des plus grands du Louvre — et quel plaisir il trouvait aussi à me le conter.

— Monsieur, me dit-il ce soir-là, je vous vois sourcilleux. Seriez-vous malengroin ?

— Nenni, quoique me souciant fort pour le royaume de cette rébellion des Princes.

— Peux-je parler, Monsieur?

— Oui-da, s'il y a suc et sève en ton propos.

— Je le crois, Monsieur.

— Or sus! Je te prête une oreille.

— Monsieur, reprit La Barge, il faut d'abord que je vous dise que je suis amoureux. Elle s'appelle Gina.

— Et elle est chambrière chez la reine?

— Nenni, Monsieur, elle est plus haut que cela! Elle est curatrice aux pieds de Sa Majesté.

— Curatrice? Qu'est cela?

— Elle lave les pieds de la reine, elle les masse, elle les oint, elle lime les ongles et taille les cors, si cor il y a.

— Et où en es-tu avec cette Gina?

— Au dernier bien, Monsieur.

— Acquis ou à venir?

— Acquis, Monsieur.

— Bravo! Mais garde-toi bien d'engrosser la pauvrette.

— Il n'y a pas péril, Monsieur. La mère de Gina est sage-femme à Florence et elle lui a appris les précautions.

— La sagesse même. Fils, repris-je, ton propos, certes, m'ébaudit, mais je n'y vois pas encore suc et sève.

— Ils viennent, Monsieur. Mais il faut d'abord vous dire que Gina est plus parleresse et babillarde qu'aucune fille au monde. Et c'est ainsi que j'appris de sa bouche que la reine avait reçu le ministre Villeroy alors que Gina lui lavait les pieds.

— Jour de Dieu! Dois-je croire cela? m'écriai-je, béant. La reine recevrait un de ses ministres les pieds dans une bassine?

— Oh! Monsieur! La reine fait bien pis, étant vertueuse, mais point pudique. L'été, par grosse chaleur, la reine fait la sieste couchée sur un tapis sans vertugadin, sans basquine, les bras nus et toute dépoitraillée. Ainsi faite, elle parle à Monsieur de Thermes, un de ses capitaines aux gardes comme si de rien n'était.

— Dieu me garde de blâmer la reine, quoi qu'elle fasse ! dis-je, pieusement. Poursuis, La Barge ! Que lui disait Villeroy ?

— Il plaida pour qu'à défaut de lui faire la guerre, la régente effrayât suffisamment Condé et les siens pour qu'ils vinssent à résipiscence. Il suffirait à la reine, dit-il, de ramasser quelques troupes et d'aller s'établir à Reims. « Reims, argua Monsieur de Villeroy, n'est qu'à quatre jours de marche de Mézières, et se sentant ainsi pressés, ou bien les Grands viendraient faire leur soumission à Reims, ou bien se retireraient hors des frontières. Dans les deux cas, on serait débarrassé d'eux, et Mézières et toute la Champagne tomberaient alors aux mains du roi. » Voilà ce que j'ai entendu du discours de Gina, lequel n'était point si clair, ni si cohérent que je le fais pour la raison qu'elle s'attachait davantage à l'accessoire qu'à l'essentiel.

— Quel accessoire ?

— Les souliers de Monsieur de Villeroy, dont Gina blâmait, pendant qu'il parlait, la façon et l'attache.

— Et pourquoi diantre s'y intéressait-elle ?

— Mais, Monsieur, c'est ce qu'elle voyait de lui, étant aux pieds de la reine...

— C'est raison, dis-je en riant. Poursuis ! Et que répondit la reine au discours sensé de Villeroy ?

— Qu'elle n'avait pas d'argent pour faire ce voyage à Reims.

— Elle l'eût eu, si elle ne dépensait pas tant.

— Monsieur, dit La Barge avec un sourire, Dieu nous garde de blâmer la reine, quoi qu'elle fasse !

— Poursuis.

— « Madame, dit Villeroy, il y a le Trésor de la Bastille. — Mais, Monsieur de Villeroy, dit la reine avec un soupir, vous savez bien que je n'y peux toucher. — En effet, Madame, répondit le ministre, en temps de paix, vous ne le pouvez pas, mais en temps de guerre et pour combattre la révolte des Princes, la Cour des Comptes ne vous refusera pas un prélèvement sur les deniers de la Bastille. — C'est bien, Monsieur de Villeroy, j'y vais songer », dit la reine, en agitant avec allégresse les pieds dans le bassin.

— La Barge, vous inventez ce détail !

— Oui, Monsieur. J'ai trouvé qu'il faisait bien dans mon récit.

— Tenez-vous-en aux faits, La Barge : sans cela je décroirai le tout.

— Ah, Monsieur ! Vous ne pouvez décroire la suite ! Elle est dans la logique des choses ! A peine Monsieur de Villeroy avait-il pris congé de Sa Majesté que l'araignée conchinesque descendit du plafond pour défaire la toile que Villeroy avait tissée. Mais quand elle ouït de la bouche de la reine ces mots « le Trésor de la Bastille », elle entra en extase. « Madame, dit la Conchine, prélevez ! Prélevez toujours ! Quand vous aurez l'argent, il sera toujours temps d'aviser ! — Comment cela ? » dit la reine qui n'entendit pas de prime le subterfuge que suggérait la Conchine. « Cela est simple, Madame, dit la Conchine. Dites que vous allez faire la guerre, prélevez les pécunes et prélevez large, par exemple deux millions cinq cent mille livres. Là-dessus, Madame, vous moyennez la paix en lâchant un million aux princes et vous gardez le reste pour vous ! »

— « Pour nous » eût été plus exact, dis-je et je m'accoisai.

La bassesse de ce plan me donnant furieusement à penser.

— Et la reine accepta ? repris-je au bout d'un moment.

— Nenni, elle balança et eût balancé plus longtemps, si la Conchine n'avait trouvé un argument décisif. « Madame, n'êtes-vous pas fatiguée de payer aux orfèvres des intérêts annuels énormes pour le bracelet de diamants que vous leur avez acheté à crédit il y a sept ans ? Ne serait-ce pas là l'occasion unique de leur verser le principal pour vous dégager enfin de cette dette ? — Mais, dit la reine, comment puis-je donner le change à la Cour des Comptes sur mes intentions ? — Levez des Suisses, Madame, dit la Conchine qu'on ne prenait pas sans vert, levez six mille Suisses ! Qui pourra croire, en vous voyant augmenter vos forces, que vous allez négocier la paix ? »

Lecteur, je vous dois confesser que je trouvai de prime ce récit si extravagant, et si abjecte au surplus, l'intrigue qu'il relatait que je fus un long temps sans lui accorder créance. L'avenir, toutefois, se chargea de le confirmer sur tant de points que je ne tardai pas à le prendre plus au sérieux que je ne l'avais fait à l'ouïr. Ces faits et leur poids de preuves, je les livre tout à trac à vos méditations : *primo,* la reine obtint bel et bien de la Cour des Comptes le versement de deux millions et demi de livres afin de faire la guerre aux Grands. *Secundo :* elle leva bel et bien six mille Suisses, mais au lieu de courir sus aux rebelles à la tête de ses forces armées augmentées de ce renfort, elle députa le président De Thou à Mézières pour négocier avec les Princes un accommodement. *Tertio :* elle moyenna la paix avec eux en leur versant un million de livres. *Quarto :* elle remboursa aux orfèvres les quatre cent cinquante mille livres qu'elle leur devait depuis sept ans pour son bracelet de diamants.

Ce bracelet était le plus gros, le plus lourd et le plus onéreux que j'aie pu voir de ma vie entourant et alourdissant un poignet féminin. La reine le porta pour la première fois en 1607 au bal de la duchesse de Guise, à la grande ire d'Henri IV, qui se refusa toujours d'en acquitter le prix : ce qui explique que la reine dut l'acheter à crédit et pendant sept ans en paya les intérêts — les intérêts seuls et non le principal — lesquels, en sept ans, en doublèrent le prix. C'est dire avec quel soulagement la reine se hâta de rembourser le principal, quand elle eut en main les pécunes qu'elle avait extorquées à la Cour des Comptes sous le prétexte de faire la guerre. Et à mon sentiment, elle le fit le cœur d'autant plus léger qu'après avoir graissé la patte des Grands, payé les Suisses et remboursé le prix du célèbre bijou, il lui restait encore pour ses menus plaisirs une somme proche d'un million de livres... Ce fut là, si j'ose ainsi parler, les « épingles » qu'elle tira d'une affaire d'Etat qui menaçait l'intégrité du royaume et le laissa, de reste, fort ébranlé jusqu'à la fin de cette funeste régence. Quant aux « épingles » que la Conchine tira à son tour des « épingles » royales, personne ne saurait en dire le montant, mais je gage qu'il fut élevé, la dame d'atour ne pouvant manquer de remontrer à sa maîtresse que la *combinazione* qui se trouvait à l'origine de ce pactole était issue de sa rusée cervelle.

***

Au moment de poursuivre ces Mémoires, je feuillette mon *Livre de raison* et j'y lis à la date du dix mars 1614 une brève note ainsi rédigée : « *Le roi donne à dîner à ses enfants. La marcassine sentimentale. Entrevue du roi avec le président De Thou.* »

Mais ce que vient faire cette marcassine entre le dîner des enfants et le président De Thou, grand parlementaire plein d'usage et raison, je ne sais. Et pourquoi je l'ai dite « sentimentale », moins encore. En revanche, à y songer plus outre, et non sans quelque effort, j'en viens par degrés à bien me ramentevoir et le dîner, et ce que déclara le président De Thou, et la remarquable réponse que lui fit Louis. Et chose étrange, alors que je me remémore les propos mêmes de ce bref dialogue, et même le ton sur lequel ils furent, des deux parts, prononcés, ma mémoire, pour ainsi parler, remonte le temps, la brume de mon partiel oubli se dissipe et tout me revient de l'histoire de la petite marcassine, victime de ses affections.

Lesdits « enfants » n'étaient point, comme on pourrait le penser, les trente-deux petits gentilshommes qu'on avait donnés à Louis comme compagnons de jeu, mais son frère et ses trois sœurs. Le roi les appelait ainsi depuis la mort d'Henri IV, se trouvant bien assuré qu'étant l'aîné, et ayant succédé à son père sur le trône de France, il devait aussi assumer pour son cadet et ses cadettes l'autorité et l'amour paternels.

On se souvient sans doute que le pauvre Nicolas, sur son lit de mort, appelait Louis « mon petit Papa », terme qui était employé concurremment à « Sire » par tous les puînés, mais avec une nuance différente, le « Sire » étant plus cérémonieux et le « petit Papa » marquant des rapports plus proches et plus affectionnés à l'occasion par exemple des cadeaux que Louis leur faisait en toutes circonstances, se montrant plus généreux avec eux que sa mère ne l'était avec lui, et surtout, dans son souci d'équité, ne faisant jamais de présent à l'un, sans en faire aux trois autres.

J'entrai dans les appartements du roi comme il achevait sa repue avec « ses enfants », lesquels il avait placés autour de la table dans un ordre qui ne changeait jamais. A sa droite, Gaston, six ans, qui à la mort de Nicolas était devenu duc d'Orléans et qu'on appelait *Monsieur,* bambin éveillé et enjoué qu'on disait être le préféré de sa mère, mais cette « préférence » était toute relative et, en fait, ne paraissait telle que par contraste avec la constante mauvaise grâce qu'elle montrait à son aîné. A la gauche de Louis, *Madame,* onze ans et demi, la douce et pliable Elisabeth, la sœur la plus proche de Louis par l'âge et la plus aimée, celle à qui en ses enfances il interdisait de boire du vin, celle aussi pour laquelle il aimait cuisiner des œufmeslettes.

De l'autre côté de la table, faisant face au roi, étaient assises les deux petites sœurs : Chrétienne, huit ans, celle des trois qui épousa le souverain le moins haut — le duc de Savoie — et qui fut la plus heureuse. Et enfin la dernière-née des enfants de France, Henriette, cinq ans, qui vint au monde un an avant l'assassinat du roi et dont on ne daigna même pas annoncer la naissance au peuple par les coutumiers coups de canon, tant le couple royal était fatigué d'avoir des filles.

« Mauvais présage ! » s'était écriée notre Mariette, les yeux au ciel et le tétin houleux. Et pour une fois, elle ne se trompait guère. La pauvre Henriette, accueillie en ce monde avec si peu d'honneur, se maria, certes, glorieusement, puisqu'elle épousa Charles Ier d'Angleterre, mais l'infortuné souverain, quelques années plus tard, fut décapité par ses sujets et la laissa veuve. Il est vrai qu'Henriette contribua quelque peu à son malheur, ayant hérité de sa mère un caractère borné et opiniâtre qui la porta à pousser son mari dans les voies d'un absolutisme qui lui fut fatal.

— Mes enfants, dit Louis, comme on arrivait au dessert, j'aimerais vous conter, pour vous instruire, l'histoire d'une petite marcassine.

— Qu'est cela, Sire, qu'une marcassine? dit *Madame* qui, en tant que sœur aînée, voulait montrer à ses cadettes qu'elle avait le droit de poser des questions.

— C'est la femelle d'un marcassin, répondit Gaston qui, loin de bégayer comme son aîné, avait la langue déliée et la réponse prompte.

— Ne répondez pas à ma place, Monsieur, dit le roi, sévèrement. Et de reste, votre réponse est fausse. La marcassine est la sœur, et non l'épouse du marcassin, car à son âge, on ne se marie pas.

Gaston rougit à cette petite rebuffade, mais sa rougeur se dissipa vite et l'instant d'après, à ce que j'augurai, il n'y pensait déjà plus, tant les impressions sur lui étaient vives, mais peu durables. Physiquement, il n'était pas sans ressembler à son frère aîné, ayant comme lui les yeux noirs et une longue mâchoire, mais à la différence de Louis, qui portait sur le visage une expression ferme et fermée, celle de Gaston était joueuse, malicieuse et un peu molle.

— Mais, Sire, osa dire Chrétienne d'une toute petite voix, qu'est-ce qu'un marcassin?

— C'est le petit d'un sanglier, dit Louis.

— Et comment grosse est une marcassine? dit *Madame* qui trouvait que Chrétienne avait eu bien de l'impertinence de prendre la parole, alors qu'elle n'avait que huit ans.

— Cela dépend de son âge, dit Louis, mais celle-ci avait la taille d'un chat. Elle était nourrie en la cuisine par un de mes porteurs d'eau, Bonnet, et comme il l'avait recueillie toute petite, elle le prenait pour sa mère et l'aimait beaucoup.

— Et pourquoi pour sa mère? dit Chrétienne.

— Parce que les petits des animaux sont nourris par leur mère, dit Louis qui était bien placé pour savoir qu'il n'en était pas de même pour les petits des rois. Or, poursuivit-il, le pauvre Bonnet tomba d'une fenêtre et se tua. C'était le soir. On rapporta son corps dans ladite cuisine et la petite marcassine se coucha toute la nuit contre lui en gémissant. Le lendemain, on vint enlever Bonnet pour le porter en terre et, après qu'il fut parti, la petite marcassine le cherchait partout et, ne le trouvant pas, refusa obstinément toute nourriture, tant est qu'enfin elle mourut.

— Voilà qui est fort triste, dit *Madame*, et des larmes apparurent aux coins de ses yeux, mais elle les y retint pour ne point déplaire à son aîné.

— Mais Sire, dit Gaston qui était gros mangeur, comment peut-on refuser de manger, quand on a faim ?

— C'est que le chagrin vous ôte l'appétit, dit Louis.

— Si la petite marcassine était devenue grande, dit Chrétienne, l'eût-on pas mangée, elle aussi ?

— Mille fois non ! s'écria *Madame* avec indignation.

— Madame, dit Louis en se tournant vers elle, il est disconvenable de crier à la table du roi.

— Je vous demande pardon, Sire, dit *Madame* en rosissant.

— Vous êtes pardonnée, dit vivement Louis en posant un instant sa main sur la menotte de *Madame*. Mes enfants, reprit-il, je vais maintenant vous lire des vers que j'ai écrits sur la mort de la petite marcassine.

Et tirant un billet de l'emmanchure de son pourpoint, il le déplia, toussa et lut sans bégayer le moindre et en prononçant toutes les syllabes avec le plus grand soin :

Il y avait dans ma cuisine
Une petite marcassine,
Laquelle est morte de douleur
D'avoir perdu son gouverneur.

Après quoi, repliant le papier, Louis le remit dans son emmanchure et jeta un regard à la ronde comme pour encourager ses enfants à lui dire ce qu'ils en pensaient. Mais, à mon sentiment, il eut là quelque occasion d'être déçu par leurs remarques.

— Sire, dit Gaston, est-ce que vous mourriez de douleur, si Monsieur de Souvré venait à passer ?

— Monsieur de Souvré, dit Louis, est mon gouverneur, mais il ne me nourrit pas.

Et se tournant vers Elisabeth, il lui dit :

— Eh bien, Madame ?

— Ce coup-ci, dit *Madame,* je crois que je vais vraiment pleurer.

— Ne pleurez pas, Madame, dit Louis et il fit signe à Chrétienne d'opiner.

— Sire, dit-elle, quelle sorte de baragouin est-ce là ?

— Ma fille, dit Louis d'un ton quelque peu offensé, ce n'est pas du baragouin, ce sont des vers.

— Des vers ? dit Chrétienne. Qu'est cela ?

Louis sentit toute la difficulté d'une telle explication et jetant un regard circulaire dans la pièce, il m'aperçut et son visage s'éclaira.

— Monsieur de Siorac, dit-il, va vous le dire. C'est un puits de science.

— Ce sont là, dis-je, des vers rimés de huit pieds et comme il y en a quatre, le poème est un quatrain.

— Ah ! C'est un quatrain ! dit Louis, d'un air étonné et content.

— Sire, dit *Madame,* bien résolue à ne plus laisser à Chrétienne le privilège de poser des questions. Qu'est-ce que des pieds ?

— Un pied, reprit Louis, c'est une syllabe. Et il y en a huit dans mes vers.

Et en comptant sur ses doigts, il récita, en détachant les syllabes :

Il-y-a-vait-dans-ma-cui-sine

— Cela fait huit, comme vous voyez, dit-il avec un triomphe modeste.

— Ah ! Sire ! Comme vous êtes savant ! dit avec élan *Madame,* laquelle, je gage, quand elle fut devenue reine d'Espagne, dut se rappeler l'heureux temps où elle disait ce qu'elle pensait.

Ce compliment de prime saut, bien qu'il n'exaltât pas la valeur poétique du quatrain, dut verser quelque baume dans le cœur égratigné du poète, mais il ne le laissa pas paraître, l'accueillant avec la gravité qui convenait à son rôle paternel.

— Or sus, mes enfants ! dit-il en se levant, le dîner est fini ! C'est le moment des cadeaux ! J'ai là quelques petites besognes [1] que j'ai achetées pour vous à Saint-Germain. Monsieur de Berlinghen, voulez-vous les apporter ?

— Oui, Sire, dit Monsieur de Berlinghen qui n'attendait que ce moment pour apparaître, plus chargé de présents qu'un âne de reliques.

Au fur et à mesure qu'on dévoila les cadeaux et qu'on les remit dans l'ordre protocolaire à *Monsieur*, à *Madame*, à Chrétienne et à Henriette, je me fis sur eux quelques petites réflexions que je désire, lecteur, vous dire en confidence. Deux semaines plus tôt, alarmée par les rumeurs perfides que faisait courir le duc de Condé sur son prétendu dessein d'empoisonner le roi, la régente décida de frapper un grand coup et, sur les sommes immenses qu'elle venait de recevoir de la Cour des Comptes, elle offrit à Louis, en toute solennité, des bagues de diamant d'un grand prix.

Ces dons fastueux ne procurèrent pas à Louis le moindre plaisir. D'abord parce qu'il n'aimait ni le luxe, ni les bijoux. Ensuite, parce qu'il ne fut pas sans entendre les arrière-pensées qui avaient inspiré ces cadeaux inhabituels, alors que la régente se montrait d'ordinaire si chiche-face à son endroit.

Cela se sentit à l'accueil qu'il fit aux bagues, tandis qu'il ouvrait les étuis et les refermait aussitôt l'un après l'autre, tout en répétant d'un air gêné : « Madame, *vela* qui est trop pour nous ! »... Et le moment venu de remercier, il le fit d'une voix froide et contrainte. Louis n'avait que trop bien senti le peu d'amour qu'il y avait derrière ces dons, lesquels, en outre, reflétaient davantage les préférences de celle qui les offrait que celles du récipiendaire.

Héroard me dit plus tard que Louis eût aimé des bagues de moindre valeur, mais avec des dessins ou des figures qui eussent intéressé son imagination. « Ha ! Révérend docteur médecin, dis-je, sans même

1. Le mot « besogne » désigne à l'époque n'importe quel objet : un vêtement, un outil, un miroir, des gants... etc. *(Note de l'auteur).*

aller jusqu'aux bagues, la régente lui eût seulement offert une belle arquebuse, il eût été au comble de la joie ! »

Je repensai à cette scène pénible et j'avais encore dans l'oreille le « Madame, *vela* qui est trop pour nous ! » tandis que je regardais le roi distribuer ses petits cadeaux aux enfants. Au vif plaisir qui les transporta quand chacun déplia son paquet, je conclus que, même si le tout ne valait pas quarante écus, chaque présent avait été étudié avec soin, afin de combler les vœux du frère ou de la sœur auquel il était remis.

Chrétienne et Henriette reçurent des poupées. Elles étaient l'une en bleu, l'autre en rose, pour qu'on pût les différencier, mais toutefois jumelles, afin qu'il fût facile de les échanger. Leurs vêtures de cour ne laissaient rien à désirer : vertugadins et basquines en soie véritable, grandes collerettes derrière la nuque en vrai point de Venise, chaussures de satin assorties aux vertugadins, authentiques cheveux humains bouffant à l'arrière du front « à la florentine », leur mère étant fidèle à cette mode toscane.

Le duc d'Orléans s'enrichit d'un couteau fermant de Moustiers à deux lames avec un manche en faïence incrusté d'étoiles d'argent. Et *Madame* (qui en devint rouge de bonheur), une boîte de fards en ébène qui contenait tout ce qu'il fallait pour tuer les cœurs : rouge, noir, céruse, mouches, que sais-je encore ! Accompagnée toutefois de l'expresse recommandation de ne s'en servir à s'teure que pour peindre ses poupées, le pimplochement ne convenant pas encore à ses jeunes années.

La liesse fut grande. Les enfants pépièrent des « grands mercis » et des « mille mercis, mon petit Papa », se pressant autour de Louis lequel, sans rien perdre de sa gravité, donna à la ronde brassées et poutounes qu'interrompit l'entrée de Madame de Montglat, roide et pincée. Elle avait pour tâche de raccompagner en carrosse *Monsieur* et les deux petites sœurs au château de Saint-Germain-en-Laye, *Madame* étant la seule des enfants de France à avoir un logement au Louvre, privilège qu'elle devait à son âge et aussi à son importance politique, étant fiancée à l'aîné des Infants.

Louis, demeuré seul avec elle, lui parla, lui tenant les deux mains tendrement et *Madame* en profita pour quérir de lui qu'il la vint visiter plus souvent, ce qu'il promit en la serrant à soi et en la poutounant derechef, comme s'il lui savait gré de cette demande. Il paraissait heureux de ce trop bref bec à bec avant l'arrivée du président De Thou. Mais en même temps, je pouvais lire dans ses beaux yeux noirs quelque mélancolie comme s'il anticipait déjà en sa pensée le moment où les Pyrénées le sépareraient pour toujours de cette sœur tant chérie.

L'entrevue du roi avec le président De Thou fut courte, mais à mon avis pleine de signification pour qui essayait comme moi de pénétrer les sentiments que nourrissait Louis sur la révolte des Grands. Car la surveillance — pour ne pas dire l'espionnage — dont il était l'objet s'était resserrée autour de lui depuis la prise de Mézières, comme si la régente eût craint — crainte véritablement insensée ! — qu'il prît le parti des Princes contre elle. Depuis peu, on priait même Louis d'assister au Conseil des ministres, ne fût-ce qu'en qualité de conseiller muet. On voulait témoigner par là qu'il n'y avait pas l'ombre d'un dissentiment entre lui et celle qui gouvernait le royaume en son nom, en même temps qu'on remparait le pouvoir vacillant de la régente derrière la personne sacrée du souverain donné par Dieu.

J'avais déjà vu l'illustre président De Thou, mais de loin en des cérémonies publiques, et à le voir de plus près, tandis qu'il se génuflexait péniblement devant le roi, je le trouvai vieil et mal allant. D'après ce que je savais, l'illustre historien ne s'était jamais relevé du terrible affront qu'il avait subi trois ans plus tôt quand sa candidature à la charge de Premier Président du Parlement, laissée vacante par le départ de Monsieur Du Harley, avait été rejetée par la régente. Après avoir consulté le pape (mais j'ai déjà conté cet épisode), elle lui avait préféré Monsieur de Verdun, personnage sans grands talents, mais appuyé par les jésuites.

Le président De Thou, qui était alors chef du Conseil de Monsieur le Prince de Condé, n'était pas au bout de son amertume. La reine, ayant appris que Monsieur de Thou disait que si Monsieur le Prince avait été alors à Paris, les choses eussent mieux tourné pour lui, se trouva piquée de ce propos et eut l'incroyable cruauté de faire tenir au malheureux président une lettre de Monsieur le Prince dans laquelle il approuvait le choix de la régente... Le mépris de celle-ci et, par-dessus le marché, la trahison de Condé à l'égard d'un homme qui l'avait si bien servi, mirent Monsieur de Thou en telle détresse qu'à peu qu'il ne perdît alors le cœur et la parole.

Comme j'ai dit, il devait son malheur au pape qui, consulté, répondit sèchement que Monsieur de Thou était « hérétique ». Bien que Monsieur de Thou fût bon catholique, le Vatican avait contre lui retenu deux crimes qui motivaient ce jugement : son *Histoire Universelle* témoignait, à l'égard des protestants, d'une certaine tolérance et c'est Monsieur de Thou qui, à la prière d'Henri IV, avait préparé, et en grande partie rédigé, l'Edit de Nantes.

— Sire, dit le président De Thou, je viens prendre congé de vous, car je suis envoyé par la reine votre mère à Mézières où j'ai reçu mission de moyenner la paix avec Monsieur le prince de Condé.

J'ignorais tout de ce voyage et je dois confesser que j'admirai fort la hauteur d'âme que montra alors Monsieur de Thou en acceptant de l'entreprendre, à son âge et malgré sa santé défaillante, oubliant, pour servir son pays, combien indignement la reine l'avait traité et Monsieur le Prince, trahi.

Je n'eusse su dire si Louis se souvenait des camouflets que le président avait essuyés en 1610, ou s'il en avait eu depuis connaissance, car plus on lui cachait de choses, et plus il tâchait de s'informer. Mais après coup, j'opinai qu'il n'en ignorait rien, pour la raison qu'il agit alors à l'égard de Monsieur de Thou, comme il avait fait pour Bellegarde le lendemain de son sacre pour le consoler des affronts de Concini, en y mettant toutefois quelque nuance : sans aller jusqu'à saisir familièrement par la barbe le vénérable président, il lui manifesta néanmoins son affection et son estime en posant les deux mains sur son épaule — geste dont Monsieur de Thou se souvenait encore avec émotion trois ans plus tard, à la veille de sa mort.

Ce faisant, le roi dit d'un ton enjoué et expéditif :

— Allez, Monsieur de Thou ! Et dites à ces messieurs-là qu'ils soient bien sages !

J'admirai le mot, le ton, le geste : tout était juste. Les Princes rebelles de Mézières n'étaient que « ces messieurs-là » et le roi de France, qui n'avait alors que douze ans et demi, loin de les redouter, les traitait de haut en enfants turbulents qu'un grand serviteur de l'Etat allait morigéner pour les ramener à raison.

M'étant aperçu à plusieurs reprises que Louis savait plus de choses que je ne lui en disais, j'en avais conclu qu'il y avait dans son entourage d'autres personnes que moi qui l'instruisaient des affaires que la régente mettait tant de soin à lui cacher. Mais quelles étaient ces personnes, je ne le sus jamais avec certitude, même quand le roi, devenu vraiment roi, n'eut plus tant de raisons de demeurer si méfiant et si secret — vertus machiavéliques que l'oppression maternelle l'avait contraint, en son âge le plus tendre, à cultiver après la mort de son père.

J'en fus donc réduit aux suppositions quant à l'identité des gens qui, ayant un facile accès à sa personne, lui apportaient, sans faire mine ni semblant, des faits qu'on tâchait de lui dissimuler.

Pour le docteur Héroard, qui témoignait à Louis un dévouement sans bornes (même si, au dire de mon père, il le soignait bien mal, abusant des purges et des clystères), cela allait quasiment de soi et la distance même qu'Héroard avait mise de prime entre lui et moi me confirmait dans cette hypothèse. Il se pouvait que Monsieur de Souvré fût aussi de ceux-là. Sa fidélité envers la régente, à mon sentiment, étant plus affichée que réelle, surtout depuis qu'oublieuse de ses engagements, elle avait élevé le Conchine au maréchalat qu'elle lui avait promis. L'oiseleur Luynes à qui Louis, toujours avide d'affection, avait voué une extraordinaire amitié, avait toutes les occasions, le voyant quotidiennement à la chasse et souvent par monts et vaux, de lui dire ce que lui-même ou ses deux frères, Brante et Cadenet, avaient appris dans les couloirs du Louvre. Bellegarde, à ce que j'observai à plusieurs reprises, ne se gênait pas, quant à lui, pour parler fort longuement et en public à l'oreille du roi lequel, tout en feignant l'indifférence, l'écoutait avec attention. Je suis bien assuré que le duc, qui ne voyait malice à rien, agissait ainsi en toute innocence (et aussi en toute impunité, étant trop haut pour pâtir de ses imprudences) mais enfin il faisait partie du Conseil de régence et même s'il portait peu de compréhension aux choses qui s'y disaient, Louis, lui, était capable en l'écoutant de démêler, comme eût dit La Barge, l'essentiel de l'accessoire.

Que Louis eût d'autres sources d'information que moi, je n'en fus point du tout jaloux, mais au rebours content, étant de reste convaincu que Louis, comme il avait fait avec moi à l'aide d'un langage muet, avait su organiser le flux secret et constant de ses sources, tant est qu'en rassemblant tout ce qui lui venait d'elles, il parvenait à remplir les lacunes de ses connaissances et à entendre assez bien la signification d'un événement, dont le fait brut, et seulement le fait brut, était porté à sa connaissance.

J'en eus la preuve quelques semaines après la visite du président De Thou, le sept avril 1614 pour être plus précis, à huit heures du soir après une brève visite protocolaire du roi à la reine, au cours de laquelle elle omit de lui apprendre — sottement, à mon avis, car la nouvelle faisait déjà le tour du Louvre — la mort du connétable de Montmorency. Quelques minutes plus tard en effet, Bellegarde le vint dire au roi qui en parut ému. « J'en suis marri », dit-il et, aussitôt après, il fit une réflexion lourde de sens et la fit sans y toucher, comme se parlant à lui-même :

— Il y en aura beaucoup qui demanderont cette charge. Mais il ne la faut donner à personne.

Cette remarque prouvait que Louis connaissait, en fait, beaucoup de choses : à savoir qu'Henri IV, comme Henri III avant lui, était fort hostile à la connétablie, comme conférant au récipiendaire une puissance presque égale à celle du souverain; qu'Henri III ne l'avait jamais voulu accorder au duc de Guise, alors même qu'il l'exigeait de lui, quasiment le couteau sur la gorge; qu'Henri IV ne l'avait donnée au duc de Montmorency que pour le retirer du Languedoc où il se conduisait en vice-roi et le ramener à la Cour à un âge où le vieillissement de son corps et l'affaiblissement de son esprit conspiraient à le rendre inoffensif; que Louis n'ignorait pas que les ducs fidèles à la régente, Guise et d'Epernon, aspiraient tous deux à ce grand office; et enfin, qu'il n'avait pas en eux plus de confiance qu'aux Princes révoltés de Mézières, sa radicale et constante hostilité à l'égard des Grands étant établie alors en son esprit avec une force que rien, dans la suite de son règne, ne pourra ébranler.

Son ressentiment à leur égard m'apparut bien clairement trois ou quatre jours plus tard quand, après dînée, Monsieur de Blainville vint lui dire que la régente lui avait commandé d'armer ses gardes en guerre, quand il devrait sortir de Paris pour accompagner le roi à la chasse.

Je n'aimais guère Monsieur de Blainville, que je soupçonnais d'espionner Louis pour le compte de la reine et je trouvais le commandement qu'elle lui avait donné quasi comique en sa stupidité, car bien loin de penser à s'aventurer jusqu'à Paris pour se saisir du roi, le prince de Condé, aux bruits qu'il avait ouïs que les armées de Sa Majesté s'étaient renforcées en Champagne de six mille Suisses, avait quitté Soissons où il négociait la paix avec les envoyés de la reine et s'était retiré prudemment à Sainte-Menehould avec le peu de troupes qu'il avait. Voilà, à mon sentiment, qui montrait peu de pointe et de vaillance et ne donnait pas lieu de redouter de sa part une entreprise aussi aventurée que l'enlèvement du souverain.

Il se peut que Louis ne connût pas encore la retraite de Condé à Sainte-Menehould, car s'il montra du déplaisir qu'on armât ses gardes en guerre, ce ne fut pas en raison de l'absurdité de ce commandement, mais pour un tout autre motif.

— Pourquoi donc? dit-il vivement. Le peuple de Paris pensera que j'ai peur quand il verra cela! Je n'ai point peur! Je ne crains pas les Princes!

A quoi Blainville, qui ne manquait pas d'esprit, ou à tout le moins d'esprit d'à-propos, repartit :

— Sire, j'estime que le peuple de Paris en sera bien aise, voyant le soin que nous avons de bien conserver la personne de Sa Majesté.

Le roi trouva sans doute quelque bon sens à cela, car après y avoir réfléchi un moment, il reprit :

— Bien, mais dites aux gardes que sortant et entrant dans la ville, ils mettent leurs manteaux sur leurs armes.

J'imaginais sans peine le jugement que Louis portait sur ce qui se disait au Conseil des ministres quant aux tractations avec les Grands : on en était à se demander combien de centaines de milliers d'écus il faudrait donner à chacun d'eux pour qu'ils consentissent à rentrer dans le devoir. Louis, à coup sûr, rongeait son frein. Lui qui aurait tant voulu être comme son père un roi-soldat, désespérait assurément de ne pouvoir disposer, comme il l'eût voulu, des soldats dont il était le chef. Ce qui ne laissait aucun doute sur l'humeur qui l'habitait alors, c'est le temps qu'il passait quasi quotidiennement à faire, ou à faire faire, des exercices militaires soit à ses petits gentilshommes, soit à ses gardes.

Une scène bien significative me revient à cet égard en l'esprit. J'étais avec Monsieur de Souvré, le capitaine de Vitry et le docteur Héroard en sa compagnie quand, le vingt-deux avril, sur le coup de trois heures, Louis quitta le Louvre et entra en carrosse. Le cocher avait dû recevoir au préalable ses commandements et je ne doute point que Monsieur de Souvré et le capitaine de Vitry sussent où nous allions, mais ayant été invité par Louis ainsi qu'Héroard à la dernière minute, j'ignorais notre destination. Toutefois, elle me devint claire au fur et à mesure que nous cahotions sur les pavés disjoints de la capitale.

Le carrosse passa par le Pont Neuf, prit la rue Dauphine (« ma rue », disait Louis non sans émeuvement, Henri IV ayant donné le nom de son dauphin à la voie qu'il avait percée en prolongement du Pont Neuf), franchit la Porte de Buci et tournant deux fois sur la droite, emprunta la rue de Seine et déboucha sur le Pré-aux-Clercs, immense champ surtout famé par les duels sanglants des gentilshommes, ou les batailles rangées entre bandes rivales de mauvais garçons.

A s'teure, on n'y voyait que les bataillons au grand complet du régiment des gardes, ce qu'il y avait d'ordinaire de peuple en ce lieu pour s'y trantoler (car il faisait fort beau) ayant été refoulé en lisière du champ, badaudant et applaudissant. Le carrosse arrêté, un garde amena, les tenant par les rênes, une jument blanche à Louis et un hongre bai au capitaine de Vitry. Louis sauta en selle en un clin d'œil et se mit aussitôt à galoper devant le front des troupes avec une maîtrise et une assiette qui faisaient honneur aux excellentes leçons de Monsieur de Pluvinel. Je demeurai dans le carrosse, le nez à la portière, en compagnie de Souvré et d'Héroard et, pour parler à la franche marguerite, je m'y ennuyai à périr, n'ayant pas la tripe militaire. Toutefois, je ne perdais pas de vue Louis qui paraissait tout à son affaire, tantôt allant d'un bataillon à l'autre, et s'entretenant avec les officiers, et tantôt immobile comme une statue de pierre sur son cheval, regardant la troupe évoluer, se scinder, se rejoindre, se séparer encore et dans ces évolutions marchant quand et quand au pas, au pas de course et au pas de charge.

Louis, qui était entouré et partout suivi par une demi-douzaine d'officiers, me donna l'impression de ne pas se contenter de présider à ces manœuvres, mais de les inspirer, car je vis plus d'une fois une estafette se détacher de son petit état-major et rejoindre au galop un des bataillons comme pour lui porter son commandement. Pendant trois longues et pour moi interminables heures, Louis fut ainsi occupé et quand il revint à nous, démontant, jetant ses rênes à un garde et reprenant sa place dans le carrosse, son visage fouetté par le vent de la course paraissait heureux et confiant. Il se laissa aller avec un soupir d'aise sur les capitons de velours et comme Héroard lui demandait s'il n'était pas excessivement las de cette longue séance, il répondit que non et qu'il ne pâtissait de rien d'autre que d'une faim canine.

Vitry, qui s'était donné autant de peine que lui, en eût pu dire autant. Et de reste, dès que le carrosse se mit en marche, il sortit de l'emmanchure de son pourpoint une petite galette et cachant de sa main gauche ce que faisait sa dextre, il tâchait de la grignoter en tapinois. Mais son manège n'échappa pas à Louis qui lui dit d'un ton mi-grondeur mi-souriant :

— Vitry, voulez-vous gâter mon carrosse et faire de lui une auberge ?

Vitry rougit et fit disparaître sa galette comme un écolier pris en faute, ce qui amena des sourires à la ronde.

Pensant que le roi, faute de pouvoir commander ses armées, faisait ainsi manœuvrer ses gardes, le prince de Condé ne se contentait pas des pécunes que les envoyés de la régence lui offraient jusqu'à concurrence de quatre cent cinquante mille livres — somme énorme ! Il voulait qu'on lui cédât pour toujours le gouvernement de la ville d'Amboise sur la rivière de Loire. Il la demandait, disait-il, « pour ses sûretés », comme s'il avait tant à craindre d'une régente qui avait assez d'hommes pour écraser sa petite troupe en un tournemain et préférait le couvrir d'or.

Cette prétention exorbitante divisa le Conseil des ministres. Villeroy et le président Jeannin s'opposaient avec la dernière vigueur à ce qu'on donnât Amboise à un prince protestant, la rivière de Loire étant si proche des provinces où les huguenots tenaient le haut du pavé. Les maréchaux d'Ancre, en revanche, lui voulaient à tout prix accorder la ville de peur que, la négociation échouant, on en vînt à lui faire la guerre, ce qui eût porté le jeune duc de Guise à la tête des armées royales.

La querelle atteignit de stridents sommets, quand les dames s'en mêlèrent. Ma demi-sœur, la belle princesse de Conti, plus guisarde que Guise lui-même, prit violemment à partie la Conchine et en vint avec elle aux plus grosses paroles, lui reprochant de vouloir nuire à son frère en favorisant la paix. C'était oublier que l'araignée était venimeuse. Une fois de plus, elle descendit le soir venu de son plafond, se plaignit avec des pleurs de l'insolence de la princesse à son endroit et remontra à Sa Majesté que si elle décidait de faire la guerre à Condé au sujet d'Amboise, elle tomberait tout à fait sous la domination de la maison de Guise.

Quand le Conseil se réunit le lendemain, la reine, d'après la rumeur qui courait, était décidée à abandonner Amboise. Je ne saurais dire qui rapporta cette rumeur à Louis et qui lui expliqua l'importance stratégique d'un gage qu'on allait si légèrement céder au prince de Condé. Mais sa décision fut prompte : il monta à l'assaut. Et dirigeant ses pas vers la salle où se trouvait le Conseil, il y entra et sans prendre le temps de s'asseoir, il s'adressa de but en blanc à la reine et lui dit avec véhémence :

— Ma mère ! Ne donnez pas Amboise à Monsieur le Prince ! S'il veut s'accorder, qu'il s'accorde !...

La reine rougit de surprise et de colère à se voir ainsi affrontée par un fils qu'elle n'aimait pas et affectait de traiter en enfant.

— Sire, dit-elle, oubliant que Louis ne révélait jamais ses sources, qui vous donne ce conseil ? Celui-là ne désire ni votre bien, ni celui du royaume.

Quand on me rapporta cette parole de la régente, je me fis cette réflexion que si Louis avait pu parler à la franche marguerite, il aurait répliqué : « Ce bien, Madame, que vous défendez si bien ! » Mais le roi jugea plus sage de ne pas répondre à la question méprisante de sa mère. Il s'en tint au fond du problème et reprit avec beaucoup de force :

— Ma mère, ne cédez cette place en aucune façon ! Et que le prince fasse ce qui lui plaît !

Sans ajouter un mot, il salua la reine et quitta la place.

Ce récit me fut fait quelques jours plus tard par Nicolas de Neufville, seigneur de Villeroy. Il avait alors soixante-dix ans et faisait partie des ministres *barbons* dont on daubait le grand âge sans pouvoir se passer de leur expérience, et point même du temps d'Henri IV, qui toutefois reprochait amèrement à ce ligueux mal repenti ses sympathies espagnoles.

Villeroy avait le front haut, la joue creuse, le nez long et une barbiche effilée qui allongeait encore son visage triangulaire et lui donnait un air vénérable qu'accusaient encore le blanc immaculé de son poil et, autour de son cou maigre, une petite fraise démodée qu'il était quasiment le seul à porter encore en notre siècle.

Rompu à toutes les intrigues du pouvoir et de la Cour, bon courtisan, mais n'hésitant pas, dans les occasions, à contredire son souverain (que ce fût Henri IV ou après lui la régente), « catholique à gros grain » comme on disait alors, et dont la dévotion expliquait les passions partisanes, Villeroy était néanmoins fort sensible, dès lors qu'il ne s'agissait pas de l'Espagne, aux intérêts du royaume : raison qui expliquait qu'il voulait en découdre une fois pour toutes avec les Grands, tuer leur rébellion dans l'œuf et les ramener à résipiscence.

La seule chose qui demeurait jeune dans son visage maigri et ridé était l'œil, lequel était clair, vif, vigilant et annonçait beaucoup d'esprit, et du plus fin. Il connaissait fort bien mon père, qui était son cadet de dix ans, ayant servi avec lui sous Henri III et Henri IV. Leur commerce durait donc depuis nombre d'années. Bien qu'ils ne fussent pas du même bord, leur réciproque estime et commune tolérance expliquaient qu'ils eussent conservé des liens amicaux.

Quand je devins premier gentilhomme de la Chambre et m'installai au Louvre, mon père me conseilla vivement de cultiver sa faveur. Je n'y faillis pas et Villeroy, qui était disert, trouvait en moi une oreille si attentive qu'il fut quasiment dans l'admiration qu'un homme sût, si jeune, écouter si bien. Il me prit en amitié. Et pour dire tout le vrai, je ne mettais point dans mon rapport avec lui la moindre flagornerie. Villeroy, ayant été secrétaire d'Etat plus de quarante ans au service de trois souverains, savait tant de choses sur le passé et tant d'autres sur le présent que je l'écoutais bouche bée et quasiment émerveillé d'une aussi riche et profonde expérience.

Il était issu de la bourgeoisie, mais la plus haute, la plus instruite, la plus brillante et la plus laborieuse. Son père était prévôt des marchands de Paris [1] et son petit-fils — mon cadet de quelques années, puisqu'il avait alors seize ans et moi vingt-deux ans — fut fait duc et pair par Louis XIV. J'aimerais que d'aucuns de nos gentilshommes qui, se vautrant leur vie durant dans l'ignorance et l'oisiveté, tiennent à honneur de mépriser le tiers état, tirent quelque leçon de l'ascension, aussi prodigieuse que méritée, d'une famille roturière...

Quand Monsieur de Villeroy m'eut fait le récit de l'intervention soudaine de Louis au Conseil des ministres, je me hasardai à lui poser questions auxquelles il répondit avec beaucoup de bonne grâce.

— Fûtes-vous surpris, Monsieur de Villeroy, que Louis intervînt ainsi ?

— Surpris ? dit-il, le mot est faible. La foudre tombant sur la table du Conseil ne nous eût pas plus étonnés. Cet enfant bègue dont on nous répétait qu'il n'était occupé que de chasse, d'oisellerie et de jeux puérils et apparemment si soumis à la régente, tout soudain exprimait en plein Conseil avec force et résolution une opinion politique qui contredisait hautement celle de sa mère ! Il y avait de quoi s'interroger, ouvrir tout grands les yeux, avoir puce à l'oreille ! Et il n'avait que douze ans et demi ! L'avenir s'annonçait sombre pour la régente ! Le défunt roi avait bien raison de dire que la mère ne manquerait pas d'avoir un jour maille à partir avec le fils, étant tous deux d'humeur si opiniâtre ! Et que penser, mon jeune ami, de ce ton surprenant d'autorité qu'il avait pris avec elle : « *Ma mère ! Ne cédez cette place en aucune façon !* » Jour du Ciel ! C'était parler en roi !

1. Maire de Paris.

— Mais, dis-je, Monsieur de Villeroy, cette intervention du roi changea-t-elle quelque chose à l'affaire ?

— Assurément ! Louis, quand tout est dit, est roi par légitime succession ! Et qui plus est, sacré à Reims, et à la face du royaume l'oint du Seigneur, tenant son pouvoir de Dieu ! Raison pour laquelle son algarade plongea le Conseil dans le plus cruel embarras !

— Et pourquoi cela, Monsieur de Villeroy ?

— Il nous devenait, mon jeune ami, également impossible, après qu'elle eut eu lieu, de donner Amboise à Condé et de ne la donner point. La bailler, serait mépriser l'avis du roi. Ne pas la bailler, serait dédaigner l'opinion de la régente.

— Et que fîtes-vous pour vous sortir de ce dilemme ?

— Comme toujours, un compromis ! dit Villeroy avec un sourire mince et sinueux qui plissa de mille rides et en même temps égaya son visage fripé.

— Un compromis, Monsieur de Villeroy ! Et lequel ?

— On donna Amboise à Condé, mais en dépôt seulement et jusqu'à la tenue des états généraux. De cette façon, Dieu merci, les intérêts de la France furent gardés à carreau.

*
**

Je me souviens que le vingt-huit juin de cette année-là, le temps était si torride et si sec que tout un chacun à Paris s'en trouvait incommodé et d'autant qu'il n'avait pas plu depuis cinq mois et, les pluies s'asséchant, la terre dans les jardins se craquelait, tant le soleil ardait sur elle et ardait de plus en plus, si bien qu'il y eut des prêtres calamiteux pour prédire du haut des chaires sacrées que ce monde n'allait pas tarder à devenir fournaise où nous allions tous cramer pour la punition de nos péchés.

Même en pourpoint de toile et sans me donner branle ni mouvement, la sueur me coulait en grosses gouttes le long des joues et quand je gagnai les appartements de Sa Majesté, je trouvai tous ceux qui étaient là fort abattus et en même condition que moi. Le docteur Héroard me dit que le roi, du fait de l'excessive chaleur, avait passé une nuit rêveuse et inquiète, et s'était même réveillé à deux heures du matin quasi suffocant et, se levant, se mit à la fenêtre, respirant l'air de la nuit et s'en trouvant mieux.

A ce moment, Louis, de retour de la messe, apparut tout suant et pria Berlinghen de lui changer de chemise, celle-ci étant aussi trempée que s'il l'avait plongée dans la rivière de Seine.

Bichonné, séché et revêtu de sec, Louis me pria de l'accompagner chez *Madame* à qui il voulait, disait-il, remettre une image de saint Irénée que le curé de Saint-Germain l'Auxerrois lui avait donnée. Et en chemin, s'arrangeant pour se trouver seul avec moi, il me dit :

— *Sioac* (j'aimais fort ce « *Sioac* », où je sentais tant de gentillesse), je voudrais que vous m'accompagniez dans ce grand voyage à l'Ouest que je vais faire le premier juillet avec ma mère.

— J'en serais très honoré, Sire.

— Et je voudrais que le marquis votre père soit aussi du voyage, car j'aurai à lui poser quelques questions sur Blois.

— Sire, dis-je en cachant de mon mieux mon ébahissement, mon père sera, lui aussi, très honoré de votre invitation.

— Je gage qu'il voudra prendre son carrosse et que vous voyagerez avec lui, ainsi que le chevalier de La Surie.

Je fus béant, de nouveau, mais cette fois que Louis me nommât le chevalier de La Surie, alors qu'il n'avait jamais eu l'occasion de jeter l'œil sur lui. Mais peut-être savait-il par Héroard le grand rôle que Miroul avait joué et jouait encore dans la vie de mon père. Quoi qu'il en fût, je fus fort touché qu'il l'eût mentionné, me sentant heureux à l'avance du bonheur qui allait transporter le chevalier quand je lui dirais que le roi savait son nom.

— *Sioac,* reprit Louis, je pars après dînée pour Saint-Germain-en-Laye, mais ne vous sentez point tenu de m'y accompagner. Vous avez assurément quelques préparatifs à faire pour ce grand voyage.

— Je vous adresse, Sire, mille mercis. Peux-je vous demander combien de temps ce grand voyage à l'Ouest va consumer ?

— D'après ce qu'on me dit, au moins deux mois, me dit-il.

Et me donnant sa main à baiser, il me bailla mon congé.

Je le quittai avec des sentiments mêlés sur lesquels je ne vais point m'attarder, pour la raison que le lecteur, oyant la nouvelle que je viens de dire, les aura sans doute aussitôt démêlés.

Je courus, ou plutôt galopai jusqu'à notre hôtel de la rue du Champ Fleuri et à peine entré, je me jetai au cou de mon père et de La Surie, bien assuré que j'allais leur donner, quant à eux, une joie sans mélange.

Je ne me trompai pas. La Surie pâlit, rougit, chancela et eût pâmé, je crois, si mon père ne lui eût pas promptement entonné un verre de vin dans le gargamel.

— Quoi ! dit-il quand la langue lui revint, le roi me connaît ! Moi ! Il connaît mon nom ! Il sait qui je suis !

— Qu'y a-t-il de si étonnant à cela ? dit mon père. N'avez-vous pas, tout comme moi et à mes côtés, servi notre Henri ? Et ne savez-vous pas avec quel zèle Louis fait des comptes et des dénombrements de tous les vieux compagnons de son père ? Et comment peut-on nommer le marquis de Siorac sans nommer du même coup le chevalier de La Surie qui est son compagnon de toujours, son frère et son alter ego ?

A ouïr cet hommage, La Surie rougit de nouveau et se versa de lui-même un deuxième verre de vin.

— *Moucheu* le Chevalier, dit Mariette en entrant dans la pièce suivie d'une chambrière (c'était Louison, et elle rougit en me voyant), *che* viens *drecher* la table pour le dîner. Et ma fé, vous ne vous rendez pas *cherviche* à boire avant le rôt : vous allez gâter votre palais.

— Et moi, ma commère, dit La Surie avec bonne humeur, j'en connais une qui risque fort de se gâter la langue à trop parler.

— Et l'oreille, à trop la tendre, dit mon père en riant.

Mais voyant que Mariette, sous prétexte de mettre le couvert, allait demeurer le plus qu'elle pouvait dans la pièce pour tâcher de découvrir la raison de ce grand émeuvement où elle nous voyait tous trois, il nous entraîna d'un geste dans l'embrasure de la grande verrière qui donnait sur la cour.

— Mon fils, dit-il à voix basse, pouvez-vous me rapporter les paroles exactes que Louis a prononcées à mon endroit ? Vous a-t-il dit qu'il voulait me poser des questions à Blois ou sur Blois ?

— Eh bien, dis-je, à bien fouiller ma remembrance, il me semble qu'il a dit « sur Blois ».

— Ah ! dit mon père.

— Y a-t-il une différence ? dis-je en haussant le sourcil.

— Grandissime. Je ne sais pas ce que Louis pourrait me demander à Blois, mais en revanche, je sais très bien ce qu'il pourrait quérir de moi sur Blois.

— Monsieur mon père, dis-je, vous parlez par énigmes. Je ne vous entends pas.

— Comment le pourriez-vous, mon fils, dit-il avec un sourire, puisque vous n'étiez pas né en 1588 ?

— *Moucheu* le Marquis, dit Mariette qui espérait que lorsque nous serions assis autour de la table, nos propos seraient davantage à portée d'oreille, *plaige* à vous de prendre *plache,* la table est *mige* et je vais vous *chervir.*

Elle dut être fort déçue car nos propos, tout le temps que dura notre repue, furent rares et décousus, La Surie n'en finissant pas de savourer en silence sa joie, mon père paraissant grave et songeur et moi-même, comme on devine, partagé entre deux puissants sentiments.

— J'ai ouï, dit mon père, que le roi devait se rendre cet après-midi à Saint-Germain-en-Laye.

— En effet, Monsieur mon père.

— Irez-vous avec lui ?

— Non, mon père. Il m'en a dispensé.

— Vous n'aurez donc pas à décommander votre visite à la rue des Bourbons.

— Nenni.

Un silence tomba alors sur la table jusqu'à ce que Mariette fût sortie pour quérir le dessert.

— Mon Pierre, dit mon père, redoutez-vous cette entrevue ?

Bien que Mariette ne fût plus là, il avait parlé à mi-voix et d'une façon si particulière que La Surie releva la tête et m'envisagea de ses yeux vairons, dont l'un, le bleu, était si vif et l'autre, le marron, si affectueux, à tout le moins lorsque l'objet de son regard était mon père ou moi.

— Oui, dis-je, quelque peu.

Le dialogue s'arrêta là et après le dîner, prenant congé de mon père et de La Surie, je me retirai dans ma chambre et, les contrevents clos, m'allongeai sur le lit en attendant le coche de louage qui devait me conduire chez Madame de Lichtenberg. La chaleur était si excessive que même sans branler bras ni jambe, je transpirais d'abondance, ce qui ne laissait pas d'augmenter la déquiétude que je sentais m'envahir au fur et à mesure que se rapprochait le moment où je devrais affronter ma *Gräfin.*

Bien que je connusse les raisons de ce grand voyage à l'Ouest et les effets que l'on en attendait, je n'étais bien évidemment pour rien dans la décision qui l'avait fait entreprendre et je ne pensais même pas de prime devoir y participer, parce qu'il s'était dit au Louvre qu'on réduirait beaucoup le nombre des officiers royaux à qui on permettrait de s'y joindre — ce qui, vu mon âge, paraissait m'exclure.

Le roi en avait décidé autrement. Et pourtant, tout étranger que je fusse à cette décision et à ce projet, tandis que Herr Von Beck conduisait mes pas dans le dédale du logis de Madame de Lichtenberg, en répétant cent fois que « *Wegen der grosser Hitze* [1] » les valets avaient dû transporter la chambre de la *Gräfin* dans la partie nord de l'hôtel, je me sentais obscurément coupable à l'endroit de Madame de Lichtenberg.

1. En raison de la grande chaleur... (all.).

Assise sur sa chaire à bras accoutumée, elle était à sa collation mais cette fois la chaleur avait eu raison de sa basquine, de son corps de cotte et de son vertugadin, sorte de cuirasse dont elle aimait être par moi démantelée, une fois que le rite du goûter étant clos, elle se retirait dans sa chambre. Pour une fois, elle n'était vêtue que d'une robe du matin fort légère et fort lâche qui ressemblait à un péplum antique et laissait nus son cou, une partie de ses épaules et ses bras. J'observai que ses pieds dont j'admirais l'élégance, étaient nus eux aussi, deux petites mules ajourées se trouvant rejetées, malgré leur joliesse, à côté d'elle sur le tapis de Turquie, la chaleur rendant leur contact insufférable.

Je lui baisai la main, je lui trouvai en cette vêture inhabituelle des charmes infinis, je l'enveloppai de mes regards et de son côté on eût dit que le message de mes yeux, auquel elle eût dû pourtant s'attendre, la prenait par surprise, car bien que ses mains fussent demeurées fermes tandis qu'elle tartinait sa galette, elle battit des cils et ses boucles d'oreilles se mirent à osciller, me comblant d'aise par leur imperceptible branle.

Toutefois, tandis que je prenais place à ses côtés, elle ne tarda pas à sentir la mésaise dans laquelle je me débattais et me dit de sa voix basse et musicale :

— Mon Pierre, qu'avez-vous ? Vous n'êtes point dans votre assiette.

— C'est que je suis, comme tout un chacun, préoccupé par la révolte des Grands.

— Eh quoi ! dit-elle. Eux encore ! Je croyais qu'on leur avait donné ce qu'ils voulaient.

— En effet, mais comme on le pouvait prévoir, ils veulent à s'teure davantage... Raison pour laquelle ils ne sont pas revenus à la Cour, comme ils avaient promis. Le duc de Bouillon est demeuré à Sedan. Le duc de Nevers, à Nevers. Le duc de Longueville, à Mézières et le duc de Vendôme en Bretagne, où il a le front de se fortifier contre le pouvoir royal. Quant au prince de Condé, il est allé prendre possession d'Amboise et là, fort de quelque noblesse et d'un régiment, il a tenté de se saisir de Poitiers. Mais là, il s'est heurté à l'évêque du lieu, homme fort résolu, qui lui ferma au nez les portes et supplia incontinent la reine de le dégager, car le prince muguetait les alentours de la ville.

— Muguetait ? Qu'est cela, mon ami ? dit soudain Madame de Lichtenberg.

— Cela signifiait autrefois faire la cour à une dame, mais à s'teure, cela veut dire « harceler » en langue militaire.

— Ah ! Mon Pierre ! dit la *Gräfin* avec un subit accès de gaîté et un rire clair et joyeux, mugueter ! Comme cela est joli ! Mon Pierre, m'allez-vous mugueter ? C'est la première fois que ce joli mot sonne à mes oreilles !

— A vrai dire, m'amie, il est un peu vieilli dans son acception première. Cependant Ronsard disait encore d'Ulysse qu'il rêvait profondément.

Comme il se vengerait de l'amoureuse trope [1]
Qui chez lui muguetait sa femme Pénélope.

— Mais revenons à nos moutons, mon Pierre. Que va faire la régente devant ces nouveaux empiétements des Grands ? Va-t-elle encore céder ?

— Nenni, m'amie, c'en était trop. Même pour quelqu'un ayant vue basse et obtuse cervelle, il devenait clair que l'appétit des Grands avait grandi par l'avoine même dont on le nourrissait. Villeroy n'eut aucune peine à remontrer à la reine que si cette fois elle laissait faire, Condé en agirait à son égard comme Guise autrefois avec Henri Troisième : il lui grignoterait une à une ses villes. Voire ses provinces. Car l'émule de Condé, ce petit bougre de Vendôme, tâchait de faire comme son beau-père [2] autrefois : il ambitionnait de se tailler en Bretagne un fief indépendant. « Madame, dit Villeroy à la reine, si nous n'agissons pas, nous allons perdre Poitou et Bretagne. »

— Et agit-elle ?

1. Archaïque pour « troupe » *(Note de l'auteur).*
2. Le duc de Mercœur sous Henri III *(Note du chevalier de Siorac).*

— Oui-da ! Et cette fois quoi qu'aient dit et quoi qu'aient fait les maréchaux d'Ancre lesquels, pour l'instant, sont en demi-disgrâce. Mais hélas, j'opine que cela ne durera guère.

— C'est donc la guerre ! dit-elle avec un sourire.

— Pas tout à fait. C'est un grand voyage à l'Ouest. La Cour, suivie et précédée par ses régiments de gardes et six mille Suisses, va visiter une à une les villes de la rivière de Loire, d'Orléans à Nantes, afin de montrer le jeune roi à ses peuples et d'intimider les Grands par l'étalage de la force royale.

— Et combien de temps va durer cette cavalcade ? dit Madame de Lichtenberg en changeant tout soudain le visage.

— Deux mois.

Il y eut alors un long silence, comme si Madame de Lichtenberg craignait de me poser la question suivante. Ses grands yeux noirs fichés dans les miens, elle se taisait, pâle et contractée, sa poitrine se soulevant et ses deux mains serrant avec force les bras de sa chaire. Comme était loin la gaîté ébulliente et légère qu'elle avait montrée une minute plus tôt, quand j'avais employé le verbe « mugueter » ! Elle paraissait tout soudain figée dans une pénible attente, comme si elle redoutait également de me poser la question qui lui brûlait les lèvres et d'ouïr ma réponse.

— Mon Pierre, dit-elle enfin d'une voix blanche, serez-vous de ce voyage ?

— Oui.

— Mais deux mois ! Deux longs mois sans vous voir ! cria-t-elle, se laissant aller tout soudain à un désespoir qui me parut tout à plein hors de mesure avec ce que je savais jusque-là de son caractère.

— Hélas, m'amie ! dis-je. Il le faut. Le roi me l'a commandé.

Ce qui se passa ensuite me laissa béant. La souffrance qui se peignait sur son visage et me déchirait le cœur tout soudain s'effaça. Les lèvres serrées et les yeux jetant des flammes, Madame de Lichtenberg se redressant sur sa chaire, roide et accusatrice, me dit avec colère :

— « Hélas ! » dites-vous, Monsieur ! Etes-vous bien sincère en disant cet « hélas ! » ?

— Madame, dis-je, la voix tremblante, pouvez-vous en douter ?

— Oui, Monsieur ! cria-t-elle tout à fait hors d'elle-même, j'en doute ! Et je n'ai que faire de vos protestations chattemites, car je sens en vous, à l'idée de ce grand voyage à l'Ouest, une sorte de jubilation secrète !

— Ah ! Madame ! dis-je, de grâce ! Ne mêlons pas tout ! J'approuve fort, pour mon roi et l'intégrité du royaume, l'idée politique de ce voyage. Mais je suis dans le même temps fort chagriné à l'idée d'être privé de vous si longtemps.

— Chagriné ! s'écria-t-elle avec dérision. Serez-vous chagriné de voir une à une les belles villes de la rivière de Loire, cette lumière tant renommée et ces magnifiques châteaux que le monde entier envie à la France ! Et serez-vous tant marri, Monsieur, de gloutir vos bonnes repues à l'étape dans quelque aimable auberge, où les pécores ne manqueront pas avec qui vous pourrez *mugueter* à cœur content !

— Les pécores, Madame !

— Oui-da ! Les Toinon ! Les Louison ! Les Toinette et les Louisette ! Et autres pains de basse farine qu'un écu achète en passant...

— Mais, Madame, vous le savez. Je ne me nourris plus de ces pains-là depuis que je vous connais.

— Eh bien alors, ce sera quelque haute dame qui, loin de son hôtel parisien, se sentira loin aussi de sa vertu et voudra l'oublier dans vos bras ! Je sais ce que vaut l'aune de ces Belles de cour !

— Mais, m'amie, de grâce ! C'est là tout un roman que se forge votre imagination ! Et elle seule ! Dans les faits, je ferai tout ce voyage dans le carrosse de mon père et la plupart du temps je dormirai aussi avec lui dans ce même carrosse car le cortège royal étant si nombreux sur le même chemin, il y a peu d'espoir que nous trouvions jamais gîte à l'étape pour y passer la nuit !...

— Quoi ! reprit-elle. Le marquis, votre père, sera avec vous !

— Assurément.

— Certes, c'est un fort honnête homme et un fort bon médecin, mais si c'est là le chaperon dont vous allez remparer votre vertu, elle risque fort d'être emportée au premier assaut, car si j'en crois ce que m'a conté Bassompierre, les femmes qui ont voulu du bien à Monsieur votre père sur les grands chemins de France, d'Angleterre, d'Italie et d'Espagne furent plus nombreuses que les étoiles dans un ciel d'août !

— Madame ! dis-je avec quelque indignation, est-il fatal que je sois l'exacte réplique de mon père en toutes ses capacités, voire en toutes ses faiblesses ? Et est-il bien équitable de votre part de le suggérer ?

Mon reproche la toucha au vif. Et c'est là où j'aperçus toute la différence entre Madame de Lichtenberg et Madame de Guise laquelle, en ses fureurs, ne se faisait pas scrupule de se vautrer dans la plus dévergognée mauvaise foi, tandis que ma *Gräfin* conservait jusque dans son ire — en bonne huguenote ou en bonne Palatine, je ne saurais trancher — le souci consciencieux de n'être pas injuste.

Elle baissa les yeux, des gouttes de sueur perlant à son front et ses deux mains entrelaçant leurs doigts sur ses genoux, elle demeura un instant immobile, bien qu'encore haletante, tâchant de rentrer en elle-même et de remettre de l'ordre dans ses émeuvements. Pour ma part, étant jaloux comme Turc à son endroit tout autant qu'elle pouvait l'être de moi, et jusqu'à sentir de l'humeur quand un valet la regardait, je me sentais indulgent à sa colère et compatissant à ses affres. J'entendais bien, au surplus, que la différence de son âge et du mien rendait plus cruelles ses souffrances par la conscience qu'elle lui donnait que ses beautés jetaient leurs derniers feux et qu'un amant si jeune, tout ardent qu'il fût, ne saurait demeurer prisonnier de ses charmes jusqu'à la fin de ses terrestres jours.

Je m'accoisai, ne voulant pas après ce reproche sans ambages que je lui avais adressé, appuyer sur la chanterelle plus qu'il n'était besoin, et d'autant que j'étais maintenant bien assuré qu'elle avait tout senti et tout deviné de l'humeur dans laquelle j'envisageais ce voyage à l'Ouest, étant sans nul doute fort attristé à l'idée de ne point voir ma *Gräfin* bien-aimée pendant tant de semaines, mais en même temps plein d'appétit pour cette grande aventure dont je me promettais beaucoup, mais point toutefois comme elle l'imaginait. Belle lectrice, vous qui embrassez à s'teure chaleureusement le parti de Madame de Lichtenberg, de grâce, ne me gardez point mauvaise dent de cet aveu : j'étais bien jeune alors et mes yeux s'ouvraient sur le monde avec une avidité que j'ai du mal ce jour d'hui à imaginer.

— Mon Pierre, dit-elle enfin d'une voix lasse et basse, je vous demande mille pardons d'avoir ainsi parlé de Monsieur votre père et d'avoir soupçonné votre bonne foi sans d'autres raisons que mes craintes.

— Ah ! M'amie ! m'écriai-je en me jetant à ses genoux et en baisant ses mains et ses beaux bras nus, de grâce, ne me demandez pas pardon et enterrons cette querelle-là à jamais ! Ne vous ai-je pas moi-même quasiment chanté pouilles un jour à cause de Bassompierre ! Et ne savez-vous pas que vous êtes pour moi tout l'horizon de ma vie et qu'il n'y a garcelette, ni haute dame au monde qui puisse se mettre, fût-ce le temps d'un soupir, entre vous et moi ? Au retour de ce grand voyage à l'Ouest, vous me retrouverez tel que je suis ce jour, ne voyant que vous, n'oyant que votre voix, n'aspirant qu'à vos grâces et ne respirant que par elles.

Mais on eût dit que ni mes paroles, ni mes raisons n'étaient plus capables de l'atteindre, tant elle paraissait lointaine, morne, n'écoutant, les yeux baissés, que sa propre peine. Je l'avais toujours connue si calme, si soucieuse de mesure, si maîtresse d'elle-même et en un sens même si olympienne que le subit dérèglement de son humeur me laissait quasiment incrédule.

Sa galette à demi entamée reposait à côté de celle qu'elle me destinait et n'avait pas pensé à m'offrir. Elle se leva à la parfin comme une automate et gagna sa chambre. Je l'y suivis et lui ôtai le peu qu'elle avait sur elle. Elle souffrit ce dévêtement, les paupières baissées, ses longs cils faisant une ombre sur ses joues et sans ce frémissement qui la parcourait d'ordinaire de la tête aux pieds quand elle retournait par mes soins à sa natureté. Du même pas roide et absent, elle s'étendit d'elle-même sur sa couche et quand je fus à ses côtés, elle me saisit la main et la serra, mais sans mot piper et sans me regarder, comme si le poids de sa douleur pesait si lourdement sur sa poitrine qu'elle lui retirait toute vie et tout espoir. Je lui parlai longuement et de la façon la plus pressante sans recevoir d'elle la moindre réplique. Je tâchai alors de la réveiller par ces caresses et ces enchériments que je savais qu'elle aimait, mais bien qu'elle fît alors quelque effort pour y répondre, la magie cette fois ne se fit pas.

Il était clair que ma pauvre bien-aimée n'avait plus le cœur à rien, pas même à nos délices. A la parfin, je perdis courage et je demeurai à son côté sans bouger ni parler. Mais que ce ne fût pas là non plus le meilleur parti, je m'en aperçus aussitôt, car elle se mit à pleurer sans bruit à mon côté et sans tourner la tête. Je la pris alors dans mes bras, je la serrai avec force, je l'écrasai sous moi, mais il me parut qu'il n'y avait pas de sens à aller plus loin : c'eût été une sorte de forcement, tant elle était inerte. Cependant, ses yeux fixés sur les miens n'exprimaient ni fâcherie, ni colère, ni ressentiment. Ils n'étaient que tendresse. Et bien que je ne fusse pas coupable, ce regard me bouleversa et me donna du remords. Etait-il donc possible de tant faire souffrir un être alors qu'on l'aimait tant? Les larmes me vinrent aux yeux et je me remis à lui parler, ne sachant trop que dire et répétant à l'infini les mêmes protestations qu'elle avait appelées chattemites et qui me paraissaient, tandis que je les prononçais, non point hypocrites, mais faibles et futiles, tant elles glissaient sur son chagrin sans y trouver aucune faille par où elles eussent pu pénétrer pour lui apporter la rémission de son mal.

Tout l'après-midi se passa de la sorte sans qu'elle ouvrît la bouche, à tel point que j'eusse cru qu'elle avait perdu la parole si, en penchant mon oreille sur ses lèvres que je vis remuer quelque peu, je ne l'avais ouïe répéter mon prénom avec un timbre si lointain qu'il me semblait qu'elle se trouvait sur la rive d'une large rivière et moi-même sur la rive opposée, l'eau et la brume nous séparant et le vent m'apportant sa voix avec un son plaintif qui me serrait le cœur.

CHAPITRE X

Bien qu'on eût dit au Louvre que serait réduit au minimum le nombre de gentilshommes et de dames autorisés à accompagner Leurs Majestés en leur grand voyage à l'Ouest, il n'en fut rien. Les courtisans furent saisis d'une si étrange frénésie d'en être qu'ils n'épargnèrent rien pour se trouver parmi les élus, ni les intrigues, ni les brigues, ni les supplications aux pieds de la régente, ni les épingles glissées à la Conchine : tant est que peu à peu la liste des invités prit un ventre démesuré.

Et comme ces heureux ou ces malheureux — car ils couraient grand danger de se ruiner, le voyage étant à leurs frais — tenaient à point d'honneur de se faire accompagner à tout le moins par une douzaine de leurs gens, la régente et le petit roi furent suivis sur les chemins de France par plusieurs milliers de personnes. Les uns, selon leur rang, dans des carrosses armoriés, d'autres dans des coches de louage, d'autres sur des chevaux et des mulets, le domestique enfin sur des chariots.

On avait pourtant donné des instructions sévères pour limiter les suites de chacun, à commencer par les ducs et pairs. D'ordre de la régente, le grand chambellan, de sa belle voix grave et dans les termes les plus exquis, avait supplié la duchesse de Guise de restreindre son train autant que faire se pût. Quoique réchignante et rebéquée, ma bonne marraine obéit, ou crut en conscience obéir, tant est que ledit train, comme elle voulut bien me le confier à son départir de

Paris, lui paraissait mesquin à pleurer. « Qui voudra croire, dit-elle, en me voyant passer, que je suis princesse de Bourbon et duchesse douairière de Guise ? »

Toutefois, quand je vis son train à Orléans, je n'en jugeai pas ainsi. Il est vrai que dans son propre carrosse, ma bonne marraine n'emmenait avec elle qu'une seule demoiselle d'honneur, et la princesse de Conti, une seule dame d'atour. Mais il n'y avait pas à cela grand mérite. Avec les considérables vertugadins qui arrondissaient les hanches des princesses, il eût été difficile de loger là une dame de plus.

Cependant, dans un deuxième carrosse avaient pris place, triés sur le volet, six gentilshommes de la maison de Guise, beaux, vaillants et superbement attifurés, lesquels, à vrai dire, n'étaient là que pour la montre, car avec une escorte de six mille Suisses, le cortège royal ne risquait pas d'être attaqué par les gautiers ou les croquants.

Un troisième carrosse, que présidait Monsieur de Réchignevoisin, était occupé par le médecin de la duchesse, son masseur, son aumônier et son astrologue, afin que ni l'estomac surmené de ma bonne marraine, ni sa peau délicate, ni son âme inquiète, ni son prévisible avenir ne risquassent de se gâter faute de soins pendant les deux longs mois qu'allait durer le voyage.

Le quatrième carrosse, entièrement féminin, emportait dans ses flancs deux chambrières, deux coiffeuses et une curatrice aux pieds, lesquelles se trouvant jeunes et accortes, étaient surveillées par une sorte de majordome femelle, afin qu'elles ne semassent pas la zizanie parmi les hommes de ce train en leur donnant le bel œil.

Le cinquième carrosse qui, bien qu'il fût armorié, avait bien plus l'air d'un coche, était dévolu à un cuisinier, deux gâte-sauce et trois marmitons, ainsi qu'aux instruments encombrants de leur art.

Deux chariots suivaient. Le premier contenait les armes, les roues de rechange et les essieux de secours. Le second, les coffres, les tentures et tapis destinés à embellir ou accommoder à l'étape le gîte des deux hautes dames. Deux charrons et trois maréchaux-ferrants montés sur des mulets suivaient le premier de ces charrois. Ils s'avérèrent quant à eux fort utiles, vu que les grands chemins étaient, malgré les efforts de Sully, inégalement empierrés et, depuis la mort de notre Henri, mal entretenus par les seigneurs dont ils traversaient les terres.

Montés sur de grands chevaux, une douzaine de soldats dont les beaux hoquetons étaient frappés aux armes des Guise, fermaient la marche, robustes ribauds de Lorraine, plus arrogants que leur maîtresse et dont le rôle apparemment guerrier, n'était, vu la présence de Suisses, que d'apporter décorum et honneur en cette suite dont le lecteur voudra bien convenir qu'elle était, en effet, plus que modeste, et quasi déshonorante, pour une princesse du sang...

Et le duc de Guise? m'ira-t-on demander. Lecteur, il n'était point là! Il boudait le voyage comme il avait boudé le sacre de Louis, mais pour une tout autre raison : la régente avait donné le commandement des Suisses à Bassompierre.

— Mon fils, me dit le marquis de Siorac, ne vous faites point d'illusions : Le pis dans ces voyages, c'est le nombre. J'ai accompagné, sous le règne d'Henri III, le duc d'Epernon dans un grand voyage de Paris en Guyenne, le duc y devant rencontrer notre Henri, alors roi de Navarre. On avait voulu, pour des raisons politiques, que la pompe fût grande en cette ambassade. Et le cortège se trouva fort de trois mille personnes. Et vous ne sauriez imaginer sur les poudreuses routes de France l'interminable ruban de ces carrosses, de ces chariots, de ces cavaliers progressant avec une lourde lenteur, sous un soleil de plomb, dans le vacarme assourdissant des sabots et des roues, sans compter le nuage étouffant de poussière qu'ils soulevaient, les arrêts brutaux, les turbulences des chevaux, les ruptures de roues ou d'essieux, le versement des carrosses, les cris et les querelles et pour finir, la quasi-impossibilité de trouver en suffisance viandes et gîtes à l'étape pour tant de monde! Bref, un cauchemar! Dante n'a rien décrit de plus horrible dans son *Inferno!*

— De grâce, Monsieur mon père ! dis-je en riant, ne poussez pas votre description plus avant : vous allez m'épouvanter !

— Tel n'est pas mon dessein, dit mon père avec un sourire, mais de nous épargner à tous trois cette odieuse géhenne. Toutefois il y faut, mon fils, votre agrément. Je compte, en effet, demander à la régente, par l'intercession de votre bonne marraine, d'être de ceux qui partiront en avant-garde pour préparer le gîte à l'étape. Je l'obtiendrai sans peine, je pense, car c'est grand tracas et labeur que cet office-là.

— Et pourquoi donc, mon père, vous allez vous mettre un tel emploi sur le dos ?

— Parce qu'entrant en carrosse une heure et demie avant Leurs Majestés, il nous permettra d'échapper à la lenteur, à la noise, à l'embarras et à l'épouvantable poussière du cortège.

— Mais il faudra se lever à la pique du jour ! dit La Surie d'un ton plaintif.

— En effet. En revanche, Chevalier, nous voyagerons plus vite et sans les incommodités que j'ai dites et nous serons aussi, quant à nous trois, assurés à l'étape d'un gîte et de quelques viandes, avant qu'elles renchérissent et se raréfient.

— C'est bien pensé, Monsieur mon père, dis-je après y avoir rêvé un instant. Et pourquoi faut-il mon agrément à ce projet ?

— Pour ce que, l'accord de la régente acquis, il serait disconvenable qu'un premier gentilhomme de la Chambre ne demandât pas aussi celui du roi.

Ce que je fis le lendemain et fus bien reçu de Louis qui m'accorda aussitôt d'être de l'avant-garde avec mon père et La Surie pourvu que sa mère l'eût pour agréable. Il achevait ces mots quand on lui apporta la cuirasse qu'on avait fait faire tout exprès pour ce grand voyage à l'Ouest au cas où Condé attaquerait : occurrence bien peu probable, car Condé, au seul bruit que les six mille Suisses allaient faire mouvement le long de la rivière de Loire, avait cessé de mugueter Poitiers et s'était retiré plus au sud, la queue entre les jambes. Je confesse qu'en y repensant quelque peu comme j'écris ces lignes, quarante ans plus tard, c'est toujours pour moi un insondable mystère qu'un homme aussi couard ait pu engendrer un fils aussi vaillant [1].

Quoi qu'il en fût, mon petit roi fut ivre de joie à revêtir sa cuirasse. Il se mit dans cette enveloppe d'acier comme si, de par sa vertu, il allait tout soudain se retrouver homme et dans la peau de son père. Il marchait qui-cy qui-là dans ses appartements, insoucieux de la sueur qui, en cet attirail et par la chaleur de ce juillet, lui ruisselait sur les joues, fléchissant bras et jambes pour essayer la souplesse des articulations métalliques, et se faisant apporter épée de guerre et arquebuse (notamment « sa grosse Vitry ») pour voir si, en cet appareil, il serait capable de les manier. Il sortit sur la galerie et il courut quelque peu pour se rendre compte si le poids ne ralentissait pas trop ses mouvements. Il voulut même qu'on lui sellât et amenât son cheval, afin qu'il pût décider s'il ne perdait pas trop de ses qualités cavalières à être ainsi appesanti.

Transpirant héroïquement, Louis voulut de force forcée garder sur lui cette cuirasse plusieurs heures. Et quand enfin il la dut ôter sur la pressante injonction de Monsieur de Souvré, il désira la garder à côté de son lit et sous ses yeux, en attendant qu'on la mît à sa plus proche portée dans les bagues de son carrosse. A mon sentiment, il n'avait jamais tant désiré avoir quelques années de plus et être le maître enfin en son royaume pour aller prendre Condé par la peau de son petit cou et le ramener, humilié et repentant, à Paris, comme son père avait fait pour le duc de Bouillon, lequel fanfaronnait sur les remparts de Sedan jusqu'à ce que notre Henri apparût sous ses murs, armé en guerre et accompagné de ses soldats.

Louis eût dû partir le deux juillet, mais les inévitables retardements qu'on voit toujours en ces grandes entreprises firent qu'il n'entra en carrosse que le cinq juillet à sept heures et demie du matin.

Mon père, La Surie et moi, nous étions partis à six

1. Le Grand Condé.

heures et, rattrapant les Suisses, lesquels, étant à pied, avaient quitté Paris à quatre heures et demie après minuit, nous les dépassâmes sans encombre et atteignîmes Longjumeau à huit heures et demie, bien assez à temps pour faire préparer le couvert que Leurs Majestés et les Grands du Louvre devaient y prendre, car le gîte, lui, était prévu à Ollainville.

Cinq lieues [1] séparent Paris de Longjumeau et il fallut trois heures au cortège royal pour les parcourir. C'est dire si la progression fut lente ! Quant à nous, roulant sans embarras et sans poussière, sur un grand chemin où il n'y avait personne devant nous, notre vitesse nous combla d'aise, étant de deux lieues à l'heure [2].

Il y avait pour Louis un grand avantage à ce voyage. Outre qu'il apprenait à connaître les monts, les vallées, les villages et les villes de son grand royaume, son emploi du temps était tel qu'à son grand soulagement, il excluait l'étude. En contrepartie, quand les lieux de repos ou de gîte rendaient chasse et oisellerie impossibles, il aimait trop l'action pour ne s'ennuyer point.

On avait, en effet, sagement décidé que le convoi royal ne roulerait que trois heures tôt dans la matinée et ne reprendrait route qu'assez tard dans l'après-midi pour éviter le gros de la chaleur. Et de nouveau, comme le matin, on ne roulait alors pas plus de trois heures. On ménageait ainsi les pieds des chevaux, lesquels eussent pu sans cela attraper une fourbure qui eût ruiné le dessous de leurs sabots — et on épargnait aussi les tripes, les reins et les dos des humains, fort malmenés dans les carrosses par les inégalités et les dos d'âne des grands chemins. Du même coup, on donnait davantage de temps, et aux chevaux pour se reposer, et aux maréchaux-ferrants pour changer leurs fers, et aux charrons pour revoir les essieux et les roues. A ce train, on parcourait dix lieues par jour [3], vitesse qui paraissait suffisante et qui n'eût pu de reste

1. Vingt kilomètres.
2. Huit kilomètres.
3. Quarante kilomètres.

être augmentée sans qu'on rattrapât, puis distançât, dangereusement les fantassins suisses.

Il n'en demeurait pas moins qu'entre dix heures et demie du matin, heure à laquelle Louis prenait son dîner et quatre heures de l'après-midi, moment du repartir, le temps paraissait parfois excessivement long à Louis. A ce qu'on m'a dit, à Langerie, étape entre Toury et Orléans, dînant dans une maison campagnarde, il alla après sa repue au jardin et tira de petits oiseaux à l'arquebuse. Il en tua un, les autres s'enfuirent et ne revinrent plus.

Monsieur de Souvré, le voyant désoccupé et fort malheureux de l'être, le mena alors dans une grange où il le mit à jouer aux cartes avec ses gentilshommes. Mais ce jeu, que Louis trouvait oisif et oiseux, le lassa vite. Il jeta ses cartes et s'en fut voir à l'étable les vaches qu'un valet de ferme était en train de traire. Il n'avait jamais assisté à cette rustique occupation, et tout à plein intéressé, il regarda de prime le valet avec une attention extrême et n'eut de cesse ensuite qu'il n'apprît de lui le tour de main qu'il y fallait. Après quelques essais et échecs, il réussit à faire jaillir le lait et se mit alors à traire vache après vache avec un entrain qui ne se démentit pas, tant est qu'il fallut l'arracher à leurs pis pour le faire reprendre le carrosse royal.

Un peu avant Orléans, on arrêta le carrosse. On ôta à Louis son haut-de-chausses et son pourpoint, lesquels, d'après Berlinghen, sentaient quelque peu la vache et on l'habilla d'une éclatante vêture de satin blanc garni de perles. Après quoi, on lui amena un cheval blanc superbement caparaçonné sur lequel, tout heureux, il se mit gaillardement en selle. Et suivi des officiers de sa maison — dont hélas, je n'étais pas, car j'assurais le gîte à Orléans — il rattrapa les Suisses lesquels, tout mercenaires qu'ils fussent, eurent la politesse de l'acclamer, tandis qu'il dépassait leurs rangs au galop, acclamations qui toutefois furent peu de chose comparées aux clameurs et aux ovations sans fin du peuple d'Orléans.

Il avait fallu quatre jours et trois nuits ès auberges

(ou ès châteaux pour ce qui concerne le roi) pour couvrir les trente-deux lieues qui séparaient Orléans de la capitale. Et rares étaient parmi les bons sujets de cette bonne ville qui eussent pu, ou osé, entreprendre en sens inverse un voyage aussi long, aussi coûteux et aussi périlleux. Aussi débordaient-ils de gratitude que Louis fût venu jusqu'à eux et ils n'en croyaient pas leurs yeux quand ils virent dans leurs murs, et proche quasiment à le toucher, ce roi de France qui jusque-là n'était pas pour eux moins fabuleux qu'un personnage sacré sur un vitrail de Sainte-Croix.

Les villes de la rivière de Loire : Orléans, Blois, Tours, Saumur, Angers et Nantes avaient toutes été prévenues quinze jours à l'avance de la venue de Leurs Majestés et s'y étaient préparées en nettoyant les rues, du moins celles où le roi devait passer, et en les embellissant par des ornements de feuilles et de fleurs et aussi en dressant des échafauds sur lesquels le roi devait siéger tandis que les corps de la ville lui débiteraient leurs harangues ampoulées.

Fort soucieux de bien faire son métier, Louis écoutait ces discours longuissimes avec patience, avec gravité, se remémorant à part soi les réponses qu'il devait leur faire et que Monsieur de Souvré lui avait baillées par écrit, mais que toutefois il ne se privait pas de modifier, ne les trouvant pas toujours à son gré. C'est ainsi qu'à Nantes, recevant les présidents de la Cour des Comptes, il refusa absolument de leur dire qu'il était « fort content de leurs services ».

— Je doute, confia-t-il plus tard à Héroard, qu'ils m'aient tous bien servi...

Ayant une tournure d'esprit dont la logique n'était pas absente, je trouvais quant à moi quelque peu comique que l'entrée triomphale du roi en d'aucunes de ses bonnes villes ne coïncidât pas toujours avec l'entrée réelle. Il y avait déjà trois bons jours que nous étions installés au château de Nantes quand Louis, regardant par les fenêtres, aperçut des ouvriers mécaniques dresser à côté de son logis un échafaud, lequel comportait sur son plateau un grand trône doré. « Qu'est cela ? dit-il. — Sire, dit Monsieur de Souvré, c'est pour célébrer votre entrée à Nantes. — Mais, dit Louis avec un sourire, ne suis-je pas déjà là ? — Assurément, Sire, mais il s'agit de votre entrée solennelle. » Et en effet, ce même jour, à cinq heures de l'après-dînée, la chaleur étant déjà moins pesante, le roi, étant sorti de Nantes, y rentra aussitôt sur son cheval blanc, et sous son dais fleurdelisé, par la Porte Saint-Nicolas, accompagné de rue en rue par les acclamations du populaire qui, pour être renouvelées, n'en furent pas moins inlassables.

***

Mais Nantes n'était que le but et l'ultime étape de ce grand voyage. Et plaise à ma belle lectrice de retourner avec moi en amont sur la rivière de Loire — à tout le moins pour l'instant jusqu'à Tours — puisqu'il s'y passa deux événements que je ne saurais passer sous silence.

Pour aller de Blois à Tours, la régente avait fait un grand détour par Montrichard afin de ne point passer par Amboise que le traité de Sainte-Menehould avait abandonnée aux mains de Condé, au moins jusqu'à la tenue des états généraux. Or, ceux qui commandaient au nom de Monsieur le Prince à Amboise, dès qu'ils surent que le roi était à Tours avec cinq mille gentilshommes et six mille Suisses, coururent lui remettre les clefs de la ville. Mais la régente, toujours pusillanime, les refusa, ne voulant pas rompre le traité, comme si un traité signé avec un félon pouvait engager la parole royale...

L'évêque de Poitiers eut plus de succès avec elle quand, accouru lui aussi à Tours, il supplia la reine de venir rétablir l'ordre dans sa ville, lequel était menacé, comme on sait, par les partisans de Condé. Sur les instances de Monsieur de Villeroy, elle s'y décida enfin. Les Poitevins, à son entrée, acclamèrent le roi. Et le Poitou, sans coup férir, retourna, pacifié, dans le giron de la royauté. Ce fut là un des premiers bienfaits de ce voyage.

Sur le chemin de Tours à Poitiers, Louis logea à

Châtellerault où, arrivé à six heures, il n'eut de cesse qu'il n'allât voir sur la rivière de Vienne le pont construit par son père. Il l'admira longuement et sans mot dire, une ombre de tristesse passant sur son visage. Je ne sais si d'avoir pensé à son père lui remit en tête « ses enfants », mais malgré le tardif de l'heure, il décida incontinent de chercher pour eux de « petites besognes ». Ayant appris que Châtellerault était ville fameuse pour ses coutelleries, il se fit rouvrir l'une d'elles et acquit un couteau pour *Monsieur* qui en faisait collection. Et ayant alors demandé au coutelier ce qu'il y avait de joli en la ville qu'il pût offrir à des filles, le coutelier le conduisit chez un compère qui taillait des petits diamants du pays. Louis en acheta trois de même grosseur pour ses trois sœurs. Le prix fut tel qu'il y vida sa bourse, ce que d'ordinaire il évitait de faire, étant épargnant de ses deniers pour la raison que la reine, si donnante avec les Conchine, se montrait avec lui si chiche-face.

Puisque ma belle lectrice a bien voulu consentir à remonter à la fois le temps et la rivière de Loire pour retourner de Nantes à Tours, je lui demanderai d'être assez bonne pour rebrousser chemin encore plus en amont et revenir en ma compagnie de Tours à Blois, la suppliant de ne voir dans ce retour en arrière ni un caprice ni une affectation, mais un procédé nécessaire à l'économie de mon récit, pour la raison que la scène que je lui veux maintenant relater est de grande conséquence pour la suite de mon histoire.

Louis, on s'en souvient, nous avait commandé de l'attendre au château de Blois, y ayant lui-même des questions à poser à mon père. Il y arriva le quinze juillet à six heures et comme il avait le matin même visité le château de Chambord qu'il avait beaucoup admiré, il fut de prime quelque peu déçu par celui de Blois, n'y trouvant à louer que l'escalier ajouré de François Ier. Toutefois, il fut fort frappé par les belles dimensions de la salle des états généraux. Bellegarde, qui était avec nous, lui expliqua que cette salle, du temps des comtes de Blois, ne comprenait qu'un seul splendide plafond en forme de nef de vaisseau inversée, lequel

Henri III, voulant agrandir la salle, avait doublé d'une deuxième nef identique et parallèle à la première, et à elle reliée et soutenue par une rangée de colonnes qui couraient en arcades par le milieu de la pièce. L'effet, faisait remarquer Bellegarde, qui, s'il ne brillait pas par l'esprit, avait du moins un sûr instinct de la beauté des choses, était des plus heureux : les deux nefs inversées avaient l'air amarrées bord à bord, leurs quilles tournées vers le ciel.

En cette première entrevue, Louis accueillit fort aimablement mon père, mais probablement parce que Bellegarde et une bonne demi-douzaine de gentilshommes se trouvaient avec nous, il ne lui posa aucune question. Cependant, en revenant dans sa chambre, qui était celle occupée par Henri III en 1588, et celle aussi où le duc de Guise avait été assassiné, il profita d'un moment où nous étions seuls pour me dire de l'attendre sur le coup de neuf heures du matin le lendemain avec mon père dans la grande allée qui mène du château de Blois à La Noue.

La Noue est une gentilhommière à quelque distance du château de Blois, à laquelle on accède par une grande allée carrossable bordée de tilleuls qui répandaient en cette saison un parfum des plus pénétrants. Durant les états généraux de 1588, qui lui étaient si hostiles, Henri III aimait s'y retirer deux ou trois jours par semaine pour y trouver un semblant de paix. Sur le commandement de la duchesse de Guise (et l'acquiescement de la régente) j'y avais logé ma bonne marraine pour la raison qu'elle se refusait à mettre « fût-ce le bout de son pied en cet infernal château de Blois où son mari avait été assassiné ».

J'inclinerais à penser que c'était le point d'honneur d'une Guise par alliance plus que l'affection qui lui inspirait ce refus. Car dans ce ménage des Guise, il y avait tromperie des deux bords, et nombreuses, et publiques, et si peu de temps passé l'un avec l'autre que c'était merveille que ma bonne marraine eût réussi à tirer tant d'enfants de son mari.

Louis aimait fort chez Madame de Guise ce caractère franc et primesautier qui le changeait des hypocrisies de la Cour. Et en outre, quoi de plus naturel qu'il allât visiter à La Noue à neuf heures du matin la cousine germaine du feu roi son père. Toutefois, il y alla seul et à pied, en commandant, au départir du château, *qu'on ne dît pas qu'il y eût été.*

Dès qu'il nous vit sur le chemin, Louis pressa le pas, abrégea nos génuflexions, nous remercia en peu de mots d'être là et commanda à Monsieur de La Surie de demeurer sur le chemin et de nous avertir s'il y passait quelqu'un. Ayant dit, il nous entraîna hors la route dans l'épais d'un bosquet et dit à mon père de but en blanc :

— Monsieur de Siorac, Bellegarde me dit qu'en 1588, vous fûtes à Blois très avant dans la confidence d'Henri III. Pouvez-vous me dire comment le roi en est venu à faire exécuter le duc de Guise ?

Cette question, qui me laissa béant, ne parut pas, en revanche, surprendre mon père. On eût dit même qu'il l'attendait.

— Sire, dit-il, Henri III n'avait pas le choix : son trône, sa liberté et probablement sa vie, étaient menacés.

— Sa liberté ? dit Louis en haussant le sourcil.

— Le plan des Guise était de se saisir de sa personne et de l'enfermer dans un couvent... Et à mon avis, on ne l'y aurait pas laissé vieillir.

— Et quand le roi a-t-il décidé d'exécuter Monsieur de Guise ?

— A mon sentiment, il a commencé d'y penser quand Guise s'est saisi de Paris et l'en a chassé.

— Ne pouvait-il lancer ses forces contre lui pour reprendre sa capitale ? dit Louis avec un petit brillement de l'œil.

— Non, Sire. Henri n'avait que quatre mille hommes et son trésor était vide. En outre, Henri n'était pas comme feu votre père un roi-soldat.

— Et que fit-il ?

— Il se retira à Chartres avec ses quatre mille hommes et feignit d'écouter sa mère, et les ministres qu'il tenait d'elle (et qui la servaient plus que lui-même), lesquels voulaient traiter avec Guise.

— Sa mère voulait traiter? dit Louis, une lueur subite traversant ses grands yeux noirs. Le trahissait-elle?

— Elle n'en avait pas conscience. Mais en fait, elle menait une politique personnelle. Elle avait de bons rapports avec Guise et voulait les conserver quoi qu'il en coûtât à l'Etat. Et il est vrai que ses initiatives contrariaient souvent les plans de son fils et brouillaient tout.

— Mais, Monsieur de Siorac, comment traiter avec un félon qui vous a pris votre capitale!

— En fait, on céda tout, y compris la convocation des états généraux à Blois.

— C'était faiblesse!

— De la part d'Henri, c'était faiblesse feinte et qui visait à endormir la vigilance de Guise, car en réalité, à Blois, la position d'Henri III était plus forte que celle du duc. Il avait les gardes françaises de Larchant, les Corses d'Ornano, les Suisses et les fameux *Quarante-Cinq*. En outre, il tenait le château. Guise avait pour lui assurément les états généraux et la majorité des Français, mais il n'avait à Blois que les gentilshommes de sa suite.

— Et qu'attendait Guise des états?

— Que le roi qui était sans enfant proclamât la déchéance des droits de votre père à sa succession pour la raison qu'il était alors huguenot. La route du trône eût alors été libre pour Guise. Mais Henri s'y refusa tout net et les états généraux, pour se revancher, le privèrent de ressources. Le roi paraissait faible et hésitant, mais en réalité, il n'en était rien.

— Comment cela?

— Dès son arrivée à Blois, il avait renvoyé les ministres qu'il tenait de sa mère et les avait remplacés par des hommes à sa dévotion. Si j'avais été Guise, ce seul fait m'eût donné fort à penser.

— Et Guise ne se méfia point?

— Non, Sire. Il méprisait le roi.

— Et pourquoi cela?

— Il le considérait comme un personnage faible, falot et sans consistance. Et c'est bien cette opinion qu'Henri, par son attitude, travaillait à lui donner de lui-même.

— Vous voulez dire, Monsieur de Siorac, dit Louis avec vivacité, qu'Henri dissimulait ?

— Il faisait mieux que dissimuler, Sire. Il jouait la comédie et il la jouait bien.

— Et cette comédie rassurait Guise ?

— Oui, Sire. Il pensait que jamais Henri n'aurait assez de pointe et de courage pour oser attenter à sa vie.

— Comment le roi s'y prit-il pour mener à bien cet attentement ?

— Il convoqua ceux de ses conseillers en qui il avait une confiance entière dans un pavillon au fond du parc du château et leur apporta les preuves que Guise avait partie liée avec Philippe II d'Espagne. Il ajouta ces paroles, lesquelles sont imprimées à jamais dans ma mémoire : « *Le duc faisant état de s'emparer du royaume après en avoir abattu les colonnes, je vous demande, Messieurs, vous qui êtes ces colonnes mêmes, le parti que vous me conseillez de prendre.* » Là-dessus, Montholon, garde des sceaux, opina qu'il conviendrait d'arrêter le duc de Guise et de le traduire en justice. A quoi Revol rétorqua avec la dernière vivacité : « Ce sanglier-là est trop puissant pour nos filets ! Où trouverez-vous l'endroit pour l'enfermer, les témoins pour l'accuser et les juges pour le juger ? J'opine que, s'agissant d'un traître avéré, il faut que la peine précède le jugement. »

— Monsieur de Siorac, dit Louis, l'œil étincelant, voulez-vous pas répéter cette phrase ?

— Volontiers, Sire. « *S'agissant d'un traître avéré, il faut que la peine précède le jugement.* » A quoi Henri demanda : « Quelle peine, Revol ? » et Revol dit sans battre un cil : « La mort, Sire ! » Tous les présents, sauf Montholon, se rangèrent à cet avis.

— Quels étaient-ils ?

— Bellegarde, le maréchal d'Aumont, François d'O, d'Ornano, Rambouillet et moi. Toutefois, n'étant là qu'à titre de témoin à charge, le roi ne me demanda pas d'opiner.

Je fus béant. Mon père ne m'avait jamais dit qu'il avait assisté en qualité de témoin à ce Conseil restreint. Pas plus qu'il ne m'avait encore donné à lire le passage de ses Mémoires où il le relatait.

— Poursuivez, Monsieur de Siorac, dit Louis.

— Le roi entérina ce vote en disant : « *Le traître poussant sa pointe toujours plus avant, j'en suis arrivé à la conclusion que sa plus longue vie serait ma mort, celle de tous mes amis et la ruine du royaume. Messieurs, le Conseil est terminé.* » Vous observerez, Sire, que le roi, ayant décidé l'exécution de Guise, ne voulut pas débattre alors avec ses conseillers du lieu, du moment et des moyens.

— Pourquoi cela ?

— Montholon ayant opiné pour le procès, Henri se méfiait maintenant de lui. Mais, quelques jours plus tard, il convoqua un Conseil encore plus restreint que le premier, le mercredi vingt et un décembre dans le cabinet vieil lequel, Sire, fait suite à la chambre que vous occupez ce jour au château.

— Je sais, dit Louis.

— Ce Conseil se composait de Bellegarde, de Revol, de Larchant, capitaine aux gardes, et de moi-même. Henri se montra plus que jamais résolu en son dessein, le Guise, le matin même, ayant eu le front d'exiger de lui la connétablie.

— Je sais aussi cela, dit Louis. Poursuivez, Monsieur de Siorac.

— Il apparut que la principale difficulté était de séparer Guise de la suite nombreuse dont il se faisait partout accompagner, car un affrontement entre ses gentilshommes et les nôtres pouvait, se peut, entraîner beaucoup de morts sauf celle, précisément, qui serait utile à l'Etat. C'est pourquoi il fut décidé que l'attentement aurait lieu un jour de Conseil, car les « suites » de Messieurs les conseillers étaient si nombreuses ce jour-là qu'il avait été décidé qu'elles demeureraient dans la cour.

— Mais cela, dit Louis, n'aurait pas empêché celle de Guise d'accourir au premier appel.

— On y pensa, Sire. Et pour cette raison Henri fixa

l'heure du Conseil à sept heures du matin, pensant que cela réduirait à fort peu, et possiblement à rien, le nombre des guisards qui se voudraient, un vingt-quatre décembre, désommeiller avant la pique du jour.

— Mais il fallait un prétexte, dit Louis, à une heure aussi matinale.

— En effet, Sire. Henri annonça qu'il comptait partir tôt ce matin-là pour sa maison de La Noue et qu'il désirait tenir le Conseil avant son départ.

— Voilà qui va bien, dit Louis, mais il y a trois escaliers par où Guise aurait pu s'enfuir : le viret devant la porte de ma chambre, lequel conduit dans la chambre du rez-de-chaussée occupée ce jour d'hui par la reine ma mère.

— Cette chambre, Sire, était alors occupée par la mère d'Henri III, laquelle se trouvait fort malade et pour protéger sa tranquillité on avait placé des gardes dans ce viret avec ordre de défendre à quiconque le passage.

— Il y a aussi, dit Louis en s'animant, un viret qui, du cabinet vieil, descend au rez-de-chaussée.

— Ce viret, Sire, et le cabinet vieil, étaient occupés par les *Quarante-Cinq*.

— Reste le grand escalier ajouré de la façade, dit Louis.

— En effet, Sire, et on ne pouvait y mettre les *Quarante-Cinq,* parce que le Guise savait qu'ils le détestaient.

— Et pourquoi ?

— Parce que Guise avait fait demander par les états généraux qu'ils fussent cassés et renvoyés à leur gueuserie gasconne. Mais le capitaine Larchant nous tira d'affaire. Il proposa de faire occuper l'escalier ajouré par ses gardes françaises sous le prétexte de réclamer au Conseil les soldes que de trois mois ils n'avaient pas reçues.

— Il me semble, dit Louis, que dès l'arrivée de Guise, on eût dû fermer, par surcroît de précaution, toutes les portes du château.

— On l'avait prévu, dit mon père, et cela fut fait.

Louis, les yeux baissés, demeura un long moment sans mot piper, si bien que mon père ajouta :

— Sire, dois-je vous dire la suite ?

— Nenni, Monsieur de Siorac, je la connais. Ce que j'ai peine, pourtant, à entendre c'est que Guise ne se soit point méfié.

— Et d'autant, Sire, que l'avant-veille Henri l'avait fortement rabroué quand il avait osé, après messe, exiger la connétablie. Mais la mère du roi (Louis eut, en oyant cette expression, une involontaire crispation de la lèvre, comme s'il se fût agi de sa propre mère), ayant ouï cette querelle, les convoqua à son lit de malade pour les raccommoder. Ils y vinrent l'un et l'autre. Et Henri, qui avait eu le temps de se reprendre, joua admirablement son rôle : il fut doux comme un agneau, multiplia les cajoleries à l'égard de Guise et lui promit à mi-mot de lui donner sous peu une grande charge dans l'Etat... C'était l'appât et Guise y mordit le lendemain.

— Monsieur de Siorac, je vous fais mille mercis, dit Louis promptement. Plaise à vous de vous souvenir que vous ne m'avez point rencontré ce matin. Siorac, reprit-il en se tournant vers moi, voulez-vous demander à La Surie si la voie est libre ?

Ce que je fis et n'y ayant personne en vue, je revins au roi prendre congé de lui. Il nous quitta alors et prit rapidement le chemin de La Noue pour visiter Madame de Guise, puisque tel était le but apparent de sa promenade. La Surie revint à nous quasi courant et la joue gonflée de questions, lesquelles d'un geste mon père rebuta.

Nous étions nous-mêmes logés à La Noue, commodément près de Madame de Guise, chez une accorte veuve qui, sur notre bonne mine et le collier de Chevalier du Saint-Esprit que portait mon père, nous ouvrit sa demeure, sa table et son cœur. Mon père ne pipa mot de la journée sur son entretien avec le roi et quand enfin il parla, il se contenta de dire :

— Il va avoir treize ans et la Cour le croit très au-dessous de son âge. Je le crois très au-dessus.

Mon père ne dit rien d'autre et ce ne fut que trois ans plus tard qu'il revint sur le sujet.

*
**

La veuve qui nous avait si amicalement accueillis en son logis fut quasiment hors de ses sens, quand elle vit sa demeure animée par la présence de trois gentilshommes pleins d'allant et de pointe. Mais sa félicité se mua en désolation quand elle apprit que nous n'allions demeurer que trois nuits à Blois alors que, comme Circé, elle eût aimé nous retenir plusieurs mois chez elle par ses enchantements. Et décidée en cette extrémité à mettre les bouchées doubles, elle nous bailla à tous trois dès la première minute des œillades assassines, accompagnées de sourires et de soupirs qui promettaient beaucoup.

Elle fit plus. Le sentiment que la fuite impiteuse du temps lui allait dérober sans recours ces trois nuits et les discrètes délices qu'elle s'en était proposées de prime, la poussa à franchir d'un coup les barrières que la pudeur et la vertu lui eussent opposées, si elle avait eu plus de temps devant elle.

Elle s'attaqua d'abord à moi, soit qu'elle eût eu plus d'appétit à la jeunesse qu'à la maturité, soit qu'elle pensât que mon inexpérience faisait de moi une proie plus facile. J'eus en tout cas la surprise, comme je me dévêtais dans ma chambre la première nuit que je passai chez elle, d'ouïr qu'on toquait à ma porte. C'était un valet qui m'apportait de la part de sa maîtresse, dit-il, un flacon de vin de Loire et un gobelet d'argent. Je lui mis quelques pécunes en main, il s'en fut et comme j'achevais de me déshabiller, on toqua de nouveau à l'huis, lequel j'ouvris tout de gob, pensant que ce fut le valet qui m'apportait des petites taquineries de gueule pour aller avec le vin. Je fus béant de voir l'hôtesse surgir devant moi en ses robes de nuit, portant bougeoir d'une main et gobelet de l'autre et me demandant, non sans rougeur, mais avec un sourire des plus engageants, si j'allais lui faire l'honneur de lui porter une tostée.

Cette dame s'appelait Madame de Cé et je ne sais quel rapport elle avait avec cette ville au sud d'Angers qu'on appelle les Ponts-de-Cé et que Louis devait rendre six ans plus tard illustre par la facile victoire qu'il y remporta sur les Grands et sa mère.

Madame de Cé, issue de noblesse provinciale, ne manquait ni d'esprit, ni de manières, ni d'agréments, et ce n'était assurément point sa faute si le veuvage à trente ans l'avait rendue seulette, et bien malheureuse de l'être. De son physique, c'était une mignote brune, petite, mais faite au moule, vive, fraîche, frisquette, avec de petites mines appelantes qui agaçaient fort l'appétit et qui me parurent, de reste, plus naïves que dévergognées.

Je mis sur moi quelque vêture et lui portai une tostée. Elle m'en porta incontinent une autre et nous aurions glissé fort loin sur cette pente-là, si en ressentant tout le péril et voyant le teint de la dame s'empourprer, et sa taille fléchir, je n'avais pensé à lui dire, comme incidemment, mais avec la mine la plus sérieuse, que je brûlais à Paris pour une noble dame à qui j'avais juré fidélité.

Le joli visage de Madame de Cé parut si candidement désolé à ouïr cette funeste nouvelle qu'à peu que je la prisse dans mes bras pour la consoler. Mais, me méfiant de cette bonté-là, derrière laquelle ricanaient en tapinois quelques petits démons, je me rangeai à un parti plus sage : je lui suggérai d'inviter mon père à se joindre à nous, à quoi elle acquiesça aussitôt et le marquis de Siorac survenant, je lui cédai mon gobelet, si bien qu'il y eut là une troisième tostée pour elle, puis une quatrième, tant est qu'enfin la tête lui tournant, elle chancela et, appuyée sur le bras robuste de mon père, le pria d'une voix mourante de la raccompagner dans sa chambre. Ce qu'il fit et s'en trouva bien, non seulement cette nuit-là, mais les deux nuits suivantes.

Lorsque ma belle lectrice lira les Mémoires de mon père, lesquelles, pour des raisons prudentielles, n'ont pas encore paru, elle verra que, menant une vie errante et périlleuse, pour la raison que servant Henri III et après lui Henri IV en des missions secrètes, de ville en ville et de royaume en royaume, mon père ne sachant, en se couchant le soir, s'il ne serait pas occis le lendemain, avait pris le goût de ces consolations féminines pour lesquelles, vivant pour ainsi parler en sursis, il ne pouvait se sentir engagé au-delà des heures qu'il leur consacrait. C'est pourquoi j'en conclus que nos habitudes en ce domaine-là se déterminent davantage d'après le genre de vie que nous menons que par notre complexion, ou même notre morale. Car je ne doute pas que si mon père avait vécu une vie aussi calme, sédentaire et protégée que la mienne, son naturel bon et sensible ne l'eût pas porté aux habitudes libertines d'un Bellegarde ou d'un Bassompierre.

Tout ce que le chevalier de La Surie, qui inclinait damnablement aux *giochi di parole,* trouva à dire lorsque nous quittâmes Blois fut que Madame de Cé aurait dû se nommer CD. Mais peut-être y mit-il aussi quelque dépit, lequel grandit quand mon père se rebéqua contre ce disconvenable jeu de mots, ayant quant à lui versé un pleur dans sa moustache quand, à notre départ de Blois, la dame le serra à elle en versant des larmes grosses comme des pois et répétant qu'elle savait bien qu'elle ne le reverrait jamais, non plus que moi qui avais tant de cœur, ni le chevalier qui était si aimable. « N'as-tu pas honte, Miroul, dit mon père, de parler ainsi d'une dame qui pensait tant de bien de toi et qui nous a tous si bien reçus ? — Cela est vrai, dit le chevalier, mais elle ne nous a pas tous également bien reçus. »

Chaque fois que nous étions à l'étape d'une grande ville où nous devions demeurer plus d'un jour, j'écrivais à ma *Gräfin* et faisant partir ma lettre-missive par le courrier royal, j'étais bien assuré qu'elle lui parviendrait sans délai excessif. Toutefois, n'étant pas certain que ma lettre ne serait pas ouverte, j'usai en mon style d'une expression à mots couverts et signai P sans apposer nulle part le cachet de nos armes. Je devais me contenter de ces écrits et jamais de réponse, puisque Madame de Lichtenberg n'aurait su où les adresser, l'horaire et l'itinéraire de nos pérégrinations lui demeurant lettre close pour la raison qu'ils n'étaient connus de mon père et de moi, à l'étape, que la veille de notre départ à la pique du jour.

Bien que je souffrisse fort mal cette séparation et que je me sentisse comme amputé d'une partie de moi-même, il ne m'échappait pas que celle qui demeure au foyer est bien plus à plaindre que celui qui s'en éloigne. Car pour moi qui voyais tant de visages nouveaux, tant de pays, tant de villes et tant de châteaux en ce vaste royaume, j'étais distrait par mille objets remarquables ou plaisants, tandis que ma *Gräfin* restant au logis, et un logis dont elle ne sortait guère, demeurant serrée dans ce petit cabinet où elle me tartinait mes galettes, ou cette chambre qui, été comme hiver, s'était trouvée le témoin de nos tumultes, de nos ensommeillements et de nos tendres et infinis propos.

En outre, ce voyage qui, au long de la rivière de Loire, avait ceci d'enivrant pour moi qu'au fur et à mesure que l'immense cavalcade s'avançait sur les grands chemins de France, elle ne rencontrait pas seulement les acclamations d'un peuple véritablement énamouré de son petit roi, mais la défaite sans coup férir de ses ennemis. Si tout dans le logis de ma *Gräfin* lui parlait de moi, tout dans notre grand voyage à l'Ouest m'appelait et me sollicitait ailleurs, au point que j'éprouvais quelques remords quand tout soudain, le soir, retiré dans une chambre qui changeait si souvent, et dont la nouveauté chaque fois m'ébaudissait, je m'apercevais, la tête sur l'oreiller, que je pensais à elle pour la première fois de la journée, alors que j'eusse dû l'avoir présente à ma mémoire, et au bout de tous mes sens, à toutes les minutes de ma vie.

A Blois, je ne manquai pas de visiter Madame de Guise à La Noue et la trouvai excessivement chagrine pour la raison qu'un mois avant qu'elle quittât Paris, le chevalier de Guise, son plus jeune fils — j'entends son plus jeune fils légitime, car il avait, en fait, trois ans de plus que moi — avait été tué à Baux-en-Provence par l'explosion d'un canon dont il avait voulu lui-même allumer la mèche.

Ce violent avait péri violemment. Le duc de Guise avait fait de lui son épée chaque fois qu'il jugeait que les intérêts de sa puissante famille se trouvaient offensés. Et c'est sur son instigation, comme je l'ai déjà conté, que le chevalier avait tué le vieux baron de Luz sans même lui laisser le temps de dégainer : acte odieux et traîtreux, lequel était bien dans la manière du duc lui-même. A Reims, du temps de nos guerres civiles, il avait occis par surprise Monsieur de Saint-Paul, qui lui disputait le commandement de la ville.

Madame de Guise me dit ce jour-là à La Noue qu'il n'y avait pas dans l'âme du chevalier une once de méchantise et que son seul tort avait été d'obéir aux commandements de son aîné. « Si ce n'était pas sa faute », dit mon père sévèrement, quand je lui répétai ce propos, « c'était du moins une faute en lui ». Pendant les trois jours que nous demeurâmes à La Noue, mon père, plus fidèle en ses amitiés qu'en ses amours, passait quasiment ses journées avec Madame de Guise pour tâcher de la consoler. Je le relayais quand il allait prendre ses repues avec Madame de Cé, laquelle, m'assura La Surie, en oubliait de manger tant elle était occupée à le dévorer de l'œil.

J'eus la surprise un jour à La Noue de trouver ma bonne marraine gloutissant comme quatre et mes regards trahissant mon étonnement, elle m'expliqua avec de petites mines confuses que les viandes étaient la seule chose au monde qui, lorsqu'elle se sentait malheureuse, la pouvaient distraire de son affliction. Je ne doute pas que celle-ci fût sincère et profonde, mais il y avait, chez Madame de Guise, une telle joie de vivre qu'elle sourdait de tout son être et empêchait la tristesse de s'y installer à demeure.

— Babillebahou, Monsieur mon fils ! dit mon père, quand je lui fis cette réflexion, manger est une nécessité, mais trop manger est une habitude, et votre bonne marraine la partage avec beaucoup de personnes à la Cour et en particulier, si j'en crois le récit de ses menus, avec le petit roi.

Ce n'était que trop vrai et j'en voudrais donner ici un exemple qui, lorsqu'on me le conta, ne laissa pas de m'amuser.

Le vingt-huit juillet, devant quitter Châtellerault (où il avait, on s'en souvient, acheté de *petites besognes* destinées à *Monsieur* et à ses petites sœurs) pour Poitiers (où il n'eut qu'à paraître pour ôter la ville à Condé), le roi se leva à six heures et demie du matin, déjeuna — déjeuner qui était copieux comme à l'accoutumée — et entra en carrosse. Mais à peine avait-il parcouru une lieue que se trouvant passer devant la fontaine de Nerpuis, il vit dans un pré des gentilshommes joyeusement attablés.

— Qu'est cela ? demanda-t-il.

— C'est le seigneur de L'Isle Rouet, dit Monsieur de Souvré, qui donne à déjeuner aux goinfres de la Cour.

— J'y veux aller ! dit Louis aussitôt et il commanda qu'on arrêtât le carrosse.

Et mettant pied à terre, il courut rejoindre les déjeuneurs en disant gaiement :

— Çà ! Je veux être des goinfres de la Cour !

On lui fit place et il se mit à l'œuvre. Ce fut un déjeuner épique et même hippique, car Monsieur de la Curée [1] (le bien nommé), lequel avait une grande serviette tachée sur la poitrine, allait quérir à cheval chaque plat à la cuisine et, toujours à cheval, le portait aux festoyeurs non sans prélever au passage sa part, qu'il mangeait sans autre fourche et couteau que ses doigts, ce qui expliquait que la serviette à son cou fût si maculée.

Louis engloutit à lui seul deux perdreaux, deux estomacs de poulet, une moitié de langue de bœuf et arrosa le tout d'un gobelet de vin blanc. Puis, de fort bonne humeur, et criant à Monsieur de L'Isle Rouet : « Adieu mon hôte ! » il regagna son carrosse.

Ce deuxième déjeuner ne l'empêcha point, parvenu à Jalné, de dîner à une heure ni de goûter deux heures plus tard, ni de souper, une fois rendu à Poitiers à sept heures et demie. D'après Héroard, ces cinq copieuses repues, loin de l'incommoder, n'eurent pas d'autre effet que d'accélérer quelque peu sa digestion, si bien qu'au lieu de se réveiller comme à l'ordinaire à sept heures du matin, il se réveilla à une heure après minuit et réclama ce que notre bonne Mariette au

1. La Curée était capitaine aux gardes françaises.

logis appelle sans détour une « chaire percée », mais qu'on nomme à la Cour, sous l'influence de la marquise de Rambouillet, d'un terme pudique et vague : « une chaire d'affaires ».

— A la longue, dit mon père quand je lui contai l'histoire du déjeuner de L'Isle Rouet, cette faim de bœuf, ou comme disaient les anciens Grecs, cette *boulimia,* n'est pas sans inconvénient pour le gaster. Il le gonfle et l'enflamme. Mais, vous connaissez nos gentilshommes ! Outre qu'ils tiennent à honneur de manger trop parce que les manants ne mangent pas assez, le fait de bâfrer comme des porcs exalte chez eux le sentiment de leur virilité... Toutefois, pour Louis, il s'agirait plutôt d'un trait héréditaire, car les Bourbons sont réputés pour être de grands gloutons. Tel était son grand-père Antoine et tel fut son père. (J'ajouterais, quant à moi, tel fut aussi son fils, Louis le Quatorzième.)

Par bonheur, Louis avait hérité de notre Henri d'autres qualités que la fâcheuse propension à se gaver. Le lecteur se souvient sans doute que le duc de Vendôme, frère bâtard de Louis, espérant, béjaune qu'il était, qu'il se pourrait bâtir en Bretagne, dont il était le gouverneur, une principauté indépendante, avait, avec l'aide du duc de Retz, fortifié d'aucunes villes bretonnes. Et, mécontent de la paix de Sainte-Menehould qui ne lui avait pas procuré les avantages qu'il en attendait, il s'était même, après la signature du traité, emparé par surprise de Vannes et de son château.

La régente une fois sur la Loire, tandis qu'elle avançait de ville en ville, lui envoya sans succès message sur message et comme elle se rapprochait de Nantes, elle lui expédia pour finir le marquis de Cœuvres pour le ramener à raison.

Or il se trouva, par le plus grand des hasards, que sur le chemin de Poitiers à Mirabeau, le carrosse de Louis rencontra celui de Cœuvres qui revenait de sa mission et qui, à la vue du roi, s'arrêta, mit pied à terre, et salua Sa Majesté Laquelle, ayant mis la tête à la portière, lui demanda ce qu'il en était de son ambassade.

— Sire, dit le marquis, Monseigneur de Vendôme vous assure de son affection et de son obéissance.

— Quelle obéissance ! s'exclama roidement Louis. Il n'a pas encore désarmé !

Cœuvres, fort embarrassé, lui tendit alors une lettre du duc de Vendôme, mais le roi la refusa et lui commanda de la remettre à Monsieur de Souvré. Et quand Monsieur de Souvré, le carrosse étant remis en marche, la lui lut, Louis ne fit pas d'autre commentaire que celui, ironique et indigné, qu'il avait fait en présence du marquis.

Le duc de Retz, qui avait aidé Vendôme dans ses entreprises militaires en Bretagne, reçut bien pis accueil, quand il vint saluer le roi au château de Nantes.

Nous étions en cette bonne ville depuis onze jours déjà quand le vingt-deux août par une chaleur à crever, le duc de Retz, qui avait plus de raisons que nous de suer sang et eau, vint faire sa soumission.

Bien pris en son pourpoint, brun de poil, d'œil et de sourcil, le duc de Retz était l'arrière-petit-fils du banquier florentin Antoine de Gondi, lequel cherchant fortune en France devint maître d'hôtel d'Henri II. Il le servit fort bien et son fils servit mieux encore Henri III, lequel le nomma duc et pair. Descendant d'une lignée remarquable par sa fidélité au trône de France, le présent duc était le premier Gondi à s'être rebellé contre l'autorité royale au grand chagrin de son oncle, Philippe-Emmanuel de Gondi, général des galères : fonction dont on ne pouvait dire qu'elle fût fort évangélique, alors même que l'homme qui l'assumait s'abîmait dans les dévotions. A telle enseigne que deux ans après la mort de sa femme, il se défit de sa charge de général des galères et entra dans un ordre religieux, l'Oratoire, qui se donnait pour but de « tendre totalement à la perfection de l'état sacerdotal ».

Sa défunte épouse lui avait donné trois fils dont deux survécurent. Le premier eut le bonheur de recueillir le titre de duc et pair qui, dans la branche aînée des Gondi, était tombé en quenouille faute d'héritier mâle. Mais, que de cruelles larmes arracha à

Philippe-Emmanuel son fils cadet, Jean-François-Paul, le trop fameux cardinal de Retz, fameux certes par son esprit et sa plume, mais aussi par ses impiétés, ses libertinages et la part qu'il prit à la Fronde !

En 1614, ces temps étaient loin encore et Philippe-Emmanuel n'avait alors que trente-trois ans et commandait les galères. Mais il avait déjà ce long visage austère et méditatif sur toute la longueur duquel se lisaient la crainte de Dieu et le respect des dix commandements. Toutefois, il avait aussi le sens de la famille et en cette brûlante journée d'août, il accompagna au château de Nantes l'enfant prodigue, qu'il désirait soutenir et conseiller en son acte de contrition.

Il fit bien, car ce fol de duc de Retz, qui n'avait que vingt-sept ans, et en paraissait dix de moins, ne sut dire au roi, au retour de son équipée bretonne, que cette phrase étonnante : il s'excusait de n'être pas venu plus tôt lui faire la révérence.

Sans lui donner sa main à baiser, sans lui faire l'aumône d'un regard, Louis ne répondit ni mot ni miette à cette bancale excuse, tant est qu'un lourd silence tomba dans la salle et que le jeune duc, se retirant pas à pas à reculons, revint s'abriter, la crête basse, sous l'aile de son oncle, lequel, penchant vers lui sa longue face chevaline, lui dit dans un murmure qui fut entendu de tous :

— Or sus, Monsieur mon neveu, il faut passer outre et demander carrément pardon.

Le duc était blanc comme carême, et de grosses gouttes de sueur tombant de ses joues gâtaient son col en dentelle de Venise. A la parfin, s'approchant du roi, il se génuflexa derechef et parlant d'une voix sans timbre, il y alla de son confiteor.

— Sire, je vous demande pardon et vous assure de mon amour et de ma fidélité.

La salle retint son souffle et Louis, considérant longuement le duc génuflexé devant lui, dit à la fin :

— Monsieur de Retz, quand vous me témoignerez de votre amour par des effets, je vous aimerai aussi.

Bien que Louis eût alors les mains vides, il suffisait

d'ouïr cette parole à la fois écrasante et modérée pour l'imaginer, siégeant sur son trône et tenant dans sa dextre la main de justice qu'il avait reçue à son sacre.

Cette scène avait fait sur moi une si profonde impression par ce qu'elle révélait de clairvoyance et de fermeté dans le caractère du roi que je la contai le soir même à mon père et à La Surie, lequel toutefois suggéra que cette phrase que j'admirais tant avait pu être dictée à l'avance à Louis par Monsieur de Souvré.

— Détrompez-vous, Chevalier ! dis-je avec feu, le roi n'accepte plus d'être le perroquet qui répète les phrases que Monsieur de Souvré, sur l'ordre des ministres, lui baille par écrit. Il y a cinq jours, quand Louis a ouvert les états de Bretagne dans la grande salle du couvent des Jacobins, il les a ouverts par des mots de son cru et non pas par ceux qu'on avait voulu lui mettre dans la bouche.

— Et quels étaient ces mots de son cru ? dit mon père.

— Les voici : « Messieurs, je suis venu ici avec la reine ma mère pour votre soulagement et repos. »

— Et quelles étaient les paroles de Monsieur de Souvré ? dit La Surie.

— Monsieur de Souvré ne me les a pas répétées, mais je sais qu'elles étaient différentes puisqu'il a reproché à Louis, sans du reste l'émouvoir, l'infidélité à son texte. Vous remarquerez en outre, Chevalier, que « *le soulagement* » et le « *repos* » promis aux Etats de Nantes avaient dans la bouche de Louis un sens politique : il voulait dire que le roi allait mettre fin aux exactions cruelles et répétées que Retz et Vendôme avaient commises aux dépens des Bretons.

Il y avait de quoi, en effet, les envoyer tout bottés au gibet, s'ils n'avaient été ducs. Et Retz, ayant déjà retiré ses « billes » (une soldatesque qui s'était livrée sur les paysans sans défense à ses coutumiers exploits : sacs, meurtres, tortures, rançons et forcements de filles), Vendôme ne pouvait qu'il ne vînt à son tour demander pardon au roi.

Louis était à son dîner quand le duc de Vendôme apparut et se génuflexa devant lui. Louis lui ôta son chapeau fort froidement, sans même se tourner vers lui et aussitôt se couvrit. En langage de cour, cela signifiait que Louis traitait en simple gentilhomme l'enfant légitimé d'Henri IV, duc et pair ayant préséance sur les autres pairs en ce royaume.

Cet accueil toutefois ne décontenança pas Vendôme outre mesure. Robuste, bien découplé, l'œil assuré, le front têtu, la mâchoire carrée, il ne manquait pas d'aplomb, sauf toutefois sur les champs de bataille. En outre, il avait sept ans de plus que Louis et Henri IV ; ayant commis l'imprudence de signer une promesse écrite de mariage à sa mère, Vendôme se tenait en son for pour le roi véritable, et tenait Louis pour l'usurpateur. Il n'eut de reste servi à rien de tâcher de le dissuader de cette folie en lui faisant observer que la mort de Gabrielle d'Estrées, avant le mariage du défunt roi, avait frappé de nullité la promesse qu'elle détenait. La croyance où Vendôme était qu'il eût dû avoir le pas sur Louis reposait sur des bases trop fragiles pour qu'il acceptât de les discuter. Sans jamais rien concéder à la réalité, il entretenait en lui-même une foi inébranlable en ses droits, laquelle expliquait qu'il fût entré dans les appartements du roi sans gêne ni vergogne. En outre, au rebours de Retz et peut-être instruit par son expérience, il avait préparé son petit discours d'allégeance sans y faire aucune allusion à ses fautes et, malgré l'accueil glacial du roi, il le débita avec aplomb.

— Sire, je n'ai voulu faillir à venir trouver Votre Majesté aussitôt que j'en ai reçu son premier commandement pour l'assurer que je n'ai point d'autre volonté que d'être son très humble et très affectionné serviteur, désirant même le lui témoigner par le sacrifice de ma vie.

La première partie de cette longue phrase était un impudent mensonge, car depuis son évasion du Louvre, ce n'était pas un, mais une douzaine de commandements, que Vendôme avait reçus de revenir à la Cour. Et la deuxième partie — « le sacrifice de sa vie » — était si outrée qu'elle en devenait presque insultante.

Je suis bien assuré que Louis le ressentit ainsi, car il blêmit de colère et fixant sur Vendôme des yeux étincelants, il lui dit d'une voix tremblante :

— Monsieur, servez-moi mieux à l'avenir que vous avez fait par le passé et sachez que le plus grand honneur que vous ayez au monde, c'est d'être mon frère.

Je transcris ces paroles bien des années plus tard, alors que devenu barbon, j'ai survécu à mon maître, qui était pourtant mon cadet, et sers avec la même fidélité que je lui montrai toujours, son fils Louis le Quatorzième. Et fort étrangement résonne en ma remembrance cette superbe phrase que prononça alors mon petit roi, laquelle rappelait à son demi-frère à la fois la gloire qui était la sienne et les limites de cette gloire. Je ne sais si cette phrase sera répétée en les siècles futurs. Mais à mon sentiment, elle le mériterait car elle annonce déjà le style mesuré et majestueux qui est ce jour d'hui celui de son fils.

***

Avec la soumission de Vendôme, le grand voyage à l'Ouest atteignait son but ultime et touchait à sa fin. Et autant l'aller avait été lent et musardier, autant le retour par Le Mans, Nogent-le-Rotrou, Chartres et Bourg-la-Reine fut expéditif.

Le seize septembre, la nouvelle s'étant répandue par les avant-courriers que le roi rentrait dans sa capitale après deux mois et dix jours d'absence, les Parisiens en foule se ruèrent en les rues, passèrent la Porte Saint-Jacques, envahirent le faubourg qui lui fait suite, d'aucuns même marchant, et d'après ce que j'ai ouï dire, courant jusqu'à Bourg-la-Reine, qu'ils atteignirent alors que le roi sortait de son carrosse pour monter sur son cheval blanc et faire son entrée solennelle en Paris.

Il y eut alors de Bourg-la-Reine à la Porte Saint-Jacques et de ladite porte à Notre-Dame (où Louis devait entendre un Te Deum) une multitude incroyable de peuple dans les rues et aux fenêtres et même sur les toits. Lequel peuple, infiniment soulagé que son Prince leur ramenât la paix, l'ovationnait en d'infinies clameurs.

Ce grand voyage, assurément, avait libéré le Poitou et la Bretagne des griffes de nos Grands. Mais il avait fait plus pour Louis, opérant en lui un subtil changement. Pour les ministres qui avaient inspiré à la régente cette cavalcade, il fallait montrer le roi aux Français. Mais pour Louis, il s'était agi de voir la France. Et la France cessa d'être en effet pour lui une belle image coloriée sur un carton et devint tout soudain à ses yeux une exaltante réalité. Il est vrai qu'il n'avait vu qu'une partie de son grand royaume, mais bien qu'il ne fût pas, comme il disait, « grand parleur », il avait admiré sa beauté, ressenti l'amour de son peuple et éprouvé la force du seul nom de roi, la rébellion baissant la crête dès qu'il apparaissait. Tant est que d'un bout à l'autre de ce voyage et point seulement à l'égard de Retz et de Vendôme, il avait pensé, parlé et agi en roi.

Toutefois, il y avait des ombres à ce tableau. On avait intimidé les Grands, on ne les avait pas vaincus et il y avait fort à parier qu'ils recommenceraient un jour leurs brouilleries. Quant à la reine, ayant promené la personne sacrée du petit roi à travers le pays pour consolider son propre pouvoir, elle commença, dès son retour à Paris, à craindre celui de son fils.

Ses ministres lui conseillèrent alors un stratagème inspiré par leur longue expérience : en son temps, la reine Catherine de Médicis avait fait déclarer la majorité de Charles IX de très bonne heure afin de se décharger de l'envie et des suspicions attachées au titre de régente en couvrant dès lors toutes ses décisions du nom de son fils. La mère de Louis, arguaient les ministres, si elle faisait de même, jouirait d'une autorité beaucoup plus absolue, tout en étant beaucoup moins exposée.

Il n'y eut pas à chercher loin dans l'arsenal des ordonnances royales pour justifier une majorité aussi prématurée. D'après l'une d'elles, promulguée par Charles V le Sage [1], le roi de France devait être déclaré

1. 1338-1380.

majeur à treize ans. De santé fragile et sentant sa fin prochaine, Charles V avait voulu épargner ainsi à son aîné le joug d'une longue régence. Il y faillit, les volontés d'un roi défunt étant rarement respectées. Son aîné avait douze ans quand il mourut et, bien que Charles VI fût proclamé majeur l'année suivante, il dut subir pendant huit ans encore l'incommode tutelle de ses quatre oncles. Huit ans! Jusqu'à sa vingtième année! Le précédent avait de quoi faire rêver la reine-mère...

Louis ne fut pas dupe des trompeuses apparences dont cette majorité le flattait. Il entendait bien que ce n'était pas pour régner qu'on le faisait majeur, même si, toujours au nom des mêmes faux-semblants, on l'appelait plus souvent au Conseil.

Il ne laissa pas non plus de discerner l'hypocrisie qui se cachait derrière la solennité que la reine-mère voulut donner à la déclaration de sa majorité.

Le Parlement tout entier fut réuni dans la salle dorée du palais, et Louis, qui goûtait fort peu le luxe et avait fait grise mine aux bagues données par sa mère (« *Madame, vela qui est trop pour nous!* »), fut habillé comme une idole d'un vêtement tissé d'or et couvert de diamants. Lui qui répugnait si fort aux mariages espagnols, non seulement parce qu'il allait devoir s'allier par le sang à une monarchie qu'il tenait pour ennemie de la sienne, mais aussi parce que *Madame* serait alors séparée de lui pour toujours, on lui mit autour du cou — symbole de ce lien honni — le collier de trois cent mille écus qu'il devrait bailler à l'infante, quand elle deviendrait son épouse. Et enfin, huit jours avant la cérémonie, on lui donna un texte à apprendre par cœur et à réciter à cette occasion devant le Parlement, devant sa mère, les princes du sang, les ducs et pairs, les maréchaux de France, les ministres, les officiers de la couronne, les ambassadeurs étrangers et tout ce qui comptait à la Cour.

Cette fois-ci, point n'était question de rien soustraire, ni de rien ajouter au texte qu'on lui mettait dans la bouche. Jamais ses paroles ne furent moins libres que le jour où il fut déclaré majeur et digne de gouverner son royaume. Jamais il ne fut plus soumis aux volontés de sa mère que lorsqu'au cours de cette séance, la chattemite mit humblement un genou à terre devant son fils pour lui remettre la régence. Vous lui eussiez alors donné le bon Dieu sans confession, et même le brevet de bonne mère, elle qui depuis quatre ans n'avait pas une seule fois baisé les lèvres de son fils, ni de reste, ses joues, ni son front.

Dans la semaine qui précéda cette odieuse comédie, un autre souci dévora mon pauvre petit roi. Il craignait de bégayer devant tant de monde en récitant son texte. La veille de la cérémonie, il pria le soir à deux genoux avec beaucoup de ferveur et fit un vœu à Notre-Dame des Vertus, la suppliant de lui faire la grâce le lendemain de prononcer son texte sans faillir en son élocution. Je sus par Berlinghen que s'il s'endormit aussitôt, il eut en revanche une nuit fort inquiète et se réveilla à une heure après minuit, tout en eau. On le dénuda, on le frotta, on le changea de chemise, et enfin il se rendormit. Quand il se réveilla, il parut d'un seul coup fort résolu.

Quant à moi, j'augurai bien de son visage calme et ferme, quand je le vis assis en sa superbe vêture sur son trône fleurdelisé, adolescent confronté à des dignitaires cyniques, vieillis sous le harnais des intrigues.

Je confesse ici que mon cœur battait alors comme celui d'une mère qui voit son enfant passer devant elle une épreuve redoutable. Et redoutable, elle l'était, car le silence qui se fit, quand il ouvrit la bouche, n'était point exempt de malignité. D'aucuns à la Cour, épousant les partialités de sa mère et des maréchaux d'Ancre, tenaient Louis, ou affectaient de le tenir, pour un bègue et un idiot. Ces bas courtisans qui murmuraient en poussant des soupirs apitoyés que par malheur « le roi n'avait pas plus de sens que de parole » s'attendaient, j'oserais même dire qu'ils espéraient, qu'il trébuchât sur chaque consonne.

Ils furent déçus, car ce fut d'une voix claire, nette, haute et sans bégayer le moindre que Louis prononça ce petit discours dont la première partie, bien qu'il ne l'eût pas plus rédigée que la seconde, ne choquait pas, j'en suis sûr, son sentiment intime. On en jugera :

« Messieurs, étant par la grâce de Dieu, parvenu en l'âge de majorité, j'ai voulu venir en ce lieu pour vous faire entendre qu'étant majeur comme je suis, j'entends gouverner mon royaume par bon conseil, avec piété et justice. J'attends de tous mes sujets le respect et l'obéissance qui sont dus à la puissance souveraine et à l'autorité royale que Dieu m'a mises en main. Ils doivent aussi espérer de moi la protection et les grâces qu'on peut attendre d'un bon roi qui affectionne sur toutes choses leur bien et repos. Vous entendrez plus amplement quelle est mon intention par ce que vous dira Monsieur le chancelier. »

La seconde partie de son discours, plus brève que la première et qui du reste la démentait, s'adressait à sa mère et je suis bien assuré que ce ne fut pas cette fois d'un cœur léger que Louis répéta la leçon apprise, étant devenu, depuis les quatre ans qui s'étaient écoulés après la mort de son père, très critique à l'égard de la politique suivie par la régente et aussi fort suspicionneux de son obscur, mais opiniâtre dessein de le tenir éloigné du pouvoir aussi longtemps qu'elle le pourrait.

— Madame, lui dit-il en se tournant vers elle, je vous remercie de tant de peine que vous avez prise pour moi. Je vous prie de continuer et de gouverner et commander comme vous avez fait par cy-devant. Je veux et entends que vous soyez obéie en tout et partout et qu'après moi, en mon absence, vous soyez chef de mon Conseil.

Je ne saurais dire qui des ministres avait rédigé cela pour Louis. Mais que ce fût Sillery, ou plutôt comme j'incline à croire, Villeroy, l'auteur de ce petit discours avait dû savourer l'ironie de dire à la reine que Louis la voulait « le chef de son Conseil en son absence » alors qu'elle l'était aussi en sa présence, décidant de tout, ne lui demandant jamais d'opiner, allant même, à l'occasion d'une querelle avec Condé, jusqu'à lui commander de se taire...

Cette solennelle déclaration de majorité dont l'objet apparent — l'émancipation du roi — allait en fait à l'inverse de son projet caché, fut en surface infiniment bavarde et saliveuse, donnant lieu à de longuissimes harangues de la part des ministres et des présidents du Parlement et dura en fait de dix heures du matin à trois heures de l'après-midi. Mon pauvre Louis, ayant eu pendant cinq interminables heures l'oreille plus farcie d'inutiles paroles qu'il ne pouvait supporter, n'eut qu'une idée en tête quand il revint au Louvre : se coucher. Ce qu'il fit après avoir refusé sa repue de midi. Toutefois, il me parut fort gai, tant parce qu'il était soulagé de laisser derrière lui cette pénible épreuve que parce qu'il avait le sentiment d'avoir remporté une grande victoire sur lui-même en prononçant son petit discours sans bégayer. Connaissant le sérieux et la rigueur qu'il mettait à tout, je ne fus pas autrement étonné quand, trois jours plus tard, il alla accomplir son vœu à Notre-Dame des Vertus. Je ne manquai pas, après cette longue séance au Parlement, d'en faire le récit à mon père et à La Surie.

— Mais, mon beau neveu, dit La Surie, si Louis est dans les dispositions d'esprit que vous dites, pourquoi n'a-t-il pas décidé d'assumer publiquement les devoirs de sa charge ?

— A vrai dire, je ne me le suis pas demandé.

— Et vous avez bien fait ! dit mon père en haussant les épaules. C'eût été pure folie de la part du roi d'agir ainsi ! Oublies-tu, Miroul, qu'il vient à peine d'avoir treize ans, qu'il n'a pas fini sa croissance, que c'est tout juste si le poil lui pousse au menton et que son éducation a été fort négligée ?

— Mais il a le peuple pour lui, dit La Surie.

— Le peuple, dit mon père, n'a ni chef, ni doctrine, ni direction. Tout ce que peut faire le peuple, c'est vous acclamer s'il vous aime, et grogner à voix basse s'il ne vous aime point. En réalité, la reine a dans ses mains tous les appareils de l'Etat : le Parlement qui l'a nommée régente, les ministres qui depuis cinq ans ont partie liée avec elle, la Cour des Comptes, les parlements de province et, grâce à d'Epernon, l'infanterie française.

— Mais elle n'a pas les Grands, dit La Surie.

— Ha ! Chevalier ! m'écriai-je. Pouvez-vous penser

un seul instant que Louis irait faire alliance avec les Grands contre la régente ! Ce serait tomber de Charybde en Scylla ! Il deviendrait leur otage ! Et au lieu d'un tuteur, il en aurait dix !

— Mais alors, dit La Surie, comment imaginer qu'il puisse jamais arracher le pouvoir à cette...

— Miroul ! cria mon père.

— Qui s'y accroche et des griffes et du bec.

— Monsieur le Chevalier, dit mon père avec gravité, le souper est servi. Passons à table. Ce serait crime de lèse-majesté que de pousser plus avant ce propos.

— Toutefois, Monsieur le Marquis, dit La Surie, avec un petit brillement de son œil bleu, je vous ferais remarquer que présentement en France, il y a deux majestés : la reine-mère et le roi.

— Eh bien ? dit mon père.

— Qui lèse l'une ne lèse pas l'autre.

J'ai fait passer ici l'histoire de mon petit roi avant la mienne, mais comme bien le pense le lecteur, mon premier soin et souci quand je revins du grand voyage à l'Ouest, un jour avant le roi, fut, à peine débotté, d'envoyer un petit vas-y-dire à Madame de Lichtenberg pour l'informer qu'étant de retour j'aspirais passionnément à la revoir.

Sa réponse tardant, j'étais quasiment hors de mes sens, marchant de long en large dans ma chambre, m'asseyant, me relevant, me jetant sur ma couche et maudissant ce petit galapian de vas-y-dire qui, comme tous ses semblables, musait dans les rues, bayant aux corneilles, ou badaudant devant les bateleurs et les bonneteurs du Pont Neuf au lieu de voler jusqu'à moi pour m'apporter le message que j'attendais, sentant le cœur me battre comme cloche en la poitrine, jetant quand et quand un œil anxieux par ma verrière sur la porte piétonnière et recommandant, l'ayant ouverte, pour la dixième fois, à Poussevent, qui pansait un de nos chevaux dans la cour, d'ouvrir dès qu'on toquerait à l'huis.

Il vint enfin, ce petit monstre sans cœur ! Je descendis le viret en courant et fus avant lui sur le seuil, où il me tendit le billet de ma *Gräfin* de ses petites mains noires de crasse, comme s'il se fût agi d'un chiffon de cuisine, et non d'une lettre aussi précieuse qu'une missive signée du roi et pendant que je dépliais la missive, le misérable restait planté devant moi, attendant mes pécunes. Je lui en mis une poignée dans les mains. « Ah ! Monsieur le Chevalier ! dit Franz, c'est folie ! Vous allez nous gâter le petit drôle ! » C'est à peine si je l'ouïs. Je remontai en courant dans ma chambre, verrouillai l'huis et lus.

« Mon ami,

« Je serais très heureuse, si vous me pouviez visiter ce jour sur le coup de trois heures en mon hôtel de la rue des Bourbons. Vous m'y trouverez avec un parent qui y séjourne pour quelques jours, mais si vous voulez bien patienter jusqu'au bout de ma collation, vous pourrez me voir ensuite au bec à bec. Je suis, mon ami, votre dévouée servante.

Ulrike. »

Le moins que je puisse dire de ce billet, c'est qu'il ne me combla pas d'aise. Madame de Lichtenberg ne m'avait que fort rarement et fort peu parlé de sa famille palatine, me laissant entendre que la mort de son père avait entraîné de déplaisants démêlés touchant son héritage. Je savais qu'elle appartenait à la famille régnante, étant la cousine du Grand Electeur qui, semble-t-il, avait fait quelque obstacle à son retour en France. Et j'avais cru comprendre aussi qu'elle avait deux fils, lesquels demeuraient à la Cour de Frédéric V, mais je ne savais ni leur âge ni même leurs prénoms, ni ce qu'il en était de leurs caractères, ou de leurs relations avec leur mère. Il est vrai que pour celle-ci me dire leur âge, c'était du même coup me dire le sien, ce à quoi pour rien au monde elle n'eût voulu consentir, étant légitimement chatouilleuse sur ce chapitre.

Quoi qu'il en fût, ce « parent » qui « séjournait »

chez elle me tracassait. Que ne m'avait-elle précisé si c'était un oncle ou un neveu ou un cousin ! Quand on aime, tout ce qui vous est obscur chez l'objet aimé vous apparaît comme une menace. On voudrait qu'il fût transparent comme une verrière. On aimerait posséder une connaissance parfaite de ce qu'il dit, de ce qu'il fait, des personnes qu'il rencontre, des émotions qui le traversent et de la moindre de ses pensées. Et même ainsi, semble-t-il, on ne saurait être tout à plein satisfait. Il vous échapperait encore.

Herr Von Beck ne m'introduisit pas, comme je m'y attendais, dans le cabinet attenant à la chambre de ma *Gräfin,* mais dans la grande salle du rez-de-chaussée où je trouvai Madame de Lichtenberg conversant avec un jeune gentilhomme qui lui tenait tendrement la main. Elle la lui retira pour me la donner à baiser et quand, après m'être incliné sur ses doigts, je me redressai, l'esprit en pleine confusion, elle me nomma son vis-à-vis : Eric Von Lichtenberg.

— Eric, dit-elle ensuite, voici le chevalier de Siorac dont je vous ai parlé. Faites-lui bon visage, il est fort de mes amis.

— La recommandation était inutile, Madame, dit Eric en me faisant un gracieux salut. Monsieur le chevalier de Siorac a le bel air de la Cour de France. Il n'est que de le regarder.

Je trouvais le compliment un peu soudain, mais je le lui rendis aussitôt, et du diable si je m'en ramentois les termes, et du diantre si je me souviens de ce qui se dit alors dans cet entretien où nous débitâmes de si banales fariboles que, de ma bouche en tout cas, elles sortaient quasi mécaniquement, mon esprit étant furieusement occupé à me demander qui était cet Eric et son lien avec ma *Gräfin.*

Car je ne saurais vous celer davantage, lecteur, que le « parent » d'Ulrike avait mon âge et me donnait un sentiment d'accablement par son éclatante beauté, étant grand, fort bien fait, le cheveu brun, abondant et bouclé, l'œil immense et caressant, les traits à la fois ciselés et virils. Et comme si cela n'était pas encore assez de tous ces charmes, il avait, même en français, une langue élégante et facile, l'esprit fort vif et un air de gentillesse tout à plein désarmant. Qui pis est, il me considérait d'un air excessivement amical alors que tout en lui souriant, je lui souhaitais déjà mille morts d'être là.

Madame de Lichtenberg était entre nous deux, si calme, si composée, si souriante, distribuant si équitablement ses sourires et ses grâces que la rage me prit tout soudain de détruire un si bel équilibre, de tout casser en un instant, de briser là et de rompre à tout jamais avec cette démone qui ne m'avait fait venir chez elle que pour être le témoin de mon malheur. Mille folies passèrent en un instant en ma furieuse cervelle, dont la moindre n'était pas de provoquer Eric sur-le-champ et de lui passer mon épée à travers le corps.

Mon rival se leva enfin, prit congé de Madame de Lichtenberg et de moi qu'il espérait bien revoir, dit-il, tant il m'aimait déjà (Lecteur ! Avez-vous bien ouï cela !) et ma *Gräfin,* se levant à son tour, le raccompagna jusqu'à l'huis où ils échangèrent quelques mots à voix basse, ce qui m'enragea, mais qui ne fut rien à comparaison de ce qui suivit, car comme ma *Gräfin* ouvrait l'huis pour le laisser sortir, d'un air tout à plein naturel Eric la prit dans ses bras et lui baisa les lèvres.

La porte retomba sur lui avec un claquement qui parut sonner le glas de mon amour. J'étais sans voix. Je regardai revenir à moi Madame de Lichtenberg, laquelle me considérait en souriant d'un air innocent et joyeux, comme s'il ne se fut rien passé dans cette maudite salle dont je pus prendre quelque offense.

— Eh bien, mon ami ? dit-elle, laissant transparaître dans tout son être l'infernale méchantise dont elle était habitée, comment trouvez-vous mon Eric ?

Je n'eus pas le temps de lui répondre et de décharger ma bile contre ce traîtreux serpent à tête de femme : On toqua à l'huis et la *Gräfin* criant : « Entrez ! » Herr Von Beck apparut et dit :

— Excusez-moi, Madame, Monsieur le comte a laissé ses gants ici.

— Ils sont encore sur sa chaire, dit la *Gräfin.* Prenez-les.

Je retrouvai ma voix et repris quelque peu mes esprits, dès que Von Beck fut sorti.

— Eh quoi ! Madame ! dis-je. Eric serait-il comte ? Mais vous l'avez appelé devant moi Eric Von Lichtenberg !

— Est-ce incompatible ? dit-elle en haussant le sourcil avec un air de malice. Et n'est-il pas coutumier en France, comme dans le Palatinat et autres pays chrétiens, que le fils aîné succède à son père en tous ses titres et capacités ?

— Ah ! Cruelle ! m'écriai-je. Vous m'avez joué ! Dans votre billet, vous l'appeliez votre « parent » !

— Eh bien, dit-elle d'un air railleur et tendre, mon fils n'est-il pas mon parent ?

— Votre fils ! Madame ! Votre fils ! N'auriez-vous pas dû me le dire de prime ? Et n'est-ce pas là le plus méchant petit tour qu'on puisse jouer à un homme épris ?

— C'est vrai, dit-elle avec un sourire un peu triste, mais considérez toutefois, mon Pierre, que vos affres ont duré à peine dix minutes et les miennes, deux mois et dix jours. Vous y gagnez encore. De grâce, pardonnez-moi cette petite chatonie. Après tout ce que j'ai pâti dans mon cœur et en mon imaginative pendant votre longue absence, cela m'a fait du bien de vous faire un peu de mal...

CHAPITRE XI

— Du diantre si je sais à quoi vont servir ces états généraux, me dit mon père le jour où il fut élu — et point du tout à son corps défendant — député de la noblesse pour le bailliage de Montfort-l'Amaury. Les Grands ne les ont réclamés à tue-tête que pour couvrir leur rapacité du manteau du bien public. Et maintenant qu'ils se sont raccommodés avec la régente, ils s'en passeraient volontiers. Condé a même poussé l'impudence jusqu'à offrir à la régente de ne les point tenir : proposition que les ministres ont aussitôt repoussée, pensant, non sans raison, que s'ils ne les convoquaient point, Condé ne faillirait pas un jour à en faire grief à leur gouvernement.

— Mais les états généraux pourraient rhabiller les abus, dit La Surie.

— Crois-tu cela, Miroul ? dit mon père avec un sourire. Comptes-tu sur la noblesse pour proposer au roi de n'être plus exemptée d'impôts ? Sur le clergé pour refuser à l'avenir de percevoir la dîme ? Et sur le tiers état pour renoncer à la vénalité des charges ?

— Il me semble, dit La Surie, que le tiers état, à tout le moins, devrait faire quelque effort pour soulager le peuple de sa misère.

— Il faudrait pour cela, Miroul, que le tiers état représente le peuple ! Or ses députés sont en grande majorité des bourgeois bien garnis ayant charges et offices, et en tirant le plus de pécunes qu'ils peuvent pour se rembourser de les avoir achetés si cher. Tu ne trouveras pas parmi eux un seul artisan ou un seul paysan ! C'est dire si le peuple sera bien défendu !

— Mais alors, Monsieur le Député de la noblesse, dit La Surie, que feront ces trois ordres ?

— Ils se chamailleront entre eux avec entrain, et prendront le roi comme arbitre de leurs chamailleries.

— Est-ce tout ?

— Ils écriront des cahiers de doléances et, à la clôture, les remettront au roi.

— Et qu'en fera le roi ?

— Mais rien, assurément.

— C'est donc une farce ! dit La Surie.

Il dit cela d'un air plus chagrin que déprisant, pour ce qu'il nourrissait une sorte de foi dans le progrès des sociétés humaines. Je ne sais d'où lui venait cette créance, sinon peut-être du fait qu'il avait lui-même gravi au cours des ans par ses propres excellents mérites tous les degrés qui séparent l'extrême dénuement de la roture à la noblesse d'épée.

— On peut, en effet, considérer toute l'affaire comme une sorte de comédie, dit mon père. Mais si elle est divertissante, elle peut aussi être instructive. Et c'est bien pourquoi j'ai accepté d'y jouer mon rollet.

— Monsieur mon père, dis-je, prendrez-vous la parole aux états généraux ?

— Que nenni ! Je m'en garderai comme de peste ! Dans ce genre d'assemblée, quand on veut plaire, il faut flatter les passions. Mais si, comme moi, on entend parler raison, on se fait tout soudain une foule d'ennemis.

— Monsieur, dit La Surie, si vous vous taisez d'un bout à l'autre des états généraux, quel sera donc votre rollet ?

— Miroul, ta question n'est-elle pas un peu griffue ? dit mon père, mi-figue, mi-raisin.

— Non, Monsieur.

— Je vais donc y répondre. *Primo,* j'écouterai de toutes mes oreilles et je vous ferai chaque soir un rapport fidèle des folies qui s'y seront dites, ce qui ne manquera pas de vous instruire. *Secundo,* je m'arrangerai pour être de ceux qui rédigeront les cahiers de doléances pour y introduire celles du bailliage qui m'a élu.

— Mais, Monsieur mon père, vous venez de dire que ces cahiers ne serviront de rien.

— Cela est vrai. Mais d'y voir couchées leurs doléances, cela remplira d'aise mes nobles électeurs.

— Et belle jambe cela leur fera ! dit La Surie.

— Comment cela ? dit mon père. N'est-ce donc rien que d'avoir la satisfaction de se plaindre ? Et voulez-vous ôter aux Français le plaisir de la grogne ?

Mon père tint parole et nous fit chaque soir un « rapport fidèle », que je trouvai en effet instructif, et Madame de Lichtenberg, ébaudissant, quand je lui en contais les épisodes les plus pittoresques.

La raison en était qu'elle s'émerveillait à chaque fois que les Français fussent assez fols pour prétendre donner des leçons à leur Prince et espérer, au surplus, qu'il les écoutât. Je la rassurai sur ce point et aussi sur la fréquence des états généraux, le dernier en date remontant à vingt-sept ans [1] et ayant été écourté par un double assassinat.

1. 1588.

— Mon Pierre, me dit-elle tandis que, nos tumultes étant apaisés et nos corps encore tout mêlés l'un à l'autre, elle reposait sa tête charmante sur mon bras, où en est-on des palabres de vos trois ordres ?

— Cela va au plus mal, dis-je. La noblesse attaque le tiers état.

— Elle l'attaque ? Et en quoi faisant ?

— Elle demande la mort de la Paulette.

Madame de Lichtenberg me jeta un regard effaré.

— Qui est cette personne ? Et pourquoi la veut-on occire ?

— Ce n'est pas une personne ! dis-je en riant. C'est une taxe annuelle inventée sous Henri IV par un nommé Paulet. D'où son nom. Tous ceux qui, comme moi, ont acheté une charge ou un office doivent verser chaque année une taxe au trésor, laquelle est fixée au soixantième de la valeur vénale de sa charge. Je verse moi-même annuellement mille six cent soixante-dix livres au trésor.

— Et vous en êtes bien marri, je gage, mon pauvre Pierre ?

— Bien au rebours. J'en suis fort aise.

— Et pourquoi cela ?

— La Paulette me permettra d'échapper, quand je serai chenu et mal allant, à la règle funeste des *quarante jours*. Supposez, m'amie, que je sois, étant devenu très vieil, à l'article de la mort, je pourrais certes *résigner* [1] mon office de premier gentilhomme de la Chambre en faveur de mon fils aîné — ce fils aîné qui n'est pas encore né. Mais selon ladite règle il faudra que je survive à cette « résignation » quarante jours au moins. Sans cela, elle ne sera pas valable. Comme vous voyez, m'amie, si je veux que mon aîné hérite de ma charge, il me faudra calculer au plus juste la longueur de mon agonie, ce qui n'est point si facile, à ce que j'ai ouï dire...

— Que sinistre me paraît cette règle des *quarante jours !* s'écria Madame de Lichtenberg. Bonne Paulette ! Je suis heureuse qu'elle la supprime !

1. *Résigner* avait alors le même sens qu'a aujourd'hui le mot anglais *resign* : se démettre d'une fonction.

— M'amie, elle fait mieux que de la supprimer. Elle a pour conséquence d'instituer, qu'on le veuille ou non, l'hérédité des offices, en facilitant, en rendant même quasi automatique, leur transmission du père au fils.

— Et en quoi cela chagrine-t-il les officiers ?

— Cela chagrine fort la noblesse qui, comparée au tiers état, dispose en effet de peu d'offices.

— Et pourquoi ?

— Elle n'a ni les pécunes pour les acheter, ni les capacités pour les remplir, étant ignare.

— Ignare ! La noblesse de France ! Ignares, votre père et vous ?

— Mon père et moi, nous comptons parmi les plus brillantes exceptions de ce siècle...

— Monsieur, dit ma *Gräfin* en me piquant un petit poutoune sur les lèvres, vous êtes un grand fat.

— Madame, dis-je, si vous me punissez ainsi, je vais continuer à l'être.

— Revenons à nos moutons. Ainsi la noblesse abhorre la Paulette.

— Pour la raison que j'ai dite. Mais elle l'abhorre aussi dans ses conséquences. En rendant plus facile l'hérédité des offices, la Paulette tend à créer une aristocratie bourgeoise héréditaire, plus riche et plus influente dans l'Etat que l'aristocratie d'épée.

— La seconde aura donc intérêt à s'allier à la première par le mariage.

— Et, certes, elle ne s'en fait pas faute ! Mais tout un chacun n'a pas la chance, comme le duc de Vivonne, d'épouser la fille richissime d'Henri de Mesmes !

— Qui est cet Henri de Mesmes ?

— Notre lieutenant civil. Un noble de fonction, comme on dit. Autant dire rien du tout aux yeux de la noblesse d'épée. Mais la mésalliance est plus facile à avaler quand on se rince du même coup aux pécunes bourgeoises. Toutefois, pour un noble d'épée qui a la chance d'épouser un beau sac roturier, dix vont végétant dans leurs incommodes châteaux en vivant chichement d'une pension royale. D'où cette grande aigreur, à la fois d'envie et de mépris, à l'égard du tiers état.

— D'où, si je vous entends bien, cette demande de supprimer la Paulette ! Et que fit le tiers état pour parer à ce méchant coup ?

— M'amie, quand on a fait fortune dans le négoce, la banque ou l'affermement des impôts, on ne laisse pas que d'être rusé et retors. Le tiers état accepta, ou plutôt, feignit d'accepter la suppression de la Paulette, mais demanda en contrepartie la diminution des tailles, pour soulager la misère du pauvre peuple, duquel, de reste, il n'avait cure. Et comme d'une part la diminution demandée s'élevait à quatre millions de livres et que, d'autre part, la suppression de la Paulette entraînait une perte d'impôts d'un million et demi de livres, pour pallier ce déficit, le tiers état réclama du même coup un retranchement d'un million six cent mille livres sur les pensions versées à la noblesse...

— Il me semble, dit ma *Gräfin*, que c'était là une jolie chatonie !

— Assurément, mais elle n'augmenta pas l'amour que la noblesse portait au tiers état. On échangea de part et d'autre des paroles fort aigres. L'orateur du tiers état en s'adressant au roi remarqua que ce n'était pas la Paulette qui avait écarté la noblesse des charges, mais « la croyance en laquelle elle a été pendant de longues années que la science et l'étude affaiblissaient le courage ».

— Et la noblesse pense vraiment cela ?

— Oui-da ! Et c'est même si vrai qu'il eût mieux valu ne pas le dire ! La noblesse poussa des cris, se jugeant offensée. Le clergé alors s'entremit. Et Richelieu, le jeune, frétillant et sémillant évêque de Luçon, qui nageait dans les intrigues des états généraux comme un poisson dans l'eau et cherchait toutes les occasions de se mettre en lumière, vint demander au Tiers de donner « quelque satisfaction et contentement à la noblesse ». Vous remarquerez, m'amie, que le prélat, fin comme l'ambre, ne prononça pas le mot « excuses ». Henri de Mesmes les alla néanmoins porter à la noblesse de la part de son ordre, mais elles furent si fièrement faites qu'elles l'offensèrent derechef. Mon père a pris au vol en notes ses paroles liminaires, et moi-même, les trouvant admirables, n'ai eu de cesse que de me les mettre en mémoire! M'amie, vous plaît-il que je les verse en votre mignonne oreille?

— Mon Pierre, je ne me lasse pas de vous ouïr. *Sie sind jetzt mein Lehrer* [1].

Ce tendre rappel des débuts de notre grande amour me gela le bec, si grand fut l'émeuvement où il me jeta. La merveilleuse présence de ma *Gräfin* m'avait rendu si cher l'allemand que pendant des mois elle m'avait appris qu'à ce jour même je ne pouvais ouïr de sa bouche une phrase en cette langue sans que tout s'interrompît en moi et sans tout oublier, hors le jour de ma première leçon avec elle. C'est pourquoi je juge qu'entre les infinies passions des amants, il n'en est pas de plus précieuse — je ne dis pas de plus intense — que celle qui naît de la remembrance des douceurs passées.

— Eh bien? reprit-elle avec cette pudeur particulière qui nous fait, comme malgré nous, écourter les moments où nous sommes le plus proches l'un de l'autre, que dit donc Monsieur de Mesmes que vous ayez trouvé si admirable?

— Ai-je dit « admirable » ? J'eusse mieux fait de dire « caractéristique ». Jugez-en, m'amie. « Messieurs, dit Mesmes en s'adressant à la noblesse, considérez que les trois ordres sont trois frères, enfants de leur mère commune, la France. Le clergé est l'aîné, la noblesse, le puîné, le tiers état, le cadet. Pour cette considération, le Tiers a toujours reconnu Messieurs de la noblesse être élevés de quelque degré par-dessus lui. » (Oyez-vous cela, m'amie? De « quelque degré »! Et jugez si le « quelque degré » a été bien accueilli! Toutefois le pis est encore à venir!) « Toutefois, poursuivit Mesmes, la noblesse doit reconnaître le tiers état comme son frère et ne pas le mépriser de tant que de ne le compter pour rien, étant composé de plusieurs personnes remarquables, qui ont des charges et des dignités... et qu'au reste, il se trouve bien souvent dans les familles particulières que les aînés rabaissent les

1. C'est vous maintenant qui êtes mon professeur (all.).

maisons et les cadets les relèvent et les portent au point de gloire. » Mesmes, m'amie, ne put aller plus loin. Les clameurs se déchaînèrent, le réduisant au silence. « Mordi ! hurlèrent les gentilshommes, des frères ! Nous ne voulons pas que des fils de cordonniers ou de savatiers nous appellent ainsi ! Leurs frères, mordi ! Il y a de nous à eux autant de différence qu'entre le maître et le valet ! » Et blessés, outrés, hors d'eux-mêmes, ils allèrent en corps, je dis bien en corps — et ils étaient cent trente-huit ! — se plaindre au roi de ce nouvel affront.

— Dieu du ciel ! Quelle drôlerie est-ce là ! s'écria Madame de Lichtenberg en riant aux larmes. On dirait des enfantelets qui se chamaillent et dont l'un va pleurnicher dans le pourpoint de son papa, lequel papa n'a pas encore quatorze ans ! Sauf que c'est le cadet qui, d'ordinaire, court se plaindre de son aîné, alors qu'en cette occasion, c'est l'inverse !

— Ah, m'amie, dis-je en riant aussi, il est heureux que ledit « frère aîné » ne puisse vous ouïr ! Il vous haïrait de l'appeler ainsi !

De retour, le soir tombé, en notre hôtel de la rue du Champ Fleuri, je trouvai mon père et La Surie tendant les mains au feu flambant — car le froid commençait à mordre Paris — et riant, eux aussi, à gueule bec. La coïncidence me parut belle de cette gaîté-là et de celle de Madame de Lichtenberg, et je voulus en connaître la cause.

— Savez-vous, Monsieur mon fils, dit mon père toujours riant, ce que les députés de la noblesse ont voulu que j'écrive sur le cahier de doléances à remettre au roi à la fin des états généraux ? Vous n'en croirez pas vos oreilles !

— Mais encore ?

— Ils veulent qu'il soit fait défense aux gens du tiers état et aussi à leurs femmes et à leurs filles, de porter les mêmes vêtements que les gentilshommes et les demoiselles [1], afin que du premier coup d'œil chacun puisse distinguer la qualité des personnes...

1. Nom qu'on donnait aux femmes nobles, qu'elles fussent ou non mariées.

— Et l'avez-vous écrit, mon père ? dis-je en riant à mon tour.

— Sans sourciller !

— Il faudrait aller plus loin avec ces gens du tiers état ! dit La Surie, dont le rire en raison de ses origines était un rien plus vengeur et grinçant que celui de mon père et moi. Il faudrait les condamner à ne porter que des pourpoints de bougran, proscrire absolument le port des bijoux, même aux femmes, et leur interdire par-dessus tout d'aller en carrosse et même de monter à cheval, le cheval étant par essence trop noble pour porter un cul roturier !

— Et pourquoi, dit mon père, ne leur mettrait-on pas aussi sur les épaules une sorte d'uniforme grisâtre portant dans le dos les lettres T-E ? Voilà qui donnerait de la gentillesse à la vie sociale !

Comme on voit, mon père ne nourrissait pas une estime sans mélange pour l'ordre auquel il appartenait. Bien qu'il se rattachât par sa mère, qui était une Caumont du Périgord, à une fort ancienne lignée, il se sentait plus Siorac que Caumont, et ne reniait en aucune façon les vertus de son grand-père, Charles Siorac, apothicaire à Rouen qui, étant devenu seigneur de la Volpie pour avoir acheté le moulin de ce nom, glissa un « de » subreptice entre Charles et Siorac. Et bien que ce « de » fût devenu authentique quand nos rois anoblirent son fils, le capitaine Jean de Siorac, pour sa valeur sur les champs de bataille, cette neuve gloire n'éblouissait pas les yeux de mon père, pas plus qu'il ne se haussait la crête de la grande élévation qui, sous Henri III et Henri IV, était devenue la sienne. Il tenait certes son rang et lui attachait du prix pour l'avoir conquis de haute lutte dans le péril de ses missions, mais un bourgeois instruit et laborieux continuait à vivre dans sa peau de marquis, et il attachait plus de prix au bon ménagement de ses terres et de ses pécunes qu'aux armoiries peintes, et à l'occasion repeintes, sur les portes de son carrosse.

La querelle entre le tiers état et la noblesse s'apaisait

à peine qu'une autre vint secouer les états généraux, celle-ci entre le clergé et le tiers état, laquelle, fort différente des piques de vanité ou d'intérêt dont la Paulette avait été l'occasion, s'avéra infiniment plus grave, non seulement en son fond, puisqu'elle touchait aux principes mêmes de la monarchie, mais aussi parce qu'elle réveillait chez ceux qui, comme mon père, les avaient de près vécus, les souvenirs des odieux assassinats dont Henri III et Henri IV avaient été victimes.

Pour le tiers état comme pour le Parlement de Paris, qui était gallican [1], il y avait derrière les fanatiques qui avaient ensanglanté par deux fois le trône de France, les doctrines ultramontaines des jésuites, selon lesquelles il était loisible au pape d'excommunier un roi, voire de le déposer, et à ses sujets de l'occire, s'ils venaient à le considérer comme un tyran.

Ayant présents à l'esprit les horribles meurtres que j'ai dits et la périlleuse doctrine qui les avait inspirés, le tiers état trouva bon de placer en tête des lois fondamentales du royaume un article — l'article premier — ainsi rédigé :

« Le roi est reconnu souverain en son Etat, et ne tenant sa couronne que de Dieu seul, il n'y a puissance en terre, quelle qu'elle soit, spirituelle ou temporelle, qui ait aucun droit sur son royaume pour l'en priver. L'opinion contraire, à savoir qu'il est loisible de tuer ou de déposer nos rois, est impie, détestable, contraire à la vérité, et contraire à l'établissement de l'Etat de France, qui ne dépend immédiatement que de Dieu. »

Le clergé, dès qu'il eut connaissance de cet article, estima qu'il attentait à la suprématie du pape sur les princes de la chrétienté et réagit avec rudesse. Il délégua aux députés de la noblesse le cardinal Du Perron, qui eut d'autant moins de mal à les convaincre du caractère pernicieux de cet article que le tiers en était l'auteur. Et Du Perron, à la tête d'une trentaine d'évêques et d'une soixantaine de députés de la

1. Les gallicans, au contraire des ultramontains, n'accordent au pape qu'un pouvoir spirituel ; le temporel est réservé tout entier au roi.

noblesse qui l'accompagnaient en renfort, se rendit à la Chambre où se réunissait le tiers état. Mon père se joignit à cette brillante délégation, non qu'il fût hostile, bien loin de là, à l'article premier, mais par curiosité.

Mon père nous faisait ce conte au souper, en notre logis du Champ Fleuri, tantôt en français et tantôt, quand Mariette apparaissait, en latin — langue qu'elle appelait, à la cuisine, notre « étrange parladure » —, et je ne manquais pas de demander à mon père pourquoi il était si curieux de ce que le cardinal Du Perron allait dire, puisqu'étant connu pour être ultramontain et partisan d'un pouvoir papal absolu, sa position, en l'occurrence, ne pouvait surprendre personne.

— Ce n'est pas son discours, mais sa personne, qui m'intéresse, dit mon père. Je l'ai connu quand nous étions tous deux en nos vertes années, lui, lecteur d'Henri III, et moi, un des médecins du roi. Il s'appelait alors Jacques Davy.

— Etait-il déjà si pieux ?

— Nenni. Comme moi-même alors, il semait ses folles avoines.

— Monsieur le Marquis, dit La Surie, je ne sache pas que vous ayez jamais abandonné ces semailles-là.

— Paix-là, Miroul ! Ce qui était remarquable dans le cas de Jacques Davy, c'est que son père était pasteur calviniste et l'avait élevé strictement.

— Le cœur paternel ne faillit donc pas à saigner, dit encore La Surie.

— Quatre fois : quand Jacques Davy écrivit les gracieux poèmes érotiques inspirés par sa propre expérience. Quand il se convertit au catholicisme. Quand il se fit prêtre. Quand Henri IV, auquel, après la mort d'Henri III, Jacques Davy avait attaché sa fortune, le nomma évêque... Le nouvel évêque, revêtant ses robes violettes, se vêtit aussi d'un nom nouveau et s'appela désormais Du Perron.

— Voilà qui est piquant, dis-je. Un roi hérétique, et excommunié par surcroît, qui nomme un évêque !

— Quand il acquit ce droit pour les rois de France, dit La Surie, François Ier n'aurait pu prévoir qu'un de ses successeurs serait huguenot... Et c'est ainsi qu'un ancien hérétique reçut l'abjuration d'un roi hérétique dans la basilique de Saint-Denis.

— En avait-il le droit ?

— Nullement, dit mon père. L'excommunication ayant été papale, seul le pape la pouvait lever. Et il va sans dire que le Vatican fut outré que Du Perron eût si effrontément outrepassé ses droits, et le tint un temps en grande défaveur. Ce dont Du Perron fut fort désolé.

— Et pourquoi cela ? demandai-je.

— Si le roi de France le pouvait faire évêque, seul le pape le pouvait nommer cardinal.

— Je gage que Du Perron fut souple...

— Souplissime. De reste, c'est un homme de grands talents.

— Est-ce lui qui obtint à la parfin du pape qu'il levât l'excommunication de notre Henri ?

— Nenni. C'est l'abbé d'Ossat à Rome, et moi-même, dans une faible mesure. Mais c'est Du Perron qui récolta les fruits de nos labeurs en venant à Rome à la place du roi recevoir à genoux aux pieds de Sa Sainteté les petits coups de baguette qui étaient censés symboliser les fouets dont on accablait les dos ensanglantés des repentis de moins haute volée. Mais j'ai conté tout cela dans mes Mémoires.

— Lesquels, Monsieur mon père, je me plains de n'avoir pu lire que par fragments.

— Vous y perdez prou ! dit La Surie. Le récit de notre séjour à Rome est tout à fait édifiant. On a failli y être empoisonné, et on s'y est presque ruiné en pâtisseries [1]...

Là-dessus, il rit, et mon père, sans du tout lui demander compte de sa gaîté, reprit :

— Revenons à nos moutons. J'ai laissé le cardinal au moment où il entre, suivi d'une brillante escorte, dans la Chambre du tiers état pour dire à ces gallicans ce qu'il pense de leur article premier, « le plus pernicieux qui fut jamais ».

1. Allusion à une courtisane surnommée la *Pasticciera,* dont le marquis s'était épris pendant son séjour à Rome.

— Et que dit-il, Monsieur mon père, à ces pauvres députés du Tiers ?

— Oh ! Il y avait beau temps que la « caque » ne sentait plus le « hareng » ! En fait, il n'émanait plus d'elle que le plus pur parfum de l'orthodoxie vaticane ! « Les rois, dit-il, parlant haut et clair, doivent lécher la poussière des pieds de l'Eglise et se soumettre à ycelle en la personne du pape... La défense de toucher à leur vie a été pourvue par le concile de Constance. Mais quant au droit de déposition, nous n'y laisserons pas toucher... Et les laïques ne sont point juges de ces questions. »

— Voilà qui était clair ! Le pape prétendait toujours défaire les rois !

— Et le Tiers, lui, prétendait tenir ferme. Le même jour, le Parlement, entrant dans la querelle, rendit un arrêt qui renouvelait ses arrêts antérieurs contre les doctrines ultramontaines, y compris l'arrêt de 1561 qui condamnait le bachelier Tanquerel à faire amende honorable pour avoir soutenu que le pape disposait du pouvoir de déposer le roi. Le clergé réagit à ce nouveau coup en en appelant au Conseil du roi, lequel évoqua l'affaire à soi le trois février, en présence de Condé, lequel aussitôt intervint.

— Et de quel côté ?

— Du côté du tiers état et du Parlement, dont il voulait s'assurer les sympathies au cas où il serait appelé à prendre le pouvoir.

— Mais se flatte-t-il vraiment de cette espérance ?

— Qui sait ? Il n'y a que deux personnes entre le trône et lui : Louis et *Monsieur*... Quoi qu'il en soit, le Conseil prit un arrêt interdisant au Parlement et aux états généraux de disputer le fameux article premier. Il se réservait le soin de le décider.

— Cela, je gage, ne faisait pas l'affaire du clergé, puisqu'il se trouvait dessaisi !

— Et en effet il fulmina. Le huit février, le Conseil s'étant réuni de nouveau, présidé par le roi, Louis fut stupéfait de voir surgir devant lui le cardinal Du Perron, suivi des cardinaux de Sourdis et de La Rochefoucauld, suivis eux-mêmes de plusieurs évêques, dont le plus effréné de tous, Charles Miron, évêque d'Angers, et aussi de quelque noblesse, à laquelle je me mêlai, fort curieux d'assister à cette séance. A peine entrés, les prélats, toutes griffes dehors, jetèrent feu et flammes et parlèrent au roi avec une effroyable insolence : il n'appartenait, dirent-ils, ni aux états, ni au Parlement, *ni au roi,* de décider de cet article premier. L'Eglise en était le seul juge. Ils ne demandaient pas, ils *exigeaient,* que l'arrêt du Conseil du roi pris le trois février fût cassé. « Si on ne cède pas à cette exigence, dit le cardinal Du Perron, le clergé quittera l'assemblée des états généraux et jettera l'excommunion et l'anathème sur ceux qui s'opposent à sa doctrine, tant est qu'ils seront précipités à jamais dans les peines et les géhennes de l'enfer ! »... Charles Miron renchérit encore sur ces épouvantables menaces et, joignant le ridicule à l'odieux, ajouta, quasiment l'écume aux lèvres, que ni lui ni ses pairs ne quitteraient la salle du Conseil que l'arrêt ne fût cassé sous leurs yeux.

Pâle, muet, Louis assistait à ce déchaînement de violence qui, empiétant ouvertement sur son autorité, ne respectait ni sa présence, ni sa personne.

Condé voulut parler, mais il avait à peine ouvert la bouche que le cardinal de Sourdis lui clouait le bec avec la plus grande brutalité.

— Monsieur, dit-il, étant de la religion que vous êtes [1], vous n'avez pas à opiner en cette affaire. Au nom de tout le clergé, je vous récuse !

— Vous me récusez ? dit Condé, béant qu'un prêtre, fût-il cardinal, osât s'adresser en ces termes au premier prince du sang. Permettez-moi, je vous prie...

Il n'eut pas le temps d'en dire plus. Louis se leva vivement, et allant à Condé et se penchant vers lui, lui dit d'un ton pressant :

— Monsieur, je vous prie, n'en parlez plus !

Puis se retournant vers les autres conseillers, mais sans daigner jeter un œil sur Du Perron et ses prélats, il poursuivit :

— Puisqu'ils récusent Monsieur le Prince, ils me voudront enfin récuser.

1. Condé était huguenot.

Et sans y mettre plus de forme, il salua le Conseil, se couvrit et s'en alla dîner.

***

Je vis Louis le lendemain et comme à l'accoutumée au second étage, dans son cabinet des armes, sous le prétexte de mesurer notre rapidité à monter et remonter sa « grosse Vitry ». Le résultat fut sans surprise, malgré les progrès que j'y avais faits. Il est vrai que je n'y portai pas l'attention qu'il y eût fallu, car j'attendais les questions du roi et il fut quelque temps avant d'ouvrir la bouche.

— *Sioac,* dit-il enfin, mon père a-t-il eu maille à partir avec le Vatican après qu'il eut été absous par le pape ?

— Oui, Sire, deux fois. Une première fois, après que le jeune Châtel eut tenté de l'assassiner en 1594. Comme Châtel avait été élève des jésuites et que leur influence sur lui avait été démontrée, le Parlement leur fit un procès, un de leurs pères fut pendu, et la compagnie, bannie. Le pape s'en offensa et fit de vives remontrances à votre père à ce sujet.

— Et la seconde fois ?

— En janvier 1610, cinq mois avant que le roi votre père tombât sous le couteau de Ravaillac. Le pape condamna, comme il fait souvent, certains livres, lesquels en conséquence ne devaient être vendus, ni achetés, ni lus, sous peine de péché mortel. Or, parmi les livres condamnés se trouvait le plaidoyer d'Antoine Arnauld contre les jésuites. Chose digne de remarque, l'édit du Vatican ne condamnait pas seulement le plaidoyer, ce qui, à la rigueur, pouvait s'expliquer par le désir du pape de défendre les jésuites. Mais aussi les pièces annexes, et parmi ces pièces annexes, Sire, il y avait la sentence de mort prononcée par le Parlement de Paris à l'encontre de Châtel.

— Comment ? dit Louis, vivement ému. Cela est-il certain ?

— J'étais présent, Sire, quand le roi en fit d'amers reproches au nonce apostolique. Le roi votre père était hors de lui.

— Pourquoi ?

— Il n'ignorait pas que le pape était très hostile à la guerre qu'il allait déclarer aux Habsbourg, tant est qu'innocenter un régicide à la veille de cette guerre lui apparaissait comme un sinistre avertissement, voire comme une menace.

A cela, Louis ne répondit ni mot ni miette. Tout le temps de ce dialogue — et bien que l'huis fût clos, ma voix ne s'élevait pas au-dessus d'un murmure — Louis avait entrepris de démonter une seconde fois sa « grosse Vitry », cette fois-ci sans hâte et comme machinalement, mais avec une précision des plus émerveillables, sans jamais hésiter, emboîtant chaque pièce l'une dans l'autre avec un claquement sec, se peut parce qu'il désirait faire quelque bruit pour couvrir ma voix, mais aussi peut-être pour apaiser le trouble où le jetaient mes réponses. Il tenait la tête penchée, ses longs cils noirs formant une ombre sur ses joues rondes dont le caractère enfantin était démenti par sa longue mâchoire autrichienne et la compression de ses lèvres l'une contre l'autre, lesquelles pourtant étaient rouges et charnues et eussent annoncé beaucoup de joie à vivre, si on l'avait élevé autrement.

Louis n'était pas, comme il disait lui-même, « grand parleur », parce qu'il bégayait et en avait honte, et aussi parce qu'il se sentait espionné par son entourage, son âme au surplus étant plusieurs fois par mois sondée jusqu'au tréfonds par le père Cotton qui, pendant une heure, par d'insidieuses questions, traquait le péché, et en particulier le péché de chair, dans ses moindres recoins.

On ne fouettait plus Louis depuis qu'on l'avait déclaré majeur, mais on le surveillait de plus près encore, on l'instruisait le moins possible des affaires de l'Etat, on le maintenait dans cette ignorance; et bien qu'il fût environné d'une foule de gens — deux valets de chambre veillant la nuit sur son sommeil — j'augurai qu'il devait se sentir étrangement seul en ce grand palais, entouré qu'il était de forces jalouses ou hostiles : sa mère, les maréchaux d'Ancre, les ministres, les Grands, Condé, Vendôme, et même à l'occasion un clergé plus vétilleux sur les droits de l'Eglise que respectueux des siens.

Ayant remonté sa « grosse Vitry », Louis s'essuya longuement les mains avec un chiffon, releva la tête et dit :

— *Sioac,* avez-vous ouï ce qui s'est passé hier au Conseil ?

— Oui, Sire. Bellegarde me l'a conté.

— Ah, *Sioac !* me dit-il avec une brusque explosion de chagrin, mais sourde et comme atténuée, ils se sont montrés si arrogants ! Ils ont osé nous menacer des peines éternelles ! Et ce Condé qui avait le front de défendre mon trône ! Lui !

Il n'en dit pas plus, ayant acquis l'habitude de se brider dès qu'un premier mouvement l'emportait. Mais il en avait dit assez pour que j'entendisse dans ce « ils » et dans ce « lui » tout un volume. J'observai qu'à partir de ce moment, Louis ne laissa pas de trahir une sorte d'aversion, ou à tout le moins une contraction de tout l'être, quand s'approchait de lui un évêque ou un cardinal, raison pour laquelle, me sembla-t-il, il fut si long plus tard à accorder sa confiance à Richelieu.

Quant à Condé, Louis éprouvait pour ce félon perpétuel un ressentiment beaucoup plus violent : Bellegarde, qui était membre du Conseil du roi, m'en apporta la confirmation deux jours plus tard en me contant un incident dont il avait été le témoin.

L'occasion en fut un de ces actes barbares dont les Grands en ce pays se rendent si facilement coupables sous un gouvernement faible. Un familier de la reine, le sieur Marsillac, ayant encouru, Bellegarde ne sut me dire à quel sujet, le courroux de Condé, celui-ci n'hésita pas à envoyer son favori Rochefort à ses trousses. Marsillac fut rejoint, impiteusement bâtonné et laissé sur le carreau.

La reine en conçut une profonde irritation et, à l'issue du Conseil, adressa en présence du roi les plus vifs reproches à Condé. Celui-ci répliqua vertement et n'hésita pas à dire que, le roi étant majeur, il était à son service et non pas à celui de sa mère. Louis fut outré d'une insolence qui visait à enfoncer un coin entre la reine-mère et lui.

— Monsieur, dit-il, vous avez à respecter la reine, puisque je lui ai laissé la direction des affaires.

Mais loin de lui savoir gré de ce loyalisme, Marie s'offusqua de son intervention comme d'une atteinte à son pouvoir, et se retournant contre son fils, elle lui dit avec sécheresse :

— Taisez-vous donc !

Louis blêmit et se tut, ne voulant pas donner à Condé le plaisir d'une querelle familiale. Et Condé, profitant de l'algarade, prit brièvement congé et, sans s'excuser le moindre, s'en alla. Dès qu'il se fut éloigné, Louis dit à sa mère avec la dernière véhémence :

— Ah, Madame, vous m'avez fait le plus grand tort de m'avoir empêché de parler !

Et il ajouta en regardant à son côté :

— Si j'eusse eu mon épée, je la lui eusse passée à travers le corps !

Quand je répétai, le soir venu, à mon père cette phrase surprenante, il hocha la tête d'un air pensif et demeura coi un moment.

— A mon sentiment, dit-il enfin, cette grande colère ne vise pas le seul Condé. Elle s'adresse aussi à sa mère, qui l'a humilié en le faisant taire, alors même qu'il prenait son parti. Mais qui eût cru qu'il y eût en Louis tant de violence ? Et un tel ressentiment ? Je gage que s'il règne un jour, il ne sera pas aussi pardonnant qu'Henri IV.

— Monsieur mon père, dis-je, la gorge serrée, pensez-vous qu'il pourrait un jour ne pas régner ?

— Nenni, dit mon père, je ne pense pas cela.

Mais même dans cette dénégation il me sembla percevoir une inquiétude qui n'osait dire son nom.

Madame de Lichtenberg était une femme si naturellement affectionnée à ceux à qui elle avait donné sa confiance, si fidèle en amitié, si fervente en amour, et nourrissant pour le genre humain, sans distinction de rang, d'âge et de pays, des dispositions si bienveillantes qu'il lui était quasiment impossible de saisir un caractère aussi ingrat que celui de la reine-mère. Tant est qu'elle s'étonnait parfois de la sévérité des jugements que dans le tiède et pénombreux huis-clos de son baldaquin, toutes courtines tirées, je portais sur Marie de Médicis.

— M'amie, lui dis-je un jour, comment une femme comme vous pourrait-elle comprendre Marie ? C'est une créature si stérile qu'on ne peut la décrire qu'avec des « sans ».

— Comment cela ?

— Elle est sans esprit, sans charme, sans bonté, sans délicatesse, sans scrupule, sans amour pour les autres, et cela va sans dire, sans le plus petit frisson de sensibilité.

— N'a-t-elle donc à vos yeux aucune vertu ?

— Si : la vertu.

— Est-ce rien ?

— Ce n'est rien, quand on aime aussi peu l'amour.

Ma *Gräfin* rit à cela d'un rire gai comme une musique, puis après un instant de réflexion, elle reprit :

— Elle aime le pouvoir.

— Mais elle ne l'aime pas, m'amie, pour gouverner la France — pays à qui elle demeure tout à plein étrangère et dont elle se soucie comme d'une guigne —, mais à seule fin de pouvoir puiser à pleines mains dans les finances publiques et de les dépenser ensuite démesurément, à gaver les Conchine de pécunes, à acheter pour elle-même des diamants d'un grand prix, à donner des fêtes somptueuses, à doubler les pensions servies aux nobles et à racheter la fidélité des Grands par des sommes énormes. Que reste-t-il des deux millions cinq cent mille livres soustraits au Trésor de la Bastille, prétendument pour faire la guerre aux Grands ? Rien ! Et j'ai ouï dire que Marie avait demandé à la Cour des Comptes de lui laisser prélever derechef un million deux cent mille livres sur le même trésor, afin de pourvoir au voyage du roi et de *Madame* jusqu'à la frontière espagnole pour échanger les princesses.

— Vous dites bien : échanger ? dit la *Gräfin* en fronçant les sourcils. Le mot paraît étrange.

— J'eusse dû dire « troquer », m'amie, tant la transaction fut longue, dure et dénuée de toute espèce d'humanité entre deux nations qui avaient tant de raisons de ne se point aimer. Mais à la parfin l'affaire se fit et la frontière espagnole, cet été, verra Louis accueillir la petite Anne d'Autriche et l'emmener à Paris, tandis que *Madame,* franchissant les Pyrénées, devra prendre le chemin de Madrid avec le prince des Asturies.

— Pauvre *Madame !* dit Madame de Lichtenberg avec un soupir. Mariée ! Et elle n'a pas treize ans ! Arrachée à sa famille, déracinée de son pays, et privée de sa langue natale ! Sait-elle au moins l'espagnol ?

— On tâche de le lui enseigner depuis deux ans... Mais elle prend ces leçons-là comme autant de purges... Comme vous savez, n'étant pas aimée de sa mère, qui la compte pour rien, elle est toute à son frère aîné, et il est tout à elle...

— Mon Dieu, dit ma *Gräfin,* pour ces deux-là, quel déchirement cela sera ! Plus de touchants petits présents ! Plus d'œufmeslette royale ! Plus de vers enfantins sur la petite marcassine !...

Elle sourit et dans le même temps, je surpris dans ses yeux des larmes. Son émeuvement m'émut. Je l'adorais d'avoir le cœur si tendre. Je la pris dans mes bras pour la consoler et ce qu'elle appelait « notre babillage de derrière les courtines » s'interrompit. Toutefois, nos tumultes qui à l'accoutumée s'accompagnaient de tant de joie, ne guérirent pas ce jour-là la mélancolie qui se peignait sur son beau visage. Et quand l'heure sonna de regagner mon logis, elle dit avec un accent de profonde tristesse :

— Quoi ! Déjà ! Vous prenez déjà votre congé ! Ah, je déteste ces départs ! Ils me sont si cruels !

Et j'entendis alors qu'à ses larmes au sujet de *Madame* s'en mêlaient d'autres qui ne concernaient qu'elle-même. En m'oyant parler de ce voyage à la frontière espagnole, elle s'était tout soudain avisée que je ne pouvais faillir d'y accompagner le roi et que des semaines, peut-être des mois, allaient de nouveau nous séparer.

Cette scène se passait deux jours avant le quinze juillet 1615, jour qui fait l'objet dans mon *Livre de raison* d'une note indignée, mais prudemment elliptique : « Mise à sac du T. de la B. (ces initiales désignant le Trésor de la Bastille) à cinq heures de l'après-midi. »

Plaise à vous, lecteur, d'observer que cette honteuse entreprise ne se fit pas la nuit et en catimini, mais en plein jour et avec pompe, en présence de tout ce que le royaume comptait d'illustre, comme si de nobles et solennelles apparences pouvaient, aux yeux de l'Histoire, couvrir l'effraction et le vol. Et chose étrange, il faisait ce jour-là — je dis bien : ce jour-là, et non la veille, ni le lendemain — une des plus excessives et des plus étouffantes chaleurs qu'on eût éprouvées à Paris de mémoire d'homme.

Du Louvre, pour nous rendre à la Bastille, il nous fallut traverser quasiment toute la ville. Or, il avait plu la veille, ce qui avait transformé la croûte qui recouvre les pavés parisiens en boue épaisse et malodorante. Et bien que le soleil, à cinq heures du soir, ne fût plus à son brûlant zénith, il avait tant chauffé les murs des maisons et le cloaque nauséabond des rues, que nous crûmes, au sortir du Louvre, rouler dans une étuve d'où se seraient échappées des vapeurs pestilentielles. Et à un moment, en effet, Louis, qui m'avait invité dans son carrosse, eût pâmé, je crois, si Héroard ne lui avait appliqué sous le nez et sur la bouche un mouchoir imbibé de vinaigre.

Précédé par les gardes de Sa Majesté et suivi par une quarantaine de chariots dont l'utilité ne me parut que trop tristement évidente, le long cortège de carrosses armoriés franchit sans encombre les deux cours qui précèdent le pont-levis de la Bastille et, celui-ci se levant avec une lenteur majestueuse, pénétra dans la cour principale.

C'était la première fois que je mettais le pied dans

cette redoutable forteresse et je ne l'y mis point sans une appréhension secrète, tant une fois qu'on y était serré, il était difficile d'en sortir. Témoin, le comte d'Auvergne, qu'on y avait enfermé en 1604 et qui, en 1615, s'y trouvait toujours [1].

La reine émergea la première de son carrosse, superbement parée et emperlée, le visage rouge, altier et résolu, et se faisant ouvrir la porte de la tour du Trésor par Monsieur de Vaussay, le gouverneur de la Bastille, s'engouffra seule et sans attendre le roi, dans le viret. Il comptait deux cent trente-deux marches, et quand son fils et sa suite — dont j'étais — la rejoignirent au sommet, il me parut qu'elle soufflait beaucoup, encombrée qu'elle était par sa vêture de satin et les lourds bijoux qui la paraient.

A ce que je conjecturai, la salle fort sombre dans laquelle on déboucha servait d'antichambre à la chambre du Trésor. Monsieur de Vaussay, qui avait précédé la reine avec deux gardes, leur ordonna d'allumer des flambeaux fixés au mur, lesquels, dès que les gardes eurent battu le briquet, éclairèrent fort chichement une salle assez grande qui présentait la forme d'un arc de cercle. Leurs flammes grésillantes et le nombre grandissant de dignitaires qui se pressaient là ne laissèrent pas d'ajouter à la touffeur humide et moisie de l'air et aussi peut-être au malaise que cette scène, si disconvenable à la dignité royale, provoquait chez les assistants. On voyait, à vrai dire, proche du plafond, un fenestrou carré et barreauté, mais il admettait trop peu d'air dans cette salle pour nourrir la respiration de tant de gens.

La reine, toujours haletante de son ascension, paraissait elle-même pressée d'en finir. Sans dire mot et d'un geste impérieux, elle fit signe au chancelier de Sillery, lequel se précipitant à ses pieds avec une profonde révérence, lui remit un parchemin roulé. Elle s'en saisit avec une sorte d'avidité et l'élevant au-dessus de sa tête comme un bâton de commandement, elle le montra aux assistants en disant avec une majesté quasi écrasante :

1. Il fut libéré l'année suivante.

— Ceci est un arrêt du Conseil du roi.

Puis se tournant vers Louis et lui tendant le parchemin, elle ajouta d'une voix forte :

— Lisez, Sire.

Louis ne prit pas le parchemin. Fort pâle et paraissant près de défaillir, il appuyait sa nuque et son dos contre le mur, tant est que Monsieur de Souvré, craignant qu'il tombât, s'approcha de lui avec vivacité et le soutint par le bras, tandis que le docteur Héroard lui mit de nouveau sous le nez le mouchoir imbibé de vinaigre dont il s'était servi dans le carrosse.

— Qu'est cela ? dit la reine avec hauteur en dévisageant son fils. Se pâme-t-il ?

— Je le crains, Madame, dit Héroard.

Elle fut un moment à observer le roi d'un air revêche et rebéqué. Marie n'était pas obtuse au point de ne pas avoir soupçonné que la soumission de son fils à son égard pendant tant d'années était plus feinte que réelle. Mais incapable de comprendre que seule sa propre tyrannie avait conduit Louis à cette constante dissimulation, elle en accusait la noirceur de son âme. « Il est sournois », disait-elle.

— Se pâme-t-il vraiment ? dit-elle, se demandant s'il ne s'agissait pas là d'un de ses « tours ».

— Je le crains, Madame, dit Héroard, qui à cet instant sans doute se posait la même question.

— Monsieur de Souvré, dit la reine, bridant avec peine son ire, le roi se pâme-t-il ?

— S'il n'est point tout à fait pâmé, Madame, dit Monsieur de Souvré, il n'en est pas loin.

— Eh bien, nous nous passerons de lui ! dit la reine avec une rage contenue.

Et se tournant vers le chancelier, elle lui redonna le rouleau de parchemin et dit avec la dernière brusquerie :

— Lisez, Monsieur le Chancelier.

Monsieur de Sillery lut. C'était un arrêté du Conseil du roi, qui ordonnait qu'on passât outre aux refus répétés de la Chambre des Comptes d'enregistrer l'édit par lequel « le roi » avait demandé à ladite chambre qu'elle l'autorisât de prélever un million deux cent mille livres sur le Trésor de la Bastille afin de pourvoir aux mariages du roi et de *Madame*.

Monsieur de Sillery eût dû s'arrêter là. Mais il ne put s'empêcher, pour faire sa cour à la reine, d'ajouter avec une sorte de truculence qu'il aimerait savoir comment le président de la Chambre des Comptes pourrait justifier le fait que par cinq fois ladite chambre avait refusé d'enregistrer l'édit du roi.

Oyant ces mots, « l'édit du roi », j'espère que je ne fus pas le seul en cette noble assemblée à penser que cet édit se fût mieux porté d'être appelé « l'édit de la reine », pour la raison que Marie n'avait pas appelé son fils à en discuter.

Le président de la Chambre des Comptes, que Monsieur de Sillery venait de mettre en cause, entreprit alors de se justifier. C'était un petit homme chenu, menu, la joue creuse, l'œil noir profondément enfoncé dans l'orbite. Il parlait sans faire le moindre geste, d'une voix exténuée, comme s'il était déjà aux portes de la mort, mais dès les premiers mots, je sentis en son propos quelque chose de ferme, comme s'il s'appuyait sur une foi inébranlable en la valeur sacrée des lois.

— Le feu roi, dit-il, avait, en sa grande prévoyance, amassé depuis 1602, année après année, ce Trésor de la Bastille. Il y avait apporté un grand soin, ménage [1], et travail. La valeur de ce trésor était très grande, non seulement en soi, mais aussi parce que le feu roi l'avait fait connaître dans le monde entier, afin de détourner par là les étrangers de rien entreprendre contre un royaume qui possédait d'aussi grands moyens. Je me souviens avoir entendu le feu roi dire publiquement au duc de Mantoue, en désignant l'Arsenal : « J'ai là de quoi armer cinquante mille hommes », et ajouter aussitôt, en désignant la Bastille : « Et là, de quoi les payer pendant six ans au moins. »

Pendant ce discours, je gardai le regard fixé sur la physionomie en apparence inerte de Louis et je ne faillis pas d'apercevoir que ses yeux tout soudain bril-

1. Epargne.

lèrent quand le premier président fit l'éloge de son père. Mais il les baissa si vite et il reprit si rapidement son impassibilité que je doutai même l'avoir vu changer d'expression.

— Bref! dit la reine qui se doutait bien que tant de louanges sur l'épargne du feu roi contenaient quelque pique à l'égard de sa propre prodigalité.

Et d'un geste machinal, elle ramena sa main gauche à la hauteur de sa poitrine et en couvrit le poignet de sa main droite, comme si elle eût voulu cacher, ou protéger, l'énorme bracelet de diamants que sa première levée sur les deniers de la Bastille lui avait permis de payer.

— Bref! répéta-t-elle en haussant fort le bec.

— J'achève, Madame, dit le président de la Chambre des Comptes avec une profonde révérence. Personne n'ignore que par deux de ses lettres patentes enregistrées par la Chambre des Comptes, le feu roi avait expressément défendu de tirer aucun denier de son Trésor de la Bastille, sauf pour des affaires de guerre très importantes et moyennant l'enregistrement de ladite chambre. Toutefois, quand en février dernier, Sa Majesté le roi ici présente avait demandé de prélever deux millions cinq cent mille livres sur les deniers de la Bastille, la chambre, consciente de la nécessité de combattre la rébellion des Grands, avait cru devoir enregistrer l'édit du roi et l'avait fait d'autant plus volontiers que le roi avait promis de restituer cette somme au trésor avant que l'année fût écoulée. Tant s'en faut pourtant que cette promesse ait pu être tenue!...

Derechef, Louis ne put tout à fait se retenir de trahir ici quelque émotion. Tant de choses lui étaient cachées par sa mère qu'en toute probabilité il n'avait su ni la promesse de restitution faite en son nom, ni la violation de cette promesse qu'on lui reprochait aujourd'hui en termes voilés.

— C'est pourquoi, reprit le président de la Chambre des Comptes, nous y regardâmes de plus près, quand le roi prit en juin 1615 un édit visant à prélever de nouveau une somme de un million deux cent mille livres sur les deniers de la Bastille pour pourvoir aux frais entraînés par les mariages espagnols et les voyages qu'ils rendaient nécessaires. Ne s'agissant pas de guerre, la chambre a pensé qu'il convenait de refuser d'enregistrer l'édit et elle l'a fait par cinq fois, résistant à toutes les *lettres de jussion* qu'elle a reçues. La Chambre des Comptes estime en conscience que de telles dépenses auraient dû être prévues de longue main par les financiers du roi et qu'il vaudrait mieux que chacun se retranchât en sa maison des superfluités qui n'apportent que le luxe plutôt que d'épuiser les deniers de la Bastille. La chambre déplore grandement qu'on touche à ces deniers, se dit innocente de ce désordre et assure Leurs Majestés de son respectueux et affectionné dévouement.

Cet « affectionné dévouement » était la dorure destinée à faire passer la pilule des « superfluités » qui n'apportaient que « luxe » et « désordre ». Mais la reine avala le tout sans sourciller, n'ayant d'yeux, pendant ce discours, que pour la lourde porte aspée de fer qui barrait l'entrée de la chambre du Trésor.

— Monsieur de Vaussay, dit-elle au gouverneur de la Bastille dès que le président se fut tu sur une profonde révérence, l'arrêt du Conseil du roi notre fils commande d'ouvrir la porte et d'y prendre notre dû.

— Madame, dit Monsieur de Vaussay, Votre Majesté n'ignore pas que trois clefs sont nécessaires pour ouvrir la porte : la vôtre, celle de Monsieur le président Jeannin, conseiller général des finances et celle de Monsieur Phélippeaux, trésorier de l'Epargne.

Ici se déroula une petite comédie fort bien machinée à l'avance et dont toutes les répliques me parurent parfaitement au point.

— Voici la mienne, dit la reine en sortant une clef d'une poche dissimulée dans un pli de son vertugadin et en la tendant à Monsieur de Tresmes, son capitaine aux gardes.

— Je me refuse à remettre la mienne, dit le président Jeannin qui, toutefois — comme il apparut un instant plus tard —, l'avait apportée avec lui, ce qui ne montrait pas une résolution bien farouche de ne point s'en séparer.

— Je refuse aussi, dit en écho Monsieur Phélippeaux.

— Pourquoi? dit la reine, que ce double refus ne parut pas le moindrement inquiéter, bien qu'elle affectât de sourciller et de parler avec hauteur.

— Plaise à Votre Majesté, dit Monsieur Phélippeaux, de me permettre de répondre pour deux. L'édit du roi n'ayant pas été vérifié, malgré cinq *lettres de jussion,* par la Chambre des Comptes, celle-ci pourrait à l'avenir nous rendre l'un et l'autre personnellement responsables des sommes illégalement détournées.

— Pour vous prémunir là-contre, dit la reine, je vous donnerai une...

Sa mémoire lui faillit à cet instant et elle tourna les yeux, comme pour l'appeler à la rescousse, vers le chancelier de Sillery, lequel aussitôt lui souffla à mi-voix :

— Décharge.

— Je vous donnerai une décharge de votre responsabilité signée de moi et de mes ministres.

— Est-ce donc le commandement formel de Votre Majesté que nous remettions chacun notre clef? dit Phélippeaux.

— C'est mon commandement, dit la reine.

— Messieurs, vous m'êtes témoins, dit le président Jeannin en promenant ses yeux faux sur les témoins de cette scène, que j'obéis à un ordre formel de la reine.

Ayant dit, il s'avança avec un certain air de pompe vers Sa Majesté, mit un genou en terre, baisa le bas de sa robe et lui tendit la clef. Il fut imité avec un temps de retard par Monsieur Phélippeaux.

— Prenez, Tresmes, dit la reine avec dignité.

Monsieur de Tresmes, que ces discours avaient impatienté, s'élança avec une vigueur toute militaire, fut sur les deux agenouillés en deux enjambées et, leur arrachant quasiment les clefs des mains comme il eût fait au prévôt d'une ville qui se rendait à merci, retourna à la porte bardée de fer et entreprit de la déverrouiller. Ce ne fut pas une petite affaire, car il lui fallut, en tâtonnant, trouver la bonne clef pour chacune des trois serrures.

Ce ferraillement (qui dura plus d'une minute, Tresmes y mettant plus de force que de méthode) plongea dans un profond silence la bonne trentaine de Grands et de dignitaires qui se pressaient, suant et quasi étouffant, dans l'antichambre. Je ne dirais point qu'on eût entendu une mouche voler, car justement les mouches abondaient en ce lieu, le fenestrou n'étant point fermé par verrière ni contrevent, et leur harcèlement, autant que leur infatigable bourdonnement, ajoutait fort à l'incommodité des présents.

La porte s'ouvrit enfin, pivota sans aucun bruit et ne découvrit d'abord que l'obscurité la plus profonde, avant que deux gardes, dépêchés par Monsieur de Vaussay, n'allassent allumer au mur trois flambeaux qui y étaient fixés par des anneaux. Une salle apparut alors, qui était au moins le double en étendue de celle où nous étions et qui, quoiqu'elle fût située au sommet d'une tour, évoquait plutôt l'idée d'une cave, en raison de son plafond voûté, de sa pénombre et d'une centaine de caques passées au brou de noix qui se trouvaient là, et qui auraient fort ressemblé à d'énormes barriques de vin si, au lieu d'être couchées sur le ventre, elles n'avaient été debout et closes par de lourds couvercles.

La reine s'avança jusqu'au seuil et fixant des yeux étincelants sur les caques, elle dit au président Jeannin qui faisait l'important à ses côtés :

— Combien ?

Bien que la question fût elliptique, Jeannin la comprit fort bien.

— Ces caques, Votre Majesté, contiennent des sacs, et ces sacs contiennent des *écus d'or au soleil* dont chacun vaut trois livres [1]. Votre Majesté va donc recevoir quatre cent mille écus d'or.

— Je veux mon dû et rien que mon dû, dit la reine avec dignité.

— Votre Majesté, dit Phélippeaux, qui va porter les sacs dans les chariots ?

1. La livre était une monnaie de compte. Il n'y avait pas de pièce de monnaie qui portât ce nom.

— *La guardia di Tresmes sotto la sua responsabilita* [1], dit la reine à qui il était visiblement impossible, dans l'état de tension où elle se trouvait, de parler la langue de ses sujets.

— Votre Majesté, reprit Phélippeaux, où devront aller les chariots ?

— *Alla casa vostra,* dit la reine en haussant le bec, comme si elle se faisait un mérite pointilleux de ne pas faire porter cette manne directement en son appartement du Louvre. (Il est vrai que celui du trésorier de l'Epargne n'était guère éloigné du sien.)

A cet instant, Louis parla à l'oreille de Monsieur de Souvré qui, s'approchant de la reine, lui dit après un profond salut :

— Madame, le roi aimerait pendant le temps de ce chargement visiter la Bastille qu'à ce jour il n'a jamais eu l'occasion de voir.

— J'y consens, dit la reine avec une mauvaise grâce qui provenait sans doute du fait qu'elle le soupçonnait toujours d'avoir feint de se pâmer pour ne pas avoir à lire un édit qui contredisait celui de son père sur l'utilisation des fonds de la Bastille.

Quand Louis passa devant la reine, il lui fit, les yeux baissés, un profond et respectueux salut, mais quand il se releva, il ne put empêcher que son regard croisât le sien. Ce fut très bref, car l'un et l'autre, d'un commun accord, détournèrent aussitôt les yeux.

Le roi fut suivi, comme il se devait, par Monsieur de Souvré, le docteur Héroard et trois des quatre premiers gentilshommes de la Chambre, Monsieur de Courtenvaux, Monsieur de Thermes et moi — le quatrième, le maréchal d'Ancre, ayant préféré ne pas être présent à l'enlèvement des pécunes, sans doute pour qu'on ne babillât point à la Cour sur les épingles que sa femme et lui-même allaient en retirer.

Comme nous descendions le viret de la tour, Monsieur de Vaussay nous dépêcha un garde afin qu'il servît de guide à Louis pendant sa visite de la Bastille. Ce quidam s'acquitta remarquablement de sa mission,

1. La garde de Tresmes sous sa responsabilité (ital.).

étant un Gascon bien fendu de gueule et connaissant à fond la forteresse. Mais bien qu'en sa coutumière assiette, passionné qu'il était par tout ce qui regardait le militaire, Louis eût posé au cicérone une foule de questions, il ne l'écouta que d'une oreille et ne dit ni mot ni miette, son visage portant un air fermé et chagrin.

Non sans de bonnes raisons, car cette journée avait été marquée par une ironie de l'Histoire, dont la cruauté n'avait pu échapper à son esprit : son père avait amassé, année après année, ce Trésor de la Bastille, afin de desserrer un jour par les armes l'étau que la tentaculaire Maison d'Autriche faisait peser sur les frontières de France. Et ce trésor — le bouclier et la lance de son royaume —, moins de six ans après sa mort, se trouvait petit à petit rogné, rongé, et dilapidé par la petite-nièce de Charles Quint. Les Habsbourg qui, du vivant de notre Henri, n'avaient jamais réussi à le vaincre, l'emportaient à la parfin sur lui après sa mort. La main d'une femme avait suffi à cet exploit.

CHAPITRE XII

A voir la reine trôner, grande et majestueuse, le front haut, la crête redressée, la morgue inscrite sur la lèvre protubérante qu'elle tenait des Habsbourg, parlant avec autorité son français baragouiné d'italien, qui n'eût été tenté de voir en elle une de ces femmes fortes dont parle l'Evangile ? En réalité, rien n'était plus faible que cette reine si férue de pouvoir.

Plus je l'observais à l'œuvre, plus je me persuadais que sa faiblesse découlait de deux sources. Elle fuyait excessivement à se donner peine, étant de son naturel indolente, siesteuse, occupée à des riens, n'ayant en tête que fêtes et parures et portant fort peu d'attention et encore moins d'esprit de suite aux affaires de l'Etat. Mais surtout, son jugement était pauvre et confus. Inaccessible à la raison, et par voie de conséquence aux raisons que lui donnaient ses conseillers, elle croyait l'un, et elle croyait l'autre, et un autre encore, et tous trois quasi à l'aveuglette. Et pour ce qu'elle ne se conduisait jamais d'après des principes assurés, et en même temps se nourrissait d'un sot orgueil, elle se montrait en ses politiques tour à tour opiniâtre et changeante. L'étant toujours à contretemps, elle perdait deux fois : s'entêtant quand il eût fallu être souple, et modifiant ses desseins quand il eût mieux valu tenir ferme.

Il est vrai que la Conchine, bien plus d'ailleurs que son mari, disait son mot sur toutes choses, mais sur les affaires d'Etat il s'en fallait qu'elle l'emportât à tout coup. Elle devait partager son influence avec la duchesse de Guise, la princesse de Conti, le duc d'Epernon, l'intendant Barbin, le président Jeannin, et surtout les ministres Villeroy et le chancelier de Sillery, lesquels eussent été les plus écoutés, s'ils ne s'étaient pas tant haïs, leurs avis perdant beaucoup de force du fait qu'ils s'opposaient toujours.

Le dernier, mais non le moindre de ces conseillers, le père Cotton, qui en tant que confesseur du petit roi, avait un accès facile auprès de la reine-mère, impressionnait son âme dévote par sa suave persuasion, et il n'y a pas à douter que son influence, soutenue par le nonce apostolique et l'ambassadeur d'Espagne, ait été déterminante quant à la conclusion des mariages espagnols.

Le triumvirat poussait maintenant de toutes ses forces à l'échange des princesses, alors même que tant de presse n'était pas nécessaire, la reine y inclinant elle-même avec passion. Peu lui importait l'engagement qu'avait pris notre Henri par le traité de Brusol de donner *Madame* en mariage au fils du duc de Savoie, et moins lui chalait encore que les mariages espagnols tournassent le dos aux alliances protestantes de son défunt mari.

Pourtant, il y avait encore dans le royaume d'assez fortes réticences. Le moment paraissait mal choisi. Les états généraux s'étaient clos sans aboutir. Les députés avaient tous aspiré à rhabiller les abus, mais, on l'a vu, chacun des trois ordres voulait retirer la paille qu'il voyait dans l'œil de l'autre, mais sans qu'on touchât à sa propre poutre. Et à peine les députés s'étaient-ils dispersés dans la grogne et le rechignement que Marie, avec sa coutumière légèreté, donnait une grande fête, fort belle et fort dispendieuse, pour célébrer l'exil perpétuel de *Madame.* « Il faut bien, disait-elle, attribuant cette initiative à la pauvre Elisabeth, que ma fille donne une fête au public avant son départ pour l'Espagne et que les Parisiens se souviennent d'une princesse que la France va perdre. » A ouïr de sa bouche une phrase aussi froide que fausse, je me demandai si la mère d'Elisabeth se « souviendrait » longtemps de la fille qui pour toujours l'allait quitter.

Le clou de cette fête fameuse fut le *Ballet de Madame,* dansé par ce que la Cour comptait de plus beau chez les deux sexes. Il était en outre chargé de mimes, de symboles et d'allégories, qui célébraient à l'envi les succès présents et à venir de la régence : l'heureuse entrée du roi en majorité, la réunion autour de lui des princes réconciliés, la tranquillité des états généraux, le futur fils issu du futur mariage de *Madame* et du prince des Asturies (comme on voit, il n'était pas question qu'ils eussent une fille !), l'empire que détenait maintenant la France et sur terre et sur mer, et par voie de conséquence, « la ruine du turban », entendez par là l'anéantissement de la religion musulmane : prédiction d'autant plus optimiste que, depuis la mort d'Henri IV, on n'avait construit que fort peu de galères pour lutter contre les Barbaresques.

Après la danse venaient les vers, qui, écrits sur ordre par Malherbe, que Marie pensionnait, complétaient ce plaisant tableau par une prophétie idyllique :

Un siècle renaîtra, comblé d'heur et de joie.
Tout y sera sans fiel comme au temps de nos pères.
Et même les vipères
Y piqueront sans nuire ou ne piqueront pas.

En attendant ce délicieux Eden, plus d'une vipère

continuait à piquer la reine-mère. Il n'y avait pas un mois que les beautés de la Cour avaient dansé le *Ballet de Madame,* que le Parlement présentait au roi des remontrances qui, sous de transparentes périphrases, attaquaient avec la dernière vivacité le mauvais gouvernement de Marie. Tout y passait : le rejet de l'article premier du Tiers, l'abandon des alliances protestantes, la place exorbitante occupée dans l'Etat par des personnes qui n'étaient pas des « naturels français », les concussions des conseillers d'Etat, les ententes secrètes du clergé français avec le nonce, et enfin le pillage et la dissipation du Trésor de la Bastille.

La reine défendit tout de gob au Parlement de « s'entremêler à l'avenir des affaires de l'Etat ». Mais le venin restait dans la plaie, et Condé dans un manifeste reprenait avec plus de virulence encore les griefs du Parlement, arguant au surplus du fait que les protestants français s'inquiétaient fort d'une union si intime entre la France et les Habsbourg, y voyant le présage d'une inquisition et d'une persécution dont ils seraient à nouveau les victimes. Il demandait la surséance des mariages espagnols. Il ne disait pas : « jusqu'à ce que le roi pût être maître de ses volontés », mais il le laissait entendre.

Là-dessus, les ministres étaient divisés. Le chancelier de Sillery pressait fort l'échange des princesses, mais Villeroy et Jeannin se prononçaient pour le retardement, appuyés par le maréchal d'Ancre, non pas pour des raisons d'Etat, mais pour des motifs personnels, car Condé et les princes ayant quitté la Cour et s'armant derechef, le Conchine redoutait avant tout qu'une guerre ouverte éclatât entre la reine-mère et les Grands : auquel cas il pensait que la paix se ferait sur son dos.

La reine fut outrée que le mari de sa favorite prit parti contre des mariages qui lui tenaient tant à cœur. Elle l'exila dans son gouvernement d'Amiens, et fit grise mine à la Conchine, qui toutefois voulut à force forcée l'accompagner en ce voyage, dans l'espoir de retrouver peu à peu son crédit.

La reine leva deux armées, l'une pour surveiller les princes, l'autre pour accompagner le roi et *Madame* en Guyenne. Pour une fois, elle faisait face et se montrait énergique, mais cette énergie ne pouvait que faire long feu, car elle n'était pas inspirée par une politique cohérente, conçue pour le bien du royaume, mais par une passion d'ordre privé. Fille d'une archiduchesse autrichienne et petite-nièce de Charles Quint, rien dans le vaste monde ne lui paraissait plus grand, plus beau, plus noble que d'allier fils et fille au sang qui était le sien. S'il y avait des arrière-pensées politiques à ces mariages, elles étaient dans l'esprit du père Cotton, du nonce apostolique et de l'ambassadeur d'Espagne, mais dans une fort faible mesure dans le sien, lequel éprouvait toutefois une sorte de contentement à l'idée qu'en poussant les projets matrimoniaux qu'elle chérissait, elle faisait en même temps plaisir aux évêques de France et au pape.

Le départ pour le voyage en Guyenne pour l'échange des princesses étant à la parfin résolu et fixé au dix-sept août, j'eusse bien voulu que le marquis de Siorac derechef m'accompagnât, mais cela ne se put faire, car son épouse, Angelina, se trouvant atteinte d'une fièvre lente, il désira demeurer auprès d'elle à Montfort-l'Amaury, tant pour la soigner que pour lui apporter le réconfort de sa présence. Néanmoins, il donna congé au chevalier de La Surie de se joindre à moi s'il le désirait, l'assurant qu'en son absence, étant sur place, il veillerait sur son domaine comme sur le sien. A ouïr cette promesse, le chevalier bondit de joie, tant il était raffolé de se trantoler sur les grands chemins de France tout en me donnant le bénéfice de sa plaisante et gaussante compagnie.

Comme le partement pour la Guyenne avait été d'abord prévu pour le premier août, tous mes préparatifs depuis beau temps se trouvaient achevés quand, le quinze août, j'allai voir, sur sa prière, en son hôtel, à trois heures de l'après-dînée, Madame de Lichtenberg.

Je la trouvai à sa collation, mais ne mangeant point, les mains inertes reposant sur son giron et un air de mélancolie répandu sur son beau visage. A sa vue, et sans que je pusse de prime prononcer un seul mot, mon cœur se serra de tristesse à l'idée de la quitter, mais aussi de compassion, car l'épreuve n'était pas égale des deux parts, et je savais bien, pour l'avoir déjà ressenti lors du grand voyage à l'Ouest, que mon propre chagrin ne me donnait qu'une faible idée du pâtiment qui serait le sien.

— Ha, mon ami, dit-elle après un long silence, pardon de vous faire cet aveu, mais j'aimerais parfois ne vous avoir jamais rencontré, puisque de nouveau il faut que je vous perde, pour je ne sais combien de semaines ou de mois, en attendant, hélas, de vous perdre un jour pour tout de bon, car vous ne pourrez jamais, en la charge où vous êtes, vous abstenir de vous marier.

— M'amie, dis-je en me jetant à ses genoux et prenant et baisant ses mains, je ne songe pas le moindrement du monde au mariage ! Chaque jour que je passe avec vous est une félicité accrue et je serais bien fol d'y mettre un terme de mon propre chef !

— Ha, mon Pierre ! dit-elle avec un soupir, c'est quant au bonheur justement que nous différons le plus, le mien étant en même temps si profond et si précaire. Avant de vous connaître, mon veuvage était assurément une sorte de néant, mais du moins ce néant avait pour moi cet avantage que je ne craignais ni la décrépitude ni même la mort, puisque la vie ne m'apportait plus rien, alors qu'à ce jour, vous ayant à moi, je ne suis occupée, dès que vous me quittez, que de la crainte de vous perdre. Et chaque jour qui se lève, même s'il me donne les joies dont vous me comblez, m'apparaît en même temps comme un pas de plus sur le chemin de la vieillesse et de ses flétrissures. Ah, mon ami, croyez-moi, c'est un difficile métier que d'être une femme !

Je demeurai étonné de ce discours, car Madame de Lichtenberg, à l'accoutumée, faisait vergogne de se plaindre, convaincue qu'elle était à la fois de l'inutilité de la lamentation et de son peu de dignité, et se faisant en outre scrupule d'attrister ses amis par ses tristesses. Mais j'entendis bien que l'excès de son affliction avait débordé tout soudain la réserve par laquelle elle tâchait de retenir, ou à tout le moins de voiler, l'ardeur, pour ne pas dire la violence, de ses sentiments.

Je ne sus que répondre à ce qu'elle venait de dire, non que m'échappât la différence entre son sort et le mien, mais par impuissance de trouver les mots qui pussent la consoler des incommodités — ou, devrais-je dire, des servitudes ? — auxquelles son sexe la rendait sujette. Je demeurai donc à ses genoux, sans mot piper, tenant ses mains tièdes dans les miennes, mais les yeux attachés aux siens, et attachés, certes, ils l'étaient, car outre que ses prunelles étaient fort belles, des émotions les traversaient de seconde en seconde, si vives et si généreuses qu'un cœur aimant ne pouvait demeurer insensible aux messages qu'elles lui apportaient.

— Mon Pierre, dit-elle enfin à voix basse, il y a une chose que vous m'avez souvent priée de vous accorder, sans que j'y aie jamais consenti. Toutefois, si ce jour d'hui vous deviez m'adresser la même prière, je pense que je passerais outre aux raisons qui ont dicté mes précédents refus, à condition toutefois que ce vœu vous soit toujours aussi cher et que les circonstances de votre vie vous permettent d'y aspirer encore...

— Ah, m'amie ! m'écriai-je, devinant la requête avant même qu'elle l'eût précisée, je serais certes le plus heureux des hommes...

— Nenni, nenni, mon Pierre ! dit-elle avec une gracieuse vivacité et en appuyant la paume de sa main sur ma bouche, ne dites rien ! Qui voudrait ouïr de vous un mot entier là où le demi-mot suffit ?

— Toutefois, dis-je en souriant, le mot entier, il me le faut écrire incontinent au marquis de Siorac et le lui faire porter par votre petit vas-y-dire. Sans cela, il irait s'inquiétant de ne point me voir revenir au logis, les rues de Paris étant si peu sûres, le soir tombé.

Le quinze août est la fête de la Vierge et j'aime à

penser que ce n'est pas seulement la mère de Jésus qu'on célèbre alors, mais aussi la femme dans toutes ses fonctions. Je demeurai avec Madame de Lichtenberg du samedi quinze août au dimanche seize août à midi, n'abandonnant avec elle le clos de son baldaquin que pour prendre quelque nourriture. A nos tumultes succédaient les babillages de derrière les courtines, lesquels ne s'épuisaient jamais. Et à nos délices succédaient les larmes, et parfois, chose étrange, les rires. Tout nous paraissait précieux, car nous nous appliquions à faire avidement provision de tout le bonheur que nous pourrions emporter dans nos mémoires, chaque mot ou chaque baiser rapprochant l'heure à laquelle nos sommeils devraient se désunir et nos bouches s'absenter l'une de l'autre.

Nos yeux furent les derniers à se déprendre. Car, le seuil de son hôtel franchi, l'huis refermé sur moi par Herr Von Beck, je savais que Madame de Lichtenberg, en ses robes de nuit, s'irait poster derrière celle de ses verrières qui donnait sur la cour, et moi, levant la tête, devinant sa forme à demi cachée par le rideau — comme si déjà la distance et le temps la noyaient dans une brume qui irait s'épaississant — je m'arrêtai, un pied sur le marchepied du coche de louage, et la saluai, les plumes de mon chapeau balayant les pavés : geste vain et coutumier, alors que j'eusse voulu lui crier encore tant de choses dont j'étais plein. Mais un de ses laquais attendait, immobile et insolent, pour clore sur moi la portière du coche. J'y entrai, je m'affalai sur la banquette et tirai les rideaux. Il était temps : les larmes me coulaient sur les joues.

⁂

En l'absence de mon père, La Surie et moi assurâmes l'installation aux étapes de la Maison du roi, ce qui nous donna les avantages que l'on sait et les récriminations que l'on devine, car aucun des officiers du roi ne se trouva content de son gîte, tant est que, sur le conseil avisé de La Surie, je pris le parti de choisir à l'avance pour nous deux le plus médiocre et le plus éloigné du roi et de répondre aux récriminants : « Monsieur, si vous n'aimez point votre logis, voulez-vous prendre le mien ? » Ceux qui acceptèrent sans le voir et se dédirent en le voyant ne furent pas plus de trois ou quatre, mais ils me firent une telle réputation d'équité et d'humilité qu'à la onzième étape nous pûmes à la parfin sortir de ce système, et à Poitiers — que nous atteignîmes le trente et un août — nous loger nous-mêmes convenablement sans qu'on nous soupçonnât d'avoir mis à profit notre office pour nous tailler la part du lion.

Nous eûmes le nez fin, car nous demeurâmes longtemps en ce logis : la pauvre *Madame* qui, au partement de Paris, tirait une bien pauvre mine à l'idée d'être exilée à jamais loin de son frère bien-aimé dans les palais dorés du roi d'Espagne, tomba malade de la petite vérole. Et presque en même temps, la reine-mère pâtit d'une gratelle universelle [1]. *Madame* se rétablit sans que son joli visage fût gâté, et grâce à un médecin juif, les tourments de sa mère cessèrent à la longue, mais ces curations occupèrent quasi tout le mois de septembre sans que la Cour pût quitter Poitiers.

Pendant que la reine se lamentait de ses démangeaisons, la Conchine tira avantage de ce qu'elle était si mal allante pour reprendre avec elle, non sans succès, ce quotidien et insinuant commerce qui avait tant fait pour son exorbitante faveur. De leur côté, Condé et les Grands, s'étant armés, se firent si menaçants que le roi en son Conseil les déclara criminels de lèse-majesté, et déchus de leurs biens et de leur honneur. Par malheur, la puissante armée royale qui devait faire obstacle à leur progression avait reçu de la reine l'ordre pusillanime de ne les point engager au combat, tant est que les Grands réussirent en ce même mois à passer la Seine, puis la Marne et enfin la Loire et menacèrent de faire leur jonction avec les huguenots de l'Ouest, dont d'aucuns avaient, eux aussi, pris les armes. Mais comme les Grands, se sentant, quant à

1. On appelait ainsi l'érésipèle.

eux, moitié moins nombreux et plus faiblement équipés que les royaux, n'avaient garde de les attaquer, cette guerre-là devenait une sorte de drôlerie dans laquelle les deux armées se côtoyaient, sans jamais s'arquebuser.

Le temps me parut long à Poitiers. J'y écrivis à Madame de Lichtenberg des lettres de plus en plus désolées et je m'inquiétais de voir Louis si taciturne et si peu gaillard, car il disait souvent que « le cœur lui faisait mal » et se plaignait quand et quand de « tranchées » dans le gaster et aussi de « faiblesses ».

La Cour s'ébranla à la parfin pour Bordeaux le vingt-huit septembre. Par une coïncidence curieuse, la veille avait été pour Louis le jour de son quatorzième anniversaire. Héroard avait pris ses mensurations ; je ne sais s'il en fit part à la reine-mère, mais il en fit une sorte de secret, car à ce qu'il me dit, il ne les consigna même pas dans son journal, où pourtant il écrivait quotidiennement tout ce qui concernait Louis, y compris la consistance de ses « affaires » et la couleur de son urine.

Pour moi, qui ne suis pas médecin, je ne trouvais rien qu'à louer à la taille du roi et à ses proportions. Grand chasseur comme son père, il était fort résistant à la fatigue et aux intempéries, vaillant dans les périls, souple et vif en ses mouvements, fort adroit de ses mains, gracieux quand il dansait, ayant à cheval une assiette sûre et un port élégant. Le vingt-huit septembre, pour reprendre notre propos, était donc le premier jour de sa quinzième année et je me fis cette réflexion qu'il devait estimer qu'elle commençait fort mal, puisqu'il allait, dans quelques jours, perdre une sœur et gagner une épouse, sans que le gain de la seconde pût en quelque manière, en son opinion, compenser la perte de la première.

Il nous fallut plus de huit jours pour atteindre Bordeaux. Le sept octobre, le Parlement et les jurats de cette belle ville dépêchèrent un bateau couvert à Bourg pour y embarquer la reine-mère, Louis, *Madame,* et les deux petites princesses. Je n'en étais point, mais Héroard, qui avait le privilège de suivre

Louis partout, voulut bien me confier plus tard que ce voyage sur la rivière de Garonne — laquelle est fort belle et fort large — parvint à distraire Louis quelque peu du grand pâtiment qui le poignait jour et nuit à l'idée de se séparer de *Madame*. D'après Héroard, il se fit servir à bord un souper sur le coup de quatre heures à côté du gouvernail, disposant lui-même une serviette en guise de nappe sur un tabouret qui se trouvait là. Et il mangea, l'œil sur le timonier et les petits mouvements qu'il imprimait à la barre franche pour modifier l'aire du bateau. Louis voulait sans doute se donner le sentiment qu'il en était le capitaine.

Il lui eût été assurément plus facile de l'être que de gouverner pour le moment sa propre destinée. Roi de France, reconnu majeur depuis un an et bientôt marié, il n'avait choisi ni son épouse, ni l'époux de *Madame*, ni ses alliances, et ce fut tout à fait en dehors de lui, entre la reine-mère et le roi d'Espagne, que fut fixé le protocole des deux mariages.

Ils devaient avoir lieu simultanément en France et en Espagne par procuration. Louis envoya au duc de Lerme la permission d'épouser l'infante Anne d'Autriche en son nom à Burgos, tandis que le prince des Asturies autorisait le duc d'Epernon à épouser *Madame* en son nom à Bordeaux.

Un grand souci d'égalité entre les deux nations et une méticuleuse méfiance avaient présidé à l'échange des princesses. Deux pavillons jumeaux avaient été dressés sur une île au milieu de la Bidassoa, rivière-frontière entre France et Espagne. Les deux princesses devaient quitter à la même minute chacune la rive de son pays natal et être portées par une barque jusqu'aux deux pavillons de l'île. Là, les deux belles-sœurs devaient se joindre, faire connaissance et converser un quart d'heure. La brièveté de cette rencontre qui, à y réfléchir plus outre, était tout ensemble la première et la dernière de leur vie, avait été sagement prévue par le protocole, car l'infante Anne d'Autriche ne savait pas plus de français que *Madame* ne savait d'espagnol, et pour n'offenser personne, on n'avait pas précisé dans quelle langue cet entretien aurait lieu.

Après ce bref et peu disant dialogue, les deux princesses, se tournant le dos, embarqueraient pour le pays où elles devaient être reines, et dès que chacune aurait mis le pied sur le sol de son futur royaume, la Bidassoa deviendrait pour elle à jamais infranchissable. La petite Anne d'Autriche entrait, comme Louis, dans sa quinzième année, et *Madame* n'avait que treize ans.

Si la plus rigoureuse égalité avait été prévue dans le traitement des deux princesses, la conduite des parents fut laissée à leur choix. Marie de Médicis décida que la séparation du roi et d'elle-même avec *Madame* aurait lieu à Bordeaux et que sa fille ferait sous puissante escorte, mais seule, le reste du voyage jusqu'à la frontière. Père plus tendre, Philippe III d'Espagne, passant outre aux recommandations de son Conseil, voulut à force forcée accompagner Anne d'Autriche jusqu'à la Bidassoa et se sépara d'elle dans les termes les plus touchants : « *Mi hija, io te ho casada in Cristianidad lo mejor que ho podido. Va que Dios te bendiga !* [1] »

Belle lectrice, plaise à vous à s'teure de revenir avec moi quelques jours en arrière. *Madame* devait quitter Bordeaux le vingt et un octobre. La veille, Louis la vint visiter chez Monsieur de Beaumont Menardeau, conseiller d'Etat, en la maison de qui elle était logée. Ce fut le premier des adieux qu'il lui fit, et quand il saillit de ses appartements, ses yeux brillaient de larmes. Un de ses officiers, Monsieur de la Curée — le même qui avait servi à cheval le repas des goinfres de la Cour —, crut bon de lui dire : « Sire, un grand roi ne devrait pas être si sensible. » Louis, sans s'offenser de cette sotte remarque, répondit tout uniment, mais avec un grand soupir : « C'est une si bonne sœur. Il faut bien que je la pleure. »

Le lendemain, à son lever, auquel je fus présent, Louis avait l'air triste et comme absent. Il refusa de déjeuner, disant qu'il ne pouvait rien avaler et se laissa

1. Ma fille, je t'ai mariée en la Chrétienté au mieux que j'ai pu. Va et que Dieu te bénisse ! (esp.).

habiller sans mot piper, puis après avoir assisté à la messe aux Recollets, il gagna la maison de Monsieur de Beaumont Menardeau, où l'on achevait d'habiller *Madame* au milieu d'une douzaine de dames qui tâchaient de la réconforter.

Il y avait là ma bonne marraine la duchesse de Guise, la princesse de Conti, la jeune duchesse de Guise, Mademoiselle de Vendôme et Madame de Montmorency. Quand le roi apparut, *Madame* se jeta dans ses bras en pleurant, secouée de sanglots et aussi désespérée que si on la menait au supplice. Cela allait jusqu'aux cris. Louis, pleurant aussi à chaudes larmes, la tenait étroitement embrassée et tâchait de la consoler. Mais il était lui-même trop ému et trop bégayant pour aligner trois mots.

Le reste, Madame de Guise me le conta, car avec celles que j'ai nommées, elle fut la seule à en être témoin. Il avait été convenu que les dames et Louis accompagneraient *Madame* jusqu'à une demi-lieue hors la ville, et que là, après d'ultimes adieux, on la laisserait aller seule. Seule, c'était une façon de dire, car elle devait regagner la frontière sous la protection de l'armée de son frère et avec une suite d'une trentaine de dames françaises qui seraient appelées à vivre avec elle en Espagne.

— Nous voilà donc parties, me dit Madame de Guise le soir, à sa manière vive et pétulante, mais encore fort émue. Nous étions entassés dans ce carrosse, le roi et *Madame* devant, et les cinq dames, moi comprise, derrière, serrées à mourir. Et dans notre sillage, seul et majestueux, dans un carrosse à ses armes, l'ambassadeur d'Espagne! Mais vous connaissez Don Ynligo! Ne trouvez-vous pas qu'il a l'air d'un cheval?

— D'un cheval, Madame?

— Sauf qu'un cheval a le regard doux et tendre et que Don Ynligo a l'œil dur et plein de morgue. Mais il a une longue face où l'on ne voit qu'un nez fort long qu'il caresse en parlant de la façon la plus obscène. De reste, ce n'est pas un nez, c'est le chanfrein d'un cheval.

— Madame, vous vous gaussez, je pense!

— Que nenni ! Et je n'avais pas le cœur à rire, je vous assure ! Vierge Marie ! Ces deux enfants devant nous me déchiraient le cœur ! Ils se tenaient enlacés, et tant qu'on traversa la ville, ils continrent leurs sanglots. Mais la Porte Saint-Julien franchie, on s'arrêta, comme il était convenu, à une demi-lieue de là, on mit pied à terre, et c'est là que leur désespoir éclata. Ils se tenaient l'un et l'autre embrassés, s'accolant, se baisant la face, pleurant, hoquetant d'interminables sanglots et poussant cris et soupirs à attendrir un tigre ! Je puis vous assurer qu'aucune de nous cinq n'avait les yeux secs, au risque de gâcher notre pimplochement ; même la princesse de Conti dont vous connaissez la coquetterie, y alla de sa larme, tant ce spectacle lui tordait le cœur. Quant à Don Ynligo, il regardait cette scène d'un œil froid et impiteux, le torse redressé, portant sa tête chevaline comme un saint sacrement, et tâchant de rompre les accolades en disant d'un air gourmé : « Allons, allons, princesse d'Espagne ! » D'ailleurs, il ne le disait pas, il le hennissait !

— Madame !

— Je le jure ! Il le hennissait ! Et ce faisant, il caressait son long chanfrein de sa main osseuse : « Allons, allons, princesse d'Espagne ! » disait-il. Vous remarquerez, mon beau filleul, le titre qu'il lui donnait ! Et comme il nous faisait sentir qu'elle était à eux !

— Hélas, Madame, elle est à eux véritablement, et pour toujours, ayant marié le prince des Asturies.

— Mais il n'était nul besoin de nous le faire tant sentir ! Bref, Don Ynligo réussit à arracher ces pauvrets l'un à l'autre et à faire monter *Madame* dans son propre carrosse. Ah, mon beau filleul, le regard ! Le dernier regard qu'elle lança à son frère par la portière quand le carrosse s'ébranla !

— Et Louis ?

— Louis pleurait, les deux mains sur son visage, sourd à tout ce que nous pouvions lui dire. Et d'ailleurs, nos consolations à nous-mêmes nous paraissaient vides et creuses devant un tel chagrin. Dès qu'on eut regagné Bordeaux, il se fit conduire chez la reine sa mère.

— Chez sa mère ! dis-je. Mais c'était la dernière personne au monde...

Madame de Guise sourcillant à ce début de phrase, je m'interrompis.

— Et pourquoi diantre, repris-je, n'était-elle pas avec lui pour faire, elle aussi, ses derniers adieux à sa fille ?

— Elle s'en est expliquée : elle lui avait fait ses adieux la veille. Et elle n'eût pas voulu, en les renouvelant, raviver la douleur de la séparation.

— Quelle douleur ? dis-je en dérision. Celle de sa fille ? Ou la sienne ?

— Monsieur, dit Madame de Guise, si vous insinuez par là quoi que ce soit de disconvenable à l'endroit de la reine, je vous quitte la place.

— Mais, Madame, je n'insinue rien du tout.

— C'est heureux ! De reste, reprit-elle à voix basse, vous avez raison... Louis fut avec la reine deux heures, pleurant toutes les larmes de son corps, et à part quelques objurgations morales dont je m'apense que ce n'était pas la place, elle ne lui bailla pas même un baiser.

Je peux ici, belle lectrice, prendre le relais de ma marraine, car à l'instant où se déroulaient ces adieux déchirants, j'étais à l'évêché de Bordeaux — où Louis était logé —, en compagnie de Monsieur de Souvré, de son fils, Monsieur de Courtenvaux, premier gentilhomme de la Chambre, Monsieur de Thermes, Monsieur de Luynes et Héroard, tous les six silencieux, et Héroard, envisageant sa montre avec quelque anxiété, car l'heure du dîner était passée depuis longtemps et Louis, ayant refusé de déjeuner, n'avait rien mangé ni bu depuis la veille.

Il apparut enfin sur le coup de dix heures et demie, les yeux rouges, le visage tout chaffourré de larmes. Il s'assit devant son assiette sans mot piper, et dîna peu et mal, disant à Héroard : « J'ai mal à la tête. C'est sans doute d'avoir tant pleuré. » Après le dîner, il tâcha de se distraire en dessinant à la plume de petits bonshommes sur des cartes à jouer. J'en fus frappé, car il y avait beau temps qu'il avait abandonné ce divertissement, le trouvant indigne de son âge. Pis même, quelques jours plus tard, je le vis s'amuser avec ses petits soldats et prendre des mouches à l'aide d'un trébuchet. J'en conclus que sous le coup de son deuil, il cherchait une consolation dans un retour à ses jeux enfantins.

Dans le même temps sa santé vacillait, et je voyais qu'Héroard se faisait un souci à ses ongles ronger, Louis disant dès son lever qu'il n'avait pas faim et qu'il ne voulait pas déjeuner. Au dîner et au souper, il mangeait, mais fort peu. Huit jours après le partement de *Madame,* il se plaignait encore de son mal de tête, puis d'une douleur à l'aine. D'après Héroard, qui l'examina, l'aine était enflée.

Peu après, des boutons apparurent sur son rein gauche, lesquels il gratta et écorcha, tant est qu'Héroard y mit un emplâtre. Et à peine ces rougeurs eurent-elles disparu qu'il prit un vilain rhume, avec frissons, cerveau fort plein et nez empêché.

Il avait été tacitement convenu qu'il n'étudierait pas pendant la durée de son voyage en Guyenne, ce qui lui agréait fort, car il avait horreur de ces interminables ânonnements auxquels le soumettait l'abbé de Fleurance. Je m'étais même laissé dire qu'il lui avait un jour proposé une sorte de bargouin : il baillerait un évêché à l'abbé, et l'abbé cesserait de le tracasser avec ses déclinaisons latines. Cette proposition fut faite en manière de badinerie, mais l'abbé de Fleurance la repoussa avec le dernier sérieux.

Les choses étant ainsi, il arriva quelque chose de fort surprenant. J'en ai noté la date dans mes tablettes, tant le fait m'a laissé béant. Le vingt-quatre septembre, trois jours après le partement de *Madame,* Louis envoya Berlinghen quérir Monsieur de Fleurance pour étudier. Monsieur de Souvré était absent, quand Louis fit cette démarche, et quand je la lui rapportai, il n'en crut pas ses oreilles. « Eh quoi ? dit-il en ouvrant de grands yeux, il l'a fait ! Il l'a fait de son propre mouvement ? »

Quinze jours plus tard, le dix octobre, Louis, de nouveau, pria Monsieur de Fleurance de lui donner une leçon. J'entends bien que ce recours à l'étude, comme le retour à ses jeux enfantins, constituait pour Louis une sorte de refuge dans lequel son désarroi le portait à se rencogner. Néanmoins, j'en fus content, opinant qu'il valait mieux apprendre, fût-ce des conjugaisons latines, que prendre des mouches au trébuchet. Par malheur, le pauvre abbé de Fleurance n'était point le maître qu'il eût fallu pour maintenir ce beau zèle en enseignant à son disciple un savoir qui eût répondu à son attente en le formant à son métier de roi. L'aurait-il fait, de reste, qu'on l'eût incontinent renvoyé à sa cure.

Entre le partement de *Madame* et l'arrivée à Bordeaux de l'infante Anne d'Autriche s'écoula un bon mois, lequel ne me parut pas fort bon, mais long et lourd, pour ce que j'étais bien désolé de voir Louis si mal allant et si mélancolique, et quant à moi, tombant plus souvent que je n'eusse aimé dans un grand pensement de Madame de Lichtenberg, qui me faisait grand mal.

Tout ce qui comptait à la Cour ayant suivi le roi à Bordeaux, y compris d'aucuns ambassadeurs des pays étrangers, je ne fus pas autrement surpris quand le vieil ami de mon père, le révérend abbé et docteur médecin Fogacer, secrétaire particulier du cardinal Du Perron, me dépêcha un petit vas-y-dire pour m'inviter, ainsi que le chevalier de La Surie, à dîner sur le bord de la Garonne en une auberge où on nous servit dans une salle à part, et fort bien.

Grand, mince, les membres arachnéens, le sourcil noir haut levé sur un œil noisette, le nez en bec d'aigle, les lèvres charnues, le sourire long et sinueux, Fogacer n'eût pu, de toute manière, passer inaperçu par monts et vaux, et c'était pitié, car, en ses folles avoines, les imprudences de son athéisme et les errances de sa sodomie le mirent à la fuite plus d'une fois et l'eussent même, en une occasion au moins, conduit droit au bûcher, si mon père, dont il avait été le condisciple en l'Ecole de médecine de Montpellier, ne l'avait retiré quelque temps dans sa maison des champs.

Avec l'âge, Fogacer courant moins vite, acquit plus de circonspection. Et cherchant en ses incessants périls une protection, il était devenu le médecin particulier du cardinal Du Perron, puis son secrétaire, puis achevant de s'ococouler dans le giron de l'Eglise catholique, il finit par se faire prêtre. Dès lors, la soutane lui colla à la peau jusqu'à devenir sa peau même et il cessa de décroire en Dieu. Quant à la bougrerie, il n'est pas sûr qu'il y renonça du même coup, mais les épaisseurs de secret et de silence qu'il entassa sur ses douces habitudes firent qu'on cessa de s'en alarmer, surtout quand, devenu grison et le cheveu plus sel que poivre, il ne se montra plus en public avec de petits clercs bouclés dont la piété ne semblait pas être la première vertu.

Pour moi, en mes jeunes ans, Fogacer me gênait prou par la vorace insistance qu'il mettait à me dévisager, à célébrer ma bonne mine et à m'appeler son « mignon », expression qui avait, dans sa bouche, un tout autre son qu'en celle de la duchesse de Guise. Par bonheur, quand le poil me vint dru au menton, d'un seul coup ses attentions cessèrent, Fogacer étant de ces sortes de gens qui n'aiment dans l'homme que l'imberbe et l'impubère.

Ce fut donc sans mésaise aucune que j'accueillis ce dîner avec Fogacer, toutefois étonné assez qu'il désirât si vivement me voir en Bordeaux, alors qu'il en avait tant d'occasions à Paris. Je fus quelque temps avant d'être éclairé sur ses intentions, car l'homme que j'avais connu si sobre en mes enfances, gloutissait à s'teure comme quatre, n'ayant d'œil que pour ses viandes et ses vins.

— Mon ami, dit-il quand il fut enfin repu, je vous vois l'œil interrogatif depuis le début de ce merveilleux dîner, auquel vous avez si peu touché vous-même, chipotant un morceau qui-cy qui-là et vous demandant ce que je vous voulais. Rien n'est plus simple. Mon ami, je vous parlerai, j'ose le dire, à la franche marguerite : je voudrais savoir qui est Luynes, d'où il vient, ce qu'il veut et où il va.

— D'où il vient ? dis-je. Cela est clair. Le père de Luynes est né des amours de maître Ségur, chanoine de l'église cathédrale de Marseille, avec une chambrière nommée D'Albert. Il s'appela du nom de sa mère, « D'Albert », mais aussi « De Luynes », du nom de la rivière au bord de laquelle le peu chaste chanoine possédait une petite maison où il caressait sa mignote. Luynes donc, pour le nommer par le nom qu'il se donna, était beau et vaillant ; il se fit soldat, avança dans la vie et obtint enfin le gouvernement de Pont-Saint-Esprit. Il épousa alors une demoiselle de Saint-Paulet, fille de bonne noblesse, et acquit par sa dot une petite métairie nommée Brante et une petite île sur le Rhône nommée Cadenet. Il eut trois fils. Le premier, il nomma Luynes, comme lui-même : c'est notre homme. Le second, il nomma Brantes et le troisième, Cadenet. Comme vous voyez, ces gens de nos provinces occitanes ont beaucoup d'imagination. Une rivière, une métairie, une petite île sur le Rhône : et les voilà affublés de noms sonores, et nobles par surcroît.

— Mon ami, dit Fogacer, nous savons cela.

— Mais savez-vous pourquoi le père de Luynes dut quitter son gouvernement de Pont-Saint-Esprit ?

— Nenni.

— Je vais donc vous l'apprendre, mon révérend abbé. L'épouse de notre gouverneur de Pont-Saint-Esprit — née demoiselle de Saint-Paulet, je vous le rementois — envoyant un jour chercher provende chez son boucher, celui-ci, qui avait fort à se plaindre de n'être point payé, lui fit répondre qu'il n'avait plus qu'une seule viande à son service, mais de celle-là, il voulait garder la propriété, ne lui en concédant que l'usage...

— C'était là gausserie ignoble, dit Fogacer.

— Et la dame, étant noble, s'en trouva fort offensée. Sans tant languir, elle courut sus au manant et le tua en pleine boucherie de quatre ou cinq coups de poignard.

— Juste ciel !

— Vous observerez, mon révérend abbé, qu'ayant des parents aussi vaillants, notre présent Luynes ne l'est guère lui-même, évitant toute querelle et, quand il est cité en duel, demandant à ses frères, Brantes ou Cadenet, de se battre à sa place.

— Nous savons cela.

— Eh bien! dis-je en levant les sourcils, que voulez-vous savoir de plus? Les trois frères furent en l'emploi de Monsieur du Lude, qui les donna à Monsieur de la Varenne, qui les donna à notre défunt roi, qui les donna à Louis, lequel aime beaucoup l'aîné, parce qu'il est son oiseleur et dresse à merveille ses faucons.

— C'est justement, dit Fogacer avec un petit brillement de l'œil, c'est justement sur cette grande amitié que le roi porte à Luynes que nous aimerions en savoir plus.

Là-dessus, je laissai tomber un froidureux silence et regardant Fogacer œil à œil et haussant le bec, je lui dis avec roideur :

— Mon révérend abbé, je ne fais pas de contes hors du Louvre sur le roi.

— J'attendais ce refus abrupt, dit Fogacer avec un sourire, n'étant pas sans connaître votre absolu dévouement pour le petit roi. Considérez, cependant, mon fils, qu'une réponse, en l'occurrence, le pourrait mieux servir qu'un refus de répondre.

— Comment cela?

— Par exemple, si je vous nommais les gens qui se posent la question et les raisons qu'ils ont de se la poser, ne pensez-vous pas que ce savoir pourrait être utile à celui que vous servez?

— Sont-ce des gens puissants?

— Hors la reine-mère, en ce royaume, il n'en est pas de plus puissants.

— Quoi? Pas même les ministres?

— Les ministres passeront.

— Pas même les marquis d'Ancre?

— Ceux-là non plus ne sont pas éternels.

— Le Ciel vous entende!

— Ajouterai-je, poursuivit Fogacer, que je ne nomme jamais mes sources et que vous serez dans mon propos, mon ami, un gentilhomme proche du roi. Je vous vois balancer... Avez-vous songé que lorsque je vous aurai appris ce que je sais, vous pourrez ne pas me déclore ce que vous savez et qu'ainsi tout l'avantage, dès le départ, est pour vous ?

— C'est bien ce que je ruminais en mon for, dis-je avec un sourire. Cependant, si je puis vous faire une réponse fidèle à la vérité sans desservir le roi, je le ferai.

— Eh quoi ! s'écria Fogacer en faisant mine d'être indigné, est-ce à dire que vous pourriez me mentir ?

— Et pourquoi non ?

— Il me semble, dit Fogacer en riant, que votre avantage sur moi croît démesurément. Fort bien donc, j'en accepte le risque. Sommes-nous d'accord ?

— Oui-da, dans les limites que nous venons de dire. Mon révérend abbé, quels sont donc ces gens dont vous parlez et quelle question se posent-ils ?

— Ouvrez tout grands les yeux et les oreilles, mon fils, et déployez vos ailes, si vous en avez : vous allez tomber des nues. Il s'agit du nonce du pape Bentivoglio, du duc de Monteleone, ambassadeur du roi d'Espagne [1], et du père Cotton.

— Le pape ! Le roi d'Espagne ! Et l'ordre des Jésuites !

— A tout le moins, leurs représentants, lesquels ont conféré à Bordeaux. J'étais-là — à une fort humble place, à côté de ces gens immenses — mais j'étais toutefois mandaté par le cardinal Du Perron.

— Et que se sont-ils dit ?

— Vous n'allez pas me croire : ils se sont inquiétés du guillery royal.

Je demeurai béant, l'œil écarquillé, partagé entre le rire et l'incrédulité.

— Qu'est-ce donc que cette turlupinade ? m'écriai-je enfin. Mon ami, vous vous gaussez !

— Point du tout. Vous vous ramentevez sans doute, mon jeune ami, que dans sa première enfance, sous l'influence d'un père dévergogné qui ne comptait plus

1. Monteleone était ambassadeur permanent, Don Ynligo de Calderón n'étant venu en France que pour négocier l'échange des princesses et emmener *Madame* en Espagne.

ses bâtards et les élevait pêle-mêle avec ses enfants légitimes à Saint-Germain-en-Laye, le petit dauphin baignait dans un milieu excessivement déréglé. Les paroles étaient libres. Les gestes, crus. Le petit dauphin exhibait son guillery à tout venant, se jouait à lui en public, le faisait baiser à ses proches, le comparait à celui de son père, troussait et attouchait ses petites compagnes de jeu, tombait même amoureux à six ans d'une fille d'honneur de la reine, laquelle était fort gênée quand, en public, il lui caressait les tétins [1].

— Bien je m'en ramentois, dis-je. C'était Mademoiselle de Fonlebon, dont j'étais moi-même à demi amoureux.

— Eh bien ! Vous n'ignorez pas non plus, mon ami, qu'à la mort du roi, cette liberté païenne, pour ne pas dire cette licence, cessa sous l'influence conjuguée de la reine-mère et du père Cotton. On craignait sans doute que Louis ressemblât trop à son père, qu'il s'éprît, jeune encore, d'une dame de la Cour et que, devenant homme trop vite, il n'arrachât à sa mère avant terme le pouvoir. Le petit roi fut alors exhorté, sermonné, catéchisé, et par le père Cotton confessé à longueur d'horloge. Il dut apprendre par cœur des questions et des réponses de ce genre : « *Question :* Quels sont nos ennemis ? *Réponse :* le monde, Satan et la chair. » Et la chair, bien sûr, c'était le cotillon.

— Mon révérend abbé, dis-je avec un sourire, dites donc « la femme », si ce mot ne vous doit pas écorcher la langue.

— Je le dis. Et vous-même, mon fils, poursuivit-il prudemment, que pensez-vous de cette entreprise de redressement du jeune roi ?

— Qu'on tomba funestement d'un excès dans un autre et que d'un prince naïvement impudique on fit un prince pudibond à l'extrême et possédé par la peur des femmes.

— Ne serait-ce pas, dit le chevalier de La Surie, que la reine, pour se venger des infidélités du père, s'efforça de châtrer le fils ?

1. Ces mœurs n'avaient rien d'exceptionnel au début du XVIIe siècle (*Note de l'auteur*).

Je secouai la tête.

— Je n'aimerais pas dire cela d'un petit roi qui montre en tout tant de courage, mais il n'est que trop vrai qu'à part *Madame,* pour qui il garde une enfantine amour, Louis montre quelque distance à l'égard du beau sexe. Et il n'est que trop vrai aussi que les rapports qu'il a avec sa mère ne lui ont pas rendu la femme très attrayante.

— Et c'est tout justement de cela, mon jeune ami, que s'inquiètent les grands personnages que j'ai nommés, y compris le père Cotton qui pourtant fut loin d'être étranger à l'évolution que je viens de décrire et se demande à s'teure s'il n'est pas allé trop loin dans la répression de l'instinct.

— Ces gens-là s'en inquiètent ! criai-je. Il serait temps ! Et pourquoi diantre s'en soucient-ils ?

— Mais cela va de soi ! En raison du mariage espagnol ! dit Fogacer vivement. Que sera l'influence de l'infante espagnole si, devenue reine de France, son mari ne consent pas à l'approcher ?

— Voilà bien nos petits Machiavels ! dis-je avec emportement. Ils mettent les gens au mortier, les y malaxent corps et âme, et s'étonnent ensuite qu'ils ne répondent pas à leurs vœux !

— Quoi qu'il en soit, reprit Fogacer, l'un de ceux qui étaient présents à cet entretien...

— Et que vous ne nommerez point, dit La Surie.

— ... suggéra qu'on pourrait proposer de prime à Louis une femme d'expérience avec qui il pourrait aiguiser ses couteaux, afin qu'il ne fût pas condamné à faire ses preuves avec *una donzella.*

— Et celui qui parlait ainsi étant italien, dit La Surie, il ne peut s'agir que du nonce.

— Paix-là, Miroul ! dis-je.

— Mais le père Cotton, reprit Fogacer, s'éleva contre ce projet. Il tenait pour sûr que le roi ne voudrait pas pécher avec une femme qui ne serait pas son épouse.

— Nous voilà bien ! dit La Surie.

— De grâce, Chevalier ! dis-je, sourcillant quelque peu.

— Ces messieurs, poursuivit imperturbablement Fogacer, tombèrent enfin d'accord pour estimer que le roi ne sent pas avec assez de force l'aiguillon de la chair pour passer outre à sa vergogne. Tant est qu'ils se demandent s'il n'y a pas dans la situation un élément qu'il y aurait peut-être lieu d'examiner, afin qu'on sût si, le moment venu, l'aversion de Louis pour les femmes est susceptible de guérir ou si, au rebours, elle est irrémédiable.

— Jour de Dieu ! dis-je. Que veut dire ce galimatias ! Et de quel « élément » voulez-vous donc parler ?

Fogacer recula sa chaire de la table, tendit devant lui ses jambes interminables et, les yeux fermés, les mains croisées sur son ventre, balança un temps avant de répondre. Et quand enfin il se décida, il ouvrit grands ses yeux perçants et les fichant sur moi, arqua son sourcil diabolique et dit d'un ton feutré :

— L'amitié de Louis pour Luynes...

Je demeurai sans voix, hésitant à entendre son propos. Mais à la façon dont Fogacer prononça le mot « amitié » et connaissant le personnage, je ne pus douter plus longtemps du sens qu'il y mettait.

— Fogacer ! criai-je avec indignation. Voilà qui est infâme ! L'amitié de Louis pour Luynes est pure de tout soupçon ! Et qu'elle puisse être autre que pure, la pensée n'en a même pas effleuré le petit roi ! J'en mettrais ma tête à couper !

Tandis que je parlais en cette véhémente guise, Fogacer m'envisagea d'un œil incisif, puis il sourit de son lent et sinueux sourire et dit avec satisfaction :

— J'ai donc de vous ma réponse, et franche, et sincère, et jaillie du cœur. Vous vous sous-estimez, mon jeune ami, si vous pensez que vous seriez capable de mentir sur un sujet qui vous touche autant que Louis.

La reine-mère ne laissait pas de partager les inquiétudes de ses alliés. La question se posait en outre, pour elle et ses ministres, de décider s'il fallait dès l'arrivée de l'infante pousser Louis à consommer son mariage avec elle, ou surseoir à cet accomplissement en raison de leur jeune âge, de leur commune inexpérience, du peu d'attirance de Louis pour le beau sexe et de son évidente aversion pour la nation dont son épouse était issue.

A en discuter plus outre, la surséance de l'union charnelle parut politiquement plus périlleuse que son accomplissement, pour la raison qu'elle faisait trop bien le jeu des adversaires déclarés des mariages espagnols : les huguenots, les Grands, le Parlement de Paris et les gallicans. N'allaient-ils pas chuchoter partout que ce mariage était appelé à demeurer blanc, parce que le roi avait refusé l'épouse espagnole que la reine-mère, en cynique violation des volontés du défunt roi, avait voulu lui imposer ? Et d'autre part, si on poussait Louis à consommer tout de gob son mariage et qu'il échouât dans cette entreprise, on laissait certes la voie libre aux mêmes rumeurs. Mais dans ce cas du moins le mariage blanc ne serait qu'une hypothèse et non une désastreuse certitude.

Ainsi de force forcée, la nuit de noces de Louis devenait une affaire d'Etat... Et parce que, dans cette sorte d'affaires, la créance compte plus que les faits, on se prononça pour la consommation immédiate du mariage — toute brutale et indélicate qu'elle fût — bien décidé qu'on était de donner à l'échec que l'on redoutait toutes les couleurs d'un rassurant succès.

On commença par donner aux rapports des deux adolescents une couleur idyllique et personnelle. On imagina d'envoyer Luynes à Bayonne porter à l'infante Anne une lettre du roi où il lui témoignait son « impatience » de la voir. Le choix du messager était fort habile, car il ne pouvait que plaire à Louis et flatter le favori, de sorte qu'il n'y avait pas à attendre de résistance à cette entreprise, le messager en quelque sorte faisant passer le message lequel, bien entendu, on rendit aussitôt public, tout en précisant que cette lettre-missive avait été écrite par Louis à neuf heures et demie du soir, *dans son lit* — détail touchant, et qu'Héroard, docilement, corrobora.

Mais que cette lettre ne fût pas écrite par Louis de

son propre mouvement, mais recopiée de sa main sur un modèle prescrit, c'est ce dont je me persuade en raison de certains détails que je souligne à l'intention du lecteur en reproduisant ce billet :

« Madame, ne pouvant *selon mon désir* me trouver auprès de vous à votre arrivée en mon royaume pour vous mettre en *possession du pouvoir que j'ai ici,* comme de mon affection à vous aimer et servir, j'envoie vers vous Luynes, l'un de mes plus confidents serviteurs, pour en mon nom vous saluer et vous dire que vous êtes attendue de moi *avec impatience* pour vous offrir moi-même l'un et l'autre (entendez le pouvoir et l'affection). Je vous prie donc de le recevoir favorablement et croire ce qu'il vous dira de la part, Madame, de

« votre plus cher ami et serviteur,

Louis. »

A mon sentiment, Louis n'a pu de son propre mouvement ni parler du « pouvoir » qu'il détenait en son royaume, alors qu'il n'en avait aucun, ni promettre à Anne d'Autriche de le partager avec elle pour la raison qu'il était fort jaloux de ses prérogatives royales et ne lui en concédera jamais, sa vie durant, la moindre parcelle.

Encore moins pouvait-il faire état de son « impatience » à la voir, alors qu'étant inconsolé du partement de *Madame,* il ne pouvait établir qu'un lien funeste entre la perte de sa sœur bien-aimée et l'arrivée d'une nouvelle venue qu'il rangeait par avance parmi ses ennemis futurs.

On conta aussi que dans son « impatience » à la voir, il s'avança le samedi vingt et un novembre sur le chemin par où elle devait arriver, fit arrêter son carrosse au droit du sien, la regarda, et lui dit « gaiement » en se désignant du doigt : « *Io son incognito! Io son incognito!* » Après quoi, il cria : « Touche, cocher, touche! » et, la dépassant, arriva une heure avant elle à Bordeaux.

Je ne doute point qu'il l'ait fait, mais je doute qu'il

l'ait fait de soi et avec la joie qu'on lui prête. Car s'il était si heureux de voir l'infante, qui l'empêchait de demeurer en sa compagnie jusqu'à Bordeaux ? Pour l'avoir épousée par procuration, il n'en était pas moins son mari. Et ne trouvez-vous pas, lecteur, que se contenter de dire : « *Io son incognito* » de portière à portière et de crier aussitôt au cocher de fouetter ses chevaux, et au lieu d'attendre et d'escorter son épouse, de dépasser aussitôt son carrosse et de regagner Bordeaux (où il parvint, comme on vous l'a dit, une heure avant elle), c'était véritablement faire le minimum ?

Parmi les contes roses dont le pouvoir berça les oreilles de la Cour pour l'assurer de l'idylle princière, il en est un pourtant qui rend un son plus juste. Le lendemain de l'arrivée d'Anne d'Autriche, Louis l'alla voir tandis qu'elle s'habillait. Or, il arriva qu'elle eut besoin d'une plume écarlate pour mêler avec une blanche et le roi aussitôt lui présenta son chapeau en la priant de prendre ce qu'elle voulait. Après quoi il lui dit : « Il faut aussi que vous me donniez un de vos nœuds. » Ce qu'elle fit en souriant, et il le fixa à son chapeau.

C'était là, de part et d'autre, non tout à fait une attirance, mais à tout le moins une plaisante galantise qui, si on avait laissé le temps à ces jouvenceaux de s'acclimater l'un à l'autre, eût pu se muer en des sentiments plus tendres.

Mais la reine n'avait en tête qu'une idée : convaincre le monde entier que le mariage avait été bel et bien consommé. La pauvre Anne d'Autriche était arrivée le vingt et un novembre. Cinq jours plus tard, on confirma par une messe à l'église Saint-André le mariage par procuration de Burgos. Et après la cérémonie, comme toujours interminable et épuisante, alors que le roi, retiré fort las en ses appartements, s'était mis au lit, on vint lui dire de la part de sa mère, qu'il devait la nuit même consommer son mariage.

Il se releva et soupa du bout des lèvres, blême à la fois de vergogne et de peur. Je ne sais qui eut l'idée de lui dépêcher Monsieur de Guise et Monsieur de Gramont, pour « l'assurer » en lui faisant des contes gras qui, étant donné l'extrême pudibonderie qu'on lui avait inculquée depuis la mort de son père, ne pouvaient que l'enfoncer davantage dans le dégoût et l'appréhension.

Sur cette nuit de noces royales, la reine-mère, innovant avec une effronterie qui dut beaucoup scandaliser le grand chambellan, fit rédiger et publier un compte rendu, que voici :

« Incontinent après que le roi eut soupé, il se coucha en sa chambre où la reine sa mère (qui jusque-là était demeurée en la chambre de la petite reine) le vint trouver environ vers les huit heures du soir et faisant sortir de la chambre les gardes et tout le monde, et trouvant le roi dans son lit, lui dit ces paroles :

— Mon fils, ce n'est pas tout que d'être marié, il faut que vous veniez voir la reine qui vous attend.

— Je n'attendais que votre commandement, dit le roi. Je m'en vais, s'il vous plaît, la trouver avec vous.

Au même temps on lui bailla sa robe de chambre et ses bottines fourrées et ainsi s'en alla avec la reine en la chambre de la petite reine dans laquelle entrèrent MM. de Souvré, Héroard, le marquis de Rambouillet, maître de la garde-robe (portant l'épée du roi) et Berlinghen, premier valet de chambre (portant le bougeoir).

Comme la reine approcha du lit, elle dit à la petite reine :

— Ma fille, voici votre mari que je vous amène. Recevez-le auprès de vous et l'aimez bien, je vous prie.

La petite reine répondit en espagnol qu'elle n'avait autre intention que de lui obéir et complaire à l'un et à l'autre.

Le roi se mit dans le lit par le côté de la porte de la chambre, la reine-mère étant dans la ruelle, et leur dit à tous deux, les voyant couchés ensemble, quelque chose de si bas que personne d'autre qu'eux ne put l'entendre. Puis, sortant de la ruelle, elle dit :

— Allons ! Sortons tous d'ici !

Et commanda aux deux nourrices, celle du roi et celle de la reine, de demeurer seulement en ladite chambre et de les laisser ensemble une heure et demie, ou deux heures au plus.

Ainsi se retira ladite reine et tous ceux qui étaient avec elle en ladite chambre pour laisser consommer ledit mariage, *ce que le roi fit et par deux fois,* ainsi que lui-même l'a avoué, et lesdites nourrices l'ont véritablement rapporté, et après, s'étant un peu endormi, et demeuré un peu davantage à cause dudit sommeil, il se réveilla de lui-même et appela sa nourrice pour qu'elle lui baillât ses bottines et sa robe, et qu'elle le reconduisît à la porte de la chambre, en dehors de laquelle, dans la salle, l'attendaient lesdits Souvré, Héroard, Berlinghen et autres pour le renconduire dans sa chambre. Et après avoir demandé à boire et avoir bu, témoignant un grand contentement de la perfection de son mariage, il se remit en son lit ordinaire, et reposa fort bien tout le reste de la nuit, étant pour lors environ onze heures et demie. La petite reine de son côté, se relevant en même temps que le roi fut parti d'auprès d'elle, rentra dans sa petite chambre et se remit dans son petit lit ordinaire qu'elle avait apporté d'Espagne. C'est là véritablement ce qui se passa pour la consommation dudit mariage. »

— Quelle grossière finesse ! me dit La Surie quand je lui eus lu ce compte rendu. S'il avait été, comme on le prétend, « véritable », sa rédaction n'eût pas été nécessaire... En fait, ajouta-t-il au bout d'un moment, je suis prêt à gager une fortune que c'est Marie elle-même qui a dicté ce document.

— Qu'est-ce qui vous donne à penser cela ?

— C'est que dans ce compte rendu, Anne d'Autriche est appelée la « petite reine » et Marie, la « reine ». Or, Anne d'Autriche est d'ores en avant *la* reine et Marie, la reine-mère. Mais c'est naturellement un titre que Marie répugne à se donner à elle-même, tout autant que votre bonne marraine à s'appeler la duchesse douairière de Guise.

C'était finement pensé. J'eus l'occasion, peu après, de me trouver au bec à bec avec Héroard et tant la chose me travaillait, de lui poser la question à brûle-pourpoint. Et la question dut, en effet, le brûler quelque peu, car il rougit et détourna la tête.

— Il a avoué, dit-il *sotto voce*, l'avoir fait deux fois...
— Et qu'en pensez-vous ?
— Il y paraissait. Le guillery était rouge.
— Cela prouve qu'il y a eu essai, mais non succès.

A cette remarque il n'y eut pas de réponse. Héroard me jeta un œil froidureux et réprobateur et me tourna le dos.

Il y avait donc deux vérités : celle qui était officielle et l'autre.

Ni la mine, ni l'humeur, ni la santé de Louis ne s'améliorèrent après l'exploit qu'on lui avait prêté.

Il poursuivit le deuil de sa sœur, et continua à ne pas avoir assez faim le matin pour déjeuner, à se plaindre de la tête et des différents maux qui l'avaient affligé depuis le partement de *Madame*. Deux fois par jour, il faisait une visite protocolaire à la reine sa mère et une fois par jour à la reine son épouse. Entre-temps, il chassait. Il tirait à l'arquebuse. Il jouait à la paume, il cuisait des œufmeslettes ou des confitures, et il se livrait aussi à ses amusements d'enfant, comme si sa vie d'adulte ne devait jamais commencer. Et pendant ce long temps où seul son corps grandissait, la nuit du vingt-deux décembre demeura en sa remembrance — comme assurément dans celle de la pauvre Anne d'Autriche — un souvenir excessivement blessant et déplaisant.

La Cour pensait ce qu'elle voulait, et peu importait, de reste, puisque les bouches restaient closes. Les faits, en tout cas, étaient là, démentant le compte rendu « véritable » de la reine-mère : il s'écoula quatre ans avant que Louis partageât à nouveau la couche de la reine.

CHAPITRE XIII

Pour Marie, la matrimonie était l'alpha et l'oméga de sa politique. Ayant marié son fils à l'infante Anne et sa fille au prince des Asturies, Marie de Médicis s'estima aussi comblée qu'une bourgeoise de Florence qui a moyenné de beaux partis à ses enfants.

Au-delà elle ne voyait rien, et pas même la nécessité d'utiliser à la parfin les deux puissantes armées qu'elle avait levées pour châtier la rébellion des Princes.

De toutes ses forces, la favorite poussait Marie à traiter, c'est-à-dire à baisser pavillon, alors qu'elle était la plus forte. Rien ne paraissait plus naturel à la Conchine, sangsue accrochée depuis quinze ans au corps de la France, que de racheter à nouveau la fidélité des Grands par des pécunes puisées dans un trésor qu'elle ne se souciait guère elle-même de mettre à sac.

Elle n'eut pas à presser beaucoup la reine. Son indolence et son peu de jugement poussaient Marie sur la pente de la facilité. Il ne lui venait même pas dedans l'esprit qu'à récompenser à chaque fois les rebelles par des sommes énormes, elle perpétuait leur révolte.

Quand au cours du voyage d'aller, la gratelle, à Poitiers, s'était abattue sur Marie, boursouflant son corps de cloques, la Conchine avait enduit jour et nuit ses membres d'un onguent fourni par le médecin Montalto, et grâce à ses soins patients, l'avait guérie. Ce faisant, et sa langue marchant aussi adroitement que ses mains, elle avait ressaisi la volonté de la reine, et en était redevenue la maîtresse.

Ma belle lectrice se ramentoit sans doute qu'au départ de Paris, la reine et sa dame d'honneur étaient brouillées, la raison en étant que le maréchal d'Ancre s'était prononcé pour la surséance des mariages espagnols. C'était toucher au saint des saints, et pour une fois son impudence avait été punie : la reine l'avait exilé à Amiens, bonne ville dont il était le gouverneur et qui le détestait. Quant à la Conchine, qui de force forcée avait voulu suivre Sa Majesté en Guyenne, celle-ci l'avait soumise sur le chemin à des rebuffades que la Conchine avait essuyées, les yeux alternativement baissés ou levés au ciel, avec d'humbles soupirs.

Ces temps-là n'étaient plus. La gratelle avait tout changé. A Tours où, sur le chemin de Paris, on s'arrêta trois longs mois (à mon grand dol, on sait pourquoi) à seule fin de traiter avec les traîtres et de les couvrir d'écus, le pouvoir de la Conchine sur sa maîtresse était redevenu absolu.

La Cour ne laissait pas que de s'en inquiéter. Car il y avait fort à parier qu'avec la démesure, la folle imprudence et le peu de vergogne qui avaient caractérisé les conduites des maréchaux d'Ancre depuis leur arrivée en France, ils n'allaient pas tarder à abuser de cette exorbitante faveur.

Ce docteur-médecin Montalto, à qui ma soubrette Louison, dans mon appartement du Louvre, n'avait point voulu servir à boire parce qu'il était juif (La Barge la suppléant très à contrecœur), s'était entremis pour que je fusse reçu par la Conchine, on s'en souvient, au moment où je faisais flèche de tout bois pour qu'il fût permis à Madame de Lichtenberg de revenir s'établir en Paris. Il m'avait paru alors homme de sens et de savoir, d'entretien plaisant et qui plus est, peu avide, car il avait refusé que je lui graissasse le poignet pour le service qu'il me rendait. Médecin attitré de la Conchine, laquelle était accablée et comme tordue par des maux innumérables, la curation par son onguent miraculeux de la gratelle royale lui avait valu de devenir aussi celui de Sa Majesté. Mais il ne jouit pas longtemps de son élévation ; à peine fûmes-nous, en ce voyage de retour, arrêtés à Tours, qu'il passa subitement de vie à trépas.

« On ne sait plus à qui se fier, fit observer La Surie à cette occasion. Même les médecins meurent. » Pour moi, je me fis, un an plus tard, cette réflexion que le pauvre Montalto fut fort avisé de mourir alors, car il eût été sans nul doute englobé dans le destin cruel de la Conchine, et étant juif, on lui eût imputé à magie et à sorcellerie le succès de ses médecines.

La raison pour laquelle la caravane royale s'arrêta à Tours, c'est qu'on avait élu pour site de la négociation avec les Princes la petite ville de Loudun, qui n'était distante que de dix-sept lieues de Tours, le grand chemin qui menait de l'une à l'autre étant en bon état, et il fallait qu'il le fût, car les envoyés du roi y jouèrent souvent de la navette pour porter qui-cy les propositions des Princes et qui-là les contrepropositions royales.

On eût cru, à l'exorbitance de leurs demandes, que les Princes avaient taillé des croupières aux armées royales. On eût pensé, à voir la reine-mère leur bailler tout, qu'elle n'avait plus un seul soldat vaillant. Condé, en échange du gouvernement de Guyenne, reçut le gouvernement du Berry, la ville et le château de Chinon, la ville et la tour de Bourges, et un million cinq cent mille livres. Les autres Grands se partagèrent six millions.

Par une bien compréhensible vergogne, les Princes avaient exigé que ces clauses, qui sentaient le sordide, fussent tenues secrètes. Car, fort soucieux de se concilier l'opinion et le Parlement, ils n'aspiraient, à ouïr leurs propos, qu'au bien public et à la plus grande gloire et prospérité d'un royaume dont ils venaient en tapinois d'assécher une fois de plus le trésor.

Le *sotto voce* sur leurs demandes d'argent se muait, en fait, en clameurs stridentes pour réclamer à cor et à cri que les remontrances du Parlement fussent examinées, que le roi accordât l'article premier du Tiers, que les anciennes alliances fussent maintenues, que le concile de Trente ne fût pas reçu et que le prince de Condé fût chef du Conseil de Sa Majesté et signât tous les décrets.

J'ai gardé pour la bonne bouche la plus inouïe de ces requêtes et celle qui, une fois qu'on l'eut accordée, eut sur les événements les plus graves conséquences : les Princes demandèrent qu'on retirât au maréchal d'Ancre la ville d'Amiens.

C'eût été une mesure excellente, si elle avait été dictée par l'intérêt de la nation, l'opinion générale étant que Marie avait été bien aveugle de confier à un aventurier sans honneur une forteresse d'une immense importance puisqu'elle couvrait Paris au nord. Dix-neuf ans plus tôt, le Louvre avait frémi et la panique avait soufflé sur le populaire quand l'Espagnol par surprise s'en était emparé, et il avait fallu à notre Henri — le plus grand capitaine de son temps — pas moins de six mois d'efforts épuisants pour reprendre la ville.

En fait, les Princes agissaient par dépit et envie,

étant jaloux des écus qui, par les « épingles » et les gratifications et les charges, tombaient comme pluie dans les coffres des maréchaux d'Ancre. Mais il demeure fort surprenant que Condé ait accepté de réclamer pour eux une mesure aussi manifestement hostile aux Conchine, alors même que les Conchine — à la différence de ce qu'ils avaient entrepris à l'encontre de Bellegarde dans l'affaire du miroir magique — l'avaient toujours infiniment ménagé.

Si Condé avait eu une parcelle de bon sens, il se serait ramentu que c'était grâce aux favoris florentins que la reine par deux fois — à Sainte-Menehould et à Loudun — avait traité avec lui et l'avait cousu d'or. A défaut de gratitude — sentiment qui lui était aussi inconnu que la fidélité à son roi — il eût pu montrer quelque circonspection au moment de s'en prendre à des gens qui étaient redevenus si puissants sur l'esprit de la reine-mère.

Bien qu'à ce que me dit Monsieur de Villeroy, Louis conservât au Conseil une face imperscrutable et ne pipât ni mot ni miette, il n'était pas difficile de conjecturer ce qu'il pensait des négociations de Loudun, lui qui avait regretté, témoin d'une discussion entre Condé et la reine-mère, de n'avoir pas eu à son côté une épée « pour la lui passer à travers le corps ».

Pendant le longuissime séjour de Tours, je me souviens de réflexions que fit Louis et qui me parurent éclairer son sentiment à ce sujet. Mais avant de passer plus outre, que je tâche à conforter ma belle lectrice du souci qu'elle s'est fait avec moi d'avoir vu mon petit roi si triste, si marmiteux et si mal allant après le partement de *Madame*. Il allait mieux à Tours, ayant repris couleurs et appétit, soit que le premier feu du chagrin se fût épuisé par son excès même, soit qu'il trouvât aussi une diversion à son deuil par les visites qu'il faisait alors quasi quotidiennement, soit à Amboise, soit à Plessis-lès-Tours.

Le gouvernement d'Amboise avait été baillé par la reine à Monsieur de Luynes sur le conseil de Conchine, lequel voyant l'amour que portait le roi à l'oiseleur, avait pensé se l'attacher par ce don magnifique. Il fallait deux heures et demie de carrosse pour aller de Tours à Amboise, et dès que ce jour-là (le cinq avril, pour être plus précis) on parvint au château, Louis, arrêtant l'équipage, sauta bas avant qu'on ait eu le temps de déplier le marchepied, et tout courant — ses gentilshommes, dont j'étais, s'essoufflant à sa suite — il galopa jusqu'en haut du château, ouvrit sans toquer la porte d'une chambre qu'il connaissait bien, et se jeta d'un élan dans les bras de Monsieur de Luynes.

Il n'y avait pas la moindre ambiguïté dans ce transport : les gentilshommes présents l'ont comme moi ressenti. C'était pure affection, naïve, puérile et qui plus est, bel et bien rendue par celui qui en était l'objet. Car Luynes, de son côté, aimait fort cet enfant et ce serait mal le juger de ne voir en lui, comme on l'a fait plus tard, qu'un ambitieux vulgaire. C'était assurément un bien petit personnage que Monsieur de Luynes, et que l'Histoire s'étonnera d'avoir vu en si haute place. Car il était sans courage, sans vue d'avenir, sans autre talent que son habileté d'oiseleur. Néanmoins, il était charmant.

Bel homme, mais à vrai dire plutôt joli que beau, le parler suave, les manières polies, sans le moindre orgueil, mais aussi sans la moindre pointe, s'insinuant mais ne se poussant pas, doué, de reste, d'un naturel modeste, sensible, serviable et bon, et possédant cette douceur et cette patience si nécessaires à qui veut dresser des oiseaux ou capter l'affection de son maître.

Quand Luynes mourut, Louis dit, avec sa sobriété coutumière : « Je l'ai aimé parce qu'il m'aimait. » Il ne se trompait pas sur les sentiments de Luynes à son endroit, et on doit l'en croire absolument là-dessus, Louis étant, dès l'enfance, bon observateur des gens qui l'entouraient, bon juge aussi, méfiant et perspicace, ayant bon nez et bonne ouïe pour débusquer les propos flatteurs, menteurs et captieux, et d'un mot, tout de gob, les arquebusant.

C'est ainsi qu'un jour, à Plessis-lès-Tours (je dirai plus loin pourquoi il s'y plaisait tant), alors qu'il chassait à cheval au lièvre, il demanda à Monsieur du Fay quelle heure il était, et celui-ci répondant qu'il n'était qu'une heure, Louis sourcilla et rebuffa aussitôt le courtisan trop habile.

— Vous me dites qu'il n'est qu'une heure pour ne point rompre mon plaisir. Mais en réalité, il y a bien plus d'une demi-heure qu'elle est sonnée, et je m'en veux aller : il faut que je sois à deux heures au Conseil.

Plessis-lès-Tours n'est qu'à une demi-heure de carrosse de Tours, tant est que Louis pouvait, s'il le désirait, s'y rendre deux fois par jour, et de Plessis il aimait tout : le parc, la garenne et le château, lequel, ultime séjour en ce monde de Louis XI, était petit, rustique et rassurant, et pour ces raisons mêmes ne pouvait que plaire à ce garcelet, qui eût aimé, s'il l'avait pu, loin des dorures et des palais, vivre à la dure comme un soldat, son père demeurant pour lui le parangon de toutes les vertus.

A ce sujet, je me souviens avoir chaudement disputé avec La Surie, lequel prétendait que Luynes s'était substitué comme modèle à notre Henri dans l'esprit de son fils, ce que je décroyais tout à trac, pensant que l'image de ce grand roi demeurerait à jamais imprimée dans la mémoire et le cœur de Louis. Je m'en rapportai au marquis de Siorac qui, en cette dispute, me donna raison, ajoutant ces paroles mémorables : « Miroul, tu erres du tout au tout. Il n'est que de voir Luynes avec Louis pour entendre ce qu'il est pour lui : non point le père, mais la mère qu'il eût voulu avoir : douce, patiente, affectionnée. »

A l'heure où Marie sans avoir combattu courbait le genou devant les Princes, leur accordant la plus grande partie de leurs demandes et à coup sûr la plus humiliante, comme la présidence du Conseil du roi, et la signature des décrets donnée à Condé, Louis, lui, à Plessis-lès-Tours, construisait un fort, et pendant plus de dix jours, y travailla avec un extraordinaire acharnement.

Il est vrai que c'était un fort bâti par des levées de terre, que ses créneaux, taillés dans la glèbe, s'effritaient sous la pluie, que les petits canons qui les garnissaient avaient été traînés non par des chevaux, mais par des chiens, et qu'ils tiraient d'inoffensives fusées. Toutefois, c'était un ouvrage bien conçu et bien dessiné, dont Louis était à la fois l'architecte, le maître d'œuvre, le contremaître, l'un des ouvriers, et quand il fut achevé, à la fois le capitaine et le soldat, y ayant travaillé du matin au soir sans relâche, qu'il fît chaud ou qu'il plût, car ce mois d'avril passait d'une heure à l'autre de l'été à l'hiver. Voyant un jour la grêle lui tomber sus, Héroard courut lui mettre un manteau sur les épaules, mais Louis, sentant que cette vêture l'embarrassait pour travailler, la rejeta presque aussitôt.

Un autre jour, un de ses chiens, qui traînait un de ses petits canons, fit quelque difficulté pour passer sur une planche le fossé du fort. Louis le battit, puis lui ayant laissé, après la correction, le temps de réfléchir, le reprit en main : cette fois le chien passa la planche sans tant languir. Louis alors se tourna vers les assistants et dit avec le dernier sérieux :

— Voilà comme il faut traiter les opiniâtres et les méchants...

Après quoi, il caressa le chien, lui donna un biscuit et dit :

— Et récompenser les bons, les hommes aussi bien que les chiens.

A ouïr ce propos, ceux qui se trouvaient là détournèrent ou baissèrent les yeux, leur langue tout soudain se gelant dans le clos de leurs dents. Il n'échappait à personne qu'il y avait, en ces très pauvres heures du royaume de France, grande disette de bons qu'on ne récompensait point, et grande abondance de méchants que l'on récompensait au lieu de les punir.

*
**

J'aimerais revenir sur cette question des visites protocolaires que le roi faisait à la reine-mère, et dont j'ai déjà parlé, mais en courant. En tant que premier gentilhomme de la Chambre, j'ai souvent assisté à ces rencontres et à en juger par le visage de Louis quand il s'y soumettait, il en éprouvait à l'avance quelque appréhension, pour ne pas dire de l'angoisse. Si bien je me ramentois, l'étiquette voulait qu'il s'y pliât deux fois par jour. Et l'étonnant dans l'affaire, c'est qu'il lui arrivait d'aller voir sa mère une troisième fois dans la même journée, tant est qu'on pouvait s'apenser que cette fois-là au moins il n'y allait pas que d'une fesse, mais de son plein gré. C'était bien là l'énigme. Qu'attendait le pauvret de cette initiative ? Espérait-il encore trouver chez Marie cette petitime marque d'affection ou d'intérêt à laquelle il avait aspiré toujours et qu'elle ne lui baillait jamais ?

Il est vrai qu'à son ordinaire, et sauf pour la Conchine et une poignée d'amis, la reine, la crête haute et la moue dédaigneuse, se montrait, selon le dire de l'évêque de Luçon, « excessivement peu caressante ». Mais elle ne faisait pas d'exception pour Louis. Et à la vérité, que brèves, ternes, froides et compassées me semblaient les rencontres de la mère et du fils ! Il n'y faillait pas, certes, les révérences, les formes et l'apparent respect. Il y manquait l'essentiel : une parcelle d'amour maternel.

Quand Louis visitait sa mère étant petit, elle ne s'occupait pas de lui et feignait de ne pas le voir : il jouait seul dans un coin. Majeur et marié, il restait debout devant elle, n'ouvrant pas la bouche, et tout ce qu'il avait d'elle c'étaient des questions sur ce qu'il avait fait la veille ou le matin même. Et Louis, entendant bien qu'elle tâchait seulement de vérifier les récits de ses espions, lui répondait laconiquement. Parfois, il lui adressait quelque demande. Le plus souvent, elle se faisait un plaisir de la refuser, surtout quand il s'agissait de pécunes. Elle qui, pour de bas aventuriers, ouvrait largement les mains, les fermait pour le roi de France.

Debout devant elle, l'air respectueux et soumis, il n'ignorait rien de ce qu'elle disait de lui : qu'il était incapable de s'occuper des affaires du royaume ; qu'il avait l'esprit trop faible et trop peu de jugement ; que sa santé n'était pas assez forte pour prendre ces soins. Belle lectrice, avez-vous ouï cela ? Cette femme de si peu de sens, jugeant le jugement de son fils ! Il y avait de quoi faire pleurer les anges !

Si le déprisement, du côté maternel, était public et flagrant, le méprisement chez Louis ne s'exprimait jamais, ni par une parole, ni par une attitude, ni même par un regard. Se doutant bien pourtant que sous cette lisse surface bouillonnaient des rancœurs et des ressentiments, la mère ajoutait, on l'a vu, un défaut supplémentaire à tous ceux qu'elle attribuait déjà à son fils : c'était un sournois. Pis même, comme ses menaces à l'égard de Condé le prouvaient : un violent. Il faudrait donc se défier de lui. Et, qui sait, un jour, le brider davantage.

Parfois, l'excessive tension que s'imposait Louis dans ces visites à la reine-mère, dont la durée excédait peu souvent un quart d'heure, s'avérait trop forte. Le sang lui montait à la tête, un malaise l'envahissait, parfois même il se pâmait. Preuve supplémentaire, aux yeux de Marie, que « sa santé n'était pas assez forte pour qu'il s'occupât des affaires du royaume ».

Quand il fut marié, à ces visites à la reine-mère s'ajouta une visite à la reine, qui ne durait que dix minutes. A chaque fois, je sentais quelque compassion pour la petite Anne d'Autriche. Elle essayait si fort de plaire à son époux. Elle y réussissait si mal.

Ce n'est pas qu'elle fût sans grâces. La princesse de Conti qui se tenait, comme on sait, pour le parangon de toutes les beautés de France, critiquait son « long nez espagnol » et le « grassouillet » de sa taille. « Mais de reste, concédait-elle, elle n'a que quatorze ans, et si son nez ne saurait raccourcir, sa taille, en revanche, pourra s'allonger. Et ma fé ! ajouta-t-elle, le teint est pur, la bouche, cerise, les yeux, vifs. Telle qu'elle est, je la *treuve* assez regardable. » C'est par affectation que la princesse disait « *treuve* », et pour montrer qu'elle avait lu Montaigne.

Pour moi, qui ne jugeais pas selon des canons aussi rigoureux, je trouvais la petite reine assez jolie. Et j'aimais la petite flamme de coquetterie et de gaîté qui par moments faisait briller ses beaux yeux vifs et entrouvrait ses lèvres. Je ne suis pas certain non plus que Louis y fût insensible, lui qui serrait *Madame* si tendrement contre sa poitrine. S'il ne la voyait pas plus longtemps, c'est sans doute que sa vue ranimait en lui la remembrance d'un échec humiliant. Mais c'est surtout qu'il tenait en très grande horreur et détestation son entourage féminin.

C'est lui qui achevait de tout perdre. Au moment de l'échange des princesses, il avait été convenu entre la France et l'Espagne que la suite de chacune des futures reines ne comprendrait pas plus de trente femmes, originaires de son pays. Le camp français observa cette limite; elle ne fut pas respectée du côté espagnol. Quand Anne d'Autriche arriva à Bordeaux, on s'aperçut qu'une bonne centaine de dames composait sa maison.

On eût mieux fait d'appliquer à la lettre les conventions et de renvoyer incontinent les deux tiers de cette suite à Burgos. Mais là aussi, la pusillanimité prévalut. On craignit d'offenser un beau-père aussi puissant que Philippe III, et on décida de garder en France les donzelles superfétatoires.

On s'en mordit les doigts au sang. Il y eut d'abord un grand rompement de tête à les loger toutes et en voyage et à Paris, car semblables aux abeilles agglutinées autour de leur reine, elles voulaient toutes demeurer collées à leur petite souveraine et poussaient des cris d'orfraie dès lors que pour la commodité on venait à les en séparer pour les loger ailleurs.

Il y eut pis. Filles nobles et pour la plupart, jeunes, elles avaient été en leur pays dressées à la discipline et à l'étiquette rigoureuses des Habsbourg d'Espagne. Et se trouvant tout soudain en France et comme libérées de ces contraintes, elles se crurent tout permis et donnèrent libre cours à leur exubérance, jacassant comme pies, riant comme harengères, faisant mille farces, ne respectant rien ni personne.

D'aucunes même, plus effrontées que les pires de nos pages — et ce n'est pas peu dire —, se livrèrent à la Cour de France à de petites chatonies, à des voleries, à de pendables tours. A Blois, elles osèrent dérober dans la cage royale une fort jolie linotte que le roi aimait, la trouvant « extrêmement bonne », et ce qu'elles en firent, nul ne le sut jamais, car on ne la retrouva pas.

Ce fut l'occasion chez Louis d'une belle colère, mais plus grande encore, celle qui éclata le jour où ces mêmes diablesses, rôdant dans le Louvre, entrèrent dans la chambre de Doundoun, y trouvèrent les coffres de sa fille Louise, et sans aller jusqu'à les piller, ôtèrent et emportèrent les clefs, que Louise avait laissées sur les serrures.

Le roi, dès le lendemain, alla de sa main fermer ces pies voleuses en leur volière et les y laissa piailler toute une journée.

Pour comble d'impudentes façons, quand nous suivions Louis dans les appartements de la reine, les friponnes n'avaient d'yeux que pour les officiers de Sa Majesté, et n'y mettant pas la moindre pudeur, chuchotaient et riaient derrière leurs éventails, balançaient leurs larges hanches et nous jetaient de leurs beaux yeux sombres des œillades assassines. Ces manières déplaisaient fort à Louis. Et le grand chambellan, vieux Français à l'ancienne mode qui parlait le rude langage de nos pères, dut faire expresse défense aux officiers du roi de mettre « fût-ce le bout du pied, du nez ou du guillery » dans le gynécée hispanique.

Outre que la pudibonderie royale se hérissait devant ces conduites dévergognées, Louis y voyait, au surplus, quelque mépris pour la France. Il se peut qu'il ne se trompât pas tout à plein. Car il y avait entre les deux nations une si longue tradition d'antipathie et de déprisement qu'un double mariage ne pouvait incontinent l'abolir, ni même l'atténuer.

Le roi, en ses brèves visites, ne faillait pas à reprocher à Anne d'Autriche les petites turlupinades de ses dames d'atour, lesquelles son épouse ne prenait pas autant au sérieux qu'il l'eût voulu, étant de son naturel gaie, vive et même un peu follette. Etant si grave, quant à lui, et si sérieux même dans ses amusements (cela n'avait pas laissé de me frapper quand il construisit son fort à Plessis-lès-Tours), il s'indignait de ces turbulences espagnoles et en voulait à la reine de n'en point faire autant de cas que lui. Il s'éloignait d'elle. Il abrégeait les visites qu'il lui faisait. J'ai noté dans mon *Livre de raison* que le neuf mars, à Tours, de toute la journée, il ne lui consacra que cinq minutes. Les vingt-deux et vingt-trois mars, il oublia de la venir voir. Et enfin, du vingt-sept mars au huit avril, il fut onze longs jours sans la visiter.

Chose à vue de nez étrange, ce ne fut pas la reine-mère qui s'en alarma, mais Luynes. Marie, ayant dicté son fallacieux compte rendu sur la nuit de noces de son fils, dormait sur ses deux obtuses oreilles : peu lui chalait que la dynastie après elle se continuât ou non, par un petit-fils. Peu la chagrinait que « la petite reine », comme elle disait, s'étiolât à son ombre. Luynes, seul, veillait. Il voulait, et ce fut là son constant et maternel souci, que le roi se rapprochât de sa femme et devînt vraiment son mari. Aimant Louis et servant son roi, il désirait que sa maturité en s'affirmant affermît son trône. Quand au cours du voyage en Guyenne, je m'entretins avec La Surie des efforts que faisait Luynes dans ce sens, il me fit une remarque qui me paraît digne d'être rapportée ici.

— Méritoires, mon beau neveu, ces efforts de Luynes le sont... Mais peut-être Luynes tâche-t-il d'écarter par eux l'injuste soupçon de bougrerie que la grande amour du roi pour sa personne pourrait faire naître.

Ladite Cour se trouvait à Tours en attendant que se conclût le désastreux traité de Loudun avec les Princes, quand Luynes, qui jouissait en sa bonne ville d'Amboise des charmes de son château, demanda à la reine-mère la permission d'y inviter Anne, le roi se trouvant alors avec lui. Je gage que Marie eût aimé refuser cette requête, mais j'ai ouï dire que le père Cotton, qu'elle consulta à ce sujet, ne l'entendit pas de cette oreille : que valait une bonne alliance sans un bon mariage ? Et pour l'Eglise, que valait un bon mariage sans une belle et bonne œuvre de chair ? Et qui y pouvait mieux pourvoir que la tendre cohabitation de deux jeunes époux ?

Partie de Tours à deux heures et demie de l'après-midi, Anne suivit le fort plaisant chemin qui longe la grande rivière de Loire, si lumineuse sous un ciel sans nuages et un soleil qui, pour une fois, sentait davantage le juillet que l'avril. Dieu merci, Anne vint quasiment seule. J'entends, sans la reine-mère, ni le gros de sa calamiteuse suite, laquelle était réduite en l'occasion à une dizaine de femmes. Je ne compte point la compagnie de gardes françaises qui sur le chemin avait veillé à ses sûretés : ce bouclier ne gênait le roi en aucune façon.

Il fut content de voir Anne en si simple équipage et sans les incommodités qu'il avait redoutées. Cela se sentit à la façon dont il l'accueillit quand son carrosse atteignit la terrasse du château. Amboise n'étant plus résidence royale, Luynes se trouvait là en qualité d'hôte, et sa présence s'encontra fort utile, car parlant d'oc, il entendait assez bien l'espagnol et servit de truchement. Anne, qui avait aimé le voyage le long de la rivière de Loire, et à qui le soleil de cet avril ramentevait, en plus pâle et voilé, celui de son Espagne, fut toute grâces et sourires, et quant à moi, je la trouvai beaucoup mieux que « regardable », son ardent désir de plaire l'embellissant.

Il y avait là, outre les trois premiers gentilshommes de la Chambre (le quatrième [1] négligeant ouvertement sa charge), Monsieur de Souvré, le docteur Héroard, et aussi Bellegarde, que Luynes avait invité parce qu'il était le seul duc et pair que Louis vît d'un bon œil. Quand Louis eut baisé Anne sur les deux joues, il y eut de notre côté bon nombre d'agenouillements et de protocolaires poutounes au bas de la robe royale. Ces cérémonies achevées, la rencontre devint plus familière, et Louis prenant son épouse par la main, entreprit de lui faire visiter le château en lui contant — ou plutôt en priant Luynes de lui conter — les souvenirs des rois et des reines qui y avaient vécu.

On observa au cours de cet entretien que, plutôt qu'aux rois de France, Anne s'intéressa surtout aux reines, et d'abord à Anne de Bretagne, dont Luynes lui dit, comme elle visitait la chapelle Saint-Hubert, que Charles VIII l'avait construite pour servir à son épouse d'oratoire. Mais Charles VIII lui aménagea aussi un

1. Concini.

second oratoire au manoir du Clos-Lucé qui, étant distant d'une demi-lieue, avait l'avantage d'être sis dans un endroit moins noiseux que le château.

— *Y porqué dos oratorios* [1] ? dit Anne.

— *Por lo que la reina era muy piadosa* [2].

— *Yo tambien* [3], dit Anne avec une sorte de *bravata* [4] qui parut étonner le roi car, bien qu'il fût lui-même dévot, il n'eût jamais songé à s'en paonner.

Anne demanda ensuite à quel âge Anne de Bretagne s'était mariée.

— *Catorce años* [5], dit Luynes.

— *Mi edad* [6] ! dit Anne avec gaîté.

— Par malheur, dit Louis, elle devint veuve à dix-neuf ans.

— Sire, dois-je traduire ? dit Luynes d'un air dubitatif.

— Oui-da ! dit le roi. La reine a droit à la vérité.

Luynes traduisit et Anne aussitôt s'attrista.

— *Pobrecita* [7] ! dit-elle.

— Qu'est cela, Luynes ? dit Louis.

— Sa Majesté la reine plaint de tout cœur la reine Anne.

Ce qui était une façon vraiment longue et diplomatique de traduire un seul mot.

— La reine devrait plaindre aussi Charles VIII, dit Louis. Contez-lui comment il est mort dans un souterrain en se heurtant la tête en courant, contre le linteau d'une porte basse.

Luynes traduisit et Anne, après avoir réfléchi, opina en espagnol que le roi aurait dû songer à baisser la tête.

Pendant que, non sans une certaine gêne, Luynes traduisait ce propos, Louis garda un air imperscrutable, mais à mon sentiment, la naïve franchise de son épouse ne laissa pas de l'ébaudir.

1. Et pourquoi deux oratoires ? (esp.).
2. Parce que la reine était très pieuse (esp.).
3. Moi aussi (esp.).
4. Fanfaronnade (ital.).
5. Quatorze ans (esp.).
6. Mon âge ! (esp.).
7. Pauvre petite ! (esp.).

Dans la chambre dite d'Henri II, Luynes, à la prière de Louis, expliqua à la reine les bâtons, la besace et les bourses sculptés qui encadraient l'embrasure de la fenêtre : ils symbolisaient les pèlerins qui s'arrêtaient à Amboise sur le chemin de Compostelle, et à qui Anne de Bretagne, étant si *piadosa,* donnait pour une nuit le gîte et le rôt.

Notre Anne ouït avec componction ce récit édifiant, mais son œil brilla d'un éclat plus vif quand Luynes lui dit que le coffre au bas de la fenêtre avait contenu les joyaux de Mary Stuart.

— *Y a donde están ahora las joyas* [1]? dit-elle vivement.

Luynes lui expliqua que Mary était mariée au roi de France François II, et quand celui-ci mourut d'une intempérie des poumons, Mary se retira en sa natale Ecosse et emporta avec elle ses *joyas.*

— *Y a qué edad llegó a ser una viuda* [2]? dit Anne.

— *Diez y ocho años* [3], dit Luynes.

— *Qué disgracia* [4]! dit la reine, et tout soudain son juvénile visage s'assombrit, comme si l'idée lui venait dedans l'esprit qu'à épouser un roi de France, on courait le hasard de devenir veuve en la fleur de l'âge.

Son malaise augmenta quand Luynes lui apprit que le père de François II, Henri II, était mort prématurément au cours d'une joute, un tronçon de lance brisée ayant pénétré sa tempe. La langue lente, mais l'esprit prompt, Louis saisit au vol la pensée de la reine, sourit, et par le truchement de Luynes, tâcha de la conforter : sa santé était bonne, on ne joutait plus en France et il baissait toujours la tête en passant sous les portes.

Que le roi la rassurât, fût-ce par une petite gausserie, sur la durée de leur union — ce qui, à mon sentiment, n'était pas du tout dans l'intention de Louis — la fit rougir de plaisir, car se voyant mariée, mais fille comme devant, et au surplus singulièrement délaissée

1. Et où sont maintenant les bijoux? (esp.).
2. Et à quel âge devint-elle veuve? (esp.).
3. A dix-huit ans (esp.).
4. Mais quel malheur! (esp.).

par son époux, Anne commençait à nourrir plus d'un doute sur son avenir à la Cour de France.

Son soulagement ne fit qu'augmenter quand le roi lui fit dire par Luynes qu'il allait lui laisser quelque temps pour se rafraîchir et, se peut, changer de vêture, mais qu'il l'enverrait quérir pour souper, lequel il la priait de lui faire l'honneur de partager avec lui. A cette courtoise prière, le visage d'Anne laissa éclater une si franche joie que le roi en parut touché. Et après de grandes révérences de part et d'autre, ils se séparèrent.

Ceci se passait le dix-huit avril 1616 et la date est soulignée deux fois dans mes tablettes, pour la raison que je vais dire. Belle lectrice, je n'en crus pas mes oreilles quand Héroard me dit incidemment que c'était la première fois que le roi et la reine mangeaient ensemble.

— Quoi ? dis-je, béant. La première fois ! La première fois depuis le vingt et un novembre de l'année dernière ! C'est la première fois qu'ils partagent un repas ?

— Qui le sait mieux que moi ? dit Héroard avec froideur. Je n'ai pas quitté le roi un seul jour depuis sa nuit de noces.

Il fallut bien que je me rendisse à son témoignage et, pour parler à la franche marguerite, il me donna fort à penser. Car il montrait d'évidence à quel point la reine-mère, qui n'avait point ménagé ses peines pour moyenner les mariages espagnols, faisait peu de cas de l'union de son fils avec son épouse, maintenant qu'ils étaient mariés. Car enfin — que je le dise encore, tant cette affaire m'afflige ! — cette Carabosse sans entrailles n'eût-elle pas pu et dû, arranger, comme Luynes, des rencontres au bec à bec entre le roi et la reine, afin que de prime ils se connussent, au lieu de les fourrer tout de gob comme chien et chienne dans un chenil, sans égard à la fragilité de leur âge ?

Il devait être sept heures et demie quand Louis et Anne soupèrent en face l'un de l'autre, et le souper se passa fort bien, Louis montrant quelque galantise et Anne poussant le désir de plaire jusqu'à déclarer que d'ores en avant elle se donnerait grand-peine pour apprendre le français. Après la repue, la tenant par la main, Louis la raccompagna jusqu'à sa chambre et y demeura un moment avec elle, mais un moment si bref que Luynes en fut déçu.

Il devait me conter un peu plus tard qu'il s'était ce jour-là bercé d'un faux espoir. On ne pouvait mie, ajouta-t-il, mettre la charrue avant les bœufs. Il opinait maintenant qu'Anne ne deviendrait vraiment la femme de Louis par la chair que le jour où Louis serait vraiment le roi. Oui-da, m'apensai-je, mais il faudra alors que la méchante fée ne soit plus là pour porter sur le lit de son fils son ombre redoutable et confisquer son sceptre.

A mon retour de cet interminable voyage en Guyenne, et à mesure que j'approchai de Paris, mon cœur me battait, et d'une folle joie à l'idée de revoir Madame de Lichtenberg, et d'une grande appréhension quant à la façon dont je serais reçu d'elle. La raison en était que, séjournant si longtemps à Tours, je lui avais donné à la parfin l'adresse à laquelle elle pourrait répondre à mes innumérables lettres. Et en effet, elle m'avait écrit, mais d'une façon qui m'avait fort gelé le cœur, tant sa lettre était brève, froide et compassée. Je plaidais que ce n'était peut-être là que l'effet de sa circonspection, puisqu'il y avait tout lieu de soupçonner qu'une lettre adressée à un premier gentilhomme du roi serait ouverte et lue par les agents de la reine-mère. Néanmoins il me sembla qu'une amante aussi ardente qu'elle l'était à mon partement de Paris eût pu — sinon dans les lignes, à tout le moins entre les lignes — me laisser deviner par quelque artifice de langage les sentiments qu'elle nourrissait pour moi.

Mais à relire cent fois cette petite lettre, aussi courte que froide, je n'y trouvai rien que le reflet d'une courtoisie distante. J'eus beau me dire qu'élevée à l'allemande dans un pays calviniste, Ulrike n'était point peut-être accoutumée à coucher par écrit, fût-ce de façon indirecte et discrète, les émeuvements qui agitaient son cœur. Cette pensée faillit tout à plein de me consoler. La peur qui me saisit en un instant de la perdre me convainquit qu'elle l'était déjà. Et la jalousie qui m'avait jadis travaillé, et si sottement, à son propos, me faisant voir des rivaux et dans Bassompierre, et même dans son propre fils, se réveilla alors et je me forgeai tout de gob des romans effrayants, tous construits sur le renom de fragilité et de traîtrise que la tradition populaire — et aussi les saintes écritures — a fait à la plus douce moitié de l'humanité. A mon aveugle esprit, cette douceur même devenait suspecte : on eût dit que le sexe fort eût seul la force d'être fidèle !...

Je lui écrivis à la minute même que je gagnais notre hôtel de la rue du Champ Fleuri. Le billet que me rapporta mon petit vas-y-dire en réponse au mien ne comportait qu'un seul mot : « Venez. » Ce laconisme m'anéantit. Et mon père, me voyant pâlir et quasi défaillant, se saisit du papier que ma main laissait échapper et y jeta les yeux.

— Or sus ! dit-il en me versant un verre de vin et en le portant à mes lèvres, vous vous pâmez, je crois ? Qu'est cela ? Madame de Lichtenberg vous dit de venir, et elle est si pressée de vous voir qu'elle vous le dit en un seul mot : où est le mal ?

— Ah ! dis-je d'une voix faible. Si au moins elle avait fait suivre ce « Venez », sec comme un croûton, d'un point d'exclamation, cela eût tout changé ! J'eusse entendu qu'elle me demandait de courir me jeter à ses pieds !

— Mon Pierre, dit mon père avec un sourire, vous êtes hors de vos sens ! Ce « Venez » vous dit de venir, avec ou sans point d'exclamation... Par tous les saints du ciel, ne cherchez pas midi à l'ombre ! Courez ! Courez ! N'avez-vous plus de cœur ? Manquerez-vous de la vaillance qu'il faut pour affronter cette terrible ennemie-là ? Y a-t-il apparence qu'elle ne veuille plus de vous, alors qu'elle vous dit de « venir », en l'écrivant comme au galop, tant elle a craint de perdre une précieuse minute en vous assurant qu'elle est « votre servante » et autres billevesées de creuse politesse ? Jour du ciel, Monsieur mon fils, la voudriez-vous babillarde, alors qu'elle vous attend ?

Ce discours me redonna la vie, et embrassant mon père, je courus me fourrer dans le carrosse, dont les chevaux, par chance, n'étaient point dételés, Poussevent et Pissebœuf mangeant avant de se mettre à l'ouvrage un morcel sur le pouce. Je les enrôlai incontinent pour me conduire chez ma *Gräfin.* Les drôles ne se pressèrent pas d'obéir, se lançant des coups d'œil et grommelant *sotto voce* des petites réflexions en oc, que je feignis de ne pas ouïr. De reste, je ne les plaignais point. Je savais que Herr Von Beck, comme il faisait à toutes mes visites, ne manquerait pas de leur bailler dès leur arrivée une repue digne des goinfres de la Cour.

A l'hôtel de la rue des Bourbons, Herr Von Beck m'accueillit avec sa méticuleuse politesse palatine et, me sembla-t-il aussi, avec une certaine froideur. Mais peut-être eus-je tort d'écourter ses compliments pour lui demander tout de gob comment allait sa maîtresse.

— *Sie ist krank, Herr Ritter* [1], répondit-il avec l'air de me mettre en accusation.

— *Wieso krank, Herr Von Beck ? Ist es schlimm oder nicht* [2] ?

— *Das weiss Ich nicht, Herr Ritter,* dit-il en se fermant comme une huître. *Arzt bin ich ja nicht* [3].

A le voir si rechigné et si rebéqué, je m'attendais au pire quand, après avoir heurté à l'huis, Von Beck m'introduisit dans la chambre d'Ulrike. Mais la voix de ma belle, venant des courtines closes et me commandant de pousser le verrou derrière moi, me rasséréna. Ce n'était pas là l'intonation d'une malade : on y lisait trop d'ardeur et de joie. Je courus à son lit, j'écartai les rideaux, elle me tendait les bras, ses longs

1. Elle est malade, Monsieur le Chevalier (all.).
2. Comment malade, Herr Von Beck ? Beaucoup ou peu ? (all.).
3. Je ne saurais dire, Monsieur le Chevalier. Je ne suis pas médecin (all.).

cheveux noirs dénoués sur ses épaules rondes, et dans la pénombre amie du baldaquin, ses larges yeux fixés sur moi me parurent fort brillants, mais non certes de fièvre. Ce fut un délice qui, en une seule ineffable seconde, me compensa les peurs, les angoisses, les délires et les serrements de cœur dont j'avais pâti depuis la lettre si cruellement brève que j'avais reçu d'elle à Tours. Ce qui suivit — qui, à mon sentiment, est le meilleur que la terre nous puisse jamais donner — se passa alors de paroles, et n'appelle pas non plus de description.

Quand aux tempêtes succéda la bonace et que le langage articulé nous revint avec le souffle, je lui demandai de quelle maladie elle se trouvait atteinte.

— Mais d'une affection gravissime ! dit-elle en riant : l'impatience. Quand je reçus votre mot, je calculai que, le temps que votre vas-y-dire vous portât ma réponse, ce serait l'heure de ma collation, laquelle m'apparut alors comme un très odieux retardement. Je courus au plus court. Je vous écrivis « Venez », et je dis à Von Beck que j'étais souffrante, que j'allais lit garder, et qu'à votre arrivée, il vous introduise sans délai dans ma chambre.

Je la regardai avec des yeux neufs, tant sa franchise me ravissait. Jamais coquette française n'aurait fait l'aveu d'un tel empressement. Toutefois, j'avais encore quelque peu sur le cœur la lettre que j'avais reçue d'elle à Tours, et puisqu'elle y était allée avec moi si simplement et à la franche marguerite, je résolus d'en user de même avec elle.

— Mais cette lettre, dit-elle brièvement, me fut odieuse à moi-même, tant elle était sèche. Toutefois, elle ne pouvait qu'elle ne le fût. Car peu auparavant, j'avais reçu de Bassompierre un billet où il me recommandait d'être très circonspecte, si je venais à écrire à « mes anciens élèves d'allemand » (pluriel qui vous désignait), et qu'il m'en dirait la raison au bec à bec dès qu'il serait de retour en Paris. Ce qu'il a fait.

— Et quand cela ?

— Hier, étant parvenu à la capitale un jour avant vous.

— Diantre ! Si promptement ! Il est parti de Tours le même jour que moi !

— C'est qu'à Paris, il y avait pour lui un puissant aimant : une belle veuve de haute lignée ; raison pour laquelle il n'a pas comme vous lambiné en chemin...

— Je n'ai point lambiné, m'amie. J'assurais le gîte aux étapes.

— Petite picoterie, mon Pierre ! dit-elle en riant. Ne vous offensez pas !

Et posant sur mes rêches joues ses mains veloutées, elle me piqua de petits poutounes partout sur le visage. Ces manières-là me ravissaient. Elles lui étaient venues, les années passant, avec l'assurance qu'elle pouvait faire fond sur mon amour. Car dans les premiers balbutiements de notre attachement, je l'avais connue si sérieuse et si réservée que j'osais à peine l'aimer tout mon saoul. Mais se sentant à la parfin plus à l'aise avec moi, et sans renoncer à la gravité, qui était le fond de son caractère, elle ne laissait pas quand et quand d'être joueuse, rieuse et taquinante. On eût dit qu'elle ne me baillait de sa petite griffe que pour me donner ensuite le plaisir de sa patte de velours.

— Bref, reprit-elle, Bassompierre me visita et me conta un conte qu'il dit tenir de Monsieur de Sauveterre, valet de garde-robe et huissier de la reine-mère.

— Je connais cet habile homme. Il s'est fait dans sa charge plus de cent mille écus. Voyons ce qu'il a confié à notre ami.

— Il gardait, comme à l'accoutumée, l'huis de Marie, quand Marie et les maréchaux d'Ancre vinrent à parler de Luynes. Ils s'effrayaient de l'influence grandissante qu'il avait sur Louis, et tombèrent d'accord sur la nécessité de l'éloigner de lui. Toutefois, ils différaient sur le moyen. Fallait-il persuader Louis de se séparer de son oiseleur, ou fallait-il que sa mère l'y contraignît ?

— Diantre ! Que de respect ce trio florentin montre pour le roi de France ! Il est majeur et marié, mais on surveille ses amitiés ! On se dit prêt à y porter le fer ! Et devant un huissier !

— Justement ! ils s'étaient tant accoutumés à le voir debout devant son huis qu'ils ne l'avaient pas vu. Craignant alors qu'il eût tout ouï, ils prirent le parti de l'instruire de leur projet afin de s'assurer de son silence. Sauveterre tâcha de prime de défendre Luynes, mais voyant que la reine-mère était convaincue qu'il fallait « que Luynes ou elle-même s'en allât », il feignit de se ranger à son avis et demanda à la reine si elle avait quelqu'un sous la main pour remplacer le favori, « car enfin, dit-il, le roi a par deux fois témoigné qu'il aurait un favori : d'abord, le chevalier de Vendôme, et maintenant, Luynes. Que ferez-vous si, Luynes parti, il en choisissait un troisième sans que Votre Majesté fût partie à ce choix ? ».

— Adroite question, dis-je. Il lui faisait craindre par là de tomber de Charybde en Scylla.

— La reine et les Conchine énumérèrent alors les favoris possibles, d'après les rapports de Monsieur de Blainville. Qui est Blainville, mon Pierre ?

— Le traître, en cette histoire. Il est guidon des gendarmes du roi. Il voit et il oit tout. On ne peut quasiment rien faire sans qu'il le hume ou le renifle. Et ayant reçu grâce à Conchine le *brevet des affaires du roi,* il a ses entrées partout sans avoir à demander l'entrant. C'est, en un mot, l'espion le plus bas et le plus avisé qui ait jamais rampé sur la surface de la terre.

— Revenons, reprit Ulrike, aux favoris possibles selon Blainville. D'abord, un garçon de la Chambre, nommé Haran.

— Cela ne se peut ! dis-je en haussant les épaules. Il n'est pas noble. Même s'il lui fait bon visage, Louis ne le prendra jamais pour favori.

— On nomma ensuite le marquis de Courtenvaux.

— Celui-là est possible. Outre que le roi le voit d'un bon œil, il est premier gentilhomme de la Chambre, et c'est aussi le fils de Monsieur de Souvré.

— C'est justement là, mon Pierre, où le bât blessa le Conchine. Il fit remarquer qu'il serait fort difficile de se défaire de lui s'il venait à déplaire à la reine, son père étant chevalier du Saint-Esprit et maréchal de France [1].

— C'était bien raisonné.

— On en vint enfin au troisième candidat possible, et il va vous surprendre.

— Voyons cela, mon ange.

— C'était vous.

— Moi ? m'écriai-je, béant.

— Vous.

— Moi, à qui le roi adresse si rarement la parole ? Comment Blainville a-t-il pu flairer que Louis me tient en grande estime et que je suis tout à lui ? Ce limier a un nez infernal ! Et comment Concini accueillit-il mon nom ?

— Comme celui de Courtenvaux. Si le chevalier de Siorac, dit-il, vient à déplaire, comment se défaire de lui, alors qu'il est si protégé par la duchesse de Guise ? Elle nous mettrait tous les Guise à dos. Toutefois, la Conchine opina qu'on pourrait avoir barre sur vos bonnes volontés pour la raison que vous êtes très attaché à une princesse palatine, dont la résidence à Paris n'est que tolérée...

— Jour de Dieu ! m'écriai-je. La gueuse a les « épingles » ingrates ! M'amie, je vais trembler pour vous.

— Ne tremblez pas, mon Pierre, Sauveterre para le coup. Le chevalier de Siorac, dit-il, est un homme de cabinet. Il aime les livres et il apprend les langues. Et bien qu'il soit bon cavalier et excellent à l'épée, il goûte fort peu la chasse, et moins encore l'oisellerie. Il n'est donc pas de l'étoffe dont Louis peut faire un favori.

— Y eut-il d'autres candidats ?

— Nenni, vous fûtes le dernier.

— Et que décida la reine ?

— Elle décida de ne rien décider. Cette belle phrase n'est pas de moi, mon ami, elle est de Bassompierre.

— Et le Conchine ?

1. Monsieur de Souvré, qui eût dû être nommé maréchal de France en 1613, dut s'effacer devant Concini. Il reçut le bâton deux ans plus tard.

— Il ne pressa pas beaucoup la reine. Luynes l'avait déçu, parce que, lui ayant fait donner Amboise, il s'attendait que Luynes lui vînt manger dans la main et trahît le roi pour lui. Mais d'un autre côté, il croit que Luynes n'aura jamais assez de pointe pour s'attaquer à son pouvoir. Et il se peut aussi qu'il pense à part soi qu'il y a d'autres moyens qu'une disgrâce publique pour l'intimider.

— Est-ce là le sentiment de Bassompierre, m'amie, ou le vôtre ?

— C'est le mien.

Madame de Lichtenberg ne se trompait pas et je fus surpris que n'ayant jamais mis le pied au Louvre, elle eût tant de perspicacité. Heidelberg est certes moins grande ville que Paris, mais les intrigues de la Cour palatine n'ont sans doute rien à envier à celles de la Cour de France.

Quelques jours après mon entretien avec elle, je croisai Luynes à midi dans le grand escalier du Louvre. Le moment, le lieu, étaient propices. A cette heure, grands ou valets sont occupés, chacun dans sa chacunière, à se rassasier, et le milieu du grand degré, quand il n'est pas envahi par la foule, est le meilleur endroit du monde pour échanger des propos secrets, car on voit de loin les gens monter ou descendre vers soi.

Je m'arrêtai quand Luynes fut à ma hauteur. Depuis notre retour du voyage de Guyenne, son air sombre m'avait frappé. Et ce jour-là, tandis qu'il montait vers moi en souriant, je fus surpris de lui trouver le visage gai et l'air alerte.

— Monsieur, dis-je, j'ai appris hier que vous avez acheté à Monsieur de Fontenay la capitainerie du Louvre, et je vous en fais tous mes compliments.

Luynes n'était pas homme à laisser passer des grâces de cette farine sans y répondre avec une courtoisie des plus suaves et je l'écoutai avec patience me couvrir à son tour de politesses, auxquelles son léger accent occitan donnait une rondeur agréable.

— Vous voilà enfin comblé, repris-je pour conclure cet échange.

— Assurément, dit-il, quoique ce ne soit pas la charge en elle-même qui me ravit, mais le fait qu'elle me permet d'avoir un appartement au Louvre. Et comme un bonheur ne vient jamais seul, le roi m'a logé juste au-dessus de ses appartements. Tant est que je descends chez lui par un viret qui n'est emprunté que par moi, et j'ai ainsi l'honneur de le voir quasiment à toute heure. Mais surtout, dit-il en baissant la voix au niveau d'un murmure, cela m'épargne de sortir le soir pour gagner mon gîte des Tuileries.

— C'est là, en effet, une grande commodité, dis-je.

— C'est bien plus qu'une commodité, dit Luynes en se penchant à mon oreille et après avoir jeté autour de lui un œil circonspect.

— Comment cela ?

— C'est une sûreté, Monsieur de Siorac. J'en étais arrivé à redouter de sortir, à la nuit tombée, du Louvre pour gagner mon logis. Un coup d'épée dans l'ombre est si vite donné.

— Monsieur, dis-je, auriez-vous reçu des menaces ?

— Oui-da ! Et de qui vous savez.

— D'un prince ?

— Nenni, nenni. D'un personnage qui a montré à trois reprises qu'il faisait peu de cas de la vie d'un homme.

— Et que vous a dit ce personnage ?

— Ceci, qui était fort clair : « Monsieur de *Louine,* je m'aperçois bien que le roi ne me fait pas *bouonne* mine. Mais vous m'en répondrez. »

A tel qui verra de l'exagération dans les craintes de Monsieur de Luynes et de l'excès dans ses précautions, je répondrai qu'il n'avait que trop de raisons de se méfier. Le maréchal d'Ancre n'était pas qu'un aventurier avide et sans scrupule : il avait, dans les occasions, la tripe sanguinaire... Se trouvant à Paris pendant notre voyage en Guyenne, il fut repoussé de la Porte de Buci, par où il voulait sortir de la capitale, par un cordonnier nommé Picard, lequel, étant sergent de la rue de la Harpe et se trouvant de garde à ladite porte, lui refusa l'exit pour ce qu'il n'avait pas de passeport. Conchine attendit son heure, et quand la reine-mère fut revenue en Paris, et se sentant alors sûr de l'impunité, il fit bâtonner le cordonnier par ses valets et le laissa pour mort sur le pavé. A Amiens, où il pensait qu'il pouvait tout faire puisqu'il en était le gouverneur, il fit tuer par traîtrise le sergent-major Prouville, à l'encontre duquel il avait conçu des soupçons et des ombrages. Un an auparavant, il avait attenté en Paris de faire disparaître Riberpré, lequel n'avait échappé que de justesse à ses assassins.

Cette humeur impiteuse et vindicative rendait Concini d'autant plus redoutable que sa femme, depuis le voyage en Guyenne, étant redevenue toute-puissante sur l'esprit de la reine-mère, il n'avait plus qu'une ou deux marches à gravir pour n'avoir plus de rival à la tête de l'Etat. On s'en aperçut quand le bruit courut que la reine-mère n'allait pas tarder à renvoyer les vieux ministres pour mettre en place des hommes nouveaux. Déjà, Sillery avait dû démissionner, remplacé par Monsieur du Vair. Et d'après les on-dit de cour, Villeroy et Jeannin n'étaient qu'en sursis.

Il y avait belle heurette [1] que la Cour désignait sous le nom de *Barbons* les ministres qu'on allait disgracier. Leur carrière sous le harnais des affaires politiques avait été si longue que leurs barbes avaient eu le temps de blanchir et leurs cheveux, de se clairsemer. Sillery avait soixante-douze ans, Villeroy, soixante-quatorze. Jeannin, soixante-treize. Toutefois, ni la mémoire, ni la langue, ni l'esprit, ne faillaient à aucun d'eux. C'est par la grâce de Catherine de Médicis qu'ils avaient été hissés si haut, et par une curieuse rencontre, c'est par la défaveur de Marie de Médicis qu'ils devaient choir de leur élévation.

— Nous allons les regretter, dit le marquis de Siorac, tandis que, dans la librairie, nous attendions que Mariette vînt nous appeler pour le souper.

— Qu'est cela, Monsieur mon père? dis-je, étonné. Si bien je me ramentois, du temps de notre Henri, vous n'étiez que pointes et sarcasmes à l'endroit des

1. L'expression « belle heurette » ne se contracta en « belle lurette » qu'à la fin du XIXe siècle.

Barbons, les appelant « ligueux », « Espagnols », que sais-je encore ? Allons-nous ce jour d'hui les pleurer ?

— « Ligueux », certes, ils l'étaient. Et « Espagnols », ils le furent toujours. Raison pour laquelle notre Henri ne se servait d'eux qu'avec de longues pincettes. Néanmoins, il les employait. La raison en était que, si aveugles qu'ils fussent dans les affaires du dehors, ils avaient, outre leur habileté et leur expérience, le souci des intérêts de l'Etat dans les affaires du dedans. Et croyez-moi, Monsieur mon fils, depuis six ans que notre Henri est mort, les choses eussent été bien pires, si les *Barbons* n'avaient pas été là. Ils ont, dans une mesure point petite, modéré, bridé, et par moments même, contrecarré, l'influence de la Conchine. Et elle leur en a gardé une fort mauvaise dent.

— Eh quoi ! dis-je. Est-ce l'araignée qui va défaire les *Barbons* ?

— Assurément. Et je le tiens de source sûre, de Villeroy, lequel j'ai visité avant-hier en sa maison de Conflans, le voulant consoler, car j'augurais qu'il n'y aurait pas foule à l'huis d'un ministre en demi-disgrâce. Pour Villeroy, la Conchine ne lui a jamais pardonné d'avoir, dans les négociations de Loudun, enlevé Amiens au maréchal d'Ancre.

— Mais, dit La Surie, le maréchal d'Ancre a reçu d'immenses compensations : la Normandie, Caen, Pont-de-l'Arche, Quillebeuf !...

— Miroul, dit mon père, tu ne saurais imaginer le fol orgueil de cet homme de rien ! On ne peut toucher quelque peu à cette montagne sans qu'elle fume de colère. Lui enlever Amiens, c'était quasiment à ses yeux un crime de lèse-majesté !

— Et Sillery ? dis-je.

— Pour Sillery, dont la perte est déjà consommée, la mauvaise dent remonte, si j'ose ainsi m'exprimer, à quelques mois, au moment du partement de la Cour pour le voyage en Guyenne. Conchine voulait la surséance des mariages espagnols, et Sillery ne la voulait pas, ayant en cette affaire la reine-mère pour lui. Il l'emporta. Conchine fut exilé à Amiens, comme vous savez. Et bien que ce fût la reine qui décida cet exil, sans que Sillery y mît la patte, ce fut pourtant au *Barbon* que le Conchine fit la barbe...

— C'est qu'il ne pouvait encore disgracier la reine, dit La Surie.

A quoi nous rîmes, mais seulement de la moitié de la bouche, tant le pouvoir grandissant de Conchine nous inquiétait.

— Et quels seraient les nouveaux ministres? repris-je.

— Barbin, Mangot, peut-être Luçon.

— Et qui est ce Luçon? demanda La Surie.

— Faut-il vous le ramentevoir? L'évêque de Luçon, Richelieu. C'est Barbin qui l'a présenté à Concini, et Richelieu, pour gagner la faveur du favori, lui a léché les mains.

— Luçon est-il si bas?

— Point du tout. Il est même fort haut. Mais il aspire au pouvoir. Déjà aux états généraux, il avait revendiqué pour les ecclésiastiques l'honneur de faire partie des Conseils du roi, car ils en ont, avait-il dit, « la capacité, la probité et la prudence ».

— Et à qui donc pensait-il en disant cela? dit La Surie d'un air naïf.

A cet instant, précédée de ses énormes tétins, Mariette entra dans la librairie pour nous annoncer qu'elle était « pour servir la repue ». Et nous voyant rire de la saillie de La Surie, elle ajouta :

— A la bonne heure! Rien de tel qu'un rire flambant pour vous aiser les tripes de la cervelle! Vous allez manger à gueule déployée, Messieurs mes maîtres, et mon Caboche sera content!

Nous nous assîmes et Mariette, passant de l'un à l'autre, nous servit une large tranche d'un rôt fumant et odorant, insistant à chaque fois pour que « tant qu'à faire », elle nous en donnât deux, cette proposition étant accompagnée d'un tel flot de paroles qu'il engorgea nos oreilles au point de nous rendre quasi sourds dans l'instant.

— Mariette! dit mon père, d'une chose je suis sûr : quand tu failliras par le bec, on traversera la Seine à sec... Va, ma belle, retrouver ton Caboche, et ne reviens céans que je ne t'appelle.

Dès que Mariette fut hors la salle, moins rabattue d'être rebuffée que chatouillée d'être appelée « ma belle » par le marquis de Siorac, La Surie reprit :

— *Quid* de ces ministres qui nous pendent au nez ? Quels sont ces *homi novi* ?

— *Homines novi* [1], dit mon père.

— *Homines novi,* répéta La Surie en rougissant quelque peu, se piquant de son latin, se l'étant appris seul.

— Des hommes jeunes encore, habiles, et qui ne manquent pas de pointe. En particulier Barbin et Luçon. Luçon est un homme de beaucoup d'esprit, et il n'a que trente ans.

— Monsieur mon père, dis-je, d'où tenez-vous que Luçon ait flagorné Concini ?

— De Villeroy. Luçon aurait écrit au favori une lettre assez servile où il lui aurait offert ses services.

— Cela me fâche. J'ai admiré ses prêches.

— Babillebahou, mon fils ! Luçon est un politique ! Et les politiques n'hésitent jamais à s'agenouiller pour grandir.

— Et d'autant que l'agenouillement vient de soi à un prêtre, dit La Surie.

— Fi donc, Miroul ! dit mon père. Ce propos sent la caque ! Le mauvais dans ce changement de ministres s'il a lieu, ce n'est point que les *homines novi* soient moins bons que les *Barbons.* Tout le rebours ! C'est que le monde entier les tiendra, à juste titre, pour les créatures du Conchine.

— Le voilà donc le maître ! dit La Surie.

— Nenni. Rien n'est encore joué. J'ai ouï dire que Condé va revenir à la Cour dans toute sa puissance et sa gloire. Il sera chef du Conseil du roi et *il aura la plume.*

— Qu'est cela ? dit La Surie.

— Il signera les décrets du Conseil.

— Quoi ? En lieu et place de la reine-mère ?

— Eh oui ! Elle a même consenti à cela, tant elle est aveugle !

1. Hommes nouveaux (lat.).

⁂

Quelques jours plus tard, le vingt juillet, par un soleil éclatant, le prince de Condé fit son entrée à Paris. Il fut accueilli avec enthousiasme par le peuple, avec une joie plus discrète par le Parlement, et avec toutes les apparences du contentement par la reine-mère.

Les princes, après lui, revinrent quasiment tous à la Cour, et avec eux, par malheur, le duc de Bouillon, dont j'ai déjà dit qu'il eût dû s'appeler « Brouillon », étant le plus infernal intrigant du royaume, et ayant conquis sur Condé un ascendant tel et si grand qu'il ne lui fallait pas plus de dix minutes pour changer ses résolutions en leurs contraires.

Si Condé eût possédé une once de bon sens dans sa tête incertaine, où plans et projets se succédaient sans qu'il s'arrêtât jamais à aucun, il se fût considéré comme le plus heureux des hommes. Il présidait le Conseil du roi, il en signait les décrets, il partageait l'autorité suprême avec la reine-mère, et à bien observer un signe qui ne trompe guère, il avait même la meilleure part : les solliciteurs, au lieu de s'adresser au Louvre, assiégeaient désormais son huis, pour remettre à ses secrétaires les placets, les requêtes et les suppliques, lesquels à sa guise Condé contentait ou ne contentait point.

Ce n'est pas que Condé eût voulu absolument s'agrandir au-delà du rôle qu'il jouait déjà, mais les Grands le pressaient d'aller plus outre, étant avides d'avoir eux-mêmes une plus grande place dans l'Etat et une plus grande part à la manne des finances. Et jugeant que le principal obstacle à leur ardent désir était Conchine, dont ils avaient pris en grande haine la personne et l'élévation, ils conçurent d'arrêter le Florentin, de le séquestrer, voire, s'il le fallait, de l'assassiner. Condé, menacé par Bouillon d'être abandonné par les siens s'il ne se joignait pas à eux, décida de les suivre dans une voie où, quant à lui, il n'avait rien à gagner, et d'autant que Conchine, comme on l'a vu, l'avait toujours aidé et ménagé.

Dans les galeries et les degrés du Louvre, les nouvelles sortent quasiment des murs pour bourdonner à vos oreilles, mais parmi elles il y en a tant de fausses que j'hésitais à en croire aucune. Et bien que j'eusse ouï quelque rumeur de ces remuements des princes, je n'en eus de connaissance précise qu'au cours d'un souper au bec à bec avec ma bonne marraine, la duchesse de Guise. Il eut lieu le sept août, et si j'en peux citer la date, c'est que ce même jour, à cinq heures de l'après-midi, dans l'appartement du roi, j'assistai à l'audience que donna Louis à My Lord Hayes, ambassadeur extraordinaire du roi Jacques Ier d'Angleterre, lequel Lord était un grand gros homme, qui bégayait beaucoup et dont la face était aussi rouge et large qu'un jambon. Après avoir félicité le roi de son mariage, il lui toucha mot d'un projet d'union entre le prince de Galles et Chrétienne [1]. J'observai que Louis fut avec ce Lord anglais infiniment plus chaleureux qu'avec les grands dignitaires espagnols qu'il avait eu l'occasion de rencontrer, montrant par là que tout dévot qu'il fût, il préférait un Anglais gallican à un Espagnol catholique.

Mon souper le soir même avec Madame de Guise fut non moins mémorable. Monsieur de Réchignevoisin, le bedondainant majordome de ma bonne marraine, me montrait une grande considération depuis que j'avais acquis ma charge de premier gentilhomme de la Chambre. M'accueillant d'une façon quasi caressante, il me conduisit dans le dédale de l'hôtel de Guise, tandis que trottinait à nos côtés le nain dont il était amoureux et qui, levant la tête, dardait d'en bas sur moi ses yeux noirs, brillants et malveillants comme s'il méditait de m'empoisonner.

Je ne trouvai à table que la princesse de Conti, qui m'expliqua avec mille grâces qu'elle n'était là que pour charmer mon attente, sa mère s'attardant à ses toilettes et parures. Je la trouvai fort épanouie et d'une mine à couper le souffle à quiconque ne serait pas né bougre. Homme de prime saut comme je suis, je lui

1. Une des deux « petites sœurs » du roi.

dis avec quel ravissement je m'emplissais les yeux de son émerveillable beauté.

— A la bonne heure, mon petit cousin! dit-elle en égrenant un petit rire de gorge fort taquinant. Voilà qui est parler comme il faut, et qui mérite récompense! Je vous permets de me lécher le bout des doigts et de me donner un baiser! Mais point sur le visage! Vous gâteriez mon pimplochement!

— Et où donc, Madame?

— Dans le cou.

— Dans le cou, Madame! dis-je non sans élan.

Et tournant alors autour d'elle, car je ne trouvais que fard même dans son cou, je soulevai ses cheveux aile de corbeau et la baisai sur la nuque. Pour parler franc, j'y trouvai un vif plaisir.

— Fi donc, mon petit cousin! dit-elle en tordant élégamment son torse en arrière pour m'écarter d'elle de toute la longueur de son bras. Comme vous y allez! Ce n'est pas là baiser, mais lècherie! Sainte Vierge! Qui vous a appris ces façons-là? Quelqu'une, je gage, qui n'était ni sainte, ni vierge!

— Madame, dis-je, je n'ai fait que suivre l'inspiration du moment.

— L'inspiration! Vous me la baillez belle! Mais j'en frissonne encore! Ne savez-vous pas que les femmes véritables ont la nuque très sensible? Et oubliez-vous que nous sommes du même sang? Vous voilà quasiment aussi incestueux que mon frère l'archevêque! Je sais! Je sais! Vous m'allez répondre qu'étant mon demi-frère, vous ne fîtes là qu'un demi-inceste!

— Hélas, Madame, hélas! Ce n'en était même pas le cinquième!

— Et vous avez le front de le regretter! Tenez, Monsieur, vous n'êtes qu'un ruffian!

— Qui est le ruffian? dit la duchesse de Guise en pénétrant dans la pièce.

— Moi, Madame, dis-je en balayant le tapis de Turquie des plumes de mon chapeau, mais en prenant grand soin de ne les point casser, car elles m'avaient coûté fort cher.

— Et quelle est la querelle? poursuivit Madame de

Guise en nous couvrant l'un et l'autre de ses tendres regards.

— Un baiser, qu'on me reproche d'avoir fait trop long et trop tendre, alors qu'on m'avait prescrit de le déposer sur le cou.

— La nuque n'est pas le cou, dit la princesse de Conti.

— Mais la nuque fait partie du cou.

— La belle raison!

— Paix-là! dit Madame de Guise en levant les yeux au ciel, moins pour le prendre à témoin de nos enfantillages que pour mettre en valeur la beauté de ses prunelles bleues. Ma fille, quelle archicoquette vous faites! Vous voilà badinant avec votre propre frère, tant vous avez soif de l'hommage des hommes!...

— Mais cette soif, je l'ai héritée de vous, ma mère, dit la princesse de Conti en se levant et en plongeant à terre dans une révérence tant profonde que gracieuse.

Dès qu'elle se fut relevée, les deux femmes s'embrassèrent aussi étroitement que le leur permettaient leurs vertugadins, chacune effleurant la joue de l'autre de ses lèvres, de façon à ne pas gâter la couleur, ou les couleurs, qui se trouvaient là.

— Je m'ensauve! dit la princesse de Conti abruptement, après un coup d'œil effrayé à sa montre-horloge. Ne m'approchez pas, misérable! poursuivit-elle en m'adressant des yeux et des lèvres un éclatant sourire. Je ne vous pardonnerai jamais!

En trois grands pas de ses longues jambes, elle fut à la porte et disparut.

— Jour du ciel! dis-je, quand l'huis fut retombé sur elle. Où court-elle donc si vite?

— Ne le devinez-vous pas?

— Va-t-elle marier son amant, maintenant qu'elle est veuve?

— Rêvez-vous, mon Pierre? Ma fille, renoncer à son titre de princesse! Pour devenir la comtesse de Bassompierre! Elle qui se veut si haute!

— Mais le péché, Madame? Elle qui est si dévote...

— Dieu merci, le péché n'a jamais rien empêché, dit Madame de Guise avec un rire comme si elle faisait là un retour sur sa propre vie.

On soupa, et fort bien, comme toujours en son hôtel. Madame de Guise avait avec son assiette des alternances d'amour et de désamour. Tantôt fort adonnée aux plaisirs et délices de gueule, elle mangeait trop et trop bien. Et tantôt, souffrant du gaster, ou craignant de s'empâter, elle jeûnait comme moine en carême. Ce soir-là, étant dans un jour de pénible vertu, elle ne toucha guère à ses viandes, et moins encore à son gobelet. En revanche, elle parla prou.

Ce fut d'abord toute une homélie sur ma perverse volonté de ne pas me marier, alors qu'il n'était fille noble à la Cour qui ne se sentirait honorée que je l'épousasse, mon père étant chevalier du Saint-Esprit, moi-même premier gentilhomme de la Chambre, par ma grand-mère né Caumont, illustre famille périgourdine, et par ma mère...

— Et est-ce rien, dites-moi, poursuivit-elle d'un air vengeur, d'avoir du sang Bourbon dans les veines ?

— Ce n'est pas rien, dis-je en m'inclinant. Et c'est davantage encore, d'avoir une mère telle que vous...

Et me levant de table, j'allai me mettre à son genou et lui baisai la main.

— Ne pensez point que vous m'allez radoucir par là, dit-elle en se radoucissant. Si encore vous deveniez l'amant d'une haute dame dont la naissance, le crédit et la beauté vous seraient à honneur, au lieu que de vous vautrer dans la bauge des amours ancillaires !

Ma belle lectrice se ramentoit sans doute que, pour Madame de Guise, mes chambrières — dont elle pensait que j'étais encore épris — étaient des « souillons de cuisine », et les siennes, des « gardiennes de vaches », surtout quand elles étaient, comme Perrette, d'un joli achevé.

Je repris ma place à table et l'écoutai avec l'amour attendri que je lui portais, car il me semblait parfois que j'étais plus âgé qu'elle. Toutefois, j'attendais aussi avec quelque impatience qu'elle épuisât le sujet avant que je le fusse. Par bonheur, elle tarit plus vite que je n'eusse cru. Et saisissant au vol un petit silence qui se creusa au milieu de son discours, je lui demandai, par manière de diversion, comment allait son aîné.

L'entretien prit alors un tour tout à plein intéressant, et j'ouvris mes oreilles, que jusque-là je n'avais décloses qu'à demi. Et d'autant que, loin de dire pis que pendre du duc comme à son accoutumée, elle en fit le plus vif éloge.

— Ah ! dit-elle. Le duc vient de me donner, à la parfin, un grand motif de satisfaction ! Il s'est montré digne de son rang et de son sang ! Je n'ai donc pas perdu mes peines et mes conseils ont porté leurs fruits !

Je ne pus m'empêcher d'ouvrir de grands yeux à un début si différent de ses habituelles mercuriales contre son aîné, et ce fut là de ma part un heureux faux pas, car il porta Madame de Guise, pour me convaincre, à me conter davantage de l'affaire que sa discrétion de cour ne le lui eût autrement permis.

— Vous n'êtes pas sans savoir, poursuivit-elle, à la place que vous occupez au Louvre, que les Grands, tirant avantage des festins de bienvenue qu'ils donnent pour l'heure à My Lord Hayes, se réunissent le soir en l'hôtel de Condé, et dès que l'ambassadeur d'Angleterre est parti se coucher, complotent contre Conchine.

— Je l'ai ouï dire, en effet, Madame.

— Le duc de Guise y était, ou en était, comme vous voulez, et hier soir, il a ouï de la bouche de Condé une déclaration tout à fait surprenante. « Il faut, disait Condé, se hâter de faire ce que nous avons entrepris, mais il faut aussi en examiner les suites, car la reine sera si mortellement offensée par la mort de Conchine qu'elle s'en voudra venger sur nous. Et je ne vois à cela qu'un remède : l'éloigner du roi. »

— Tudieu ! dis-je. Voilà qui va loin ! Car pour éloigner Marie du roi, il la faudra d'abord enlever ! Et à cela que répondirent les princes ?

— Ils s'entreregardèrent et se turent.

— Tous ?

— Tous, à l'exception de mon fils ! dit Madame de Guise, non sans une grande bouffée d'amour maternel.

— Et que dit-il ?

— Qu'il y a grande différence entre s'en prendre au maréchal d'Ancre, homme de néant, l'opprobre et la haine de la France, et perdre le respect qu'on doit à la reine et faire entreprise contre sa personne. « Pour moi, ajouta-t-il, je hais le maréchal, mais je suis le très humble serviteur de Sa Majesté. » Eh bien, que dites-vous de cela, mon Pierre ? N'est-ce pas admirable ?

— C'était là, en effet, un discours cohérent.

— Cohérent ? dit-elle, ébouriffant ses plumes et la crête dressée. Quelle sorte d'étrange mot est-ce là ?

— Du latin : *cohaerens*. Qui tient bien ensemble.

— Le diantre soit de votre latin, Monsieur le savant ! Est-ce là tout l'éloge que vous faites de la droiture du duc de Guise ? Seriez-vous jaloux de votre aîné, pour le louer si petitement ? Et qu'est-ce donc que ce jargon, s'il vous plaît ?

— Madame, le mot veut dire que le duc de Guise demeure fidèle à Sa Majesté, comme il l'a toujours fait depuis six ans. Je ne saurais lui faire une plus belle louange que celle-là. Ni plus dure critique de Condé, en disant qu'il y a beaucoup d'incohérence dans sa conduite. Il est le chef du Conseil du roi, *il a la plume,* il est de fait co-régent du royaume et il complote contre le pouvoir même dont il fait partie. Et peux-je vous demander, Madame, ce qu'a fait le duc de Guise, à ouïr ces propos de Condé ?

— Que voulez-vous qu'il fît, sinon les répéter incontinent à la reine ?

Il ne fut pas le seul. L'archevêque de Bourges, qui faisait lui aussi partie du complot contre Conchine, avertissait de son côté Marie, mais à des heures convenues, et de nuit, pour ne pas être vu entrant au Louvre dans ses appartements. J'appris plus tard par un commis de Barbin, appelé Déagéant (et qui est appelé à jouer un rôle de grande conséquence dans la suite de ce récit) que Condé, éternel incertain, hésitait entre deux projets pour la période qui devait suivre la disparition de Conchine : tantôt, la reine-mère enlevée, il se rendait maître de l'esprit du roi, et lui faisant faire ce qu'il voulait, régnait en roi sans en avoir le nom ; tantôt, la reine reléguée dans un couvent, il faisait déclarer nul le mariage d'Henri IV et de Marie de Médicis, sous le prétexte qu'Henri IV, préalablement à cette union, avait signé une promesse de mariage à la marquise de Verneuil. Tant est que Louis n'étant plus qu'un bâtard, Condé le déposait et régnait à sa place.

Mon père, quand je l'instruisis de ces plans, me demanda ce que je pensais du premier.

— Jamais Condé ne se rendra maître de l'esprit de Louis. C'est utopie. Louis le hait. Au moins autant que Concini. Et vous, Monsieur mon père, que pensez-vous du second plan?

— Sa stupidité passe l'entendement. La promesse de mariage écrite à la Verneuil a été remise par l'intéressée au roi au moment où, ayant comploté contre lui, elle se trouvait emprisonnée; et le roi l'a brûlée. Qui pourra donc prouver que cette promesse ait jamais existé et qu'elle annulait le mariage subséquent? Qui plus est, voyez-vous le pape annuler le mariage de Marie de Médicis, alors que de tous les souverains de la chrétienté, elle lui est sans aucun doute la plus soumise?

— A votre sentiment, Condé, malgré cela, est-il dangereux, Monsieur mon père?

— Je ne sais. Il est malheureux dans son être physique, étant petit, malingre, souffreteux, avec ce curieux nez en bec d'aigle qui n'a rien à voir avec le nez Bourbon (ici, mon père esquissa un sourire, en jetant au mien le plus bref coup d'œil). Etant bougre, et très dominé par ses favoris, il ne sait plus très bien à quel sexe il appartient. Et surtout, il nourrit d'irrémédiables doutes sur son propre sang : est-il vraiment le fils du prince de Condé, ou du page qui, forniquant avec la princesse, empoisonna le prince sur son ordre? Ces doutes le rongent, lui donnent à craindre d'être méprisé, et font de lui un homme malcommode, aigri, agité, inconstant. Il tourne à tous vents. Il babille beaucoup, mais il agit peu. Il est téméraire en paroles, mais pleutre en action. Il a de la pointe, mais pas de nerfs. A peine a-t-il entrepris qu'il s'effraye, il s'angoisse, il pleure. Il dit cent choses qui se contredisent. Toutefois...

— Toutefois, Monsieur mon père ?

— Même un brouillon de ce faible calibre peut faire beaucoup de mal, s'il s'encontre autour de lui des gens qui suppléent à ses faiblesses.

CHAPITRE XIV

Dans ces Mémoires, je donne indifféremment trois noms au favori : Concini, Conchine, ou le maréchal d'Ancre. Mais à l'époque, il s'en fallait que ces diverses façons de le désigner fussent neutres et sans signification. Pour la reine-mère, cela allait de soi, il était Concini ; pour les courtisans, le maréchal d'Ancre, du moins en public ; ceux qui le léchaient lui baillaient de « l'Excellence », que la dignité de son titre, en effet, requérait. Le roi eût dû s'adresser à lui en lui disant « mon cousin ». Il ne le faisait jamais, récusant tacitement l'honneur injustifié que sa mère avait fait à ce faquin. Quand il avait à le nommer, d'une façon bien caractéristique, il francisait son nom et l'appelait Conchine. Le peuple, qui haïssait furieusement le Florentin, lui accolait, par haine autant que par prudence, tout un bouquet de surnoms injurieux : *il coglione* [1] était le plus doux.

Quand elle s'adressait à l'épouse du grand homme, Madame de Guise disait « Madame la Maréchale » ; quand elle parlait à ses amies en petite compagnie, « la signora Concini ». En son hôtel avec moi, « la Galigaï », et quelquefois, comme moi-même, la Conchine. En notre logis de la rue du Champ Fleuri, nous ne l'appelions que l'Araignée, pour la raison que, vivant en recluse au-dessus de la reine, « elle descendait la voir chaque soir pour l'engluer dans ses toiles ». Et de peur que soit par le contexte, soit par la force évocatrice de l'image, Mariette, dont les oreilles aimaient traîner dans les alentours, ne finit par

1. Le couillon (ital.).

entendre qui nous désignions par là, nous usions du mot latin : *aranea,* ou du mot grec : *arachnée.*

A la mi-août — mais je ne saurais préciser le jour — je me présentai à neuf heures dans les appartements du roi, et fus béant, tant il était levé tôt à l'accoutumée, de le trouver encore au lit. Monsieur de Souvré m'expliqua à voix basse que ne pouvant s'ensommeiller la veille en raison de l'étouffante chaleur, Louis s'était relevé et s'étant vêtu de sa robe de chambre, il avait gagné son cabinet des livres et s'était amusé à chanter jusqu'à minuit.

Comme il achevait ce récit, Louis se réveilla et nous envisageant, assis sur son séant, battant encore des paupières, et le cheveu ébouriffé, il nous annonça avec le dernier sérieux que l'ennemi s'était emparé par traîtrise et surprise du château de Chambord, mais Dieu merci, il l'en avait chassé sans tant languir par une forte attaque qu'il nous décrivit par le menu et sans bégayer le moindre, usant d'expressions que j'ignorais, mais dont le maréchal de Souvré me dit plus tard qu'elles étaient appropriées à un assaut donné dans les règles.

Après ce récit, Louis pria Dieu, refusa de déjeuner (ce qui m'eût inquiété, s'il n'avait pas eu le visage gai et comme ragaillardi par son rêve guerrier) et avant d'aller visiter la reine-mère, il me dit de l'accompagner jusqu'à son cabinet aux armes pour me montrer une arquebuse que le duc de Bellegarde lui avait donnée la veille. Là-dessus, il appela Descluseaux pour qu'il courût déverrouiller l'huis, et sur le chemin, comme nous montions l'étage, il ajouta encore quelques détails qui lui revenaient sur la glorieuse prise, ou plutôt reprise, du château de Chambord par ses armées.

Son ton, sa voix, son visage, tout changea en un clin d'œil dès que Descluseaux eut reclos l'huis sur nous.

— *Sioac,* dit-il à voix basse en démontant avec bruit et noise l'arquebuse de Bellegarde, connaissez-vous Déagéant ?

— Non, Sire. Mais mon père a eu affaire à lui.

— Comment cela ?

— Déagéant lui apportait en catimini, de la part du roi votre père, des pécunes pour ses missions secrètes.

— Et que pense le marquis de Siorac de Déagéant ?

— Beaucoup de bien.

— Moi aussi, dit Louis en m'envisageant d'un air grave de ses beaux yeux noirs.

— Toutefois, Sire, dis-je après un instant de réflexion, Déagéant est le commis de Barbin.

— Cela n'empêche point, dit Louis, qu'il me soit bon serviteur. Je voudrais, *Sioac,* que vous rencontriez Déagéant. *Il est extrêmement bon.*

Mon lecteur se ramentoit sans doute que cette façon de s'exprimer était particulière au roi.

— Et, Sire, que lui dirai-je ?

— C'est lui qui vous dira des choses.

Le roi reprit :

— Déagéant étant le commis de Barbin, il ne serait pas sans péril pour lui de me voir souvent.

J'entendis alors que le roi attendait de moi que je fusse un relais entre Déagéant et lui-même. Louis lut dans mon regard, et ma compréhension et mon acquiescement, et remonta l'arquebuse de Bellegarde sans plus piper ; cela fait, il appela Descluseaux, s'essuya vivement les mains avec un chiffon et, dès que l'huis fut ouvert, descendit l'escalier si vite que j'eus peine à le suivre.

Ce bref entretien au bec à bec fit sur moi une impression profonde : dans un mois, Louis aurait quinze ans. Et autant d'aucuns de ses amusements m'avaient semblé très au-dessous de son âge — mais n'y avait-il pas là un élément de comédie pour endormir la méfiance de la reine-mère ? — autant il m'avait paru ce jour d'hui expéditif et sûr de lui. Pour moi, je me sentais ivre de joie d'avoir pour la première fois reçu de lui une mission qui, tant modeste qu'elle fût, s'apparentait à celles que son père avait autrefois confiées au mien.

La façon dont j'allais moyenner une rencontre avec un homme que je n'avais jamais vu me tint en cervelle tout le jour, et bien à tort, car le soir même, en mon appartement du Louvre, comme après mon souper glouti d'un coup de glotte (car je ne m'apparesse pas à table), je me préparais à m'aller coucher, on toqua à mon huis. N'attendant personne à cette heure tardive, j'armai mes pistolets, que je disposai à portée de main sur ma table — le Louvre, le soir venu, n'étant guère plus sûr que Paris — tandis que La Barge, de page devenant mon laquais, enfilait sa livrée et que Robin accourait, une pertuisane à la main, et à tout hasard se postait à côté de l'huis.

La Barge, sur un signe, ouvrit la porte par degrés et révéla un quidam qui n'avait pas l'air bien redoutable, étant petit, sans épée, et par sa noire et austère vêture, assez semblable à un clerc qui n'eût pas encore reçu la tonsure.

— Monsieur le Chevalier, dit-il avec un profond salut, je suis Déagéant, et votre humble et respectueux serviteur.

— Serviteur, monsieur Déagéant ! dis-je tandis que La Barge refermait l'huis sur lui. Entrez, de grâce, et accommodez-vous de cette chaire.

Des yeux je fis signe à La Barge et à Robin de se retirer l'un et l'autre dans le cabinet attenant à ma chambre, où je savais d'avance qu'ils allaient occuper leurs loisirs à jeter les dés et à boire un flacon de mon vin. Toutefois, je leur avais imposé de ne jouer pas plus d'un denier par partie de dix points, ne voulant pas voir les gages de l'un passer en leur entièreté dans les poches de l'autre. Le péril, de reste, n'était pas grand, du fait que leur jeu n'avait rien de vif ni d'encharné, chacun, entre deux coups de dés, faisant à son compère le récit embelli de ses amours.

— Monsieur Déagéant, dis-je, je suis charmé de vous voir. Mon père m'a dit ce qu'il en était de vos relations du temps du feu roi.

— Et comment en va-t-il avec Monsieur le marquis ? dit Déagéant avec un salut.

— Sain et gaillard.

Déagéant m'en fit compliment et tandis qu'il parlait, je ne laissai pas de l'observer. Il avait les épaules larges, une tête carrée et paysanne, des yeux noirs brillants, le cheveu ras, le sourcil épais, la moustache taillée au ciseau, la barbe coupée court, un air à la fois assuré et modeste.

— Monsieur le Chevalier, dit-il en posant ses deux mains sur ses genoux, voulez-vous me permettre de vous dire comment nous allons ménager les choses entre Louis, vous-même et moi? Quand j'aurai quelque incident de conséquence à vous conter, je vous le viendrai impartir à cette heure tardive. Plaise à vous alors d'en faire par écrit, mais en déguisant votre écriture, un résumé succinct et discret.

— Jusqu'à quel point discret, Monsieur Déagéant?

— En ne nommant les gens que par la lettre terminale de leur nom.

— Terminale, et non point initiale?

— Pour la raison qu'on s'attend à ce qu'elle soit initiale. Si vous écrivez B. pour Barbin, la chose est claire; elle l'est moins si vous écrivez N. pour Barbin, ou S. pour Louis et pour Condé, E. Une fois votre récit rédigé, le lendemain, ayant demandé à Louis la permission d'aller consulter un dictionnaire dans son cabinet des livres, comme il m'a dit que vous faites parfois, plaise à vous de glisser votre résumé à la première page du chapitre XIII des *Essais* de Montaigne. Louis, aussitôt qu'il le pourra, l'ira lire et brûler.

— Pourquoi le chapitre treize, Monsieur Déagéant?

— Pour aider votre mémoire, Monsieur le Chevalier. Treize, comme Louis.

Tout cela fleurait bon le secret et le romanesque, et j'étais assez jeune encore pour en être enchanté.

— Commençons-nous ce soir, Monsieur Déagéant?

L'homme était fin, et sentant mon empressement, me voulut faire toucher du doigt de plus dures réalités.

— Il ne vous échappe pas, Monsieur le Chevalier, qu'en vous engageant dans cette voie, vous mettez votre tête au hasard du billot.

— Mais vous aussi, Monsieur Déagéant.

— Pour moi, n'étant pas noble, ce serait plutôt la hart, dit Déagéant avec un petit sourire.

J'entendis, à observer ce petit sourire, qu'on peut être vaillant sans *bravata* et sans même tirer l'épée, au rebours de ce que croient nos gentilshommes.

— Or sus, commençons! dis-je en lui rendant son

sourire, et sentant s'établir entre lui et moi une complicité chaleureuse.

— Avant hier, commença Déagéant, le prince de Condé quit Barbin de le rejoindre à Saint-Martin. Et Barbin m'emmena avec lui pour la raison qu'il entend toujours avoir un témoin quand il s'entretient avec Monsieur le Prince.

— Et pourquoi cela, Monsieur Déagéant?

— Pour corroborer au besoin les termes de cet entretien, Monsieur le Prince étant si menteur.

Déagéant dit cela tout uniment et comme si la chose allait de soi.

— Nous le trouvâmes, reprit-il, en proie à une extrême perplexité et quasiment dans les larmes. Il accueillit Barbin comme un enfant qui, perdu dans un bois, s'accroche au père grâce à qui il espère retrouver son chemin. « Monsieur, lui dit-il, la voix tremblante, je suis arrivé à un point tel qu'il ne me reste plus qu'à ôter le roi de son trône et à me mettre à sa place! »

— Monsieur Déagéant, dis-je, voudriez-vous répéter cette phrase étonnante? Elle me laisse pantois. Je voudrais être assuré de l'avoir bien ouïe.

— « Je suis arrivé à un point tel qu'il ne me reste plus qu'à ôter le roi de son trône et me mettre à sa place. »

— Et il dit cela à Barbin, intendant, confident et conseiller de la reine-mère! Laquelle a tout intérêt à ce que le roi demeure là où il est, puisqu'elle règne à sa place! Est-ce pas folie? Outre qu'une telle déclaration est déjà en soi et de soi un crime de lèse-majesté!

— Toutefois, Monsieur le Chevalier, le prince de Condé, dès qu'il l'eut prononcée, la corrigea quelque peu en disant : « Il me semble, malgré tout, que ce serait aller trop loin. — Alors, dit Barbin quand il fut revenu de sa stupeur, pourquoi le feriez-vous? — Parce que, dit Condé, les Grands m'en pressent outrageusement, me disant que si je ne le fais point, ils m'abandonneront. Et s'ils m'abandonnent, Monsieur Barbin, la reine-mère me méprisera. »

— Ah, dis-je, combien propre à Condé me paraît cette peur d'être méprisé! Jusqu'à la fin de sa vie, il doutera être le fils de son père.

— C'est bien ce que sentit Barbin, car il répliqua aussitôt avec le plus grand respect : « Monseigneur, votre naissance vous met fort au-dessus du mépris, et la reine aura toujours à cœur d'augmenter votre pouvoir plutôt que de le diminuer. » Ayant ainsi caressé Condé à bon poil, Barbin reprit : « De reste, le parti du roi n'est point si faible que vous imaginez. Le seul nom de roi est extrêmement puissant, et tous ceux que vous pensez être du parti des Princes ne le sont que d'une fesse... Tant est qu'une entreprise contre l'autorité royale ne serait à mon sentiment que feu de paille. »

— Voilà, dis-je, qui était fort adroit.

— Mais Monsieur Barbin est un homme de beaucoup d'esprit, dit vivement Déagéant. Le malheur, et c'est là où je le blâme, c'est qu'il ait consenti par ambition à devenir la créature de Conchine. Quoi qu'il en soit, ses paroles retournèrent tout à plein Condé, du moins pour le moment. Et il déclara bien haut qu'il demeurerait dans l'obéissance à son souverain, si seulement la reine-mère chassait le duc de Bouillon de la Cour, lequel brouillait et tourmentait son esprit, exerçant sur lui une emprise à laquelle il ne savait pas se soustraire.

— Est-ce vrai ?

— C'est vérissime ! Aucun mari n'a jamais eu sur son épouse un ascendant tel et si grand. Ceci étant dit sans la moindre équivoque, Condé étant ce qu'il est... Avec votre permission, Monsieur le Chevalier, je poursuis. Barbin, sur une demi-promesse d'éloigner le duc de Bouillon, quitte Monsieur le Prince qui s'en retourne en son logis où l'attendait justement ledit Bouillon, qui le voyant peu décidé à s'en prendre au roi, le pousse à rompre avec Conchine, espérant que par ce biais, Condé serait amené à engager le fer avec la reine-mère et, par voie de conséquence, avec le roi.

— Et Condé ne lui résista pas ?

— Pas plus qu'il n'avait résisté à Barbin. Et le voilà qui envoie incontinent l'archevêque de Bourges dire à Conchine de sa part *qu'il n'est plus son ami.*

— Mais c'est là une déclaration de guerre ! m'écriai-je, béant. Et bien folle ! Si Condé n'entend pas tuer Conchine, pourquoi l'effrayer et s'en faire un mortel ennemi ? Et s'il entend se défaire de lui, à quoi bon l'avertir ? Voit-on un chat prévenir une souris qu'il va lui tomber sus ?

— La raison même, Monsieur le Chevalier ! dit Déagéant. Mais je poursuis. La coïncidence voulut que lorsque l'archevêque de Bourges vint trouver Conchine chez lui, Barbin se trouvait là. Et s'il fut béant de ce nouveau retournement de Monsieur le Prince, Conchine, qui brille par la cruauté plus que par le courage, ne put cacher le désespoir et le désarroi qui s'emparaient de lui. Eperdu, il emmena Barbin chez sa femme, laquelle, tout aussi terrifiée que lui, voulait incontinent quitter Paris pour se réfugier à Caen, ville qui est à eux, comme vous savez. Mais elle ne le put, étant trop malade et se pâmant deux fois au moment d'entrer en litière. Conchine partit seul dans la nuit et gagna Caen à brides avalées. Pour reprendre votre métaphore, Monsieur le Chevalier, je dirai que la souris, prévenue qu'une griffe la menaçait, s'est réfugiée dans son trou. Et un trou dont il sera très difficile de la faire sortir : Conchine a des troupes et beaucoup, beaucoup de pécunes pour en lever d'autres...

Dès que Déagéant prit congé de moi, je couchai son récit par écrit, et le lendemain matin, me présentant dans les appartements du roi, un bouton de mon pourpoint hors de sa boutonnière, je priai Sa Majesté de confier à Berlinghen pour qu'il me l'ouvrît la clef du cabinet des livres, ce qu'Elle fit sans battre un cil. Toutefois, ayant observé que Monsieur de Blainville humait l'air dans les alentours, je me gardai bien, une fois dans la place, d'aller tout de gob dénicher les *Essais* de Montaigne. Mais prenant sur un rayon voisin l'*Enchiridion militis christiani* d'Erasme et m'asseyant, je me plongeai dans cette lecture austère. Et je fis bien. Car je n'y étais pas attelé depuis cinq minutes que la porte s'ouvrit, et Blainville, poussant en avant son long nez, pénétra dans le cabinet des livres. Levant alors les yeux de mon Erasme, je lui dis :

— Avez-vous affaire à moi, Monsieur de Blainville ?

— Non, Monsieur le Chevalier, dit-il avec un grand

salut. Je passais là par hasard et voyant la porte ouverte (en fait, elle ne l'était pas) je me suis permis d'entrer, n'ayant jamais mis le pied dans le cabinet des livres de Sa Majesté.

Tout en parlant, il s'avançait vers moi quasiment à chaque mot, de façon, j'imagine, à jeter un regard sur le livre que j'avais en main.

— Mais, dis-je, il n'était que de demander permission à Sa Majesté de visiter le cabinet ! Elle ne vous l'aurait pas refusée.

— Diantre, dit Blainville quand il fut à bonne portée d'œil, mais c'est du latin que vous lisez !

— Rien que l'*Enchiridion militis christiani,* et c'est heureux qu'Erasme l'ait écrit en latin, car je n'entends pas le hollandais.

— Ah, dit Blainville qui, ayant été élevé dans un collège des jésuites, était loin d'être ignare, c'est donc ce fameux *Manuel du soldat chrétien.*

— A mon sentiment, dis-je, il vaudrait peut-être mieux traduire le titre par : le *Manuel du soldat du Christ.*

— Je ne vous croyais pas si dévot, dit Blainville qui avait l'air de flairer éperdument une piste qu'il sentait se brouiller.

— Je ne saurais m'en vanter, Monsieur de Blainville, dis-je en riant. Je cherche une citation, que mon père m'a faite hier, mais sans la pouvoir compléter.

— Quelle citation ? dit Blainville, son zèle le poussant en son inquisition au-delà des bornes de la courtoisie.

— Mais justement, la voici, dis-je tout à trac. Et je lui débitai à haute voix et le plus rapidement que je pus la phrase qu'un instant avant son entrée dans le cabinet des livres, j'avais parcourue des yeux. Elle était fort longue et si savamment construite que je sentis bien que le latin de Blainville n'était pas suffisant pour se hausser jusqu'à elle.

Comme bien j'y comptais, il se vergogna à me demander de la traduire et, après quelques compliments courtois, notre limier se retira, l'oreille basse.

Je demeurai après son départ l'ouïe en alerte, le livre

d'Erasme entrouvert sur les genoux, mais sans le lire et craignant un retour inopiné de Blainville et de ses reniflements. Puis au bout d'un moment, me levant et gagnant la porte à pas de loup, je l'entrouvris, glissai un œil dans la galerie, laquelle était déserte. Je refermai l'huis derrière moi et cette fois, je le verrouillai. Puis allant quérir les *Essais* de Montaigne, je glissai ma relation à la première page du chapitre XIII, remis le livre sur son rayon, l'Erasme sur le sien et fus hors en un battement de cil. Mais je regagnai, songeur, les appartements du roi, l'irruption de Blainville me donnant fort à penser. J'avais trompé le nez de ce chien, mais d'où venait que son nez m'eût suivi jusque-là ? Je conclus que le bouton de mon pourpoint hors de sa boutonnière lui avait, se peut, donné l'éveil et je pris bonne note de convenir avec Déagéant d'un autre signal à proposer au roi.

L'archevêque de Bourges, que Condé avait employé comme son vas-y-dire pour informer Conchine qu'il n'était « plus son ami », n'avait dans sa vie qu'une ambition : il désirait ardemment que de violette sa robe devînt pourpre, et que son front s'ornât de ce couvre-chef dont les immenses bords feraient à ses épaules étroites une ombre majestueuse. Raison pour laquelle il complotait le jour avec le prince de Condé et les Grands et, la nuit venue, entrant au Louvre par une porte secrète, il contait leurs complots à Barbin et à la reine-mère. L'archevêque se couvrait des deux côtés et calculait ainsi que quelle que pût être l'issue de la révolte des princes, il aurait droit à la gratitude du vainqueur, à son intercession auprès du Saint-Père, et au chapeau cardinalice.

Les princes se réjouirent fort de la fuite de Conchine hors Paris. Le favori quittait la place à Condé. C'est donc que Condé était vainqueur. S'ils avaient eu une once de bon sens dans leur légère cervelle, ils auraient compris que jamais le pouvoir de Condé n'avait été si précaire. Car la Conchine, elle, demeurait à Paris. Elle tenait lors Monsieur le Prince pour son plus mortel ennemi et elle avait plus que jamais l'oreille de sa maîtresse.

Dans leur outrecuidance, Condé et les princes complotaient sans la moindre gêne et vergogne, et comme étant déjà assurés de la victoire. Ils tâchaient de gagner à leur cause les colonels et capitaines des quartiers, sollicitaient les curés pour qu'ils prêchassent contre le roi, pressaient le Parlement de convoquer les ducs, pairs et officiers de la couronne pour décider s'il ne fallait pas mettre le gouvernement de l'Etat dans d'autres mains que celles de la reine-mère. Toutes ces menées étaient faites sans qu'ils s'en cachassent le moindre et ils les faisaient suivre de festins joyeux où le cri de ralliement était : *Barre à bas!* Cela voulait dire que les armoiries des princes, s'ils triomphaient du gouvernement royal, recevraient le privilège dont seules les armoiries du roi jusque-là pouvaient se prévaloir : n'avoir point de barre qui les traversât. En fait, ce « *Barre à bas!* » les trahissait. Car bien loin de travailler, comme ils le prétendaient, à la restauration du pouvoir royal, ils aspiraient à rétablir un Etat féodal dans lequel chacun d'eux eût été un petit roi dans sa propre province, tâchant d'étendre ses frontières aux dépens de ses voisins, levant des troupes, et qui sait même? frappant sa propre monnaie... On se souvient que le duc de Longueville avait caressé ce projet, et que mon petit roi, qui n'avait alors pas même dix ans, l'avait vivement rebuffé de cette prétention.

Conchine s'était enfui de Paris le quinze août et la Conchine n'eut pas besoin de plus de quinze jours pour décider la reine-mère à arrêter Condé et à le serrer en geôle. Toutefois, Marie comme à son ordinaire fluctuante, s'y décida, puis ne s'y décida plus, puis de nouveau s'y décida, tant est que ce lanternement permit aux plus gros des poissons d'échapper de la nasse. Ce qui désola fort Barbin, qui avait organisé la capture et qui comptait bien se saisir, outre Condé, des princes les plus frétillants. Toutefois, c'est la reine-mère qui choisit Monsieur de Thémines pour l'exécution, parce qu'elle se souvint que notre Henri avait dit de lui qu'en toutes circonstances il servirait la royauté.

Il fut convenu que dès que Condé serait entré dans le Louvre pour présider le Conseil, on déploierait les gardes devant le pont-levis pour l'empêcher de ressortir. Et comme ce déploiement pourrait donner l'éveil, on amena devant le pont-levis le carrosse du roi tout attelé, afin de donner à penser que le roi allait se rendre à Saint-Germain-en-Laye et que les troupes n'étaient là que pour assurer ses sûretés sur le chemin.

Quand je contai cette petite ruse à mon père, il me rappela qu'Henri III, le jour de l'assassinat du duc de Guise, avait lui aussi employé comme leurre le carrosse royal. Pour éviter que le duc de Guise ne fût suivi le jour du Conseil par une forte escorte qui eût pu donner du fil à retordre aux *Quarante-Cinq*, Henri III avait fixé ce Conseil-là à sept heures du matin, et pour justifier une heure aussi matinale, il avait confié la veille au duc qu'il comptait partir très tôt pour son manoir de La Noue. Le carrosse tout attelé fut amené dès avant sept heures au pied de l'escalier ajouré du château de Blois pour donner couleur et vraisemblance à ce départ.

Pour en revenir à Condé, il quitta le Conseil du roi sur le coup de onze heures et dirigea ses pas vers la chambre de la reine-mère, où devait se réunir le Conseil des affaires. Quelqu'un lui ayant glissé à l'oreille qu'on allait l'arrêter, il ne le voulut pas croire, disant hautement qu'on n'oserait pas s'en prendre à lui. « C'est tout justement, dit mon père, ce que répondit, il y a vingt-huit ans, le duc de Guise à ceux qui l'avertissaient qu'Henri III le voulait dépêcher. Il y a une chose que le comploteur ne parvient jamais à entendre : quelle que soit par ailleurs la faiblesse d'un souverain, dans le château du roi, le roi est toujours le plus fort. »

Condé ne trouva personne en la chambre de la reine-mère, ni la reine-mère elle-même, ni les autres conseillers des affaires; et la demandant à plusieurs reprises, non sans quelque impatience, aux officiers du roi qui se trouvaient dans la pièce, il ne se doutait pas qu'elle était si proche de lui, se cachant dans un cabinet attenant, avec le roi et *Monsieur*, et séparée de lui par une simple porte.

Condé qui déjà se croyait le roi de France, et trouvait quasi offensant que la reine-mère le fît attendre, tomba de haut quand Monsieur de Thémines entra dans la chambre et lui dit qu'il avait le devoir de l'arrêter.

— Osez-vous bien l'entreprendre ? dit Condé.

— Oui, Monseigneur, lui dit Thémines, sur commandement du roi. Monseigneur, plaise à vous de me remettre votre épée.

Condé s'y refusa de prime, mais voyant apparaître Monsieur d'Elbène, suivi de sept ou huit gentilshommes, la pertuisane à la main, il blêmit et céda.

— Monsieur d'Elbène, dit-il, m'allez-vous occire ?

— Monsieur, lui dit Monsieur d'Elbène, nous sommes des gentilshommes et non des bourreaux, et nous n'avons nul commandement de vous méfaire.

Ces gentilshommes sans tant languir l'encadrèrent et le menèrent à la chambre qu'on avait préparée pour lui. Il reprit alors un peu de ce courage dont il avait fait si peu preuve jusque-là, et refusa un dîner qu'on lui avait préparé, exigeant que ce fussent ses gens qui lui apprêtassent ses viandes.

On y consentit, et ce qui lui redonna un peu de sérénité fut une visite que lui fit Monsieur de Luynes qui l'assura au nom du roi qu'on allait le bien traiter. Toutefois, il demanda avec tant d'insistance à voir Barbin que celui-ci, sur l'ordre de la reine-mère, finit par se rendre auprès de lui.

Déagéant me rapporta le soir même en mon appartement ce qu'il dit à Barbin, qui n'était que folies, enfantillages et billevesées, sauf toutefois qu'il affirma que « la reine ne l'avait prévenu que de trois jours, et que si elle eût attendu davantage, le roi n'aurait plus la couronne sur la tête » : vanterie d'autant plus stupide qu'elle justifiait amplement qu'on le fît prisonnier, alors que dans le même temps il suppliait à cor et cri la reine-mère, par l'intermédiaire de Luynes et de Barbin, qu'elle le remît en liberté.

Barbin n'avait pas laissé de redouter que cette arrestation ne fût suivie dans Paris par une action des princes et un soulèvement populaire. Mais les princes, loin de voler au secours de leur chef, ne songèrent qu'à jouer à la fausse compagnie. Trouvant les portes de la capitale ouvertes, ils les passèrent au grand trot de leurs carrosses dorés, et retournèrent chacun dans son gouvernement respectif, se mettant aussitôt à l'abri de ses murailles. Comme on ne les poursuivait pas, ils ne tardèrent pas à redresser la crête, levèrent des troupes et redevinrent menaçants.

Seule la princesse douairière de Condé — la mère de notre prisonnier — monta vaillamment à cheval et parcourut les rues de Paris pour émouvoir le peuple, lequel ne s'émut guère. Il y eût fallu au moins la pucelle, montée sur son blanc palefroi, et la princesse n'avait point une tant belle image. Les Parisiens connaissaient son passé, ses procès, son page, et ses poisons. De son côté, le cordonnier Picard, qui avait sur le cœur les coups de bâton donnés par les valets de Conchine, souleva quelque partie du peuple, qui faute de pouvoir mettre la main sur le maréchal, alla s'en prendre à sa maison.

Ce fut du haut en bas une terrible dévastation. On tailla les étoffes, on brisa les meubles, on saccagea le jardin. Tout ce qui ne pouvait pas être emporté fut détruit. Pourtant, cette furie ne fut pas si aveugle qu'on eût pu le croire. Les émeutiers tirèrent à l'arquebuse contre le portrait du Conchine et celui de sa femme, et comme si cela ne leur paraissait pas encore suffisant, ils déchirèrent les toiles avec leurs couteaux. Pour le portrait de la reine-mère, ils se contentèrent de le décrocher et de le jeter par la fenêtre dans la rue, où on le retrouva sali, mais non détruit. En revanche, pas un d'entre eux ne toucha au portrait du roi : il demeura seul, immaculé, intact, sur un mur dont toutes les tentures avaient été salies et arrachées. Quand je sus ce détail, je fus transporté d'aise et le cœur me battit.

⁂

Une quinzaine de jours après l'arrestation de Condé, Déagéant me vint visiter en mon appartement du Louvre. J'étais à mon souper, je l'invitai à le partager à la franquette, offre qu'il accepta après qu'il se fut assuré de sa sincérité par de courtois refus et mes pressantes instances.

Par bonheur, c'était une repue de viandes froides et je pus incontinent dépêcher La Barge et Robin à leurs dés, leur flacon et les Iliades de leurs amours.

— S'il vous agrée, Monsieur Déagéant, voulez-vous que nous mangions de prime? Nous parlerons après. J'aurai l'esprit plus libre pour me loger vos nouvelles en cervelle.

Il acquiesça et tandis que, sans un mot, nous jouions des mâchoires, je lui jetai un œil ou deux. Tel que mon père me l'avait décrit, cet homme-là, assurément, n'était point venu au monde pour batifoler, mais pour creuser son sillon, droit et profond, jusqu'à la mort. Respectueux des rangs et des usages, mais point servile, ni ignorant de sa propre valeur, homme de peu de paroles, mais chacune d'elles portant déjà son poids d'action, fort entendu à la politique mais sans esprit d'intrigue, sauf au service du roi, pour lequel, selon mon père, il aurait tout fait et tout donné.

— Eh bien, Monsieur Déagéant, dis-je, dès que nos assiettes furent vides, quelles nouvelles?

— Désastreuses, dit-il, son air froid contrastant avec la gravité de ses paroles. Et quand elles seront connues, dans deux ou trois jours, il n'est pas un fils de bonne mère en France qui ne les trouvera telles. En deux mots, la hache est à la parfin tombée sur les *Barbons.* Villeroy et Jeannin ont rejoint Sillery dans la disgrâce et la reine-mère a nommé à leur place un triumvirat : Barbin, Mangot, Richelieu. Tous choisis par la Conchine, en l'absence de son mari, mais avec son agrément.

— On les dit gens d'esprit, d'allant et de ressources.

— Ils le sont, dit Déagéant avec une moue. Et c'est bien là le pire.

— Pourtant, ils sont, eux, des Français naturels,

ayant au cœur, j'imagine, l'amour de leur nation. Ne voudront-ils pas brider et modérer Conchine s'il va trop loin ?

— Ils croient sans doute le pouvoir faire, mais ils ne le pourront pas. Conchine est un monstre d'orgueil et de violence. Il a fait ces ministres. Et s'ils s'avisent de regimber, il les défera. Monsieur le Chevalier, reprit Déagéant, ce commentaire ne fait pas partie de mon message. Plaise à vous de ne pas en faire état dans votre résumé.

— Ne pourrait-il être utile au roi ?

— Je le décrois. Le roi sait plus de choses qu'on ne pense et d'après Luynes, il entend fort bien les périls de la situation.

Je ne sais pourquoi cette façon de dire, apparemment si froide, me donna quelque angoisse et je dis :

— Monsieur Déagéant, parlant à moi au bec à bec, estimez-vous que Louis dans les mois à venir puisse courir un danger ?

Déagéant, les deux mains posées à plat sur ses genoux et les paupières baissées, s'accoisa et je commençais à croire qu'il ne désirait pas me répondre, quand levant tout soudain les yeux et les fichant dans les miens, il dit du ton le plus uni :

— Grandement.

Cette réponse me laissa béant, et quand la voix me revint, elle était si sourde que je ne la reconnus pas.

— Grandement ! dis-je. Y va-t-il de sa liberté ? De sa couronne ? De sa vie ?

Déagéant hocha la tête et je repris avec la dernière véhémence :

— Monsieur Déagéant, peux-je vous demander sur quoi se fondent vos alarmes ?

— Avant tout sur le caractère de Conchine. Vous vous ramentevez sans doute de la grande peur qui s'empara de lui quand Condé lui fit dire qu'il « n'était pas son ami ». Cette terreur, je l'ai vue de mes yeux. J'étais là, avec Barbin. Conchine protesta alors, presque pleurant et la lèvre pendante, que s'il revenait un jour à la Cour, jamais, au grand jamais il ne se mêlerait de gouvernement, et se contenterait désormais de ce qu'il faudrait de pouvoir pour établir la sûreté de sa fortune, car il se rendait bien compte que c'était sa grande autorité dans l'Etat qui lui avait valu la haine du monde entier.

— Voilà, pour une fois, des propos sensés !

— Mais qu'il contredit du tout au tout dès que l'arrestation de Condé le remit en selle !

— Et que dit-il ?

— Il posa à Barbin une question insidieuse. Il lui demanda si à son sentiment il n'y aurait plus de danger pour lui à ce qu'il se mêlât à nouveau des affaires politiques...

— Et que répondit Barbin ?

— « Excellence, je ne vois point de raison qui puisse vous en empêcher. »

— Et pourquoi diantre Barbin fit-il une réponse de cette farine ?

— C'est bien ce que je lui ai demandé. A son avis, Conchine était déjà résolu à reprendre, et même à augmenter, son autorité dans l'Etat et Barbin était bien assuré qu'il l'aurait fait, quoi qu'il lui conseillât.

— Quelle conclusion tirez-vous, Monsieur Déageant, de cet entretien ? dis-je au bout d'un moment.

— D'abord que Barbin est décidé à aller assez loin dans la souplesse et la soumission pour demeurer ministre. Ensuite — et c'est là le plus important à mes yeux — que Concini est décidé à pousser jusqu'au bout sa fortune. Autrement dit, c'est pour se revancher de la terreur panique qu'il a éprouvée au moment où il a quitté Paris qu'il aspire maintenant au pouvoir. Et autant il tremblait alors, autant il se montrera arrogant, tyrannique, voire cruel, s'il s'y établit et s'y maintient.

— Pourrait-il s'en prendre à Louis ? dis-je au bout d'un moment, et à voix basse, comme si rien que de poser cette question me paraissait impie.

— Pas encore, dit Déageant. Tant pour consolider son pouvoir que pour se venger de Condé et des Grands, il va d'abord s'en prendre à eux. Il n'épargnera rien pour les vaincre et les détruire. Et c'est bien pourquoi il a choisi des ministres résolus et qui fussent bien à lui.

⁂

Mon père était en tout mon confident. Et quand je dis « mon père », j'inclus La Surie qui, s'il ne parle pas toujours de la même voix que mon père, parle du moins du même cœur. Mais bien que je connusse sa discrétion, je ne sus de longtemps décider si je devais ou non toucher mot de mes missions à ma comtesse palatine, justement parce qu'elle était palatine, et qu'il s'agissait de secrets touchant à la couronne de France. Pendant longtemps, quand j'étais en sa compagnie, je demeurai là-dessus muet comme carpe ; mais je finis toutefois par m'aviser qu'elle savait beaucoup de choses — que je ne lui avais pas dites — sur l'état de nos affaires, et je me permis de lui demander un jour de qui elle les tenait. « Mais de l'ambassadeur de Venise, dit-elle. C'est un vieil ami de mon père, et quand il me vient visiter céans, il aime me parler des affaires de France, de prime parce que c'est son métier de les connaître, et ensuite parce qu'elles lui tiennent excessivement à cœur, étant grand ami de ce pays. »

Ce fut au cours d'un de nos entretiens de derrière les courtines qu'elle m'apprit cela et je fus béant, et aussi plein de vergogne, qu'un étranger sût tant de choses sur la Cour de France, qui n'étaient point tellement à l'honneur de la reine, qui-cy de la façon dont se faisaient les choses en ses alentours, qui-là de l'insolente faveur de bas aventuriers, et de la déréliction dans laquelle mon pauvre roi était volontairement laissé.

— Mon Pierre, me dit-elle tandis que sa tête au milieu de ses cheveux épars reposait sur mon épaule, de grâce tournez la tête vers moi et me considérez, car je voudrais vous parler non seulement au bec à bec, mais œil à œil. Il ne m'a pas échappé que vous étiez fort prudent et reclos avec moi quand il s'agit des affaires de France, et certes je n'en suis pas offensée, et tant vous loue au contraire de cette circonspection, que je trouverais naturel que vous la continuiez. Mais je vous vois depuis huit jours triste, marmiteux, soupirant, grommelant, vous faisant en silence un souci à vos ongles ronger, et je me suis apensée qu'à me dire ce qu'il en est, vous allégeriez peut-être votre pâtiment. Si de votre côté vous le désirez ainsi, est-il utile que je vous jure que pas un mot de ce que vous pourriez me dire ne sera jamais répété, ni dans cette vie, ni même, ajouta-t-elle avec un sourire, dans l'autre. D'ailleurs, dans l'autre, ce serait impossible, puisque nous serons joints et unis pour l'éternité.

— M'amie, dis-je, ma décision prise aussitôt, car je connaissais trop bien ma *Gräfin,* et depuis trop longtemps, pour la méjuger, les serments, en effet, seraient inutiles : j'ai toute fiance en vous. Et vous dites vrai aussi. En ces jours, il me soucie excessivement, et j'ai pour cela bonne raison. Mon pauvre petit roi est fort malade.

— Et depuis quand ?

— Depuis le deux octobre, date à laquelle Concini, de retour de Caen, fit son entrée dans Paris. Ce même jour, Louis ressentit de très douloureuses tranchées dans le ventre, suivies de diarrhées et de vomissements.

— Etablissez-vous un lien, mon Pierre, entre ces deux événements ?

— Oui-da. J'opine qu'il y en a un. Car même lorsque les tranchées se calment ou disparaissent, par le moyen de linges humides et chauds qu'on lui applique sur le ventre, Louis demeure triste, abattu et comme dit le docteur Héroard, « élangouri ».

— Que veut dire ce mot ?

— Languissant. Héroard est natif de Montpellier et parfois parle d'oc.

— Il me semble qu'on ne peut être que languissant quand on pâtit d'un flux de ventre. Dure-t-il encore ?

— Oui-da. Depuis des jours, et quasi sans rémission.

— Que fait-on là-contre ?

— Purge et clystère.

— Est-ce là une bonne curation ? Qu'en pense Monsieur votre père ?

— Il pense qu'elle est mauvaise, puisqu'elle échoue. On n'a jamais vu, argue-t-il, une diarrhée persistante guérie par des purges et des clystères.

— L'a-t-il dit à Héroard?

— Oui, en mon appartement, où je les avais invités tous deux à dîner pour qu'ils confrontassent leurs vues. Héroard a été ébranlé, mais non convaincu, clystère et purge étant universellement tenus pour des remèdes souverains en toute circonstance. Peut-être ignorez-vous, m'amie, que lorsque Jacques Clément donna un coup de couteau dans le ventre d'Henri III, le premier soin des médecins fut d'administrer à leur royal patient un clystère, qui eut pour résultat de multiplier ses douleurs et d'amener rapidement sa mort.

— Je croyais que Monsieur votre père était un des médecins d'Henri III?

— Il ne l'était plus alors. Il comptait au nombre des agents de sa diplomatie secrète.

— Laquelle, dit Madame de Lichtenberg avec un petit sourire et me passant le dos de sa main sur la joue, est en passe, j'imagine, mon Pierre, de devenir une de vos traditions familiales... Mais pardon, reprit-elle, revenons à Héroard. Qu'augure-t-il du mal dont souffre votre petit roi?

— Il est quasi hors de ses sens de chagrin et d'appréhension, et résiste de toutes ses forces aux médecins de la reine-mère qui voudraient saigner Louis aussi souvent qu'il est purgé.

— Héroard est donc hostile à la saignée?

— Dieu merci, il l'est! Sans cela, je ne donnerais pas cher de la vie de Louis. Héroard a étudié avec mon père en l'Ecole de médecine de Montpellier sous Rondelet, Saporta et Salomon dit d'Assas, grands maîtres tous trois, et fort hostiles à cette damnable nouveauté : la saignée, importée d'Italie sous le règne de Charles IX, lequel, d'après mon père, en mourut. Le malheureux souffrait d'une intempérie des poumons, et plus il crachait le sang, plus on le saignait!...

— Au nom de quelle logique?

— Au nom d'une métaphore : plus on tire de l'eau croupie d'un puits, plus il en revient de bonne. De même, plus on tire à un patient la partie pourrie du sang, plus la partie du sang qui se reforme est saine...

— Mais, dit Madame de Lichtenberg, comment

sait-on, quand on saigne, que c'est la partie pourrie que l'on tire, et non la saine ?

— Bravissimo, m'amie ! C'était là tout justement l'opinion de l'Ecole de médecine de Montpellier ! Mais hélas ! elle ne prévalut pas contre celle de Leonardo Botalli et des autres médecins italiens de la Cour.

— Tira-t-on du sang à Louis ?

— Oui, il y a deux jours, sur l'ordre formel de la reine-mère. La saignée fut pratiquée par son chirurgien, Monsieur Ménard. Il tira du roi six onces de sang, lequel, selon Héroard, était « écumeux et vermeil ».

— Et la reine-mère ne récidiva point ?

— Elle n'osa pas, Héroard y étant opposé, et le roi lui ayant précédemment renvoyé une purge qu'elle lui avait fait proposer par ses propres médecins.

— Dieu du ciel ! s'écria Madame de Lichtenberg. Se méfie-t-il de sa mère à ce point ?

— Je ne sais. Peut-être voulait-il seulement lui faire entendre qu'il ne voulait être soigné que par Héroard.

— Mais j'imagine que le renvoi de cette purge fit jaser.

— Et d'autant, m'amie, que voyant Louis gravement malade, Marie fit une démarche qui scandalisa la Cour.

— Laquelle ?

— J'ose à peine vous la dire. Cela me remplit de honte pour elle et de pitié pour son fils.

— Est-ce si énorme ?

— Enormissime.

— Mais encore ?

— Elle alla trouver le Parlement et lui demanda de lui confirmer la régence en cas de décès de son fils.

Tandis que, devenu barbon, je jette tant d'années plus tard sur le papier cette conversation avec Madame de Lichtenberg, j'ai quelque doute sur la date à laquelle elle eut lieu, car si j'y mentionne la saignée du roi par Ménard, qui se fit le premier novembre, en revanche je ne parle pas de la grande crise du trente et un octobre qui nous frappa tous d'épouvante, car nous pensâmes y perdre Sa Majesté. J'en conclus que j'ai mélangé, non les étapes de cette maladie, que j'ai notées avec le plus grand soin dans mon *Livre de raison,* mais les dates de mes différents entretiens avec ma *Gräfin,* lesquels sont sans conséquence pour la suite de cette histoire.

La raison pour laquelle la grande crise du trente et un octobre fit sur les familiers du roi une si terrible impression, c'est que, depuis plus de dix jours, nous pensions que Louis était guéri, ou tout au moins sur le chemin de la guérison. Dès le dix-neuf octobre, ses tranchées, son flux de ventre, ses vertiges et ses vomissements avaient disparu. Louis avait repris quelque gaîté et s'était remis à ses occupations et divertissements ordinaires, y compris à la chasse et à la volerie avec ses émerillons. Une dizaine de jours s'écoula ainsi et nous pensions que sa maladie appartenait au passé, quand le trente octobre, vers six heures de l'après-midi, une rechute se dessina. Louis se plaignit à nouveau de tranchées, et Héroard s'empressa de lui faire prendre un clystère dont il me dit qu'il serait « réfrigératif et détersif ». J'eus quelques doutes sur le mot « détersif » et en ayant demandé le sens à Héroard, il me dit qu'il désignait une médecine « qui nettoie une plaie et en favorise la cicatrice ». Je rapportai cette définition le même soir à mon père, qui me dit en levant les bras au ciel : « Plût à Dieu qu'on n'eût pas tant nettoyé cet intestin-là ! Il eût cicatrisé plus vite ! »

La crise qui, sur le moment du moins, fit douter que Louis vécût, eut lieu le trente et un octobre à quatre heures et quart de l'après-midi, et voici comme on me la conta. A cette heure, Louis qui, depuis le matin, avait été fort malade, dormait derrière les courtines de son baldaquin quand un de ses valets de chambre, le jeune Berlinghen — fils de ce Berlinghen qui avait si bien servi Henri IV — entendit une sorte de *râlement,* et pensant que c'était un chien qui ronflait dans la chambre, alerta son compère, et tous deux cherchant partout et ne trouvant pas ledit chien, écartèrent les courtines du baldaquin royal. Le roi râlait, la bouche collée contre son bras. Effrayés, ils coururent chercher Héroard, lequel leva aussitôt Louis, le mit à terre et tâcha de lui ouvrir la bouche. Mais il n'y put parvenir avec ses doigts, tant les dents étaient serrées. Il y fallut le manche d'un couteau. Louis se pâma et dès qu'il fut ranimé avec de l'eau-de-vie, on lui donna du mouvement en le promenant dans la chambre, Héroard et Berlinghen l'épaulant de part et d'autre.

Cet accès convulsif ne dura pas plus de huit minutes. Après quoi, la maladie reprit son cours habituel, sinon normal. Héroard expliqua cette crise — qui fut unique dans la vie de son royal patient — par une « mauvaise vapeur des intestins », preuve que les médecins ont toujours, pour toute intempérie, une explication toute prête, fût-elle verbale, car on se demande, en effet, d'où cette « mauvaise vapeur » pouvait bien venir, sinon de la partie du corps dont le malade souffrait. Je me ramentus à cet égard que notre Henri, pâtissant de la goutte et demandant à son médecin pourquoi l'opium qu'il lui administrait l'allait ensommeiller, le savant homme lui répondit sans battre un cil : « Sire, si l'opium fait dormir, c'est qu'il a une vertu dormitive »...

A notre grande joie, le dix novembre, Louis se rétablit tout à plein, et ce jour-là, gai et dispos, il se promena deux heures aux Tuileries. Toutefois, ceux qui l'aimaient ne laissèrent pas de vivre les semaines qui suivirent dans l'appréhension d'une nouvelle rechute. Par bonheur, nos craintes furent sans fondement.

Ce qui me donne à penser que le moral joua un rôle de grande conséquence dans l'apparition et le progrès de cette maladie fut l'agitation et l'inquiétude extraordinaires que Louis manifesta aussi longtemps qu'il en pâtit, se levant à toute heure du jour et de la nuit pour s'aller coucher sur le lit de ses valets de pied, puis se relevant pour s'aller étendre sur celui de Monsieur de Luynes, et de là, à nouveau levé, retournant à son baldaquin. Cette ronde incessante d'un lit à l'autre produisait une impression très pénible sur ceux qui se trouvaient là et qui assistaient, impuissants, à la détresse qu'elle trahissait.

Si l'on y inclut la trompeuse convalescence qui précéda la violente crise du trente et un octobre, l'intempérie du roi se prolongea plus d'un mois, du deux octobre 1616 au dix novembre. De tout ce temps, la reine-mère ne visita son fils qu'une seule fois, le jour de la crise. D'après ce que j'ai ouï dire, elle parut ce jour-là moins inquiète d'une issue fatale que fort effrayée par les conséquences que cette issue pourrait avoir pour elle. Car si la succession de Louis par Gaston ne faisait aucun doute, en revanche, on ne pouvait dire qui pourrait perpétuer Marie dans ses pouvoirs, car les ducs et pairs avaient presque tous déserté la Cour ; d'aucuns même se trouvaient en lutte ouverte avec elle. D'autre part, le Parlement qui, en 1610, avait beaucoup outrepassé ses droits en portant Marie de Médicis à la tête de la régence, n'avait aucune envie — Condé étant en prison et les princes, presque tous hostiles — de prendre derechef sous son bonnet une telle décision.

Ma belle lectrice sera sans doute déçue d'apprendre que la petite Anne d'Autriche ne vint à aucun moment visiter son mari au cours de sa longue maladie. Mais pour parler à la franche marguerite, je ne saurais dire si elle en a exprimé le vœu, ni si on l'y aurait dans ce cas-là autorisée.

Des quatre premiers gentilshommes de la Chambre, Conchine fut le seul à ne pas venir prendre des nouvelles du roi pendant son intempérie. En revanche, quand Sa Majesté fut guérie il fit une apparition, mais dans des conditions dont l'impudence et l'insolence passent l'imagination.

La scène, qui fut muette, mais n'en fut que plus blessante pour Louis, se passa le douze novembre, soit le troisième jour de la convalescence du roi. Il s'était réveillé à minuit et demi, et après avoir « fait ses affaires », comme dit le pudique Héroard, il demanda et but avec avidité une pleine écuelle de bouillon ; ce qui confirma Héroard dans l'idée que son malade se rebiscoulait. Toutefois Louis se passa de déjeuner ; mais non de dîner, qu'il prit à onze heures et derechef de bon appétit. Comme il achevait, on lui annonça la visite de Monsieur de Mataret, gouverneur de la ville et du château de Foix. Louis l'accueillit avec quelque chaleur, car bien que le comte de Foix eût été rattaché en 1607 à la couronne de France, le seul nom de Foix évoquait pour lui la Navarre et son père. Monsieur de Mataret, de son côté, se trouvait fort ému d'être si bien accueilli par le fils de « notre Henri », comme on l'appelait encore dans le Béarn, et le fut davantage encore quand Louis, désirant se dégourdir les jambes, l'entraîna dans la Grande Galerie dont les fenêtres donnaient sur la rivière de Seine. Outre Monsieur de Mataret, il n'y avait que deux personnes avec le roi : l'exempt des gardes, et moi-même à qui Louis avait fait signe de le suivre.

Louis s'avança assez avant dans la Grande Galerie et, pour la commodité de l'entretien, s'arrêta dans l'encoignure d'une fenêtre. Et tout en prêtant une oreille attentive aux discours que Monsieur de Mataret lui débitait avec un accent qui lui rappelait celui de son père, son œil s'amusait à suivre les gabarres qui glissaient sur la rivière de Seine, leurs voiles de diverses couleurs gonflées par le vent. C'était là un spectacle à la fois revigorant par son animation et apaisant par son silence, et je sentis combien il devait faire plaisir à un convalescent qui renaissait à la vie.

Cette tranquillité fut toutefois rompue par le jeune Berlinghen qui vint dire à Sa Majesté que le maréchal d'Ancre venait d'envoyer un gentilhomme dans les appartements du roi pour demander où il se trouvait. A quoi on lui avait répondu qu'il se promenait dans la Grande Galerie avec Monsieur de Mataret et Monsieur de Siorac. Cette annonce fit peu d'effet sur le roi. Il pensait sans doute que Conchine tâchait par cette tardive visite de rattraper la discourtoisie de son silence et de son absence pendant sa maladie.

Berlinghen s'en alla, frétillant comme un jeune chien qui vient de se rendre utile, et Monsieur de Mataret reprit son discours, lequel traitait du château de Foix, qu'il ne pouvait réparer faute de pécunes. Par malheur, il n'eut pas le temps de développer ce point, qui lui tenait fort à cœur et expliquait sans doute sa venue à Paris. Car un grand brouhaha se fit entendre au bout de la galerie, et on vit tout soudain apparaître une foule de gentilshommes, lesquels, tête nue, précédaient, entouraient et suivaient un personnage dont au milieu de cette cohue on ne distinguait que le chapeau, bien reconnaissable toutefois aux orgueilleuses plumes d'autruche et de paon qui l'ornaient et dont toute la Cour avait parlé, parce que chacune d'elles avait coûté deux cents écus.

A cette grande foule et forte noise Monsieur de Mataret demeura bouche bée, et Louis, se détournant de la fenêtre et des gabarres de la rivière de Seine, envisagea d'un œil froid ce superbe couvre-chef qui, dans sa puissance et sa gloire, s'avançait vers lui entouré d'un moutonnement d'échines courbées et de têtes nues. La rencontre n'était assurément pas égale, car Sa Majesté n'était accompagnée que d'un exempt des gardes — qui était toute son armée —, et de Monsieur de Mataret et de moi — qui composions alors toute sa cour.

Il y avait déjà braverie et insolence dans cette façon de se présenter à Sa Majesté en son Louvre avec cette forte suite. Nul prince du sang ne l'eût jamais osé. Du moins était-on en droit de s'attendre que le chapeau empanaché, se dégageant de la foule des flatteurs, s'avançât vers le roi et, devant son souverain, s'ôtât du chef qu'il recouvrait. Il n'en fut rien. Conchine se dirigea vers une encoignure de fenêtre voisine de celle où se trouvait Louis, et on l'entendit qui pérorait dans son français baragouiné d'italien à voix haute et impérieuse, au milieu de cette tourbe de courtisans qui lui léchaient les mains. Son discours était véhément et bien que son visage fût caché par la foule de ses adorateurs, nous pouvions voir les magnifiques plumes de son chapeau se courber et se redresser dans le feu de son action. Dans le chatoiement de leurs vives couleurs, elles signifiaient à tout un chacun que le roi n'existait pas, puisqu'elles ne l'avaient pas vu.

Monsieur de Mataret, fraîchement arrivé de sa lointaine province, et ne sachant assurément pas à quelle scandaleuse extrémité les choses en étaient arrivées à la Cour, demeurait béant, interdit, rouge de honte.

Louis lui donna son congé dans les termes les plus courtois et quand l'honnête gentilhomme s'en fut allé, et alors seulement, il quitta son encoignure de fenêtre, et suivi de l'exempt et de moi — sa cour étant réduite d'un tiers —, il se dirigea vers les Tuileries et sans mot piper, sans un regard ni de droite ni de gauche, il se promena une grande heure, les mains crispées derrière le dos, la face blême et les dents serrées.

⁂

Le sentiment de son rang était si vif et si profond chez Louis que je suis bien assuré qu'il n'oublia ni ne pardonna jamais l'offense qui lui avait été faite ce jour-là. Toutefois, sur l'instant, il n'en pipa mot à personne, et si l'incident fut su — notamment par Héroard et Monsieur de Souvré — ce fut par l'exempt des gardes, car pour ma part je ne le contai à âme qui vive.

Le surlendemain, Louis partit achever sa convalescence à Saint-Germain-en-Laye et me fit l'honneur de m'emmener avec lui dans son carrosse. Il était fort gai à l'idée de retrouver le château de ses maillots et enfances, auquel l'attachaient tant de tendres souvenirs de son père. Dans l'excitation de son partement, il s'était réveillé le matin à quatre heures, et avait déjeuné alors d'une écuelle de bouillon, et peut-être devrais-je préciser que cette écuelle n'était point en étain, mais de fine porcelaine, et que trop impatient pour user d'une cuiller, Louis la prenait des deux mains, et la montant à ses lèvres, la humait d'un trait. Mais le bouillon était loin déjà au moment de notre partement du Louvre, qui se fit à huit heures et quart, et Louis commençait à sentir en chemin un creux en son gaster quand, traversant, avant le pont de Nully, un plaisant village, il aperçut la fenêtre d'un boulanger et ordonnant tout de gob d'arrêter l'équipage et descendant le marchepied dès qu'il fut rabattu, il courut envisager les bonnes choses qui étaient étalées derrière la vitre pour attirer le chaland. Là-dessus, le boulanger jaillit de sa boutique et ayant reconnu le roi, lui tira son bonnet, et se génuflexant, le supplia d'accepter deux petits pâtés dorés qu'il venait d'ôter du four et qui étaient encore tout chauds. Le boulanger était hors de lui de bonheur de voir Louis de si près et de lui parler au bec à bec, tandis que sa famille entière et jusqu'à l'enfant à la mamelle porté sur le bras de sa mère, envahissait peu à peu la boutique et, bouche bée, regardait son souverain. Il fut impossible de donner au bonhomme fût-ce une seule pistole : il voulait que ce fût un don, lequel à la parfin, Louis accepta, remercia avec chaleur, et regagnant son carrosse, gloutit incontinent les deux pâtés avec un appétit qui fit grand plaisir à ceux qui se trouvaient là. Ce village s'appelait Nully [1], et ce nom est fort connu, même des Parisiens, pour avoir été donné au pont qui en cet endroit traverse la rivière de Seine.

On se ramentoit sans doute qu'un des griefs que Louis nourrissait à l'égard de sa mère — et ils étaient innumérables — touchait à la pécune. Quand il lui demandait fût-ce de petites sommes, elle lui répondait qu'il n'y avait pas d'argent à l'Epargne, et dans le même temps, à Conchine, pour le dédommager de la perte qu'il avait subie quand le peuple, après l'arrestation de Condé, avait pillé et saccagé sa maison, elle avait donné quatre cent cinquante mille livres... Pour le coup, sortant de son mutisme, Louis s'en était plaint à haute et intelligible voix.

Chose étonnante pourtant, quand au cours de sa convalescence à Saint-Germain-en-Laye, Louis conçut l'idée de créer et de présenter un grand ballet de son cru à la Cour, la reine accepta d'en assurer les frais et lui prêta même pour composer le livret de son poète ordinaire, Etienne Durand. Il se peut qu'elle ait été vergognée de la plainte que Louis avait faite de sa chicheté à son endroit, la Cour en ayant beaucoup parlé. Il se peut aussi que la Conchine lui ait soufflé au creux de l'oreille que tant que Louis serait occupé à monter cette grande affaire, il ne penserait pas au gouvernement du royaume. De reste, en vraie Médicis,

1. Neuilly.

Marie était raffolée des ballets, des bals, des fêtes et des magnificences, et pour satisfaire ce penchant, elle était prête une fois de plus à semer l'or à tout vent, y compris par le ménagement d'un fils que pourtant elle aimait si peu.

Le poète Durand, fort expert en ce genre d'entreprises, proposa au roi un grand nombre de sujets, et sans la moindre hésitation Louis choisit *La Délivrance de Renaud,* épisode tiré du célèbre poème épique du Tasse : *Jérusalem Délivrée.* Cette histoire de Renaud, imitée d'Homère, donne une version chrétienne des démêlés d'Ulysse et de ses compagnons avec la magicienne Circé. Voici comment le Tasse imagine l'affaire : Sans Renaud, le plus vaillant chevalier de la première croisade, Jérusalem ne saurait être retirée des mains de l'Infidèle. Or, sur le chemin, Renaud tombe dans les rets de la belle Armide qui, par ses artifices, le retient prisonnier dans un jardin enchanté où il s'abandonne avec elle à la volupté et à la paresse. Renaud, toutefois, réussit à prendre conscience de cette dégradation, on verra comment, et après s'être délivré de l'emprise de l'enchanteresse, reprend la tête de la croisade.

Quand je sus que Louis avait choisi ce sujet, je pensai de prime que c'était en souvenir de son père, lequel en 1610 donna lui-même sur le même thème un ballet en l'honneur du mariage de son fils bâtard le duc de Vendôme avec Mademoiselle de Mercœur. Louis avait alors huit ans et demi, et si bien je me ramentois, il assista à ce ballet et en fut ravi, étant énamouré de danse et de musique. Toutefois, il m'apparut vite, quand commencèrent les répétitions du ballet de Renaud tel qu'à quinze ans Louis le concevait, que les intentions politiques n'étaient pas absentes de son esprit, pas plus d'ailleurs qu'elles n'avaient manqué au *Ballet de Madame,* que Marie de Médicis avait fait donner peu avant le partement d'Elisabeth pour l'Espagne, et qui exaltait les éclatants succès de sa régence, dont le plus haut fait, selon ses vues, avait été le double mariage espagnol.

Louis commença à répéter son ballet le vingt

novembre 1616 à Saint-Germain-en-Laye et le représenta le vingt-neuf janvier 1617, dans la salle de Bourbon à Paris. Louis choisit comme danseurs ceux de son entourage qu'il aimait : le chevalier de Vendôme, Montpouillan, La Roche-Guyon, Liancourt, Courtenvaux, d'Humières, et Brantes (un des deux frères de Luynes). Déagéant fut fort surpris de voir parmi ces danseurs Monsieur de Blainville, l'archi-espion — et plus encore de ne point m'y voir. Pour moi, la chose est simple, je suis bon danseur de bal, mais non de ballet, où je n'ai nulle expérience, et je dus décliner l'honneur que me fit Louis, lequel toutefois me voulut bien employer comme conseiller, ce qui me permit, pendant plus de deux mois, d'assister aux répétitions. Pour Monsieur de Blainville, il se peut que la reine-mère, qui voulait avoir une oreille dans cette entreprise, l'imposât à son fils. Mais il se peut aussi que Louis le choisît de soi, pour ne point qu'il sût que sa trahison avait été démasquée.

Louis, qui était excellent danseur de ballet, ne désira pas prendre pour lui le rôle de Renaud. Peut-être parce qu'il ne voulait pas, par souci de sa dignité, s'identifier à un personnage qu'on montrait prisonnier dans les toiles d'une enchanteresse et par là quelque peu dégradé. Mais il joua dans la première scène celui du « démon du feu », et dans la dernière scène, celui de Godefroy, « chef des armées » — commandement qui dans les faits entrait dans ses attributions royales. C'est à Monsieur de Luynes, c'est-à-dire à la personne qui lui était le plus proche, qu'il confia le rôle de Renaud, comme pour bien marquer la part personnelle qu'il prenait à la délivrance du chevalier ensorcelé. Luynes, pour ainsi parler, le représentait dans le rôle de Renaud.

Pour la première fois depuis qu'elle vivait à Paris, fort retirée comme je l'ai dit, Madame de Lichtenberg ne put qu'elle ne ressentît quelque regret de sa résolution de ne jamais mettre le pied à la Cour. Car elle eût fort aimé, à ce qu'il me sembla, assister au *Ballet de la Délivrance de Renaud,* tant elle me posait questions sur lui au cours de nos entretiens de derrière les courtines.

— Mais mon Pierre, me dit-elle dans un de nos bec à bec, vous me dites que dans la première scène, le roi et douze de ses seigneurs apparaissent, descendant d'une montagne, déguisés en démons, qui du feu, comme le roi, qui des eaux, de l'air, des vents, du jeu, de la chasse, de la guerre, etc. Sont-ce des diables de l'enfer que ces démons-là ?

— Point du tout, m'amie, mais des esprits, incarnant soit les forces de la nature, soit les occupations habituelles des gentilshommes. Et ils dansent, entendez par là qu'ils sont actifs, tandis qu'au pied de la montagne, Renaud, prisonnier des sortilèges de la belle Armide, dort profondément.

— Mais, mon Pierre, ce n'est pas un péché de dormir. Nous-mêmes, me semble-t-il...

— Mais ce n'est pas du tout la même chose ! dis-je en riant. Ce sommeil de Renaud symbolise son enlisement dans l'oisiveté, alors qu'il devrait être à la tête des croisés pour libérer Jérusalem. De reste, à la scène suivante, la chose devient claire. De prime, la montagne disparaît pour laisser place au jardin enchanté d'Armide.

— Comment disparaît-elle ?

— Par une scène tournante, et le jardin enchanté qui apparaît ensuite est fort beau ; trois jets d'eau y jaillissent, retombant dans des bassins entourés de fleurs, et deux soldats sont là, habillés à l'antique, et chacun d'eux portant une baguette et un écu.

— Un écu seulement ?

— Il ne s'agit pas d'une monnaie, m'amie, mais d'un bouclier, et un bouclier de cristal. Quant à la baguette, elle est là, j'imagine, pour lutter contre la baguette ensorcelante d'Armide. Tout soudain, comme les deux soldats se promènent sur scène, une nymphe d'une beauté éclatante surgit d'un des bassins.

— Une nymphe ? Ne serait-ce pas plutôt une naïade, puisqu'elle sort de l'eau ? Et comment savez-vous qu'elle est d'une beauté éclatante, mon Pierre ? L'avez-vous approchée ?

— De grâce, Madame, retenez vos petites griffes. Cette nymphe est jouée par un homme. Armide aussi, d'ailleurs.

— Eh quoi ! Les dames ne dansent-elles donc jamais en vos ballets ?

— Si fait ! Mais dans des ballets tout à plein féminins, comme le *Ballet des Nymphes de Diane,* qui fut si fatal à notre Henri. L'Eglise sourcillerait, si on mêlait les sexes.

— L'Eglise est-elle davantage rassurée quand un homme joue le rôle d'une femme ? L'Eglise, ce me semble, est naïve. Et que vient faire cette nymphe mouillée, mon Pierre ?

— Séduire les deux soldats. Mais elle n'y parvient pas. Ils sont protégés là-contre, peut-être par leur baguette.

— Voilà qui est étonnant ! dit ma *Gräfin* en riant.

— Exit donc la nymphe, poursuivis-je, laquelle est remplacée par des monstres qui envahissent la scène. Ils sont moitié hommes, moitié bêtes. Pour exemple, on trouve parmi eux une chambrière qui est jeune et mise à la mode qui trotte ; mais hélas, elle a une tête de guenon et des bras velus !

— Voilà qui est bien fait pour elle ! dit Madame de Lichtenberg qui sourcillait au seul nom de chambrière, gardant quelque mauvaise dent à Toinon et Louison. Et quel rôle jouent ces monstres, mon Pierre ?

— Armide les a suscités pour effrayer les soldats. Mais là aussi, elle échoue. Les soldats demeurent impavides. *Exeunt* les monstres. Et à la parfin, Renaud se réveille. Il est couronné de fleurs et paré de riches pierreries. Il se lève et danse et chante le triomphe de l'amour.

— Et il a bien raison, dit ma *Gräfin.*

— Il aurait raison, m'amie, si la chrétienté n'attendait pas de lui qu'il libérât Jérusalem ! Et ici nous avons ce que les habiles appellent un « coup de théâtre » : quand Renaud a fini de célébrer l'amour, un des soldats s'approche de lui et silencieusement lui tend son écu de cristal, lequel est, en réalité, un miroir magique.

— Dieu du ciel ! Un miroir magique ! Est-ce le pauvre Bellegarde qui a inspiré cette péripétie ?

— Nenni, nenni, c'est le Tasse. Et on ne découvre pas l'avenir dans son reflet. On s'y contemple seulement tel qu'on est. Tant est que Renaud, en s'y envisageant, prend conscience de sa dégradation ; il se voit sous son vrai jour, oisif, paresseux, et tout abandonné à luxe et à luxure. Il jette alors les fleurs qui le couronnent, arrache les bijoux qui le parent... Armide surgit. Mais les fontaines tarissent, sa nymphe disparaît, ses monstres s'ensauvent. En vain essaye-t-elle d'autres conjurations. En vain d'autres monstres apparaissent, écrevisses, tortues, limaçons...

— Dieu du ciel !

— Lesquels se changent sous sa baguette en autant de vieilles grotesques lesquelles, à la fin, emportent la magicienne qui les a fait surgir. Renaud est alors délivré d'Armide, et Godefroy le chef des armées — entendez Louis lui-même — le vient chercher pour accomplir sa mission. La dernière scène voit Godefroy apparaître au sommet d'un pavillon de toile d'or étincelant de pierreries, entouré des seigneurs de sa cour qui se jettent à ses pieds pour rendre hommage à ses vertus... M'amie, qu'en pensez-vous ?

— Qu'il faudrait une clef pour déchiffrer ce message.

— Or sus, m'amie ! cherchons-la !

— Elle se veut, il me semble, prophétique : Louis se délivrera de l'emprise de sa mère, comme Renaud s'est libéré de l'ensorcellement d'Armide, et il prendra un pouvoir que nul ne lui pourra plus disputer.

— Mais que deviendra alors Conchine ? Et que fera-t-on de sa femme ?

— C'est tout simple. Vous vous ramentevez que les monstres qui furent les auxiliaires de la magicienne disparaissent avec elle de la scène.

— M'amie, dis-je en baisant ses douces lèvres, votre brillant génie n'a d'égal que votre beauté !

— Si vous parlez de mon génie, mon Pierre, dit-elle avec un sourire, c'est qu'il se rencontre avec le vôtre... Mais à la vérité l'allégorie est si transparente que je ne vois pas qui pourrait ne pas l'entendre. Et je me demande aussi, ajouta-t-elle au bout d'un moment, ce que la reine-mère va s'apenser de ce manifeste.

Le ballet, à la représentation, fut jugé magnifique et remporta devant la Cour un grandissime succès. Quant à ce que Marie en opina, j'en eus quelque lumière par Bellegarde, qui étant fort des amis de Bentivoglio, me répéta le propos que le nonce lui avait tenu : « *Una persona di conto,* dit le nonce, *a me ha detto de sapere di certo che la regina sta in timore del re*[1]. » Je sais bien que ce n'est là que l'on-dit d'un on-dit, mais ce qui me porte à y attacher foi, c'est la scène extraordinaire, je dirais même extravagante, à laquelle il me fut donné deux jours plus tard d'assister dans les appartements du roi.

Ce jour-là, ou plutôt cette après-dînée, sur le coup de trois heures, la reine fit savoir à Louis par un de ses officiers qu'elle le viendrait visiter à trois heures et quart. L'annonce ne précédait que de peu la venue, et comme j'étais seul, à ce moment, avec le roi et avec Monsieur de Luynes dans sa chambre, je me levai et requis Sa Majesté de me donner mon congé.

— Demeurez, au contraire, dit le roi. Et Monsieur de Luynes aussi. D'autant que Sa Majesté la reine ne viendra pas seule.

Et en effet, quand la reine apparut — grande, majestueuse, sa chevelure haute à l'italienne ajoutant encore à sa taille, en outre fort superbement parée de pierreries qu'elle ne songeait nullement, comme Renaud, à arracher de son corps de cotte pour les jeter loin d'elle — elle était accompagnée par les ministres Barbin et Mangot, lesquels dans leur sombre vêture paraissaient dans son sillage absurdement plus petits, et donnaient toutefois une certaine solennité à cette rencontre, faisant d'elle davantage une entrevue qu'une visite. Et de reste, quand après les saluts, les révérences et les génuflexions, Marie entra dans le vif de son propos, ce fut avec des raisons recherchées et une façon de dire qui montraient qu'elle avait reçu l'aide de la Conchine ou de Barbin, et probablement des deux, la première l'inspirant, et le second donnant forme à cette inspiration.

1. Un personnage important m'a dit savoir de source sûre que la reine avait peur du roi (ital.).

— Sire, lui dit-elle, vous avez passé quinze ans de quelques mois déjà, vous êtes grand maintenant, et pourvu des qualités nécessaires pour régner avec bonheur. Et de mon côté, je ne voudrais pas que vous puissiez croire que je suis possédée d'un désir démesuré de continuer à gouverner l'Etat. D'ailleurs, je n'y ai pas été portée par ambition particulière, mais uniquement pour le bien de votre service.

Ici elle se tut comme pour inviter son fils à commenter son propos ou à lui adresser des remerciements. Mais il ne fit ni l'un ni l'autre. Il se contenta de s'incliner.

— En bref, Sire, reprit-elle, je désire me décharger du soin de vos affaires et je vous supplie d'avoir pour agréable de prendre jour pour aller avec moi devant le Parlement à qui je compte faire part de mon désir de vous en laisser désormais la conduite.

Et que diantre, m'apensai-je, vient faire ici le Parlement ? Louis est le roi. Il est majeur. Si la proposition est sincère, il n'est pour Marie que de se retirer et de laisser Louis recouvrer ses droits.

La reine-mère fit de nouveau une pause, et de nouveau le roi ne pipa mot. Tous les yeux des présents, et pas seulement ceux de sa mère, étaient fixés sur son visage, et son visage ne reflétait rien.

— Sans doute trouvez-vous, Sire, reprit-elle, que par le passé on n'a pas toujours conduit les choses aussi heureusement qu'il eût été souhaitable. Néanmoins, j'ai fait tout ce que j'ai pu et tout ce que j'ai dû pour affermir votre couronne. Et il me fâche qu'après tant de preuves que j'ai données de ma passion pour le bien de l'Etat, je me doive défendre contre des calomnies secrètes.

Oui-da ! m'apensai-je, c'était assurément pour le bien de l'Etat qu'elle venait de donner quatre cent cinquante mille livres à Conchine pour reconstruire sa maison, et c'était sans doute une calomnie que de dire le contraire, ou même de le penser, auquel cas ladite calomnie devenait « secrète ».

A cette accusation, qui visait son entourage et en particulier Monsieur de Luynes, Louis sentit bien qu'il devait répondre et en même temps répondre sur le fond, ce qu'il fit en peu de mots, comme à son ordinaire.

— Madame, dit-il, personne ne m'a jamais parlé de vous en termes disconvenables à votre dignité.

Là-dessus, il fit à la reine un nouveau salut et reprit sur le ton du plus grand respect, dans lequel, ou sous lequel, il me sembla discerner de la froideur, sinon même quelque dérision.

— Quant à votre proposition, Madame, elle vous honore grandement, mais étant très satisfait de votre administration, il ne me convient pas, quelque instance que vous puissiez faire, que vous quittiez le gouvernement de mes affaires.

La reine-mère avait tout lieu d'être contente de cette réponse, puisqu'elle comblait ses vœux. Toutefois, à bien examiner sa physionomie lourde et revêche, il me parut qu'elle ne l'était qu'à demi. Car elle avait plaidé le faux pour savoir le vrai, et la réponse que son fils lui avait donnée était trop belle pour n'être pas fausse. Comment pouvait-elle douter, après avoir vu le *Ballet de la Délivrance de Renaud,* que le roi n'aspirât de toutes ses forces à régner ?

Par malheur, il n'était pas écrit dans le rollet de la reine d'avoir avec Louis une explication à la franche marguerite, laquelle, pour être sincère, aurait soulevé de prime la question du rôle exorbitant de Conchine dans l'Etat. Ayant débuté l'entretien par une proposition d'une hypocrisie outrée, Marie ne pouvait que poursuivre dans la même note, abondant pour la bonne bouche en promesses et en caresses, qui avaient pour but d'endormir Louis et d'amadouer son favori.

— Sire, reprit-elle, si vous désirez que je continue mon gouvernement, il faudra à l'avenir partager avec moi les fonctions de ma charge. J'en prendrai la peine. Je vous en laisserai la gloire. Je me chargerai des refus. Je vous laisserai les grâces. (Cette belle rhétorique était de Barbin : la reine en était bien incapable.) Je vous laisserai aussi le soin de disposer comme vous l'entendrez des charges qui viendraient à vaquer. Si entre autres vous désirez récompenser les soins de Monsieur de Luynes par de nouveaux bienfaits, vous n'aurez qu'à commander. Pour moi, soyez bien assuré que je ne manquerai jamais à ce que doit une reine à ses sujets, une sujette à son roi, et une mère à son enfant...

Louis se contenta de recevoir cette eau bénite de cour avec un gracieux salut. Etant bon danseur et formé par un excellent maître, il y mit de la grâce, et à mon sentiment, dans cette grâce même, une muette ironie.

Monsieur de Luynes lui demandant alors par un regard la permission de parler, il la lui accorda par un signe de tête. Aussitôt, le favori s'avança, se génuflexa devant Marie, baisa le bas de sa robe et se relevant, fit à la reine pour ses bonnes paroles à son endroit des remerciements d'autant plus hyperboliques qu'il n'ajoutait pas la moindre créance à ces promesses. Il les accompagna en outre de serments et de protestations à l'infini de toujours la servir et de dépendre à jamais de ses volontés. Monsieur de Luynes tira là pour finir un véritable feu d'artifice, ou devrais-je dire, d'artifices, lesquels concluaient comme il convenait ce fallacieux entretien où rien n'avait été dit qui fût vrai ou qui fût de la moindre conséquence, ou qui eût pu dissiper la méfiance et la crainte que la mère et le fils nourrissaient l'un à l'égard de l'autre.

A y réfléchir plus outre, je me confirmai dans cette idée que les maréchaux d'Ancre avaient inspiré cette étrange démarche. A force de répéter — ce qu'ils n'avaient cessé de faire depuis des années — que Louis était « idiot », ils avaient fini par le croire. Ils avaient imaginé de lui tendre, par l'intermédiaire de sa mère, ce piège grossier, en espérant que Louis, naïvement, découvrirait ses intentions. Et maintenant, le fait même qu'il ne s'était pas découvert ne laissait pas de les inquiéter davantage et d'inquiéter aussi la reine.

J'appris peu de temps après cette rencontre que Marie essayait d'acheter en Italie la principauté de la Mirandole, se préparant ainsi une retraite paisible au cas où les événements la contraindraient de quitter la

France. On eût pu penser que, nourrissant une telle appréhension, elle eût dû travailler à reconquérir l'affection de son fils, ou à tout le moins à ménager ses sentiments. Il n'en fut rien. La violence aveugle qui faisait le fond de son caractère, une fois de plus l'emporta. Peu de temps après qu'elle eut offert à Louis de lui remettre le pouvoir, il se passa en plein Conseil une scène qui frappa de stupeur toute la Cour.

Louis, ayant appris qu'une question de grande conséquence allait être débattue au Conseil sans qu'il eût été convoqué, prit sur lui de se présenter de soi dans la salle où l'on tenait la séance. Dès qu'elle l'aperçut, la reine-mère rougit de colère, se leva de sa chaire, et se jetant sur lui, le prit par le bras, et le reconduisant à la porte, le pria de « s'aller ébattre ailleurs ». Louis blêmit mais ne dit mot, le souci de sa dignité l'empêchant de se quereller en public avec sa mère. Il lui jeta un regard glacé et, après un bref salut, se retira.

CHAPITRE XV

Plus je me ramentois ce qui se passa en ce royaume après le retour du prince de Condé à Paris, plus je suis béant qu'un événement d'aussi grande conséquence que la guerre déclarée par la reine-mère aux Grands ait eu une cause aussi insignifiante que le message porté par l'archevêque de Bourges à Conchine : « Monsieur le Prince vous fait dire qu'il n'est plus votre ami. »

Que n'eût-il attendu, ce zélé archevêque, avant d'aller porter ces guerrières paroles ? Car le lendemain, Condé changeant de nouveau d'avis, les désavouait... En vain ! Conchine était déjà parti pour Caen, terrifié, mais aussi remâchant avec la dernière amertume l'ingratitude du premier parmi les Grands : il s'était attaché à lui dès le début de la régence parce qu'il jugeait que son épouse ayant asservi la volonté de la reine-mère, et le premier prince du sang étant son ami, il se gardait de tout péril.

C'est bien pourquoi il avait inspiré à Marie, par l'intermédiaire de son épouse, cette politique d'abandon qui avait répondu aux rébellions successives des princes par des traités qui les couvraient d'écus. Peu chalait à Conchine que le Trésor du royaume fît les frais de ce pacte implicite, les princes et lui-même le pillant, chacun de leur côté, comme larrons en foire !

Une parole en l'air, un messager trop prompt, le pacte était rompu, la guerre, déclarée, et Conchine, à Caen, remis de ses terreurs et assoiffé de vengeance, la poussa avec une extrême vigueur contre ses alliés d'hier. On leva trois armées, mais cette fois, non comme on avait fait précédemment, pour les montrer de loin, mais pour courir sus aux Grands et les accabler.

Guise qui, après avoir tergiversé quelque peu, avait choisi le camp de la reine-mère, sous l'influence de ma bonne marraine, reçut en récompense le commandement de l'armée de Champagne, mais comme il n'avait pas d'expérience militaire, Richelieu lui adjoignit Monsieur de Thémines, à qui on avait donné le bâton de maréchal pour avoir arrêté Condé : ce qui était exploit bien petit pour mériter une telle dignité.

Monsieur de Montigny reçut le commandement de la deuxième armée, laquelle devait combattre le duc de Nevers dans le Nivernais et le Berry. Bien qu'il eût servi Henri III et Henri IV, et se fût illustré dans une demi-douzaine de batailles, ce vieux soldat n'avait été fait maréchal de France que cinq mois plus tôt, à soixante-deux ans. Ce fut sa dernière campagne et son ultime victoire : il mourut dans l'année.

La troisième armée qui devait pacifier l'Ile-de-France fut commandée par le comte d'Auvergne. Bâtard royal, fils de Marie Tronchet et de Charles IX, beau gentilhomme, bon capitaine, mais fort étourdi, il s'était égaré en sautillant, et quasi sans y prendre garde, dans deux complots contre Henri IV, lequel épargna le billot à sa tête charmante, peut-être parce qu'il était le demi-frère de sa maîtresse. Il le mit en

Bastille. D'Auvergne y resta douze ans. Raison pour laquelle je n'ai pu le présenter à ma belle lectrice, lors du bal de la duchesse de Guise, parmi nos grands galants de cour.

La reine tira le comte d'Auvergne de sa geôle en juin 1616, en apparence sur la supplication de sa parentèle, en fait, parce qu'elle avait besoin d'un prince, même bâtard, en son camp, et d'un chef de plus dans ses armées.

Je le vis le vingt-six juin chez le roi, à qui il était venu demander pardon d'avoir trahi Henri IV, les deux genoux à terre et ne voulant se relever qu'il ne l'eût obtenu. Louis le lui bailla, mais en des termes qui montraient bien qu'il n'ignorait rien du règne de son père.

— Monsieur, dit-il, vous avez failli deux fois, mais je vous pardonne.

Louis avait un an lors du premier complot : il ne l'avait donc appris qu'après coup, mais gardait en sa tenace mémoire l'offense faite à Henri.

Je regardai fort curieusement le comte d'Auvergne tandis qu'il se relevait, les larmes coulant sur ses joues, grosses comme des pois. Il était vêtu comme on l'avait été douze ans plus tôt et sans épée : on venait à peine de le tirer de sa geôle, tout éperdu, tout ébahi. Il avait alors quarante-trois ans, et me parut fort bel homme, encore que le poil de ses tempes montrât plus de sel que de poivre. Dernier rameau, bien que bâtard, de cette longue lignée des Valois qui avaient régné depuis le treizième siècle sur la France, il avait survécu à Henri III, qui l'aimait prou, et à la reine Margot, qui l'aimait peu.

— Sire, dit-il quand il put enfin parler, me voilà comme nu. Plaise à vous de me bailler une épée.

Louis, sans l'ombre d'une hésitation, lui donna une des siennes et commanda à Berlinghen de la lui attacher à la taille. Ce fut comme si le roi l'adoubait : d'Auvergne étouffait presque de joie, et bien qu'il ne prononçât pas les paroles que la Cour lui prêta, étant bien incapable alors de piper mot ou miette, il est bien vrai que cette épée, il ne la tira plus qu'au service de

Louis. Deux pardons de notre Henri et douze ans de Bastille lui avaient mis plomb en cervelle. Toutefois, il conserva jusqu'à la fin de sa vie — et il mourut fort vieux — cette démarche sautillante qui faisait dire de lui qu'il était né pour danser des ballets. J'ajouterai, pour être équitable, qu'il savait aussi commander une armée, et bien le montra-t-il en cette circonstance.

L'homme qui avait mis sur pied ces trois armées, assuré leur armement en canons et leur ravitaillement en vivres, était Richelieu qui, nommé secrétaire d'Etat aux Affaires étrangères et à la Guerre, se consacra à sa tâche avec une ardeur qui lui valut d'être attaqué, dans une proclamation des princes, comme faisant partie des créatures de Concini, « personnes indignes, inexpérimentées à la conduite d'un Etat et nées à la servitude ». Servile, il n'est que trop vrai que Richelieu l'était alors à l'égard d'un bas aventurier qui le traitait comme un valet et dont bientôt il ne put plus souffrir les offenses. Et vrai aussi que sa diplomatie faillait encore en expérience, étant trop ambitieuse pour ses moyens. Mais quant au ménagement de la guerre, sa vigueur y fit merveille. Et sa plume alerte excellait dans les manifestes.

Ceux des Grands ruisselaient d'une mauvaise foi à donner la nausée : Ce qu'ils voulaient, avaient-ils le front de proclamer, c'était « rendre au roi la dignité de sa couronne et tirer sa personne hors des mains des usurpateurs ». Ils oubliaient que dans les leurs Louis n'eût pas été mieux traité, puisque six mois plus tôt, ils avaient poussé Condé à « ôter le roi de son trône pour se mettre à sa place ». Richelieu avait donc beau jeu de dénoncer leur hypocrisie et de répondre avec vigueur que leur seul véritable dessein était d'« abattre l'autorité de Sa Majesté, de démembrer et de dissiper son Etat et de se cantonner en son royaume pour y introduire autant de tyrannies qu'il contenait de provinces ».

— Voilà qui est bel et bon ! me dit Déagéant quand il me vint visiter fin février en mon appartement du Louvre : Abaisser les princes, éternels rebelles en ce royaume, est une entreprise assurément fort louable.

Mais si Richelieu, comme je le crois, gagne la guerre qu'il engage contre eux, à qui dans les présentes circonstances profitera cette victoire, sinon à Conchine, dont le démesuré pouvoir ne trouvera plus devant lui le plus petit obstacle? Déjà, Conchine lève sa propre armée. Déjà il aspire, comme le duc de Guise jadis, à la connétablie. Et s'il l'obtient, je ne donnerai pas cher du trône de Louis, ni même de sa vie.

— Monsieur Déagéant, dis-je, le roi connaît-il cette polémique entre les princes et Richelieu?

— Oui, Monsieur le Chevalier, Bellegarde lui en a touché un mot. Aussi bien n'est-ce pas à ce sujet que je vous viens visiter, mais pour réciter un certain nombre de faits que je vous prie de faire parvenir à Louis par notre coutumier canal.

— Récitez, Monsieur Déagéant, dis-je : La gibecière de ma mémoire est grande ouverte.

— *Primo :* les trois ministres vont tous les jours en la maison de Conchine traiter des affaires de l'Etat et prendre ses ordres. *Secundo :* Conchine a l'intention de bannir du Conseil du roi ceux des conseillers qui ne lui paraissent pas assez dociles. *Tertio :* hier au Louvre, il entra dans la salle du Conseil des dépêches, et s'asseyant sans façon dans la chaire du roi, il commanda au secrétaire d'Etat de lui lire les nouvelles qu'il venait de recevoir. *Quarto,* et ce *quarto* va vous laisser béant, Monsieur le Chevalier : Conchine prend prétexte de la guerre pour envoyer aux armées la plus grande partie de la garde personnelle du roi.

— Voilà, m'exclamai-je, qui est fort inquiétant!

— Ce l'est! dit Déagéant sans que l'ombre d'une émotion apparût sur son visage carré et paysan. L'affaire a été décidée ce matin : vont partir rejoindre l'armée du duc de Guise les gendarmes du roi, ses chevau-légers et seize de ses vingt compagnies de gardes françaises.

— Après cela, que reste-t-il donc à Louis?

— Les Suisses et quatre compagnies de gardes françaises; et encore, sur ces quatre restantes, Conchine, après y avoir réfléchi plus outre, eût voulu en expédier trois de plus au duc de Guise dans l'Ile-de-France.

Mais Mangot et Richelieu s'y opposèrent pour la raison qu'il ne fallait pas, dirent-ils, trop dégarnir la garde de Louis.

— Cela me fait plaisir que Mangot et Richelieu aient osé se rebéquer contre ce monstre. Et Barbin ?

— Il n'a pas osé ouvrir le bec. Les fureurs de Conchine le paralysent.

— Pensez-vous, Monsieur Déagéant, que si Conchine tentait un coup de force contre le roi, Richelieu y serait connivent ?

— Nenni, je le décrois. Pour Richelieu, Conchine n'est qu'un marchepied pour atteindre le pouvoir. Là où Richelieu s'égare, c'est lorsqu'il croit, le moment venu, pouvoir passer la bride à ce fol furieux. A mon sentiment, personne ne le peut, pas même la reine-mère, qui de reste, n'entend rien à ce qui se passe et ne voit les choses que par les yeux de la Conchine.

— Monsieur Déagéant, dis-je, pensez-vous que Conchine soit vraiment fol ?

— Oui-da, dans le sens où il ne peut plus se maîtriser, mais seulement en ce sens-là. Je distingue deux ressorts en lui : l'orgueil du parvenu et la couardise. Tous deux le poussent à passer les bornes, limites et mesures que la raison devrait lui assigner.

— Comment cela ?

— Conchine est parti de si bas que sa bassesse même l'éperonne à atteindre un pouvoir illimité. Et d'un autre côté sa couardise ne peut que décupler encore son désir d'une absolue puissance : plus il se sent haï, plus il se veut craint. Voyez-le agir en ce Louvre qu'il croit déjà le sien : il piaffe, il morgue, il bourrasque, il fait fiente de toutes choses et de toutes gens... Et cependant, tandis qu'il fait ainsi le violent et le tyranniseur, regardez bien ses yeux : ils sont hagards et pleins de peur. Sa colère n'est qu'un masque. Il est terrifié par sa propre élévation, mais ne peut plus s'arrêter. Il ira jusqu'au bout, fût-ce vers sa chute ou celle de Louis.

Cette description par Déagéant des « deux ressorts » de Conchine me demeura en mémoire bien après que j'eus couché par écrit ses nouvelles et les eus confiées au chapitre XIII des *Essais* de Montaigne. Il me sembla qu'elle éclairait l'incroyable série de braveries que Conchine fit au roi durant ce mois de mars, et qui se trouvaient tout aussi inutiles, et même nuisibles, à son dessein qu'elles étaient pour son souverain profondément offensantes.

Au début mars, mais je ne saurais préciser le jour, le roi devait se rendre à Saint-Germain-en-Laye, et m'ayant fait l'honneur de m'inviter à l'accompagner, j'étais là quand un incident survint qui me laissa atterré. Au moment où Louis, plongé dans ses pensées, allait mettre la botte sur le marchepied du carrosse pour y monter, tout soudain il releva la tête, jeta un œil sur l'escorte, pâlit, retira son pied comme si un serpent l'avait piqué et redressé de toute sa hauteur, s'écria d'une voix irritée :

— Qu'est cela ? Qu'est cela ? Qui commande cette compagnie ?

— Sire, c'est moi, dit le capitaine en s'avançant et en faisant un profond salut.

— Monsieur, qui êtes-vous ? Je ne vous connais pas, dit le roi avec hauteur.

— Sire, je suis Monsieur d'Hocquincourt, pour vous servir.

— Cette compagnie est-elle à vous ?

— Non, Sire, elle est au maréchal d'Ancre.

— Au maréchal d'Ancre ? s'écria Louis. Et c'est le maréchal d'Ancre qui vous a donné l'ordre de m'escorter ?

— Oui, Sire, dit Monsieur d'Hocquincourt. Pour vous servir, Sire.

— Vous me servez bien mal, Monsieur, si vous obéissez à d'autres ordres que les miens ! reprit Louis avec la dernière rudesse. Retirez-vous, Monsieur, vous et vos hommes !

— C'est que, Sire, dit Monsieur d'Hocquincourt qui, de toute évidence, craignait davantage Conchine que le roi, le maréchal d'Ancre m'a donné l'ordre...

— Monsieur ! s'écria le roi, très à la fureur et son œil noir étincelant. Le roi de France n'est escorté que par les troupes qui sont à lui ! Je vous donne, moi, l'ordre de vous retirer ! Et si vous n'obéissez pas dans l'instant, j'appellerai Monsieur de Vitry et je vous ferai tailler en pièces ! Je dis bien : tailler en pièces, vous et votre compagnie, par mes gardes françaises !

Monsieur d'Hocquincourt, aussi rouge que le roi était blême, fit un profond salut, puis un deuxième, puis un troisième et d'une voix mal assurée donna l'ordre à sa compagnie de rejoindre ses quartiers.

De tout le voyage jusqu'à Saint-Germain-en-Laye, où nous fûmes accompagnés par une compagnie des gardes françaises, Louis, rencogné en le côté droit du carrosse, son chapeau sur les yeux, ne desserra pas les dents. Et personne n'osant piper, tout le trajet se passa dans un silence mortel. A Saint-Germain, il reprit ses occupations coutumières et notamment ses chasses au lièvre dans la garenne du Pec, lieu qu'il aimait fort pour ce que la rivière de Seine le bordait et que, trottant à cheval, on pouvait voir à travers les arbres les hautes voilures des gabarres glisser sur les invisibles ondes. Toutefois, bien que Louis chassât avec la même ardeur qu'à l'accoutumée, il fut fort taciturne pendant les cinq jours qu'il passa dans le château de ses enfances.

A notre retour en Paris, je n'eus rien de plus pressé que de courir rue des Bourbons où, encore qu'elle se jetât de prime dans mes bras, Madame de Lichtenberg me fit quelque peu la mine, prétendant que j'aimais Louis plus qu'elle-même.

— Ah, m'amie, dis-je, ce n'est pas la même amour ! Bien que je n'aie pas l'âge d'être son père, ayant à peine dix ans de plus que lui, je l'ai connu enfantelet et je garde pour sa personne les sentiments d'un aîné en même temps que j'éprouve pour lui ceux d'un sujet pour son roi.

— Cela fait beaucoup, toutefois ! dit ma *Gräfin*, mais sans vouloir pousser trop loin le reproche, ayant mieux à faire de notre après-dînée que me chercher querelle.

Cependant, elle en reprit quelque peu le thème, une fois que nos tumultes furent apaisés, se plaignant de mon silence et de ce que mes pensées ne fussent pas à elle autant que mon corps l'avait été.

— Ah, mon ange, dis-je, c'est que les choses en sont venues à une extrémité qui me fait un souci à mes ongles ronger ! Tous les succès de nos armes contre les Grands ne font qu'augmenter le pouvoir de Conchine et son arrogance est devenue telle et si grande qu'il ne craint pas de morguer le roi.

Ne voulant pas alors entrer dans trop d'humiliants détails, je me contentai de lui conter l'affaire de l'escorte que, de reste, je ne doutais pas qu'elle n'apprît un jour soit par Bassompierre, soit par l'ambassadeur de Venise. Ma *Gräfin* parut fort étonnée, et de la damnable insolence de Conchine, et de la sottise de Monsieur d'Hocquincourt, et de la colère du roi.

— Dieu bon ! dit-elle. En est-on arrivé là ? Une compagnie de Conchine taillée en pièces devant le Louvre par une compagnie du roi ! La menace était-elle sérieuse, mon Pierre ?

— Elle l'était, assurément, dans le chaud du moment.

— Et Vitry eût-il osé la mettre à exécution, si on le lui avait commandé ?

— Assurément. Vitry eût tout osé, sur un signe du roi... Il y a en ce royaume, m'amie, des seigneurs qui, pour ainsi parler, sont héréditairement rebelles et traîtreux au souverain, comme les Condé et les Mayenne. Mais Dieu merci, il en est de moins haute lignée qui, de père en fils, sont farouchement fidèles à leur roi, comme les Thémines, les Vitry...

— Et les Siorac, dit ma *Gräfin* avec une tendre malice en me caressant la joue.

— Et les Siorac ! dis-je en attrapant sa main au vol pour baiser les veines bleues de son poignet.

— Mon Pierre, reprit-elle, vous qui me décrivez le roi comme étant si maître de soi, comment toutefois expliquez-vous qu'il se soit laissé aller dans cette affaire à une telle violence ?

— C'est qu'il ne s'agissait pas seulement d'une très odieuse braverie, mais bel et bien de sa sécurité. Une compagnie à la solde de Conchine et commandée par une de ses créatures aurait pu tout aussi bien prendre occasion d'une escorte à Saint-Germain pour l'enlever.

Louis allait-il se mettre dans les mains de son pire ennemi, lui à qui on venait de rogner sa garde personnelle ?

⁂

Que Louis, malgré les efforts qu'il faisait pour dissimuler les sentiments qui l'animaient contre la tyrannie de Conchine et l'autorité de sa mère, ne les maîtrisât pas tout à fait, c'est ce qui m'apparut au début mars. A cette date, la Cour apprit que le comte d'Auvergne avait réussi à enfermer le duc du Maine dans Soissons, le comte se faisant fort de prendre la ville en moins d'un mois. Sur ses assurances, le Conseil du roi décida, pour les raisons qu'on devine, de donner à ce succès le plus de pompe possible en envoyant le roi prendre à Soissons la tête de ses armées, afin qu'il fût su, *urbi et orbi,* que la guerre qu'on faisait aux Grands n'était pas faite par les ministres et pour le favori, mais par le roi lui-même et pour asseoir sa propre autorité.

La démarche, inspirée sans nul doute par Barbin et Richelieu, était fort habile, mais elle n'eut pas de suite, pour la raison que le roi, oyant qu'on l'allait envoyer à Soissons, ne put cacher l'enivrante joie qui s'empara de lui, le privant quasiment de sommeil et le jetant dans une folle impatience. Comme la surveillance et l'espionnage s'étaient fort resserrés autour de Louis depuis le retour de Conchine, on ne faillit pas à le savoir dans l'entourage de Marie. Et cela donna fort à penser à la Conchine, qui craignit qu'une fois remparé au milieu d'un des régiments de ses gardes — dont il connaissait les officiers et quasiment tous les soldats —, Louis pût braver l'autorité de sa mère et se déclarer haut et fort contre le favori. De semaine en semaine alors, à la grande mésaise et désolation de mon pauvre roi, on remit donc son départ pour Soissons, lequel, le huit avril, fut à la parfin annulé. A mon sentiment, rien ne fit davantage sentir à Louis combien il était peu le maître en son royaume, puisqu'il ne pouvait de son propre gré sortir du Louvre que pour de brefs séjours à Saint-Germain ou à Vincennes.

Soissons étant, comme Amiens, une ville de grande conséquence pour ce qu'elle était pour ainsi parler le boulevard de Paris et au nord-est en commandait l'approche, Conchine, qui ne s'était jamais consolé de la perte d'Amiens au profit du duc de Montbazon, ne laissa pas dans sa folle avidité, de convoiter Soissons, et avant même que la ville fût prise, il pria Barbin et Richelieu d'en demander pour lui le gouvernement à la reine-mère.

En vain les ministres lui remontrèrent l'inconvenance d'une démarche qui amènerait à penser au monde entier qu'il ne faisait la guerre aux Grands que pour s'enrichir de leurs dépouilles. Fort irrité de leur résistance, Conchine en parla le premier devant eux à Marie, laquelle de soi rebuffa l'impudent avec la dernière véhémence sur l'insatiableté de ses ambitions. La crête fort rabattue qu'on lui chantât pouilles devant ses ministres, Conchine se tut, mais comme la reine, irritée, lui quittait la place et se retirait dans son cabinet, il eut le front de la suivre et en ressortant, quelques instants plus tard, il dit hautement aux ministres que l'affaire était dans le sac et qu'il aurait Soissons.

Les ministres s'informèrent auprès de la reine. Il n'en était rien. C'était là de la part de Conchine une pantalonnade dans le style de la comédie italienne et dans le goût, ou plutôt, le mauvais goût, de celle qu'il avait jouée quand peu après le veuvage de la reine-mère, il avait affecté, en sortant de sa chambre, de relacer l'aiguillette de sa braguette pour faire croire qu'il était son amant. Le lecteur se ramentoit sans doute cette vilenie, que j'ai contée au début de ces Mémoires et qui dépeint l'homme à cru.

— Si je devais définir les faiblesses de Conchine, me dit Déagéant après m'avoir conté, au cours d'une visite nocturne, l'affaire de Soissons, je dirais *primo* qu'il se gonfle et se paonne jusqu'à l'enfantillage, préférant la réputation de la toute-puissance à la puissance elle-même. *Secundo,* qu'il est vindicatif au point de ne pas considérer que sa vengeance pourrait surtout porter tort à lui-même. *Tertio,* qu'il pense très petitement, car à un homme qui rêve du pouvoir suprême, peu devrait chaloir le gouvernement de Soissons ou d'Amiens.

— D'Amiens! dis-je, béant. Mais la reine la lui a enlevée pour la donner au duc de Montbazon par le traité de Loudun!

— Cela n'empêche point que Conchine, dépité de n'avoir point Soissons, ait conçu le projet de se ressaisir d'Amiens, ayant des amis dans la place qui y font quelque remuement. Il s'en est ouvert à Barbin, lequel à l'ouïr leva les bras au ciel : « Mais, Excellence! s'écria-t-il, ce serait rompre la parole de la reine! déshonorer sa signature! ruiner sa réputation! et donner raison aux manifestes des Grands! »

Mais Conchine, furieux qu'on s'opposât à lui, ne voulut rien ouïr et lui tourna le dos. Tant est que Barbin, entendant bien qu'il allait poursuivre, malgré ses avis, son calamiteux dessein sur Amiens, en avertit la reine, laquelle commanda au duc de Montbazon — un des rares ducs fidèles — de courir se remparer dans sa ville afin d'éviter qu'on la lui dérobât.

— Et Conchine?

— Dès lors, ivre de rage, Conchine ne rêve, ne ronfle et ne respire que vengeance. Par des calomnies, par des lettres forgées de toutes pièces, par des témoins subornés, il travaille à ruiner les ministres dans l'esprit de la reine afin qu'elle les renvoie.

— Eh quoi? dis-je. Des hommes pleins de talent et de résolution! Et qui l'ont si bien servie en gagnant la guerre contre les Grands!

— La gratitude n'est pas le fort de Conchine, dit Déagéant avec un sourire froid. Les remplaçants sont déjà choisis, par sa femme : Russelay, Mesmes et Barentin. Mais il faudra encore quelque temps pour que l'affaire se fasse. Car fort habilement, Barbin et Richelieu ont donné de soi leurs démissions à la reine. Mais la reine, pour le moment, les a refusées. De reste, tiraillée entre les ministres qui se plaignent du maréchal et la Conchine qui l'endoctrine tous les soirs, elle ne sait plus qui croire et que résoudre. Son esprit, qui n'a jamais été clair, se trouve plongé en pleine confusion. Tout lui fait peur. Elle se méfie de tous, et en particulier de son fils. Elle songe même à abandonner le pouvoir et n'ayant pu avoir la principauté de la Mirandole, elle négocie avec le pape l'usufruit du duché de Ferrare.

— Une chose m'étonne, dis-je, dans la circonstance présente. Conchine est tantôt à Paris et tantôt à Caen. Comment expliquer ceci ?

— C'est que son esprit inquiet, dit Déagéant, hésite entre deux rôles : celui de roi sans couronne à Paris ou celui de duc, ou prince en son gouvernement de Normandie, lequel il est en train de fortifier comme s'il était un duc de Nevers dans le Nivernais. Entre autres choses, il rempare à grands frais Quillebeuf et Pont-de-l'Arche, grâce auxquels il se vante d'avoir « la clef de la France », pour ce qu'il dispose « de la rivière qui donne à vivre à Paris ». Sotte vanterie, car la capitale se ravitaille autant en amont qu'en aval. Et il a fait venir vingt-cinq canons de l'Arsenal, et comme cela ne lui suffisait pas, il en a commandé autant en Flandres, qu'il n'a de reste pas payés. Enfin, il lève des troupes et se flatte d'avoir fin mai trente mille hommes avec lui, dont deux tiers d'étrangers.

— C'est beaucoup.

— C'est peu, commandés par un pleutre. Et c'est peu, comparé aux trois armées que le roi pourrait rassembler contre lui quand les Grands seront vaincus.

— A condition que le roi soit alors véritablement le roi.

— Soyez bien assuré, Monsieur le Chevalier, qu'il y songe, dit Déagéant.

Il n'en dit pas davantage ce soir-là et me laissa au résumé que j'avais à rédiger et que, dès le lendemain, je devais confier aux *Essais* de Montaigne. Ce que je fis, en pensant qu'il était fort heureux que Déagéant eût trouvé ce subterfuge, car la surveillance autour de Louis était devenue si tatillonne et si oppressive que c'était quasiment un crime capital pour un de ses officiers que de lui parler en particulier, ou même de l'entretenir en public d'un sujet sérieux. Bien je me ramentois qu'ayant répondu un peu longuement à une question que Louis m'avait posée sur le siège de Paris par Henri IV, je me trouvai tout soudain menacé d'exil et ne dus qu'à l'intervention vigoureuse de la duchesse de Guise auprès de la reine d'être épargné, mais avec cette recommandation expresse de parler à Louis le moins possible. Tant l'alerte fut chaude, et si grave ma marraine en me tenant ce propos, que je parvins avec peine à lui taire l'horreur que je ressentis à ouïr cette ignominieuse consigne qui faisait de mon petit roi un pestiféré à l'intérieur de son propre palais. Dans la suite j'observai que Louis n'ignorait rien des ordres infâmes dont il était l'objet, car je le vis à plusieurs reprises se reculer par bonté des officiers de sa maison qui lui parlaient un peu longuement, comme s'il eût voulu leur épargner le sort dont j'avais été menacé.

Je redoublai de prudence après cet avertissement et rencontrant Monsieur de Luynes dans le grand escalier, je convins avec lui d'un autre signal à donner au roi que mon pourpoint déboutonné : ce que j'avais jusque-là négligé de faire. Je pris garde aussi de ne jamais demander la clef du cabinet des livres quand le long nez de Monsieur de Blainville reniflait l'air dans les alentours. L'idée d'être exilé de Paris m'avait plongé dans le désespoir, non seulement parce que j'y avais mes amours et mes affections, mais aussi parce que je n'eusse pu continuer à servir mon roi dans le chemin semé de mortelles embûches qui était maintenant le sien.

Je ruminais toujours longuement les exposés — j'allais dire les leçons — que me donnait Déagéant, tant j'y trouvais de « substantifique moelle [1] ». Mon lecteur a sans doute observé, se peut en s'en ébaudissant, les *primo, secundo, tertio, quarto,* qui articulaient son discours et lui donnaient l'air de pédantiser. Ce n'était qu'une apparence. Déagéant aimait ces dénombrements par souci de clarté. Mais au rebours des gens qui ne sont minutieux et méthodiques que par la lourdeur et la lenteur de leur esprit, le sien était si prompt, si vif et si incisif, que je ne laissais pas d'admirer, à chacune de ses visites, la profondeur de

1. Rabelais.

ses vues. Et à la réflexion, je me sentais fort heureux que Louis eût un tel homme pour veiller sur lui dans l'ombre, car si Luynes était fidèle et affectueux, il n'avait qu'à l'état de frêles pousses les robustes vertus qui foisonnaient en Déagéant, et moins encore, son courage.

Il valait mieux pour Louis que Conchine s'attardât en Normandie à construire à grands frais ses fortifications, car lorsqu'il se trouvait à Paris, le roi avait de plus en plus de mal à dissimuler l'aversion qu'il lui inspirait, le regardant à peine et, quand il lui parlait, ne lui répondant que du bout des lèvres. Et Conchine, de son côté, était d'autant moins disposé à brider son arrogance de parvenu qu'il tenait Louis pour un être sans esprit et sans ressort. C'était l'opinion, on l'a vu, que sa mère avait depuis des années accréditée et que la Cour croyait comme évangile. Même Richelieu, qui était pourtant la finesse même, partageait cette créance inepte, et avoua plus tard que ce qui se passa en avril le prit sans vert, car il n'avait jamais cru qu'il y eût *assez de force* de ce côté-là pour changer si radicalement les choses.

De la rare insolence de Conchine à l'égard de Louis, je ne donnerai que deux exemples. En cette fin avril, les cieux déclos pleuvaient sur nos têtes des orages aussi nombreux que nos soucis ; et Louis, empêché d'aller chasser, s'en consolait en jouant au billard dans la « petite galerie », laquelle on appelait ainsi par opposition à la « grande galerie » qui donnait sur la rivière de Seine. Ne trouvant pas Louis en ses appartements et apprenant par Berlinghen qu'il faisait là sa partie, je l'y rejoignis. Je trouvai autour de lui deux ou trois gentilshommes qui appartenaient à sa maison, et les submergeant par le nombre, la moutonnante et adorante suite de Conchine. A mon entrant, je vis celui-ci tenant à la main son chapeau aux coûteuses et célèbres plumes, et j'en conclus, comme vous l'eussiez fait, qu'il avait consenti cette fois à saluer le roi. Chose étrange, cette concession aux usages du royaume me donna quelque malaise, comme si elle cachait quelque chose de pis que sa coutumière insolence.

Pourtant, je l'entendis quérir Louis d'une façon quasi respectueuse de lui faire l'honneur de jouer cette partie de billard avec lui. Cette requête adressée par un maréchal de France au chef des armées n'avait rien de disconvenable, et après un temps d'hésitation, Louis l'accepta, d'une façon non point tant maussade que méfiante et réservée. Un valet tendit alors à Conchine, avec un grand salut, une queue de billard qu'il saisit de sa dextre, mais comme sa senestre tenait son chapeau, et qu'il avait besoin de ses deux mains pour jouer, un gentilhomme de sa suite s'avança avec une obséquieuse génuflexion et s'offrit à le débarrasser de son couvre-chef. Conchine parut sur le point de le lui tendre, mais tout soudain se ravisant — mais peut-être avait-il prémédité ce coup-là — il se tourna vers le roi et lui dit d'un ton gaillard et piaffant :

— *Per Dio !* Votre Majesté me permettra bien de me couvrir ?

Ayant dit, et sans attendre la permission qu'il avait requise sur un ton si cavalier et, qui pis est, avec un juron, il remit son chapeau sur la tête avec un regard triomphant et connivent adressé à ses flatteurs. Après quoi, il se pencha pour viser la boule d'ivoire, ses majestueuses plumes caressant presque le tapis vert.

Je fus béant, et si le roi m'avait alors commandé de passer mon épée à travers le corps de cet insolent faquin, je crois bien que je l'eusse fait. Mais le roi se tut, sans doute parce qu'il craignait, s'il lâchait la bride à sa colère, d'aller plus loin que la prudence ne l'eût exigé. La face imperscrutable, il se mit à jouer et j'observai que même les lécheurs de Conchine avaient l'air effaré, car c'était bien la première fois, pour eux comme pour nous, qu'on voyait dedans le Louvre ce spectacle inouï : un gentilhomme approcher le roi avec son chapeau sur la tête.

La partie fut brève. Louis, prétextant sa fatigue, la quitta au bout de quelques minutes avec un signe de tête adressé à Conchine. Dès qu'il fut hors ouïe de ce détestable sire, et avant même d'atteindre ses appartements, il se tourna vers moi et me dit d'une voix tremblante de colère :

— Siorac, avez-vous vu comment il s'est couvert ?

Je sais bien que d'aucuns, qui recevaient du favori charges et pécunes, ont tâché de l'absoudre là-dessus en disant que les Grands d'Espagne avaient le droit de garder leur couvre-chef en présence de leur souverain. L'excuse me paraît niaise. Les mœurs de l'au-delà des Pyrénées ne sont pas les mœurs de l'en-deçà, et de reste Conchine n'était pas espagnol : il appartenait à un pays où l'on va si loin dans la vénération qu'on se met à deux genoux devant le pape pour lui baiser sa pantoufle.

Mais à mon sentiment Conchine fit bien pis encore dans le domaine de la damnable impudence. Louis, on s'en ramentoit, n'était point un prince dépensier, n'aimant ni les bijoux ni les vêtures fastueuses, ni les superfluités du luxe. Mais il lui arrivait parfois, pour la chasse ou la vénerie, d'avoir besoin d'un supplément de pécunes. On sait alors comment il en allait : il les demandait à sa mère et la plupart du temps elle les lui refusait.

Louis essuya en avril une de ces rebuffades. Et comme il garda bec cousu là-dessus, aucun officier de sa maison ne l'apprit avant la visite que lui fit un matin Conchine, suivi et précédé de la tourbe de ses courtisans, laquelle envahit les appartements du roi à tel point qu'ils parurent soudain trop petits pour contenir une telle multitude : elle refoula, pour ainsi parler, le roi et la poignée de personnes qui se trouvaient avec lui, dont j'étais, dans un coin de la pièce. Toutefois, ce flot impétueux s'ouvrit en deux comme la mer Rouge jadis devant Moïse, pour laisser passer le maréchal d'Ancre, lequel sans se découvrir fit à Louis un petit salut protecteur et lui dit :

— Sire, je suis bien fâché que la reine ne vous ait point donné les deux mille écus que vous avez requis d'elle pour employer à des choses de petite conséquence. Une autre fois que vous aurez ce besoin, plaise à vous de vous adresser à moi, je vous ferai avoir ce que vous voudrez, soit des trésoriers de l'Epargne, soit, s'ils refusent, de *mes propres deniers.*

Bien qu'il connût de longue date ce dont Conchine

était capable, Louis demeura un instant sans voix. Cet homme de néant, ce vil aventurier, cet étranger arrivé en France sans un seul sol vaillant et qui s'était enrichi, avec la complicité de la reine-mère, en pillant ses finances, osait s'offrir à lui faire l'aumône, et sur ses *propres deniers,* auxquels aucun des deux sens du mot « propre » ne pouvait convenir!

— Monsieur, dit enfin Louis (sans l'appeler ni « mon cousin », ni « Monsieur le Maréchal »), ce n'est pas à vous à me donner de l'argent...

Etant économe de ses mots, il n'en dit pas plus, et Conchine, après un bref salut, se retira.

Le peuple de Paris, y compris le petit peuple, qui a bien du mal à survivre, surtout par le temps de gel et de froidure qui raréfie vivres et bois, s'est toujours furieusement intéressé à ce qui se passe dedans le Louvre autour de la famille royale, des princes et des ministres, et en babille intarissablement dans les rues, les places, les marchés et les parvis des églises, ce discours charriant dans son flot au moins autant de vérités que d'erreurs. La raison en est sans doute que le demi-millier de domestiques qui travaillent de jour dans le palais du roi se trouve en constant contact avec la centaine de serviteurs qui ont l'honneur d'y coucher (comme ma Louison, qui se paonnait si fort de dormir « sous le même toit que le roi ») et apprend d'eux une foule de choses qui, colportées ensuite dans la capitale, grossissent et se déforment en passant de l'un à l'autre, mais sans perdre tout à fait leur âme de vérité.

Jamais en nous servant, Mariette ne travailla tant du caquet qu'en cet avril où, à notre repue de midi, elle nous donnait les nouvelles qu'elle avait non pas glanées, mais ramassées à la pelle, au Marché Neuf, et d'autant que mon père lui lâchait pour une fois quelque peu la bride, désirant tâter par elle le pouls des Parisiens en ces temps de mésaise et d'angoisse.

Elle nous expliqua — ce qui se révéla vrai — que le

Conchine avait recruté une garde personnelle de quarante bretteurs qui le suivaient partout et qu'il appelait ses *coglioni* : ce qui, étant connu, avait fait que partout à Paris on ne l'appelait plus que le *coglione*, quoique ce fût, dit-elle, un nom encore beaucoup trop doux pour lui, qui méritait d'être brûlé vif, comme Ravaillac, en place publique; qu'il avait recruté et cantonné dans le faubourg Saint-Germain dix-neuf mille soldats étrangers afin de pouvoir, le moment venu, massacrer les Parisiens (ce qui était vrai, sauf quant au nombre, car ils n'étaient que deux mille); que le roi avait menacé de tailler en pièces ces régiments étrangers, mais que par malheur, il n'avait pu, sa garde personnelle ayant été perfidement envoyée à Soissons (version étrangement magnifiée de l'affaire de l'escorte); que le Conchine venait de dresser deux cent cinquante potences dans Paris pour y pendre les Parisiens, s'ils se rebellaient contre sa tyrannie (les neuves potences se trouvaient bien, en effet, aux carrefours, mais elles n'étaient que cinquante); qu'un capitaine avait été décollé sur l'ordre de Conchine dans la cour du Louvre (ce qui était vrai) pour avoir communiqué avec le roi (alors qu'en fait il renseignait les princes); que le roi était allé se plaindre à la reine-mère des méfaits du favori, et que sa mère, furieuse qu'il osât dire du mal de son amant (ce que le Conchine n'était pas), avait osé souffleter le roi (ce qu'elle ne faisait plus depuis qu'il était majeur) et l'avait rebéqué en disant : « En quoi *chety* que *chela* te *concherne* ? » (La reine-mère, comme le remarqua La Surie quand Mariette fut sortie, ne tutoyait pas le roi et n'avait pas non plus l'accent auvergnat.) Mais l'entretien avait bel et bien eu lieu, il y avait une semaine à peine et c'était prodige que Mariette l'eût appris si vite, même sous cette forme fautive, et après quel longuissime cheminement de bec à oreille ?

— La haine des Parisiens pour Conchine est devenue furieuse, dit mon père quand nous fûmes retirés après le dîner en notre librairie, et la reine-mère, guère mieux traitée. Nous aurons de grands désordres céans, si le nœud qui nous étrangle n'est pas sous peu dénoué.

— Il y a, dit La Surie, une circonstance qui m'étonne dans ce *pasticcio* [1] (il se piquait alors d'apprendre l'italien). La Conchine déteste son mari, parce qu'il la traite comme bête brute, la bat, la jette à terre, la traîne par les cheveux, la menace de son poignard. Et la reine-mère ne l'aime pas davantage. Que ne se liguent-elles pas pour se débarrasser de ce scélérat ?

— C'est, dis-je, qu'elles ne le peuvent point. La Conchine vit recluse en son appartement, n'ayant qu'une passion en ce monde : l'or, et elle a besoin d'un bras séculier pour favoriser ses affaires. Ce bras, c'est Conchine.

— Et la reine-mère ?

— Elle est si confuse, si perplexe et si tergiversante qu'elle finit toujours par vouloir ce que veut la Conchine. Jamais elle n'aura la force de la renvoyer à Florence. Ni elle, ni son époux.

— La situation est donc sans issue ? dit mon père.

A cette question je ne trouvai pas de réponse et je me contentai de hausser les sourcils. Car, à la vérité, je commençais à désespérer, Déagéant m'ayant dit que le roi craignait par-dessus tout qu'on l'ôtât de son trône, pour mettre à sa place son frère cadet, Gaston, enfant léger et pliable qui apporterait à sa mère l'occasion d'une deuxième régence, et à Conchine, l'affermissement de son absolu pouvoir.

Cependant, ce même jour où le « sans issue » de mon père avait résonné comme un glas dans mon cœur, l'espoir tout soudain commença à luire avec la visite, dans l'après-midi, de Déagéant en mon appartement du Louvre, laquelle visite ne tourna pas du tout comme les précédentes, encore qu'après les salutations je commençasse l'entretien par ma phrase coutumière :

— Monsieur Déagéant, parlez ! J'ouvre toute grande la gibecière de ma mémoire !...

— Refermez-la, de grâce, Monsieur le Chevalier ! dit Déagéant. Le chapitre XIII des *Essais* ne nous servira

1. Embrouillamini (ital.).

plus... Nous allons ce jour franchir une deuxième étape, si vous y êtes du moins consentant. Car l'affaire sera périlleuse. A ce sujet, plaise à vous, Monsieur le Chevalier, de vous ramentevoir que si elle échoue...

— Ce sera le billot pour moi et la hart pour vous ! Nous l'avons déjà dit ! Parlez, parlez ! Monsieur Déagéant. Vous me donnerez quelque impatience, si vous vous taisez davantage !

Déagéant sourit, ce qui me donna à penser qu'il devrait sourire plus souvent, car son rude et fruste visage s'éclaira à mon endroit d'une lumière amicale et quasi attendrie.

— Monsieur le Chevalier, dit-il, puis-je vous demander quel âge vous avez ?

— Vingt-cinq ans.

— N'êtes-vous pas un peu jeune pour vous mettre au hasard de dire adieu à jamais à ceux que vous aimez ?

— Monsieur, je vous citerai là-dessus mon grand-père, le baron de Mespech. A qui lui demandait si, depuis qu'il avait cent ans, il n'envisageait pas avec plus de sérénité de quitter ce monde, il répondit tout de gob : « Point du tout ! Qu'on soit jeune ou vieux, quand la mort frappe à votre porte, elle frappe toujours trop tôt. » Malgré cela, je n'aimerais pas demeurer en vie, si mon roi devait tomber dans les fers, ou pis encore. Je sentirais trop le déshonneur de ne pas l'avoir assez bien servi.

— Ce sentiment est aussi le mien, dit Déagéant avec gravité.

— Adonc, dis-je tout bouillant, que faisons-nous ? Où allons-nous ? Quand commençons-nous ?

— Là où nous allons, nous ne devrons arriver que dans une grosse heure, Monsieur le Chevalier, et j'aimerais, si vous le permettez, vous faire la surprise et du lieu et des compagnons.

— Fi donc ! Que de mystères ! dis-je. Mais en attendant que vous les éclairiez, soupons ! Nenni, nenni, point de refus ! Le temps nous paraîtra moins long. La Barge, demande à Robin de nous apporter du pain de Gonesse, du beurre, de belles tranches de jambon de

Bayonne et un flacon de vin de Cahors. Monsieur Déagéant, poursuivis-je, quand nous fûmes attablés, mangeant tous deux à dents aiguës et buvant à grandes goulées, dès lors que ce vin de pays aura enrichi votre sang, il ne pourra que délier votre langue. Or sus, Monsieur Déagéant, point de défaites! Répondez-moi : le lieu?

— Le Louvre.

— Le Louvre est grand...

— L'appartement de Monsieur de Luynes.

— Les compagnons?

— Monsieur de Luynes.

— Cela va sans dire. Qui d'autre?

— Son cousin, le baron de Modène.

— Mais encore?

— Monsieur de Marsillac.

— Qui d'autre?

— Monsieur Tronçon.

— Qui est Monsieur Tronçon?

— Un homme de loi.

— Est-ce tout?

— C'est tout, dit Déagéant.

Mais bien que son sourire démentît son affirmation, je ne pus rien tirer d'autre de lui. Et pour parler à la franche marguerite, je me sentis en mon for quelque peu rabattu. Car les personnages qu'il m'avait nommés me paraissaient bien petits et bien falots pour s'engager dans une entreprise qui devait être de conséquence, puisque Déagéant avait pris soin de m'en souligner les périls.

— Mais qui donc vous attendiez-vous à voir là, Monsieur le Chevalier? dit Déagéant, qui avait senti ma déception. Un duc? Un évêque? Mais ces grands personnages ne se mettent pas souvent au hasard de perdre ce qu'ils ont, ou alors il faut que la mise soit belle et qu'il y ait fort à gagner. Ce sont les petites gens, au nombre desquelles je me range, qui donnent leur vie pour servir le roi...

N'ayant pas au Louvre d'intrigue de dame, je n'étais pas accoutumé à sortir de mon appartement pour hanter les galeries du palais la nuit, et Déagéant me conseilla de rabattre mon chapeau sur les yeux et de me boucher le visage de mon manteau, ainsi d'ailleurs, que de prendre épée et dague. Lui-même, me dit-il, portait une dague à l'italienne, fixée derrière son dos sous son pourpoint. Pour notre porte-lanterne, qui fut aussi notre hallebardier, je choisis Robin, lequel m'était connu pour sa robusteté. Nos soins, m'expliqua Déagéant, étaient de pure précaution. Les mauvais garçons, disait-on, sévissaient partout, et même dans le Louvre, mais en ce qui le concernait, il n'avait jamais rencontré dans ses nocturnes déambulations que de furtifs amoureux. Toutefois, nous pourrions nous trouver nez à nez avec des espions de Conchine.

On se ramentoit sans doute qu'en raison de sa capitainerie du Louvre, Luynes jouissait d'un logis, situé juste au-dessus de celui du roi, et qui communiquait avec lui par un petit viret. Cette disposition si commode et si discrète permettait à Louis de le voir à toute heure.

Dans le tournant de ce viret, étendu sur les marches et profondément endormi, nous trouvâmes Monsieur de Berlinghen. Robin, indigné que le drolissou, placé en sentinelle, se fût ensommeillé, proposa, pour le réveiller, de lui mettre le tranchant de sa hallebarde sur le cou. Mais craignant que le béjaune ne poussât à son réveil des cris d'orfraie, je préférai le secouer doucement par les épaules, tandis que Déagéant, ayant pris la lanterne des mains de Robin, la lui mettait dans les yeux. A la parfin, Berlinghen se réveilla, je lui fis tout un sermon sur sa défaillance, et à peu qu'il n'en pleurât. Le voyant si désemparé, je commandai à Robin de demeurer avec lui, ce dont mon cuisinier fut bien marri, et d'autant que Déagéant lui avait pris la lanterne, et qu'il allait demeurer dans le noir et le froid, avec un garcelet qu'il ne pourrait même pas rebéquer, puisqu'il était noble.

Quand Déagéant toqua d'une façon convenue à l'huis de Monsieur de Luynes, une main entrebâilla par degrés la porte, et la tête de Cadenet apparut. C'était un des deux frères de Luynes, et le plus vaillant des trois, étant celui qui se battait en duel à la place de

Luynes, quand le pauvret avait le malheur d'être provoqué par un jaloux : car il va sans dire que pour sa part et connaissant ses propres faiblesses, Luynes ne provoquait jamais personne, étant avec tout un chacun doux, modeste et complaisant.

A apercevoir Déagéant qui élevait la lanterne de Robin à la hauteur de son propre visage, Cadenet ouvrit grand la porte, nous salua silencieusement et s'effaça. Je me trouvai dans un cabinet qui me sembla de petites dimensions, peut-être parce qu'il était très peu éclairé par une seule chandelle, et je vis, debout contre une seconde porte et paraissant en interdire l'accès, Brantes, le deuxième frère de Luynes, lequel portait à la ceinture deux pistolets, dont les crosses brillaient dans la pénombre. Les trois frères se ressemblaient fort et s'aimaient prou, et cette fraternelle amour, jointe à leur caractère méridional enjoué et facile, les rendait aimables à toute la Cour. Ils avaient, en outre, beaucoup à se glorifier dans la chair, étant fort bien faits, bien que de taille moyenne, l'œil velouté, le cheveu aile de corbeau et les traits délicatement ciselés.

Brantes s'effaça à son tour, me faisant au passage le plus charmant sourire, et j'entrai dans la chambre où, étant ébloui de prime par la vive lumière de deux grands chandeliers, je ne vis que de la façon la plus vague la silhouette d'une demi-douzaine de personnes assises en cercle. Mais Brantes s'emparant de mon bras et me faisant prendre place sur une escabelle, je cessai de cligner des yeux et je fus béant de reconnaître le roi assis en face de moi. Aussitôt je me levai dans l'intention de lui rendre hommage, mais Brantes me saisit de nouveau par le bras et me souffla à l'oreille de me rasseoir, Sa Majesté ne voulant pas de cérémonies en ces réunions secrètes.

— Sire, dit Luynes, tous ceux à qui vous avez commandé de venir sont là.

Louis fit des yeux le tour de l'assistance. Il y avait là Monsieur de Modène, Monsieur de Marsillac, Déagéant, moi-même et quelqu'un qui devait être Monsieur Tronçon. Une poignée, une toute petite poignée d'hommes, pour partir à la reconquête d'un royaume.

— Merci, Messieurs, de m'être si bons serviteurs, dit le roi.

Tant parce que le bégaiement de ses enfances l'avait quelque peu clos sur soi, que par une disposition naturelle à se méfier des paroles, Louis n'était pas éloquent et ne prisait pas non plus l'éloquence chez les autres. Mais étant homme de peu de mots, l'air et le ton dont il les prononçait leur donnaient une signification qui dépassait leur sens. Ainsi, quand il nous remercia de lui être « si bons serviteurs », cela voulait dire qu'au rebours de tous ceux qui l'avaient abandonné, nous lui étions restés fidèles, malgré les efforts déployés par Conchine et sa mère pour faire le vide autour de lui.

Nous ayant ainsi remerciés, sans phrases, mais avec une émotion qui lui venait du cœur et qui fit briller ses beaux yeux noirs, Louis, quand il en vint à définir l'objet de cette réunion, fut tout aussi court et concis.

— Messieurs, vous n'ignorez pas le déplaisir que m'apporte la façon dont on gouverne ce pays, le peu de compte que l'on fait de ma personne et le fait qu'on ne me laisse aucune part aux affaires du royaume.

Il fit une pause, comme s'il était lui-même étonné d'avoir prononcé une phrase aussi longue. Et il conclut abruptement :

— Il faut y pourvoir, Messieurs. C'est à vous d'en trouver les moyens.

Puis, pris d'une sorte de scrupule, il ajouta une remarque qui me parut fort révélatrice :

— Je voudrais tenter les plus doux plutôt que d'en venir aux extrêmes.

Ce qui me donna incontinent à penser que, tout en réservant pour l'instant « les extrêmes », Louis les avait déjà envisagés et ne les excluait pas, si « les plus doux » venaient à faillir.

Après que Louis eut fini de parler, personne ne pipa mot pendant un long moment, chacun, à ce que j'imagine, étant, comme moi, perplexe sur ce qui pouvait être tenu comme un « moyen doux » quand il s'agissait de se débarrasser de Conchine.

— Prenez librement la parole, dit le roi au bout d'un moment, et sans quérir de moi à chaque fois la permission de parler.

— Sire, dit enfin Monsieur de Luynes, il serait assurément possible, quand Votre Majesté se rend à Saint-Germain, escortée par sa compagnie de chevau-légers, de sauter en selle une fois sur place et à francs étriers de gagner Rouen.

— Rouen ? dit Monsieur de Modène. Rouen est bonne ville, assurément, et fidèle. Mais bien trop proche de Caen, où règne Conchine avec ses troupes et ses canons.

— En effet, dit Monsieur de Luynes, et s'apercevant que dans sa hâte à fuir, il avait mal choisi son refuge, il reprit : Eh bien, disons Amboise, qui est à moi.

— Amboise est beau château, sans doute, dit Monsieur de Marsillac, mais peu défendable, si l'on ne dispose que d'une compagnie de chevau-légers.

— Et surtout, dit Déagéant, à qui cette fuite fort visiblement ne disait rien qui valût, une fois que Sa Majesté sera à Amboise, que fera-t-Elle ?

— Elle pourrait, dit Luynes d'une voix quelque peu hésitante, mander à ceux qui se tiennent pour ses fidèles sujets de le venir rejoindre.

— Et si personne ne vient ? dit Déagéant.

— Et si personne ne vient, répéta Tronçon, le roi se trouvera dans une situation fausse et humiliante. Cette fuite à Amboise nous ferait courir un risque disconvenable à sa dignité.

Un silence suivit ces paroles et Monsieur de Luynes n'étant aucunement disposé à tirer l'épée pour défendre son projet, celui-ci, à peine conçu, fut enterré. Je sus gré à Monsieur Tronçon de lui avoir donné le coup de grâce, car j'en trouvais l'idée singulièrement mal venue pour toutes les raisons qui avaient été dites, mais aussi parce que cela me donnait de l'humeur que le roi de France quittât le Louvre pour se mettre à la fuite devant un vil aventurier.

L'intervention de Monsieur Tronçon attira mon attention sur lui. Je l'envisageai avec soin et ce que je vis me plut. Il me parut être du même solide métal que Monsieur Déagéant.

Comme le silence en se prolongeant devenait gênant pour tous, quelqu'un — je crois bien me ramentevoir que ce fut Monsieur de Marsillac — suggéra que le roi s'adressât à la reine-mère pour lui témoigner de son désir extrême de prendre en main le gouvernement de son Etat.

— Cela ne serait d'aucune usance, dit Louis. Dès que j'en touche fût-ce le moindre mot à la reine ma mère, elle se fâche.

— Alors, dit Monsieur de Modène, qui était grand joueur de billard, si l'on ne peut toquer la boule directement, il faut la toucher par la bande, et envoyer à Sa Majesté la reine un messager honorable qui, parlant en son nom, lui ferait entendre que le renvoi des maréchaux d'Ancre est la seule solution à nos maux.

— Mais, dit Monsieur de Luynes avec d'autant plus d'empressement qu'il était partisan des moyens « les plus doux », j'ai justement sous la main quelqu'un qui ferait bien l'affaire. C'est Monsieur de l'Estang, évêque de Carcassonne, lequel se trouve ce jour d'hui en Paris, y ayant été député par les Etats du Languedoc. Etant honnête homme, je ne doute pas qu'il ne consente à faire une démarche auprès de la reine dans le sens que vous avez dit.

Après un instant de silence, le roi demanda à chacun d'opiner. Monsieur de Marsillac trouva l'idée fort bonne, puisqu'elle était la sienne. Monsieur de Modène aussi, ayant l'humeur aimable et conciliante. Déagéant fit la moue et je fis de même. Et quant à Tronçon, quand le roi lui demanda son avis, il dit tout à trac :

— Je doute, Sire, que cette démarche ait l'effet qu'on souhaite.

— Pourquoi cela ?

— Il sera aisé assez, il me semble, de convaincre la reine-mère et peut-être la maréchale d'Ancre, mais ni l'une ni l'autre ne parviendront à persuader Conchine. Il a levé tant de troupes et amassé tant de canons qu'il se croit invincible. Et il est si enivré de son pouvoir qu'il n'acceptera jamais de quitter la partie.

Toutefois, comme Tronçon était le seul à s'opposer sans ambages à la suggestion de Marsillac, le roi la retint. Et Déagéant obtint de son côté d'envoyer quasiment chaque jour à la reine des messages sans signature qui la pressaient de renvoyer les favoris « si elle ne voulait pas tomber dans des malheurs extrêmes et y précipiter le royaume ».

Nous sûmes plus tard que cette démarche de Monsieur de l'Estang et d'autres démarches de même farine que le roi et Luynes inspirèrent, ainsi que le nombre croissant des avertissements anonymes, finirent par donner des soupçons et des ombrages à la Conchine. Elle en avertit par chevaucheur Conchine, qui se trouvait alors en Normandie. Il décida incontinent de revenir à brides avalées à Paris.

Il y arriva le dix-sept avril 1617 et jeta aussitôt feu et flammes. A peine le pied dedans le Louvre, il se fit donner la liste de ceux qui approchaient le roi, hurla qu'il allait en exiler soixante et décoller le reste, que si cela ne suffisait pas il allait resserrer le roi en son Louvre, lui interdire de quitter Paris, lui défendre de s'aller ébattre à Vincennes et à Saint-Germain, ne lui laissant que les Tuileries pour prendre l'air. Il ajouta que si l'on osait encore s'en prendre à ses desseins, à son gouvernement et à lui-même, il pourrait bien faire pis...

Le soir même, dans l'appartement de Monsieur de Luynes, le roi et les conjurés s'entre-regardèrent en silence et Louis, prenant enfin la parole, dit d'une voix brève et ferme qu'il fallait agir, et sans retard. Il n'y eut personne alors, dans la poignée des derniers fidèles, qui n'entendît clairement que c'en était bien fini des moyens « les plus doux ».

Il y eut bien une tentative de la part de Monsieur de Luynes pour redonner vie et vigueur au projet de fuite. Pauvre Luynes ! Si charmant et si couard ! Terrifié par les menaces de Conchine, il ne proposait que des délais, des réflexions et des échappatoires. Bref, comme dit Déagéant, « il branlait dans le manche ». Mais son nouveau plan : quitter en tapinois le Louvre et rejoindre l'armée du comte d'Auvergne sous Soissons, rencontra en la réunion secrète que nous tînmes le soir même du retour de Conchine un silence glacial. Et Louis, perdant patience, rebéqua son favori.

Maintenant que les « moyens les plus doux » avaient été de force forcée abandonnés, il fallut préciser jusqu'à quels « extrêmes » on était décidé d'aller. Déagéant nous exposa clairement, quoiqu'à mots couverts, l'alternative : arrêter Conchine et le déférer au jugement du Parlement, ou bien l'assassiner. Louis écarta aussitôt l'idée du meurtre, soit qu'il ne voulût pas mettre ses pas dans ceux d'Henri III quand celui-ci avait fait poignarder le duc de Guise par les *Quarante-Cinq* dans sa propre chambre à Blois, soit qu'il considérât qu'il ne convenait pas au roi très chrétien de commencer son règne en répandant le sang.

Déagéant, Tronçon et moi-même combattîmes ce refus avec force. Conchine, même à l'intérieur du Louvre, ne se déplaçait jamais qu'entouré de sa garde prétorienne et d'une suite nombreuse et armée. Cette garde et cette suite ne manqueraient pas de mettre l'épée à la main, si on laissait à Conchine le loisir de l'appeler à l'aide, et il s'ensuivrait une échauffourée qui causerait beaucoup de morts, sauf peut-être celle qui était utile à l'Etat. Le roi ne revint pas sur son refus, mais le lecteur ne manquera pas de s'apercevoir dans la suite de ce récit que son attitude en la matière fut, en fin de compte, moins inflexible et, se peut aussi, plus subtile qu'elle ne nous sembla d'abord.

On chercha un homme d'exécution pour arrêter Concini, et Tronçon, qui était de robe, songea tout naturellement à Henri de Mesmes, lieutenant civil du prévôt de Paris. L'approche fut prudente, et eut lieu aux Tuileries où, comme fortuitement, le lieutenant civil rencontra le roi, lequel était seul, se promenant avec Luynes.

— Monsieur de Mesmes, dit Louis assez brusquement, êtes-vous pas mon serviteur ?

— Assurément, Sire, je le suis, dit Mesmes, étonné.

Un silence s'ensuivit et Louis reprit d'un air ambigueux :

— Je vois beaucoup de choses en mon royaume qui ne me satisfont pas.

Mesmes leva les sourcils et se fit très attentif, attendant la suite.

— Le maréchal d'Ancre, dit alors Luynes, ne s'acquitte pas bien de son devoir.

— Le maréchal, dit Mesmes au bout d'un moment, ne se déplace jamais qu'entouré de ses gardes et d'une forte suite. Il est probable qu'il ne se laissera pas arrêter sans opposer une vive résistance.

— Un lieutenant civil n'est pas lui-même sans moyens, dit Louis.

— Mais ma profession, dit Mesmes, ne consiste pas à tuer les gens que j'arrête. Ceci dit, j'ai assez de courage pour me saisir du maréchal et le traduire devant le Parlement pour peu que les formes de la loi soient respectées.

— Merci, Monsieur de Mesmes, dit le roi sans battre un cil. Je suis content de votre réponse et j'aimerais que vous gardiez le silence sur cet entretien.

Mesmes salua le roi et le roi le regarda s'éloigner. Puis il se tourna vers Luynes et dit :

— Ce n'est pas là notre homme.

Le soir, à notre réunion secrète dans l'appartement de Luynes, le favori nous rapporta la rencontre avec le lieutenant civil. Il contait bien, avec finesse et talent, mais dans le prédicament où se trouvaient le roi, et nous-mêmes par la même occasion, ses élégances m'impatientèrent et je sus gré à Déagéant de clore ce discours apprêté par quelques mots abrupts et pertinents.

— Dans cette affaire, dit-il, ce qu'il faut, c'est tout justement un homme qui ne respecte pas les formes. En ce cas, pourquoi pas Vitry ?

Lors du bal de la duchesse de Guise, j'ai présenté à mon lecteur non point ce Vitry-là, mais son père, à qui il ressemblait fort. A sa mort, le fils chaussa ses bottes, son titre de marquis de l'Hôpital et sa charge de capitaine des gardes. Bretteur, boute-feu et casseur d'acier, il avait la face mâle, l'œil hardi, la mâchoire carnassière, la membrature carrée et le rire sonore. Ses équipées, ses duels et ses extravagances n'étonnaient plus personne. J'ai déjà conté comment, ayant appris qu'on avait resserré un de ses soldats, il ramassa quelques hommes, pétarda la porte de la geôle, rossa les geôliers et libéra les prisonniers. Il s'en tira avec une remontrance. Bien après l'affaire qui nous occupe, il bâtonna, en l'appelant « bigot, cagot et cafard », l'archevêque de Bordeaux. Le doux sexe lui-même ne l'adoucissait pas. Ne pouvant se passer de femmes, il en prenait là où il en trouvait, et les besognait avec une telle violence que les pauvrettes sortaient de ses bras meurtries et moulues. Malgré cela, ou à cause de cela, je ne saurais trancher, il était fort recherché des dames, même à la Cour.

La suggestion de Déagéant fut trouvée bonne par le roi et par nous tous, d'autant plus que Vitry commandait ce mois-là les gardes de service au Louvre. On le convoqua par l'intermédiaire d'un des oiseleurs de Luynes, qui avait autrefois servi son père et entretenait avec lui d'amicales relations. Vitry apparut à onze heures de l'après-dînée dans l'appartement de Monsieur de Luynes, et preuve qu'on peut être hardi jusqu'à la témérité et en même temps prudent, il eut un haut-le-corps en apercevant Déagéant parmi nous.

— Que fait céans cet homme-là ? dit-il, sans souci du protocole. C'est un commis de Barbin.

— Il m'est toutefois bon serviteur, répondit le roi.

— Alors, cela change tout, dit rondement Vitry. Plaise à Votre Majesté de me dire ce qu'elle attend de moi.

— Arrêter le maréchal d'Ancre.

— Cela sera fait, Sire, dit Vitry, simplement.

Louis me parut fort content d'avoir trouvé un homme d'aussi peu de mots que lui-même, et d'autant que Vitry, après s'être réfléchi un court instant, passa tout de gob aux détails de l'exécution.

— J'aimerais, Sire, m'adjoindre trois hommes sûrs : mon frère Du Hallier, mon beau-frère Persan, et Roquerolles, et vous les amener pour que vous réitériez devant eux le commandement que Votre Majesté vient de me donner.

— Faisons ainsi, dit le roi.

Quand Vitry revint le lendemain soir avec les trois

gentilshommes qu'il avait nommés, le roi répéta son ordre d'arrêter le maréchal.

— Sire, dit Vitry, Du Hallier m'a amené quelques hommes. Persan, Roquerolles et moi, nous en aurons aussi quelques-uns. En tout, cela ne fera pas plus de vingt personnes. Or, Conchine se fait partout suivre d'une centaine de personnes. Il aura donc l'avantage du nombre, et quand je le voudrai arrêter, il voudra se défendre. Que veut Sa Majesté que je fasse ?

Louis envisagea Vitry œil à œil, mais sans mot piper. Et Déagéant dit d'une voix haute et claire :

— Le roi entend qu'on le tue.

Vitry regarda Déagéant, puis regarda le roi, lequel continua à se taire, n'apportant ni contradiction ni confirmation à ce que Déagéant venait de dire. Bien que Vitry eût des manières de soudard, il avait l'esprit fin. Il entendit que le silence de Louis n'était que réserve et qu'il était d'accord sans le vouloir articuler.

Pour moi, je vouai à cet instant à Louis une admiration sans limites. Il n'avait pas encore seize ans, et en eût-il eu le double qu'il n'eût pu agir avec plus d'habileté politique ni un plus grand souci de sa dignité.

— Sire, dit Vitry, j'exécuterai vos commandements.

Etant homme prompt, pratique et expéditif, Vitry voulut savoir sans tant languir le jour et le lieu. Les six du Conseil secret du roi s'aperçurent alors que les silences de Louis pendant tant de mois avaient caché un long labeur de réflexion et un plan bien mûri, auquel nous n'eûmes rien à modifier que des détails.

L'arrestation — on employait toujours cet euphémisme — aurait lieu le dimanche vingt-trois avril, au Louvre. Plus précisément, dans le cabinet aux armes du roi, au deuxième étage — là où tant de fois je m'étais entretenu *sotto voce* avec lui, alors qu'il démontait et remontait une de ses belles arquebuses. Conchine y serait invité par un messager de Sa Majesté afin d'y aller voir les petits canons dont Louis usait pour bombarder les forts de terre qu'il élevait aux Tuileries — occupation que Louis savait fort bien être très au-dessous de son âge, mais à laquelle il affectait de se livrer depuis le retour à Paris de

Conchine, n'ignorant pas combien ces enfantillages paraîtraient puérils à sa mère et au favori et par conséquent, pour eux, tout à plein rassurants.

C'est dans ce cabinet aux armes que Vitry et ses compagnons arrêteraient Conchine.

Ni l'échec ni le succès ne devaient prendre Louis sans vert. Il avait tout prévu. Si l'arrestation ne se faisait pas, il passerait avec ses fidèles par la grande galerie du Louvre, gagnerait les Tuileries, où des chevaux sellés l'attendraient. De là, il gagnerait Meaux, ville dont Vitry était le gouverneur. Une fois à l'abri de ses murs, il manderait ses armées et poursuivrait sans trêve ni relâche le maréchal partout où il se pourrait remparer en France.

En cas de succès, il notifierait à la reine-mère de trouver bon qu'il ressaisit le gouvernement de son Etat et pour avoir le temps de prendre une plus ferme assiette en ses affaires, il prierait Marie de Médicis de sortir de Paris — quitte à la rappeler ensuite. L'intention de Louis ici était tout à fait claire. En même temps qu'elle m'enchanta par sa clairvoyance. Il entendait parfaitement bien qu'il ne pourrait jamais régner si sa mère demeurait dedans le Louvre. La mort de l'usurpateur devait donc de force forcée être accompagnée par la mort politique de la mauvaise mère. A mon sentiment, il n'était même pas certain qu'il eût alors envie de la rappeler un jour.

CHAPITRE XVI

Quatre jours avant la date prévue pour l'exécution, un événement tout à fait imprévu surgit : le beau-frère de Richelieu, Monsieur Pont de Courlay, vint trouver Monsieur de Luynes et lui dit en confidence que Richelieu « voyait bien que les choses ne se passaient pas comme elles devaient être et que Sa Majesté n'avait pas sujet d'être satisfaite; que s'il plaisait à Sa Majesté de le vouloir considérer comme un de ses ministres, *il n'y aurait rien, soit en sa charge, soit aux autres affaires venant à sa connaissance, qu'il ne lui en donnât un fidèle avis* ».

Cette démarche troubla fort le Conseil secret et fut interprétée de deux façons tout à fait opposées. D'aucuns s'inquiétèrent, se demandant si Richelieu n'avait pas eu vent de notre complot. D'autres, comme Luynes, opinèrent que Richelieu n'eût pas pris cette initiative si Conchine avait nourri à l'égard du roi les projets meurtriers que nous lui prêtions. Et Luynes, comme il fallait s'y attendre, en tira argument pour suggérer d'ajourner l'arrestation de Conchine. A peine avait-il dit, que Louis, blême de colère, le rabroua : la date fixée ne serait pas changée. La remettre serait ébranler la confiance que Vitry avait en la fermeté de notre résolution.

Des lèvres mêmes de Richelieu, j'appris plus tard qu'en fait il ne savait rien de ce qui se tramait du côté de Louis contre Conchine, et non plus du côté de Conchine contre son souverain. Mais étant alors ministre en demi-disgrâce, et quasi démissionnaire, malmené, offensé et calomnié par Conchine, augurant mal, de reste, de l'avenir du maréchal à observer de près ses folies, il cherchait désespérément autour de lui une branche sur laquelle se poser, se sentant si mal à l'aise sur celle où il s'était niché et craignant qu'elle cassât d'une minute à l'autre en l'entraînant dans sa chute : ce qui se serait à coup sûr produit s'il n'avait pas pensé au dernier moment, et quasi à l'aveugle, à tendre au roi du bout du bec cette brindille d'olivier. Son destin se joua là.

C'est le dix-neuf avril que Richelieu chargea son beau-frère de porter ce message à Luynes. Quatre jours nous séparaient encore de la date fixée pour l'exécution de Conchine. Or, depuis le premier du mois, le ciel et l'air ne firent quasiment autre chose que pleuvoir de matines à vêpres et du couchant à l'aube, laquelle était brouillée de nuées innumérables, le soleil, de tout le jour, ne parvenant pas à percer. On eût dit que la Nature boudait le genre humain, nous envoyant pour harceler nos pauvres têtes cette perpétuelle pénombre de fin du monde, ces brumes méphitiques, et sans la moindre interruption, les lances et les rayures de ses eaux diluviennes. J'eusse presque préféré, je crois, grêles, éclairs et foudres, à cette pluie perpétuelle qui martelait sans fin les toitures et les vitres et remuait en nous je ne sais quoi d'angoisseux et d'amer.

D'après ce que me dit le jeune Berlinghen, et il le devait savoir, étant fort dérangé, pendant les quatre nuits qui succédèrent à ces quatre jours, et qui furent à peine plus noires qu'eux, le roi ne dormit pas, ou s'il s'ensommeillait, se réveillait avec des cris, tournant, j'imagine, dans sa tête fiévreuse les mêmes âcres pensées. A son réveil, « ne sachant que dire à Héroard », à ce qu'il me confia plus tard, il se donnait peine pour prendre un air gai et dispos et ce « bon visage » qu'Héroard notait scrupuleusement dans son journal. Le reste de la journée, la face imperscrutable, il faisait mine de s'adonner à ses puériles occupations.

Ce propos du roi (« je ne sais que dire à Héroard ») me donna à penser que, si improbable que cela paraisse, il n'avait pas mis Héroard dans la confidence du complot, peut-être parce qu'Héroard était le plus surveillé de ses serviteurs, et par conséquent, le maillon le plus faible.

Enfin se leva le jour du vingt-trois avril, si du moins on peut dire qu'il se leva, parce qu'il ne fut pas moins sombre ni moins pluvieux que tous ceux qui l'avaient précédé depuis le début du mois. Conchine étant accoutumé à venir au Louvre entre neuf heures et dix heures du matin, on avait posté Dubuisson au coin du quai de Seine où se dressait sa maison, afin que, voyant le maréchal en sortir, il courût prévenir de son approche Vitry et ses hommes qui se promenaient par deux ou trois dans la cour du Louvre, cachant sous leurs manteaux, en raison de la pluie, leurs pistolets chargés. On préviendrait aussi le roi, lequel dépêcherait un page à Conchine pour lui dire que Sa Majesté l'attendait dans le cabinet des armes.

Ce matin-là, à huit heures et demie, Louis se rendit dans la Petite Galerie, où il se mit à jouer au billard, et quand je vins le saluer à neuf heures, il me pria de me joindre à lui, ce que je fis, encore que mon jeu assurément ne fût point à la hauteur du sien. Par extraordinaire, il le fut ce jour-là. Je ne jouai pas mieux qu'à l'accoutumée, mais Louis jouait beaucoup plus mal. Non que sa main tremblât, mais il ne visait pas avec assez de soin, et il ne mesurait pas non plus avec assez de précision l'effet qu'il voulait donner à sa boule pour qu'elle pût toquer les deux autres. En outre, de quart d'heure en quart d'heure, il jetait un œil à la montre-horloge que pour une fois il portait en sautoir comme la mode en était. Cependant, la pluie continuait à tomber avec une obsédante monotonie et tandis que nous jouions, son crépitement ininterrompu irritait les nerfs à l'extrême. De ma vie je n'ai jamais joué si longtemps au billard, ni avec moins de plaisir. Pour finir, le carillon de la Samaritaine, sur le Pont Neuf, sonna midi lugubrement, et Louis, jetant la queue de billard sur le tapis vert, dit entre ses dents : « Il ne viendra plus. Allons à messe. » Et il dirigea ses pas, moi le suivant, vers la chapelle de l'hôtel du Petit Bourbon.

La messe finissait quand Dubuisson vint lui dire à l'oreille que Conchine venait d'entrer dans le Louvre, et montait chez la reine-mère par le grand degré. Le roi dépêcha aussitôt un messager pour le prier de se rendre au cabinet des armes, mais pendant que le messager montait en courant le grand degré, Conchine descendait par le petit viret, sortait du Louvre et rentrait chez lui. L'affaire était manquée.

Dès l'après-dînée, le Conseil secret se réunit chez Luynes et là, Vitry fit merveille par sa clairvoyance et son attention aux détails.

— Sire, dit-il de sa voix rude dont il essayait en vain d'assourdir les puissantes sonorités, il faut revoir notre plan. Il est trop compliqué. A midi, Conchine est entré au Louvre par la Porte de Bourbon ; il est passé à moins d'une toise de nous et nous eussions pu alors l'arrêter ; et qui nous en empêcha ? Notre plan. Car il fallait de prime que Dubuisson vous prévînt et que vous, Sire, dépêchassiez un messager pour dire à

Conchine de venir vous retrouver dans le cabinet des armes. Le messager, ce jour-là, n'a pu le joindre. Mais Sire, supposez que demain il le puisse trouver et lui transmettre votre invitation. Est-il bien assuré que Conchine y va déférer? Je le décrois! Ne va-t-il pas se ramentevoir que c'est ainsi qu'on a arrêté le prince de Condé : en le mandant dans les appartements de la reine-mère. Comment Conchine pourrait ignorer, Sire, que vous ne l'aimez pas, alors que toute la Cour le sait? A mon sentiment, il sera de prime fort étonné par votre invitation, laquelle, justement parce qu'elle est aimable, lui mettra la puce à l'oreille. Il se méfiera et point ne viendra, j'en donnerais ma tête à couper. Se peut même que, s'il a des projets contre vous, il sera assez effrayé alors pour en presser l'exécution.

Louis, les deux mains reposant immobiles sur ses genoux, et fichant ses beaux yeux noirs dans ceux de Vitry, écouta ce véhément discours avec une attention extrême. Quand il fut fini, il dit tout uniment :

— C'est raison. Et à raison il faut se rendre. Monsieur de Vitry, quel autre plan proposez-vous?

***

Belle lectrice, si vous vivez dans une de nos belles provinces de France et n'avez jamais mis le pied dedans le Louvre, il faudrait, pour bien entendre le plan de Vitry, que vous sachiez comment on y pénètre. Je pourrais, assurément, vous prier de vous reporter au chapitre VII de ces Mémoires et d'en relire les premières pages. Mais comme je désire avant tout votre affection, j'ai choisi de vous épargner la peine, fût-elle légère, de feuilleter à rebours mon livre, et vais vous dire, en bref, ce qu'il en est.

On entre dans le Louvre par la porte dite « la grande Porte de Bourbon », laquelle est flanquée à dextre et à senestre de deux grosses tours rondes, anciennes et rébarbatives. A supposer qu'on déclose les deux battants de la grande Porte de Bourbon — lesquels par leurs affreux grincements ne manqueront pas de tourmenter vos mignonnes oreilles —, vous vous trouverez sur un pont de bois fixe appelé « pont dormant » (ainsi appelé, disait La Surie, parce qu'il n'est pas assez réveillé pour se lever) ; lequel pont a deux toises et demie [1] de largeur et enjambe partiellement les douves — fossés emplis d'une eau noirâtre et nauséabonde, où les deux balustres du pont vous garantissent de choir. Si vous poursuivez votre chemin, vous trouverez côte à côte, faisant suite au *pont dormant,* deux ponts-levis, l'un grand, l'autre petit. Le grand, qui ne l'est d'ailleurs que tout juste assez pour laisser passer un carrosse, vous amène à un passage voûté, lui-même fermé par une porte cochère et une porte piétonne — celle-ci, la seule qui permette de filtrer un à un les arrivants, et qu'on appelle le *guichet,* commande le plus petit des deux ponts-levis, lequel on a nommé, ou plutôt surnommé, la *planchette.* Si vous êtes à pied et si la porte cochère de la voûte est fermée, c'est ladite planchette qu'il vous faudra emprunter, laquelle vous conduira au *guichet,* que le capitaine aux gardes, sur votre belle et bonne mine, ne manquera pas de déclore.

Voici maintenant le plan que Vitry exposa au roi : Avant l'arrivée de Conchine au Louvre, on ferme la porte cochère du passage voûté et on ne laisse ouvert que le *guichet.* Et dès que Conchine a pénétré sur le *pont dormant,* on ferme derrière lui la grande Porte de Bourbon, ce qui l'isole du reste de sa suite. Il se trouvera ainsi non, comme on l'a dit, dans une souricière, car le *guichet* demeure ouvert, mais dans un endroit resserré, où ceux de sa suite qui ont pu en même temps que lui pénétrer sur le *pont dormant* se trouveront quasi au coude à coude. Même s'ils sont alors plus nombreux que la vingtaine de personnes dont dispose Vitry, ils ont très peu de place pour tirer l'épée, laquelle serait d'ailleurs peu efficace contre les pistolets des assaillants.

1. Cinq mètres.

Pas un de nous, à ouïr ce nouveau plan, n'eut envie d'en débattre, tant il nous parut sans faille. Et de reste, aurions-nous eu la démangeaison de le contester que nous ne l'eussions pu, car Vitry avait à peine fini de l'exposer que le roi l'adopta très résolument, le trouvant, selon sa coutumière expression, « extrêmement bon » dans toutes ses parties.

Il n'y avait plus qu'à attendre. Et Dieu sait si l'attente fut longue — et le reste de l'après-midi, et la nuit, et le matin. Chose étrange et qui nous frappa comme d'un bon augure — car dans toute action qui vous tient à cœur on ne peut qu'on ne devienne superstitieux —, le lundi vingt-quatre avril, la pluie qui depuis le premier jour du mois n'avait point, nuit et jour, discontinué, tout soudain cessa, nous laissant comme étonnés de ne plus entendre son odieux crépitement.

Vitry, homme simple et tout d'exécution, se réjouit aussi que la pluie eût cessé, mais pour une raison pratique : les amorces n'étant pas mouillées, les pistolets ne risquaient pas de faire long feu. Il prit aussi quelques mesures, qui montraient qu'un homme de guerre doit tout prévoir, y compris l'imprévisible. Au lieu de faire porter ses ordres à Monsieur de Corneillan au sujet de la Porte de Bourbon par un garde, il prit la peine, de peur qu'ils fussent mal transmis, ou mal compris, d'aller lui-même trouver ce gentilhomme.

La grande Porte de Bourbon ne pouvait, en effet, être close ou déclose par les archers de la prévôté que sur le commandement exprès du capitaine de la porte ou de son lieutenant, lequel ne pouvait rien faire sans l'aval du capitaine aux gardes, en l'occurrence Monsieur de Vitry. Monsieur de Corneillan, lieutenant de la porte, étant ce vingt-quatre avril de service, en remplacement de son capitaine, c'est à lui que Vitry donna de vive bouche l'ordre de demeurer vigilant à la Porte de Bourbon jusqu'à ce que le maréchal d'Ancre apparût, et de fermer ladite porte immédiatement après son entrant, qui qu'en grognât de ceux qui seraient laissés dehors.

Vitry se rendit ensuite au premier étage, dans la

grande salle du Louvre et donna l'ordre aux Suisses qui s'y trouvaient pour assurer la garde d'honneur de descendre en dessous, dans la salle dite des Suisses [1] afin de renforcer leurs camarades. Il alla ensuite trouver Monsieur de Fourilles, capitaine de la compagnie des gardes françaises de service et lui donna comme consigne de se tenir en réserve et en armes de l'autre côté du Louvre, dans la cour des cuisines.

Après quoi, il revint à la salle des gardes et attendit, envisageant, de la porte de ladite salle, le *guichet* du Louvre, par lequel Dubuisson, toujours en surveillance non loin de la maison de Conchine, devait accourir pour annoncer son arrivée imminente.

Vitry, à ce qu'il nous dit plus tard, s'était senti allègre et dispos tant qu'il donna des instructions. Mais dès lors qu'il n'eut plus qu'à attendre, assis sur un coffre ou marchant à grands pas dans la salle de garde, ou debout devant la porte, l'œil rivé sur le *guichet,* il ressentit quelques tranchées en son ventre, qui lui donnèrent de la vergogne. Mais s'étant ramentu que d'après son père, Henri IV, avant chaque bataille victorieuse, était pris d'un dérèglement des boyaux, lequel il prenait en gausserie, Vitry se rasséréna et parvint même à se persuader que ce même malaise annonçait le succès de son entreprise.

C'est sur le coup de dix heures qu'on vint l'avertir que Conchine sortait de chez lui. Vitry enfonça son chapeau sur la tête et empoignant son bâton de commandement, il sortit du corps de garde, et fit un signe aux conjurés, qui accoururent à ses côtés. Comme il avançait à grands pas vers le *guichet,* il ouït avec soulagement les grincements que faisaient à ce même moment les deux battants de la grande porte en se rabattant sur l'ordre de Corneillan. Conchine était donc à cette minute même engagé sur le *pont dormant* et il ne pouvait plus revenir sur ses pas.

Ici surgit une difficulté que même Vitry n'avait pas prévue : la porte cochère de la voûte étant fermée, et le *guichet* demeurant seul ouvert, c'est par le *guichet* et

1. Notre salle des Caryatides.

sur la *planchette* qui lui faisait suite que ses compagnons et lui-même devaient passer pour atteindre le *pont dormant*. C'est-à-dire qu'ils suivaient, mais en sens inverse, le même chemin qu'emprunteraient au même instant les partisans de Conchine pour pénétrer dans la cour du Louvre. Or, en raison de l'étroitesse du *guichet* et de la *planchette*, c'est avec peine que deux personnes pouvaient s'y croiser, l'une entrant dans la cour et l'autre en sortant.

A cette difficulté s'en ajouta une autre. Vitry était fort connu et aimé à la Cour, étant bon compagnon, et ceux qui le croisaient le voulaient saluer, embrasser et avec lui gausser. Et à tous, Vitry dissimulant sa fiévreuse impatience, criait : « Serviteur, un tel ! Serviteur, un tel ! Laissez-moi passer ! Laissez-moi passer ! J'ai affaire ! » Et quand enfin il parvint sur le *pont dormant*, il était tant aveuglé par la colère qu'il dépassa Conchine sans le voir.

Il est vrai qu'à ce même instant Conchine baissait la tête, absorbé par la lecture d'une lettre et marchant avec lenteur en longeant la balustrade droite du *pont dormant*. L'auteur de cette lettre, Monsieur de Cauvigny, le suivait à trois pas, et c'est à lui que Vitry s'adressa pour demander :

— Où est le maréchal ?

— Le voilà ! dit Cauvigny en le désignant du doigt.

Vitry se retourna, revint sur ses pas et saisissant brusquement Conchine par le bras gauche, s'écria d'une voix forte :

— De par le roi, je vous arrête !

— *A me !* s'exclama Conchine, et reculant vivement vers la balustrade, il mit la main sur la poignée de son épée.

— Oui, à vous ! cria Vitry, qui n'attendait que ce geste, et immobilisant Concini de sa forte poigne, il donna aux conjurés le signal convenu.

Cinq coups de pistolet éclatèrent au même moment. Conchine, sans pousser un cri, s'affaissa à deux genoux, mais ne roula pas à terre, son dos étant étayé par la balustrade du pont. Cette posture lui donnant encore l'apparence de la vie, les conjurés le percèrent qui de sa dague, qui de son épée, tandis que Vitry criait à tue-tête : « De l'autorité du roi ! » pour contenir la suite de Conchine, laquelle pourtant était trop stupéfaite pour réagir, tant est que le seul mot de *roi* suffisait à la paralyser. Seul Monsieur de Saint-Georges tira à moitié son épée, mais se voyant seul à le faire, il rengaina. Le visage défiguré et sanglant de Conchine était noir de poudre, tant les coups de pistolet avaient été tirés de près. Irrité de ce que le cadavre fût encore assis, Vitry le poussa du pied. Il roula sur le côté et s'affaissa, la face touchant le plancher sali du *pont dormant.* Dans ce mouvement, une des galoches que Conchine avait mises par-dessus ses chaussures pour les protéger de la boue, s'échappa de son pied, passa sous la balustrade du pont et chut dans les douves. Etant tombée du bon côté, elle ne s'enfonça pas aussitôt, mais flotta quelques instants sur l'eau noirâtre.

Ayant conté ce qui précède sur la foi des récits qui me furent faits par les acteurs du drame, j'aimerais, lecteur, que vous me permettiez de remonter avec vous de quelques heures le cours du temps, alors que sur les sept heures du matin, mal réveillé, si je puis dire, de mon insomnie, je m'achemine vers les appartements du roi, me doutant bien que cette matinée du vingt-quatre avril allait être pour Louis anxieuse et longuissime.

Je trouvai dans l'antichambre le jeune Berlinghen, qui dormait tout habillé sur une escabelle.

— Que faites-vous là ? dis-je en le secouant.

— Sa Majesté m'a renvoyé cette nuit de sa chambre : je ronflais trop.

Il ajouta avec sa coutumière naïveté :

— C'est là le mauvais d'avoir un maître qui dort si mal : il vous oit.

— Dort-il si mal ?

Berlinghen hocha sa tête blonde et bouclée.

— Et qui pis est, quand il dort, il parle dans son sommeil. Vramy, s'il n'était pas le roi, je dirais qu'il m'incommode.

— Comment savez-vous que c'est dans son sommeil qu'il parle ?

— Il n'a pas la même voix.

A ce moment-là, on entendit ladite voix venant de la chambre, et celle-là n'était pas celle d'un dormeur, mais celle, impérieuse et impatiente, d'un homme bien éveillé.

— Berlinghen, qui est là ?

— Monsieur de Siorac, Sire.

— Berlinghen, va quérir Monsieur de Luynes et le docteur Héroard, et dès qu'ils arriveront, qu'ils entrent, et Monsieur de Siorac aussi.

— J'y vais songer, Sire, dit Berlinghen, qui ne fit pas mine pour autant de se lever de son escabelle.

— N'y songe pas ! Cours !

— Oui, Sire, dit Berlinghen, qui fit exprès de renverser son escabelle en se mettant sur pied, pour bien montrer par ce fracas avec quel zèle il obéissait aux ordres de son maître. Toutefois, il n'avait pas fait deux pas dans l'antichambre qu'il reprit son allure nonchalante.

Je n'avais pu déjeuner à mon lever, l'estomac et la gorge me serrant, de sorte que me sentant quelque peu faible, les jambes molles et l'esprit ennuagé, je relevai l'escabelle et m'assis dessus, la tête dans mes mains, pensant à ma *Gräfin* et à mon père, auxquels je n'avais pas touché mot de notre entreprise. Je me demandai si je les reverrais jamais, si je ne vivais pas mes dernières heures de liberté, ou même mes dernières heures de vie, car si notre action échouait, je n'ignorais pas que la vengeance de Conchine serait sans merci, et d'y avoir seulement pensé, elle me devint, je ne sais pourquoi, infiniment probable : je me voyais déjà la tête sur le billot, la sueur me coulant entre les omoplates, et je me trouvai plongé, quoique somnolent, dans les pires alarmes quand Déagéant survint.

— Eh quoi ! dit-il. Monsieur le Chevalier, vous dormez ! Vous pouvez dormir dans le mitan des pires périls ? Ah, que c'est donc plaisant d'être jeune et insoucieux !

Je me sentis si heureux que Déagéant se fût mépris

à ce point sur moi que je me levai et tout de gob l'embrassai. Etant modeste et tenant scrupuleusement son rang, il parut surpris de ma condescendance, et toutefois, me rendit mon embrassement, la mettant, je gage, sur le compte de ma jeunesse, comme la vertu d'insouciance qu'il me prêtait.

— *Sioac,* dit la voix du roi, qui est avec vous ?

— Monsieur Déagéant, Sire.

— Qu'il entre avec vous, et Luynes et Héroard, quand ils seront là.

— Oui, Sire.

Comme à chaque fois que Louis, comme il faisait en ses maillots et enfances, m'appelait « *Sioac* », je me sentis frémir en ma grande amour pour lui et j'éprouvai alors quelque vergogne d'avoir pensé à la Bastille et au billot, alors que j'eusse dû compter ma vie comme étant de petite conséquence, comparée à celle de mon roi.

Monsieur de Luynes arriva enfin, suivi du docteur Héroard, lequel, ayant quelques années de plus, un peu de bedondaine, et beaucoup le sentiment de l'importance de sa tâche, marchait quelques pas derrière lui avec une lenteur dont la gravité ne m'échappa point. De reste, Héroard sentait avec force, et nous faisait sentir, que les premières minutes du réveil du roi lui appartenaient en propre, tandis que Luynes, Déagéant et moi-même faisions cercle en silence autour du baldaquin, le regardant officier, sérieux comme un prêtre.

Héroard commença par mirer les urines qui, à potron-minet, s'étaient échappées de la vessie royale, et après examen, les déclara : « jaune clair et en quantité suffisante ». Après quoi, s'étant emparé du poignet de Louis et tirant de la poche cousue dans l'emmanchure de son pourpoint une grosse montre-horloge, il prit le pouls, lequel, dit-il non sans un soupçon d'emphase, était « plein, égal et pausé ». Puis, ayant remis sa montre en place, il plaça sa main sur le front du roi, et l'y ayant maintenue quelques secondes, la retira et prononça que « la chaleur était douce ». Enfin, il considéra une pleine minute les traits de Louis et conclut, sans se départir de sa façon grave et impersonnelle : « La mine est bonne, et le visage, gai. »

Déclaration qui me laissa béant, car je trouvais, moi, ce même visage, pâle, fatigué et tendu, comme il était bien naturel chez un garcelet de quinze ans et demi qui de quatre nuits n'avait pas fermé l'œil et jouait sa vie sur une entreprise aussi hasardeuse. Je me réfléchis là-dessus, tandis qu'Héroard disait qu'il avait fini, et que les valets pouvaient « pigner » Sa Majesté. Il disait « pigner », prononciation vieillotte, au lieu de « peigner ». Au rebours de ce que j'avais d'abord pensé, je conclus de mes réflexions qu'Héroard devait être au courant de notre entreprise, mais que le roi lui avait demandé de n'en faire aucune mine ni semblant. Raison pour laquelle il articulait devant nous sur la bonne humeur du roi les constatations mensongèrement rassurantes qu'il allait le matin même rapporter à la reine-mère, et qui étaient calculées pour endormir sa méfiance.

Après que le roi fut « pigné », vêtu, et qu'il eut prié Dieu, il déjeuna fort légèrement, et suivi de Luynes, Déagéant et moi-même, il gagna la Petite Galerie, où il essaya d'assouager son attente en jouant de nouveau au billard. Il requit de Luynes, fort habile à ce jeu, qu'il engageât la partie avec lui. Luynes, qui accepta avec un empressement feint, se serait sans doute voulu à vingt lieues de là, et un fort et vif cheval entre les jambes. Le fait est qu'il ne fit pas merveille, ce jour-là, sa main étant mal assurée. Celle de Louis ne tremblait pas, mais entre deux coups, le regard absent, il passait un temps infini à enduire de craie l'extrémité de sa queue de billard. A la fin, il se fatigua de ce divertissement qui le divertissait si peu et, appelant Descluseaux, lui ordonna d'aller déclore au deuxième étage la porte de son cabinet des armes.

La vue de ses belles armes luisantes bien rangées dans les râteliers parut le rasséréner, et il les caressa des yeux et de la main ; puis commanda à Descluseaux de porter sur la table sa « grosse Vitry » : il nommait ainsi un magnifique mousquet qui passait pour être le dernier mot de l'art. C'était une arme à mèche, qui portait à plus de cent toises et tirait avec une émerveillable précision. Quand Descluseaux eut obéi, Louis démonta l'arme, en essuya avec soin les parties, et la remonta avec sa dextérité coutumière. Après quoi, il la chargea à balle, mais sans encore allumer la mèche, et la confia à Descluseaux. Puis, toujours suivi de Déageant, de moi-même et de Descluseaux portant sa « grosse Vitry », il redescendit dans sa chambre, où assis sur une escabelle, il demeura immobile, muet, les yeux à terre. Un instant plus tard, il se leva et commanda à Berlinghen de lui ceindre son épée. Il se mit alors à marcher de long en large dans la pièce, regardant droit devant lui et l'air fort résolu.

Sur les dix heures et demie, survint un incident si extravagant que même à ce jour il m'est difficile d'y croire, alors même que j'en fus le témoin. Un quidam, que personne ne connaissait à la Cour et que personne depuis n'a mie revu — mais que dis-je, un quidam ? Je devrais dire un fâcheux, un faquin, un fol, un maître-sot, un croquant de l'abbaye de conardie... — se présenta à la porte de la chambre, hors d'haleine, échevelé, et cria : « Sire ! Sire ! On a manqué le maréchal d'Ancre et le voilà qui accourt avec les siens par le grand escalier ! » Après quoi il disparut, comme si l'enfer l'eût englouti.

Louis, qui s'était rassis depuis quelques minutes sur son escabelle, se leva d'un bond, les yeux étincelants.

— Çà, Descluseaux ! dit-il, allume la mèche de ma grosse Vitry !

Ayant dit, il dégaina, passa la dragonne de son épée à son poignet pour être libre de prendre le mousquet en main au cas où il aurait à tirer, et Descluseaux marchant à son côté portant l'arme, Luynes et moi-même dégainant, il s'écria :

— Or sus ! Je vais leur passer sur le ventre !

A pas rapides, il traversa l'antichambre, mais derrière la porte qu'il franchit, il se trouva nez à nez avec Monsieur d'Ornano, colonel des Corses, qui lui cria :

— Sire ! Où allez-vous ? C'est fait ! Le maréchal d'Ancre est mort !

— Mais est-il bien constant qu'il soit mort ? dit le

roi, qui avait encore dans l'oreille la fausse nouvelle de l'inconnu.

— C'est vrai, Sire ! cria un gentilhomme qui accourait hors d'haleine vers lui. C'est tout à plein vrai ! Je l'ai vu de mes yeux !

Ce gentilhomme, je l'appris plus tard, était Monsieur de Cauvigny, celui-là même qui avait rédigé la supplique que lisait Conchine quand la pistolétade des conjurés l'avait foudroyé. Jour du ciel ! Le guillaume n'avait pas perdu une minute pour changer de camp et courir courtiser le roi ! Et qui sait ? pour lui présenter un jour proche cette même supplique que la mort du favori laissait sans réponse !

Monsieur de Cauvigny ne fut pas le seul à agir ainsi et à se retourner comme une carpe. La conversion des conchinistes fut si prompte et si générale qu'elle en devint presque édifiante. Quand Louis, gagnant la salle de garde, ouvrit une des fenêtres qui donnaient sur la cour du Louvre et se montra, il fut accueilli par une acclamation telle et si grande qu'on eût cru que cette foule tout entière, et non pas une petite vingtaine de fidèles, avait exécuté le favori. Cinq balles de pistolet tirées à bout portant avaient fait de la centaine de gentilshommes qui suivaient partout Conchine et lui léchaient les mains, des royalistes aussi convaincus que la poignée d'hommes qui l'avaient abattu.

Quant à Louis, il était ivre de bonheur. Rougissant, haletant, il fut un moment avant de pouvoir piper mot. Il y avait sept ans que son père était mort : sept ans d'oppression, d'offenses et d'humiliations sous la férule d'une mère insensible. Et quand enfin il retrouva la parole devant cette foule qui l'acclamait, il cria d'une voix si étouffée par l'émotion qu'à peu qu'on ne l'ouït pas :

— Merci ! Merci ! Grand merci à vous ! A cette heure, je suis roi !

***

N'est-il pas extravagant que lorsqu'un grand événement se produit, qui agite les passions à l'extrême, la fausse nouvelle précède souvent la bonne, comme si la profonde peur qu'on a d'une future infortune possédait le pouvoir d'en créer le fantôme ? Cela fut vrai au Louvre, où le quidam que j'ai dit vint annoncer au roi qu'on avait manqué le maréchal d'Ancre. Et cela fut vrai aussi dans la capitale où dans l'heure qui suivit la pistolétade du *pont dormant*, le bruit courut parmi les Parisiens que le roi, leur petit roi tant chéri, après avoir été si resserré dans son Louvre par sa mère et l'abjecte Conchine, était tombé, comme son père, sous le coup des méchants.

L'émeuvement fut prodigieux. Les boutiquiers, prévoyant que les orages de l'émeute n'allaient pas faillir d'éclater, fermèrent leurs boutiques et les remparèrent, comme de nuit, par d'épais contrevents aspés de fer. Faute de chalands et de marchands, on dut clore le Marché Neuf. Car il n'y eut homme ni femme qui ne se désemployât de soi à cette affreuse nouvelle, quittant son étal, son échoppe, son four ou son aiguille, pour se ruer dans les rues, lesquelles se mirent tout soudain à grouiller d'une innombrable multitude.

Chez les bonnes garces de Paris, ce n'étaient que pleurs, gémissements et cris de rage, lesquels vouaient Conchine aux gémonies et mêlaient à de terribles menaces des paroles sales, ordes [1] et fâcheuses à l'adresse de la reine-mère. Les hommes grondaient comme dogues à l'attache, et les têtes chaudes parlaient de s'armer et de courir arracher le tyran à son Louvre. La corporation la plus forte en bec de la capitale, les savetiers, dont le fameux Picard était le chef, se répandait partout, excitant à la sédition les ouvriers mécaniques, les soldats perdus et les désoccupés. Les corporations les plus féroces — crocheteurs, mazeliers et bateliers de Seine — méditaient des violences apocalyptiques et à elles, attirées comme limaille par aimant, se joignaient sournoisement les bandes redoutées de mauvais garçons parisiens — les Rougets, les Plumets, les Grisons — lesquels d'ordinaire demeu-

1. Répugnantes.

raient dans la journée tapis au mitan des faubourgs puants, cachés dans des taudis à double issue, au milieu d'un lacis de ruelles inaccessibles au guet.

Il n'y avait qu'un seul cri : on vouait à la mort la plus barbare un homme qui déjà n'était plus. On sciait dans les carrefours le pied des cinquante potences qu'il avait fait dresser pour épouvanter le populaire. On n'en garda qu'une seule : celle du Pont Neuf, où l'on jura qu'on pendrait le *coglione,* dès qu'on l'aurait pris. Le guet, qui tâchait d'intervenir, fut lapidé et se retirant, dépêcha au roi pour annoncer que la foule allait marcher sur le Louvre.

Le Conseil du roi, lequel avait cessé d'être secret à la minute où Conchine était tombé sous les balles, siégeait en permanence et décida d'apporter un prompt remède à ces remuements et aux excès qu'ils pourraient produire. On envoya les archers de la garde du corps, lesquels étaient bien reconnaissables parce qu'ils étaient habillés aux couleurs du roi, parcourir Paris à cheval avec ce qu'il fallut d'exempts et d'enseignes pour crier à tue-tête : « Conchine est tué ! Conchine est tué ! Le roi est roi ! Vive le roi ! »

Ce cri, aussitôt repris, se propagea de quartier en quartier, de places en rues et de rues en ruelles, avec une rapidité qui défie l'imagination. De minute en minute, la liesse du populaire devint aussi frénétique que l'avaient été sa douleur et sa rage. On s'embrassait sans se connaître, on se congratulait, les visages rayonnaient, il semblait qu'un monde plus juste fût né, dans lequel il ferait bon de vivre. Avec les fragments des potences qui eussent dû porter au bout d'une corde les Parisiens révoltés, on fit de grands feux de joie qui exaltaient la mort de celui qui les avait dressées. On obligea les cabaretiers à rouvrir leurs échoppes, on s'attabla, on but à franches goulées, on chanta, on dansa, pastissant les garces à la fureur. Et par-dessus tout, on parla intarissablement du petit roi, on s'attendrit sur la vaillance d'un garcelet qui n'avait pas seize ans, on se ramentut la bonne mine et la fière allure qu'il avait à cheval en ses apparitions publiques, on prédit qu'il serait le plus grand roi de la terre. On clama qu'il avait sauvé et libéré son peuple. On le compara à la Pucelle, dont il avait d'ailleurs le doux visage, d'aucuns assurant même que son dessein de tuer le méchant lui avait été inspiré par Dieu, ou par un ange envoyé de Dieu. Ceux qui n'avaient plus de pécunes pour payer leur vin marchaient par les rues inlassablement par l'effet de leur fanatique enthousiasme, et ne se contentant pas de crier « Vive le roi ! » à se rompre la gorge, ils ajoutaient : « Le roi est roi ! » Et ces deux cris, indéfiniment répétés, fusaient de milliers de poitrines et allaient jusqu'aux nues.

L'objet de tant d'amour était assailli dedans son Louvre par une foule d'une autre espèce, mais tout aussi fervente. Tous ceux qui pouvaient être admis au *guichet* en montrant patte blanche — nobles, parlementaires, gens de robe, grands commis de l'Etat — s'alignèrent patiemment sur le pont-levis, le *pont dormant,* et jusque dans la rue de l'Autriche, en files interminables. Car la presse était grande et on ne pouvait passer au *guichet* qu'un par un. Le monumental escalier Henri II était noir de monde. On n'y pouvait avancer d'un pas qu'au bout d'une demi-heure, et les gens étaient si serrés les uns contre les autres qu'une épingle entre eux n'aurait pu tomber à terre. Les appartements royaux s'étant avérés trop étroits pour cette multitude, on avait porté le roi jusqu'à la Petite Galerie, mais là encore, Louis, menacé d'écrasement par une foule avide de le voir, dut pour se dégager et être vu monter sur le billard. Alors, dans les cris dévotieux qui de toute part jaillissaient vers lui, des forêts de mains se tendirent, aussi anxieuses de le toucher que si cet attouchement devait leur assurer à jamais la paix et le bonheur.

Les archers, entourant le billard, empêchaient les plus ardents de monter sur le tapis vert rejoindre le roi. Comme on leur avait, par sécurité, ôté leurs armes, des deux mains ils tendaient à l'horizontale les queues de billard pour repousser la foule. Deux de ces queues cassèrent, ce dont on s'ébaudit fort, tant on était heureux. Pâle et les traits tirés, car depuis quatre jours il n'avait pu dormir, Louis touchait au comble du bonheur. Il se sentait des ailes de s'être délivré d'une double tyrannie, serrait des mains, remerciait, et tantôt riait aux anges, tantôt se cachait la bouche de sa main, tenant cet excès de rire pour contraire à sa dignité. Chose qui étonna, lui qu'on réputait si timide et si taciturne, il parlait d'abondance et aux uns et aux autres répondait avec à-propos.

Au président Miron, qui s'excusait d'avoir obéi aux ordres de la reine, il répliqua : « Vous avez fait ce que vous deviez, et j'ai fait aussi ce que je devais. » A un autre de ses visiteurs il dit : « L'on m'a fait fouetter des mulets pendant six ans aux Tuileries : il est bien temps que je fasse ce jour d'hui ma charge. » Et le souvenir de ses vaines et puériles occupations, du temps où on l'élevait *pour n'être pas roi,* revenant le tabuster en son présent bonheur, il éclaira encore davantage sa conduite passée dans un entretien avec le cardinal de La Rochefoucauld. Comme le prélat, le voyant assailli de toutes parts, lui disait : « Sire, vous serez dorénavant autrement occupé que vous n'avez été jusqu'à ce jour », il répondit : « Que non pas. J'étais bien plus occupé à faire l'enfant que je ne suis à toutes les affaires présentes. »

Il ne les négligeait pas pourtant, agissant au rebours promptement, avec sagesse et prudence, en dépit du *tohou oubohou* [1] qui l'entourait. Il refusa l'élargissement du prince de Condé, attendant pour cela que les Grands fussent revenus à résipiscence, destitua les ministres de Concini et rappela les *Barbons.* Au cours de l'après-midi, il monta à cheval, suivi de ses gardes et de trois cents gentilshommes, et se promena dans les grandes rues de Paris, sous les applaudissements et les acclamations qui se poursuivirent bien après qu'il fut rentré dans son Louvre.

Lecteur, plaise à toi de remonter derechef avec moi le temps de quelques heures, afin que je puisse te pré-

1. Le chaos (hébreu).

senter *hic et nunc* un personnage féminin tout à fait remarquable par son insignifiance, mais dont le monde a retenu le nom parce que le hasard a voulu qu'elle se trouvât au lieu qu'il fallait pour poser une seule petite question et porter la réponse à sa maîtresse — tâche dont elle s'acquitta, de reste, avec la plus mauvaise grâce du monde, étant femme fruste et même brutale.

Elle se nommait Caterina Forzoni. Fille de la nourrice de Marie de Médicis, elle avait quitté Florence avec la reine et vivait à la Cour de France depuis dix-sept ans, étant chambrière de nuit de la souveraine : cela voulait dire qu'elle couchait dans sa chambre et veillait sur son sommeil, mais seulement une nuit sur trois, partageant ces fonctions avec deux autres servantes. Bizarrement, assurer ce service nocturne, peu fatigant quand maître ou maîtresse dormait bien, se disait au Louvre « être de chevauchée ».

Caterina se trouva « de chevauchée » dans la nuit du vingt-trois au vingt-quatre avril, et fut réveillée au milieu de la nuit par un grand cri de la reine. Fort rechignante et malengroin, et se donnant assez peu la peine de le dissimuler, Caterina se leva du matelas sur lequel elle dormait (et qu'elle repliait le matin pour le cacher dans un placard), et battant le briquet, alluma une bougie sur la demi-douzaine que comportait le chandelier royal. Elle vit alors la reine dressée sur son séant, l'œil hagard, les deux mains pressées contre sa poitrine.

— *Ah, Caterina!* cria-t-elle. *Ho sognato un sogno orríbile* [1] *!*

Et dans un flot de paroles, elle lui raconta son cauchemar.

On l'avait traduite devant un tribunal, accusée de crimes monstrueux et condamnée à mort. Mais à part sa présence et la lumière qu'elle avait fait surgir, Caterina apporta très peu de réconfort à la reine.

— *Un sogno è un sogno* [2], dit-elle laconiquement.

1. Ah, Catherine! J'ai fait un rêve horrible! (ital.)
2. Un rêve est un rêve. (ital.)

Et Marie au bout d'un instant se remettant dans les draps, Caterina souffla la bougie et s'en alla recoucher sur son matelas, en pensant : « Demain, Dieu merci, elle va s'apparesser au lit. »

La reine s'y apparessa, en effet, et ne commença à remuer sa considérable masse sur sa couche que sur le coup de dix heures. Caterina, qui était réveillée depuis belle heurette, et n'ignorait pas que sa maîtresse, au réveil, avait l'humeur escalabreuse, se leva dès qu'elle ouït ces remuements, rangea prestement le matelas dans le placard, s'habilla en un tournemain et sortit à pas feutrés de la chambre royale. Sa « chevauchée » avait pris fin avec le lever de la reine : le reste était maintenant du ressort des onze chambrières que comportait le service diurne de Sa Majesté. Bien que, dans l'ensemble, Caterina fût bien payée et assez bien traitée, ces bonnes semences tombaient sur un sol ingrat : elle n'aimait pas Marie, et lui gardait mauvaise dent de l'avoir réveillée au milieu de la nuit.

Les appartements de la reine-mère se situaient à l'*entresuelo,* et oyant du bruit dans la cour, Caterina ouvrit la fenêtre et avisant Vitry, qui discourait au milieu d'un groupe de gentilshommes, elle lui cria :

— Monsieur de Vitry, *che cosa c'è ?* [1]

Vitry, béant d'être ainsi interpellé, et en italien, sourcilla fort, mais s'avisant aussitôt que c'était une femme et une femme qui béait devant lui chaque fois qu'elle le rencontrait, il répondit :

— Le maréchal d'Ancre a été tué !

— *Per chi ?*

— Par moi ! répliqua Vitry avec truculence. Et de l'ordre du roi !

Caterina ferma la fenêtre. De toute évidence, c'était son devoir d'aller sans tant languir porter cette nouvelle à la reine, mais un devoir qu'elle se prépara à accomplir avec un certain plaisir, car n'étant point sotte, elle imagina aussitôt quel effet désastreux la mort de Conchine allait produire sur sa maîtresse.

La reine était levée, n'ayant sur le dos qu'un man-

1. Que se passe-t-il ? (ital.).

teau de chambre en soie, qu'elle n'avait pas pris la peine de fermer sur son corps opulent, mais on sait que dans l'intimité cette femme pudibonde se dépoitraillait volontiers ; et elle s'était affalée sur une chaire, les jambes disgracieusement écartées, le menton tombant sur la poitrine, et les cheveux pendant sur son visage, l'air à la fois revêche et angoisseux. Elle sursauta quand, entrant dans la chambre, Caterina claqua la porte derrière elle, ce dont aussitôt elle s'excusa humblement, se génuflexant et la tête touchant quasi le sol, alors même que ce claquement avait été prémédité pour effrayer sa maîtresse.

— Eh bien, qu'y a-t-il ? dit Marie. Pourquoi me regardes-tu ainsi ?

— Madame, ce que j'ai à vous annoncer ne va pas vous plaire.

— Or sus, parle ! Parle, effrontée !

— Madame, dit Caterina en relevant la tête et en parlant soudain d'une voix éclatante, le maréchal d'Ancre vient d'être tué par Monsieur de Vitry, et de l'ordre du roi !

— Est-ce vrai ? cria la reine en se levant de sa chaire, l'air égaré.

— Monsieur de Vitry vient de me le dire !

— Mon Dieu ! dit Marie, les deux mains appuyées contre son cœur, blême, suffocante, ouvrant et remuant les lèvres, mais sans pouvoir parler.

Elle fit trois à quatre pas dans la pièce, s'arrêta, tourna sur elle-même, revint sur ses pas, et tâtonnant de la main pour en saisir le dossier, comme si ses yeux lui refusaient tout service, elle se laissa retomber sur la chaire qu'elle venait de quitter.

A cet instant entrèrent en hâte dans la chambre royale, dans un grand brouhaha de paroles, affairées et peu vêtues, les trois amies les plus intimes de la reine, Madame de Guercheville (qui avait l'œil sur ses demoiselles d'honneur), ma bonne marraine, la duchesse de Guise, et ma demi-sœur, la scintillante princesse de Conti. « A vrai dire, me dit-elle plus tard en me contant la scène qui suivit, je ne scintillai pas alors de tous mes feux, étant, comme ma mère et la

Guercheville, en jupons, ni coiffée, ni pimplochée, le tétin peu pommelant, et pas le moindre bijou ! Nous venions d'apprendre l'exécution de Conchine et nous accourions au saut du lit pour conforter la reine, et quant à moi, pour voir aussi, en ma curiosité de chatte, comment elle prenait la chose... Là-dessus, entrent dans la chambre Monsieur de La Place et Monsieur de Bressieux. Je crus mourir de honte que ces gentilshommes me vissent, faite comme j'étais ! Mais croyez-vous, mon cousin, que, malgré la gravité de l'heure et ma tenue, ou peut-être à cause d'elle, Monsieur de Bressieux n'avait d'yeux que pour moi ! Ma fé ! Les hommes sont de bien étranges animaux ! »

Les consolations de ses plus intimes amies ne furent pour Marie d'aucun secours. Elle arpentait la pièce à grands pas, échevelée, l'œil hagard, la langue paralysée, et se tordant les mains, l'image même du désespoir. Madame de Guise, ne pouvant obtenir d'elle un seul mot, eut l'audace de l'arrêter dans sa course et de fermer sur ses corpulences son manteau de chambre de soie rose. C'est à peine si Marie s'en aperçut. Dès que ma bonne marraine eut terminé sa pudique intervention, Marie reprit sa marche, tantôt se tordant les mains et tantôt les battant comme folle l'une contre l'autre.

C'est à ce moment que j'entrai moi-même dans la chambre avec un message oral des plus détaillés, à transmettre à Marie de la part de son fils. Tout en jetant en passant un regard tendre à Madame de Guise et un autre regard à la princesse de Conti, que je trouvai charmante en son jupon, j'allai me génuflexer devant la reine, mais ne pus baiser le bas de sa robe, tant elle s'agitait. De reste, dans le désarroi où elle se trouvait et jugeant qu'elle était incapable de m'ouïr et, même, d'entendre mon propos, je pris le parti d'attendre qu'elle se remît quelque peu du coup qui l'avait accablée.

Monsieur de La Place se montra plus audacieux, se hasardant à la parfin à accomplir la mission pour laquelle il était entré :

— Madame, dit-il, nous sommes grandement dans

l'embarras. Nous ne savons pas comment annoncer à la maréchale d'Ancre la mort de son mari.

A ces mots, la reine s'arrêta dans sa course, son visage s'empourpra, et retrouvant tout soudain, dans son ire, sa langue paralysée, elle cria à tue-tête avec une extrême violence :

— Eh bien ! Si vous ne savez pas comment lui dire la nouvelle, chantez-la-lui !

Cette parole produisit sur moi un effet fort pénible. A voir la façon dont on avait traité son mari, le sort de la Conchine n'allait pas être des plus doux, et je sentis je ne sais quelle bassesse dans la brutale insensibilité dont la reine faisait preuve à son égard.

— J'ai bien d'autres chats à fouetter ! poursuivit-elle à la fureur. Je ne veux plus qu'on me parle de ces gens-là ! Je leur avais bien dit ! Il y a longtemps qu'ils eussent dû être en Italie ! Pas plus tard qu'hier soir, j'avais prévenu le maréchal que le roi ne l'aimait pas ! Et maintenant, j'ai assez affaire à moi-même pour m'occuper de cette femme !

A mon sentiment, il y avait dans cette attitude et ces propos un double aveu enrobé d'hypocrisie : Marie n'avait jamais consenti à donner à Conchine l'ordre formel de se retirer, pour la raison, comme je l'ai dit déjà, qu'il était le bras séculier qui la maintenait au pouvoir contre les aspirations de son fils. Et ce même fils, si présentement elle tremblait devant lui, c'est qu'elle avait conscience, quoi qu'elle en eût, d'avoir agi à son endroit avec la plus criante injustice.

Après cet éclat, Marie parut se calmer par degrés, comme si elle s'était créé une neuve vertu en faisant retomber toutes les fautes de sa régence sur les maréchaux d'Ancre. Quant à moi, je crus le moment venu d'entrer en lice.

— Madame, dis-je en me génuflexant derechef, plaise à Votre Majesté de bien vouloir m'ouïr. J'ai un message à lui délivrer de la part du roi son fils.

— Je vous ois, Monsieur, dit-elle en s'asseyant et en faisant un assez pitoyable effort pour rassembler autour d'elle les lambeaux de sa dignité.

— Madame, le roi votre fils est résolu à être désormais le maître en son royaume et à prendre en main le gouvernement de l'Etat. Il vous prie de lui faire la grâce de ne plus vous en occuper.

— Est-ce tout, Monsieur? dit-elle avec une voix où elle tâchait de mettre de la hauteur, sans y réussir tout à fait.

— Non, Madame, dis-je avec un nouveau salut. Le roi votre fils vous invite à ne point bouger de votre chambre et à ne vous mêler de rien.

— Suis-je donc prisonnière, Monsieur? dit-elle âprement.

— Nenni, Madame, cette mesure n'est que momentanée. Le roi veillera dans la suite à ce que Votre Majesté se retire dans une ville de son choix.

— Me voilà donc déposée, et qui pis est, honteusement chassée! s'écria la reine avec la dernière véhémence.

— Madame, dis-je, excusez-moi, mais vous ne sauriez être déposée puisque vous n'êtes pas régnante, ayant renoncé vous-même à la régence il y a quelques mois. Et le roi par ma bouche vous assure qu'il vous honorera toujours comme sa mère.

— Il n'empêche, je *veux* le voir! dit-elle avec un présent retour de ses manières despotiques.

— Madame, si Votre Majesté me permet de le lui dire, ce serait tout à plein inutile de demander un entretien au roi dans le moment présent.

— Nous verrons cela! dit-elle avec hauteur. Monsieur, vous pouvez vous retirer.

Je la saluai et sortis aussitôt, surprenant au passage le regard étonné que ma bonne marraine me jeta, apprenant tout soudain, à me voir jouer les *missi dominici* [1], que j'avais été du complot qui avait exécuté Concini. Quant à moi, ce dialogue avec la reine me confirma dans la pensée que, ce jour d'hui pas plus qu'hier, elle n'entendait rien et n'entendrait jamais rien, au caractère de son fils, puisqu'elle espérait le faire changer de résolution en obtenant de lui parler. Incapable de sortir de l'ornière de ses opinions, elle

1. Les envoyés du seigneur (lat.).

continuait à faire ce qu'elle avait toujours fait : elle le mésestimait.

Comme je sortais de son appartement, j'entendis des voix irritées, et m'approchant du lieu dont elles provenaient, je vis Monsieur de Vitry aux prises avec Monsieur de Presles, lieutenant des gardes de la reine, à qui il commandait, de l'autorité du roi, de retirer ses hommes, les siens les devant remplacer. Monsieur de Presles refusant tout à trac, Vitry, ivre de fureur, le menaça de le tailler en pièces, lui et ses hommes. Sur quoi, Monsieur de Presles alla toquer à la porte de la reine, et Caterina Forzoni apparaissant, il la pria de demander à la reine quelles étaient ses instructions. Caterina revint lui dire de la part de sa maîtresse d'avoir à obéir aux ordres du roi, mais elle s'exprima d'une façon si brutale et si désobligeante que Monsieur de Presles eut un doute sur sa véracité et demanda à parler au premier écuyer de la reine, Monsieur de Bressieux, lequel vint enfin et confirma ce que la reine avait dit. Monsieur de Presles, la crête fort basse et l'air fort triste, car il entendait bien que sa compagnie allait être dissoute, emmena alors ses hommes et Vitry les remplaça par douze des archers du roi, en les cantonnant devant la porte de la reine et en leur commandant de ne laisser entrer personne. Au rebours des assurances que j'avais cru pouvoir lui donner, Marie, pour le moment du moins, était donc bel et bien prisonnière de son fils.

Si elle avait été femme à faire un retour sur elle-même, elle se serait se peut ramentu que, huit jours auparavant, quand Conchine était revenu de Caen à brides avalées, il avait pu clamer *urbi et orbi* qu'il allait resserrer son fils en son Louvre, sans qu'elle eût fait là-contre la moindre objection.

En retournant au pavillon du roi, je croisai des maçons portant chaux, pierres de brique et outils, et des Suisses qui, eux, portaient des haches. Les premiers allaient murer deux portes dérobées des appartements de la reine et les seconds, abattre le petit pont de bois qui enjambait les douves et permettait à Marie de gagner le jardin du bord de Seine. De toute évidence, le roi craignait qu'elle ne passât par là pour s'évader et rameuter des partisans contre un pouvoir qu'il n'avait pas encore eu le temps d'affermir.

Ce matin du vingt-quatre avril, puérilement opiniâtre, Marie demanda au roi à six reprises de la recevoir, et à six reprises le roi la rebuffa. A la dernière ambassadrice, Madame de Guercheville, qui, au passage du roi, se jeta à ses genoux pour lui transmettre la requête de la reine, Louis répondit avec une extrême froideur : « Je reconnais toujours la reine pour ma mère, bien qu'elle ne m'ait traité ni en roi ni en fils. Néanmoins, je la traiterai, moi, toujours comme ma mère. Mais je ne la peux encore voir que je n'aie donné ordre à mes affaires. »

Ayant dit, méticuleusement il continua à la resserrer, interdisant que ses enfants, les seigneurs de la Cour, et les ambassadeurs étrangers fussent admis à la voir. Le duc et Grand d'Espagne, Monteleone, se dirigeant vers l'appartement de Marie, Vitry roidement l'interpella : « Où allez-vous, Monsieur ? Ce n'est pas là qu'il faut aller maintenant ! C'est au roi ! »

Belle lectrice, qui eût pensé qu'un jour j'éprouverais quelque pitié pour celle que dans notre hôtel du Champ Fleuri nous appelions l'Araignée ? Quand on lui apprit qu'on avait tué son mari, elle ne versa pas une larme, mais plus généreuse que sa maîtresse, elle plaignit la reine : « Pauvre femme, dit-elle, je l'ai perdue ! » Puis elle mit ses diamants dans sa paillasse et se coucha dessus, feignant d'être malade. On ne se contenta pas de l'arrêter et de l'alléger du fruit de ses rapines. Le Parlement, qui n'aurait jamais osé montrer tant de zèle du vivant de Conchine, se revancha de sa couardise sur une femme seule et sans appui. Il l'accusa de sorcellerie, lui fit un procès inique et la condamna au bûcher.

Le lendemain du vingt-quatre avril, le peuple, apprenant que Conchine avait été enterré sous le chœur de Saint-Germain l'Auxerrois, alla cracher sur la dalle qui recouvrait son corps, et cet outrage ne suffisant pas à assouager son ressentiment, il descella ladite dalle, déterra le cadavre, et le traînant dans les rues, l'alla pendre par les pieds à la potence du Pont Neuf. Là, tous se ruèrent sur lui, le couteau à la main, et se mirent à le dépecer. Ce qui demeura alors du maréchal d'Ancre n'étant plus qu'un tronc informe, les furieux, comme déçus que cette masse n'eût plus forme humaine, et sentant toutefois leur haine encore inassouvie, se consultèrent entre eux et décidèrent de brûler ses pauvres restes. Louis, à ouïr cette nouvelle, fut marri que le guet eût été impuissant à arrêter ces impiétés dès leur commencement.

Les trois ministres créatures de Conchine furent, comme j'ai dit, destitués dès la première heure, mais ils n'eurent pas le même sort, loin de là. Mangin fut jugé et condamné au bannissement perpétuel, et mourut pauvre et délaissé. Mangot fut laissé en liberté, et végéta.

Mais au jeu des épingles que jouent les petites filles en ce royaume, Richelieu tira la sienne avec une émerveillable adresse. Fort mal accueilli de prime par le roi, il ramentut à Luynes la promesse qu'en son nom Pont de Courlay avait faite à Sa Majesté de le renseigner sur toutes affaires venant à sa connaissance. Il obtint alors de Louis de s'attacher à la personne de la reine-mère en son probable exil, afin de servir d'intermédiaire entre elle-même et son fils. En même temps, il promit à Déagéant d'échanger avec lui des lettres chiffrées, par lesquelles il l'instruirait des intrigues qui se pourraient nouer autour de la reine déchue. S'étant ainsi couvert des deux côtés, Richelieu envisagea l'avenir avec la confiance que ses grands talents et son peu de droiture l'autorisaient à nourrir.

Dans les jours qui suivirent, Louis, qui gardait une fort mauvaise remembrance des visites protocolaires qu'il avait dû faire pendant sept ans, et deux ou trois fois par jour, à une mère hautaine et rebéquante, jouit tout à plein de son neuf privilège d'être débarrassé de cet humiliant devoir. Aussi demeura-t-il inflexible, et dans sa résolution de ne voir Marie qu'au jour et à l'heure qu'il aurait décidés, et dans sa décision de ne laisser aucun ambassadeur étranger la visiter. Mais par ailleurs, il se relâcha prou de ses rigueurs premières, étant attentif à la traiter plus humainement qu'elle n'avait fait à son endroit. Il lui permit de voir ses filles, mais sans accepter toutefois qu'elles la suivissent en sa retraite, non plus que Gaston, de peur qu'elle ne se servît un jour de ses enfants comme otages pour prendre barre sur lui.

Il autorisa aussi ses amies intimes, son secrétaire, Philipeaux de Villesavin, son premier écuyer, Monsieur de Bressieux et, bien entendu, Richelieu, devenu chef du Conseil de la reine, de l'entretenir autant qu'ils le voudraient.

La retraite de la reine-mère en province ne fut pas à proprement parler un exil, mais y ressemblait fort, en raison du fait qu'elle n'avait guère eu le choix. Plutôt que de demeurer resserrée dedans le Louvre et d'y vivre destituée de ses grandeurs passées, Marie préféra se retirer dans une ville de son domaine, par exemple Moulins. Mais Moulins, comme il apparut vite, n'étant guère en état de la recevoir, elle demanda Blois, dont le site et le château l'avaient charmée lors des séjours qu'elle y avait faits.

Elle fit d'autres demandes au roi, et qui ne furent pas petites : elle voulait détenir dans la ville où elle résiderait un « absolu pouvoir » ; y jouir de ses revenus, apanages et appointements sans qu'on rabattît rien sur eux ; y avoir ses gardes, ou partie de ses gardes ; connaître sans tarder les noms des personnes que le roi autoriserait à partir avec elle ; faire ses adieux au roi au moment de son partement.

Résolu d'en agir au mieux avec elle et d'accepter ses conditions, Louis s'y prit toutefois avec circonspection. Désirant garder une trace indubitable de cette négociation afin qu'elle ne fût pas un jour défigurée, il exigea que les demandes de la reine lui fussent faites par écrit et il répondit aussi par écrit qu'il les accordait.

Avec les mêmes soins et la même prudence, il régla le protocole des adieux, et fixa jusqu'aux paroles qui y seraient prononcées de part et d'autre. Connaissant Marie, il craignait qu'elle donnât à la scène des adieux un caractère outré, qu'il jugeait disconvenable à la dignité de la reine et à la sienne. L'insensibilité de Marie pouvait, certes, lui assurer, dans les occasions, une parfaite impassibilité. Elle n'avait pas versé un pleur à la mort de Nicolas, le départ de *Madame* pour l'Espagne l'avait laissée de glace, et dès que la Conchine eut été arrêtée, on eût dit qu'elle ne se souvenait plus d'elle. En revanche, quand il s'agissait d'elle-même et de ses propres malheurs, elle était fort capable de crier, de gémir, d'articuler de furieux reproches ou d'éclater en de bruyants sanglots. Louis, qui se souvenait des scènes violentes que son père avait essuyées, parfois même en présence de la Cour, prit le parti de lui écrire d'un bout à l'autre son rollet en ces adieux, et elle dut promettre de l'apprendre par cœur et de le réciter sans rien retrancher, ni rien ajouter. Malgré cette promesse, Louis ne laissa pas de craindre, à ce que j'entendis, qu'elle ne prît des libertés avec son texte.

Le départ de la reine fut fixé au mercredi trois mai, et les adieux, à deux heures et demie de l'après-dînée. La pluie, qui avait cessé le vingt-quatre avril (signe qui fut jugé miraculeux), reprit à l'aube du trois mai, et dans l'entourage de la reine on s'accorda pour dire que le ciel pleurait la tristesse de cette séparation.

Le roi revêtit ce jour-là un pourpoint de satin blanc (étoffe et couleur que son père affectionnait dans les grandes occasions), des chausses écarlates, un chapeau de feutre noir couronné de plumes blanches, et je fus fort étonné, quant à moi, qu'il se bottât et s'éperonnât en cette circonstance. Il est vrai que, les adieux finis, il comptait se rendre à Vincennes pour chasser, mais à l'accoutumée il ne mettait bottes et éperons qu'à l'arrivée, ne voulant pas souffrir ces incommodités dans le voyage en carrosse. Madame de Guise, qui plaignait Marie, et perdait aussi en elle une amie qui la comblait de pécunes, opina que ces bottes et ces éperons étaient une sorte de braverie du fils à la mère, car il n'eût jamais osé, dit-elle, avant ce jour, se présenter à elle dans cet appareil.

Je ne sais si elle eut raison là-dessus, car se faisant suivre dans cette entrevue par la poignée de ses fidèles, Louis en exclut cependant Vitry et son frère Du Hallier : il craignait que la vue des meurtriers du Conchine n'offensât la reine.

Outre ses fidèles, Louis admit en ces adieux les ambassadeurs des royaumes voisins, les voulant témoins d'une séparation sur laquelle il redoutait qu'on fît à l'étranger, sur le fondement des babillages de cour, des rapports malveillants.

La scène se passa à l'entresol, dans l'antichambre de la reine. Le roi, suivi des personnes que j'ai dites, et dont j'étais, y parvint le premier et n'attendit qu'une petite minute avant que la reine sa mère apparût sur le seuil de sa chambre, vêtue non pas splendidement comme je m'y attendais, mais avec une simplicité de bon aloi, sans un bijou et sans autre ornement qu'un mouchoir de dentelle qu'elle portait à la main. Je ne lui trouvai pas la « mine basse », comme le dirent après coup d'aucuns d'entre nous. Ce qui leur donna, je crois, ce sentiment fut que son visage n'arborait pas cette superbe qui éclatait en lui à l'accoutumée. Mais il faut bien avouer qu'il était difficile à Marie de porter la crête haute en une situation aussi humiliante.

Quand elle apparut, le roi se découvrit, s'avança d'un pas ou deux dans sa direction, mais sans s'approcher d'elle ; et se tenant environ à une toise de sa personne, son chapeau à la main, il l'envisagea, sans que son visage trahît la moindre émotion, et dit d'une voix posée :

— Madame, je viens ici pour vous dire adieu et vous assurer que j'aurai soin de vous comme de ma mère. J'ai désiré vous soulager de la peine que vous preniez en mes affaires. Il est temps que vous vous reposiez et que je m'en mêle. C'est ma résolution de ne souffrir plus qu'autre que moi-même commande en ce royaume. Je suis roi, à présent.

Louis fit une petite pause après ce : « Je suis roi, à présent », qu'il prononça sans hausser la voix, d'un ton uni, mais avec cette même résolution dont il venait de faire état.

— J'ai donné ordre, poursuivit-il, à ce qui est nécessaire pour votre voyage, et j'ai commandé à Monsieur de la Curée et à sa compagnie de vous accompagner. Vous recevrez de mes nouvelles étant arrivée à Blois.

Il fit de nouveau une petite pause, et reprit :

— Adieu, Madame, aimez-moi et je vous serai bon fils.

A mon sentiment, de tout son petit discours, cette dernière phrase fut la plus surprenante, car ce « aimez-moi » était une prière dont il savait qu'elle ne serait jamais exaucée, et ce « je vous serai bon fils », une promesse dont il n'ignorait pas, sa mère étant ce qu'elle était, qu'il ne pourrait jamais la tenir.

Ce fut alors au tour de Marie de répondre, et Louis la regarda avec un soupçon d'inquiétude, car elle avait les yeux pleins de larmes et pétrissait fébrilement son mouchoir, tant est qu'il se demanda si, sur le coup de son émeuvement, elle n'allait pas oublier ou modifier son texte. Et à vrai dire, le premier mot qu'elle prononça lui fit craindre le pire, car au lieu de dire « mon fils », appellation prévue dans son rollet, ou à la rigueur, « Sire », comme l'eût voulu le protocole, elle lui dit « Monsieur ».

— Monsieur, dit-elle d'une voix tremblante, je suis très marrie de n'avoir pas gouverné votre Etat durant ma régence plus à votre gré que je n'ai fait, vous assurant que j'y ai néanmoins apporté toute la peine et le soin qu'il m'a été possible, et vous supplie de me tenir toujours pour votre très humble et très obéissante mère et servante.

Si l'on met de côté la « très humble et très obéissante mère et servante », qui n'était qu'une phrase de protocole tout à fait vide de sens, le texte écrit par Louis pour sa mère me parut empreint d'une certaine noblesse. Il se refusait à mettre sa mère en accusation : il ne lui reprochait ni l'insensé pillage des deniers de l'Etat, ni la politique de faiblesse vis-à-vis des Grands, ni les mépris dont elle l'avait accablé, ni le soutien apporté à un usurpateur qui menaçait la liberté et la vie de sa personne. Et passant ces très lourds griefs sous silence, il se bornait à constater qu'elle n'avait pas gouverné « à son gré », mais qu'elle avait fait de son mieux. C'était se montrer fort conciliant. Et peut-être trop, en vins-je à penser plus tard, observant, année après année, tout le trouble que les folles intrigues de Marie jetèrent dans l'Etat.

Si Louis avait pu se départir alors de son masque imperscrutable, il eût poussé un soupir de soulagement quand sa mère acheva de débiter ce discours appris. Mais il eût soupiré trop tôt, car à peine avait-elle terminé que Marie gagna l'encoignure d'une fenêtre et éclata en sanglots.

Ces pleurs jetèrent Louis dans l'embarras. Bien qu'exaspéré par les prémices d'une scène qu'il eût tant voulu éviter, il sentit qu'il ne pouvait planter là Marie sans encourir publiquement le reproche d'insensibilité qu'il avait en son for tant de fois adressé à sa mère. Il prit alors le parti de demeurer où il était, immobile comme une statue, et aussi silencieux que s'il eût été fait de marbre. Pendant ce temps, du mouchoir qu'elle avait emporté et qui trouvait là un emploi peut-être prémédité, la reine essuyait les pleurs qui coulaient sur ses joues, tout en jetant à son fils des regards de côté.

Comme il ne branlait pas d'un pouce et paraissait n'attendre que son bon vouloir pour se retirer, elle se résolut à refouler ses larmes, et reprit sur le ton le plus pathétique, mais cette fois, sans lui dire « mon fils », « Sire », ni même « Monsieur ».

— Je m'en vais. Je vous supplie d'une grâce en partant, que je veux me promettre que vous ne me refuserez pas, qui est de me rendre Barbin, mon intendant.

Barbin, en effet, avait été son intendant, avant de devenir, avec son assentiment, ministre. Or, cette demande ne pouvait que rebrousser le roi à l'extrême, d'abord parce qu'en la formulant, Marie, partenaire déloyale, sortait du rollet qu'elle avait accepté, ensuite parce que des trois ministres de Conchine, le roi tenait Barbin pour le plus coupable.

Le roi ne fut pas la seule personne à qui cette intervention déplut au plus haut point. Et je m'en aperçus avec quelque amusement, malgré la gravité de l'heure, quand je vis Richelieu, qui se tenait debout à la droite de la reine et un peu en retrait, froncer le nez. Car si le roi acceptait cette requête in extremis de la reine et lui « rendait » Barbin, c'en eût été fait de la place prépondérante du prélat au Conseil de Marie, Barbin ayant sur lui l'avantage de l'ancienneté, des services rendus de longue date à la reine et de la grande confiance qu'elle lui témoignait.

Les alarmes de Richelieu furent de courte durée : le roi, conservant son immobilité de pierre, regarda la reine fermement dans les yeux, et ne répondit ni mot ni miette. On ne pouvait mieux lui signifier que tout ce qu'elle pourrait ajouter au discours qu'elle avait appris ne serait pas considéré. Toute autre créature de Dieu, homme ou femme, se le serait tenu pour dit, mais point Marie ! Et pour la première fois, j'éprouvai quelque compassion pour elle : elle me faisait penser à une grosse guêpe se cognant cent fois à une vitre.

— Ne me refusez point, reprit-elle, cette seule prière que je vous fais !

Le roi, les yeux toujours fichés dans les siens, demeura silencieux. Sa mère, alors, pour la troisième fois, et sans mesurer le ridicule dans lequel la jetait son aveugle obstination, repartit à l'assaut, et ajouta avec une emphase de tragédienne qui me parut péniblement hors de ton :

— Peut-être est-ce la dernière prière que je vous ferai jamais !

Cette insistance si déplacée créa chez les assistants quelque mésaise, tant il était clair que Marie s'abaissait inutilement et que cette troisième vague allait se briser, comme les deux premières, sur l'immobilité et le silence du roi. Car enfin, s'il lui avait enlevé tout pouvoir et la reléguait en province, de quel crédit pouvait-elle se flatter d'avoir encore sur lui pour qu'elle espérât le faire revenir sur une décision politique d'aussi exemplaire conséquence que la condamnation de Barbin ?

Bien que l'immobilité de Louis fût parfaite, le regard qu'il attachait sur Marie ne comportait ni dédain, ni irritation, mais une patience polie, comme si l'entretien étant fini en ce qui le concernait, il attendait avec courtoisie qu'elle voulût bien prendre congé.

Marie l'entendit enfin et abandonnant prière, emphase et tragédie, elle dit sur un ton des plus vulgaires :

— Or sus !

Et s'avançant vers le roi à le toucher, elle fit une chose bien plus étonnante que toutes les paroles de son cru qu'elle venait d'articuler : elle lui bailla un baiser. Louis tressaillit, se recula vivement et faisant à sa mère une profonde révérence, il lui tourna le dos et marcha vers la porte. Toutefois, l'ayant atteinte, il ne la franchit pas, mais attendit que sa suite eût pris congé de la reine. Ce que nous fîmes, l'un après l'autre, selon les formes protocolaires. Mais quand le tour de Luynes arriva, la reine se saisit de son bras, et à mi-voix le pria de la façon la plus pressante d'insister auprès de son maître pour qu'il libérât Barbin. Louis devina son insistance, et se retournant à demi, d'une voix où perçait l'exaspération qu'il avait réussi à contenir d'un bout à l'autre de cette scène, il appela son favori :

— Luynes ! Luynes ! Luynes !

Bien des années plus tard, j'ai encore ce cri dans l'oreille, et je ne saurais dire pourquoi il m'évoque ce qui précéda : ce baiser si mal venu et si mal reçu, de la mère au fils — le premier et le dernier qu'elle lui donna jamais.

Luynes, qui ne pouvait qu'il ne fût aimable avec tout un chacun, avait promis à la reine de parler de Barbin au roi, tout en étant bien résolu d'avance à n'en rien faire. Et quant à elle, c'était la quatrième fois qu'elle réclamait son intendant et se cognait à cette vitre-là.

Le cri impatient et répété poussé par le roi — « Luynes ! Luynes ! Luynes ! » — arracha le favori à la main de la reine, comme si une invisible laisse le ramenait d'un coup à son maître.

Elle demeura seule, et en plein désarroi. Sans Barbin pour remplacer la Conchine, elle ne pouvait discerner le chemin devant elle, ayant dans l'esprit tant de confusion, et se sentant si faible malgré sa dureté.

Elle s'appuya contre la muraille entre deux fenêtres et se mit à sangloter, tandis que Richelieu, se penchant sur elle, lui murmurait des consolations chrétiennes à l'oreille. Mais, si résolu qu'il fût à la servir — et au besoin, à la desservir —, il n'avait pas encore eu le temps d'assurer sur elle son emprise, et elle ne l'oyait qu'à demi.

Je m'étais attardé à envisager ce couple étrange, et il me fallut marcher à grands pas, voire quelque peu courir, pour rejoindre la suite du roi. Je la rattrapai alors qu'elle entrait dans l'appartement d'Anne d'Autriche.

La petite reine était debout devant sa fenêtre, regardant dans la cour du Louvre la dizaine de carrosses qui formait le cortège de Marie et la compagnie de Monsieur de la Curée, qui devait lui servir d'escorte. Elle avait le visage tout chaffourré de larmes, entendant mal ce qui se passait, et craignant de subir un sort semblable à celui de la reine-mère. Après qu'elle se fut génuflexée devant lui et qu'il l'eut saluée, Louis lui prit la main et en quelques mots, non sans douceur, il la rassura. Puis il regarda le convoi s'ébranler.

Quand, passant sous le passage voûté, le pont-levis et le *pont dormant,* les carrosses eurent disparu un à un à sa vue, Louis prit congé d'Anne et gagna la Petite Galerie où se dressait le billard auprès duquel il avait passé tant d'heures à jouer ou à feindre de jouer, les vingt-trois et vingt-quatre avril. Il s'appuya sur le parapet de pierre et regarda le premier carrosse s'engager sur le Pont Neuf. C'était celui de Monsieur de Bressieux. Le second, recouvert de velours noir et traîné par six chevaux bais, était celui de sa mère. Louis le regarda s'éloigner.

L'ambassadeur de Venise, qui avec nous avait suivi le roi jusqu'à la Petite Galerie, devait confier plus tard à Madame de Lichtenberg, qui me le répéta, que le roi regarda s'éloigner le carrosse maternel « *con gusto particolare* [1] ». Je m'apense là-dessus que l'ambassadeur imagina ce sentiment plutôt qu'il ne le vit, car le

1. Avec un plaisir particulier (ital.).

visage de Louis ne reflétait rien. Toutefois, si j'en juge par les émotions de ceux qui, comme moi, avaient au fil des années partagé la vie du roi, ses angoisses et ses épreuves, je parlerais plutôt ici d'un immense soulagement, comme si la chape de plomb qui, sous la férule de la régente, pesait sur le Louvre, s'était tout d'un coup levée, laissant le roi merveilleusement allégé. Mais c'était là un émeuvement grave, et bien différent d'un « plaisir » : Le roi était libre. Il était roi. Il vivait enfin.

Une fois le carrosse de la reine hors de vue, Louis commanda son propre carrosse, et avec Luynes et Vitry, m'y invita : grandissime honneur, surtout en un tel mémorable moment, mais qui me prit sans vert : j'eus tout juste le temps de dépêcher La Barge à mon père, et chez ma *Gräfin,* pour m'excuser de l'inexcusable faux bond dont je me rendais coupable à leur endroit.

Au cours du voyage, comme il faisait souvent, Louis se rencogna dans le coin droit du carrosse face au chemin, et son chapeau sur les yeux, croisant les mains sur son ventre, il fit mine de s'ensommeiller. Cela signifiait qu'il ne voulait pas que nous parlions, et encore moins parler lui-même. Là-dessus, Vitry, avec la simplicité qu'il mettait en toutes ses actions, décida de dormir et, comme obéissant au commandement qu'il venait de se donner, s'endormit tout de gob. Luynes, pour sa part, demeura éveillé, les yeux dans le vague, mais rêvant, j'imagine, avec quelque précision, au grandiose avenir qui allait être le sien. Je ne l'enviais pas, bien loin de là, mais tout aimable qu'il fût, j'opinai en mon for qu'il serait trop petit pour ce grand destin.

Un peu avant d'arriver à Vincennes, le roi sortit de son immobilité, décroisa ses mains, releva son chapeau et, jetant un œil par la vitre, remarqua tout haut qu'il pleuvait toujours. Puis, de but en blanc, comme s'il donnait là une suite à ses ruminations, il dit avec une voix où passait la chaleur d'un vif émeuvement :

— Les vingt-trois et vingt-quatre avril, il y avait vingt gentilshommes au Louvre au courant de notre entreprise. Et tous m'ont gardé le secret ! Aucun ne m'a trahi !

Puis passant d'un sujet à un autre avec une logique qui, sur le moment, m'échappa, il évoqua sur le même ton l'accueil quasi délirant que lui avaient fait les Parisiens quand, dans l'après-dînée du vingt-quatre avril, il avait parcouru à cheval la capitale. Cinq bonnes minutes plus tard, comme s'il tirait une légitime conclusion des deux remarques précédentes, il dit d'une voix grave, et le visage comme recueilli :

— Je suis bien aimé des Français. Je leur serai bon roi.

Il y avait dans ces paroles comme un surprenant écho des paroles d'adieu à sa mère : « Aimez-moi. Je vous serai bon fils. » Et je me fis alors à part moi cette réflexion que Louis trouverait certainement plus aisé d'être aimé des Français que de sa mère, et plus facile d'être « bon roi » que « bon fils ».

Composition réalisée par EURONUMÉRIQUE

Imprimé en France sur Presse Offset par

BRODARD & TAUPIN

GROUPE CPI

La Flèche (Sarthe).
N° d'imprimeur : 23680 – Dépôt légal Éditeur 46765-04/2004
Édition 09
LIBRAIRIE GÉNÉRALE FRANÇAISE - 43, quai de Grenelle - 75015 Paris.

ISBN : 2 - 253 - 13681 - 6 31/3681/9